Wees onzichtbaar

Van Murat Isik verscheen eveneens bij Ambo|Anthos *uitgevers*

Verloren grond

Murat Isik

Wees onzichtbaar

Ambo|Anthos
Amsterdam

Deze uitgave kwam tot stand door bemiddeling van
Sebes & Bisseling Literary Agency te Amsterdam.

Eerste druk mei 2017
Tweede druk mei 2017 (dwarsligger®)
Derde druk mei 2017
Vierde druk juli 2017
Vijfde druk augustus 2017
Zesde druk september 2017
Zevende druk december 2017
Achtste druk januari 2018
Negende druk februari 2018 (gebonden)
Tiende druk februari 2018
Elfde druk maart 2018
Twaalfde druk mei 2018

ISBN 978 90 414 2290 3

Omslagontwerp Roald Triebels, Amsterdam
Omslagillustratie © Robert Rizzo / Hollandse Hoogte (jongen),
© Marlio da Silva (flat)
Foto auteur © Liselore Chevalier

Verspreiding voor België:
Veen Bosch & Keuning uitgevers nv, Antwerpen

Don't break character
You've got so much heart

The Killers, 'Be Still'

In de tijd dat de eerste springers te pletter vielen van onze flat, begon mijn vader aan zijn nachtelijke pleziertochten door Amsterdam.

Ik stond op het balkon en keek uit over onze wijk. In het zwakke schijnsel van de lantaarnpalen was het alsof schimmen door de verlaten straten trokken en de geesten van de springers door de kale bosjes doolden. Terwijl de kou van het beton in mijn blote voeten trok en mijn handen zich als reptielklauwen om de balustrade klemden, vroeg ik me af of dit het begin was van onze persoonlijke nachtmerrie, of dat mijn vader weer zwalkend zijn weg naar huis zou vinden.

Met een onrustig gemoed keerde ik terug naar bed. Niet veel later werd ik gewekt door braakgeluiden uit de badkamer: mijn vader ontdeed zijn lichaam voor de tweede nacht op rij van de vurige whisky die hij er even daarvoor onbezonnen in had gegoten in het gezelschap van mensen die wij nooit zouden ontmoeten. Nadat hij hoestend de kraan dichtdraaide, zakte ik weg in mijn kussen.

Even later werd ik opnieuw gewekt, dit keer door geluiden uit de keuken. De deur van de koelkast sloeg hard dicht. Het gerinkel van bestek dat op een bord neerkwam. Een glas dat omviel op het aanrecht.

'Waar was je al die tijd?' De stem van mijn moeder.

'Ga terug naar je bed.'

'Waarom heb je niet gebeld?'

Een stoel werd hard naar achteren geschoven. 'Terug naar bed, jij! Ik wil je verdomme niet zien.'

De keukendeur sloeg met een klap dicht.

We moesten geduld hebben, hield ik mezelf voor. We moesten geduld hebben en doorstaan wat op ons afkwam. Het had geen zin om weg te lopen voor de pijn, we konden nergens heen. En als het ons te veel werd, moesten we onzichtbaar zijn.

EEN

1

In de winter van 1983 reden we onze nieuwe toekomst tegemoet toen we de grens passeerden bij Nieuweschans, het meest oostelijke punt van Nederland. Voor in de auto riep Kadir '*Hollanda!*' toen we na vele uren eindelijk de Duitse *Autobahn* achter ons lieten. Op de achterbank klapten mijn zus en ik in onze handjes. Mijn moeder zat aan het raam en keek onbewogen voor zich uit terwijl de snelwegverlichting haar magere gezicht bescheen.

Een paar maanden daarvoor was mijn vader vanuit Hamburg, waar we drie moeizame jaren hadden doorgebracht, halsoverkop naar Amsterdam vertrokken omdat zijn politiek asiel in Duitsland was afgewezen. Al op zijn tweede dag had hij woonruimte gevonden in een flat in de Bijlmermeer, iets wat hem in Duitsland in al die jaren niet was gelukt waardoor we steeds afhankelijk waren geweest van de welwillendheid van familie en vrienden en van adres naar adres trokken, tot er geen adres meer over was en mijn vader uit wanhoop een tochtig appartement kraakte. Dezelfde dag nog trotseerde hij de Duitse politie. 'Waar moet ik verdomme heen met mijn gezin?' had hij vertwijfeld geroepen. 'Moeten we soms op straat slapen?' De agenten hadden bedremmeld geknikt en liepen toen weg.

Van Hollanda kon ik me als vijfjarige geen voorstelling maken. Ik dacht alleen maar aan het weerzien met mijn vader die ik al zo lang niet had gezien dat ik me zijn stem nauwelijks kon herinneren. Maar eerst wilde ik op de Autobahn achter het stuur zitten van de grote Mercedes Benz, want dat hadden ze me beloofd.

Mijn moeder had vergeefs geprotesteerd. 'Hij is nog maar vijf, dat is veel te gevaarlijk.'

Maar Kadir had gegrijnsd en daarna een diepe trek van zijn Camel genomen. 'Dan is hij al ouder dan ik dacht.' Hij had zijn sigaret dreigend in de lucht gehouden. 'In het dorp bestuurde ik op mijn vijfde al een tractor. Wind je dus niet zo op, zuster, anders maak je nog een mietje van Metin.'

Kadir was de man die mij mijn eerste trek van een sigaret had gegeven. Het was op de wc van een buurtcentrum in Hamburg waar Turkse communisten regelmatig vergaderden over de rechten van de onderdrukte arbeiders en de bedroevende staat van Turkije na de staatsgreep van 1980. Ik nam gretig een trek van de peuk zoals ik mijn vader dat zo vaak had zien doen, maar een paar tellen later vlogen mijn longen in brand en begon ik onbedaarlijk te hoesten. Ik kreeg geen lucht meer en zakte door mijn knieën, maar het enige wat Kadir deed, was zijn makker Erol lachend op zijn schouder slaan. Sindsdien was ik een beetje bang van Kadir.

'Kadir *amca*,' zei ik nauwelijks hoorbaar. 'Oom Kadir, zou ik nu alsjeblieft mogen rijden?'

'Hé, die kleine roept wat,' zei Erol, die op de passagiersstoel zat.

'Dat is waar ook, je moet nog een stukje rijden voordat we in Amsterdam zijn,' zei Kadir waarna hij zijn neus luid ophaalde. 'Erol, neem het stuur even over.' Zonder de reactie van Erol af te wachten, draaide Kadir zich om en reikte met zijn grote handen naar me. Van schrik deinsde ik achteruit terwijl de auto even zigzagde over de weg. Kadir sleurde me van mijn plek, zette me op zijn schoot en nam het stuur met een ferme beweging weer over van Erol. Daarna bracht hij zijn mond dicht bij mijn oor. 'Pak het stuur met twee handen vast aan de zijkanten, en kijk goed voor je.' Rookwalmen vertroebelden als mist mijn blikveld. Ik wapperde met mijn handen om mijn moment niet door een hoestbui te laten verpesten. 'Stel je niet zo aan,' riep Kadir met zijn raspende stem. 'Let nou maar op de weg.' De Mercedes schoot over de Autobahn. 'Maak geen plotselinge bewegingen anders zul je je vader nooit meer zien.'

Mijn kleine handen klemden zich stevig om het met leer omklede stuur. Ik zou ons naar mijn vader rijden. 'Jaaaaa!' riep ik met een Duitse tongval. '*Das ist super!*'

Kadir begon te lachen en woelde met zijn hand door mijn haar. 'Nu heb je je vader straks een spannend verhaal te vertellen.'

Na een paar minuten was het afgelopen en werd ik weer op de achterbank geplaatst, maar ik was zo blij dat ik op mijn plek bleef huppelen. Na een klein uur stopten we bij een wegrestaurant in de buurt van Groningen. Het was ijskoud. Op het parkeerterrein stonden tientallen vrachtwagens. Binnen zaten forse mannen achter dampende borden terwijl ze naar het televisietoestel staarden dat in het midden van de zaak op een verhoging stond. Er was voetbal op televisie. Zonder een moment weg te kijken van het scherm, schepten de mannen het eten van hun bord.

'Kijk, Cruijff is weer terug bij Ajax,' zei Kadir tegen Erol. 'Er is geen betere dan die magere.' Hij keek om zich heen. 'Er komt zo wel een tafel vrij.'

Mijn moeder drukte mij tegen zich aan. 'We moeten even wachten,' zei ze. Het waren de eerste woorden die ze sprak sinds we in Nederland waren.

'Ik ben jarig,' fluisterde mijn zus in mijn oor. 'Misschien krijgen we wel taart.'

Toen we eindelijk aan tafel mochten, bekeek Kadir de menukaart met een afkeurende blik en bestelde iets wat ik niet kende. Even later kregen mijn zus en ik allebei een groot bord friet met mayonaise en een glas cola. Ik had nooit eerder friet gegeten, maar de eerste hap beviel me zo goed dat ik me er als een uitgehongerde op wierp. Kadir en Erol aten niets. Ze dronken koffie en keken rokend naar de wedstrijd. Mijn moeder nam een paar frietjes van mijn bord, zuchtte diep en staarde zwijgend voor zich uit.

Toen we alweer een tijdje onderweg waren, zei Erol dat het nog maar een uur rijden was. Ik keek uit het raam, maar zag weinig anders dan blauwe borden en lichten langs de snelweg. Mijn oogleden werden steeds zwaarder. Ik schrok wakker toen mijn hoofd tegen het raam klapte. Toen ik versuft opkeek, zag ik oplichtende flatgebouwen opdoemen als kolossale ruimteschepen. Ik had nog nooit zoiets wonderlijks gezien.

'Dit moet de Bijlmermeer zijn,' zei Kadir.

We parkeerden in een donkere garage die we vanaf de verhoogde weg inreden. Kadir en Erol droegen de koffers, mijn moeder, zus en ik liepen verdwaasd achter hen aan. Vlak voordat we de garage uit waren, hoorden we een schreeuw, een ijzige en langgerekte schreeuw die van de begane grond leek te komen. Ik keek verschrikt om.

'Doorlopen,' bromde Kadir.

Via een overdekte luchtbrug bereikten we de binnenstraat van de flat. We passeerden een lift waar een donkere man voor stond en even later een ruimte met overvolle vuilcontainers. De binnenstraat was bijna net zo donker als de garage. De met plastic kapjes overdekte lampen aan het plafond flikkerden of brandden in sommige gevallen helemaal niet. Aan onze rechterhand wisselden betonnen pilaren en brede stenen zuilen elkaar om de paar meter af. Ik was iets achterop geraakt en ineens werd ik bang dat een duister wezen achter zo'n zuil vandaan zou springen en mij zou grijpen. Ik zette een sprint in en pakte mijn zus bij de hand.

'Baba heeft vast een cadeautje voor mijn verjaardag,' fluisterde ze opgewonden.

'En voor mij,' zei ik.

De binnenstraat liep over in een tweede luchtbrug die de flat met een ander flatgebouw verbond. Dit deel van de flat leek beter verlicht, maar ook hier waren de vuilcontainers overvol en verspreidden een doordringende geur. Toen ik opkeek zag ik dat twee donkere mannen ons passeerden.

'Het stikt hier van de negers,' zei Kadir. 'Het lijkt Afrika wel.'

'Die Harun,' zei Erol lachend. 'Nu begrijp ik waarom hij binnen twee dagen een woning heeft gevonden.'

Even later stopten we voor een lift. Erol drukte op de knop. Terwijl ik naar de uitbundige graffiti op de liftdeur en muren staarde, hoorde ik ineens glasgerinkel, alsof ergens vlakbij een raam werd ingegooid. 'Wat is dat?' riep mijn moeder.

'Ach, dat zijn vast kwajongens,' zei Kadir kalm, alsof hij de flat en zijn bewoners door en door kende.

De lift arriveerde en Erol trok de deur haastig open. Drie zwarte mannen keken ons vragend aan. 'Binnenstraat?' vroeg een van hen.

'Ja,' zei Kadir. '*Das stimmt.*'

De mannen liepen de lift uit. In Hamburg had ik geen enkele zwarte man gezien, maar in Amsterdam was ik alleen nog maar negers tegengekomen, zoals Kadir ze noemde. Erol wees afkeurend naar een plas midden op de liftvloer. 'Ik hoop maar dat het water is en geen pis.' Terwijl we ons met vertrokken gezichten tegen de wand drukten, kwam de lift schuddend in beweging en stopte bij de tweede verdieping. We stapten uit in een klein halletje met houten lambrisering. Kadir en Erol liepen de galerij op en riepen gelijktijdig: 'We zijn er!'

Ik keek naar het brede raam waar vitrage voor hing. Kadir belde aan. Er klonk geroezemoes dat overging in luide mannenstemmen, deuren sloegen dicht. Mijn moeder leek naar de grond te staren, maar vanonder haar wimpers keek ze afwachtend omhoog. Mijn zus liet mijn hand los, veegde het haar uit haar gezicht en zette een glimlach op. Ik verwachtte elk moment het lachende gezicht van mijn vader in de deuropening te zien. Hij zou me oppakken en in de lucht houden.

Een sleutel draaide in het slot. Er klonk een klik en de deur ging met een zwaai open. Mijn vader stond in de deuropening en keek ons vragend aan, alsof hij ons niet verwacht had. Ik herkende hem nauwelijks: hij had zijn grote snor afgeschoren waardoor hij er tien jaar jonger uitzag. Hij schudde eerst Kadir en Erol zakelijk de hand. Daarna keek hij mijn moeder onbewogen aan, maakte een uitnodigend gebaar met zijn arm en klopte haar op de rug zoals ik mannen in het buurtcentrum in Hamburg bij elkaar had zien doen. Mijn zus en ik kregen een korte aai over ons hoofd.

'Waar bleven jullie?' vroeg mijn vader.

Drie voor mij onbekende mannen stonden in de woonkamer. Ze begroetten ons afstandelijk. Mijn oog viel op de grote zwart-witte buffetkast die bijna een halve muur besloeg en het bruine behang met motiefjes van gedroogde bloemen. Mijn zus en ik renden meteen kirrend door het huis dat groter leek dan elk ander huis dat we ooit hadden betreden. Ik struikelde telkens over de houten drempel tussen de deuropeningen. 'Dit wordt mijn kamer!' riep mijn zus toen we de slaapkamer aan de kant van de galerij betraden. Het was de enige kamer met een bed. In de andere kamers lagen matrassen op de grond.

In de woonkamer vertelden Kadir en Erol over onze lange reis. Mijn moeder zat op de hoek van de bank.

'Baba!' riep ik. 'Baba, ik heb autogereden!'

Mijn vader reageerde niet. Hij luisterde naar Kadir en keek er ernstig bij.

'Baba!'

Kadir knikte in mijn richting. Mijn vader draaide zich om. 'Wat is er?'

Ik schrok van zijn blik en mompelde: 'Ik heb autogereden.'

'Ga maar bij je moeder zitten,' zei hij terwijl hij in haar richting gebaarde.

Met gebogen hoofd liep ik naar mijn moeder.

'Kom maar,' zei ze.

De bank voelde zacht aan. Even wilde ik toegeven aan mijn vermoeidheid en mijn ogen sluiten, maar ik schoot overeind toen ik aan de cadeaus dacht. Ik keek snel om me heen, maar zag ze nergens liggen. Mijn moeder stond op en zei dat ze thee ging zetten. Ik keek mijn zus verheugd aan. Dit was natuurlijk het moment dat haar verjaardagstaart met negen brandende kaarsjes op tafel zou komen en we onze cadeaus zouden krijgen. Ik stootte haar aan. Ze glimlachte naar me. Mijn moeder kwam terug met een dienblad met daarop tot de rand gevulde theekopjes en een pot suiker. Er was geen taart of andere zoetigheid.

Mijn vader nam een slok thee en stak een sigaret op. Alle mannen volgden zijn voorbeeld alsof ze al die tijd op zijn commando hadden gewacht. In de verstikkende blauwe walm die de woonkamer vulde, begon mijn vader te vertellen over Nederland. Ik moest nog steeds wennen aan zijn snorloze gezicht en jongensachtige uiterlijk, maar zijn stem klonk warm en vertrouwd. Hij keek mijn zus en mij niet één keer aan tijdens het vertellen. En ook mijn moeder gunde hij geen blik waardig. Hij richtte zich uitsluitend tot Kadir en Erol, alsof hij lang naar hun komst had uitgekeken. De drie andere mannen keek hij af en toe vluchtig aan.

'Zo, laten we overgaan op het zwaardere werk,' zei mijn vader toen hij zijn thee op had. 'Ik heb vanmiddag speciaal voor jullie een fles raki en wat versnaperingen gehaald in de stad.'

'Harun, fijne kameraad!' riep Kadir. 'Ik wist dat we deze lange reis niet voor niets hadden gemaakt.'

Mijn vader liep met grote passen naar de keuken en kwam terug met een dienblad vol lange dunne glazen, een fles raki en schalen met blokjes fetakaas en stukjes suikermeloen. Hij zette het op tafel. 'Tast toe, mannen!' riep hij met gespreide armen.

Mijn moeder tikte mij aan. 'Kom, ik breng jullie naar bed.' Ze keek mijn vader aan. 'Waar slapen de kinderen?'

Hij had net een hap fetakaas genomen die hij wegspoelde met raki. Zonder op te kijken wees mijn vader met zijn vork in de richting van de door mijn zus geclaimde kamer.

Mijn zus stond als eerste op. Ze zette een paar stappen richting mijn vader en keek hem net zo lang aan tot hij opkeek. 'Wat is er?'

'Baba, ik ben vandaag jarig.'

Hij keek haar een paar seconden zwijgend aan en wreef toen even met de rug van zijn hand over haar wang. 'Dat weet ik.'

Waarom had hij dan niets voor haar?

Mijn zus mocht alleen in het bed slapen. Ik moest op een matras op de grond. Mijn moeder kuste ons op ons voorhoofd en zei: '*Gute Nacht*.'

2

De volgende ochtend werd ik gewekt door gepraat bij de wasbak naast de badkamer. Er scheen licht door de vitrage. Ik zag nu pas dat de muur naast de deur vol was geplakt met posters. Op een ervan stonden duistere figuren uit een soort fantasiewereld afgebeeld. Olifanten met engelenvleugels en kwallen met lange gele tentakels vlogen door de lucht. Een wezen met drie hoofden droeg een naakte vrouw in zijn armen en de hemel was niet blauw maar purper gekleurd, en er vlogen vogels met lange vlezige staarten door de lucht. Hoe langer ik keek, hoe meer ik ontdekte op de tekening die uit een andere wereld leek te komen. Daarnaast hing een langwerpige poster van een naakte vrouw die een zwaard in de lucht hield. Ik staarde een tijdje naar haar blote borsten.

'Ze zijn van de vorige bewoners,' zei mijn zus.

Ik stond op om naar de wc te gaan en zag mijn vader zijn gezicht boven de wasbak wassen. Toen hij de kraan dichtdraaide, pakte ik snel de handdoek die aan een haakje naast de wasbak hing, en reikte hem aan. Mijn vader keek me aan met een druipend gezicht. Zijn ogen werden groter. 'Waarom geef je mij deze vieze handdoek? Iedereen heeft hier zijn handen aan afgeveegd na het wc-bezoek. Weg ermee!' Ik schrok en stapte naar achteren. Mijn vader smeet de handdoek op de grond, pakte een andere die aan een haakje aan de deur hing en droogde zijn gezicht daarmee af.

De geur van geroosterd brood lokte me naar de keuken. Toen ik de woonkamer betrad, verwachtte ik daar Kadir, Erol en de vreemde mannen aan te treffen, maar ze waren er niet. Het huis zag er nu anders uit. De kleuren van de meubels en muren kwamen beter uit in het daglicht. Ik stapte het zonnige balkon op en keek door de smalle openingen in de betonnen balustrade naar beneden. Onze flat was omgeven door andere flats die net zo hoog waren. Terwijl wolkjes lucht uit mijn mond ontsnapten, zag ik eenden in de brede plas voor ons huis dobberen en meeuwen door de blauwe lucht cirkelen. Een vliegtuig vloog over, een jongen met een muts op fietste over de brug en verderop liet een man zijn hond uit op een uitgestrekt grasveld. Ik kreeg een warm gevoel: hier gingen wij dus wonen, in dit grote, lichte huis dat uitkeek op water en groen en waar meeuwen om ons heen vlogen en vliegtuigen witte strepen in de hemel trokken.

Aan de ontbijttafel vertelde mijn vader allerlei dingen over het huis en de omgeving aan mijn moeder. Hij benadrukte telkens hoe voortvarend hij te werk was gegaan bij het vinden en inrichten van dit appartement. 'In heel Amsterdam vind je niet zoiets moois voor dit geld,' zei hij trots.

Mijn moeder luisterde aandachtig en knikte af en toe terwijl ze een stuk van een suikerklontje afbeet en daarna een slok van haar thee nam. Ik deed wat fetakaas op een stuk geroosterd Turks brood, nam er kleine hapjes van en dronk er thee met melk bij. Mijn zus at geluidloos en met hangende schouders. Ze had nog niets gezegd aan tafel. Ik vroeg me af of ze teleurgesteld was dat ze niets voor haar verjaardag had gekregen.

'Heb je al een baan?' vroeg mijn moeder.

Mijn vader nam een slok van zijn thee en staarde even voor zich uit. 'Ik werk af en toe bij vrienden.'

'Wat voor werk doe je?'

'Ach, ik help soms mee op hun naaiatelier.'

'En hoeveel verdien je da...'

'Is dit soms een kruisverhoor?' onderbrak hij haar. 'Val me op de vroege ochtend niet lastig met dat soort vragen.' Hij stak gejaagd een sigaret op. 'Maak je over het geld geen zorgen. Ik krijg hier een uitkering.'

We leefden niet langer met de vrees door onze gastheren de deur gewezen te worden, zoals na die keer dat ik als vierjarige bijna het huis van kennissen in Hamburg in brand had gestoken. In mijn enorme fascinatie voor vuur had ik een brandende lucifer tegen het gordijn aan gehouden dat meteen vlam vatte. Gelukkig grepen de vlammen niet om zich heen omdat mijn moeder op tijd had ingegrepen. Wat volgde was veel geschreeuw van de kennissen en gesmeek van mijn ouders om te mogen blijven. Tevergeefs. Mijn moeder drukte mijn zus en mij op het hart om ons bij onze volgende gastheren nog stiller te houden, ons zo onopvallend mogelijk te gedragen omdat de adressen bijna op waren. En alsof we ondergedoken zaten, fluisterde ze: 'Wees stil, zorg ervoor dat ze geen last van jullie hebben. Anders moeten we op straat leven.'

Vanaf dat moment deden mijn zus en ik er alles aan om niet op te vallen. We leerden naar de grond te staren en als onopvallende spookjes door het huis te dwalen, op weg naar de ruimte die ons was toegewezen. We zeiden niets als de kinderen van onze gastheer ons uitdaagden of pestten. We leerden incasseren en slikken.

3

We woonden naast de lifthal die de galerij in tweeën deelde, wat betekende dat een groot deel van onze buren langs ons huis liep wanneer ze naar beneden gingen. Binnen de kortste keren wist ik wie er in de ons omringende appartementen woonde.

Meneer Rolf was een van onze meest opvallende buren. Hij woonde in het laatste appartement op onze galerij en was een van de eerste bewoners van de flat Fleerde. Toen ik hem voor het eerst ontmoette, zag ik het niet: de donkere wolk vol tragiek die hem altijd achtervolgde. Ook toen ik ouder werd, had ik nauwelijks door dat het leven hem langzaam omlaag drukte, elk jaar iets meer, en hem zijn zekerheden stuk voor stuk ontnam. Wat het extra bitter maakte, was dat meneer Rolf niet alleen de meest goedhartige man uit onze flat was, maar ook een betrokkenheid bezat die in onze wijk uiterst zeldzaam zou blijken. Hij was niet alleen voor ons, maar ook voor iedereen om ons heen de keurige en degelijke Nederlandse buurman bij wie je altijd terecht kon, de bindende factor in een flat vol langs elkaar heen levende individuen die zwijgend naast elkaar in de lift stonden en elkaar zonder te groeten passeerden in de binnenstraat.

Meneer Rolf was ruim over de vijftig en had kort grijs haar en een grijsbruine ringbaard die vooral diende als schild voor zijn hazenlip. Als je het eenmaal wist, was het lastig om niet te proberen steeds door zijn stugge snorharen heen zijn vervormde bovenlip te zien, vooral ook omdat hij licht sliste waardoor je blik automatisch naar zijn mond werd getrokken. Hij droeg altijd een beige regenjas en in het najaar een bijpassende hoed. Zijn paraplu gebruikte hij op grauwe dagen als wandelstok. Als we voor ons huis stonden, groette hij altijd beleefd en maakte een kort praatje. Hoewel mijn moeder de Nederlandse taal het eerste jaar nauwelijks machtig was, probeerde hij altijd een gesprek met haar aan te knopen over de dingen waar buren met elkaar over praten.

Meneer Rolf werkte als journalist en was actief in vele bewonersverenigingen waarin hij een voortrekkersrol vervulde en altijd opriep om in verzet te komen tegen de zoveelste huurverhoging of actie te voeren bij het stadhuis voor een betere leefbaarheid in de wijk. Vlak voor een demonstratie deelde hij dan geduldig flyers uit aan de deuren. Hoe vaak hij ook aan onze deur kwam, mijn ouders namen nooit deel aan een demonstratie, maar meneer Rolf nam hen dat nooit kwalijk.

Toen hij erachter kwam dat mijn vader communist was en politiek bewust, probeerde hij hem voor een van de bewonersverenigingen te werven. Hij deed dat met zoveel bevlogenheid en verve dat ik verwachtte dat mijn vader overstag zou gaan. Maar mijn vader bleek, ook tot mijn moeders teleurstelling, onvermurwbaar. Meneer Rolf gaf echter niet op. 'We hebben u nodig, meneer Mutlu,' zei hij steeds met een hoopvolle blik. 'Met uw charisma en overtuigingskracht kunt u veel voor de buurt betekenen.' Ik zag dat mijn vader gevleid was en zich de complimenten liet welgevallen, maar hij wenste zich alleen te wijden aan de grote zaak, de toekomst van het communisme, en wilde niet vechten voor een wijk waar hij nog maar kort woonde.

Naast meneer Rolf woonde de goedlachse Mona met haar twee enorme Deense doggen en haar Duitse vriend die altijd naar sterkedrank rook en er met zijn sluike haar en morsige kleren uitzag alsof hij in een daad van barmhartigheid door haar van de straat was geplukt. In het appartement ernaast woonde een Surinaams gezin met twee kinderen van dezelfde leeftijden als mijn zus en mij. Desondanks hadden we met hen geen contact. Dat was anders met het gezin in het volgende appartement: een praatzieke Turkse man, zijn bijziende Nederlandse vrouw, haar twee minder begaafde zoons uit een eerdere relatie en de zoon die ze samen hadden gekregen en die, als een onnozele hommage, naar hem was vernoemd.

De andere kant van de galerij was voor mij veel interessanter, want daar – vlak voor een van de knikken die het flatgebouw maakte en waar het zijn befaamde honingraatvorm aan te danken had – woonde Floyd met zijn ouders, oudere zus, broertje en twee jongere zusjes. Vanaf het moment dat ik Floyd zag, wist ik dat hij anders was dan ik, niet alleen vanwege zijn grote krullen en lichtbruine huidskleur die verraadden dat hij een halfbloed was, maar ook omdat zijn ogen steeds onrustig heen en weer schoten. Floyd was brutaal en speels en straalde iets gemeens uit waardoor ik hem niet vertrouwde. Maar op momenten dat ik hem geduldig zag spelen met zijn broertje Freddy, die het syndroom van Down had, zag ik dat hij ook een andere, zachtere kant had. Floyd was altijd op de galerij te vinden en maakte met zijn luidruchtige aanwezigheid duidelijk dat het zijn territorium was.

Toen ik op een hete zomerdag op de Duitse televisiezender ZDF een aflevering van *Tarzan* had gezien, met olympisch zwemkampioen Johnny Weismüller in de hoofdrol, besloot ik, uit een soort eerbetoon aan de aapman, met ontbloot bovenlijf te gaan fietsen. Zodra ik de galerij betrad en de dichtbegroeide bomen voor onze flat zag, waande ik me in de Afrikaanse jungle. Ik voelde de vurige drang opkomen om Tarzans oerkreet na te bootsen om zo alle wilde dieren in de wijde omtrek van de komst van hun koning op de hoogte te stellen, en me daarna op de takken van de kastanjeboom aan de overkant te werpen en van boom naar boom te slingeren, alsof ik de jacht had geopend op een zwarte panter die een van mijn apen had doodgebeten. Maar toen ik Floyd mijn richting op zag sluipen met een onheilspellende blik in zijn ogen, zag ik daarvan af. De vijand, geen dier maar een mens, was dichterbij dan ik dacht. Ik voorvoelde dat Floyd Tarzan kende noch bewonderde, en hoewel we nog nooit een woord hadden gewisseld, zag ik dat hij op het punt stond iets te zeggen wat me niet zou zinnen, al kon ik niet bedenken wat. Toen we vlak voor de klapdeur naar de lifthal tegenover elkaar stonden, wees hij naar mijn onbedekte torso en riep: 'Haha, ik zie je boobies! Ik zie je boobies!'

Ik had niet eerder van het woord 'boobies' gehoord, maar wist meteen wat dit brutale joch bedoelde. Zijn opmerking kwam mij zo vreemd en ongepast voor, dat ik geen idee had hoe ik moest reageren, dus liep ik zwijgend verder. Maar toen ik mijn fiets in de lift had gewerkt en merkte dat Floyd me nog steeds stond uit te lachen, maakte ik een wegwerpgebaar en riep ik: '*Hau ab, du Schwein!*'

Een paar dagen later kwamen we elkaar weer tegen toen ik met mijn moeder uit de lift stapte. Ik keek Floyd boos aan om hem te laten merken dat ik zijn opmerking niet was vergeten, maar hij leek ineens iemand anders. Hij keek me berouwvol aan, alsof hij zojuist een indrukwekkende kerkdienst had bijgewoond over naastenliefde. Hij stak zijn hand naar me uit en zei op onschuldige toon: 'Vrienden?'

Zijn onverwachte handeling verwarde me en even wilde ik hem de hand drukken zodat we alles konden vergeten en opnieuw beginnen. Maar mijn boosheid won het van mijn vergevingsgezindheid. Ik schudde mijn hoofd en riep: 'Nee!'

Mijn moeder sommeerde me om hem de hand te drukken. 'Metin, je buurjongen wil vrienden met je worden. Doe niet zo onaardig.'

Floyd had zijn hand niet teruggetrokken. Hij bleef geduldig wachten op mijn hand, en toen ik overstag ging, glimlachte hij. Het was niet de glimlach van een overwinnaar, zoals ik verwacht had. Hij keek dankbaar en opgelucht, alsof hem vergeving was geschonken.

Vanaf dat moment beschouwde Floyd me als zijn vriend. Hij groette me altijd hartelijk en belde regelmatig bij ons aan. De eerste paar keer deed ik uit een soort onnozele koppigheid nog koel tegen hem, alsof ik worstelde met het erkennen van onze opgelegde vriendschap. Het was het eerste charmeoffensief dat ooit op mij werd uitgevoerd, en het verwarde me. Maar al snel bezweek mijn verdedigingsmuur. Floyd was altijd vrolijk en benaderde de dingen met een lichtheid die mij toen al vreemd was. Ik werd plotseling geconfronteerd met de jaloersmakende zorgeloosheid van een jongen uit een groot christelijk gezin, met een goedlachse Nederlandse vader die kok was en een hartelijke Afro-Amerikaanse moeder met een Texaans accent die een geliefd figuur was binnen de kerk die zij wekelijks bezochten.

4

Op een middag zag ik mijn moeder iets doen wat me shockeerde: ze stak een sigaret op in de woonkamer. Mijn moeder, die er net als ik fel op tegen was dat mijn vader rookte, hield nu gejaagd een sigaret boven de vlam van een aansteker. Gehaast inhaleerde ze de rook en liet die in een lange zucht uit haar mond ontsnappen terwijl ze vermoeid tegen de buffetkast leunde. '*Anne*, wat doe je?' vroeg ik.

'Dat zie je toch.'

'Waarom rook je?'

Ze nam een diepe trek en zonder te hoesten liet ze de rook afdalen naar de diepte van haar longen. '*Oğlum*,' zei ze zuchtend alsof ik weigerde te onderkennen wat zo voor de hand lag. 'Anne heeft stress, zie je dat niet?'

Nee, ik zag het niet, want ik wist niet wat stress was. Maar nu ze dat had gezegd, wist ik hoe ik de staat waarin ze verkeerde moest noemen. Het was stress. En van stress ging je roken. Mijn moeder trok de buik van de buffetkast open en staarde naar de flessen sterkedrank die mijn vader voor speciale gelegenheden bewaarde. Aangebroken flessen cognac, whisky, raki en een, ondanks zijn communistische overtuigingen, onaangeroerde fles wodka. Mijn moeder greep de fles Johnny Walker Red Label, schonk een whiskyglas tot een kwart vol en sloeg het in één keer achterover terwijl ze de peuk tussen de wijs- en middelvinger van haar vrije hand geklemd hield. Ze leek niet berekend op de scherpe smaak, want ze sloeg met haar hand tegen de kast en liet haar hoofd zakken. Langzaam richtte ze zich weer op en schonk zichzelf whisky bij, alsof ze geen andere mogelijkheid zag dan het te leren drinken. De tweede slok verdroeg ze tot mijn verbazing beter. Daarna begon ze zachtjes te snikken.

'Anne, waarom huil je?'

Ze keerde haar rug naar me toe en depte haar tranen met de mouw van haar vest. 'Laat maar.'

'Wat is er?'

'Baba...'

'Wat is er met baba?'

'Hij maakt me verdrietig.'

Die avond hoorde ik mijn moeder huilen in bed.

Mijn vader liet geen kans lopen om het huis te ontvluchten. '*Kaçıyorum*,' zei hij telkens als hij de benen nam. 'Ik vlucht.' Iedere dag probeerde hij te ontsnappen aan het gezinsleven, alsof het hem ooit was opgedrongen door hogere machten. Hij wilde weer de vrije vogel zijn die hij zo lang was geweest en verlangde terug naar zijn roemruchte jaren in Izmir, toen hij met zijn vrienden op straat rondhing als de James Dean van de Mediterranée en het bankje in het park gebruikte als bed onder de sterrenhemel.

Wanneer mijn moeder vroeg wat hij ging doen, beweerde mijn vader altijd dat hij een bezoek ging brengen aan de vereniging, de plek waar hij met linkse Turken, Koerden en Zaza's met een anarchistische inborst over politiek sprak. Het enige wat ze met elkaar deelden, was hun haat jegens het kapitalisme en hun voorliefde voor drank en gokspelen.

Mijn vaders uitstapjes kenden een uitgebreide en tijdrovende voorbereiding volgens een nauwgezet protocol. De exercitie begon al vroeg met een lange warme douche. Daarna positioneerde hij zich, nadruipend in zijn badjas, voor de spiegel voor de eerste ronde die zo'n drie kwartier in beslag nam. Eerst borstelde hij zijn natte haar strak naar achteren in zijn dagelijkse hommage aan Michael Corleone. Terwijl iedereen in huis nog sliep, haalde hij daarna de kolossale rode föhn tevoorschijn die hij uit Duitsland had meegenomen in een speciaal daarvoor aangeschaft koffertje. De haardroger was zo groot dat hij gemaakt leek om verregende zoogdieren in dierentuinen mee te drogen en het monstrueuze geluid dat hij voortbracht leek eerder toe te behoren aan een verkeerd afgestelde machine op een bouwplaats. En terwijl het ding krankzinnig loeide en een hete luchtstroom zijn hoofdhuid teisterde, ging de borstel eindeloos over dezelfde plek van zijn volle haardos.

Na afloop genoot mijn vader van een uitgebreid ontbijt dat hij met zorg bereidde en voor de televisie nuttigde. Na de maaltijd trok hij voldaan een schoon overhemd aan, deed een handjevol Tabac aftershave op en installeerde zich weer voor de spiegel voor de tweede akte, die eveneens minstens drie kwartier in beslag nam. Hij sneed een citroen doormidden, perste de helft uit in een kommetje, deed er water bij, depte zijn vingers in het sap en bracht het met beheerste handbewegingen op precies de juiste plekken rond zijn volle kuif en kruin aan. Hij drukte zijn vingertoppen daarna met korte en felle bewegingen in zijn haar om opstandige haartjes op hun plek te drukken. Daarna kamde hij net zo lang tot hij met een tevreden blik naar zijn spiegelbeeld staarde en de kam met een doffe klap op het plateautje onder de spiegel liet neerkomen. Dat eendimensionale geluid was de gong voor zijn pleziertocht. Hij begaf zich met kalme passen naar de hal waar zijn leren jassen aan de kapstok hingen en zijn instappers in verschillende kleuren meer dan de helft van het schoenenrek in beslag namen. En precies op dat moment, alsof ze het zo hadden afgesproken, kwam mijn moeder uit de keuken gesneld voor de opvoering van hun treurige klucht. Ze liep achter hem aan als een van de bedelaars die bij winkelcentrum Fazantenhof achter passanten aansloften, maar waar die hun hand ophielden om hun dagelijkse shotje heroïne te kunnen bekostigen, vroeg mijn moeder om geld voor de boodschappen.

Elke keer weer zei mijn vader: 'Ik heb je een paar dagen geleden toch wat gegeven? Wat heb je met die vijfentwintig gulden gedaan?' Hij keek haar aan met een getergde blik, alsof ze het niet eens kon klaarspelen om voor zoiets eenvoudigs als de boodschappen zorg te dragen. 'Je geeft geld uit als water,' zei hij alsof hij het in een zeldzaam moment van zelfinzicht over zichzelf had. 'Leer nou eens wat over te houden, vogelbrein.'

Mijn moeder begreep dat ze zijn uithaal nederig moest incasseren alsof hij het eeuwige gelijk aan zijn zijde had en herhaalde haar verzoek op beheerste toon. Wanneer hij nog steeds ongevoelig bleek voor haar woorden, voegde ze er wanhopig aan toe: 'Waar moeten we dan van eten?' En vaak genoeg deed hij alsof die woorden werden uitgesproken door een vreemde en opende stoïcijns de voordeur. Het was pas op die momenten – in de laatste seconden van zijn korte aanwezigheid in ons midden, vlak voor de opluchting die hij ervoer wanneer hij de flat uitliep en snuivend zijn kraag optrok – dat mijn moeders toon iets verscherpte, haar vastberadenheid ook in haar ogen te zien was en dat ze het waagde om hem, de onvoorspelbare en grillige huisgenoot, voorzichtig bij zijn onderarm te pakken, zijn voornaam uit te spreken en te zeggen: 'Harun, jij hoeft je niet bij mij te verantwoorden voor het geld dat de overheid je geeft voor je gezin en dat jij in de stad uitgeeft zonder overleg. Maar laat me dan alsjeblieft niet steeds smeken om geld dat ik nodig heb om mijn kinderen te eten te geven.'

'Je lijkt echt op die achterlijke moeder van je wanneer je je ogen zo dichtknijpt,' riep mijn vader dan. 'Verdomme, waarom ben ik toch ooit met de dochter van Zerda getrouwd?'

Hij wist dat mijn moeder hem niet zou laten gaan, dat ze zich desnoods aan hem zou vastklampen. En hoe vaak mijn vader ook vanuit zijn zelfgebouwde troon neerkeek op haar en haar 'vogelbrein' noemde, hij wist dat hij er niet aan zou ontkomen om zijn portemonnee uit zijn binnenzak te halen en er een door Ootje Oxenaar ontwerpen bankbiljet uit te halen, met daarop de plechtige beeltenis van Jan Pieterszoon Sweelinck in fraaie rode tinten. Als zijn woede de overhand kreeg, volstond hij met het blauwe biljet met daarop de ernstig kijkende Frans Hals. En wanneer duistere gedachten het wonnen van zijn fatsoen en mijn moeder hem haast tot waanzin dreef, liet hij Frans Hals door de lucht dwarrelen en moest mijn moeder hem van de betonnen vloer van de galerij rapen.

Langzaam vloeide de spanning weg uit het gezicht van mijn moeder. De onzichtbare lucht van ontspanning drong beetje bij beetje naar alle vertrekken van het huis. We wisten nooit voor hoelang, want het was niet te voorspellen hoe laat hij thuis zou komen, of hij ons zou vergezellen bij het avondeten of zijn prak later die avond naar binnen zou werken voor de televisie. Mijn vaders thuiskomst werd een gevreesd kantelmoment.

Als zijn sleutel krakend in het slot drong – een geluid dat alleen zíjn sleutel maakte – activeerde dat bij ieder van ons iets zwaars in ons binnenste wat ons meteen alert maakte. De atmosfeer in huis sloeg om en wat we op dat moment ook aan het doen waren, het werd op slag minder belangrijk. We trokken onze voeten terug van de salontafel en gingen rechtop zitten.

Steeds vaker keerde mijn vader pas na middernacht huiswaarts. Ik lag niet zelden wakker en wachtte in de stilte van de nacht op het geluid van de lift die stopte op onze verdieping. Een paar seconden later hoorde ik hoe mijn vader met zijn sleutel in het slot wroette alsof hij het probeerde open te breken met een koevoet. En vaker dan me lief was, hoorde ik hem dan even later overgeven in de badkamer. De sporen van zijn braakpartij waren de volgende ochtend nog te zien in de wasbak.

5

Ik leerde Saleem op de kleuterschool kennen. In de pauzes schold hij me uit en bekogelde me, samen met zijn Pakistaanse vriendjes, met stokken en steentjes alsof ik een verschoppeling was die verbannen moest worden. Een halfjaar later, aan het einde van de zomer van 1983, veranderde alles toen we op de openbare basisschool De Bijlmerhorst bij elkaar in de klas kwamen. We werden onafscheidelijk.

Net als ik was Saleem niet in Nederland geboren. Zijn wieg stond in Birmingham, waar veel van zijn Pakistaanse familie woonde. Op zijn derde was hij met zijn ouders, broer en zus naar Amsterdam gekomen waar ze zich in de flat Echtenstein hadden gevestigd. Ondanks zijn geringe lengte was Saleem een opvallende verschijning: hij was de enige van onze school die rondliep in pantalons. Daarboven droeg hij keurige lichtblauwe of witte overhemden die zijn moeder bij Marks & Spencer kocht. Zijn voeten had hij niet, zoals de rest van ons, in gympen maar in bruinleren instappers gestoken, alsof hij een kleine zakenman was die zich verwaardigd had om met ons om te gaan. En hij was de enige jongen in onze klas die gel in zijn haar deed. Zo hield hij zijn strakke zijscheiding zelfs tijdens de vechtpartijen in de pauze keurig in model.

In de eerste klas begon ik met observeren. Juffrouw Sylvia was een Hindoestaanse vrouw van wie ik de leeftijd moeilijk kon inschatten. Ze zag er ouder uit dan mijn moeder maar veel jonger dan onze oude buurvrouw van één hoog. Ze droeg een neusring en opvallende groene oogschaduw. Tijdens de eerste schooldag vertelde ze de klas dat ze in Paramaribo geboren was. ‘Dat is de hoofdstad van Suriname, een land dat tot 1975 bij Nederland hoorde.

Maar Suriname ziet er heel anders uit en heeft een tropisch klimaat.'

Juffrouw Sylvia leerde ons lezen. Aan het bord hing het klassieke beeld dat haar daarbij moest helpen. Ze wees ernaar en zei: 'Aap! Noot! Mies!' Omdat ik niet begreep waarom ze de kat Mies noemde, zweeg ik terwijl de klas in koor haar woorden herhaalde. Niet veel later verbaasde het me dat de witte hond op de tekening 'Kees' werd genoemd. Het stoorde me dat we in koor dingen moesten roepen die niet klopten. Ik verloor mijn interesse in de suffe tekeningen op de poster en terwijl de klas hardop oefende, begon ik bomen, huizen en auto's te tekenen.

Op een ochtend moesten we om beurten uit een boekje voorlezen. Eerst was het de beurt aan Soenita. Ze deed het beheerst, haar uitspraak was keurig. Daarna mocht Saleem. Ik hoopte dat hij het er slecht vanaf zou brengen en dat hij net als ik zijn interesse had verloren in het alfabet. Hij deed zichtbaar zijn best en was weliswaar minder goed dan Soenita, maar goed genoeg om een goedkeurend knikje van juffrouw Sylvia te ontvangen. Toen was het mijn beurt. Pas op dat moment wierp ik een eerste blik in het boekje dat voor mijn neus lag. Ik slikte en vroeg me af wat ik moest doen. Ik zag de letters op de bladzijde. Ik dacht hard na. Als ik me goed concentreerde kon ik misschien de woorden met twee letters ontrafelen. Maar het ging niet. Ik besloot maar alles letter voor letter uit te spreken. 'I... K... W... I...'

'Stop, Metin,' zei juffrouw Sylvia streng. 'Je moet voorlezen en niet losse letters uitspreken. Begin maar opnieuw.'

Ik knikte, maar wist niet hoe ik het anders moest voorlezen. 'I... K...W...'

De klas kon haar ongeduld niet meer bewaren en riep in koor: 'IK WIL!'

Ik kromp ineen.

Tijdens mijn allereerste ouderavond zat ik met mijn moeder en zus tegenover juffrouw Sylvia. Het was de eerste keer dat ik in ons klaslokaal niet op mijn eigen plek zat.

'Uw zoon is een lieve jongen, hij kan goed tekenen.' Juffrouw Sylvia zuchtte en vouwde haar handen in elkaar. 'Maar hij is ook een dromer.' Ze keek me nu aan. 'Metin is vaak afwezig. Hij staart altijd naar het plafond.' Ik kon haar doordringende blik niet lang verdragen en keek weg naar de tl-lampen boven ons hoofd, onbewust haar gelijk bevestigend. 'Het is niet erg, want jullie wonen hier nog niet zo lang, maar hij heeft een taalachterstand. Daardoor loopt hij achter met lezen.'

Mijn zus deed haar best de woorden van mijn juf te vertalen voor mijn moeder. Ze gebaarde en fluisterde, alsof ik het niet mocht horen. Mijn moeder knikte begripvol.

'Metin moet meer lezen,' zei de juf. Ze probeerde met haar handen een boek uit te beelden. 'Ik adviseer u hem mee te nemen naar de bibliotheek in Ganzenhoef.'

In haar heilige missie om mij en mijn zus succesvol te laten zijn op school, bracht mijn moeder ons de volgende dag al naar de bibliotheek. Ik had een groot en licht gebouw verwacht waar honderden mensen zich om oude boeken stonden te verdringen. Maar de bibliotheek van Ganzenhoef was een onopvallend laag gebouw zonder al te veel bedrijvigheid, gelegen onder het brede viaduct van een van de vele dreven in de Bijlmer. De mensen die er langsliepen waren onderweg naar de markt of het metrostation en als je er niet naar op zoek was, zou het gebouw je nooit opvallen. Rond de brede pilaren wemelde het van de junks die druk gebarend met elkaar praatten of naar elkaar schreeuwden. Sommigen zaten op de grond in hun vuile kleren, uitgeteld en vermagerd. Ze keken alsof ze zich hadden verzoend met hun lot en niets meer van het leven verwachtten.

'Ik ben bang,' fluisterde ik.

'Ze doen niets,' zei mijn moeder terwijl ze onrustig om zich heen keek op zoek naar de plek die haar zoon moest helpen de eerste tegenslag in zijn jonge leven te overwinnen, zodat hij op een dag door de poorten van een van de universiteiten van dit land zou wandelen en uit zou groeien tot een geslaagde Europeaan.

De blonde bibliothecaresse veerde op van haar plek toen we voor haar stonden, alsof ze ontwaakte uit een diepe middagslaap. Ze ging rechtop zitten, noteerde onze namen en overhandigde mijn zus en mij een oranje geplastificeerd pasje met onze namen erop. Daarna begeleidde ze ons naar de kinderboekensectie. 'Zoek hier maar wat leuks uit,' zei ze met een uitnodigend gebaar dat me het opwindende gevoel gaf dat alles er speciaal voor mij was neergezet. Ik hoopte dat ze me een boek zou helpen uitzoeken, maar hoewel het rustig was, liep ze snel terug naar de balie alsof ze nog wat slaap in te halen had.

Ik bekeek de kleurrijke ruggen van de boeken, trok er een paar uit de kast en sloeg ze open. Mijn oog viel het eerst op tekeningen van spelende kinderen en ik moest mezelf dwingen een korte blik te werpen op de vermaledijde letters die veel te veel ruimte in beslag namen. Ik kon me er niet op concentreren en besloot dat ik het moment van ontcijferen mocht uitstellen tot we thuis waren. Ik koos boeken waarin de afbeeldingen van dieren overheersten, want boven alles hield ik van dieren. Ik was verslingerd aan de tekenfilmserie *Nils Holgersson* en wilde niets liever dan net als Nils op de rug van een gans rondvliegen en naar Lapland trekken.

Die middag liet ik vier boeken over dieren afstempelen bij de dame die ons had ingeschreven. Thuis begon ik te lezen over beren, olifanten en apen, en de woorden die ik voorheen slechts met moeite kon ontraadselen, kon ik steeds makkelijker tot me nemen. Steeds sneller sloeg ik de bladzijden om.

6

Tijdens zijn betere momenten gaf mijn vader zonder schroom toe dat hij te makkelijk geld uitgaf, om er nonchalant aan toe te voegen dat bankbiljetten er waren om uitgegeven te worden. Meerdere keren had hij grote sommen verspeeld aan eveneens goklustige vrienden, bedragen die gelijkstonden aan stapeltjes biljetten met de stoïcijnse beeltenis van Baruch Spinoza, geld dat bestemd was voor uitgaven voor het gezin, en dat we hadden kunnen aanwenden om niet langer op de grond te hoeven slapen op matrassen.

Zo kwam het dat mijn vader op een dag het weinige geld dat mijn moeder en hij bij elkaar hadden weten te sparen, aan haar had toevertrouwd. 'Jij moet dit geld maar bewaren. Verstop het voor me, want als ik weet waar het ligt, zal ik alles in één keer uitgeven.'

Mijn moeder had haar hoofd geschud en gezegd dat hij haar onder druk zou zetten als hij in geldnood zat. Hij had haar gerustgesteld: 'Dat zal ik niet doen, Asena, dat beloof ik. En anders moet je mij maar gewoon herinneren aan deze afspraak.'

Maar hoe kon mijn moeder mijn vader aan een gemaakte afspraak houden? Hoe kon zij de klippen van zijn woedeaanvallen omzeilen en zijn onstuimige karakter temmen?

Op een middag had ik om de een of andere reden besloten om op de vensterbank te gaan staan. Bij thuiskomst had ik mijn ouders al luid horen discussiëren in de keuken. Terwijl ik naar buiten staarde, vluchtte mijn moeder ineens de woonkamer in, al roepend dat mijn vader het geld niet zou krijgen.

Ik draaide me om en terwijl ik met mijn rug tegen het koele raam leunde, zag ik mijn vader in de deuropening van de woonkamer staan als een duister figuur uit een misdaadfilm die komt opeisen wat van hem is. Zijn armen hingen langs zijn brede lichaam als die van de beruchte straatvechter die hij in zijn tienerjaren geweest was. Hij had zijn handen tot vuisten gebald en zijn borstkas ging in een onrustig tempo op en neer. Mijn vader keek alsof hij klaar was met praten en tot het uiterste zou gaan om zijn doel te bereiken.

'Geef me het geld,' beval hij.

Ik schrok niet alleen van zijn blik, maar ook van zijn scherpe toon die was doordesemd met een diepe woede waarin haat doorklonk.

'Dat geld is van ons allemaal.'

'Ik heb het nodig.'

'Als ik het aan jou geef, is het binnen een paar uur verdwenen.'

'Je weet dat ik het nodig heb,' zei mijn vader.

'Waarom?'

'Dat heb ik je net uitgelegd. Is het weer niet tot dat vogelbrein van jou doorgedrongen?'

'Aan wie ben je dat geld verschuldigd?'

'Iemand die je niet kent.' Mijn vader deed alsof het om iemand ging die zich alleen in de schaduwen van kelders en kerkers voortbewoog. Met wat voor mensen had hij zich in godsnaam ingelaten?

'Waarom doe je zo geheimzinnig?' zei mijn moeder met een vreemd soort nonchalance in haar stem alsof ze niet doorhad dat hij op het punt stond zijn zelfbeheersing te verliezen. 'Ha, zeg dan gewoon dat je weer gokschulden hebt.'

'Ik heb al genoeg gezegd. Je weet dat ik in tijdnood zit.' Hij zweeg even en brulde toen: 'Geef me dat geld!'

Mijn moeder zette een paar stappen naar achteren en stond nu vlak bij mij. Ik verwachtte dat ze zou capituleren. Het zou geen schande zijn, want ze had al meer moed getoond dan ik had verwacht.

'Ik geef het je niet,' schreeuwde ze ineens net zo hard terug.

Ik slikte, niet in staat om in te grijpen, alsof ik een toeschouwer was die vanaf het balkon van een klein theater neerkijkt op het podium waar een huiselijk drama wordt nagespeeld. Geef hem dat geld, dacht ik. Geef hem verdomme dat geld, zodat hij weggaat.

Toen ik mijn vader aankeek, zag ik een blik in zijn ogen die ik nog nooit had gezien en die ik na die dag ook nooit meer zou zien: er stonden tranen in zijn ogen en zijn oogwit was roodgekleurd, alsof hij dagen niet had geslapen. Zijn bovenlichaam beefde en zijn onderlip trilde toen hij de woorden uitsprak die mijn ingewanden deden verstenen.

'Ik vermoord je,' zei hij. 'Ik vermoord je als je me dat geld niet geeft.'

Mijn lichaam verstarde. Ik moest wat zeggen, ik mocht niet meer zwijgend toekijken. Maar ik kreeg geen lucht, net als in de boze dromen waarin ik door inbrekers werd aangevallen en niet kon schreeuwen, was me nu de adem abrupt ontnomen. Maar ik moest wat zeggen voordat er geen weg terug meer was.

'Je mag dat niet zeggen!' Ik schreeuwde het uit alsof er een stop van een pot was gevlogen door de oplopende druk. 'Je mag dat niet tegen mijn moeder zeggen!'

Mijn vader reageerde niet op mijn woorden. Hij keek niet eens op. Het was zelfs alsof mijn woorden een averechts effect hadden, want mijn moeder begon nu ook te schreeuwen alsof ze nog meer besefte waarvoor ze streed. 'Vermoord me maar,' gilde ze wanhopig. 'Dan krijg je het geld nooit. Vermoord me maar!'

Hij wees nu naar haar zoals een beul zijn volgende slachtoffer aanwijst. 'Daag me niet uit, vrouw. Dwing me daar niet toe, want ik ben nu tot alles in staat. Alles!' Zijn ogen werden donker en zijn gebalde vuisten kraakten toen hij eraan toevoegde: 'Ik waarschuw je een laatste keer. Ik zal niet aarzelen.'

En terwijl zijn woede de ruimte vulde en mijn angst overging in onbeheersbare wanhoop, smeekte ik mijn moeder: 'Alsjeblieft, anne, doe wat hij zegt. Geef hem het geld!' Mijn moeder bleef strak voor zich uitkijken. Het voelde alsof ik aan het verschrompelen was, alsof mijn schedel kraakte.

Ineens knikte ze.

Mijn moeder liep naar de keuken, deed de deur met een klap dicht en kwam even later terug met een enveloppe. 'Dit is de laatste keer,' zei ze opvallend kalm. 'Breng verdomme je zaken op orde. Je hebt een gezin.'

Mijn vader griste de enveloppe uit haar handen en liep het huis uit zonder verder iets te zeggen.

7

Mijn verzet brak definitief toen Floyd samen met zijn vierjarige broertje Freddy voor onze deur stond. Ik zag vanachter het keukenraam hoe Floyd zijn broertje optilde en de handen van de dreumes richting onze bel gingen. Ik deed open.

'Kijk Freddy,' zei Floyd, 'dit is mijn vriend Metin.'

En op dat moment besloot ik dat Floyd ook mijn vriend was.

Freddy keek me aan met grote ogen waar een vertederende droefheid in school. Hij probeerde te peilen wie ik was. Ineens brak er een glimlach door op zijn brede gezicht waarna hij met uitgestoken armen riep: 'Ik ben Freddy!' Hij zette een paar wankele stappen en greep me grinnikend bij mijn benen. Terwijl ik hem ongemakkelijk op zijn mollige rugje klopte, rook ik zijn zoete geur, alsof hij even daarvoor in een bad vol gummibeertjes had gezwommen.

'Hij heeft een gat in zijn hart,' zei Floyd, alsof het ging om een gekneusde teen die met wat rust zou herstellen.

'Een gat in zijn hart?' Floyd knikte. Ik keek naar Freddy die op de grond was gaan zitten en er in zijn korte broek en strakke shirtje uitzag als een reuzenbaby. Hij keek verwachtingsvol omhoog alsof ik hem ieder moment een lolly kon aanreiken. 'Maar... hoe kan hij dan leven?'

Floyd staarde even zwijgend naar zijn broertje, alsof hij zichzelf die vraag nooit had gesteld. 'We moeten vaak naar het ziekenhuis. Hij krijgt medicijnen.'

Ik ging op de drempel van onze voordeur zitten en stak mijn hand uit naar Freddy. Hij pakte hem meteen vast met zijn vlezige handjes. 'Ik ben Freddy!' riep hij weer. Hij leek niet op Floyd, niet alleen omdat hij alle trekken had van iemand met het syndroom van Down, maar ook omdat zijn haar steil was.

'Volgens de doktoren zal hij niet oud worden, maar dat geloof ik niet, want de Heer waakt over hem.'

Ik liet als zoon van een ongelovige communist de opmerking over de Heer voor wat die was en vroeg: 'Heeft hij pijn?'

'Ik weet het niet, soms begint hij zomaar te huilen, maar dat doet mijn jongste zusje ook.' Floyd keek naar zijn broertje en ik zag zijn bezorgdheid. 'Kom je bij me spelen?' vroeg hij ineens. 'Mijn ouders willen je graag ontmoeten.' Hij zag mijn verbaasde blik en voegde eraan toe: 'Ik heb ze veel over je verteld. Mijn vader is oliebollen aan het bakken, die moet je echt proeven.'

'In de zomer?'

'Mijn vader bakt elke maand wel oliebollen omdat Freddy er dol op is. Hij is kok.'

De gedachte aan een oliebol deed me watertanden, maar de prijs was hoog: het idee dat ik nu het hele gezin van Floyd in één keer zou ontmoeten en waarschijnlijk allerlei vragen zou moeten beantwoorden, benauwde me. 'We gaan zo eten,' loog ik.

Maar Floyd bleek vastbesloten om mij aan zijn ouders voor te stellen. 'Dan blijf je maar eventjes. Kom mee.' En hij had zijn broertje als ultieme troef meegenomen, want alsof hij er instructies voor had gekregen, begon Freddy in zijn handen te klappen. 'Kom mee! Kom mee!' riep hij.

Als ze het zo graag wilden, kon ik niet weigeren. En heimelijk was ik ook benieuwd naar het huis van Floyd en naar zijn stoere zus. Bovendien was de laatste keer dat ik oliebollen had gegeten veel te lang geleden. Zonder iets tegen mijn moeder te zeggen, trok ik de deur achter me dicht. We liepen rustig over de galerij, Freddy bleek moeizaam vooruit te komen met zijn dikke O-beentjes. Hij hield Floyds hand vast en leek zijn benen niet te strekken maar ze simpelweg te verplaatsen alsof zijn knieën niet het vermogen bezaten om te buigen. De deur van hun appartement stond wijd open, ik rook de vette geur van bakolie en hoorde het geluid van een televisie die hard stond. Floyd hielp Freddy over de hoge drempel. We liepen naar de keuken waar Floyds vader met een schort om achter het fornuis stond. Het was een beeld dat me onmiddellijk trof: ik had mijn vader zelden achter het fornuis zien staan en kon me niet voorstellen dat hij ooit oliebollen voor ons zou bakken, of ook maar een simpele omelet. Floyds moeder zat aan de eettafel en bladerde door een reclamefolder. Ze stond meteen op toen ze me zag.

'Hey look, it's the neighbour's kid!' zei ze alsof ze aangenaam verrast was door mijn komst. Ze was zo lang dat ik omhoog moest kijken. *'Welcome to our house, my name is Janice. How are you?'*

Haar hartelijkheid overviel me, want om de een of andere reden was ik altijd een beetje bang geweest voor deze grote zwarte vrouw. Snel dacht ik aan de Engelse woorden die ik op Sky Channel had opgepikt en zei aarzelend: *'I'm fine, thank you. How are you?'*

'I'm doing great. Look Ferdinand, his English is fantastic! Isn't that amazing?'

Floyds vader draaide zich om en stak zijn hand naar me uit. 'Ik ben Ferdinand,' zei hij breed glimlachend. 'Floyds vader. En hoe heet jij, jongeman?' Ik noemde mijn naam en vroeg of hij echt oliebollen aan het maken was. 'Jazeker, die eten wij het hele jaar door omdat de kinderen er dol op zijn.'

'Eigenlijk is hij er zelf nog het meest dol op,' zei Floyd terwijl hij zijn vader op zijn indrukwekkende buik klopte. Ik vroeg me af hoe mijn vader zou reageren als ik dat bij hem had gedaan.

Ferdinand legde zijn arm op zijn zoons schouder. Hij wreef trots over zijn buik. 'Ik kan het moeilijk ontkennen.'

We liepen verder naar de woonkamer. Hoewel het een stralende dag was, waren de gordijnen gesloten en brandden er twee staande lampen die een schemerig licht verspreidden. Twee meisjes zaten op de grond te spelen met poppen en overal om hen heen lag speelgoed. Het was alsof ik in een kinderparadijs was beland. Het ene meisje was zo'n twee jaar jonger dan Floyd, het andere meisje was nog jonger dan Freddy die zich bij hen had gevoegd en met een speelgoedhamer op het hoofd van een Barbiepop aan het slaan was. Hij ging met zo'n ongekende vastberadenheid te werk, dat ik verwachtte dat de meisjes gillend het hamertje uit zijn hand zouden rukken, maar ze lieten Freddy begaan alsof de straf Barbie toekwam.

Floyds zus zat onderuitgezakt op een fauteuil tv te kijken. Toen ze me zag stak ze haar wijsvinger nonchalant omhoog en zei 'hoi' alsof ik vaker bij hen thuis was geweest. 'Ik ben Serena.'

'Ik ben Metin.'

'Ja, dat weet ik.'

'Hoe...'

'Ik hoorde jullie praten in de keuken.' Vervolgens keek ze Floyd streng aan: 'Heb jij onze gast al wat te drinken aangeboden, *little man?*'

Floyd sloeg zijn hand voor zijn mond. 'Vergeten, *I'm sorry.*' Ik dacht dat hij een grap maakte, maar toen hij me geschrokken aankeek, begreep ik dat het niet gespeeld was. 'Wat wil je drinken?' En voor ik kon reageren, zei hij: 'We zijn gisteren naar de Maxis geweest en hebben cola, Fanta, appelsap en melk gehaald. En o ja, we hebben ook nog ice tea.'

'Ice tea?'

'Ken je dat niet? Dat is gewoon...' Hij dacht even na. 'Dat is gewoon zelfgemaakte koude thee. Mijn moeder maakt het.'

'Het is Amerikaans,' vulde Serena aan. 'Mijn moeder drinkt er liters van.'

'Wacht, ik pak wel wat voor je,' zei Floyd opgewonden. 'Je moet het echt proeven.' Even later reikte hij me een glas aan met daarin een vloeistof die er weinig spannend uitzag. Het leek op appelsap. 'Hier, drink maar.'

Ik nam een slok en het was koud, zoals ik had verwacht, maar de zoete smaak waar ik op had gerekend, bleef uit. Ik proefde letterlijk koude thee met een flauw citrussmaakje dat me nauwelijks kon bekoren.

'Je hoeft het niet op te drinken, hoor,' zei Serena. 'Floyd liet je niet echt kiezen, hè.' Ze keek haar broertje weer bestraffend aan. 'Dat is niet gastvrij van jou. *I'm gonna tell mom on you.*' Ze knipoogde naar mij.

'*Whatever*,' zei Floyd terwijl hij schuldbewust naar de grond staarde.

Om me een houding te geven en Floyd niet af te vallen, nam ik nog een slok van de koude thee terwijl ik de neiging moest onderdrukken om wat suiker uit de pot op tafel erbij te doen.

Floyd doorbrak de stilte: 'Laten we Dokter Bibber spelen.' Opnieuw wachtte hij mijn reactie niet af. Hij trok het deurtje van de buffetkast open, haalde er een doos uit tevoorschijn en plaatste hem op de eettafel. 'Het is heel spannend, je kent het toch wel?'

Ik had het nooit gespeeld maar op televisie weleens een suf reclamefilmpje gezien waarin kleine kinderen deden alsof ze chirurgen waren en op aanstellerige wijze groene kapjes voor hun mond deden. Het spel leek me iets voor kinderen die nog niet konden lezen of schrijven, maar Floyd was zo enthousiast dat ik dat niet durfde te zeggen. Veel liever had ik mens-erger-je-niet gespeeld dat ik soms met mijn ouders en zus in het weekend speelde. Mijn vader hanteerde de Turkse naam van het spel, *Kızma birader*, waardoor ik me altijd inbeeldde dat hij het in zijn jeugd met zijn broer en ouders had gespeeld en ons daarom zo vaak versloeg.

Tijdens het spelen van mens-erger-je-niet leerde ik een heel andere kant van mijn vader kennen. Zodra we aan het spel begonnen, liet hij zijn afstandelijke masker vallen. Het vormde mettertijd zelfs de aanleiding om het bordspel uit de kast te halen, want mijn vader veranderde tijdens het spel in iemand die grapjes maakte en er plezier in had om tijd met ons door te brengen. Voor even verliet hij zijn eigen, voor ons ontoegankelijke wereld en betrad ons domein met een zeldzame vrolijkheid die niet strookte met zijn doorgaans afstandelijke houding. Meer nog dan me te bekommeren om het lot van mijn groene pionnen, bekeek ik mijn vader op die schaarse momenten van verbondenheid en verbaasde me om zijn uitbundigheid en warmte. Van ons vieren was hij het meest fanatiek, hij deed er alles aan om te winnen. Bij het gooien met de dobbelsteen, hanteerde hij zijn eigen ritueel: hij schreeuwde steeds om een zes en als het resultaat tegenviel, riep hij dat hij was afgeleid door ons of beweerde hij zelfs dat ik een scheet had gelaten die hem de adem had ontnomen, zodat hij opnieuw mocht gooien. De eerste keer keek ik beschaamd en met een steeds roder kleurend hoofd om me heen, en nog voordat ik had kunnen reageren, had mijn vader al opnieuw gegooid. Maar de keren daarna weerde ik mij steeds kraniger, en na een tijdje durfde ik hem er zelfs van te beschuldigen dat hij zelf een windje had gelaten om verwarring te zaaien, waarna we vaak in lachen uitbarstten.

Zijn gedrevenheid was ongekend: wanneer hij met zijn pion op het punt stond om een van onze pionnen te verschalken, lichtten zijn ogen op en wreef hij zich verlekkerd in zijn handen. Ik schrok de eerste keer dat hij mijn pion bruut van het bordspel beukte met de zijne, en terwijl ik verdwaasd onder de bank kroop om mijn gesneuvelde pion te bergen, hoorde ik hem uitbundig lachen. Het werd me al snel duidelijk dat hij een persoonlijke opdracht had, want in plaats van zijn pionnen naar een veilige haven te leiden, zoals in de spelinstructies stond en zoals wij braaf deden, werd het zijn missie om vooral zoveel mogelijk van onze pionnen van zijn pad te blazen. Het ging mijn vader niet om de winst, maar om het gevecht, het plezier van het verschalken van zijn tegenstanders met de daarbij behorende overwinningskreten die door de woonkamer galmden. Pas wanneer hij flink had huisgehouden en het speelveld aanzienlijk had uitgedund, wijdde hij zich aan zijn formele opdracht, die hem zichtbaar minder plezier bezorgde.

Misschien was mijn vader daarom zo goed in schaken: het was voor hem het ultieme duel. En hij blonk erin uit, hij reeg de overwinningen aan elkaar bij de Turkse vereniging in de stad waar hij vrijwel dagelijks kwam. Hij ontdeed zijn tegenstanders zo snel van hun stukken, dat die al snel beduusd opgaven en hij binnen de kortste keren de intimiderende bijnaam De Veroveraar kreeg. Toen ik een keer mee was naar de vereniging, zag ik dat mijn vader tijdens het schaken een totaal andere speler was dan bij de melige potjes mens-erger-je-niet die, vergeleken hiermee, tactisch weinig om het lijf hadden. Hij zat nu rechtop en trok gedurende de strijd een ernstig gezicht terwijl hij zijn handen in elkaar vouwde. Hij juichte niet na de beslissende zet waarmee hij een rivaal schaakmat zette, alsof hij wilde uitstralen dat hij nooit had getwijfeld aan de overwinning. Maar waarschijnlijk wilde hij simpelweg niet riskeren dat hem het glaasje whisky, dat de overwinning hem volgens afspraak zou opleveren, onthouden werd door een vernederde tegenstander. En misschien vond hij het ook niet passen bij de edele sport van het schaken en zou het in te groot contrast staan met de illustere grootmeester Garry Kasparov die hij heimelijk bewonderde.

Wanneer vrienden van hem bij ons op bezoek kwamen, haalde mijn vader altijd het schaakbord tevoorschijn en kwam de sterkedrank uit de kast, en niet zelden gaf zijn vriend hem dan binnen een uur een hand en stond hij verslagen op. In eigen huis was hij ongeslagen.

Lang wachtte ik op het moment dat hij mij de beginselen van het schaken zou bijbrengen, want er moest toch iets van het talent van mijn vader op mij zijn overgegaan? Dat moment kwam onverwacht op een kille zondagmiddag waarop de stortregen mijn vader ervan weerhield af te reizen naar de vereniging. ‘Het wordt tijd dat ik een schaker van je maak,’ zei hij op een toon alsof hij er niet veel vertrouwen in had dat het hem zou lukken. Maar ik was verheugd dat het moment eindelijk aangebroken was. Ik nam plaats op de stoel die normaal gesproken bestemd was voor zijn gedoemde tegenstanders. Eenmaal op die plek gezeten, overviel me een spanning die mijn opgewektheid meteen verdreef en die mijn voorgangers ook gevoeld moesten hebben. Vanaf zijn fauteuil, die op dat moment meer weg had van een troon, keek mijn vader me streng aan, en alsof hij de vorst van een gevreesd koninkrijk was, zei hij op gewichtige toon: ‘Let goed op, wat ik nu ga zeggen is heel belangrijk.’ En nadat hij die woorden had uitgesproken, kreeg ik het gevoel dat ik het onmogelijk goed kon doen. Terwijl hij me liet zien welke bewegingen de diverse stukken konden uitvoeren en vertelde wat het doel van het spel is, dacht ik er alleen maar aan dat ik geen woord mocht missen van wat hij zei. Toen hij vervolgens testte of ik er iets van begrepen had door een paard op te pakken en te vragen welke beweging dat maakt, faalde ik jammerlijk. ‘Heb je wel opgelet?’

vroeg hij ongeduldig terwijl hij het paard fijn leek te drukken in zijn hand. Ik knikte en zei dat er heel veel stukken waren en dat ik het lastig vond.

'Nogmaals, hij maakt een beweging als een "L", onthoud dat.'

'Een "L"?'

Ik zag in mijn vaders blik de teleurstelling over het besef dat zijn enige zoon niet beschikte over enige aanleg voor het bordspel waar hij zijn hart aan had verloren. Dat hij simpelweg het geduld miste om mij de basis van het schaken bij te brengen, ontging hem. En terwijl ik me afvroeg of ik in het begin niet beter had moeten opletten en zijn woorden op een blaadje had moeten noteren, zei hij na een halfuur al: 'Genoeg voor vandaag.' Hij gunde mij niet eens de aftocht na een stevige handdruk die de vele verliezers voor mij op de gedoemde plek wel gegeven was. We hebben nooit meer geschaakt.

Freddy had ondertussen de pop onthoofd en begon nu de armen en benen er stoïcijns af te trekken. Floyd kroop in de rol van chirurg en net als in het reclamefilmpje deed hij theatraal een kapje voor zijn mond voor hij aan zijn eerste opdracht begon. Hij bracht de operatiepincet naar het been van zijn patiënt en greep naar een elastiek dat in de smalle opening lag, en hoewel hij veel beheerster te werk ging dan ik had verwacht en zijn hand niet bibberde, mislukte de operatie: de zoemer ging af en de neus van zijn patiënt lichtte op. Freddy smeet de pop weg en begon in zijn handen te klappen: 'Af, af, af!' Ik kon mijn lach niet inhouden, vooral door Freddy's reactie. Hoofdschuddend gaf Floyd de operatiepincet aan mij. 'Shit, ik was te gehaast,' zei hij en hij keek oprecht teleurgesteld. Omdat ik me er tegenover Serena voor zou schamen, zei ik dat ik geen mondkapje hoefde. Terwijl Floyd mijn opdracht voorlas, betrad zijn vader de woonkamer met een schaal oliebollen. Ik legde de operatiepincet opgelucht weg. Zijn moeder volgde met een grote bus poedersuiker en een kan melk.

'Aan tafel!' riep Floyds vader. 'Jongens, leggen jullie dat spel even weg? Jullie kunnen straks wel verder spelen.'

Ik kwam tussen Floyd en Serena in te zitten en kreeg twee grote oliebollen op mijn bord. 'Onze gast krijgt extra grote,' zei Ferdinand, en ik zag aan zijn verlekkerde blik dat hij niet kon wachten om zijn tanden in een oliebol te zetten. Toen iedereen ook voorzien was van een glas koude melk, Freddy in zijn kinderstoel geplaatst was en Floyds moeder haar jongste dochter op schoot had genomen, zei Ferdinand: 'Voordat we gaan beginnen, willen we eerst

The Lord bedanken.' Ik keek hem vragend aan. 'Heb je weleens gebeden, Metin?' Ik schudde mijn hoofd en vreesde even dat hij me nu uitgebreid zou gaan bevragen en erachter zou komen dat ik ongelovig was. Ik had geen idee waarom God geen rol speelde in ons leven. Ik wist alleen dat mijn vader communist was en het niet zo op gelovigen had en hen soms uitmaakte voor volgzame dwazen die niet uit zichzelf dachten, en nooit eens een politiek werk of roman hadden opengeslagen. En terwijl ik het ineens heel warm kreeg en vreesde dat ik hierna niet meer welkom zou zijn bij hen, en Floyd voortaan niet meer met mij mocht omgaan, zei Ferdinand: 'Nou, wij bedanken God altijd voordat we eten. Floyd, omdat jouw vriend te gast is, wil jij het gebed misschien leiden?'

Ik wist zeker dat ik me spontaan verslikt zou hebben als ik onverwacht het woord had gekregen in zo'n groot gezelschap, maar Floyd keek alsof zojuist een lang gekoesterde wens in vervulling was gegaan en zei: '*Sure dad.*' Hij plaatste zijn ellebogen op tafel, vouwde zijn handen in elkaar en sloot zijn ogen, en voordat hij begon zei Ferdinand dat ik zijn voorbeeld gerust kon volgen. Ik vouwde ook mijn handen ineen, sloot mijn ogen en probeerde God voor me te zien. Terwijl Floyd in perfect Engels met een Amerikaanse tongval aan zijn gebed begon, stelde ik me voor dat God een reusachtige oude man met een staf was die, staand op een wolk, de problemen van de wereld even liet voor wat ze waren om aan te horen hoe Floyd hem bedankte voor de oliebollen. '*God is good and God is great, and we thank him for this food, in Jesus' name. Amen.*' Daarna zei iedereen 'amen' en vervolgens 'eet smakelijk'.

'De volgende keer mag jij het gebed leiden, Metin,' zei Ferdinand.

Ik verslikte me bijna alsnog en deed alsof ik hem niet had gehoord. De oliebol smaakte verrukkelijk en de krenten die erin zaten waren lekker zacht en zoet. Ik nam een flinke slok melk en stortte me op mijn tweede oliebol waarop ik extra veel poedersuiker deed.

Floyd stootte me aan. 'Lekker hè!'

'Heerlijk,' zei ik terwijl ik naar Freddy keek die zijn oliebol een paar keer wild in een bergje poedersuiker duwde en hem vervolgens in zijn geheel in zijn mond probeerde te drukken waardoor zijn gezicht helemaal onder de poeder kwam te zitten. Floyd en zijn zusjes begonnen te lachen, maar Serena corrigeerde hen meteen: 'Laat hem rustig eten.' Vervolgens vroeg ze op zachtere toon: 'Zal ik je helpen, Freddy?' Ze pakte de oliebol uit zijn handen, trok er een stuk van af en reikte het hem aan. Freddy stak zijn handen verheugd in de lucht en riep: 'Lekker! Lekker!' De stukjes die zijn oudste zus hem voerde, werkte hij smakkend weg.

Nadat we uitgegeten waren en ik een tweede glas melk achterover had geslagen, vroeg Floyds vader: 'We gaan morgen naar de kerk, vind je het misschien leuk om mee te gaan?'

Ik was nooit in een kerk geweest en wist niet wat ik daar te zoeken had, noch wat ik moest antwoorden. Om tijd te winnen keek ik Floyd aan. 'Ja, leuk!' riep hij. 'Je moet meegaan.'

'Is het in de buurt?' vroeg ik aarzelend.

'In de Bijlmer zit geen kerk,' zei Floyds vader. 'We gaan daarom altijd naar West.'

'Ik zal het aan mijn moeder vragen,' zei ik omdat dat me het verstandigste antwoord leek.

Die middag vertelde ik mijn moeder dat ik bij Floyd had gegeten en zijn gezin had ontmoet. Ze reageerde verheugd en zei dat ik hem de volgende keer bij ons moest uitnodigen, maar toen ik vertelde dat ik de volgende dag met hem mee wilde naar de kerk, zei ze: 'Je weet dat we niet gelovig zijn.'

Ik dacht dat ik haar wel kon overhalen, maar mijn moeder toonde op dat moment een starheid die ik niet eerder bij haar had waargenomen.

8

Ik lag al een paar dagen op de bank omdat ik mijn enkel flink had verzwikt bij het voetballen. Mijn rechtervoet was bij een verkeerde stap dubbelgeklapt en ik kon nauwelijks lopen. Uit bezorgdheid had mijn moeder mijn enkel met nat deeg behandeld, er een plastic zak overheen getrokken en mij daaroverheen een dikke sok aangetrokken waardoor het rondom mijn voet was begonnen te broeien, hetgeen volgens haar het genezingsproces ten goede zou komen. Ik kon het me niet goed voorstellen, maar liet haar begaan. 'Zo deden we het vroeger in het dorp ook,' zei ze weemoedig. Ze zweeg even alsof ze een gebeurtenis uit haar kinderjaren herbeleefde. 'Het werkte altijd,' voegde ze er glimlachend aan toe.

Ik keek tv toen mijn vader de woonkamer betrad. In tegenstelling tot al die ontelbare keren dat hij geen acht op me had geslagen, liep hij nu recht op me af. Hij keek alsof hij het aandoenlijk vond dat mijn voet was ingepakt. En uitgerekend nu ik gewond op de bank lag, had hij zich voorgenomen om voor het eerst sinds mijn peuterjaren met mij te stoeien, want dat is wat zijn intentie geweest moet zijn toen hij ineens voor me stond met een malle grijns op zijn gezicht. Mijn vader begon me hardop lachend in mijn zij en onder mijn oksels te kietelen, nogal onhandig, alsof hij verleerd was hoe het moest. Zijn lompe vingers deden me pijn en ik voelde mijn opgezette voet kloppen bij mijn pogingen zijn handen te ontwijken, en riep: 'Wat doe je? Hou op, je doet me pijn!' En hoewel mijn vader me in feite niet kietelde maar prikte met zijn dikke vingers, ging hij door alsof een onnatuurlijke vastberadenheid zich meester van hem had gemaakt. Blijkbaar vond hij mijn reactie amusant, want hij begon nog harder te lachen en mij nog ruwer te porren. Ik ging rechtop zitten om zijn handen beter te kunnen afweren en plaatste mijn verzwikte enkel ongemerkt even op de grond. Een rauwe pijnscheut trok door mijn voet. 'Au... je doet me pijn,' kreunde ik.

Maar mijn vader had er te veel schik in om te stoppen. Misschien voelde hij zich weer jong nu hij ontdekt had hoe leuk het was om met zijn zoon te stoeien. Maar ik was vastberaden een einde te maken aan dit spel dat mij alleen maar pijnigde, en duwde hem met twee handen van me af. Mijn kleine handen zakten weg in zijn zachte buik en op slag stopte mijn vader met lachen. Hij deed een stap achteruit en wreef over zijn pens alsof hij zojuist was getroffen door een scherp projectiel. Ineens werden zijn ogen groot en begonnen ze te fonkelen.

'Hoe durf je?' brulde hij. En zoals het instinct van Spiderman tekeergaat als er gevaar dreigt, zo was het nu alsof mijn hevig kloppende voet me duidelijk probeerde te maken dat ik moest maken dat ik wegkwam, dat het nu snel zou gaan en dat dit het enige waarschuwingssignaal was dat ik zou ontvangen voordat mijn vader van een spelende ouder zou transformeren in een razende man. Maar ik kon geen kant op: ik zat op de bank met mijn ingepakte enkel en mijn vader stond voor me met zijn grote lijf waarmee hij zich op me leek te willen storten als een wilde beer.

Zijn rechterhand landde hard op mijn hoofd, meteen gevolgd door een droge dreun van zijn andere hand op dezelfde plek. En terwijl beide klappen nadreunden, besloot ik snel te handelen en niet af te wachten waar dit zou eindigen. Ik plantte mijn gezonde voet stevig op de grond, verplaatste mijn gewicht ernaartoe en liet me in een vlugge beweging opzij vallen, waarna ik mezelf lanceerde zoals een gewonde sprinkhaan dat met één poot zou doen. Ik schoot naar voren en zo had ik een voorsprong van een meter op mijn vader, een voorsprong die ik moest zien te verdedigen voordat ik weer in zijn handen zou vallen. Ik kwam overeind en begon te hinkelen in de richting van de badkamer toen ik uit mijn ooghoek zag dat mijn vader naar de tafel greep. En terwijl ik een vluchtig moment omkeek, pakte hij de zware Hema-kaars, ter grootte van mijn onderarm, van tafel en gooide hem met kracht richting mijn hoofd. Ik wist niet dat het mogelijk was gelet op mijn fysieke situatie, maar uitgerekend op dat moment presteerde ik het om de beste reflex uit mijn leven uit de kast te halen, als een superheld die met acuut gevaar wordt geconfronteerd. En terwijl de kaars met grote snelheid op me afkwam en ik me bijna had verzoend met de inslag op mijn hoofd, liet ik me voorover vallen. Vlak nadat ik mijn val had ingezet, scheerde het projectiel over mijn hoofd, schampte mijn kruin en knalde tegen de deur waarna hij doormidden brak. Ik ving mezelf met beide handen op en even vreesde ik dat ik nu ook mijn polsen zou verzwikken of misschien wel breken, maar ik wist dat ik geen tijd had om daarbij stil te staan. Ik kwam snel overeind en stormde richting de badkamer. Door de adrenaline die door mijn lichaam spoot, vergat ik te hinkelen en belastte ik mijn verzwikte enkel voluit, maar ik voelde er niets van. Ik wierp mezelf in de badkamer, en terwijl ik mijn vader met grote stappen hoorde naderen als een bulderende grizzly, draaide ik het slot dicht. Nog geen seconde later drukte hij de deurhendel omlaag en begon hij op de deur te beuken.

'Kom eruit, brutale aap!' schreeuwde hij. 'Kom eruit!'

Pas toen voelde ik mijn rechterenkel kloppen alsof iemand hem met een sloophamer had bewerkt. Ik zakte kreunend naar de grond en terwijl de kou van de badkamervloer in mijn lichaam trok en ik met mijn hand eerst vertwijfeld over mijn rechtervoet wreef en daarna over mijn hoofd, vroeg ik me af wat er zojuist was gebeurd. Wat had ik in godsnaam verkeerd gedaan dat mijn vader zo had doen ontploffen?

Een intense woede maakte zich van mij meester. Dit had ik godverdomme niet verdiend! En terwijl mijn voet steeds pijnlijker begon te kloppen, schreeuwde ik dat hij me met rust moest laten. Ik trapte zo hard ik kon met de hak van mijn linkervoet tegen de deur. Ik schrok van de klap en het schudden van de deur in zijn voegen, maar het had effect, want het gebonk hield op alsof mijn vader terugdeinsde en de kwade spreuk waaraan hij ten prooi was gevallen plots was uitgewerkt, alsof hij weer tot zichzelf was gekomen en zich beschaamd afvroeg wat hem bezielde om zijn zoon als een ongewenst knaagdier door het huis te jagen.

Maar een paar seconden later brulde hij weer: 'Kom eruit!'

Ik had meteen spijt van mijn actie, want mijn vader beukte nu nog harder tegen de deur en even was ik bang dat hij uit pure razernij het raampje aan de bovenkant zou inslaan en zich door het met glasscherven omgeven gat naar binnen zou werken. Hij zou zich aan alle kanten openhalen bij die ondoordachte handeling, het glas zou diep in zijn vlees snijden, waarna hij met een forse dreun op de badkamervloer zou neerkomen. Landend op zijn buik zou hij daar bloedend liggen spartelen als een reusachtige blauwvintonijn op het dek van een groot vissersschip. En op de een of andere manier kon ik het geluid van mijn vaders grote lichaam dat op de badkamervloer klapt al in mijn hoofd horen, nog voordat de angstaanjagende handeling zich had voorgedaan.

Maar mijn vader zou niet eeuwig blijven liggen en hulpeloos naar adem happen zoals een blauwvintonijn. Hij zou opkrabbelen, de pijn briesend van zich afschudden en zich richten op degene die dit in zijn ogen allemaal had veroorzaakt. En nadat hij een breed bloedspoor over de badkamervloer had getrokken, zou hij zich als een doorgedraaide Hulk op me werpen en me vermorzelen met zijn grote handen. En niemand zou me kunnen redden in de afgesloten kleine ruimte.

En op dat moment raakte ik in paniek door de verstikkende gedachten die me als een duistere nachtmerrie overspoelden. Ik schreeuwde om mijn moeder terwijl ik instinctief naar achteren schoof over de vloer waardoor ik op een vochtig deel terechtkwam. En terwijl naast de kou nu ook water in mijn joggingbroek trok, sloeg ik met mijn handen op de grond terwijl ik op mijn onderlip beet.

'Kom eruit!' schreeuwde mijn vader. 'Nu!'

Mijn moeders stem klonk plotseling van dichtbij. 'Zo is het genoeg, Harun!' sprak ze op indringende toon. 'Kom tot jezelf, hij is doodsbang.'

Er klonk gestommel alsof mijn moeder het grote lijf van mijn belager opzij duwde. Ik hoorde mijn vader iets in het Zazaki brommen. Hij beukte daarna een laatste keer tegen de deur alsof hij zich niet bij deze nederlaag wenste neer te leggen en beende toen met luide stappen weg.

En op dat ogenblik vervloekte ik mijn vader niet alleen, maar wenste ik hem ook dood. Ik was zo boos dat ik niet eens schrok van die gedachte. Het was beter als hij er niet meer was. Het was beter als hij niet meer bestond.

Na een tijdje stond ik op, pakte de badjas van de haak en wierp hem op de grond. En terwijl ik op de badjas ging zitten en met mijn rug tegen de muur leunde, vroeg ik me af of ik mijn vader misschien wel daadwerkelijk pijn had gedaan toen ik hem van me af had geduwd.

Twee keer eerder was ik naar de badkamer gevlucht om aan mijn vaders razernij te ontsnappen. Beide keren had hij me niet één klap kunnen verkopen omdat ik me bijtijds uit de voeten had gemaakt door als een wezel van mijn plaats te schieten.

De eerste keer dat ik naar de badkamer was gevlucht, was zo lang geleden dat ik me niet meer kan herinneren wat ik precies verkeerd had gezegd, maar de tweede keer staat me nog helder bij. Het was op een avond dat mijn vader weer eens laat thuis was gekomen. Mijn zus, moeder en ik hadden al gegeten en zaten tv te kijken. Zoals altijd warmde mijn vader het overgebleven eten op in een pannetje om zich daarna met een vol bord naar de woonkamer te verplaatsen en voor de tv zijn eten naar binnen te werken. Bij die verplaatsing over een afstand van nog geen acht meter liet hij steevast een vettig spoor achter, want terwijl hij met het bord in zijn hand liep, begon hij in al zijn ongeduld al te eten. Steevast belandde daarbij een deel van het eten op de grond: kruimels aardappel, korrels rijst en stukjes vlees ploften op de vloerbedekking, tot ergernis van mijn moeder.

Ik kon het beeld van mijn vader die lopend en knoeiend zijn eten naar binnen werkte, niet verdragen. Nog voordat hij de bank had bereikt, had hij al een derde van zijn eten verorberd of op de grond doen belanden. En wanneer hij eindelijk zat, verbeet ik me en plaatste mijn hand als een klep tegen mijn oog om hem niet zijn eten naar binnen te hoeven zien schrokken. Het was al erg genoeg dat ik zijn kaken het eten smakkend hoorde vermalen. Gelukkig duurde het niet lang, want binnen een paar minuten had hij alles naar binnen gewerkt. Voor de vorm raapte hij dan nog een paar rijstkorrels van de grond om daarna zijn bord naar de keuken te brengen. Mijn moeder stond dan al klaar met stoffer en blik om alle resten van zijn maaltijd van de grond te vegen.

Maar op een avond had ik besloten dat ik me niet langer wilde onderwerpen aan de kwelling van het luide gesmak en gesnuif. En ik wilde niet langer een passieve getuige zijn van het nonchalant vervuilen van de vloer. Dus toen mijn vader die avond zijn pannetje aan het opwarmen was, riep ik vanaf de bank iets wat me zou bezuren. 'Baba, kun je vanavond niet in de keuken eten?'

Vanuit de keuken klonk het onheilspellende geluid van een zwaar dienblad dat op het aanrecht wordt gesmeten. En plotseling stond mijn vader in de deuropening als een vechtersbaas die in zijn eigen stamcafé uitgedaagd wordt door een brutale nieuwkomer. 'Wat zei je?' vroeg hij dreigend.

Ik begreep meteen dat ik me in de nesten had gewerkt, hoewel de reden me volledig ontging. Zijn ogen stonden wijd en hij had de mouwen van zijn overhemd al opgestroopt, klaar voor het fysieke werk. Ik besloot mezelf snel te verduidelijken, want misschien had hij me verkeerd begrepen. Hakkelend en met zachte stem zei ik: 'Ik bedoel... misschien kun je voor de verandering in de keuken eten.' Ik slikte even. 'Dan... dan wordt de vloer niet vies.'

Ik was nog niet uitgesproken of hij stormde op me af als een woeste neushoorn die stropers in zijn territorium ontwaart. Ik had mijn vader zich niet eerder zo snel zien voortbewegen. En even keek ik vol bewondering naar zijn volle draf, en als mijn moeder toen niet 'ren!' had geroepen, was ik hem gefascineerd aan blijven staren, simpelweg omdat ik niet begreep wat er aan de hand was. Ik kwam overeind en schoot weg, en als mijn vader op dat moment een neushoorn nabootste, was ik op z'n minst een jachtluipaard dat de achtervolging op een gazelle inzet, een cheeta in een ultieme sprint. En dat was bittere noodzaak, want om te kunnen ontsnappen aan deze grote woedende man, moest ik op dat moment de beste imitatie van het snelste landdier op aarde ten uitvoer brengen die ik in me had.

Mijn vader had inmiddels bijna de salontafel bereikt toen ik om de fauteuil heen danste, de glazen eettafel omzeilde en omlaag dook om aan zijn graaiende handen te ontsnappen. En net toen ik dacht dat ik het gered had, greep hij me ineens vast aan de onderkant van mijn T-shirt. Met zijn duim en wijsvinger had hij een klein stukje ervan beet. Maar een cheeta in volle sprint staat niet zomaar stil: ik bleef gas geven waardoor mijn shirt steeds verder uitrekte en ik hem alsnog ontglipte en de badkamer ternauwernood bereikte. En ook toen bonkte mijn vader woedend op de badkamerdeur.

Later die avond had hij me apart genomen en uitgelegd dat hij het niet tolereerde dat zijn zoon hem in zijn eigen huis vertelde dat hij niet mocht eten in de woonkamer. 'Dat pik ik niet,' sprak hij streng. 'Dit is mijn huis, niemand vertelt me hier waar ik wel en niet mag eten. Begrepen?'

Dit keer bleef ik bijna een half uur in de badkamer zitten, en terwijl de kou via de tegels in mijn rug trok, vroeg ik me af waarom de ene helft van de badkamer betegeld was en de andere helft behangen. Badkamers waren ongeschikt voor behang. Het met groene en bruine cirkels gedecoreerde papier had al op meerdere plekken losgelaten waardoor het ruwe beton eronder zichtbaar was. En nu pas zag ik dat er schimmel in de hoeken van het plafond zat en dat de deur aan de onderkant was kromgetrokken door het vocht.

Volgens mijn vader was het allemaal te wijten aan de exceptionele douchegewoonten van mijn zus. Hij stelde dat ze veel te lang en te heet douchte zonder een luikje open te gooien. 'Het is hier geen hamam,' riep hij steeds terwijl hij op de deur klopte. 'Kind, dit huis gaat nog eens aan schimmel ten onder door jouw waanzinnige badrituelen.' Mijn zus trok zich weinig aan van zijn gemopper, en zoals ze zich soms dagenlang terugtrok in haar kamer, zo beschouwde ze de afgesloten wasruimte op dat moment als haar domein, een verlengde van het rijk waarin Michael Jackson de hoofdrol vertolkte.

Mijn vader had een punt, want als mijn zus eindelijk haar dikke zwarte haren had gewassen, haar lichaam uitgebreid had geboend en het dalende zuurstofgehalte in de ruimte haar er uiteindelijk toe had bewogen de hete douchekraan dicht te draaien en ze, gehuld in een enorm badlaken, de badkamerdeur opende als de poort naar een andere wereld, veranderde ons appartement op slag in een wervelende stoomcabine. En terwijl zij als een sprookjesachtig, schuw waterwezen naar haar kamer trippelde, besloeg niet alleen de spiegel boven de wasbak in het halletje, maar waren ook de ramen van mijn slaapkamer en die van mijn ouders ineens bedekt met een hardnekkige condenslaag. De lauwzachte sluierregen die dan door ons huis trok en rook naar een indringende combinatie van mango en passievrucht, bevochtigde mijn gezicht en de geur nestelde zich in mijn huid om pas na een paar uur te vervliegen.

Mijn moeder klopte op de deur en zei op rustige toon dat mijn vader was gekalmeerd, dat ze met hem had gepraat en dat hij haar had verzekerd dat hij me niets zou doen. Pas toen durfde ik de badkamer te verlaten. Terwijl ik naar buiten hinkelde, voelde het alsof ik opnieuw door mijn enkel was gegaan.

Er kwamen geen excuses noch informeerde mijn vader hoe het met mijn voet ging. Hij had immers genade getoond en het bij twee klappen gelaten.

9

Ik probeerde mijn vader te begrijpen, maar kon hem onmogelijk doorgronden. Ik keek hem vaak onderzoekend aan wanneer hij op de bank zat en een boek las of televisiekeek. Hij beantwoordde mijn blikken nooit, ook niet wanneer ik hem op mijn allerdoordringendst aankeek. Alles was altijd interessanter voor hem dan ik: zijn boeken, de krant, zijn haar, de visite en nogmaals zijn haar. Zijn haar! Eindeloos werkte hij aan het kapsel dat niet alleen bewondering moest oogsten bij iedereen die hem buiten de deur een toevallige blik toewierp, maar ook stevig genoeg moest zijn om meerdere orkanen te doorstaan.

Dagelijks besteedde hij meer tijd aan zijn haar dan gedurende drie volle maanden aan mij. Hij leefde als een onpeilbare vrijgezel die een kamer huurde bij een zachtaardige vrouw met twee zwijgzame kinderen. Zo moet hij ons in die jaren hebben gezien. Misschien was het daarom dat het me misselijk maakte als hij iedere ochtend eindeloos voor de spiegel stond, telkens hetzelfde stukje haar föhnend, alsof hij die dag mee zou doen aan een schoonheidswedstrijd die hem een ticket zou opleveren naar een beter leven waarin alle herinneringen aan zijn gezin waren uitgewist. Dat was niet eens zo moeilijk: hij droeg geen trouwring en in zijn portemonnee zat niet één foto van ons, alsof daarmee zijn kansen in het nachtleven op slag zouden keren.

Hij keek neer op alles en iedereen, en vooral vrome gelovigen moesten het ontgelden. Hij noemde hen willoze volgers. Maar het verschil tussen mijn vader en de vrome vaders van Floyd en Saleem was schrijnend. Zij waren er wel voor hun kinderen, dronken geen druppel alcohol, kwamen nooit laat thuis, noch dreven ze hun vrouwen tot wanhoop. Terwijl zij kalm in gesprek gingen met God of Allah, zwierf hij ergens door de stad of riep hij dat hij communist was, om zich van alle verplichtingen en verwachtingen vrij te pleiten. Maar wat had ik aan een communist? Ik had veel liever een vrome vader gehad.

Op een dag – ik was een jaar of negen – werd het mij allemaal duidelijk. 'Ik had nooit kinderen moeten nemen,' zei mijn vader terwijl hij naar het tafelblad staarde alsof het pas op dat moment tot hem doordrong, en we medelijden met hem moesten hebben.

'Harun, niet waar de kinderen bij zijn,' zei mijn moeder.

'Ze mogen het weten,' zei hij. 'Ze moeten weten dat ik anders ben.' Hij zweeg even en keek toen ineens trots op: 'Ik ben geen klassieke vader, ik ben een communist!'

Ik keek hem onbewogen aan. En ik herinner me goed dat ik me niet gekwetst voelde. Voor het eerst voelde ik me niet gekwetst, want ik dacht: je hebt gelijk. Je hebt helemaal gelijk, baba. Dit zegt een vader niet tegen zijn kinderen. En alleen daarom al had je geen kinderen moeten nemen. Alleen daarom al had je geen vader mogen worden. Alleen daarom al had je mijn vader niet mogen zijn.

10

Buiten klonk een harde klap, alsof een enorme zak cement op het asfalt was beland. Mijn ouders en ik schoten overeind van de bank en een paar seconden lang zei niemand wat. Hoewel we nooit eerder zo'n geluid hadden gehoord, zag ik aan de verschrikte blikken van mijn ouders dat we alle drie wisten wat er gebeurd was.

'Ik ga kijken,' zei mijn vader. Gedrieën liepen we naar de voordeur. Voordat mijn vader hem opende, keek hij voor de vorm eerst door het troebele kijkgaatje waar nauwelijks iets door te zien was. Daarna draaide hij de sleutel rond in het slot en trok de deur open. We keken toe hoe mijn vader zich over de balustrade boog en naar beneden keek. Hij zei niets en bleef naar beneden kijken. Ik ging naast hem staan. Daar, midden op straat, lag een man in een plas bloed. Hij lag op zijn buik en zijn armen en benen waren gespreid alsof hij het asfalt had omarmd. Zijn gezicht was niet zichtbaar omdat hij niet op een van zijn wangen lag. Daardoor zag het er nog bizarder uit, alsof hij met zijn voorhoofd een gat in het asfalt had geslagen en zijn gezicht daar nu vredig in rustte om even bij te komen van de lange val. Maar het was natuurlijk andersom: het asfalt had zijn gezicht en een deel van zijn schedel weggeslagen en het rauwe vlees dat daaronder zat had zich vastgezogen aan het rafelige asfalt, en de inhoud van zijn schedel liep nu langzaam leeg op straat.

'Allah,' riep mijn moeder terwijl ze haar hand voor haar mond sloeg. 'Oğlum, kijk weg. Ik wil niet dat je dit ziet. Kijk weg!'

'Hij heeft het nu toch al gezien,' zei mijn vader kalm.

Ik kon mijn ogen niet afhouden van het lijk dat voor ons huis lag. 'Is hij gesprongen?'

'Zou kunnen,' antwoordde mijn vader. 'Of ze hebben hem geduwd.' Hij stak zijn hoofd iets over de balustrade en keek omhoog alsof er nu nog aanwijzingen te zien zouden zijn.

Ik keek hem verschrikt aan. 'Wie bedoel je met "ze"?'

'Mensen met wie hij ruzie had, weet ik veel. Hier in de Bijlmer gebeuren veel gekke dingen de laatste tijd.'

Mijn vader had gelijk. Ik moest denken aan het huiveringwekkende gerucht dat de laatste tijd in de buurt de ronde deed, over vier Nigeriaanse mannen die elkaar in een flat in Ganzenhoef met zwaarden te lijf waren gegaan. Het resultaat was een waanzinnig bloedbad als bij een primitieve stammenoorlog. Sommigen zeiden dat een van de mannen was onthoofd en dat zijn lichaam van acht hoog naar beneden was gesmeten en zijn hoofd als een trofee was achtergehouden, anderen beweerden dat twee van de mannen in stukken waren gehakt en hun lichaamsdelen in de vuilschacht waren gedumpt.

'Goedenavond,' klonk het. Het was meneer Rolf. Hij keek even over de balustrade en zei: 'Dit is al de tweede springer deze maand. Vorige week is er een bij Florijn gesprongen.'

'Gesprongen?' vroeg mijn vader.

'Ja, de meesten zijn gewoon springers.' Het klonk alsof het om een onschuldig natuurfenomeen ging dat net zo onvermijdelijk was als de ganzen die jaarlijks naar Lapland trekken. 'Het zijn vaak wanhopige zielen, of ze hebben wat op.' Later bedacht ik dat meneer Rolf in al zijn jaren in de Bijlmer waarschijnlijk zoveel springers had gezien dat hij het was gaan beschouwen als bijkomende schade, de risico's van het wonen in een flat. Als het ging spoken in je hoofd, was een definitieve oplossing van al je problemen niet ver weg in de Bijlmer. 'Er zijn zelfs mensen die speciaal naar de Bijlmer komen om er een eind aan te maken, soms zelfs helemaal vanuit de provincie. Ze stappen op station Bijlmer uit de trein en lopen dan naar de eerste de beste flat.' Hij grinnikte. 'Het is wel een mooie laatste reis.'

Van alle kanten kwamen nu buren op de galerij staan. Sommigen keken vol afschuw naar de dode man op straat en riepen dat de Bijlmer verloren was, een enkeling rookte ontspannen een sigaret alsof het een onbezorgde zomeravond was en liep weer naar binnen. Twee politieauto's zonder zwaailichten reden de straat in. Vier agenten stapten uit, liepen rustig naar het lijk en keken er een tijdje met hun handen in de zij naar. Een van hen bescheen de dode met een zaklamp. Daarna keken ze omhoog naar de eindeloze rij galerijen, en alsof ze meteen begrepen dat dat niet tot verhelderende inzichten zou leiden, bogen ze zich over het lijk. Een van de agenten liep naar de auto, pakte er een licht kleed uit en drapeerde het over het levenloze lichaam. Een moment was ik bang dat het bloed rond het verbrijzelde hoofd in het kleed zou trekken, maar tot mijn verbazing gebeurde dat niet. De agenten begonnen de omgeving te onderzoeken. Een van hen raapte voorwerpen op van de grond alsof een zeldzame middeleeuwse vaas uit elkaar was gesprongen en de stukken alle kanten op waren gevlogen. Tot zo'n tien meter rond het lijk verzamelde de agent schedelsplinters. En iedere keer dat er een stuk bijkwam in het hoopje dat hij in zijn hand hield, klonk een kletterend geluid, alsof een muntstuk op een hoopje glas werd geworpen. Het geluid maakte me misselijk.

Na die avond werden mijn nachtmerries voorgoed herschreven: niet langer werd ik in onze wijk achternagezeten door kinderlokkers en thuis aangevallen door inbrekers met bivakmutsen. Nu vielen er iedere nacht mensen van onze flat. In tegenstelling tot de donkere man die voor onze flat te pletter was geslagen, krijsten zij wanhopig alsof ze zich niet konden verzoenen met de dood.

11

Saleem woonde in de flat Echtenstein samen met zijn ouders, broer, zus, broertje en zusje. Hoewel hun appartement net als dat van ons drie slaapkamers telde en ze met z'n zevenen waren, beschikte zijn broer Yasin over een eigen kamer. En omdat Yasin de prins in huis was – de man die ooit aan het hoofd van het gezin zou komen te staan – was het de grootste slaapkamer van het huis. Hij sliep in een ruim tweepersoonsbed van waaruit hij een comfortabel uitzicht had op de grote Sony-tv waaraan een blinkende videorecorder van hetzelfde merk was gekoppeld. Ook beschikte hij over een stereo-installatie, uiteraard van Sony, die steeds knipperde als een ruimteschip dat koers had gezet naar een ver sterrenstelsel. In zijn ruime kledingkast hingen wel vier leren jassen die elk precies pasten bij de seizoenen, en vijf pakken die in Pakistan zorgvuldig met de hand waren gemaakt en die hij alleen droeg tijdens feesten en bruiloften, maar die nu netjes opgeborgen waren in plastic hoezen die stof en vocht op afstand moesten houden.

Saleem en ik twijfelden er niet aan wat de kroon vormde op zijn bezittingen in het bescheiden koninkrijk waarin hij resideerde: de Commodore 64. Het was een personal computer die vooral gebruikt werd als spelcomputer en zijn tijd ver vooruit was. Het ding produceerde fabelachtige graphics die de Nintendo 8 bit in een speeltje voor kleuters veranderde. En er waren fantastische spellen voor op de markt die volgens onze stellige overtuiging alleen door de echte pro's in Japan werden gespeeld. Alleen het uitspreken van de naam Commodore 64 bezorgde ons al kippenvel.

Saleem mocht er zelden op spelen, hoe vaak hij zijn broer ook smeekte en nederig beloofde dat hij voorzichtig zou omspringen met zijn pronkstuk.

Maar Saleem wist dat zijn broer om de een of andere reden een zwak voor mij had. Dus zadelde hij mij vaak op met de missie om de Commodore 64 in handen te krijgen. Maar eerst namen we altijd plaats in de keuken waar we roti aten. Daarna installeerden we ons op het grote bankstel in de woonkamer, en op mijn verzoek stelden we het beslissende moment altijd even uit en keken we naar een video-opname van het Amerikaanse showworstelen van de World Wrestling Federation. We waren fan van Hulk Hogan die bij zijn opkomst in de ring altijd zijn gele shirt theatraal kapotscheurde terwijl er '*I am a real American*' door de geluidsboxen van de immense hal schalde. Het uitzinnige publiek leek alleen te bestaan uit vaders met hun tienerzoons. Terwijl ik van mijn vader thuis nooit naar de worstelgevechten mocht kijken, gingen deze Amerikaanse jongens met hun vaders naar spectaculaire worstelevenementen en hadden waarschijnlijk de dag van hun leven.

Zodra mijn vader zag dat ik op vrijdagavond naar het worstelen op Sky Channel keek, griste hij de afstandsbediening uit mijn handen, bromde dat ik 'niet naar deze Amerikaanse onzin moest kijken' en zapte naar een andere zender. Als ik met Saleem en Hamid op school mee wilde kunnen praten over de legendarische gevechten van Hulk Hogan, Andre the Giant, Jake the Snake en vele anderen, was ik ertoe aangewezen de VHS-opnamen te bekijken bij Saleem. Daardoor liep ik altijd achter en hoorde ik pas op maandagochtend op het schoolplein hoe Hulk Hogan zijn tegenstanders had verslagen. Saleem en Hamid kwamen nauwelijks uit hun woorden van opwinding toen ze me bijpraatten. En als Hulk Hogan weer een nieuwe speciale techniek had geïntroduceerd om zijn tegenstander uit te schakelen en zij er zo enthousiast over vertelden dat ik niet langer op de beelden kon wachten, was ik bereid mezelf als willoze tegenstander te laten pijnigen om maar te zien wat ik had gemist. En zo speelden we hele gevechten na in de middagpauzes en plantten Saleem en Hamid om beurten hun elleboog in mijn rug of zetten mijn onderlichaam in een beenklem tot ik krijsend aftikte om ze te laten ophouden. Daarna trokken ze me lachend overeind en zeiden: 'Maar je had de beelden moeten zien. Je hebt echt wat gemist!'

Thuis bij Saleem zag ik dat er vaak weinig van de almachtige Hulk Hogan overbleef zodra de gong eenmaal ging. Hoewel hij ruim twee meter was, een bescheiden honderdveertig kilo woog en bovenarmen had zo breed als tempelpilaren, liet hij zich door zijn tegenstander als een amateur door de ring slaan alsof hij was vastgeketend aan zijn handen en voeten, tot hij op een gegeven moment uit het niets zijn krachten hervond en uit geslagen positie herrees, zoals Amerika zo vaak was herrezen uit moeilijke tijden. Hulk Hogan was de ultieme Amerikaanse held. Hij stond voor het goede, voor het onoverwinnelijke in de Amerikaanse ziel. Hulk Hogan was van alle Amerikanen. En hij was van Saleem en mij.

Maar alles veranderde voor ons toen The Ultimate Warrior als een wervelwind zijn entree maakte in het worstelen. Hij raasde als een mythisch wezen door de ring met zijn wilde manen, zijn met felle oorlogskleuren beschilderde gezicht en machtige armen getooid met strakgetrokken touwen in bonte kleuren waardoor zijn aderen zwollen als giftige cobra's. Zijn opkomst voor elk gevecht was spectaculair: lichtflitsen vulden de donkere hal en opzwepende rockbeats dreunden door de geluidsboxen, waarna de Warrior vanachter het gordijn tevoorschijn schoot en als een woeste stier naar de ring stoof in een lange, ononderbroken sprint terwijl het testosteron uit zijn oren spoot. Het publiek absorbeerde zijn pulserende energie. En als een gloeiend schepsel uit een andere dimensie beklom de Warrior het strijdtoneel en begon telkens als een geketend beest aan de touwen van de ring te schudden terwijl zijn tegenstander vol ontzag een hoek opzocht, en in sommige gevallen zelfs op de vlucht sloeg. En wie hem toen zag, wist één ding zeker: The Ultimate Warrior was niet van deze wereld. Hij verpulverde zijn tegenstanders binnen een paar seconden met niet eerder vertoond machtsvertoon en bezat krachten die gewone stervelingen vreemd waren. Voor ons was een nieuwe held geboren. Saleem gaf zichzelf al snel de bijnaam SUW, Saleem Ultimate Warrior. En ik noemde mezelf MWar, MetinWarrior.

Zijn grootste moment van glorie zou The Ultimate Warrior beleven toen hij het in Wrestlemania VI opnam tegen Hulk Hogan. Het zou de meest legendarische confrontatie in de historie van de WWF worden en werd in meer dan honderd landen live uitgezonden, maar ondanks een zorgvuldig gepland charmeoffensief en een onbedaarlijke huilbui mocht ik er van mijn vader niet naar kijken. Dagen later zou ik pas horen hoe het afgelopen was. En pas vele jaren later zou ik de beelden zien, terwijl ik aan Saleem en Hamid, en de voor mij pijnlijke worstelpartijen op het schoolplein dacht.

Tijdens dat epische gevecht deed The Ultimate Warrior het onmogelijke door in het slotakkoord de machtige Hulk Hogan van de grond te tillen en de kolos een paar seconden met gestrekte armen horizontaal boven zijn hoofd te houden als om zijn bovennatuurlijke kracht aan de wereld te tonen. De blonde reus wist, hangend in de lucht op ruim twee meter hoogte, wat hem te wachten stond en kermde het uit van de pijn na de onzachte landing. Maar het lukte de Warrior niet om hem na drie tellen uit te tikken, want de oude held Hogan moest eerst nog zijn uit-de-dood-herrijzenis-act uitvoeren. Maar uiteindelijk lukte het de Warrior toch om Hulk Hogan drie tellen met zijn rug tegen de grond gedrukt te houden en werd hij tot winnaar van het gevecht en de nieuwe kampioen uitgeroepen.

De opname van het worstelen was voorbij. Het beeld sprong op zwart. Saleem knikte naar mij: 'Klop maar op mijn broers deur.'

Hoe graag ik de Commodore 64 ook wilde bedienen en hoezeer ik ook geladen was door de opzwepende beelden van de Warrior, ik zag altijd op tegen dit moment. Maar ik wist dat verder uitstel niet mogelijk was, dus stond ik traag op, liep sjokkend over de vinylvloer die Saleems vader elke dag ijverig dweilde en klopte op de deur van kroonprins Yasin. Hij riep altijd iets in het Pakistaans wat ik niet verstond. En hoewel het niet bijzonder gastvrij klonk en het leek op een kreet die bedoeld was om zijn broertjes en zusjes op afstand te houden, hield ik mezelf altijd voor dat het 'welkom' betekende. Aarzelend opende ik de deur. Meestal lag Yasin op bed tv te kijken of was hij wat aan het lezen. 'O, ben jij het?' zei hij.

Ik groette hem, vroeg beleefd hoe het met hem ging en nadat hij kort doch vriendelijk had geantwoord, vroeg ik snel of we even op zijn Commodore 64 mochten spelen. Hij glimlachte altijd voordat hij zei: 'Ja, natuurlijk.' En als hij in een vrolijke bui was, voegde hij er weleens aan toe: 'Als je me belooft dat je Saleem verslaat bij het racen.' Hij doelde op het Formule 1-spel dat Saleem en ik het liefst speelden. Ik knikte terwijl ik opgelucht grinnikte. En altijd pakte ik de Commodore pas als Yasin zei: 'Waar wacht je op? Hij ligt onder de tv.'

12

De poelier hakte met beheerste bewegingen de bouten van een kip. Hij was een gedrongen man met appelrode wangen en hij had een volle snor zoals mijn vader die ook had toen we nog in Duitsland woonden. Terwijl ik me afvroeg of hij misschien ook een communist was, zag ik ineens tot mijn schrik dat de ring- en wijsvinger van zijn linkerhand ontbraken. Het was de hand waarmee hij het kaalgeplukte gevogelte op het hakblok drukte, om het met een klap van het grote hakmes te doorklieven. Ik was ervan overtuigd dat hij die twee vingers verloren had bij een zelfde handeling, en dat de afgehakte stompjes ooit roerloos op het hakblok hadden gelegen terwijl de marktbezoekers vol afschuw naar zijn hand hadden gestaard en hem hadden horen krijsen. Misschien was het wel hetzelfde hakmes, dacht ik. Hetzelfde hakblok.

'Ik hoef die kip niet,' zei ik. Mijn moeder reageerde niet. Ik moest wegkijken om mijn misselijkheid te onderdrukken, en op dat moment viel mijn oog op een kraam die ik niet eerder had opgemerkt. Zonder iets te zeggen schuifelde ik erheen. Tientallen bakken met *Suske en Wiske*, *Donald Duck* en andere stripboeken die ik niet kende, stonden er naast elkaar opgesteld. Mijn ogen gleden langs de vergeelde omslagen en kwamen abrupt tot stilstand toen ik het groene monster zag dat ik een paar weken eerder voor het eerst afgebeeld had gezien op de glimmende stripboeken van de sigarenboer in Fazantenhof. De eigenaar van de zaak hield me altijd nauwlettend in de gaten wanneer mijn moeder sigaretten voor mijn vader afrekende en ik met grote ogen voor het rek met stripboeken stond.

De eerste keer dat we oog in oog met elkaar stonden, keek het groene wezen me geluidloos brullend aan. Zijn ogen waren wijd opengesperd, speekseldraden hingen tussen zijn mondhoeken en het leek of er een rottingslucht uit zijn mond opsteeg. Met zijn kolossale vuisten beukte hij wild om zich heen alsof hij wilde losbreken uit het papier dat hem gevangen hield.

Ik staarde naar de prijs in de linkerbovenhoek van het omslag en wist dat het te veel was gevraagd. 'De Hulk,' zei ik hoopvol toen mijn moeder bij me kwam staan. Misschien zou ze sympathie voelen voor het monster of was ze ook benieuwd naar zijn onwaarschijnlijke avonturen. Maar ze schudde haar hoofd. 'Vier gulden voor zo'n blaadje? Kom, we gaan.'

Maar ik was vasthoudend. Elke keer als we naar de sigarenboer gingen, bleef ik voor de stripboeken staan. Iedere paar weken stond het monster er anders op. Nu eens wierp hij rotsen naar wegrennende soldaten, dan weer wurgde hij een gigantische slang. Op een dag zat hij vermoeid op een boomstam met zijn hoofd in zijn handen, het hoofd dat te klein leek voor het reusachtige lichaam dat altijd ontbloot was, op een gerafelde paarse broek na. Ik vroeg me af wat er met hem aan de hand was. Was hij soms ziek? Had hij eindelijk zijn meerdere moeten erkennen in een machtigere tegenstander?

Er zat niets anders op dan te doen wat ik tot dusver niet had gedurfd door de priemende blik van de sigarenboer. Ik keek om me heen en deed een stap naar voren. Aarzelend stak ik mijn hand uit naar het blaadje en pakte het uit het schap. Het voelde tot mijn verbazing dun en glad aan. Verwachtingsvol sloeg ik de eerste pagina open en inhaleerde een lijmachtige geur die van het papier opsteeg. Maar nog voordat ik ook maar een plaatje had kunnen bekijken, hoorde ik een stem zeggen: 'Leg dat terug, jongen.' De man die altijd bij de kassa stond als een overijverige cipier, griste het stripboek uit mijn handen. 'Het is hier geen bibliotheek. Als je wat wilt lezen, moet je het eerst afrekenen.' Hij liep mompelend terug naar de toonbank terwijl hij zijn Franse pet steviger op zijn hoofd duwde. Het stripboek stond nu schuin in het rek, de randen verkreukeld.

En nu keek de Hulk me opnieuw aan, dit keer vanaf een vergeeld stripboek. Hij brulde als vanouds terwijl hij de loop van een tank nonchalant verboog met zijn blote handen. Toen ik zag dat een donkere jongen op zijn gemak door een bak met *Suske en Wiske*'s bladerde, volgde ik zonder schroom zijn voorbeeld. Ik zag tientallen stripboeken van de Hulk en vergat bijna adem te halen van opwinding.

'Ze kosten allemaal twee kwartjes,' zei de marktkoopman zonder op te kijken van het sjekkie dat hij draaide. 'Behalve de dikke exemplaren, die kosten één piek.'

Even later kwam mijn moeder bij me staan. Ik hield een strip van de Hulk in de lucht. 'Hij kost maar vijftig cent,' zei ik terwijl ik mijn liefste blik opzette. Tot mijn verbazing overhandigde ze zonder aarzelen twee kwartjes aan de marktkoopman, die mijn eerste Hulk in een plastic zakje deed. Elke week mocht ik een stripboek uitzoeken op de markt en liet ik me gewillig meevoeren in de wondere wereld die door de schrijvers en tekenaars van Marvel was gecreëerd. Ik keek er nog meer naar uit dan naar mijn bezoek aan de bibliotheek. Al snel las ik vier boeken en een strip per week en had ik geen taalachterstand meer, maar blonk ik juist uit in voorlezen.

Toen ik tot mijn verbazing zag dat de Hulk ook in teamverband kon functioneren, verlegde ik mijn interesse eerst naar de Verdedigers en daarna naar de Vergelders, *The Avengers*, waar grootheden als Captain America, Iron Man en mijn favoriet Thor deel van uitmaakten. Ze waren simpelweg onverslaanbaar.

Langzaam groeide mijn collectie Marvel-stripboeken uit tot indrukwekkende proporties en ik begon ook de stripboeken van de X-mannen, Fantastic Four en Spiderman te lezen. Binnen een jaar bezat ik bijna vijftig strips, een aantal waar ik mee pochte bij Saleem en Floyd, maar het maakte op hen weinig indruk. Zij waren niet gevoelig voor de virtuoze tekeningen van striptekenaars als Sal Buscema en begrepen niet wat mij er zo in aantrok. Mijn moeder dreef ik tot wanhoop met mijn verzamelwoede: de Marvel comics slingerden overal in huis rond, zelfs op de wc, de plek waar ik het liefste las. Soms zat ik er net zo lang tot ik een strip uithad, het gebonk op de deur van mijn zus en de kramp in mijn benen negerend. 'Spoel tenminste door,' riep ze vanaf de andere kant. Maar ik was te lui om van de wc-bril te komen. 'Stil, ik heb hem bijna uit!'

Een paar jaar later verbande mijn moeder, na een paar waarschuwingen waar ik geen gehoor aan had gegeven, mijn volledige stripboekencollectie naar de kelderbox. En als om het einde van een mij dierbaar tijdperk te markeren, ging daar in die donkere kelderbox waar ik nooit een voet had durven zetten, mijn volledige collectie stripboeken nog geen jaar later in vlammen op bij een brand die waarschijnlijk door een junk was aangestoken.

In gedachten hoorde ik de machtige Hulk brullen in de vuurzee die hem verslond. Ik vroeg hem stilletjes om vergeving.

13

Ik besloot onaangekondigd langs te gaan bij Saleem. Buiten was het stil en verlaten. Er heerste die ochtend een ongewone sereniteit als in een onheilspellende droom. Terwijl ik het viaduct naderde dat ik dagelijks passeerde op weg naar school, kreeg ik plotseling het gevoel dat ik gevolgd werd. Ik stopte met lopen en keek om me heen, naar de ruisende bomen, de ritselende struiken en het eindeloze fietspad, maar ik zag niemand. Ik liep verder, maar na een paar meter stond ik weer stil, alsof een zachte stem me influisterde terug naar huis te gaan.

Toen in de verte de flat Echtenstein eindelijk opdoemde, had het sinistere gevoel me nog steeds niet verlaten. Gehaast betrad ik de hal en drukte op de liftknop. Juist toen ik me omdraaide, stapte een man zwaar ademend de ruimte binnen alsof hij een heel stuk had gesprint om de lift te halen. Vanachter zijn montuurloze bril keken zijn staalblauwe ogen me indringend aan. Hij droeg een lange leren jas en een strakke grijze joggingbroek. Zijn donkerblonde haar zat rommelig en viel over zijn bezwete voorhoofd. De man keek alsof hij iets van me wilde, alsof hij iets van me kwam opeisen, en ik wachtte op het moment dat hij iets zou zeggen en zijn gehaaste entree zou toelichten. Maar hij bleef me zwijgend aanstaren.

Op dat moment riep een stem in mijn hoofd: ga weg daar, Metin! Blijf niet staan, draai je om en loop snel weg.

Maar ik bleef staan, hoezeer het in mijn hoofd ook tekeerging. Nog voordat er iets was gebeurd, was ik al verstijfd, want om de een of andere reden vreesde ik dat ik iets fataals in werking zou zetten als ik weg zou lopen, dat de man me zou achtervolgen. Ik moest rustig blijven, hield ik mezelf voor. Dan zou het vast goed komen.

‘Ik zag je lopen,’ zei hij ineens. Zijn stem klonk rasperig, alsof hij die dag nog niet had gesproken. ‘Je viel me meteen op. Je hebt een mooie manier van lopen,’ ging hij verder. ‘Heel sierlijk, anders dan de ruwe donkere jongens hier uit de buurt. Die lopen allemaal zo onbehouwen, als vechtsporters.’ Terwijl zijn lippen van elkaar kwamen, bekeek hij me langzaam van top tot teen. Het was alsof zijn oogbollen over mijn lichaam gleden. ‘Jij hebt iets zachts, een verleidelijke tred. Je gebruikt je lichaam heel mooi.’ Hij duwde zijn bril hoger op zijn neus en maakte smakgeluiden. ‘Zit je op dansles?’

Ik staarde naar de grond. Hier moest ik geen antwoord op geven. Ik moest weglopen. Mijn beenspieren moesten eindelijk gehoor geven aan de kreten in mijn hoofd.

‘Of doe je aan ballet?’

Een luide klik: de lift was gearriveerd. Blijf staan, zei de stem in mijn hoofd. Blijf op z’n minst staan als je niet durft weg te lopen, jij lafaard. Stap niet in de lift!

De man trok de liftdeur open. Ik hoopte dat er mensen in zaten, dat Saleem met zijn vader zou uitstappen. Maar de lift was leeg. Het geluk van een onverwachte redding was me niet gegund. Ik keek achterom in de hoop dat anderen de lifthal hadden betreden, maar er was niemand. De man en ik waren nog steeds alleen in deze kille ruimte.

‘Stap maar in, jongen,’ zei hij nu dwingend. ‘Kom op, we moeten allebei naar boven.’ Hij legde zijn hand op mijn schouder en gaf me een klein zetje.

En hoewel mijn benen trilden en ik mezelf vervloekte dat ik niet durfde weg te rennen, stapte ik volgzaam in de lift. Ik drukte op de knop voor de achtste verdieping en liep toen zo ver mogelijk door naar achteren. Het grote lichaam van de man vulde de deuropening en door het tegenlicht zag hij eruit als een demon uit mijn nachtmerries. Hij deed een stap naar voren en de deur viel langzaam achter hem dicht, maar niet helemaal, hij hield hem met zijn hak op een kier en staarde me aan.

‘Heb je weleens een lul gezien?’

Ik drukte me tegen de liftwand en beet op mijn onderlip. Ik wist niet wat ik moest antwoorden en om tijd te winnen, zei ik: ‘Wat?’

‘Of je weleens een lul hebt gezien.’

Ik keek nu naar zijn joggingbroek en zag dat hij een paar maten te klein was. De vorm van zijn geslacht tekende zich duidelijk af onder zijn broek, als een slang die gevangenzat onder een stuk katoen. Tot mijn verbijstering begon de slang uit zichzelf te kronkelen. Terwijl de man me met zijn tong uit zijn mond aanstaarde, richtte de slang zich langzaam op, eerst in de richting van zijn heup en toen omhoog, tot hij bijna tevoorschijn kwam.

De man deed een stap naar voren waardoor de liftdeur helemaal dichtviel en ik gevangenzat. Nu zou het beginnen. De lift kwam traag in beweging, veel trager dan die in onze flat. Het zou nu nog minstens twintig seconden duren voordat we helemaal op acht hoog waren. Twintig seconden met deze man en zijn kronkelende pik. Ik plantte mijn nagels in de liftwand. Wat ging hij doen? Wat moest ik doen?

'Hij wil eruit,' zei de man zwaar ademend. Hij trok zijn broek iets omlaag waardoor zijn enorme geslacht er ineens uitstak. Er zat een dikke kloppende ader aan de zijkant. 'Ja, kijk maar goed, jongen, kijk maar goed naar mijn harde lul.' Hij pakte zijn pik stevig vast alsof hij getemd moest worden en trok zijn voorhuid kreunend naar achteren. 'Zo kun je hem beter zien, zonder hoedje.' Zijn glimmende paarsblauwe eikel kwam tevoorschijn als de kop van een tropische regenworm die na een regenbui onderzoekend uit de grond steekt. 'Groot is hij, hè?'

Ik drukte me nog steviger tegen de liftwand en voelde hoe mijn slokdarm opwaartse bewegingen begon te maken. Ik proefde een zure smaak in mijn mond. Ik moest eruit. Ik moest weg hier. Waarom ging de lift zo traag?

'Ben je besneden?' vroeg de man. Zijn oogleden leken zwaarder te worden terwijl hij zijn voorhuid kreunend op en neer trok.

Wat moest ik antwoorden? Als ik de waarheid sprak, wilde hij misschien mijn piemel zien, maar als ik loog, zou hij me vast niet geloven.

Ik moest tijd winnen. 'Hoe... hoe bedoelt u?'

Twee hoog.

'Of ze je voorhuid eraf hebben gehakt?'

Drie hoog.

'Mijn voorhuid?'

Vier hoog.

'Ja, het hoedje van je piemeltje. Laat eens even zien, jongen.'

Vijf hoog.

'Laat me met rust,' riep ik nu. 'Ik vind dit niet leuk.'

Zes hoog. Plotseling kwam de lift tot stilstand. 'Shit,' riep de man terwijl hij zijn lul opborg.

Ren! Ren voor je leven, klonk het in mijn hoofd.

Zonder na te denken stormde ik naar voren, als de stormram van een machtig leger lanceerde ik mezelf door me af te zetten tegen de liftwand. Ik schoot met zoveel vaart op de man af dat hij geschrokken achteruit deinsde. Ik sloot mijn ogen en strekte mijn handen voor me uit. Mijn handpalmen kwamen hardhandig in aanraking met de stalen deur. Ik duwde er met alle kracht tegenaan en terwijl de deur openvloog voelde ik de hand van de man langs mijn wang scheren. Maar ik schoot uit de lift en de deur kwam met zoveel vaart tegen de stang met rubberen stootkussen, dat hij weer hard dichtklapte en de man raakte, en terwijl ik snel half om mijn as draaide en richting het trappenhuis rende, hoorde ik de man vloeken van de pijn. Met mijn schouder ramde ik de houten deur naar het trappenhuis open en rende als een bezetene omhoog, sneller dan mijn benen me ooit omhoog hadden gedragen. Steeds sneller ging ik. Op de achtste verdieping vreesde ik even dat de man in de lifthal zou staan, maar ik wist dat ik sneller was geweest dan de trage lift. Ik sprintte door het smalle gangetje naar de lifthal en duwde de deur naar de galerij open, rende naar het huis van Saleem en hield de bel net zo lang ingedrukt tot er opengedaan werd.

'Hé, rustig aan!' riep Saleem.

'Saleem, Saleem,' riep ik hijgend. 'Aan de kant... laat me naar binnen... laat me naar binnen.' Ik duwde hem opzij, sprong naar binnen en smeet de deur achter ons dicht.

'Jezus, wat is er aan de hand?' Ik zag de schrik in Saleems ogen. 'Zit er een hond achter je aan?'

Ik leunde met mijn rug tegen de deur. 'Kinderlokker... een kinderlokker,' zei ik terwijl ik kuchend mijn adem probeerde te hervinden. 'Een potlood... potloodventer.'

'Wat? Waar?' Saleem keek snel door het kijkgaatje van de deur.

'In de lift... ik stond... in de lift... met een vieze man.'

'Wat heeft hij ge...'

'Zijn lul... hij... hij trok zijn lul uit zijn broek.'

'Nee!'

Ik kwam overeind. 'Is de deur op slot? Saleem, is de deur op slot?'

Pas op dat moment draaide Saleem de onderste hendel omhoog. 'Nu wel,' grijnsde hij.

'Je vader... is je vader thuis?'

'Nee, maar mijn broer wel.'

'Mooi... laten we naar binnen gaan.'

'Metin, ik heb straf,' zei Saleem op een toon alsof hij een geheim onthulde. 'Ik mag niet buiten spelen.'

'Man... ik wil ook helemaal niet naar buiten.' Ik veegde met de rug van mijn hand het zweet van mijn voorhoofd.

'Maar ik mag eigenlijk ook geen vrienden binnenlaten. Mijn vader is boos op me.'

Ik dacht even na. 'Bedoel je... dat ik niet naar binnen mag?'

'Ja.'

'Saleem, ben je gek geworden? Ik kan nu niet naar buiten!' Ik ademde diep in om mijn ademhaling weer onder controle te krijgen. 'Die kinderlokker is me aan het zoeken... straks grijpt hij me nog. Laat me hier even wachten... tot hij weg is... je vader vindt dat vast niet erg als hij hoort wat er gebeurd is.'

'Goed,' zei Saleem. 'Laten we in de keuken zitten.'

Ik nam plaats aan de keukentafel waaraan ik zo vaak had gezeten in de middagpauze terwijl Saleems moeder roti voor ons bereidde. De roti met hete linzen was mijn favoriet. Het gerecht was zo heet dat mijn ogen er altijd van begonnen te tranen. Maar het was verrukkelijk en ik liet geen kans schieten om tussen de middag met Saleem mee te eten.

Zonder me iets te vragen had Saleem een glas water voor me gepakt. 'Hier, drink maar op,' zei hij. Het was alsof nu pas tot hem doordrong wat zich even daarvoor in de lift had afgespeeld. Ik sloeg het glas in één keer achterover en steunde toen met mijn hoofd op mijn onderarm die op de tafel rustte.

'Ik heb echt geluk gehad,' zei ik. 'Hij had me wel iets kunnen aandoen.' Saleem vroeg wat ik gedaan zou hebben als de man op de noodrem had gedrukt en de lift tot stilstand was gekomen. Ik keek hem verschrikt aan. 'Daar durf ik niet aan te denken.'

'Ik had hem gewoon keihard in z'n ballen getrapt,' zei Saleem heldhaftig.

'Doe maar niet zo stoer, hoor,' zei ik terwijl ik een wegwerpgebaar maakte. 'Als jij daar was geweest, had je meteen in je broek geplast.'

Saleem keek strak voor zich uit. 'Mijn vader kan zo thuiskomen,' zei hij mat. 'Wil je jouw vader bellen om je op te halen?'

Mijn vader was niet thuis en ik wilde niet dat mijn moeder in haar eentje helemaal naar Echtenstein zou lopen. 'Nee, hij is niet thuis. Ik ga zo wel in m'n eentje naar huis. En als er wat gebeurt, weet je wie het gedaan heeft.' Ik wilde eraan toevoegen dat hij ook zou weten wiens schuld het zou zijn, maar ik bedacht me.

'Hoe dan?' zei hij. 'Ik weet niet eens hoe die gast eruitziet.' Ik gaf Saleem een korte beschrijving van de man. 'Moeten we niet de politie bellen?'

Dat had geen zin. Ze zouden hem waarschijnlijk toch niet vinden. En als ze hem wel zouden vinden, zou de man het me niet in dank afnemen en na zijn straf naar mij op zoek gaan, net zo lang tot hij me zou vinden en afmaken wat hij in zijn zieke gedachten had. 'Nee,' antwoordde ik. 'Ze vinden hem toch niet.'

Ik nam afscheid van Saleem en besloot via het trappenhuis aan de andere kant van de flat naar beneden te gaan. Ik sprintte naar beneden en bleef ook op straat rennen. De hele weg legde ik hollend af terwijl ik steeds over mijn schouder keek, tot ik weer bij mijn eigen flat was.

14

'Neem hem mee,' zei mijn moeder.

'Waarom?'

'Je moet meer tijd doorbrengen met je zoon.' Ik merkte dat ze het probeerde te onderdrukken, maar ik hoorde verontwaardiging in haar stem.

Mijn vader trok zijn wenkbrauwen op en alsof alles daarmee verklaard was zei hij: 'Ik ga met Yusuf naar de autobeurs in de RAI.'

'Dan kun je hem dus meenemen.'

Ze probeerde het, ze deed haar best om de natuurlijke band die er tussen een vader en zoon moest zijn te voeden. Maar mijn vader was geen man die zich iets liet opdringen. Hij was degene die anderen iets opdrong. Zuchtend trok hij zijn jas van de kapstok. 'Wat heeft Metin daar in vredesnaam te zoeken?'

'Hij vindt auto's ook leuk,' zei ze aarzelend.

Dat was niet helemaal waar. Ik was niet per se geïnteresseerd in auto's, de techniek erachter of in de vele verschillende merken. Maar ik zou niet snel een kans laten schieten om op de achterbank van wat voor auto dan ook plaats te nemen en naar buiten te kijken terwijl de wereld aan me voorbij trok, alsof die zich aan me presenteerde en me wilde verleiden om er op een dag meer van te zien. Misschien maakten autoritten me daarom wel rustig en kalm: de wetenschap dat er nog meer plekken waren, plaatsen waar het er anders aan toe ging, met minder dreiging en gevaar. Misschien wilde ik daarom dat de auto waarin ik zat eeuwig bleef doorrijden, net zo lang tot alles om me heen warm, zacht en kleurrijk was.

'O ja?' zei mijn vader. 'Daar heb ik nooit iets van gemerkt.' Ik hoorde de teleurstelling in zijn stem. Hij keek me nu voor het eerst aan. 'Wat is je lievelingsauto?'

Hij overviel me, want niet alleen stelde hij me zelden een vraag, hij keek er nu ook nog bij alsof hij hoopte dat ik zou falen voor deze onverwachte test zodat hij me straks niet achter zich aan hoefde te slepen. Ik vond zoveel auto's mooi, maar wat was mijn lievelingsauto? De eerste die in me opkwam was KITT, de stoere bolide van Michael Knight in mijn lievelingsserie *The Knight Rider*. 'KITT!' riep ik trots.

Mijn vader keek me niet-begrijpend aan. 'Wat is dat?'

'Dat is de mooiste auto ter wereld. Hij kan praten en superhard rijden met zijn Turbo-boost, en hij kan door muren rijden en over rivieren springen.' Ik sprak ineens snel en maakte wilde gebaren met mijn armen. 'En KITT is superslim en beschermt Michael Knight altijd zodat hij de wereld kan redden.' Ik hoopte vurig dat mijn vaders nieuwsgierigheid was gewekt en hij een keer met mij naar *The Knight Rider* wilde kijken.

'Zie je wel, hij weet helemaal niets van auto's, hij zit nog in zijn eigen fantasiewereld.'

'Het is helemaal niet mijn eigen fantasiewereld, het is een tv-serie!' riep ik onbedoeld hard. Meteen voelde ik de corrigerende hand van mijn moeder op mijn bovenarm.

'Ik ken het wel, hoor,' zei mijn moeder luchtig, alsof ze mijn vader zo mild probeerde te stemmen. Ze glimlachte: 'KITT is een zwarte sportwagen en zijn eigenaar is een lange Amerikaan met mooie krullen.'

'Zie je wel!' zei ik opgelucht. 'Anne kent het ook.'

'Ik heb geen tijd voor kinderverhalen,' zei mijn vader terwijl hij op zijn horloge keek. 'Yusuf komt me zo ophalen en ik moet nog dat hele verdomde stuk door de binnenstraat lopen.' Hij deed de voordeur open en stapte de galerij op.

'Harun, neem hem mee,' zei mijn moeder opnieuw, nu met meer nadruk in haar stem. 'Anders zit hij maar de hele dag thuis. Hij is bijna tien jaar, het is goed als hij wat meer tijd met jou doorbrengt.'

Mijn vader keek me een paar tellen aan en knikte toen tot mijn verbazing. 'Doe je schoenen snel aan, ik ben al te laat.'

Toen we even later door de binnenstraat liepen, praatten we niet. Ik vroeg me af of ik moest zeggen dat ik Lamborghini ook een mooi merk vond zodat mijn vader niet zou denken dat ik helemaal niets van auto's afwist, maar ik was bang dat hij me zou afsnauwen. Ik moest iets anders verzinnen.

'Baba,' zei ik toen we bijna bij de garage waren.

'Wat is er?'

'Wat is jouw lievelingsauto eigenlijk?'

Hij hield de pas er stevig in en ik wist niet of hij nadacht over het antwoord of dat hij mijn vraag onzinnig vond. Ik had ook beter mijn mond kunnen houden.

'Jaguar,' zei hij toen ik er al bijna niet meer op rekende. Ik was verrast, want een Jaguar leek me geen auto voor een communist.

'Welk model?'

'Ken je toch niet.'

'Misschien wel.'

Weer zweeg hij alsof hij zich afvroeg of hij wel zin had in dit gesprek met zijn zoon. 'Een Jaguar Daimler uit de jaren zeventig,' zei mijn vader verlangend. 'Een prachtige auto, maar onbetaalbaar.'

Ik besloot toen dat ik er later een voor mijn vader zou kopen, hoeveel hij ook zou kosten en hoelang ik er ook voor zou moeten sparen. Op een dag zou ik hem de sleutel overhandigen van een Jaguar Daimler.

We betraden de donkere garage die naar diesel en urine stonk. De tl-verlichting aan het plafond knipperde en ergens op de begane grond stond een radio keihard aan. Yusuf stond ons buiten op het platform al op te wachten terwijl hij, badend in het zonlicht, een sigaret rookte. Toen we hem waren genaderd, viel het me voor het eerst op dat hij uitzonderlijk lang was voor een man uit Turkije. En het drong tot me door dat hij, met zijn krullen, korte zwarte leren jas en groene ogen, wel iets weg had van Michael Knight. Ook Yusuf had een zwarte auto, al was het geen sportauto, en zeker geen Pontiac Trans Am zoals KITT, maar een degelijke Audi 80 waarmee je makkelijk naar Turkije kon rijden. Ik was erg op Yusuf gesteld. Hij was misschien wel de meest zachtaardige vriend van mijn vader en altijd als hij bij ons op bezoek kwam, nam hij naast mij op de bank plaats. Hij vroeg dan uitgebreid hoe het met me ging en was vrij fysiek, maar niet op een verkeerde manier. Hij kneedde mijn hand steeds als hij met mijn vader praatte, of hij drukte met zijn grote hand gedachteloos in mijn nekspier terwijl we televisie keken, alsof hij zag dat ik gebukt ging onder interne spanningen waarvan ik zelf nog geen weet had. En als hij wegging gaf hij steevast een klapje op mijn bovenbeen en zei: 'Tot de volgende keer, kameraad!' Yusuf gaf me het gevoel dat ik erbij hoorde en hij trok me ook even in de mysterieuze wereld van mijn vader. Maar zelfs op die momenten hield mijn vader de deur voor me dicht.

We reden weg en hoewel Yusuf en mijn vader meteen een sigaret opstaken, zat ik heerlijk ontspannen op de achterbank terwijl we de Bijlmer al snel achter ons lieten en koers zetten richting Amsterdam-Zuid. Yusuf reed als een bezetene, haalde tientallen auto's in en minderde nauwelijks vaart bij de afslag naar de RAI. Nadat hij de auto behendig met één hand achteruit had geparkeerd alsof hij Michael Knight was, stapten we uit en sloten aan in de rij voor de kaartjesverkoop. Ik had niet verwacht dat zoveel mensen naar auto's zouden komen kijken.

'Ik wil in ieder geval naar de stand van Audi,' zei Yusuf met kinderlijk enthousiasme. 'Ik moet echt even achter het stuur van de nieuwe Audi 80 kruipen en zijn dashboard strelen.'

'Doe maar niet,' grijnsde mijn vader. 'Straks wil je niet meer in die roestbak van je rijden.'

Yusuf gaf een klap op mijn vaders schouder. 'Hé, geen kwaad woord over mijn oude dame, anders krijg je er spijt van.' Hij pakte me bij mijn bovenarm en trok me naar zich toe en met een extra lage stem zei hij: 'Wat denk je, zullen we die vader van je straks maar met de bus naar huis laten gaan?'

'Prima,' zei ik zonder schroom, 'maar dan wil ik wel rijden.'

Alleen met Yusuf erbij en zijn grote arm om me heen geslagen, durfde ik zo'n grap te maken. Hij begon hard te lachen. 'Je hoort het, Harun, ik hoop dat je een strippenkaart bij je hebt.' Mijn vader liep verder zonder iets te zeggen.

Er was een grote menigte bij de sportauto's. De Ferrari's en Lamborghini's mochten, in tegenstelling tot de Volkswagens en Opels, niet aangeraakt worden. We bleven het langst bij de Audi's staan. Yusufs ogen lichtten op toen hij plaatsnam in de nieuwe Audi 80 en zoals hij daar zat, hoopte ik dat hij er op een dag mee naar zijn geboortedorp zou rijden.

Toen we wat te drinken gingen halen, stopte ik abrupt met lopen én ademhalen. Want daar, op slechts een paar meter afstand van mij, stond Ron Brandsteder. Ik kon het nauwelijks geloven. De presentator van *Ron's Honeymoon Quiz* waar we iedere week naar keken. Ron Brandsteder stond daar zomaar wat te drinken met een paar mannen en torende als een krachtige plataan boven iedereen uit. Met een brede glimlach, dezelfde brede glimlach die elke week op ons beeldscherm verscheen, keek hij zijn gesprekspartners aan terwijl hij iets vertelde.

'Wat wil je drinken?' vroeg mijn vader, maar ik reageerde niet. Hij tikte me aan. 'Metin, wat wil je drinken?'

'Ron Brandsteder,' zei ik.

'Wat is dat?'

Ik wilde niet wijzen, dus knikte ik zo onopvallend mogelijk in zijn richting. 'Daar staat Ron Brandsteder.'

'Wie?'

'Baba, dat is de presentator van *Ron's Honeymoon Quiz*!' zei ik verontwaardigd terwijl ik me afvroeg of hij dan echt niemand kende. 'Naar dat programma kijken we iedere week.'

'O ja, die lange vent van die tv-show.' Mijn vader zuchtte. 'Wat wil je drinken?'

'Ik wil zijn handtekening,' zei ik lichtelijk beschroomd.

'Waarom?'

Ik had nog nooit een bekende Nederlander gezien en wilde een tastbaar bewijs overhouden aan deze onverwachte ontmoeting. Maar dat klonk suf, dus zei ik dat ik de handtekening aan mijn zus wilde laten zien.

'Goed, haal dan maar snel zijn handtekening, dan kunnen we eindelijk wat drinken.'

'Hoe?'

'Wat hoe?'

'Wat moet ik zeggen?'

'Wat kan daar nou zo moeilijk aan zijn?' Mijn vader drukte me een folder van Fiat in handen. Hij deed het zo onrustig en gehaast, dat het leek alsof hij me iets opdrong, alsof híj de handtekening wilde. De folder raakte verfrommeld. 'Laat hem hier maar iets op krabbelen, of op een van je eigen brochures. Maakt niet uit waar, doe het gewoon snel.'

Nee, ik kon Ron Brandsteder onmogelijk een verfrommelde folder van Fiat onder zijn neus duwen. Ik graaide in de tas die ik bij de stand van Ford had gekregen en daarna met allerlei brochures, pennen en snoepjes had volgestopt, en trok er een folder van Porsche uit. 'Deze is beter,' zei ik glunderend.

'Goed, goed.' Mijn vader gaf me een duw in mijn rug. 'Ga nou maar, ga nou maar.' Yusuf knipoogde naar me en stak zijn duim op. En pas toen ik met onzekere stappen onderweg was naar Ron Brandsteder, besefte ik dat ik hem helemaal niet durfde aan te spreken. Hij was zo bekend en stond vast iets belangrijks te vertellen aan de mannen die ademloos aan zijn lippen hingen.

Ik kon toch niet zomaar de ster van de nationale televisie in de rede vallen voor een onbeduidend verzoek? Was dat niet onbeleefd?

Stap voor stap naderde ik hem, tot ik naast hem stond en zwijgend omhoog keek. Ik slikte even. Hij was zo groot en breed! En toen hoorde ik zijn diepe, bruine stem die precies hetzelfde klonk als op tv waardoor ik even vreesde dat er camera's op ons gericht stonden. De mannen waarmee hij sprak, lachten om werkelijk alles wat hij zei, ook als het niet grappig was. En ik stond daar maar te wachten in de hoop dat de showbizz-ster mij zou zien, dat hij een kort aards moment mijn aanwezigheid zou opmerken, maar hij bleef maar doorpraten alsof hij wilde bewijzen dat hij in het echt net zo joviaal en warm was, dat het allemaal niet gespeeld was en dat hij zelfs in een hal vol auto's en sjokkende mensen net zo kon stralen als in een tv-studio.

Ik hoopte dat mijn vader niet zou zien hoe onhandig ik dit aanpakte, dat hij niet zag hoe ik daar wegkwijnde in de imposante schaduw van de ster, maar toen ik zo onopvallend mogelijk naar hem keek, zag ik hem druk naar mij gebaren, alsof hij wilde zeggen: waar wacht je in godsnaam op? Spreek die man nou verdomme aan!

Maar ik durfde niet. Ik durfde gewoon niet.

Ik moet daar een paar minuten hebben gestaan, tot mijn vader het niet meer kon aanzien en, na een korte discussie met Yusuf die hem tegen leek te willen houden, besloot in te grijpen. Hij liep met grote passen op ons af en toen hij naast de presentator stond, moest ook hij omhoog kijken. Mijn vader oogde ineens als een kleine scholier. Ik wist niet wat er ging gebeuren, maar ik voelde me nu al opgelaten en wenste dat ik nooit op het onnozele idee was gekomen om een handtekening te scoren.

'Hé!' zei mijn vader luid en duidelijk. Misschien kwam het door de drukte in de hal dat de presentator hem niet hoorde, want hij bleef onverstoorbaar doorpraten. Daarop tikte mijn vader hem op zijn schouder en zei: 'Hé, Ron Honeymoon!'

Ron Brandsteder staarde mijn vader aan, lichtelijk geprikkeld en tegelijkertijd peilend wie hij nu weer voor zich had.

'Mijn zoon staat naast je!'

'O.'

'Mijn zoon wacht al tien minuten op je handtekening. Wat is dat, man?'

Mijn vader leek boos te worden en ik was bang dat hij Ron nu een duw zou geven en daarna zijn hand zou vastgrijpen en naar de folder, die ik inmiddels als een geknakte bloem vasthield, zou bewegen zodat hij eindelijk zijn verdomde krabbel zou zetten.

'O, sorry,' zei Ron Brandsteder geschrokken. 'Ik was in gesprek en zag hem niet.'

'Tien minuten wacht hij op jou, is toch niet normaal, man?'

Ron Brandsteder keek mijn vader onderzoekend aan en realiseerde zich waarschijnlijk dat dit twee kanten op kon gaan, en na een kort moment van stilte, besloot hij dat hij wilde laten zien dat hij, Ron Brandsteder, deze situatie met gemak kon keren en dat hij niet voor niets was wie hij was. Hij boog rustig voorover en ik rook een lichte alcoholwalm toen hij op kalme toon zei: 'Sorry, jongen, ik zag je echt niet.' Hij glimlachte naar me. 'Heb je misschien een pen bij je?'

Ik schudde mijn hoofd, hoewel ik een tas vol pennen bij me had.

'Geen probleem, dan pak ik wel mijn Mont Blanc.' Ik wist niet wat hij bedoelde. Ron Brandsteder tastte in de binnenzak van zijn donkerblauwe jasje en haalde er met trage bewegingen een blinkende pen uit, hield hem even in de lucht en keek toen tevreden om zich heen. 'Voor dit soort gevallen heb ik altijd mijn Meisterstück uit Düsseldorf bij me.' Hij keek me even aan. 'Zo, en waar mag ik een krabbel zetten?'

Ik overhandigde hem de folder van Porsche.

'Zo, zo, jij hebt smaak, jongen,' zei hij grijnzend.

'Bij Lamborghini hadden ze geen folders meer,' zei ik. Het was geen grap, want daar was ik veel te nerveus voor. Ik baalde er gewoon van dat ik geen Lamborghini-folder had weten te bemachtigen.

Ron Brandsteder begon hardop te lachen. 'Je hebt een heel dure smaak, kan ik beter zeggen.' In een paar vloeiende bewegingen zette hij zijn handtekening boven de afbeelding van een grijze Porsche 911, alsof hij hem ooit zelf ontworpen had tijdens zijn vorige al even glansrijk verlopen carrière, tot iemand hem ineens een microfoon in handen had geduwd en hem onder een schijnwerper had geplaatst naast een paar opgewonden bruidsparen. 'Alsjeblieft, jongen.'

Ron Brandsteder draaide zich weer naar zijn gesprekspartners en ging verder met praten alsof hij even daarvoor niet ruw onderbroken was door mijn vader.

15

Midden in de nacht werd er aangebeld. Ik schoot overeind in bed. Opnieuw werd er aangebeld, maar dit keer langer. Mijn hartslag versnelde. Zonder het licht aan te doen, sloop ik naar de slaapkamer van mijn ouders toen plotseling mijn moeder voor me stond in haar nachtjapon. Ze pakte me vast. 'Het is je vader,' zei ze opgewonden. 'Niet opendoen.'

En alsof ik de afgelopen maanden niet had opgelet, zei ik: 'Waarom niet?'

'Omdat hij hardleers is.' Mijn moeder sprak gehaast alsof de tijd drong. 'Ik heb hem zo vaak gewaarschuwd dat hij op tijd thuis moet komen.' Weer werd er aangebeld, maar nu hield mijn vader de knop ingedrukt, bijna een halve minuut lang.

'Maar straks wordt baba boos.'

'Maakt me niet uit,' zei mijn moeder vastbesloten. 'Hij komt er niet in.'

Er werd nu ook op de voordeur gebonkt. Vier, vijf mokerslagen klonken kort achter elkaar. En mijn vader liet zich nu ook verbaal horen: 'Doe verdomme open, Asena!'

Mijn vader was de laatste maanden steeds vaker midden in de nacht teruggekeerd van zijn nachtelijke uitje waardoor de ruzies in huis niet langer uitsluitend over geld gingen. 'Het is hier geen hotel,' had mijn moeder op een gegeven moment gezegd. 'Je doet alsof je vrijgezel bent terwijl je een gezin hebt dat je alleen achterlaat in deze grote flat.' Ze had gedreigd voortaan de voordeur te vergrendelen voordat ze ging slapen. 'Als je voor halfelf nog niet thuis bent, kom je er niet meer in.'

Ik was onder de indruk van haar stelligheid, maar ik zag aan mijn vaders gezicht dat hij haar totaal niet serieus nam, zoals hij vrijwel niets van wat zij in die jaren zei serieus nam. Hij was het gewend om in lange en ononderbroken monologen tot haar te spreken. 'Als je goed luistert, kun je wat van me leren.' Hij kon zich waarschijnlijk niet voorstellen dat de vrouw die zo'n opmerking geduldig incasseerde tot zo'n drastische maatregel zou overgaan.

Toen mijn vader de volgende dag na middernacht thuiskwam, liet mijn moeder hem gewoon binnen en hield ze het bij een korte nachtelijke preek die weinig gloedvol was. Maar toen hij een paar dagen later weer veel te laat voor de deur stond, liet ze hem pas na een paar minuten binnen. En nu was de maat blijkbaar vol.

'Blijf hier staan,' zei mijn moeder. 'Ik ga hem wegsturen.'

Terwijl ze een stap naar voren deed, pakte ik haar hand. 'Niet doen, anne,' zei ik. 'Alsjeblieft, baba wordt heel boos.'

'Nee, hij is te ver gegaan,' zei ze en even, alsof we in een rechtvaardige wereld leefden, leek het of ze naar de voordeur liep om hem een lesje te leren en hem, na een paar welverdiende oorvijgen, om vergiffenis te laten smeken. Maar toen ze er een vertwijfeld 'Wat moet ik anders?' aan toevoegde, verdampte dat beeld en werd ik geconfronteerd met onze machteloze situatie. Mijn moeder stond met haar rug tegen de muur. Ze had geen familie in Nederland noch waren er vrienden bij wie ze kon aankloppen voor hulp. En door de taalbarrière en onbekendheid met de instanties kon ook niemand haar via andere kanalen op mogelijkheden wijzen. Ze was ervan overtuigd dat, wilden we iets bereiken in dit land, we met een vader moesten opgroeien, dus zou ze hem tot inkeer brengen.

'Je komt er niet in,' riep ze.

'Doe open!' riep mijn vader opnieuw. 'Zo is het mooi geweest.'

Maar mijn moeder verhief haar stem, alsof zijn reactie haar woede voedde. 'Nee, ik heb je gewaarschuwd, Harun.'

Mijn vader beukte tegen de deur. 'Laat me deze klotedeur niet intrappen, vrouw.'

'Dat lukt je toch niet.' Ik trok aan mijn moeders arm en zei dat ze hem niet moest uitdagen. En alsof ze beroepshalve met dit soort situaties te maken had, zei ze: 'Ik weet wat ik doe.'

Mijn vader stond nu bij het keukenraam. Als een wildeman sloeg hij met zijn handpalm tegen het grote raam dat hevig in zijn sponning trilde. Zo'n zes keer achter elkaar beukte hij ertegenaan en met iedere klap leek zijn woede te groeien. Wat als hij beneden een baksteen zou halen en het raam ermee zou inslaan?

'Laat hem binnen,' smeekte ik. 'Voordat het te laat is.'

'Hij moet voelen dat hij te ver is gegaan.' Ze klonk zo beslist dat ik me afvroeg of ze de deur ooit nog zou opendoen.

'Doe verdomme open!' brulde mijn vader.

Mijn zus kwam bij ons staan. 'Anne, hij maakt de hele buurt wakker,' fluisterde ze. 'Doe open voordat de buren hem zo zien.'

'De buren moeten hem juist zo zien!' zei mijn moeder. 'Ik wil dat hij zich schaamt, ik wil dat hij zich doodschaamt!'

Maar misschien was dat het probleem juist: mijn vader kende geen schaamte. Hij was als een losgeslagen vrijgezel die grenzeloos wilde genieten van alles wat het meest welvarende deel van Europa hem te bieden had, zonder verantwoording aan iemand af te leggen, of zich te verontschuldigen voor de vele excessen die hij zich meende te kunnen permitteren tegenover de vrouw die hij – volgens zijn eigen onnavolgbare redenering – had gered van de armoede én het kansloze gezin waarin ze was opgegroeid. Mijn vader werkte niet en leefde in die almaar uitdijende oceaan van vrije uren waarschijnlijk een variant van het leven waar hij altijd van had gedroomd: een leven zonder verantwoordelijkheid of binding met een gezin, mede mogelijk gemaakt door de uitkering en kinderbijslag die de staat hem trouw verschafte.

Hij noemde zich communist en zette zich daarmee af tegen het grootste deel van de immigranten uit Turkije die hier onderbetaald en ondergewaardeerd werk kwamen doen, en hij liet zich daarop voorstaan. Hij riep dat hij met grotere idealen bezig was dan slaafs geld verdienen in nederige dienst van het vermaledijde kapitalistische systeem dat het proletariaat uitbuitte en het arme deel van de wereld uitkneep. Het was de reden dat hij tegen werken in loondienst was. De term 'communist' verschafte hem het intellectuele aureool dat hem in zijn jaren in Turkije wegens het gemis aan een hoge scholing ontbroken had. En in tegenstelling tot waar de term voor stond, gaf het hem iets elitairs, iets verhevens. Hij waande zich superieur aan zijn omgeving en sprak hardop uit dat hij meer wist en meer zag dan iedereen om hem heen, ongeacht of het een professor, wetenschapper of groenteboer was, terwijl hij zelf nog maar pas geleden uit de goot in Izmir was opgekrabbeld en in zijn tienerjaren een ordinaire straatvechter was geweest die onder bruggen en op bankjes in het park sliep en niets anders kende dan de vuige regels van de achterbuurten. Mijn vader kwam als overtuigd atheïst nooit in moskeeën en meed de koffiehuizen waar gastarbeiders die in de fabrieken werkten zich na een dag afbeulen verzamelden. Mijn vader was bezig met grotere zaken, vond hij. Hij was op de vereniging bezig met de toekomst van het communisme. Terwijl hij de politieke handvesten van Marx, Engels en Lenin las – afgewisseld met de meesterwerken van Dostojevski, Tsjechov en Toergenjev – rookte hij de eerste jaren pijp en dronk hij cognac of whisky. In zijn ogen maakte hem dat allemaal tot een ontwikkelde en beschaafde man, die ongetwijfeld bewondering zou oogsten van zijn kameraad Lenin.

En nu beukte diezelfde beschaafde man om tien over halfvijf in de ochtend als een wildeman op het keukenraam om binnengelaten te worden in zijn eigen huis.

Mijn moeder liep naar de keuken, deed het licht aan en gebaarde wild dat mijn vader moest weggaan alsof hij een ongenode gast was. Ik kon bijna niet geloven wat zich voor mijn ogen afspeelde. Een paar weken geleden had ze nog al haar moed verzameld om mijn vader tot de orde te roepen, en nu voerde ze daadwerkelijk uit waar ze toen mee gedreigd had. Hoewel ik bang was, bewonderde ik mijn moeder op dat moment ook. Toch hoopte ik dat ze tot inkeer zou komen, want ik wist dat mijn vader dit niet over zijn kant zou laten gaan en dat er represailles zouden volgen.

'Doe die deur nu open, anders zal het je berouwen,' schreeuwde mijn vader.

Waar zijn boosheid mijn moeder voorheen ineen deed krimpen en haar zelfs deed hakkelen van angst, leek die nu averechts te werken en haar moed alleen maar te versterken. 'Ga weg!' riep ze. 'Je hebt het hier zelf naar gemaakt.'

Ze was toch al over een grens gegaan, moet ze gedacht hebben. Wat er hierna zou gebeuren, zou toch niet voorkomen kunnen worden door alsnog te zwichten voor zijn dreigementen.

'Wacht maar,' zei mijn vader en hij liep weg.

'Wat gaat hij doen?' vroeg ik verschrikt.

'Ik weet het niet.' Ik hoorde aan haar stem dat ze er niet gerust op was, dat ze nu een voor haar onbekend domein had betreden. Want ze had zich voor het eerst op zijn speelveld begeven, waar zijn regels golden, de regels die hij zich grotendeels eigen had gemaakt op de straten van Izmir. Mijn moeder was niet gehard door die kille wereld, zij was door haar ouders als tienermeisje aan het werk gezet bij welgestelde mensen, en als ze niet aan het werk was, werd ze binnengehouden. En nu moest ze ongewapend een gevecht aangaan met de beruchte Harun van de straten van Izmir, met alleen de rugdekking van haar angstige kinderen en wanhoop als drijfveer.

Het was plotseling onnatuurlijk stil in huis. Mijn moeder, zus en ik keken elkaar aan, wachtend op wat zou komen, want mijn vader was er de man niet naar om weg te lopen van een opgelaaide ruzie. Hij was degene die ruzies begon én beslechtte. En volgens zijn eigen ondoorgrondelijke wetten was hij nu waarschijnlijk nog niet aan zet geweest.

De andere bel klonk ineens, de bel die via de binnenstraat bediend kon worden en meestal door bezoekers werd gebruikt om via de intercom contact te leggen. Het was een scherp en doordringend geluid dat ons altijd deed opschrikken. Mijn moeder spoedde zich naar de hoorn die in de hal hing. 'Hou hiermee op en ga weg!' Maar de bel bleef ononderbroken zoemen, minutenlang alsof mijn vader in zijn woede zijn duim niet meer van de knop kreeg. Mijn moeder dirigeerde ons naar de woonkamer en deed de deur naar de hal dicht om het geluid af te zwakken.

'Het houdt niet op,' zei mijn zus na een paar minuten terwijl ze haar oren met haar vingers dichtdrukte. 'Wat moeten we doen?'

'Ik ga wel naar beneden,' zei mijn moeder. Het klonk als een offer, alsof ze op het punt stond om vanaf een veilige positie alsnog de arena te betreden, wetend dat daar een sterkere tegenstander wachtte die tot alles in staat was.

'Nee!' riep ik, terwijl ik mijn moeder bij haar arm vastpakte. 'Dat is veel te gevaarlijk.'

We bleven wachten tot het geluid zou ophouden, maar toen het na tien minuten nog steeds onverminderd klonk, stond mijn moeder op en keek ze alsof ze een inzicht had. 'Ik ga de politie bellen,' zei ze. 'Dit moet ophouden.'

Wat zou de politie kunnen doen? Mijn vader zou alleen maar bozer worden en als de agenten eenmaal vertrokken waren, zou hij het mijn moeder betaald zetten dat ze tot zo'n maatregel was overgegaan. Maar mijn moeder pakte de hoorn al. Voorheen liet ze altijd mijn zus bellen met officiële instanties, maar dit telefoontje besloot ze voor haar eigen rekening te nemen. Gehaast zei ze haar naam en met overslaande stem voegde ze eraan toe dat iemand de hele tijd aanbelde. 'Van binnenstraat. Wij zijn bang. Kom snel!' Nadat ze had opgehangen voegde ze er in één adem aan toe dat we naar bed moesten gaan. 'Jullie moeten over een paar uur naar school.'

'Maar zo kunnen we toch niet slapen?' zei mijn zus.

We bleven op de bank zitten terwijl de bel bleef zoemen als een doorgedraaide horzel. Ik keek naar de klok aan de muur. Het was bijna vijf uur. Ik zag hoe secondes wegtikten. En ineens hield het geluid op. Even later werd er aan de voordeur gebeld. Vanuit het keukenraam zagen we twee agenten voor de deur staan.

Een agent met een snor zei 'goedemorgen' en liet een stukje papier zien dat meerdere malen was gevouwen tot het stevig en hard was geworden. 'Dit zat tussen de knop van de bel gekneld,' zei hij. 'Heeft u enig idee wie het geweest zou kunnen zijn?'

'Ik weet het niet,' zei mijn moeder.

'Hou jij je mond,' fluisterde mijn zus in het Turks tegen mij.

'Misschien was het een inbreker die controleerde of u thuis bent. Dit gebeurt helaas vaker.' De agent wierp een inspecterende blik over het hoofd van mijn moeder naar binnen. 'Misschien moet u voortaan een klein lampje in de woonkamer laten branden zodat ze zien dat u thuis bent.'

Mijn moeder knikte. 'Is goed. Dank u wel.'

In bed vroeg ik me af waarom mijn vader zich zo had misdragen. Wat had hij daarmee bereikt, behalve dat hij mijn zus en mij uit onze slaap had gehouden? En waar was hij nu?

Toen ik die middag thuiskwam van school, hing er een doordringende alcoholwalm in huis. Instinctief liep ik naar de slaapkamer van mijn ouders en deed de deur zachtjes open. Daar lag mijn vader op de matras op de grond. Hij lag zijn roes uit te slapen in zijn onderbroek. Zijn gezicht zag er verwrongen uit en hij ademde onrustig.

's Avonds schoof hij aan voor het avondeten, met geschoren wangen, heerlijk geurend naar Tabac-aftershave en zijn haar perfect in model alsof er niets was gebeurd. We spraken niet over het incident, zoals we nooit spraken over de vervelende dingen die zich in huis voordeden. We slikten en gingen verder. En zoals altijd aten we zwijgend ons eten en hoopten we dat de vrede zo lang mogelijk standhield.

16

Mijn zus en ik liepen altijd samen naar school. Soms werden we vergezeld door haar klasgenoten Nuha en Lastri, waardoor ik ertoe was veroordeeld tien minuten lang naar meisjesgeroddel te luisteren.

Nuha was voor mijn zus wat Saleem voor mij was, en net als mijn beste vriend was zij ook Pakistaans. Nuha en Lastri schepten regelmatig op over familieleden die op bedevaartstocht naar Mekka waren geweest, alsof ze een wedstrijdje hielden wier familie vromer was. Elk jaar deden beiden een paar dagen mee aan de Ramadan en steeds vertelde mijn zus dan dat ze Lastri zo bewonderde omdat ze wist hoeveel ze van eten hield en hoezeer ze leed op de dagen waarop ze vastte. Ik vond dat overdreven, want op gewone dagen nam Lastri het er flink van. Zo nam ze altijd een zak chips mee naar school omdat ze anders hoofdpijn kreeg.

Op een van onze ochtendwandelingen naar school zei mijn zus ineens: 'Wij zijn ook moslim.' Ze zei het op zo'n vanzelfsprekende toon dat ik me afvroeg of zij misschien iets wist wat mijn ouders mij pas zouden vertellen als de tijd er rijp voor was.

'Ja, Turken zijn ook moslim,' zei Nuha meteen alsof ze Turkije onlangs uitgebreid had bestudeerd in een encyclopedie. Ik verwachtte dat mijn zus haar zou corrigeren en zou uitleggen dat we geen Turken waren. Toen ze slechts instemmend knikte, kon ik het niet langer allemaal stilzwijgend aanhoren. Dat we opeens moslim waren was tot daaraan toe, want Saleem en mijn klasgenoot Hamid waren dat ook, maar we konden niet ook nog opeens Turken zijn. In mijn gedachten hoorde ik mijn vader voor de zoveelste keer tegenover de visite een betoog houden over onze afkomst: 'Wij zijn Zaza. Nee, geen Koerden, maar Zaza. Een heel ander volk met een eigen taal.'

Nog vervelender was dat ik in gedachten de grappen hoorde die altijd over de Turken werden gemaakt in onze wijk: 'Turk, augurk!' of 'Turkie, Turkie is niet dom, Turkie, Turkie luier om.' Iedere keer als er 'Turk' naar mij werd geroepen, was het alsof er iemand op mijn achterhoofd sloeg met een plank. Floyd kreeg eens snoep aangeboden van Niels, een forse blonde knaap die de zoon van een machtige Viking had kunnen zijn, maar mij gunde hij geen greep uit de volle zak. 'Jij bent een Turk.'

'Turk is een scheldwoord,' had mijn zus eens op mismoedige toon tegen mij gezegd. Ze sloeg een woordenboek open in de bibliotheek van Ganzenhoef. 'Hier, kijk maar.' Het was nu niet alsof ik een klap op mijn achterhoofd kreeg. Nee, het was alsof er een hele boekenkast op mij donderde. Vlak na 'bewoner van Turkije', stond er in de *Dikke Van Dale* bij het woord Turk: '*Zo zwart zien*, *eruitzien als een Turk*, er erg vuil uitzien. -(zegsw.) *aan de Turken overgeleverd zijn*, slecht behandeld, bedrogen, mishandeld worden'. En blijkbaar was 'Turk' ook een naam die in Nederland aan viervoeters werd gegeven, want er stond onder -2: 'hondennaam'. Ik wilde dat ik het woordenboek nooit had bekeken, maar ik las verder. 'Turken' was blijkbaar ook een werkwoord: 'tur'ken, (turkte, heeft geturkt), (overg.) geweldig plagen, treiteren'. En onder het werkwoord 'tur'ken' stond ten slotte het woord 'tur'kenbaan: v. (m.) (...banen), baan, betrekking met vuil, vies werk.'

Ik was dan wel in Turkije geboren en ik sprak de taal, maar godzijdank had mijn vader ons geleerd dat we Zaza waren. En op dat moment, met dat vervloekte woordenboek voor me opengeslagen, besloot ik dat ik me niet meer zou laten uitschelden.

'Wij zijn geen Turken!' riep ik tegen Nuha. 'Wij zijn Zaza!' Het klonk als de strijdkreet van een krijger die zijn manschappen toespreekt voor de beslissende slag.

'Zaza? Kun je dat eten?' vroeg Lastri. Ze begon te lachen.

'Zaza is geen eten, papzak,' zei ik. 'Zaza's zijn mensen, wij zijn Zaza!' En in mijn hoofd werd de dikke Lastri aangevallen door een fanatiek Zaza-leger te paard. Ze werd helemaal onder de voet gelopen voordat ze de kans kreeg haar zak chips leeg te eten.

Lastri gaf me een harde duw en haar stem klonk een paar toontjes lager: 'Noem me geen papzak, jij kleine aap, anders krijg je een klap voor je hoofd.'

'Jij blijft van mijn broertje af,' zei mijn zus terwijl ze tussen Lastri en mij in ging lopen. Daarna keek ze mij streng aan: 'En jij noemt Lastri geen papzak meer.' Bijna barstte ik in lachen uit toen mijn zus het woord 'papzak' in de mond nam en naar me knipoogde. En ze zei toen wat mijn vader ook altijd zei, alleen op een toon die niet dreigend was, maar verhelderend: 'We zijn een apart volk net als de Koerden. We vormen een minderheid in Turkije en hebben een eigen taal: Zazaki. Mijn vader heeft gezegd dat we oorspronkelijk uit Perzië komen, het vroegere Iran.' En zoals ze het achter elkaar vertelde, rustig en wijs, klonk het alsof ze het geoefend had. Zó moest ik het dus uitleggen aan iedereen die mij voor Turk uitmaakte.

'Maar jullie zijn toch geboren in Turkije?' zei Nuha. 'Dan zijn jullie toch Turk?'

'Volgens mijn vader dus niet,' zei mijn zus rustig.

'Maar jullie zijn wel moslim?' vroeg Nuha.

'Iedereen uit Turkije is moslim,' zei mijn zus op net zo'n vanzelfsprekende toon als de eerste keer.

Ik had mijn ouders nooit horen zeggen dat we moslim waren. God en het geloof hadden tot dusver geen enkele rol in mijn leven gespeeld. Het communisme was het enige waarin mijn vader geloofde en Karl Marx was zijn profeet. De enige keren dat we het over de islam hadden gehad, was als onze visite geloviger bleek te zijn dan mijn vader had verwacht, wat een reden vormde om het contact te verbreken. 'Ze drinken geen raki, kaarten niet en weten niets van politiek. Wat moet ik met zulke mannen?'

De woorden van mijn zus hadden me verward. Veel van de Turken die we in Nederland hadden ontmoet waren moslim, en mijn klasgenoten Saleem en Hamid waren dat ook, net als Nuha en Lastri. En blijkbaar was iedereen uit Turkije ook moslim. Waarom wij dan niet? Ik concludeerde dat het mijn positie in de klas geen goed zou doen als ik zou verkondigen dat ik géén moslim was. Saleem en Hamid zouden het waarschijnlijk net zo vreemd vinden als Nuha, en misschien zou het zelfs een wig tussen ons drijven. Ik begreep het zelf niet eens, hoe moest ik het dan aan hen uitleggen?

Er was nog een reden dat ik besloot dat ik vanaf dat moment moslim was: ik moest meedoen met de leugen van mijn zus. Ik was medeplichtig.

17

Met oud en nieuw was alles anders, niet alleen omdat het voor ons de enige feestdag van het jaar was en we uitgebreid dineerden aan de glazen eettafel, maar vooral omdat mijn vader dan een kant van zichzelf liet zien die hij de rest van het jaar zorgvuldig voor ons verborgen hield. Op de laatste dag van het jaar was hij de ideale vader.

Elk jaar kroop hij ogenschijnlijk moeiteloos in de huid van lieve en geduldige vader, alsof het al die tijd wel in hem had gezeten, maar hij die rol op gewone dagen weinig uitdagend had gevonden, te burgerlijk en te zeer in strijd met zijn dwarse aard en dogmatische overtuigingen.

Maar de rol van warme vader ging hem verbazingwekkend goed af op oudejaarsdag. Vanaf het moment dat hij zich had teruggetrokken om zijn slobberende joggingbroek en huisshirt te verwisselen voor een nette zwarte pantalon en een zwart overhemd, was zijn ongepolijste ik in het niets opgegaan. En elk jaar verbaasde ik me weer dat er blijkbaar niet meer dan een datum en een simpele verkleedpartij voor nodig was om mijn vader een ware gedaanteverwisseling te laten ondergaan.

Anderen vierden de feestdagen altijd met familie, maar wij hadden geen familie in Nederland. Wij hadden alleen elkaar. Ik luisterde altijd vol afgunst naar de verhalen van mijn klasgenoten die in de vakanties bij hun grootouders hadden gelogeerd. Mijn opa en oma hadden me voor het laatst als tweejarige in hun armen gehouden voordat we naar Duitsland waren vertrokken. Daarna had ik hen nooit meer gezien. Mijn vader leek alleen op de drempel van een nieuw jaar te beseffen dat we in Nederland op elkaar waren aangewezen en dat hij heel wat te compenseren had voor alle andere dagen van het jaar. Hij ging daarbij zo op in zijn charmeoffensief en sprak met zo'n onnatuurlijk zachte stem, dat het mij in de eerste jaren verwarde. Elke oud en nieuw moest ik weer wennen aan die vriendelijke versie van mijn vader. En telkens vroeg ik me af waarom hij niet vaker zo kon zijn.

Omdat we niet gelovig waren, gingen het Suikerfeest, Offerfeest, Kerstmis en Pasen aan ons voorbij. Van oudejaarsdag maakten we iets bijzonders en die dag deed mijn vader de boodschappen. Hij kocht drie kilo van het beste lamsvlees bij onze vaste Turkse slager in de Pijp. Hij bestelde het vlees dagen van tevoren en bedong een gunstige prijs. Daarna bracht hij voor de baklava een bezoek aan patisserie Kismet op de Albert Cuypstraat. Mijn vader was bevriend met de eigenaar en dronk eerst een kopje thee met hem, besprak de dagelijkse beslommeringen, hoorde de klachten aan van de worstelende ondernemer en at er desondanks wat börek van het huis. Daarna kocht hij er anderhalve kilo baklava die hij stuk voor stuk aanwees. Hij zorgde ervoor dat er van alle soorten minimaal vier in de doos belandden. En hij deed er een blik room bij om de baklava nog smakelijker te maken. Daarna bracht hij een bezoek aan de Turkse kruidenier op de Gerard Doustraat waar hij een paar kilo fruit kocht om de kristallen fruitschaal op de glazen eettafel mee op te sieren. En voor het ontbijt op nieuwjaarsdag haalde hij Turks brood, fetakaas, sucuk, helva, pekmez, tahini en kweepeerjam die hij elke eerste dag van het jaar op overdreven toon roemde alsof hij persoonlijk had geholpen bij het plukken van de kweeperen.

Het was de enige dag van het jaar dat mijn vader het exclusieve domein van mijn moeder betrad en zich bemoeide met het bereiden van het eten. De keuken was met oud en nieuw al vroeg in de middag doortrokken van de geur van het lamsvlees dat uren in de oven stond te garen. Elk halfuur controleerden mijn ouders hoe het vlees ervoor stond. Samen draaiden ze het vlees om en overgoten het met water, en alleen omdat mijn vader de beste versie van zichzelf was, leidde dat niet tot strubbelingen. Het was de enige dag van het jaar dat hij zich kon schikken in een dienende rol.

Voor het eten hadden we ons dit jaar, net als alle andere jaren, netjes aangekleed. Mijn moeder droeg haar mooiste jurk en ze had oorbellen ingedaan en zich uitgebreid opgemaakt. Mijn zus had haar voorbeeld gevolgd, met het verschil dat ze geen jurk droeg maar haar lievelingsspijkerbroek en favoriete donkere trui. Ik droeg een trui met pasteltinten en borstelde voor de verandering mijn haar. Daarna telde ik de uren naar het diner af. Zelfs als mijn maag onverbiddelijk rommelde van de honger, mocht ik tussendoor niets eten van mijn moeder omdat ik anders het exclusieve lamsvlees, dat ze met zoveel zorg en geduld hadden bereid, niet op waarde zou kunnen schatten.

Aan tafel rook het naar mijn vaders aftershave en de eau de toilette van mijn moeder en van mijn zus. Toen ik opmerkte dat ik de enige was die geen geurtje op had, knipoogde mijn moeder naar me. Terwijl ik een hap van het verrukkelijke lamsvlees nam en het wegspoelde met een slok cola, probeerde ik te bedenken wat er achter dat geheimzinnige gebaar schuil kon gaan. Maar al snel gaf ik me over aan het zalige eten waar ik de hele dag naar had verlangd. Niet alleen het vlees was heerlijk, maar ook de rijst met pijnboompitten en krenten. Zelfs de sperziebonen, gekookte aardappelen en herdersalade met olijven en feta smaakten me goed. Nadat ik een tweede keer had opgeschept en verlekkerd naar het nieuwe stuk lamsbout op mijn bord staarde, begon ik steeds langzamer te eten en te fantaseren over de baklava die weldra zou worden opgediend. Zo'n halfuur na het eten was het zover: mijn moeder zette de baklava in een grote schaal op tafel terwijl mijn zus thee inschonk. Ik legde meteen vier stukken op mijn bord alsof de schaal elk moment van tafel kon worden gehaald, en kwakte er met een dessertlepel room op.

'Ga je dat allemaal opeten?' vroeg mijn zus.

'Ja, wat dacht jij dan?' antwoordde ik, waarna ik mijn mond volpropte met een enorm stuk met pistache. Al snel stortte ik me op een tweede baklava met walnoot. Het derde stuk ging er al wat moeilijker in en met het vierde stuk worstelde ik ronduit. En terwijl mijn maag langzaam dichtslibde, leunde ik uitgeput achterover in mijn stoel alsof ik urenlang mee had gedaan aan een Texaanse eetwedstrijd.

'Je oog is weer eens groter dan je maag,' zei mijn zus.

'Niet waar,' riep ik.

Een paar minuten nadat ik mijn laatste hap baklava naar binnen had gewerkt, werd ik overvallen door een vurige dorst. En zoals elk jaar zei mijn vader nu ook dat ik niet te snel naar de karaf water op tafel moest grijpen, omdat mijn maag anders nog meer zou opzetten. 'Maar ik heb heel veel dorst,' protesteerde ik.

'Laat eerst je dorst zakken,' zei mijn vader. 'Dat is beter.' Gewoonlijk zou hij streng hebben geklonken bij zo'n opmerking, nu was zijn toon warm en vriendelijk. Toch begreep ik niet waarom mijn vader hier altijd een punt van maakte. Doorgaans bemoeide hij zich nauwelijks met ons en liet hij het opvoeden openlijk aan mijn moeder over, toch greep hij altijd in als het aankwam op zoiets onbenulligs als water drinken na de baklava. Hij was het ook geweest die er in onze kinderjaren telkens op had gewezen dat we niet mochten smakken aan tafel en dat we rijst en salade niet met een lepel maar met een vork dienden te eten. Toen ik hem eens vroeg waarom, reageerde hij met een vreemde vergelijking: 'Ik ga toch ook niet mijn neus aan tafel snuiten terwijl jij zit te eten?' Ondanks zijn afzijdigheid bij onze opvoeding rekende mijn vader het blijkbaar tot zijn taak om ons tafelmanieren bij te brengen. Ik verdacht hem ervan dat hij wilde voorkomen dat wij later een modderfiguur zouden slaan ten overstaan van de visite, iets wat op hem zou afstralen.

Even later was het tijd voor de surprises en begreep ik wat mijn moeder had bedoeld met haar knipoog: mijn vader overhandigde me een cadeau dat netjes was ingepakt en volgens de sticker was gekocht bij de Drugstore in de Amsterdamse Poort, wat als een onmiskenbare hint gold. Terwijl ik het cadeau openscheurde, werd mijn vermoeden bevestigd: het was een fles eau de cologne van het klassieke Duitse merk Tabac. 'Ik gebruik het al sinds mijn tienerjaren,' zei mijn vader alsof ik nu deel uitmaakte van een geheim genootschap. Ik stond op en gaf mijn vader drie zoenen, en hoewel het slechts om eau de cologne ging die in een fabriek was vervaardigd, had ik even het gevoel dat ik in zijn voetsporen trad.

Om twee minuten voor twaalf uur verzamelden we ons voor de tv en telden we gezamenlijk af. Toen het vuurwerk buiten klonk, omhelsden we elkaar, gaven elkaar drie zoenen en riepen 'gelukkig nieuwjaar'. Daarna keken we naar de gouden regen boven de flats en de vuurpijlen die op hun weg naar de hemel in kleurrijke vonken uit elkaar spatten. We bedekten onze oren toen er in het trappenhuis strijkers als kanonnen afgingen waardoor het even leek alsof de Bijlmer werd aangevallen door een buitenaardse legermacht. Toen het rond kwart voor één iets rustiger werd, kregen mijn zus en ik eindelijk toestemming om ons superpakket – waarin vuurpijlen, Romeinse kaarsen en rotjes zaten – op straat af te steken.

Na afloop namen we, stinkend naar buskruit, plaats op de bank. We dronken thee en keken naar de speciale nieuwjaarprogramma's op tv. En alsof we nog niet vol genoeg zaten, aten we fruit en noten. Mijn ouders zaten voldaan op de bank. Mijn vader had zijn hand op mijn moeders been gelegd en zij had zich tegen hem aan genesteld, en even leken we op het gelukkige gezin waar ik in mijn kinderjaren ondanks alles zo in had geloofd.

Mijn zus haakte altijd als eerste af. Ik nam me ook dat jaar voor als laatste te gaan slapen omdat ik had opgezien tegen het moment van afscheid van mijn warme oud-en-nieuwvader. Maar toen mijn oogleden zwaar begonnen te worden, zei mijn moeder dat ik me over moest geven aan mijn slaap. Ik zoende mijn ouders welterusten alsof er niets aan de hand was en toen ik even later in bed lag, besefte ik weer hoe verwarrend het was. Ik zag voor me hoe mijn vader die avond zijn glas wijn had geheven en op ons welzijn had getoost en hoe zijn ogen een moment hadden geglinsterd van trots. Het contrast met zijn normale, onbehouwen versie was zo groot dat het stak. Hij kon blijkbaar niet alleen met zijn vrienden en gasten op een warme en onderhoudende toon praten, maar ook met ons. Hij kon ons dus wel het gevoel geven dat we ertoe deden. Hij kon ons dus wel zien.

Maar op de eerste dag van het nieuwe jaar was die warme man verdwenen. Op de eerste dag van het nieuwe jaar lag mijn vader weer op de bank te roken met een boek als een schild voor zijn gezicht, en zat die diepe stugge frons weer op zijn voorhoofd gebeiteld alsof hij boos was op de hele wereld, en op ons.

18

Het gebulder van de föhn werd overstemd door de bel. Ik wachtte op het moment dat mijn vader zijn vervloekte haardroger uitdeed en naar de voordeur slofte. Maar toen er nogmaals werd aangebeld, kroop ik uit bed en keek uit het keukenraam. Ferdinand, de vader van Floyd, stond voor de deur. Kwam hij soms zijn beklag doen over iets wat Floyd en ik hadden uitgespookt? Aarzelend deed ik open.

'Goedemorgen, Metin,' zei Ferdinand met een brede glimlach waardoor de donkergrijze vullingen in zijn mond zichtbaar werden. Hij droeg een groezelig wit poloshirt dat strak om zijn omvangrijke buik spande. Floyd stond naast hem. 'Hoe snel kun je je aankleden?'

Ik keek hem verbaasd aan en vroeg me af of dit een test was. 'Euhm... hoe bedoelt u?'

'We gaan naar de stad,' zei Floyd met grote ogen. 'We gaan een nieuw tennisracket halen voor mijn vader. Ga mee!'

Ferdinand deed het kraagje van zijn poloshirt omhoog. 'Ik speel morgen een toernooi en wil goed voor de dag komen.' Hij sprak met een lage stem en overdreven articulerend alsof hem op het centercourt van Wimbledon een ontmoeting wachtte met de Zweed Stefan Edberg en een goed tennisracket zijn kansen op een onvermoede overwinning zou vergroten. Ik probeerde me Ferdinand, met zijn korte benen en ronde buik, voor te stellen in een korte broek, op en neer huppelend op een tennisbaan.

'Ik heb nog niet ontbeten,' zei ik alsof dat iets onoverkomelijks was.

'Dat komt dan goed uit, want wij hebben ook nog niets gegeten,' zei Ferdinand. 'Vraag maar aan je ouders of je mee mag.'

Ik voorzag een probleem: mijn moeder sliep nog en ik wilde het niet aan mijn vader vragen. Eigenlijk durfde ik dat niet, want ik overlegde dat soort dingen nooit met hem. Dit was het uitdrukkelijke domein van mijn moeder. Mijn vader had me dat vaak genoeg duidelijk gemaakt. 'Vraag dat maar aan je moeder, daar gaat zij over,' of 'waarom val je me lastig met dit soort dingen? Ik ben je moeder niet.' Ik aarzelde even en juist op dat moment kwam mijn vader achter me staan in zijn badjas. Hij rook naar Fa Douche mango en hield zijn borstel op borsthoogte, klaar om elk moment het kammen van zijn haar te hervatten.

'Goedemorgen,' zei mijn vader enthousiaster dan ik had verwacht. Hij steunde nonchalant met zijn hand tegen de deurpost.

'Goedemorgen, buurman. Sorry dat we jullie zo vroeg lastigvallen, maar is het goed als Metin met ons meegaat naar de stad? Ik heb een nieuw tennisracket nodig.'

Mijn vader stak de borstel in de zak van zijn badjas. 'Tennisracket?' Ik was bang dat hij zou vragen wat dat was, ik had mijn vader nog nooit naar tennis zien kijken, laat staan dat hij ooit een racket had vastgehouden. 'Geen probleem, hoor.' Hij haalde zijn portemonnee uit zijn jas en gaf mij een biljet van vijf gulden. 'Haal meteen ook een pakje Marlboro,' zei hij in het Turks. 'Hou wisselgeld maar,' voegde hij er in het Nederlands aan toe.

Even later liepen we door de binnenstraat. Af en toe holden we een stukje omdat Ferdinand zijn spieren soepel wilde houden voor de wedstrijd van morgen. Hij was verrassend snel voor zijn postuur. Bij de luchtbrug naar de garage bereikte ons een doordringende brandlucht. 'Er is hier iets in de fik gestoken,' zei Ferdinand toen we even later de garage betraden. 'Bedek jullie neus, jongens.'

Dichte rook hing boven de auto's en we begonnen te hoesten terwijl we afdaalden naar de begane grond waar slechts een paar auto's geparkeerd stonden. De rook was hier dikker en de meeste tl-lichten aan het plafond waren vernield of knipperden in het beste geval. Hier en daar lagen autobanden en een lang oliespoor leidde naar een auto die twee voorwielen miste. In een donkere hoek stond een uitgebrande auto na te smeulen.

'We moeten hier... ugghhh... snel weg,' hoestte Ferdinand. 'De rook is... ugghhh... giftig.'

Ik had mijn T-shirt omhoog getrokken en bedekte mijn mond en neus ermee en ademde in korte teugjes. Voordat we in de Volkswagen Passat van

Ferdinand stapten, spuugde hij een paar keer op de grond waarna hij werd gegrepen door zo'n heftige hoestbui dat ik dacht dat hij ter plekke over zijn nek zou gaan.

'Hij heeft astma,' zei Floyd. 'Papa, stap snel in! Waar wacht je op?'

In de auto was het iets beter uit te houden, maar de rook was ook hier doorgedrongen. Ferdinand startte de motor. Rookslierten dwarrelden door de bundel licht van de koplampen terwijl we eindelijk wegreden. Met gierende banden verlieten we het duistere deel van de garage. Toen we het plateau naar de autoweg bereikten, draaiden we de raampjes omlaag waarna frisse lucht de rook verdreef.

Ferdinand hoestte nog een paar keer. Het leek van diep uit zijn longen te komen. 'Sorry jongens... ugghhh... ik kon gisteravond laat mijn auto alleen op de begane grond kwijt.'

'Vond u het niet eng?' vroeg ik.

'Wat?'

'Ik bedoel, 's avonds laat is het daar beneden nog enger.'

'Nou, ik vond het niet bepaald plezierig. Er hingen vage types rond bij een paar auto's en volgens mij rookten ze hasj. Ze bekeken me van top tot teen, maar ik wist dat mij niets kon gebeuren, omdat de Heer over mij waakt.'

Ik vroeg me af hoe de Heer over hem waakte en wat er zou gebeuren als hij door de hasjrokende mannen was aangevallen. Dacht Ferdinand soms dat er dan een ondoordringbaar schild om hem heen zou verrijzen zoals in mijn Marvel comics? Voor mijn tiende verjaardag had Ferdinand mij een opmerkelijk cadeau gegeven. Ik had geen idee wat ik moest zeggen toen ik het cadeaupapier had verwijderd en het omslag van het Nieuwe Testament bekeek. 'Dit is een mooi en belangrijk boek,' had hij gezegd. Toen ik het cadeau later aan mijn moeder had laten zien, had ze afkeurend gereageerd. 'Wat raar om dit aan een kind te geven voor zijn verjaardag. Die man weet toch dat wij niet gelovig zijn? Kijk, daarom laat ik je ook niet met hen meegaan naar de kerk.' Slechts één keer had ik het Nieuwe Testament ingekeken, niet omdat ik dacht dat het niet mocht, maar omdat de tekst mij ondoorgrondelijk en saai voorkwam.

Ferdinand reed een stuk langzamer en onrustiger dan mijn vader. Iedere keer als hij stopte voor een stoplicht, werden Floyd en ik vanaf de achterbank naar voren gelanceerd. En bij het optrekken sloeg de motor een paar keer af waarna de Volkswagen weer schuddend in beweging kwam. Af en toe passeerden auto's ons toeterend terwijl de chauffeur woedende gebaren maakte, maar Ferdinand knikte telkens vriendelijk en zwaaide vrolijk terug. We reden over de Gooiseweg richting de stad, passeerden vervolgens de Wibautstraat en reden daarna het centrum binnen. Op de Herengracht vonden we een mooie plek waar Ferdinand de stationcar na drie onhandige inrijdmanoeuvres in kreeg.

In de Kalverstraat was het op dit tijdstip al opvallend druk, maar de grote sportzaak die we betraden was nog vrijwel leeg. Terwijl Floyd en ik meteen naar de muur met sportschoenen liepen, stortte Ferdinand zich op een rek vol tennisrackets. Hij testte het ene na het andere exemplaar door eerst met het frame en daarna met de snaren tegen zijn handpalm te slaan. Zijn oog viel op een Wilson-racket dat hij hoog in de lucht stak om een servicebeweging te imiteren. Hij knalde het racket tegen een lamp die wild heen en weer zwaaide en daarna uitviel. Met een verhit hoofd excuseerde hij zich uitgebreid bij de toegesnelde winkelbediende en bood zelfs aan de schade te herstellen, maar dat was niet nodig. Hij rekende gauw af waarna we de winkel snel uitliepen.

'Zo, dat is ook weer geregeld,' zei Ferdinand terwijl hij opgelucht om zich heen keek. 'Dan kunnen we nu eindelijk wat eten. Er is hier verderop in de Voetboogstraat een tent waar ze goede Vlaamse frieten hebben.'

'Lekker!' riep Floyd.

'Friet?' vroeg ik vol ongeloof.

'Dat lust je toch wel?

'Jawel, maar ik heb nog niet ontbeten en ook nog geen thee gedronken.' Het klonk suf, maar ik startte de dag altijd met een kopje thee en brood en kon me niet voorstellen dat friet op de vroege ochtend door mijn keel kon glijden, mijn keel die bovendien nog rauw en droog aanvoelde na het inademen van de rook in de garage.

'Kom, elk kind wil toch friet als ontbijt?' zei Ferdinand ineens ongeduldig. 'Daarna kun je thuis zoveel thee drinken als je wilt.'

Ik zag het verbaasde gezicht van mijn moeder al voor me wanneer ik haar vertelde dat ik friet had gegeten als ontbijt. Ik kon het haar maar beter niet vertellen, besloot ik. Even later stonden we alle drie met een puntzak friet met mayonaise in onze hand, terwijl we werden omsingeld door stadsduiven. Ze zagen er vies en plakkerig uit, alsof ze ziek waren.

'Arme beesten,' zei Ferdinand. 'Jullie hebben zeker ook honger, hè? Hier, neem maar.' Hij wierp ze een paar frieten toe waarna er van alle kanten duiven op ons af kwamen vliegen. Ze leken van alle daken van de ons omringende gebouwen te komen. Het was een ware plaag. Sommige vlogen rakelings over mijn friet heen of klapten wild met hun vleugels vlak naast mijn hoofd. Ik werd er misselijk van en kreeg nauwelijks nog een hap door mijn keel. Floyd en zijn vader hadden hun zak snel leeg en hielpen me toen met de mijne. Daarna dronken we ieder een blikje cola, kocht ik bij een sigarenboer een pakje Marlboro voor mijn vader en liepen we terug naar de auto.

Tijdens de rit naar huis werd er niet gepraat. Floyd viel al snel in slaap. Toen we de stad uit waren, pakte Ferdinand een cassettebandje uit het dashboardkastje en duwde het in de speler. Even later vulde het geluid van een akoestische gitaar de ruimte. Het was een simpel gitaarrifje dat bleef klinken toen de tweekoppige zang werd ingezet.

Hello darkness, my old friend
I've come to talk with you again
Because a vision softly creeping
Left its seeds while I was sleeping

Ik luisterde naar de tekst terwijl ik uit het raam keek, en ik wist niet of het door het liedje of mijn gemoedstoestand kwam, maar op dat moment overviel mij een intens gevoel van weemoed, een verlangen naar de tijd waarin alles beter was en mijn ouders niet steeds ruzie hadden.

And the vision that was planted in my brain
Still remains
Within the sound of silence

'Pap, moet je deze stomme muziek weer draaien?' riep Floyd ineens. 'Doe de radio aan, misschien draait 'Push It' van Salt-N-Pepa wel!'

'Stil, jongen, ik wil dit horen,' zei Ferdinand. Via de achteruitkijkspiegel zag ik dat hij met de rug van zijn hand even over zijn ogen wreef. Ik was blij dat hij Floyd tot zwijgen had gebracht, want ik wilde het liedje ook graag horen. Op de een of andere manier stelde het mij gerust, alsof alles goed zou komen.

Ferdinand parkeerde zijn auto dit keer in de garage van de flat Frissenstein. Toen we even later op straat liepen, leek het of het in de Bijlmer warmer was dan in de stad. We liepen langs het water en zagen kinderen spelen op het speeleiland. Toen we vlak bij onze flat waren, zag ik een vreemd pakketje aan de voet van de brug liggen. Het was een diepvrieskip uit de supermarkt. De kip was in plastic verpakt en door de condensdruppels aan de binnenkant van de verpakking was duidelijk dat hij al een tijdje buiten in de zon had gelegen. Opnieuw werd ik misselijk. Vol walging wees ik naar de kip.

'Ah, wat een geluk,' zei Ferdinand verheugd. 'Zo'n cadeau moet je met open armen aannemen.' Ik begon te lachen, ervan overtuigd dat hij een grap maakte, maar toen hij de kip zonder schroom oppakte en er tevreden op klopte, viel ik stil. 'Nou, vanavond eten we dus kip.'

Ik keek eerst Floyd en toen zijn vader verbaasd aan. 'Maar... dat is toch vies?'

'Vies? Waarom?'

'Nou,' zei ik, terwijl ik nadacht hoe ik het zo voor de hand liggende moest uitleggen. 'Wie weet hoelang die kip hier al ligt.'

'Zo lang kan dat niet zijn, hij voelt nog redelijk koud aan.' Ferdinand drukte zijn hand even op de kip. 'Nou ja, een beetje lauw dan.' Hij keek tevreden bij de uitleg die hij had gegeven.

Ik kon mijn oren niet geloven. 'Hij zit misschien vol bacteriën!' probeerde ik weer.

'Misschien, maar als ik hem straks in kokend water gooi, blijft daar niets meer van over.' Ferdinand glunderde. 'Nee, het komt helemaal goed met dit kippetje.'

'Straks worden jullie nog ziek!' riep ik alsof er acuut gevaar dreigde. Straks zou Freddy er nog van eten. Zijn zwakke hart zou het vast niet kunnen verdragen.

'Luister, Metin, dit stuk kip ligt hier niet zomaar,' zei Ferdinand nu op ernstige toon. Hij wees omhoog. 'Ik beschouw dit als een teken, het heeft een bedoeling,' zei hij op gewichtige toon. 'Zoals alles een bedoeling heeft in het leven. Dat dit nu op ons pad komt, is volgens mij een beloning voor het werk dat mijn vrouw en ik de laatste tijd voor de kerk hebben gedaan. En de Heer zal ervoor zorgen dat het mijn gezin smaakt en dat we er niet ziek van worden.'

Nu Ferdinand de Heer er weer bij had gehaald, durfde ik er niets meer tegen in te brengen. Dat hij een stuk kip wilde opeten dat door een vreemdeling was achtergelaten en waarschijnlijk uren in de zon had gelegen, moest hij zelf weten, maar ik zou Floyd apart nemen en ervoor zorgen dat Freddy en hij er niet van zouden eten.

Ferdinand nam de kip onder zijn arm mee. Toen we even later op de lift wachtten, dacht ik nog even dat hij me misschien voor de gek hield en de kip thuis zou weggooien. Ik hield serieus rekening met de mogelijkheid dat hij me alleen maar duidelijk had willen maken hoe vast hij in de Heer geloofde en dat hij bereid was zijn eigen gezondheid en die van zijn gezin direct in zijn handen te leggen. Maar toen ik die middag bij hen langsging, hield Ferdinand net de kip onder de kraan.

'Je komt precies op het juiste moment, Metin. Ik ga de kip nu in een pan met kokend water gooien.'

Hij gaat het echt doen, dacht ik. Hij gaat daadwerkelijk met zijn gezin een kip eten die hij buiten op straat heeft gevonden.

'Ziezo,' zei hij terwijl hij de kip met een theatraal gebaar in het kokende water liet zakken. 'Dat wordt straks smullen. Eet je mee, Metin?'

Ik moest slikken om de opwaartse beweging die mijn slokdarm al maakte te onderdrukken. 'Nee... dank u.'

Buiten op de galerij vroeg ik aan Floyd of hij ook van de kip ging eten.

'Ik laat mijn vader er eerst van proeven,' zei hij lachend. Daarna keek hij serieus. 'Maak je niet druk, de Heer waakt over ons.'

19

Wekenlang had ik ertegen opgezien: het moment dat ik mijn rapport zou overhandigen aan mijn ouders en moest opbiechten dat ik het gevecht tegen de staartdelingen en breuken had verloren. Mijn ouders zaten op de bank. Aarzelend legde ik mijn rapport op de salontafel. Daarna staarde ik naar de grond.

'Is het zo erg?' vroeg mijn vader.

'Laten we eerst even rustig kijken, Harun,' zei mijn moeder.

Zwijgend bekeken ze mijn rapport. Ik verwachtte een sneer van mijn vader en een lange preek van mijn moeder waarin ze haar bezorgdheid zou uiten en zou blijven herhalen dat ze ondanks alles toch vertrouwen in me had.

Mijn moeder legde het rapport neer. 'Ik heb met meneer Rolf gepraat,' zei ze. 'Hij is bereid je bijles in rekenen te geven.' Dit ging totaal anders dan ik had verwacht. Ze had onze behulpzame buurman ingeschakeld. Buiten mijn rug om. 'Hij is goed in rekenen. Hij wil je graag helpen.'

Mijn moeder koesterde grote bewondering voor meneer Rolf. Eerst hield ik het voor een overdreven vorm van vriendelijkheid, maar ik merkte hoe langer hoe meer dat ze veel waarde hechtte aan zijn gevraagde en ongevraagde adviezen. Als hij langsliep op de galerij nam ze altijd uitgebreid de tijd voor hem. 'Meneer Rolf is een zeer wijs man,' had ze eens gezegd. 'En hij is de meest hoffelijke man in de hele flat.' Voor haar vertegenwoordigde hij al het goeds dat Nederland te bieden had. Hij was de beste buurman die zij zich had kunnen wensen.

Maar ik hield om de een of andere reden altijd een beetje afstand van meneer Rolf. Misschien kwam het door zijn leeftijd in combinatie met zijn doordringende blik die mijn moeder voor oprechte betrokkenheid hield, maar die mij als kind schrik aanjoeg. Ik had altijd het gevoel dat hij dwars door me heen kon kijken en mijn gedachten kon lezen. Maar ik kon niet ontkennen dat hij ons daadwerkelijk probeerde te helpen. Hij attendeerde mijn ouders op cursussen Nederlands in het buurthuis waar hij over contacten beschikte en toen we eens last hadden van een lekkende kraan of problemen hadden met de verwarming, belde hij de huismeester voor ons. En steeds wanneer mijn moeder hem bedankte voor zijn hulp, glimlachte hij vriendelijk: 'Ach, daar zijn we toch buren voor, mevrouw Mutlu.'

Ik liet het tot me doordringen: meneer Rolf ging mij bijles in rekenen geven. Ik zag ons al in mijn kamer zitten aan mijn bureau, hij met zijn grote lijf gebogen over mijn rekenboek. Na een tijdje zou meneer Rolf afkeurend opkijken en de tientallen posters van popsterren en voetballers aan mijn muur in zich opnemen. 'Het is geen wonder dat je moeite hebt met rekenen,' zou hij zeggen. 'In deze rommelige kamer kan toch niemand zich concentreren?'

En wat zou hij wel niet vinden van de levensgrote poster van de jonge Duitse brunette? Ze wandelde met ontblote borsten over het strand en droeg niets dan een minuscuul zwembroekje en keek ondeugend de camera in. De poster kwam uit het Duitse tienerblad *Bravo*. In het begin staarde ik eindeloos naar haar door de zon gebronsde borsten en donkere puntige tepels. Ik beeldde me in dat ik naast haar liep, haar hand in de mijne, en dat ze me op een verlaten plek op het strand het water introk.

'Ik wil geen bijles,' zei ik.

'Maar oğlum, het zal je heel erg helpen,' zei mijn moeder met een glimlach die bijna mijn verzet brak.

Mijn vader leunde voorover. 'Doe niet zo ondankbaar, jongen. Je moeder heeft haar best voor je gedaan. Je gaat naar meneer Rolf.'

Ik was zoals elke zaterdag al om acht uur 's ochtends opgestaan om naar *The Fun Factory* op Sky Channel te kijken. Andy, de krokodil Crocker en de zeehond Smooth kondigden om het halfuur een tekenfilm aan. Ik leefde wekelijks toe naar de nieuwe afleveringen van *Inspector Gadget*, *He-Man* en mijn favoriet *The Transformers*. Vlak voordat *He-Man* begon, kwam mijn zus naast me zitten. En hoewel ze ruim twee uur langer had geslapen dan ik, gaapte ze luid.

Mijn rust was verstoord. Ik wist dat dit slechts een voorbode was, want juist op het moment dat prins Adam zijn zwaard in de lucht stak en '*By the power of Grayskull*' riep om in He-Man te veranderen, begon mijn vader in de woonkamer aan zijn gymnastiekoefeningen. En terwijl er bliksemschichten op het beeldscherm verschenen, verrichte mijn vader in zijn onderbroek en slaapshirt opwarmoefeningen die hij waarschijnlijk nog kende van zijn diensttijd in Turkije. Staand op één plek hopte hij op en neer waarbij hij zijn knieën zo hoog mogelijk omhoog probeerde te laten komen. Het zag er koddig uit. Hijgend ging hij op zijn rug liggen om buikspieroefeningen te verrichten. Om zijn gesteun en gepuf niet te horen, zette ik het geluid van de tv harder. En terwijl de machtige He-Man op het scherm afrekende met zijn vijanden, duwde ik mijn rechterhand als een oogklep tegen mijn hoofd om niet geconfronteerd te worden met zijn harige benen die wilde bewegingen in de lucht maakten. Toen even later de opzwepende openingstune van *The Transformers* klonk en het moment aanbrak waar ik de hele ochtend op had gewacht, stond mijn vader ineens voor me in zijn wijde onderbroek en stak zijn hand naar me uit.

Ik probeerde om zijn grote lichaam heen te kijken. 'Je staat in mijn beeld, baba.'

'Geef me de afstandsbediening.'

'Wat? Ik wil dit zien.'

'Meneer Rolf wacht op je.'

Ik had de hele ochtend geen moment aan de afspraak met meneer Rolf gedacht. Na het gesprek met mijn ouders had ik geprobeerd de gedachte aan de bijles te verdringen. Dat voornemen had beter gewerkt dan verwacht. Op de achtergrond hoorde ik de schitterende stem van Optimus Prime, de machtige leider van de Autobots. Hij leerde me al vroeg hoe een leider hoort te klinken: zelfverzekerd en met een vleugje autoriteit, maar op de juiste momenten ook met warmte en empathie in zijn stem. Optimus Prime liet me zien dat een leider voorop gaat in de strijd en begrijpt dat ondergeschikten fouten kunnen maken, en dat dingen niet altijd verlopen zoals gepland.

Even later slofte ik over de galerij met mijn rekenschrift onder mijn arm. Ik stopte bij het laatste appartement, vlak voor het trappenhuis. De dikke beige gordijnen in de keuken waren gesloten, op de vensterbank stond een kleine pot met een lange cactus die krom groeide. Ik vroeg me af of er nog een manier was om hier onderuit te komen, of ik misschien gewoon rustig de trappen af kon dalen om een uur later weer naar huis te gaan alsof er niets aan de hand was, en ik nog steeds de gehoorzame jongen was waar mijn moeder me voor aanzag.

De deur van het appartement ernaast ging open. Mona stapte naar buiten. Ik verstijfde bij de gedachte dat haar Deense doggen elk moment de galerij konden opstormen, maar gelukkig trok ze snel de deur achter zich dicht. 'Is hij niet thuis?' vroeg ze.

Ik keek naar de deur en toen naar Mona. 'Ik... heb nog niet aangebeld.' Wat moest ze wel niet van me denken? Een jongen die naar voordeuren staart.

'Waar wacht je op? Durf je soms niet aan te bellen?'

'Jawel, hoor.' Ik drukte snel op de bel en hield hem demonstratief lang ingedrukt. Een schel geluid klonk en een paar seconden later ging de deur al open, alsof meneer Rolf al die tijd aan de andere kant van de deur op een stoel had zitten wachten.

'Rustig maar, rustig maar!' riep meneer Rolf. 'Wil je soms mijn trommelvliezen opblazen, jongen?' Toen het geluid van de bel was weggestorven, wreef hij even over zijn linkeroor. 'Je mag de volgende keer wel aankloppen, hoor. Ik schrik me iedere keer te pletter als die bel gaat. Misschien moet ik dat rotding maar eens onschadelijk maken.'

Zijn pantalon was precies dezelfde kleur als het gordijn van de keuken en hoewel het warm was, droeg hij een bruine wollen trui met een V-hals waar de kraag van een okergeel overhemd uitstak. Hij wreef in zijn handen en keek alsof hij zich op mijn komst had verheugd. 'Kom snel binnen, knul, we hebben werk te doen.' Hij klopte me zachtjes op mijn rug toen ik over de verhoogde deuropening stapte.

Ik was nooit eerder bij meneer Rolf thuis geweest. Het kleine halletje dat naar de woonkamer leidde, was donker en bezaaid met schoenen, lege wijnflessen en kranten. De deur naar de woonkamer was gesloten. Toen meneer Rolf hem opende, zag ik dat die ruimte ook van daglicht was verstoken. Het was er warm en er hing een vreemde lucht die ik niet kon thuisbrengen. Dezelfde beige gordijnen als in de keuken hielden ook deze kamer voor de buitenwereld verborgen. In de hoek stond een grote staande lamp die de ruimte matig verlichtte. Er was nergens een bankstel te bekennen. Wel waren er drie fauteuils waarvan er twee overladen waren met kleren. Op de ronde salontafel in het midden van de kamer lagen tijdschriften, een hoge stapel kranten en veel koffiemokken, alsof er die ochtend een vergadering was geweest van een of andere bewonersvereniging.

Meneer Rolf knipte het licht boven de eettafel aan. 'Laten we ons hier maar installeren. Wil je wat drinken? Of wil je misschien wat pap?' Hij wees naar de kom.

'Nee, dank u wel.' Hoewel ik nog best trek had, verdreef de zware lucht die in huis hing mijn eetlust. Meneer Rolf keek even naar de tafel alsof daar iets lag wat hij zocht, en mijn oog viel op zijn bovenlip. Ik probeerde niet naar de hazenlip te staren die verstopt was onder zijn snor, maar mijn blik werd er als vanzelf naartoe getrokken.

Hij zag dat ik naar zijn mond staarde en zei ineens op scherpe toon: 'Ik heb van je moeder gehoord dat het niet zo goed gaat op school.'

Ik keek hem verbaasd aan. Had mijn moeder dat zo tegen hem gezegd, of was dat hoe meneer Rolf het had begrepen? 'Nou... ik heb een onvoldoende voor rekenen. Verder gaat het eigenlijk prima.'

'Dat is mooi. Dus je maakt je nergens zorgen om?' Meneer Rolf bracht een lepel pap naar zijn mond, en weer werd mijn blik naar zijn bovenlip gezogen.

'Zorgen?' De onvoldoende voor rekenen zorgde zo nu en dan voor onrust in mijn hoofd, maar een zorg wilde ik het niet noemen. Mijn vader was een zorg. Rekenen was een probleem dat misschien op termijn groter zou worden. 'Niet echt.' Ik hoorde hem smakken, een geluid dat ik vervloekte. 'Alleen, volgend jaar moet ik de Cito-toets doen en volgens meester Gregory moet je daar goed voor kunnen rekenen.'

Meneer Rolf grijnsde. 'Ah, die vermaledijde Cito-toets.'

'Sorry?'

'Ik bedoel: die vervloekte Cito-toets.' Hij veegde zijn mond af met de rug van zijn hand. 'Ach, jongen, die hele toets wordt veel te belangrijk gemaakt. Het is maar een momentopname, zeg ik altijd. Wie kan het straks nou schelen wat je score was? Het gaat om het advies van je leraar.'

Ik liet de woorden tot me doordringen en begon me af te vragen wat ik hier dan deed. Want ik wist dat ik er heel goed op stond bij meester Gregory. Ik was misschien wel zijn favoriete leerling omdat ik de beste van de klas was met voorlezen én het dictee, wat me het privilege had opgeleverd dat ik als enige met hem mocht meerijden als we naar de schooltuinen gingen. En wanneer we op vrijdag voetbalden met de klas, wilde hij altijd dat ik in zijn groep zat. 'Jij hebt teamdiscipline,' zei hij altijd. 'Jij gaat voor elke bal, net als Jan Wouters.' Hij wist niet dat ik dat alleen deed als hij meedeed. En hij wist niet dat ik veel liever vergeleken werd met mijn held Marco van Basten.

Meneer Rolf pakte mijn rekenschrift op. 'Goed, laten we toch maar even naar die rekensommen kijken.' Hij bladerde snel door mijn schrift en vroeg: 'Wat is het probleem eigenlijk?'

'Breuken,' zei ik zuur, alsof het ging om een ernstige ziekte. 'Daar ben ik heel slecht in. En ik ben ook niet goed in staartdelingen.' Omdat ik niet wilde dat hij dacht dat ik dom was, wilde ik eraan toevoegen dat ik wel heel goed was in voorlezen en dat ik alle hoofdsteden van Europa en Latijns-Amerika uit mijn hoofd kende. Maar ik wilde niet als een opschepper overkomen.

'Daar gaan we dan aan werken,' zei hij. 'Is er nog iets anders waar je over wilt praten?'

Ik keek hem niet-begrijpend aan. 'Hoe bedoelt u?'

'Ik bedoel, misschien is er iets anders waar je met een volwassene over wilt praten.' Hij roerde in zijn pap. 'Iets waar je misschien niet met je ouders of leraar over wilt of kunt praten.'

Hij moest eens weten dat ik helemaal niet hier bij hem wilde zijn, en dat hij mijn *Fun Factory*-ochtend had verpest met zijn overdreven goedheid mij bijles te willen geven, maar ik wilde niet bot klinken door meteen 'nee' te roepen.

'Hoe gaat het thuis?' vroeg hij.

Ik verslikte me bijna. 'Goed.'

'En met je vader? Kunnen jullie het goed met elkaar vinden?'

Wist meneer Rolf iets? Had hij mijn vader soms die ene keer midden in de nacht op het raam zien slaan?

'Ja hoor.'

Meneer Rolf keek me aan. 'Je mag het best zeggen als het niet zo is. Soms is het fijn om met iemand over zoiets te praten, iemand die wat verder van je af staat.'

Mijn voorgevoel klopte dus. Meneer Rolf kon dwars door me heen kijken, en hij zag niet alleen mijn problemen, maar ook mijn zorgen. Het liefst was ik opgestaan, maar meneer Rolf bleef me maar aankijken, vriendelijk en toch dwingend. 'Ik kan het prima met mijn vader vinden.' Ik wilde niet dat meneer Rolf me zielig vond. En om de een of andere reden wilde ik mijn vader ook niet afvallen. 'We zijn vorig jaar samen naar de auto-RAI geweest en ik heb daar Ferrari's en Lamborghini's gezien. En ik heb Ron Brandsteder ontmoet.'

'Ron wie?'

'Brandsteder, de tv-presentator.'

Hij glimlachte. 'Ik kijk geen tv, jongen.' Er volgde een stilte en ik kreeg het gevoel dat hij wilde doorvragen, maar hij zei: 'Toen ik zo jong was als jij, was ik ook niet goed in rekenen. Ik las veel liever dan dat ik rekensommen maakte.'

'Ik ook,' zei ik.

'Volgens mij ben jij veel meer van de talen. Geen wonder natuurlijk als je zo jong al twee talen zo goed spreekt.'

'Drie,' corrigeerde ik hem. 'Ik spreek ook Duits. Dat kon ik al voordat ik Nederlands sprak.' Ik dacht even na en zei toen: 'Maar eigenlijk zijn het er vier, want ik versta ook Engels.'

'Dat is heel goed voor een knul van elf jaar. Ik ben onder de indruk. Met talen kun je je over de hele wereld redden. En jij bent een talenwonder, dat zie ik zo. Jij hoeft helemaal niet goed te kunnen rekenen.'

'Nee?'

'Nee, joh. Maar zeg maar niet tegen je ouders dat ik dat gezegd heb. Het gaat erom dat je een beetje kunt rekenen, dat je niet bedonderd wordt als je iets afrekent in de winkel en simpele berekeningen kunt maken. Jij wordt later toch geen wiskundige, jij bent duidelijk een alfa.'

'Een wat?'

'Iemand die duidelijk beter is in talen dan in exacte vakken als rekenen, natuurkunde of scheikunde.'

Ik begon meneer Rolf steeds aardiger te vinden. Ik was dus een alfa. Het lag niet aan mij dat ik slecht was in rekenen.

'Jij komt er wel, Metin,' zei hij. 'Het is voldoende als je straks de basis van het rekenen kent. Een beetje vermenigvuldigen, optellen, aftrekken, dat werk. Zo, dit lijkt me een goed moment om je eerste bijles af te ronden.' Ik keek hem vragend aan. 'Volgende week kunnen we sommen gaan oefenen, vandaag hebben we elkaar beter leren kennen.'

De bijles had mijn verwachtingen overtroffen, maar ik wilde niet nog een aflevering van *The Transformers* missen. 'Zou ik misschien een uur later kunnen komen de volgende keer? Ik moet daarvoor nog wat doen.'

Meneer Rolf nam een hap van zijn pap. 'Geen probleem, talenwonder.'

20

Het was niet te voorspellen wanneer mijn vader het zou laten donderen in huis. Als ik al iets had geleerd, dan was het dat het niet genoeg was om je steeds terug te trekken in je kamer, zoals mijn zus deed. Om te slikken en op betere tijden te hopen, zoals mijn moeder deed. Of om steeds op je woorden te letten en te proberen te begrijpen wat hem tot razernij dreef, zoals ik deed. Hij besliste wanneer hij de bliksemschichten tevoorschijn haalde en het liet knetteren in een van de kamers. En hij besliste daarna dat alles weer bij het oude was, alsof er niets gebeurd was.

We zouden die avond op bezoek gaan bij kennissen in de Bijlmer die ook twee kinderen hadden. Hoewel hij een hoop had aan te merken op de vader van het gezin, Erdem, hem achter zijn rug om regelmatig had beschimpt en een onbelezen flierefluiter genoemd, kon mijn vader altijd geweldig met hem lachen. Ze bezochten een korte maar intense periode dezelfde cafés, legden wekelijks een kaartje met goklustige lotgenoten of speelden '*okey*' aan speeltafels die alleen via achteringangen te betreden waren. Daarna gingen ze samen huiswaarts als trouwe drinkebroers die onverschrokken en zwalkend de duistere nacht tegemoet traden. En hoe beschonken hij ook was, Erdem stapte dan altijd in zijn auto en mijn vader vergezelde hem alsof het zijn onvermijdelijke lot was. Meer dan eens had Erdem zo de dood op wonderbaarlijke wijze afgetroefd en was hij ongedeerd uit zijn verkreukelde auto gestapt toen die abrupt tegen een paal of geparkeerde auto tot stilstand was gekomen. Alleen vlak na zo'n ongeluk, wanneer zijn auto bij een sloopbedrijf op vernietiging wachtte en hij nog geen tijd had gehad om een nieuwe uit te zoeken, stapte Erdem samen met mijn vader in de nachtbus.

We zaten die zaterdag in de keuken en mijn moeder had gewacht tot iedereen was uitgegeten toen ze met een moeilijke blik het explosieve onderwerp 'geld' maar weer eens aanstipte. Nog voordat mijn vader zijn hoofd had kunnen schudden, was mijn zus al opgestaan en had ze de keuken verlaten. Dit keer besloot ik haar voorbeeld te volgen. Ik had geen zin om naar de zoveelste uitvoering van hun versleten theaterstuk te luisteren.

Ik liep naar de woonkamer, zette de televisie aan en bezocht voor de zoveelste keer die dag teletekstpagina 101. Sinds het laatste moment dat ik er een blik op had geworpen, vlak voor het eten, was er niets veranderd. Teleurgesteld constateerde ik dat er nergens op de wereld een ramp was gebeurd of een wonderlijke gebeurtenis had plaatsgevonden die de geschiedenis van de mensheid een onverwachte draai zou geven, zoals in Hollywoodfilms zo vaak gebeurde. Terwijl mijn ogen desalniettemin de regels een voor een aftastten, klonk de vertrouwde stemverheffing van mijn vader. 'Is dat godverdomme alles waar je over kunt praten?'

Meteen daarna verliet hij de keuken en liep richting de wc. De dreiging was afgewend. Ik bladerde door de tv-gids en zag dat *The Exorcist* vanavond zou worden uitgezonden op de Duitse zender ARD. Een paar maanden daarvoor had ik hem al gezien op de BBC, samen met mijn zus toen mijn ouders bij kennissen waren. Ik had gehuiverd toen het door de duivel bezeten tienermeisje Regan op en neer werd gesmeten in haar bed door een onzichtbare kracht, begon te brullen als een ondier uit de krochten van de hel en met een demonische stem '*fuck me, fuck me, fuck me*' riep tegen haar moeder en de opgetrommelde versterking. Ik vroeg me af hoe Regan, of beter gezegd de duivel, in het Duits zou klinken en hoe alle verwensingen en vloeken met het woord 'fuck' erin nagesynchroniseerd zouden worden.

Mijn moeder verliet de keuken plotseling met grote passen en liep achter mijn vader aan om zinnen uit te spreken die inmiddels zelfs voor mij oud en versleten waren. Meer dan eens had ik me afgevraagd waarom ze geen betere woorden kon vinden voor haar ergernis, waarom ze niet meer bedreven was in de kunst van het bespelen van mijn vader. Kon ze haar tactiek niet wat bijstellen na al die vastgelopen gesprekken en doodlopende wegen? Maar ondanks alles begreep ik dat de uitgewerkte woorden opnieuw en opnieuw en opnieuw herhaald moesten worden, net zo lang tot het tot mijn vaders botte hoofd zou doordringen dat hij een heilloze weg was ingeslagen, en dat hij ons financieel zou ruïneren. Mijn moeder had dus het gelijk aan haar zijde, maar moest ze er uitgerekend in het weekend over beginnen? Moest ze dat vervloekte onderwerp per se aanstippen vlak voordat we op visite gingen?

Pas veel later realiseerde ik me dat mijn moeder niet anders kon, en dat ze zo opzichtig te werk ging omdat haar incasseringsvermogen en wanhoop lang geleden al het verzadigingspunt hadden bereikt. Ze draaide al jaren op haar reserves en die waren nu ook uitgeput. Mijn moeder liep niet op haar tandvlees. Ze strompelde over haar tandbeen. En zelfs dat was inmiddels verweerd en broos waardoor ze was aanbeland bij haar wortelkanaal.

Hun discussie ging verder in het halletje voor de badkamer, maar dit keer verhief ook mijn moeder haar stem, iets wat mijn vader altijd slecht had getolereerd. 'Ik waarschuw je,' riep hij en ik begreep direct dat ze al veel verder waren in hun gekrakeel dan ik had ingeschat vanaf de bank. 'Als je niet ophoudt, krijg je een klap.'

Mijn moeder reageerde gelukkig niet. Als altijd hadden zijn dreigende woorden haar de mond gesnoerd. Er volgde een korte stilte die werd verbroken toen mijn moeder plotseling het woord richtte tot mijn zus op een manier die ik niet eerder had gezien: 'En waarom sta jíj hier nog? Waarom heb jij je nog niet omgekleed?' riep ze ineens. 'We gaan zo weg, schiet op!'

'Waarom schreeuw je zo tegen mij?' zei mijn zus. 'Ik heb toch niets gedaan?'

'Niet zo brutaal,' zei mijn moeder. 'Ik zei schiet op.'

'Ik ben helemaal niet brutaal,' zei mijn zus. 'Jij reageert je gewoon af op mij.'

Mijn vader mengde zich in de discussie. 'Hou op met dit achterlijke gekakel, jullie bezorgen me koppijn.'

Maar mijn moeder was onvermurwbaar. Ze leek dit zinloze gevecht ten koste van alles te willen winnen. 'Wat sta je me nou aan te kijken, Nevra? Kleed je om!'

Ik stond op van mijn plek en besloot te kijken wat er aan de hand was, want zo gingen mijn moeder en zus nooit met elkaar om. 'Laat me met rust,' zei mijn zus.

'Kleed je om!' gilde mijn moeder ineens. Ze schreeuwde zo hard dat het nagalmde. Ik hield mijn pas in. Het leek of mijn vader haar verbaal probeerde af te troeven, want hij brulde op zijn beurt: 'Hou op, zei ik! Hou godverdomme je mond!'

Toen ik opkeek, zag ik nog net hoe mijn vader zijn rechtervoet van de vloer tilde en een trap gaf in de richting van mijn moeder. Het was niet een trap die bij een ordinair gevecht zou worden uitgedeeld wanneer de opponent op de grond ligt, maar een beweging waarmee je een hond die naar je onderbeen hapt van je af zou trappen. De logge uithaal raakte mijn moeder vol op haar bovenbeen waardoor ze even onderuit dreigde te gaan, maar ze wist zich nog net aan de deurpost vast te klampen. Ze kreunde.

'Wat doe je?' riep mijn moeder met overslaande stem. 'Ben je gek geworden?'

Mijn vader gaf haar een duw waardoor ze voor de tweede keer onderuit dreigde te gaan. 'Ga weg! Verdwijn uit mijn ogen, vrouw.'

'Hou op,' riep mijn zus. 'Hou alsjeblieft op, baba.'

Het was te laat. Hij had het beest al losgelaten. Hij hief zijn hand om uit te halen naar mijn moeder, klaar om het beest te voeden. Maar dit keer bleef mijn moeder niet afwachten wat er zou gebeuren en maakte zich uit de voeten. Ze haastte zich naar de slaapkamer en sloeg de deur dicht. Ik hoorde hoe ze daarna met haar volle gewicht tegen de deur steunde.

Dat mijn vader mij een klap kon verkopen, was iets waar ik voortdurend op bedacht was, ik was er altijd klaar voor om een sprint door het huis te trekken om aan hem te ontkomen. Tegen mijn moeder had ik hem fysiek niet vaak op die manier tekeer zien gaan, meestal gebeurde het buiten mijn blikveld.

Een van de eerste keren dat ik er getuige van was, moet ik een jaar of vier zijn geweest. Het was in de periode dat we bij kennissen in Duitsland logeerden, zonder perspectief op een eigen huis, een verblijfsvergunning of wat dan ook. Ik zat met mijn ouders in de kleine kamer die we tijdelijk toegewezen hadden gekregen. Mijn moeder zat op bed met haar rug tegen de muur en ik zat op de grond te spelen. Ze sprak met mijn vader. Het leek een kabbelend gesprek, maar mijn moeder zag waarschijnlijk dat haar echtgenoots ogen steeds groter werden. Ze moet toen gezien hebben dat het beest aan zijn ingewanden zat te krabben, want toen hij ineens met zijn rechtervuist uithaalde richting haar oog, dook ze weg met de reflex van een Olympische bokser. De vuist van mijn vader schampte de zijkant van haar hoofd en kwam met een doffe klap tegen de betonnen muur. Hij begon te kreunen en vloeken en het volgende beeld dat zich aan me opdringt, is de arm van mijn vader in een mitella en zijn hand in het gips. Veel later hoorde ik dat mijn moeder er ook niet ongeschonden vanaf was gekomen: er zat een enorme bult op haar hoofd en dagenlang waren haar nekspieren verstijfd van de klap.

Zo'n zeven jaar later keek ik mijn vader aan toen hij naast de wasbak stond. Ik voelde een mengeling van angst en woede, en hoewel ik begreep dat het verstandiger was om me uit de voeten te maken voordat zijn toorn zich op mij zou richten, bleef ik hem aankijken. Pas na een paar seconden wierp hij me een ongeïnteresseerde blik toe. Daarna draaide hij zijn hoofd terug naar zijn spiegelbeeld, het spiegelbeeld dat hij dagelijks urenlang bekeek en bewonderde, en alsof hij het beest weer terug wilde duwen in de wankele kooi die werd gevormd door zijn ribbenkast en ingewanden, pakte hij zijn borstel op en begon hij met kalme en beheerste bewegingen zijn haar te kammen. Keer op keer ging de borstel door zijn dikke haardos.

Het was een beeld dat me misselijk maakte. Ik wendde mijn hoofd af en liep naar de woonkamer terwijl ik mijn vader in gedachten hartgrondig vervloekte. Op de bank staarde ik voor me uit en probeerde hetgeen zich zojuist voor mijn ogen had afgespeeld te plaatsen, niet te begrijpen, want de hoop dat ik ooit ook maar iets van de handelingen van mijn vader zou kunnen begrijpen, had ik al veel eerder opgegeven.

Ik hoorde de slaapkamerdeur opengaan. Mijn moeder stampvoette richting de woonkamer en stond even later hoofdschuddend voor het grote raam. Een ongekende woede had zich in haar lichaam opgehoopt. 'Die vader van jou is gek geworden!' sprak ze verbeten.

Ik knikte en omdat ik hoopte dat deze storm snel zou gaan liggen, vroeg ik: 'Gaan we nog op visite vanavond?'

Ze bleef een tijdje voor zich uitkijken, alsof ze zich afvroeg hoelang dit nog kon doorgaan. We keken beiden tegelijkertijd op toen mijn vader ineens midden in de woonkamer stond en haar zwijgend aanstaarde alsof hij wachtte op excuses. En hoewel hij rustiger leek, vertrouwde ik de blik in zijn ogen niet. Het was een blik die alles kon uitdrukken behalve dat het voorbij was. Maar ik denk niet dat mijn moeder in staat was om zijn blik rustig te lezen, want ze zei: 'Hoe durf je je zo te gedragen? Hoe durf je mij zo te behandelen in het bijzijn van mijn kinderen?'

Zijn ogen vernauwden zich. 'Ik heb je toch gezegd dat je moest zwijgen?'

'Schaam je je niet?' riep ze. 'Schaam je je niet tegenover je kinderen?'

'Ik waarschuw je voor de laatste keer. Je speelt met vuur,' zei mijn vader met een lage stem.

Mijn moeder deed een stap in zijn richting. 'Ik waarschuw jou!' schreeuwde ze. 'Ik verlaat je als je me nog één keer aanraakt.'

Niet eerder had mijn moeder gedreigd hem te verlaten. Mijn vader raakte volledig buiten zinnen, en alsof hij zich losworstelde van een groep mannen die hem in bedwang hielden, stormde hij naar voren. Het leek of hij eropuit was de oorzaak van al zijn misère eens en voor altijd uit te schakelen. Hij stootte mijn moeder omver waardoor ze op de bank viel. Hij keek om en zijn blik viel op de kristallen fruitschaal op de salontafel. Het ding was zo zwaar dat ik hem altijd met twee handen moest optillen. Mijn vader greep hem nu met één hand, draaide zich richting mijn moeder en pakte de fruitschaal nu ook met zijn andere hand vast. En zoals je een grote steen met twee handen omhoog houdt om er een kokosnoot mee te pletten, zo hield mijn vader het kristallen object omhoog. De fruitschaal zou de schedel van mijn moeder doen openbarsten. En op dat moment werd ik door een voor mij onbekend instinct, een onstuimige natuurkracht, onder hoogspanning gezet. Misschien was het wel bovenzinnelijk, want ik sprong overeind zonder een enkele gedachte, duwde me tussen mijn vader en moeder in, richtte mijn hand omhoog als een hulpeloos schild en riep: 'Nee, baba! Niet doen, niet doen!'

Mijn vader bleef een paar tellen roerloos staan terwijl het beest me recht in de ogen keek. Als hij had gewild, had hij in één uithaal mijn moeder en mij kunnen uitschakelen. Voorgoed. Maar hij liet de fruitschaal zakken, zette hem terug op de salontafel en liep zonder om te kijken de deur uit.

21

Iemand bonkte op de liftdeur. Daarna klonk angstaanjagend geschreeuw.

'Wat is dat?' vroeg Floyd geschrokken.

We stonden op de lift te wachten. Ik drukte mijn oor tegen de liftdeur. 'Ik weet het niet,' zei ik. 'Zullen we anders met de trap gaan?'

'Straks komen we weer junks tegen.'

De lift kwam nog geen tien seconden later van een van de bovenste verdiepingen en stopte. Zodra we waren ingestapt kneep Floyd zijn neus dicht: 'Gadver! Het ruikt alsof een hond hier heeft gekotst.'

Weer klonk er luid gebonk. Iemand schreeuwde: 'Stuur die kutlift eindelijk naar beneden!' We konden nu duidelijk horen dat het gebonk en geschreeuw van de begane grond kwam en drukten snel op de knop voor de tweede verdieping. De lift kwam in beweging, maar hij steeg niet. Hij daalde af, naar de begane grond.

'Shit!' riep ik.

Floyd deed een paar stappen naar achteren.

'Druk op de noodrem,' zei ik lachend. 'Voordat het monster ons grijpt.'

De lift kwam langzaam tot stilstand. Door het smalle glazen plaatje zag ik een blanke vrouw die haar gezicht met wijd opengesperde ogen tegen het glas gedrukt hield. Er klonk een klik waarna de vrouw de liftdeur ruw opentrok. De deur knalde tegen de ijzeren paal met rubberen stootwilgen, klapte hard terug en beukte tegen haar schouder. Ze slaakte een kreet van ontzetting. 'Godverdomme!' riep ze. 'Kutlift! Kutdeur!' Ze duwde de deur met één hand van zich af en keek ons toen vanuit de deuropening aan. Haar natte haren vielen voor haar ogen. Het was een enorme vrouw. Ze was niet alleen lang maar ook breed, alsof ze dagelijks aan gewichtheffen deed. Ze droeg een badjas met daaronder een pyjama waarvan de bovenkant tot aan haar navel was opengeknoopt. Haar borsten bungelden vrij rond en leken een uitweg te zoeken uit haar muffe pyjama. Ik kon zelfs een stuk tepel zien. Aan haar voeten zaten beige sloffen met bruingele vlekken. 'Jullie waren het zeker die de lift zo lang hebben vastgehouden?'

Floyd en ik keken elkaar verschrikt aan. 'Nee, mevrouw,' zei ik.

Ze deed een stap naar voren. 'Jawel! Lieg niet tegen mij. Er zijn hier mensen die gebruik willen maken van de lift terwijl jullie ermee zitten te spelen.'

Ik deinsde achteruit. 'We zijn net ingestapt.'

'Maak dat de kat wijs!' Ze hief haar wijsvinger dreigend in de lucht. 'Ik heb jullie wel vaker rottigheid zien uithalen bij de lift. Ja, ik heb jullie wel door, schoffie.'

'Dat waren wij niet.' Nu pas zag ik de opgezette rode adertjes op haar oogwit. Haar gezicht zag bleek. 'Wij spelen nooit met de lift.'

Ze pakte me bij mijn shirt en trok me naar zich toe. 'Heeft je moeder je niet geleerd om niet te liegen, klootzakje?'

'Laat me los.'

'En bied je excuses aan,' brulde ze.

'Waarvoor?'

'Dat je mijn kostbare tijd hebt verspild.'

Ik probeerde me los te trekken maar haar greep was te stevig.

'Laat hem los!' schreeuwde Floyd.

Ik pakte haar hand vast en trok tegelijkertijd aan mijn shirt om los te komen.

'Knijp me niet, vuil rotkind!' Ze haalde uit met haar vlakke hand.

De oorvijg deed mijn hele gezicht tintelen en even suisde mijn oor. Ik probeerde me op de grond te laten vallen om te ontsnappen aan haar greep, maar ze was vasthoudend. Mijn shirt rekte helemaal uit en even bungelde ik boven de grond, tot ze mijn gewicht niet meer kon dragen en me liet vallen. Voordat ze kon bukken om me weer vast te pakken, werkte ik me langs haar benen de lift uit. 'Rennen, Floyd,' riep ik. Zonder te kijken of hij uit de lift kwam, holde ik naar het trappenhuis. Ik vloog over de treden omhoog naar de tweede verdieping en belde aan bij ons huis. Ik hield de bel net zo lang ingedrukt tot er werd opengedaan door mijn zus.

'Wat is er? Ben je gek geworden?'

Ik duwde haar aan de kant en rende naar binnen. Mijn vader zat op de bank en las rokend een Turkse krant. Ik was buiten adem. Mijn wang gloeide. 'Baba... een vrouw heeft me geslagen... zomaar... ik heb niets gedaan.'

Mijn vader sloeg een pagina van zijn krant om en keek me afkeurend aan. 'Je hebt vast weer iets brutaals gedaan of gezegd.'

Ik keek mijn vader onthutst aan. 'Nee... ik heb helemaal niets gedaan. Ik stond gewoon op de lift te wachten... met Floyd.'

Mijn vader maakte een sissend geluid als een fietsband die leegloopt. Zijn hoofd verdween weer achter de krant.

Mijn moeder kwam de kamer binnen. 'Wat is er gebeurd, oğlum?'

'Een vrouw heeft me geslagen, beneden bij de lift... ik heb helemaal niets gedaan.'

'Harun, heb je dat gehoord? We moeten wat doen!'

'Begin jij nou ook al? Hij heeft vast iets brutaals gezegd.'

'Dat zou Metin nooit doen.' Ze draaide zich om naar mij. 'Wie is die vrouw? Weet je waar ze woont?'

Ik schudde mijn hoofd. 'Ik heb haar nooit eerder gezien.'

'Kom!' zei ze terwijl ze me aan mijn arm trok. Mijn moeder en ik daalden samen de trappen af. In de haast had mijn moeder haar schoenen niet aangetrokken. Ze slofte op haar slippers naar beneden. Ik was bang dat de grote vrouw mijn moeder ook iets zou aandoen. Ik vervloekte mijn vader dat hij mij niet geloofde. En ik vervloekte hem dat hij nu mijn moeder en mij alleen naar beneden liet gaan.

We verlieten het trappenhuis en liepen richting de lifthal op de begane grond. Ik hoopte dat de vrouw weg was, maar tot mijn verbazing stond ze nog voor de lift. Waarom in godsnaam? Vond ze het soms leuk om de hele dag op de lift te wachten, net zo lang tot ze een paar kinderen valselijk kon beschuldigen en aftuigen?

'Is zij het?'

Ik knikte en zag dat mijn moeder naar woorden zocht in de taal die nog zo nieuw voor haar was. Ze schraapte haar keel. 'Mevrouw... sorry mevrouw.'

De vrouw draaide zich om en keek mijn moeder glimlachend aan. 'Kan ik u helpen?'

Ze wees naar mij. 'Waarom u heeft mijn zoon geslagen?'

De ogen van de vrouw werden weer groot en de glimlach verdween van haar gezicht. 'Waar heeft u het over?'

Mijn moeder wees naar mijn gezicht. Ik hoopte dat de handafdruk van de vrouw nog te zien was op mijn wang. 'Mijn zoon heeft mij verteld.'

'Onzin, ik heb hem niet aangeraakt.'

'Kijk maar,' zei mijn moeder met een onschuldige stem terwijl ze opnieuw naar mijn wang wees die weer spontaan begon te gloeien. 'Waarom heeft u geslagen?'

'Hé, Fatima! Begrijp je Nederlands? Ik-heb-hem-niet-geslagen.'

'Mijn zoon niet liegen.'

'O, dus je beweert dat ík lieg?'

'Waarom?' vroeg mijn moeder opnieuw.

'Laat me met rust, gek!' brulde de vrouw ineens. Ze gaf mijn moeder een duw. Mijn moeder maaide met haar armen om ergens grip te vinden en viel achterover. En terwijl ze even bleef zitten op de vuile tegels van de lifthal alsof ze tot zich moest laten doordringen wat er zojuist gebeurd was, begon ik te schreeuwen: 'Blijf van mijn moeder af!'

De vrouw boog zich over mijn moeder heen en stak haar hoofd dreigend naar voren als een bijtschildpad. 'En nou wegwezen hier, achterlijk wijf!' En even leek het of ze mijn moeder zou bespuwen. Ik wist niet wat ik moest doen.

Mijn moeder krabbelde langzaam overeind. 'Waarom dit? Waarom duwt u mij? Dit is niet goed.'

De vrouw porde met haar wijsvinger tegen mijn moeders borstbeen. 'Als je nu niet opzout, geef ik je een klap voor je kop, trut!'

Mijn moeder pakte mijn hand vast en hief haar wijsvinger. 'Blijf van mijn zoon af!' zei ze. 'Ik waarschuw jou, anders ik haal mijn man. Begrepen?' Mijn moeder liep achteruit en trok me mee.

'Ja, rot lekker op! En haal je man er maar bij, stomme Turk. Mijn vriend kan hem wel hebben. En anders verscheurt mijn hond hem wel.'

Pas toen we in het trappenhuis stonden, hijgde mijn moeder uit. Ze keek me indringend aan. 'Ik wil dat je bij haar uit de buurt blijft, begrijp je me? Begrijp je me, Metin?' Ik knikte. 'Als ze een volgende keer wat naar je roept, moet je weglopen en niet met haar in discussie gaan.'

'Moeten we de politie bellen?'

'Nee, ze weet nu dat ze van jou moet afblijven.'

Toen we weer thuis waren, keek mijn vader traag op van zijn krant. 'Waar bleef je?'

'Ik heb gezegd dat ze van Metin moest afblijven, daarna heeft ze me omver geduwd.'

‘Echt waar?’ Mijn vader liet zijn krant zakken. ‘Wil je dat ik met haar ga praten?’

‘Nee, Harun,’ zei mijn moeder hoofdschuddend. ‘Lees jij maar lekker je krant.’ Ze legde een hand op mijn schouder en zei: ‘Kom.’ In de keuken beval ze me mijn mond open te doen waarna ze met haar duim krachtig op mijn verhemelte drukte. Mijn hoofd schoot er iets door naar achteren. ‘Dat is goed tegen de schrik,’ zei ze. Maar dat wist ik al, want dat zei ze iedere keer als ze dat deed. Daarna gaf ze me een glas water.

22

Van alle kamers in huis was ik het liefst in die van mijn zus. Misschien kwam het doordat het de enige kamer in huis was waartoe ik geen vrije toegang had. Toen ze naar de middelbare school ging, werd haar kamer door haar van de ene op de andere dag tot onbegaanbaar gebied uitgeroepen. Vanaf dat moment was het haar exclusieve ruimte, de plek waar zij zich terugtrok om naar muziek te luisteren en haar huiswerk te maken. En waarschijnlijk was het ook de plek waar ze droomde van andere plekken. Ik mocht er niet komen, tenzij ze me er uitdrukkelijk toestemming voor gaf, wat zelden het geval was.

Ik noemde haar slaapkamer de Michael Jackson-kamer. De beide lange muren waren compleet bedekt met posters van The King of Pop en de hele dag luisterde ze naar zijn nummers. De posters haalde zij uit popbladen als *Hitkrant*, *Bravo* en *Popcorn*. Ze las ze helemaal stuk, maar niet voordat ze de poster van Michael er eerst voorzichtig had uitgehaald. Toen beide muren volledig bedekt waren, ging ze over op de kledingkasten die de andere muur in haar kamer verborgen hielden.

Niet alleen sliep mijn zus in de meest mysterieuze kamer van het huis, ze bezat ook als enige een bed. Waar mijn ouders en ik ons 's avonds op een matras op de grond stortten, alsof we nog in het kraakhuis in Hamburg woonden, sliep mijn zus in een eenvoudig bed dat door de vorige huurder was achtergelaten. De bodem bestond uit een soort traliewerk dat nauwelijks meegaf met haar matras. Maar dat maakte niet uit, ze had tenminste een bed. Ook beschikte ze over gordijnen en vitrage die het daglicht buiten hielden en verhinderden dat over de galerij langslopende buren een blik in haar kamer konden werpen. Ik was de enige in huis zonder gordijnen, maar dat vond ik niet bezwaarlijk, want ik was bang in het donker en prees me gelukkig dat mijn kamer door de lantaarnpalen op straat en het naar binnen schijnende maanlicht nooit compleet in duisternis was gehuld. En het had als voordeel dat ik door het ochtendlicht heen leerde slapen.

De weinige keren dat mijn zus niet thuis was, bracht ik zoveel mogelijk op haar kamer door. Vooral op de woensdagmiddag vormde het mijn vaste hangplek. Ik nam dan plaats voor haar stereotoren die in een hoek van de kamer stond, zette haar grote koptelefoon op en luisterde naar een cd uit haar collectie die bijna volledig uit Michael Jackson bestond. 'Smooth Criminal' groeide al snel uit tot mijn favoriete nummer, vooral door de bijbehorende videoclip met virtuoze danspasjes.

Regelmatig nam ik de cassetterecorder uit de woonkamer mee naar haar kamer om er in alle rust mijn eigen stem op te nemen. Ik gebruikte daarvoor een cassettebandje dat bij een pak Omo-wasmiddel had gezeten en waarop het verhaal van Sneeuwwitje en de zeven dwergen was ingesproken. Na anderhalve minuut luisteren had ik besloten dat Sneeuwwitje en haar dwergen moesten plaatsmaken voor mijn getroebleerde monologen.

Op een dag had ik de cassetterecorder meegenomen naar de keuken om de stem van ons gezin te vangen. Ik had nog geen enkele opname van ons vieren samen, en al helemaal niet van mijn vaders stem.

Het was laat in de middag en mijn moeder stond op het punt de groenten te snijden voor het avondeten. Tot mijn blijdschap was mijn vader al de hele dag goedgehumeurd. Waarschijnlijk was het mijn zus ook opgevallen, want het was een van de weinige keren dat ze bij ons zat en zich niet op haar kamer had teruggetrokken tot het avondeten. En zoals altijd wanneer mijn vader het naar zijn zin had, vertelde hij over vroeger, over gebeurtenissen waar wij niet bij waren geweest, maar die hij zo levendig en met zo veel warmte navertelde dat het was alsof we samen met hem terugreisden naar het Izmir van de jaren zeventig en we zijn vrienden een voor een leerden kennen. Soms vroeg ik wat er van een vriend terecht was gekomen. Mijn vader begon dan aan een antwoord dat een verhaal op zich was. Maar terwijl hij dat nieuwe verhaal smaakvol opdiste en dankbaar leek voor het voorzetje dat ik had gegeven, keek hij niet mij aan tijdens het vertellen, maar mijn moeder. Hij richtte zich uitsluitend tot haar, zelfs toen ze de groenten aan het snijden was, alsof hij het ongepast vond om zijn zoon van een uitgebreid antwoord te voorzien, alsof hij een verwrongen beeld had van een vader-zoonverhouding dat zich in zijn vroege jeugd had gevormd. Ik deed mijn best het knagende gevoel weg te drukken dat hij me niet waardig achtte om als gesprekspartner te dienen.

Die middag besloot ik niets aan mijn ouders en zus te vertellen en startte ik heimelijk met opnemen. Ik was verrukt dat het eerste geluid tijdens de opname de bulderlach van mijn vader werd. Hij was in zo'n opperbeste stemming dat hij lachte om de hilarische taferelen die hij met een aanstekelijk enthousiasme beschreef. En meteen daarna klonk de zeldzame lach van mijn moeder. Het was alsof de verzachtende lach van mijn vader haar aanmoedigde om dichterbij te komen en hun strubbelingen te vergeten. Wie hen op dat moment zou hebben gezien, had waarschijnlijk gedacht dat ze verliefd waren en geen ogenblik zonder elkaar konden.

Maar ineens leek de magie vervlogen en drong de werkelijkheid zich aan ons op alsof de Hollandse groenten op de snijplank mijn vader terugbrachten naar de grauwe werkelijkheid van onze flat. Hij sloeg het boek over zijn jeugd dicht en vroeg wat voor vlees mijn moeder bij het eten zou opdienen.

'Er is geen vlees,' zei mijn moeder.

'Waarom niet?'

'Mijn portemonnee was leeg.'

'Dat kan niet, ik heb je maandag nog vijfentwintig gulden gegeven.'

Mijn moeder liet het mes hard op de snijplank neerkomen. 'Harun, hoe moet ik met vijfentwintig gulden groenten en fruit en brood en beleg en melk en kaas en vlees kopen voor meerdere dagen? Ik heb je zo vaak gezegd dat ik het daarmee niet red.'

Ik wilde de opname stoppen, want dit was niet de stem van ons gezin die ik wilde vangen. Ik moest proberen mijn vader terug te halen naar de sfeer van een paar minuten eerder, ik moest hem vragen om weer een van zijn vele anekdotes over zijn jeugdvrienden te vertellen. Misschien kon het nog, dacht ik. Als ik maar niet te lang wachtte. 'Baba,' riep ik. 'Baba.'

Hij reageerde niet, hij bleef naar de snijplank staren alsof daar de oorsprong van al zijn frustratie lag, vermomd als een hoopje groenten van de gezegende Hollandse bodem. 'Had dat verdomme eerder gezegd, dan had ik wat vlees meegenomen.'

'Baba.'

'Dat doe je toch nooit.'

'Baba.'

'Dat is niet waar.'

Ik vulde mijn longen met lucht. 'Baba!'

Pas toen wendde hij zich naar de bron van het storende geluid. 'Wat is er, man? Wat zit je nou te schreeuwen?'

Wat de opname had moeten worden van de vrolijke stem van ons gezin, werd het geluid van de afwijzing. Een paar weken later, met de koptelefoon op, durfde ik het bandje pas af te draaien. En veel te vaak hoorde ik later, nog voordat ik mijn vader iets had gevraagd, de stem van de afwijzing weer in mijn hoofd.

23

Op een woensdagmiddag in het voorjaar van 1988 raakte ik mijn kamer kwijt.

Zoals het vaker gaat met grote ontwikkelingen was het niet aangekondigd. Maar de eerste aanwijzing dat er iets aan de hand was, was dat mijn vader de deur opendeed toen ik aanbelde. En dat verbaasde me, want hij was nooit thuis op woensdagmiddag. Wat me nog meer verbaasde, was de stralende glimlach waarmee hij me ontving.

'Ah, Metin, daar ben je.' Hij sprak de woorden uit alsof hij naar mijn komst had uitgekeken. 'Kom binnen, we hebben bezoek.' Hij klonk verheugd, alsof er een heimelijke wens in vervulling was gegaan.

Ze zat keurig rechtop op de bank en hoewel het warm was, had ze een dunne lichtgroene sjaal om haar hals gewikkeld. Haar weelderige rode haar hing los. Als ik had geweten wat een au pair is, had ik gedacht dat ze dat was. Ze keek op met een stralende blik en kwam overeind toen ze me zag.

'Hoi Metin,' zei ze hartelijk. 'Wat leuk je weer te zien.'

En pas toen herkende ik haar. 'Hoi.'

'Weet je nog wie ik ben?'

Ik aarzelde, want ze zag er anders uit. 'Ayşe?'

Ze klapte in haar handen. 'Je hebt mijn naam onthouden!'

Ik had Ayşe ongeveer een jaar eerder ontmoet toen we bij haar oom Hüseyin, een vriend van mijn vader, gingen eten. Het enige wat ik van Hüseyin wist, was dat hij een Laz was, maar ik wist toen niet dat Lazen een Kaukasisch volk zijn dat een van de vele minderheden in Turkije vormt. Ik dacht dat Laz de voornaam van Hüseyin was, want iedereen noemde hem Laz Hüseyin. Telkens als zijn naam viel, vertelde mijn vader erbij hoe gierig hij was. Toen Laz Hüseyin mijn vader eens een lift naar huis had gegeven, had hij hem zonder blikken of blozen gevraagd om geld voor de brandstof. Mijn vader had gedacht dat het een grap was en had er eerst om gelachen, maar het bleek Hüseyin menens. Hij woonde in een klein appartement vlak bij de Albert Cuypmarkt en had zijn nichtje Ayşe noodgedwongen in huis genomen. Ayşe studeerde economie aan de Universiteit van Amsterdam en moest haar kamer op de Nieuwmarkt plotseling verlaten omdat de verhuurder zijn huis ging verkopen.

Die avond bij haar oom had Ayşe voor ons gekookt: makreel uit de oven, een pittige aardappelsalade en gevulde paprika's. Haar oom had gezorgd voor de alcohol: raki voor de mannen en wijn voor de vrouwen. Voor mijn zus en mij had hij appelsap in de aanbieding. De avond verliep anders dan ik had verwacht. Normaal gesproken vormden zich groepjes: de mannen praatten met elkaar, de vrouwen trokken zich in een hoekje terug en de kinderen gingen in een kamertje spelen. Maar Ayşe was die avond een van de mannen. Ze dronk raki en praatte mee en lachte het hardst van iedereen. En iedere keer als mijn vader een sigaret opstak, volgde Ayşe zijn voorbeeld. Het leek mijn vader goed te bevallen want hij schonk haar steeds raki bij en lachte om haar verhalen. Niet eerder had ik een Turk zo vloeiend Nederlands horen spreken. Het paste wel bij haar, want ze zag er helemaal niet Turks uit met haar rode haar, sproeten en lichtgroene ogen. Ze leek op een Engelse, een Engelse die het gewend was om met mannen te drinken en roken, en die de lachers op haar hand had. Ze had die avond bij haar oom weinig oog voor ons, maar niet op een onvriendelijke manier. Ze sloot ons niet buiten met haar lichaamstaal, ze keek ons lachend aan als ze een anekdote vertelde, maar haar verhalen waren vooral voor mijn vader bestemd. Ze vertelde over haar 'legendarische stapavonden met vriendinnen', over drinken 'tot het voor haar ogen duizelde' en over de mannen die in rokerige Amsterdamse kroegen met haar flirtten, 'ook getrouwde mannen'. Geen onderwerpen waar mijn moeder, zus en ik over mee konden praten, dus zaten we zwijgend aan tafel en verschoven de graten van onze makreel op ons bord. Het was alsof we aan een willekeurige tafel in een kroeg waren gezet tot onze eigen tafel beschikbaar was.

Hoe meer ze dronk, hoe vrijer Ayşe werd. Haar wangen en hals werden rood en haar tong zwaar. Laat op de avond vertelde ze ineens dat ze uitzag naar de zomer omdat ze zo graag zonde op het strand van Zandvoort, topless, net als haar Nederlandse vriendinnen. Pas toen verstarde de blik van Laz

Hüseyin. 'Volgens mij heb jij genoeg raki gehad, jongedame.' Hij pakte haar glas uit haar hand en sloeg het zelf achterover.

Ayşes opmerking had zijn uitwerking op mij niet gemist, want ik probeerde me voor te stellen hoe ze er topless uitzag. Afgaande op de geringe welving die haar truitje vertoonde, was ik er zeker van dat ze kleine borsten had, wat me licht teleurstelde, want grote borsten zoals die van Erika Eleniak in *Baywatch* hadden mijn voorkeur. Toch was ik heel benieuwd naar die van Ayşe.

'Ach, Hüseyin amca,' zei Ayşe. 'Doe niet zo saai. Ik ben heus niet dronken.' Ze begon te giechelen, schonk raki in een glas waar nog een bodempje water in zat en nam een flinke slok.

Ik keek naar mijn moeder die het tafereel tot nu toe zwijgend en met over elkaar gevouwen armen had aanschouwd. 'Harun, het is al laat,' zei ze nu. 'We moeten gaan.'

'Nog even,' zei mijn vader zonder zijn ogen van Ayşe af te wenden. 'We drinken er nog een.'

'De kinderen zijn moe, ze vallen bijna in slaap.'

Ik was niet moe en viel al helemaal niet in slaap. Ik was veel te gefascineerd. Nog even en Ayşe zou misschien wel vertellen over de mannen met wie ze het bed had gedeeld.

'Ze kunnen wel even op de bank liggen,' zei mijn vader zonder naar ons te kijken. 'Kom op, het is weekend.'

Ayşe dronk nog twee slokken, stond toen op om naar de wc te gaan en keerde niet meer terug. Na zo'n tien minuten ging Hüseyin poolshoogte nemen. Ayşe was met haar kleren aan op bed in slaap gevallen, vertelde hij even later. Hij ging weer zitten en stelde voor om nog een fles raki te openen, maar met het wegvallen van Ayşe was mijn vaders belangstelling vervlogen. We stonden op en vertrokken.

En nu zat Ayşe ineens bij ons op de bank, blakend en in volle bloei. 'Natuurlijk heb ik je naam onthouden,' zei ik. En ik had ook onthouden dat ze topless op het strand van Zandvoort zonde. 'Wat brengt je hier?'

Alsof mijn vraag tot hem was gericht, gaf mijn vader antwoord: 'Ayşe komt een tijdje bij ons wonen.'

Ik probeerde het tot me door laten dringen. Ze kwam bij ons wonen. Ayşe. Het meisje dat wijn en raki dronk en met ontblote borsten op het strand lag.

Ik voelde de opwinding door mijn lichaam gieren, maar kon me niet voorstellen dat ik het goed had gehoord. 'Wat?'

'Ayşe heeft op dit moment geen woonruimte,' zei mijn vader met een tevreden blik. Gewoonlijk was hij niet zo snel met het beantwoorden van mijn vragen. 'Daarom helpen wij haar.'

Ik keek naar Ayşe die nog steeds glimlachend terugkeek en toen naar mijn moeder die met haar armen over elkaar geslagen op de bank zat. Zij keek net zoals ze keek toen we bij Laz Hüseyin op visite waren.

'Ze krijgt jouw kamer,' zei mijn vader. Hij zei het alsof het niet belangrijk was, alsof hij het net zo goed voor zich had kunnen houden, maar voor de vorm toch met mij deelde. Maar het was mijn kamer. Het was verdomme wel mijn kamer!

'Het is maar voor even, tot ik een kamer in de stad vind. Hopelijk vind je het niet erg,' zei Ayşe.

'O, dat vindt Metin helemaal niet erg, hoor,' zei mijn vader vlug.

'Maar... waar slaap ik dan?'

Mijn vader keek me aan alsof hij daar nog niet over na had gedacht. Het antwoord kwam er desalniettemin resoluut uit. 'Op de kamer van je zus.'

De Michael Jackson-kamer. Ik werd verbannen naar de Michael Jackson-kamer.

'Waar gaat mijn zus dan slapen?'

'Op haar kamer.'

'Maar wat vindt zij ervan?'

Mijn moeder ging staan. 'Je zus weet het nog niet.' Toen richtte ze haar blik op mijn vader. Het was een blik die ik niet van haar kende. Een blik waar iets donkers in school. 'Vertel jij het haar, Harun? Leg jij het aan Nevra uit?'

'Natuurlijk,' zei mijn vader terwijl hij mijn moeders blik ontweek.

Ik liep naar de wc. Toen ik mijn kamer voorbijliep, zag ik dat Ayşe zich al had geïnstalleerd. Haar koffer lag geopend op de grond en haar jas hing over mijn bureaustoel. En op mijn bureau lagen spullen van haar. Plotseling drong het tot me door: Ayşe had mijn kamer gezien! Ze had gezien dat ik geen bed had, dat ik op de grond sliep en dat er geen gordijnen in mijn kamer hingen. De schaamte overtrof mijn verbazing over de ontwikkelingen van de afgelopen minuten.

Ik stond voor mijn eigen kamer, maar durfde niet meer naar binnen te gaan. Mijn kamer was geannexeerd en ik had niet eens de tijd gekregen om mijn spullen uit de bureauladen te pakken. Hier zou nu een verleidelijke studente verblijven die graag raki dronk, van kroegentochten hield en halfnaakt zonde.

'Ik wil niet dat Metin bij mij op de kamer slaapt.' Mijn zus klonk zo vastberaden dat ik me niet kon voorstellen dat ze me ooit nog in haar kamer zou toelaten.

We zaten in de keuken. De deur was dicht. Ayşe zat in mijn kamer haar spullen uit te pakken. 'Het is tijdelijk,' zei mijn vader. 'Totdat Ayşe een kamer in de stad vindt.'

'Dat kan me niet schelen, ik wil het niet.'

'Waarom niet?' Mijn vader had waarschijnlijk niet op enige weerstand van zijn gezin gerekend. Hij begreep oprecht niet waarom zijn veertienjarige dochter niet wilde meewerken, waarom ze haar kamer niet wilde delen met haar elfjarige broertje. Mijn vader was het helemaal niet gewend dat we weerwoord boden. Ik had de eerste slag al verloren en nu dreigden de poorten naar de magische MJ-kamer opengebroken te worden. Maar mijn zus was standvastiger dan ik en weigerde zonder verzet te capituleren. Ze wilde haar wereld vol moonwalks, dansende zombies en met kristallen ingelegde handschoenen niet prijsgeven. De MJ-kamer was haar vesting.

'Ayşe heeft onze hulp nodig,' probeerde mijn vader nu op een kalmere toon die voor mededogen voor het lot van onze onwelkome gast moest zorgen.

'Zij heeft onze hulp helemaal niet nodig!' Het leek of mijn zus schrok van haar eigen felheid. 'Zij is geen familie van ons, geen vriendin van de familie. Wij kennen haar nauwelijks. Baba, zij hoort hier niet.'

In mijn moeders blik bespeurde ik goedkeuring vanwege het sterke verweer van haar eerstgeborene die streed voor haar territorium, ze streed ervoor om een vreemde jonge vrouw buiten ons huis te houden. En misschien streed ze op dat moment ook wel voor onze moeder.

'Ik kan haar nu toch niet wegsturen?'

'Waarom niet?'

'Waar moet ze heen?' Mijn vader begon luider te praten. 'Ze kan niet meer terug naar haar oom, Hüseyin. Ze hebben ruzie gehad en ze heeft geen andere familie in Amsterdam.' Hij zuchtte. 'Als we haar niet helpen, kan ze haar studie niet afmaken.'

In de stilte die volgde hoorde ik dat de wc werd doorgetrokken. Ik vroeg me af waarom mijn moeder niets zei.

'Ze blijft hier,' zei mijn vader toen op een toon die duidelijk moest maken dat hij genoeg had van dit opstandige gedrag. 'Wij zijn een gastvrij gezin.'

'Waarom nemen we dan mijn zusje niet in huis?' zei mijn moeder ineens. 'Als je zo gastvrij bent, waarom is je schoonzus hier dan niet welkom?'

'Wat heeft je zusje hiermee te maken?'

'Zij wil in Nederland studeren en hier een toekomst opbouwen. Een toekomst die ze in Turkije niet heeft. Waarom weiger je haar te helpen?'

'Asena, dat is een heel andere situatie,' zei mijn vader.

'Leg mij dat eens uit.'

'Zij woont in Turkije. Haar toekomst ligt daar.'

'Welke toekomst? Moet ze voor een hongerloon in een tabakfabriek werken net als haar tantes en nichten, om daarna de voeten van haar man te wassen en zijn bed te verschonen?'

'Praat geen onzin,' zei mijn vader. 'We hebben het nu niet over je zusje. We hebben het over een arme studente die in nood zit en onze hulp nodig heeft. Ik heb haar beloofd dat ik haar zou helpen.'

'Sinds wanneer trek jij je het lot aan van arme studenten? Vertel mij dat eens, Harun.' Het leek of haar eigen woorden mijn moeders woede voedden en haar angst wegnamen. 'Jij trekt je niet eens het lot aan van je eigen gezin, van je bloedeigen kinderen. Waarom zou je dan een studente willen helpen?'

De blik van mijn vader verstarde. Het was alsof de temperatuur in de keuken plotseling tien graden was gedaald. 'Hoe durf je?' De stem van mijn vader galmde door de keuken. 'En jij...' Hij keek mijn zus nu aan en zweeg even, alsof hij de woorden die hij op het punt stond uit te spreken met moeite inslikte. 'Leer eens wat gastvrijer te worden. Metin komt bij jou op de kamer. Einde discussie. Dit is mijn huis. Ik betaal hier de huur. Ik bepaal hier de regels!'

'Metin mag alleen in mijn kamer om er te slapen,' zei mijn zus terwijl ze recht voor zich uitkeek. 'Na school moet ik mijn huiswerk maken. Dan moet hij uit mijn kamer wegblijven. Hij mag er niet spelen. En hij mag mijn kamer pas in als hij aangeklopt heeft en ik "binnen" heb geroepen. Dat zijn mijn regels. Als jullie het er niet mee eens zijn, slaapt Metin maar in de keuken.'

Ongewild visualiseerde ik me dat ik mijn matras naar de keuken sleepte, dat ik daar op de vloer lag naast het keukenkastje waarin de lokdoosjes voor onze andere ongenode gasten zaten. Uit de lokdoosjes staken honderden vertwijfeld heen en weer tastende voelsprieten van tientallen kakkerlakken, grote en kleinere exemplaren die daar vastgeplakt zaten en uitgehongerd werden tot ze hun doodsstrijd eindelijk zouden opgeven. Van mijn zus moest ik dus desnoods naar de keuken vol kakkerlakken verbannen worden. Normaal gesproken zou ik op dat moment iets onaardigs naar haar geroepen hebben. Maar ze had op haar manier een soort gebaar gemaakt.

'Dan zijn we eruit,' zei mijn vader zonder mij iets te vragen. Hij had al meer woorden aan de situatie vuilgemaakt dan hij van plan was geweest.

Die avond vroeg ik aan Ayşe of ik even in mijn kamer mocht om mijn pyjama te pakken. 'Natuurlijk,' zei ze. 'Het blijft jouw kamer, hoor.' Ondanks alles bezorgde haar glimlach me een warm gevoel in mijn onderbuik.

Mijn kamer rook anders. Een Chanel No.5-fles stond op de vensterbank en op mijn bureau lag een handspiegel met daarnaast allerlei soorten make-up, potjes met crème en een busje deodorant. Het was een vreemd gezicht om al die spullen in mijn kamer te zien liggen. Op de matras lag Ayşes nachtjapon. Het was van een dun zijdeachtig stofje. Dat zou ze dus aantrekken, die eerste avond in mijn kamer. De zachte stof zou over haar naakte huid glijden en haar borsten bedekken. Zou ze er geen bezwaar tegen hebben dat er geen gordijnen hingen in mijn kamer?

Ik pakte mijn pyjama uit de plastic bak waarin een deel van mijn kleren lag en liep de kamer uit. Zondige gedachten drongen zich aan me op. Het beeld van Ayşe die zich omkleedt terwijl ik haar bespied vanaf het balkon. Ik kon er geen weerstand tegen bieden: ze drong mijn gedachten binnen met haar rode haar, sproetige huid en grote groene ogen. Ik hoopte dat ze zich met haar gezicht naar het raam toe zou ontkleden, er de tijd voor nemend, alsof ze wist dat er ergens in de duisternis hongerige ogen naar haar staarden. Alles zou traag uitgaan, tot Ayşe daar stond in haar ondergoed als een lingeriemodel van de Wehkamp. Ze zou zichzelf nog even bekijken in de weerspiegeling van het raam, alsof ze haar eigen lichaam keurde in deze jongenskamer. En dan zou Ayşe haar beha losmaken, langzaam zouden haar handen naar de sluiting op haar rug gaan waarna ze hem van haar schouders zou laten glijden. Ik zou mijn adem even inhouden op het moment dat haar borsten zich voor het eerst aan mij zouden presenteren, haar kleine stevige borsten met de lichtroze tepelhoven. Ayşe zou even haar borsten strelen en haar tepels tussen haar vingers nemen. En zo zou ze daar een tijdje staan met niets meer aan dan een kanten slipje. Maar Ayşe zou niet zien dat ik haar vanaf een hoek van het raam begluurde, ze zou niet merken dat haar verschijning een ongekende lust in mijn jongenslichaam zou opwekken en mij in een niet eerder ervaren vervoering zou brengen. En terwijl ik bijna ten onder zou gaan aan mijn eigen opwinding, zou ze eindelijk haar handen onder haar slipje duwen en langzaam steeds meer prijsgeven van haar meest intieme deel. Mijn hart zou in mijn keel kloppen wanneer haar vuurrode schaamhaar voor het eerst zichtbaar zou zijn, hevig contrasterend met het kraakheldere wit van het broekje. Ik zou stoppen met ademhalen en mijn blik fixeren op de donzige plek tussen haar dijen. De zachte bleke huid rond haar schaamhaar die altijd van de zon verstoken was gebleven en erom vroeg om gestreeld en gezoend te worden. Ze zou haar slip verder omlaag duwen tot ze in volle glorie te zien zou zijn. Haar rossige schaamhaar zou naar beneden toe dunner worden zodat een deel van haar zachte schaamlippen te zien zou zijn, zoals bij de *Playboy*-modellen. Ayşe had het vast geduldig bijgeknipt voordat ze naar de kroegen ging waar ze tijdens het etentje over had opgeschept. Daar zou ze staan, puur en onbedekt in mijn kamer, alsof ze op het punt stond een glinsterend meer te betreden voor een nachtelijke zwempartij. En ze zou me wenken, waarna ze me met die stralende glimlach een handkus zou toewerpen en met een uitnodigende beweging het raam zou openen.

Voordat ik aanklopte op de slaapkamerdeur van mijn zus, probeerde ik de opwinding in mijn broek te onderdrukken door in mijn hoofd de som 353 x 187 uit te rekenen. Maar de opwinding wilde niet wijken, en ik sprenkelde koud water over mijn gezicht. Mijn ogen fonkelden en mijn borstkas ging snel op en neer toen ik mijn spiegelbeeld bekeek. Ik zag onvermoede mogelijkheden voor de komende dagen.

Toen ik aanklopte, riep mijn zus dat ik niet naar binnen mocht. 'Ik ben me aan het omkleden.' Ik besloot mijn tanden te poetsen. Het viel me meteen op dat er een nieuwe tandenborstel in het bekertje met de tandenborstels zat. Het was een gele en in tegenstelling tot de onze had deze een gave kop, alsof hij net uit de verpakking was gehaald.

Het was zover, ik zou een nacht doorbrengen in het minimuseum van mijn zus. Maar in plaats van blijdschap ging er een onbestemd gevoel door me heen, alsof ik niet thuishoorde in deze kamer en ik mijn zus' wereld bezoedelde.

Ik ging op de matras op de grond liggen en kroop onder het dekbed. Het leek of Michael Jackson vanaf de posters vanuit alle hoeken op mij neerkeek en zich afvroeg: wat doe jij hier, jongen?

Toen mijn zus even later binnenkwam in haar lange slaapshirt, deed ze meteen het licht uit. Ik moest wennen aan de duisternis. Door de gevoerde gordijnen was het zo donker dat ik niets kon zien.

'Denk maar niet dat we nu de hele nacht gaan kletsen,' zei ze toen ze in bed kroop.

24

We keken naar een film van Charles Bronson. Mijn vader kraakte walnoten en leegde de inhoud op de salontafel, de vrucht en dop op keurig gescheiden stapeltjes. Waar hij gewoonlijk de notenkraker hanteerde als instrument, gebruikte hij nu zijn blote handen om de dop te breken. Hij plaatste telkens twee walnoten in de palm van zijn rechterhand en drukte die vervolgens met kracht dicht waarna een krakend geluid klonk. Misschien wilde hij zo zijn kracht demonstreren aan Ayşe, die in kleermakerszit op de tweezitsbank zat en weinig oog had voor Bronson. Elke beweging van mijn vader volgde ze met gekrulde mondhoeken, klaar om hem een gulle glimlach te schenken wanneer hij ook maar even haar kant opkeek. Ik keek gulzig naar het groeiende stapeltje van de dop verloste walnoten. Nadat mijn vader er een stuk of acht had gekraakt, overhandigde hij me een paar zorgvuldig geselecteerde stukken onder begeleiding van een vaag knikje. Vlak voordat ik ze in mijn mond wilde werpen, zei hij: 'Die zijn voor Ayşe.' Ik keek naar de stukjes walnoot in mijn hand, boog me toen over de tafel en legde het hoopje beschaamd naast de theekop van Ayşe.

'Dank je, lieverd,' zei ze. Ik bloosde, maar terwijl ik weer ging zitten betwijfelde ik of ze het wel tegen mij had.

De afgelopen dagen hadden we met z'n vijven aan de glazen eettafel in de woonkamer gegeten en steeds had mijn vader het gehad over zijn speciale project: een Turks restaurant in Amsterdam naar het voorbeeld van het succesvolle restaurant van zijn broer in Hamburg. Zijn plan domineerde alle gesprekken aan de eettafel en tijdens de thee in de woonkamer, maar zoals mijn vader erover sprak in het bijzijn van Ayşe strookte het in het geheel niet met de verhalen die hij er voor haar komst over had verteld. Met de komst van Ayşe leek alles niet alleen in een stroomversnelling te zijn geraakt, mijn vader schetste nu ook een zonniger scenario. Ineens was er geen sprake meer van een gapend financieel gat dat elke ambitie bij voorbaat leek te dwarsbomen, en niet langer treurde mijn vader over de onmogelijkheden dat gat te dichten. Hij sprak plotseling met het air van een geslaagde zakenman die op het punt stond belangrijke beslissingen voor de toekomst te nemen. En daarvoor stelde hij iemand nodig te hebben die het intellect had om met hem mee te denken en hem bij te benen in zijn ambitie, iets waar hij mijn moeder – met haar 'vogelbrein' – niet geschikt voor achtte.

Hij ging nog verder: voor onze ogen gaf mijn vader Ayşe het gevoel dat zij de uitverkorene was en een sleutelrol zou vervullen bij het realiseren van zijn droom. Zij kon voor hem tolken en hem ondersteunen bij de ondoorzichtige vergunningenprocedure en het vinden van een geschikte locatie voor het restaurant. En omdat zijn ambitie onmetelijk groot was, en het voor hem blijkbaar geen rol speelde dat we nauwelijks rondkwamen van de bijstandsuitkering die maandelijks op zijn rekening werd gestort, zou hij meteen ook het hele pand kopen zodat wij boven de zaak konden gaan wonen. Als beloning voor haar niet-aflatende hulp zou Ayşe kosteloos haar intrek mogen nemen op de bovenste verdieping van het pand. Zo zou haar eeuwige woningnood als student zijn opgelost, en met de door haar opgedane kennis tijdens haar studie economie zou ze de administratie van het restaurant voor haar rekening kunnen nemen. Mijn vaders briljante businessplan in het kort.

Die dag waren Ayşe en mijn vader niet thuisgekomen voor het avondeten. Mijn moeder had hun eten in een pannetje op het fornuis bewaard. Pas rond halftien klonk het vervloekte geluid van de sleutel in het slot en zwaaide de voordeur met veel herrie open.

Mijn moeder stond op van de bank. 'Waar bleven jullie?'

'We hadden het druk,' zei mijn vader zonder haar aan te kijken. Het was duidelijk dat hij zich niet wenste te verantwoorden in het bijzijn van Ayşe. 'We hadden meerdere afspraken met makelaars en verhuurders,' voegde hij eraan toe toen mijn moeder hem bleef aanstaren.

Ik zag dat ze wilde doorvragen, maar ik zag ook dat ze voorzichtig was. 'Bel in het vervolg.' Ze perste haar lippen op elkaar tot ze grauw werden. 'Jullie eten zit in een pannetje op het fornuis.'

'O, maar we hebben geen trek meer, hoor,' zei Ayşe met een opgewektheid die niet paste bij de situatie. Toen ze de vragende blik van mijn moeder zag, vatte ze dat kennelijk op als een aanmoediging. 'We hebben iets gegeten in een Grieks restaurant.' Nu pas merkte ik dat ze met een zware tong sprak en dat ze een rode blos op haar wangen had. 'Harun, wat hebben we ook alweer gehad? Jij sprak het zo mooi uit. Was het Mousala?'

'Moussaka,' verbeterde mijn vader haar terwijl hij onze blikken vermeed.

De enige keer dat mijn vader ons mee had genomen naar een restaurant, was toen we na een bezoek aan de Albert Cuyp-markt onverwacht de McDonald's in de Pijp waren binnengewandeld en een hamburger met friet hadden gekregen.

'We hadden al de hele middag niets gegeten,' verduidelijkte mijn vader met een geforceerde terloopsheid, alsof hij wilde illustreren dat ze toevallig bij de Griek waren beland en van de gelegenheid gebruik hadden gemaakt door hun veldonderzoek daar voort te zetten en de Griekse keuken met de Turkse te vergelijken, al verschilden die twee niet wezenlijk van elkaar.

Mijn moeder draaide zich zonder iets te zeggen om en liep naar de keuken. Even later hoorde ik de koelkastdeur tegen de muur slaan, gevolgd door het geluid van iets zwaars dat hard neerkwam op de glasplaat van de koelkast. De koelkastdeur werd weer dichtgesmeten.

'Ik zet wel wat thee voor ons,' zei mijn vader met een ongemakkelijke grijns. 'Ga jij maar zitten, Ayşe.'

Het was vreemd om mijn vader even later de woonkamer te zien betreden met een dienblad waarop twee koppen thee, een suikerpot en een houten kom vol walnoten rustten.

'Willen Metin en Nevra geen thee?' vroeg Ayşe vanaf de tweezitsbank.

Mijn vader keek ons misschien wel voor het eerst in dagen aan, met een blik die niet bedoeld was om contact te leggen. 'Ze hebben vast al gehad.'

Hij zette Ayşes kop thee vlak voor haar neer met een elegantie die ik niet eerder bij hem had waargenomen en beantwoordde haar overdreven bedankje met een glimlach. Hij nam plaats op de fauteuil aan de andere kant van de salontafel, griste de afstandsbediening uit mijn hand zonder iets te zeggen en zapte net zo lang tot hij op de film van Charles Bronson stuitte. Hij legde de afstandsbediening naast zijn theekop en begon stoïcijns walnoten te kraken met zijn hand. De enige meevaller was dat hij nu voorlopig niet zou roken. Niet alleen de verstikkende grijze rook zou ons bespaard blijven, maar ook het vreselijke geluid van zijn aansteker en pakje sigaretten die na een achteloze worp met een kwellende plof op de salontafel neerkwamen. Het was een geluid dat ik was gaan haten en dat zo om het kwartier klonk wanneer we samen op de bank film keken.

Mijn moeder kwam even later de woonkamer binnen. Ze nam zwijgend tussen mijn zus en mij plaats met een kop thee in haar hand, en waar ze altijd met het engelengeduld van mijn grootvader had gewacht tot haar thee was afgekoeld, begon ze nu onrustig in haar kopje te blazen. Daarna staarde ze naar Charles Bronson die met zijn kleine Smith & Wesson in de hand om zich heen spiedde. Maar waarschijnlijk zag ze niet Bronsons markante kop op het scherm, maar de doodlopende weg waarop ze zich met haar man bevond, een weg die steeds onherbergzamer werd bovendien, want wat kon ze werkelijk ondernemen tegen deze zelfzuchtige man die de brutaliteit bezat om een andere vrouw in huis te nemen? Wat zou haar nog meer te wachten staan in de jaren die voor haar lagen?

Ik keek naar Ayşe die nog steeds met opgetrokken benen op de tweezitsbank zat. Zij keek ook niet naar Charles Bronson, maar naar mijn vader, en rond haar mondhoeken had zich nu een glimlach gevormd die langzaam steeds breder werd. Haar ogen keken verwachtingsvol in zijn richting alsof ze op meer wachtte dan de walnoten die hij haar via mij had geschonken.

Ineens sprak ze mijn vaders naam uit, luid en duidelijk alsof ze nog steeds samen in het knusse hoekje van het Griekse restaurant zaten. 'Harun, kun je niet iets meer in het licht gaan zitten zodat ik je ogen beter kan zien?'

Mijn vader keek haar aan en grinnikte even. Hij kwam overeind en schoof de fauteuil iets naar voren zodat zijn gezicht precies in het schijnsel van de doffe glazen bollen aan het plafond viel. Daarna wendde hij zich met een tevreden blik naar Charles Bronson.

25

We waren op visite bij kennissen in Osdorp. Mijn vader had er bij mijn moeder op aangedrongen dat Ayşe meeging.

'Wat moeten ze ervan denken, Harun? Ik zou me er tegenover Selma en Nazım voor schamen. Ik wil niet dat ze het weten,' had ze gezegd.

'Doe niet zo raar, wij helpen iemand in nood. Daar hoef je je helemaal niet voor te schamen.'

'Ze zullen het niet begrijpen, niemand zal het begrijpen.' Mijn moeder zweeg even. 'Jij weet ook dat deze situatie niet klopt. Ik kan dit niet veel langer verdragen.'

Maar zoals altijd voerde mijn vader zijn zin door. Die avond stelde Ayşe zich tot mijn verbazing echter uiterst bescheiden op, alsof ze iets had opgevangen van het gesprek tussen mijn ouders en voorvoelde dat Selma en Nazım op de hand van mijn moeder zouden zijn. Ze dronk geen alcohol, maakte geen aanstalten zich te mengen in de gesprekken die mijn ouders aan de eettafel met Selma en Nazım voerden en zei alleen iets als haar wat gevraagd werd.

'Ze doet de hele avond al poeslief,' zei mijn zus op fluistertoon. 'Ik vertrouw het niet.'

Ik bekeek Ayşe onderzoekend en elke keer als ze mijn blik ving, lachte ze hartelijk naar me. Het was dezelfde lach die mij in de eerste dagen in vuur en vlam had gezet, maar nu voelde het als verraad aan mijn moeder om terug te lachen. Op een gegeven moment hadden Selma en mijn moeder zich teruggetrokken in de keuken. Ik stond op, deed alsof ik naar de wc ging en zette toen een paar stappen in hun richting om te horen waar ze het over hadden. Ik zag dat mijn moeder iets vertelde en met ferme handbewegingen haar woorden kracht bijzette. Het enige wat ik opving van haar woorden was: 'Het moet afgelopen zijn.' Toen ik dichterbij kwam, gooide Selma de deur dicht.

In de auto terug naar huis had ik het gevoel dat er die avond iets ging gebeuren. Mijn moeder zei geen woord en ook Ayşe was voor haar doen zwijgzaam. We luisterden naar een cassettebandje van Ibrahim Tatlıses.

Thuis dook mijn vader meteen de wc in met een boek. Mijn moeder trok een schoon dekbedovertrek uit de kast en liep ermee naar Ayşes kamer. Mijn voorgevoel had me niet in de steek gelaten. Ik positioneerde me onopvallend bij de deuropening.

'Ik heb een schoon dekbedovertrek voor je,' zei mijn moeder. 'Ik help je wel even met verwisselen.'

'Dank je,' zei Ayşe. 'Ik ben er niet zo handig in.'

In een soepele beweging haalde mijn moeder het overtrek van het dekbed. Daarna trok ze het schone dekbedovertrek binnenstebuiten, duwde haar armen erin tot ze beide punten vasthad en pakte daarna de uiteinden van het dekbed vast. 'Trek jij hem eroverheen?'

Ayşe trok aan het overtrek. Het ging onhandig, alsof ze het voor het eerst deed. 'Normaal doet mijn oom dit,' zei ze giechelend. 'En hou ik het overtrek vast.' Toen het eindelijk gelukt was, was haar gezicht roder dan normaal en hijgde ze lichtjes.

'Waarom doe je dit?' zei mijn moeder ineens.

'Wat?'

'Waarom doe je dit een andere vrouw aan?'

'Hoe bedoel je?'

'Waarom doe je mij dit aan?' Mijn moeders stem trilde. 'Waarom doe je mijn gezin dit aan?' En pas toen begreep ik wat de komst van Ayşe met mijn moeder had gedaan.

Ayşe begon te grijnzen. Het was een zelfvoldane grijns. Een grijns van iemand die weet dat zij de bovenliggende partij is.

'Maak mijn nest niet kapot,' zei mijn moeder. 'Alsjeblieft. Stop ermee voordat het te laat is.'

De grijns verdween niet van Ayşes gezicht. Hij groeide. En de jonge vrouw met de rode lokken spinde van tevredenheid.

'Waarom zeg je niets?' zei mijn moeder, en ik hoorde de vertwijfeling in haar stem. 'Waarom sta je me zo aan te kijken?'

'Ik weet niet waar je het over hebt.' Ayşe begon de knopen van haar blouse los te maken. 'Als je het niet erg vindt, ga ik nu slapen. Het is een lange dag geweest.'

26

Saleem en ik hadden die middag cricket gespeeld met een paar van zijn Pakistaanse vrienden. Hij had me ertoe moeten overhalen, want ik had er niets mee. Ik begreep de regels niet en vond dat iedereen maar de hele tijd een beetje stond te hangen, wachtend op de slagman en de werper die in een eindeloos persoonlijk duel verwikkeld waren. Wat mij betreft konden we net zo goed ganzenborden terwijl die twee bezig waren. 'Maar het is echt leuk,' had Saleem geroepen. 'In Pakistan heb ik het dagenlang met mijn neven gespeeld, gewoon op straat terwijl de hele buurt toekeek. Het was fantastisch!'

Ik was opgelucht toen het potje voortijdig werd afgebroken omdat twee jongens van het veld liepen na een onduidelijke ruzie over een afgeslagen bal. Eindelijk konden we uit de brandende zon stappen om wat te drinken. Mijn beloning voor het afzien was zoet, want we gingen eten bij Saleem. Zijn moeder had roti met pittige spinazie en lamsvlees gemaakt. Het was verrukkelijk.

Toen het al begon te schemeren, gingen we voetballen in de lifthal en omdat de ruimte beperkt was besloten we een wedstrijdje hooghouden te doen. Wie het eerst de bal honderd keer had hooggehouden, was de winnaar. Tot mijn spijt was het een van de onderdelen van het voetbal die ik maar matig beheerste.

Net toen ik mijn linkervoet in een uiterste poging strekte om de bal een zevende keer te raken, ging de liftdeur open. Mijn vader en Ayşe stapten uit de lift en betraden de hal. Een paar tellen keken Saleem en ik zwijgend naar mijn vader die plotseling met een jonge vrouw voor onze ogen opdook.

'Baba, wat doe jij hier?'

'Ayşe en ik waren op zoek naar jou.'

'Hoezo?'

'Het is al laat, we werden ongerust. Ik zei tegen je moeder dat wij je wel gingen zoeken.' Mijn vader sprak de woorden uit alsof het heel vanzelfsprekend was, maar de rol van ongeruste vader acteerde hij maar matig. Hij was me nooit eerder gaan zoeken wanneer ik nog tot laat buiten had gespeeld, noch had hij ooit geïnformeerd waar ik had uitgehangen wanneer ik in het donker was thuisgekomen. En waarom had hij Ayşe in godsnaam meegenomen? Wat moest mijn vrome vriend er wel niet van denken? Ik had hem niet verteld dat Ayşe sinds kort bij ons woonde en wist zeker dat dit totaal niet zou stroken met de normen en waarden die hij van zijn ouders had meegekregen.

In een poging ze snel weg te krijgen, zei ik: 'Maar baba, het is nog helemaal niet laat.' Ik wees naar buiten. De hemel was roze gekleurd en de zon was nog maar net begonnen achter een van de flats weg te zakken. 'Kijk, het is nog licht.'

'Het is negen uur geweest.' Mijn vader wierp een blik op Saleem. 'Je moeder zei dat je bij Saleem was. Is dit hem?'

'Baba, je kent Saleem toch wel? Hij is zo vaak bij ons thuis geweest.'

Saleem groette mijn vader beleefd.

'Ja, ja, natuurlijk, ik herkende hem niet meteen, het is hier donker.'

Ik vroeg me vertwijfeld af hoe ik Ayşe moest introduceren. Misschien moest ik liegen en zeggen dat ze familie was, maar dat leek me riskant. De woorden van mijn zus schoten me ineens te binnen. Ze had gezegd dat Ayşe geen vriendin van de familie was. Dan moest ik voor deze keer maar een uitzondering maken. 'Zij is een vriendin van de familie,' zei ik en het voelde op dat moment als verraad aan mijn moeder.

'Kom,' zei mijn vader. 'Je moeder heeft je eten apart gezet.'

Saleem en ik waren nog niet klaar, hij had de bal vierenzeventig keer hooggehouden en ik zat pas op een totaal aantal van zesenveertig. Maar mijn vader leek niet van plan om mij hier achter te laten. 'Saleem, ik moet gaan. Ik zie je.'

'Ja, later,' zei Saleem.

Ayşe had al die tijd de liftdeur opengehouden. Toen ik langs haar liep om in de lift te stappen, woelde ze in het voorbij gaan door mijn haar. Zodra de liftdeur dicht was, begonnen mijn vader en Ayşe met elkaar te praten. Het was duidelijk dat ze hun gesprek van even daarvoor hervatten.

'En wat zei die vriendin van jou toen?'

'O ja, nou...' Ayşe begon ineens te giechelen. 'Ze zei: "Kom jij maar hier naartoe, mister Rutger."' Ze sprak net zo zwoel als in zo'n romantische Amerikaanse film. Ze begon hardop te lachen. Mijn vader volgde haar voorbeeld.

Waar hadden ze het in vredesnaam over? Waarom vroegen ze niet hoe het met mij ging als ze zo bezorgd waren? Waarom deden ze alsof ik er niet was?

'En jij stond gewoon naast haar terwijl ze met die vent stond te bellen?' vroeg mijn vader. Hij veinsde verbazing, ik zag het in zijn ogen. Dat hele verhaaltje van Ayşe kon hem geen ruk schelen. Hij probeerde gewoon op een vertrouwelijke toon met haar te praten, alsof hij een studiegenoot van haar was. Maar hij was geen student, hij was een man van bijna veertig met een gezin, en zijn jonge zoon stond naast hem.

'Ja joh, ik kon toen mijn lach echt niet inhouden.'

De lift kwam tot stilstand. Ik stapte uit en hield de deur open voor mijn vader en Ayşe. Ze stapten uit zonder me aan te kijken of te bedanken, alsof ik een anonieme liftjongen in een hotel was.

'En kwam hij toen ook langs?'

'Tien minuten later belde hij al aan. We schrokken ons rot!'

Ik kon het niet langer verdragen: mijn vader die sprak alsof hij een puber was en Ayşe die een pocherig verhaal afstak om indruk op hem te maken.

'Ga jij maar vast naar huis,' zei mijn vader ineens. 'Wij lopen wel via deze kant.' Hij wees in de richting van de weg die ik vroeger altijd met mijn moeder nam wanneer we naar de bibliotheek gingen. Ik wilde vragen waarom zij een omweg namen, maar vond het tegelijkertijd fijn om van hun aanwezigheid verlost te zijn. Ik knikte en liep rechtdoor terwijl zij links afsloegen. Even later hoorde ik de hysterische lach van Ayşe door de wijk schallen. Ik draaide me om en zag nog net mijn vaders hand over haar rug glijden, nonchalant en vertrouwelijk. Wie hen daar zag lopen, zou ongetwijfeld denken dat ze prille geliefden waren die genoten van een lome avondwandeling terwijl ze samen de ondergaande zon tegemoet liepen.

Ik liep verder en probeerde het beeld van Ayşe en mijn vader van me af te schudden. Het lukte me niet en stilletjes begon ik mijn vader te vervloeken. Hij had mij verdomme gebruikt om alleen te kunnen zijn met Ayşe, om met haar het huis te ontvluchten. Om mijn moeder te kunnen ontvluchten.

'Waar was je nou?' vroeg mijn moeder vanuit de deuropening.

'Bij Saleem.'

'Waarom ben je zo laat?' Ik zag de boosheid in haar ogen. Later begreep ik dat ze eigenlijk bedoelde: door jouw toedoen zijn die twee weer met elkaar op pad. Mijn moeder stak haar hoofd naar buiten en keek achterdochtig in de richting van de lifthal. 'En waar zijn je vader en Ayşe?'

Ik keek ook in de richting van de lifthal, alsof ik nu pas merkte dat ze me niet hadden vergezeld. 'Ze kunnen elk moment komen,' zei ik. 'Ik ben een stukje voor hen uitgerend.'

Ze liet een diepe zucht horen waarin meer doorklonk dan alleen vermoeidheid. En opnieuw vervloekte ik mijn vader. 'Ga maar eten.'

Ik zette het pannetje met bulgur en kip op het vuur. Het water liep me in de mond toen de geur van het kruidige eten de keuken vulde. Ik pakte de kom met salade en een fles cola uit de koelkast, dekte haastig de tafel en kieperde de inhoud van de pan op mijn bord. Pas toen ik ging zitten, merkte ik hoe moe ik was.

'Jezus, je eet als een beest,' zei mijn zus terwijl ze de keuken in liep. 'Heb je soms geen manieren?'

'Laat me met rust!' zei ik smakkend. 'Ik heb honger, ja.'

Toen ik uitgegeten was, waren Ayşe en mijn vader nog steeds niet thuisgekomen. Misschien waren ze op een bankje gaan zitten om hun stomme gesprek voort te zetten en was Ayşe nog steeds aan het hinniken. Ik liep naar de woonkamer en zag mijn moeder op het balkon staan. Het was een stuk donkerder geworden. Ze speurde de omgeving af met haar ogen.

Ik zette de tv aan. Nadat ik de pagina's 101 en 601 van teletekst had bezocht en twee keer langs alle zenders had gezapt, zwaaide de voordeur open.

Mijn moeder liep naar de hal. 'Waar bleven jullie?'

'O, we gingen nog even een stukje wandelen,' zei Ayşe. 'Het is zo'n mooie avond.'

'Ik vroeg het aan Harun,' zei mijn moeder.

Mijn vader keek mijn moeder een paar tellen zwijgend aan. 'Zoals Ayşe zegt, we gingen even een stukje wandelen.' En alsof hij niet tevreden was met zijn eigen verklaring, voegde hij eraan toe: 'We moesten de maaltijd verbranden.'

'En ik wilde de kinderboerderij zien,' zei Ayşe.

'Op dit tijdstip?' zei mijn moeder.

Ayşe liet zich op de bank vallen alsof ze mijn moeder niet had gehoord en keek mijn vader toen aan. 'Ik heb mezelf een wijntje beloofd als ik vandaag hard zou studeren op mijn kamer, en dat is gelukt.'

'Inzet moet beloond worden,' zei mijn vader. Hij dook de keuken in en kwam terug met twee glazen en een fles rode wijn die hij met een paar handige bewegingen van de trekker opende, alsof hij jaren kelner was geweest in een chic Frans restaurant waar mensen zoals wij nooit kwamen. Hij schonk wat wijn in Ayşes glas en liet haar proeven. Ze hield het glas even bij haar neus en knikte goedkeurend. Daarna schonk hij haar glas tot de helft vol. 'Voilà,' zei hij. Nadat hij ook voor zichzelf had ingeschonken, keek hij ineens op en vroeg aan mijn moeder: 'Jij hoefde niet, toch?'

'Je hebt het me niet gevraagd,' antwoordde ze, hem indringend aankijkend.

'Omdat je nooit wijn drinkt.'

'Ik drink het tijdens bijzondere gelegenheden, dat weet je best.'

Ik zag dat mijn vader aarzelde wat hij nu moest doen. Ik kon me niet herinneren dat hij ooit een kopje thee voor mijn moeder had gezet, en nu werd hij voor het blok gezet. Mijn moeder en ik, en zelfs Ayşe keken hem verwachtingsvol aan.

'Zeg nou maar gewoon of je wat wil...'

Mijn moeder zuchtte. 'Ik zet wel thee.'

Ayşe zat weer met haar benen opgetrokken op de hoek van de tweezitsbank. Na iedere slok van haar wijn deed ze even haar ogen dicht. Het zag er theatraal uit, alsof ze iets nadeed wat ze in een romantische film had gezien.

Mijn moeder keerde terug met een kop thee en een glas multivitaminen voor mij. Het viel me op dat Ayşe en mijn vader niet zo uitgelaten waren als eerder, het leek of ze nu moesten zoeken naar woorden. Als om de stilte te doorbreken zei Ayşe: 'Ik vind het hier zo gezellig.' Toen niemand reageerde voegde ze eraan toe: 'Ja, echt, het is hier onwijs gezellig.' Ze keek mijn vader aan. 'Ik wil jullie nogmaals bedanken voor jullie gastvrijheid.'

'Ayşe,' zei mijn moeder op strenge toon. 'Heb je nog wat van je oom gehoord?'

Ze draaide haar hoofd naar mijn moeder, een beetje wijn klotste over de rand. 'Nee.'

'En je moeder?'

'Van haar wel,' zei ze aarzelend.

'Heeft zij je oom gesproken?'

Ayşe knikte terwijl ze mijn moeder met een schuine blik aankeek.

'Wat zei hij tegen haar?'

'Hoe bedoel je?'

'Over de situatie.'

Ze ging verzitten, nam toen een slok van haar wijn en zei: 'Weet ik niet.'

'Ayşe,' zei mijn moeder nu milder. 'Mag ik vragen waar die ruzie over ging?'

'Sla je niet een beetje door met al die vragen?' viel mijn vader in. 'Dat zijn persoonlijke dingen.'

Ayşe greep de reddingslijn van mijn vader niet. 'Ik wil er best wat over zeggen, hoor.' Misschien wilde ze bewijzen dat ze mijn moeder kon aftroeven in dit verbale steekspel. 'Jullie zijn tenslotte geen vreemden. Mijn oom had gewoon moeite met mijn levensstijl.'

Mijn moeder boog naar voren. 'Wat bedoel je met "levensstijl"?'

Ayşe nam weer een slok, ik had het glas wel uit haar hand kunnen slaan. Praat verdomme verder, dacht ik. Ze zuchtte. 'Hij vond het maar niks dat ik vaak laat thuiskwam. En ik drink volgens hem te veel, maar dat slaat nergens op.' En als om haar eigen woorden te ontkrachten, nam ze weer een slok van haar wijn. 'Af en toe een wijntje of een biertje moet toch kunnen? Hij is zo conservatief.'

'Als hij echt conservatief was,' zei mijn moeder, 'had hij nooit toegestaan dat je in zijn bijzijn wijn en raki met ons dronk.' Mijn moeder vouwde haar handen ineen en leunde verder voorover. 'Weet je Ayşe, het is niet eens zo lang geleden dat ik niet eens in dezelfde ruimte als mijn ooms mocht eten, laat staan dat ik ook maar een druppel raki mocht drinken in hun aanwezigheid. Dat was ondenkbaar.'

'Maar dat was in Turkije.'

'Klopt, maar jouw oom komt uit dezelfde cultuur als mijn ooms en toch is hij heel anders. Ik vind hem een van de meest vooruitstrevende mensen in onze kennissenkring.'

Ayşe perste haar lippen op elkaar en sloot haar ogen weer, maar nu om een andere reden. 'Hij bemoeit zich te veel met mij. Ik kan daar niet meer tegen, ik kan mezelf niet zijn bij hem.'

'Weet je moeder dat je bij ons verblijft?'

Ayşe gaf geen antwoord. Ze staarde naar haar glas. Maar ik wist dat mijn moeder nu zou doorzetten, dat ze de vrouw die zich in haar gezin had binnengedrongen nu niet zou laten lopen.

'Ayşe, heb je je moeder verteld dat je hier zit?'

‘Nee,’ zei Ayşe na een tijdje. ‘Ik heb haar al een paar maanden niet gesproken. We kregen ruzie over de telefoon.’

‘Maar Ayşe...’

Ze onderbrak mijn moeder. ‘Ik weet het, het is niet goed, en ik had gewild dat het anders was.’ Ze haalde haar neus op, haar ogen werden vochtig. ‘Denk je dat ik er blij mee ben?’

‘Ik hoop het niet.’

‘Ik bel haar binnenkort wel om alles te vertellen.’

‘Ik wil je moeder graag eerst bellen,’ zei mijn moeder met vlakke stem.

Voor het eerst zag ik schrik in Ayşes ogen. ‘Waarom?’

‘Ze is vast erg ongerust nadat je weg bent gegaan bij je oom. En ik denk dat het goed is als ik met je moeder over deze situatie praat.’

‘Dat wil ik niet.’

‘Waarom niet?’

‘Asena,’ zei mijn vader ineens. ‘Zo is het genoeg. Ayşe is geen kind meer, ze zegt toch dat ze dat niet wil.’

‘Ik wil alleen maar helpen,’ zei mijn moeder op onschuldige toon. ‘Ayşe, laat me met je moeder praten.’

Ze reageerde niet.

‘Ayşe, dit kan niet veel langer duren,’ zei mijn moeder ineens op scherpe toon. ‘Wat zal je moeder ervan vinden?’

‘Alstublieft, kunnen we er nu over ophouden?’

‘Maar Ayşe...’

‘Genoeg!’ De harde klap die klonk toen mijn vader met zijn vlakke hand op tafel sloeg, deed mijn moeder haar woorden inslikken. ‘Onze gast zegt toch dat ze er niet meer over wil praten.’

Mijn moeder greep haar kop thee, waar ze nog geen slok van had genomen, en stond op. Ze keek Ayşe nu indringend aan. ‘Denk nog maar eens goed na. Als je me je moeders nummer niet geeft, bel ik je oom en vraag ik het aan hem.’ Kalm en waardig liep ze naar de keuken.

Ayşe staarde uitdrukkingsloos voor zich uit. Mijn vader keek me voor het eerst aan sinds hij thuis was gekomen. ‘Moet jij geen huiswerk maken of zo?’

Ik schudde mijn hoofd. ‘Ik heb vakantie.’ Ik zou me niet zo makkelijk laten wegsturen. Mijn kamer was dan wel van me afgepakt, de woonkamer was nog altijd een gemeenschappelijke ruimte.

‘Hij mag wel blijven zitten, hoor,’ zei Ayşe met een stem die zwaar en traag klonk. 'Maar als je het niet vervelend vindt, ga ik naar mijn kamer. Ik heb hoofdpijn en ga even liggen.'

Mijn vader zette de fles wijn, die hij zojuist had opgepakt, terug op tafel. En alsof er zojuist niets was gebeurd, vroeg hij: 'Wil je dan geen wijn meer?'

Ze schudde haar hoofd. 'Sorry, ik ben niet zo gezellig met hoofdpijn. Welterusten.'

27

Ayşes hoofdpijn was verdwenen en ze straalde die ochtend alsof het leven haar weer toelachte. Misschien verheugde ze zich erop om voor de zoveelste keer met mijn vader op pad te gaan om potentiële locaties voor het restaurant te bekijken en de middag weer af te sluiten in het Griekse restaurant waar ze tot haar genoegen kennis had gemaakt met ouzo en moussaka. Maar het werd een dag die voor haar heel anders zou verlopen.

Het begon ermee dat mijn vader ineens was opgestaan van de ontbijttafel en met een ernstige blik had gezegd dat hij de stad in moest. En alsof ze onlosmakelijk met hem verbonden was, was Ayşe op dat moment ook opgestaan. 'Waar gaan we heen?' had ze met oplichtende ogen gevraagd.

'Blijf jij maar hier,' had mijn vader gezegd. 'Ik moet iets regelen.'

'Kan ik dan niet helpen?'

'Vandaag niet.'

Mijn moeder had Ayşe strak aangekeken. Toen mijn vader de deur achter zich had dichtgetrokken, had ze gezegd: 'Metin, laat mij alleen met Ayşe en doe de deur dicht.'

En op dat moment vreesde ik dat mijn moeder geen andere uitweg meer zag dan af te rekenen met de rode feeks die zich als een aaseter op haar rampzalige huwelijk had gestort. Ik keek snel of er een mes op tafel lag, maar ik zag alleen een paar ontbijtmessen waarmee ze Ayşe slechts oppervlakkige verwondingen zou kunnen toebrengen. Maar mijn moeder mocht niet onderschat worden. Ze was opgegroeid in een weerbarstig en gewelddadig dorp in Oost-Turkije en had bloedige familievetes van dichtbij aanschouwd. Misschien had ze nu wel een verrassing in petto waar de stadse Ayşe niet op berekend was.

Ik trok de keukendeur dicht, maar voordat ik mijn oor ertegenaan kon drukken, begon mijn moeder al te praten. Ze kwam meteen ter zake alsof ze veel te lang op dit moment had gewacht en nu geen seconde meer wenste te verspillen.

'Mijn eerdere woorden hebben blijkbaar geen indruk op je gemaakt, anders was je wel vertrokken,' zei mijn moeder. Door de dreigende toon waarop ze sprak, gingen mijn haren overeind staan. 'Daarom ga ik nu open kaart met je spelen, Ayşe.'

'Ik weet niet of ik hier wel zin in heb,' zei Ayşe. Voor het eerst hoorde ik onzekerheid in haar stem sluipen.

'Ten eerste kan me dat niets schelen,' deelde mijn moeder haar mee. 'Ten tweede zul je me er straks dankbaar voor zijn. Het is belangrijk dat je weet hoe de zaken er werkelijk voor staan.'

'Harun vertelt me alles, hij is heel open,' zei Ayşe.

'Je weet niets, dus hou je mond!' counterde mijn moeder. 'Ik wil dat je zwijgt en goed naar me luistert. Heb je dat begrepen?' Er volgde een korte stilte die werd doorbroken door de stem van mijn moeder: 'Ik vroeg of je dat begrepen hebt.'

'Ja.'

'Jij denkt dat Harun geld heeft, dat hij op het punt staat om een pand op een mooie plek in Amsterdam te kopen. Maar dat is allemaal één grote droom. Er is helemaal geen geld. We leven van de bijstand en zitten diep in de schulden.'

'Ik weet dat hij onlangs een grote lening heeft afgesloten bij de bank,' zei Ayşe op een toon alsof het een meesterlijke tegenzet was.

'Als je dat gelooft, ben je nog veel achterlijker dan ik dacht en studeer je voor niets economie.'

'Hij krijgt ook nog een hoop geld van zijn broer,' zei Ayşe, minder overtuigd nu. 'Hij zei dat zijn broer een restaurant heeft en heel rijk is. Hij zei dat dat geld elk moment kan komen.'

'Word wakker, kind! Die twee hebben al jaren ruzie, naar dat geld kan hij fluiten.' Ik hoorde mijn moeder zuchten. 'Ayşe, er is niets, behalve het geld dat de sociale dienst maandelijks op zijn rekening stort. En daarvan moeten we als gezin rond zien te komen, wat nauwelijks lukt met Haruns uitgaven.'

'Je zegt dat alleen maar om me hier weg te krijgen, je wilt me helemaal niet helpen met mijn situatie.'

'Kind, ik heb al meer voor je gedaan dan goed is voor mij en mijn gezin.' Er klonk een klap alsof mijn moeder met haar hand op tafel sloeg. 'Kijk me aan als ik tegen je praat! Iedere andere vrouw had je allang een paar klappen voor je kop verkocht, je aan je haren naar buiten gesleept en je spullen uit het raam gesmeten. Maar mijn vrouwenhart was zwak. Ik zag dat je in de problemen zat. Maar nu is het genoeg. Stop met het wroeten in mijn nest!'

'Ik wroet in niemands nest.'

'Luister naar me, je bent een mooie jonge vrouw die studeert en hier alle mogelijkheden heeft. Jij hebt Harun helemaal niet nodig. Als jij in de stad met je vingers knipt, werpen zich zo tien mannen aan je voeten. Mannen met geld bovendien. Waarom kom je dan aan mijn nest? Wat moet je in godsnaam met Harun en zijn praatjes? Je ziet toch hoe we leven? Je ziet toch dat we op een matras op de grond slapen en er gaten in de bank zitten?' Mijn moeder zweeg even alsof ze zich afvroeg wat ze nog meer moest zeggen om haar de ogen te openen. 'Ayşe, de stofzuiger is al wekenlang stuk, maar we hebben geen geld om hem te laten maken of een nieuwe te kopen, ik veeg het huis met stoffer en blik. En iedere keer dat Harun jou meeneemt naar een restaurant, raken we verder in de schulden.'

'Ik geloof je niet.'

'Vraag het aan Harun, laat hem maar bewijzen dat hij beschikt over geld. Je zult zien dat ik gelijk heb. Echt, je verspilt je tijd.' Een stoel werd naar achteren geschoven. 'Harun is een nietsnut,' zei mijn moeder. 'Een nietsnut en een lanterfanter, en wij zitten met hem opgescheept. Jij niet.'

Toen ik later die middag thuiskwam, was Ayşe verdwenen. Ik keek of er nog iets van haar lag in mijn kamer, een bedankbriefje misschien. Maar er hing alleen een lichte walm van haar Chanel No. 5.

28

Mijn moeder legde haar vork neer en zei: 'Ik heb een baan gevonden via het arbeidsbureau.' We stopten allemaal met kauwen. 'Ik ga bij de PTT werken.'

Mijn vader nam twee gehaaste happen achter elkaar alsof hij zijn mond wilde volproppen om zijn afkeuring uit te drukken. Daarna gooide hij zijn vork met een luide klap neer. Het gevecht met zijn eten was voorbij, hij had weer alles naar binnen geschrokt nog voordat ik twee happen had kunnen nemen. En terwijl ik me er een voorstelling van probeerde te maken hoe het zou zijn als mijn moeder ging werken, stak hij een sigaret op en wierp het pakje en de aansteker nonchalant op tafel alsof hij zich in een schimmige bar bevond.

'Wat ga je doen?' vroeg mijn vader.

'Ik kan aan de slag in de bedrijfskantine van de PTT, vlak bij de RAI.' Ze zweeg even en voegde er toen met opwinding in haar stem aan toe: 'En ik krijg een dag in de week taalles.'

'Je gaat dus in de keuken werken?'

'Ja, Harun, daar voel ik me niet te groot voor.'

'Mensen bedienen,' zei mijn vader minachtend. 'Je moet het zelf weten.'

Zo onverschillig als hij 'je moet het zelf weten' had geroepen, zo onverschillig leek hij de maanden daarna te zijn als het om haar pas aangevangen loopbaan ging. Hij vroeg nooit hoe het op haar werk ging en deed of hij haar verhalen over haar belevenissen, die ze met ons deelde, niet hoorde. Zijn woorden bleken ook een waarschuwing te zijn geweest, want ze hoefde niet meer op zijn financiële bijdrage aan het huishouden te rekenen, noch bleek hij bereid zijn handen af en toe uit de mouwen te steken. Dat zij besloten had dat het tijd was voor verandering, betekende niet dat er iets zou veranderen aan zijn comfortabele leven in en buiten huis. Het kwam erop neer dat ze diensten van wel elf uur per dag draaide, verdeeld over het PTT-kantoor en ons appartement, en ze kwam in het weekend nauwelijks aan rusten toe. Ze deed een beroep op mijn vader. 'Jij woont ook in dit huis, Harun. Ik heb nu een baan, ik kan niet meer evenveel doen als eerst.'

Mijn vader stak een sigaret op. 'Je werkt toch niet voor mij? Dit is toch wat je wilde? Verwacht van mij dus niet dat ik ga stofzuigen als een huisvrouw.' Hij smeet zijn pakje Marlboro op de salontafel. 'Waarom val je mij hier verdomme mee lastig en niet je kinderen? Laat hen maar een bijdrage leveren. Ze voeren de hele dag toch geen klap uit.'

'De kinderen moeten zich op hun school concentreren.' Ik zag de spanning in mijn moeders gezicht, ik zag dat ze haar best deed haar zelfbeheersing niet te verliezen. 'Jij trekt ook de kleren aan die ik was, jij eet ook van de borden waarop ik je eten opdien en jij slaapt ook in het bed dat ik verschoon. Jij bent ook verantwoordelijk, Harun.'

'Je maakt een denkfout, zoals altijd maak je een denkfout met dat vogelbrein van je. Niemand heeft jou gevraagd om te gaan werken. Jij wilde... hoe noemde je het ook alweer? Jij wilde mij toch voorbij streven?'

'En dat ga ik ook doen, Harun. Of je mij helpt of niet. Wacht jij maar af.'

29

Mijn vader was in een voortreffelijke bui. Het eten had hem goed gesmaakt en we hadden niets gezegd wat hem had gestoord, we waren een trouw en zwijgzaam publiek geweest dat op de juiste momenten had gelachen om de grappen die zijn verhalen doorspekten, precies zoals hij het graag zag. Mijn vader vertelde zo levendig en enthousiast dat zelfs mijn zus was blijven zitten nadat ze was uitgegeten. Dit zalige evenwicht had van mij eeuwig mogen duren.

Met weemoed in zijn stem voerde mijn vader ons mee terug naar het Izmir van zijn tienerjaren, naar die beloftevolle zomer waarin hij op het punt stond een man te worden en voor het eerst niet steeds het huis ontvluchtte, en de klamme avonden met zijn ouders en broer doorbracht in de weelderige tuin waar ze theedronken en praatten over hun heimwee naar het dorp en de koele hoogvlakte, tot alle lichten bij de buren uitgingen en alleen de maan hen nog bijscheen. En tijdens het nippen van hun thee genoten ze van het orkest van de nachtinsecten. Zoals hij toen, in de grote tuin van het kleine huis, naar de schitterende stem van zijn vader luisterde die een geliefd verhalenverteller was in het dorp Sobyan, zo luisterde ik op dat moment naar mijn vader, naar de beminnelijke en goedlachse man die ik zo weinig te zien kreeg, maar die ik koesterde. Die we alle drie koesterden.

Mijn vader nam een slok van zijn thee en keek tevreden voor zich uit. 'Ik ben een geweldige vader,' zei hij ineens met een brede glimlach.

Mijn zus en ik keken elkaar vragend aan. Ik dacht dat mijn vader een grap maakte, ik dacht dat hij zou lachen om zijn eigen opmerking om daarna op te biechten dat hij fouten had gemaakt in het verleden, maar dat alles vanaf nu anders zou worden, dat hij voortaan wel zijn best zou doen, en een betere versie van zichzelf aan ons zou presenteren.

'Ik ben echt een geweldige vader,' zei hij nu met nog meer overtuiging.

Misschien had mijn vader lang aan iets groots gewerkt, bedacht ik. Iets wat zijn voltooiing nu naderde en onze situatie zou verbeteren. Hij had vast heimelijk op dit moment van de onthulling gewacht.

'Hoe bedoel je, baba?' vroeg mijn zus voorzichtig.

Mijn vader keek mijn zus aan alsof hij wilde zeggen: zie je het dan niet, kind? Hij drukte zijn rechterhand op zijn borst en keek mijn zus met een schuine blik aan. 'Jullie vader is heel bijzonder, besef je dat wel?' Hij knikte nadrukkelijk, alsof hij hoopte dat zij het gebaar zou overnemen. 'Op de hele wereld is er niet zo'n vader als ik.'

Dat is helaas waar, dacht ik. Ik kon het niet helpen en dacht aan al die keren dat mijn vader had gezegd dat hij nooit had moeten trouwen, dat hij nooit kinderen had moeten nemen, en nu liep hij tevreden te verkondigen dat hij een geweldige vader was. Ik wilde hem op de een of andere manier confronteren met zijn inconsequente redenering, zonder zijn zeldzaam vrolijke bui te verdrijven, maar ik wist niet hoe.

'Wil je soms iets met ons delen, Harun?' vroeg mijn moeder.

Mijn vader keek haar vragend aan.

'Heb je een baan gevonden?'

'Daar gaat het nu niet om.'

'Waar gaat het dan wel om?'

'Dat de kinderen beseffen hoe bijzonder ik ben,' zei mijn vader met een uitgestreken gezicht. Misschien kwam het door mijn moeders vragende blik en haar toon dat mijn vader het gevoel had dat hij zich nader moest verklaren. 'Ik heb vaak gezegd dat ik geen man voor een gezin ben, geen klassieke vader, maar desondanks, of juist daardoor ben ik een bijzondere vader.' Hij keek tevreden alsof dat inzicht ter plekke tot hem doorgedrongen was. 'Ik ben een communist,' zei hij alsof daarmee alles verklaard was. 'Ik ben niet zoals alle anderen, ik ben geen slaaf van het kapitalisme, geen willoze volger. Ik ben een echte communist! Een beter voorbeeld kunnen de kinderen zich niet wensen.'

Misschien had mijn vader gelijk en kon ik me inderdaad geen beter voorbeeld wensen, een beter voorbeeld van hoe ik later absoluut niet wilde worden.

'Harun,' zei mijn moeder, 'wat hebben de kinderen eraan dat jij een communist bent?'

Mijn vader negeerde haar opmerking en keek mijn zus en mij aan. 'Later zullen jullie zien hoe bijzonder ik ben, later zullen jullie me gelijk geven.'

30

Ik had als kind altijd geloofd dat mijn vader na zijn vlucht uit Turkije alles in het werk had gesteld ons naar Duitsland te halen om ons een betere toekomst te bieden. Het werkelijke verhaal, dat ik gaandeweg leerde kennen, maakte me bitter noch somber. Het verklaarde veel.

Toen hij zich eind jaren zeventig bij het linkse kamp had aangesloten en het communisme had omarmd met het fanatisme dat vooral bij bekeerlingen te vinden is, was mijn vader getuige geweest van de felle strijd tussen links en rechts die Turkije bijna een decennium in zijn greep zou houden. Het was een duistere periode met openlijke straatgevechten en dagelijkse lynchpartijen. Toen een paar van zijn vrienden vermoord werden nadat ze in een hinderlaag waren gelopen, werd hij apart genomen door een oudere kameraad die hem op broederlijke toon duidelijk had gemaakt dat hij ook gevaar liep. 'Je bent jong en je hebt een gezin, Harun,' had de kameraad, van wie ik de naam nooit te weten zou komen, gezegd. 'Verdwijn voordat het te laat is. Jouw naam circuleert.'

Mijn vader twijfelde geen moment en besloot te vluchten naar Hamburg waar zijn broer woonde. Maar eerst probeerde hij nog een royale ontslagvergoeding binnen te slepen door de confrontatie aan te gaan met zijn pacifistische chef bij de gemeente Izmir. Na een paar moeizame gesprekken bood zijn chef hem een gouden handdruk aan in de hoop zo van zijn meest koppige en grillige werknemer af te komen. Hoewel het geboden bedrag mijn vader deed duizelen, besloot hij onverschilligheid te veinzen. 'Dat is niet genoeg, hoe graag wil je me eigenlijk weg hebben?' Zijn chef had hem verzekerd dat het meer was dan hij ieder ander ooit had betaald, maar mijn vader had tegengeworpen dat het onzekere tijden waren en dat hij aan zijn gezin moest denken. 'Praat dus maar met je baas.'

Een paar dagen later accepteerde mijn vader een nog veel hoger bedrag en verliet hij het kantoor met een stralende glimlach. Hij leerde toen de les dat er altijd meer uit een situatie te halen valt dan op het eerste gezicht mogelijk lijkt. Tevreden constateerde hij dat hij nu geld én een veilige bestemming in Europa had. Hij zag vele mogelijkheden voor zich in het welvarende Hamburg. Het was ook een kans om eindelijk verlost te worden van het huwelijk waar hij zo jong en onbezonnen in was gestapt en waar hij al na een paar maanden spijt van had gehad. Hij had zelfs geprobeerd zijn jonge bruid terug te sturen naar haar ouders, maar een dagenlange smeekbede van haar kant had hem er uiteindelijk van weerhouden. Nu hij gevaar liep had hij een excuus om weg te lopen zonder nog langer verantwoordelijk te zijn voor zijn beslissingen uit het verleden die van hem een echtgenoot en vader van twee kinderen hadden gemaakt. Hij hoefde zijn vrouw alleen nog maar te vertellen dat hij er na zes jaar huwelijk een punt achter ging zetten. Mijn moeder vroeg hem vertwijfeld wat ze moest aanvangen met twee kleine kinderen. 'En waar moeten we van leven?' had ze er radeloos aan toegevoegd. Mijn vader vertelde haar toen pas over de ontslagvergoeding, pochte dat hij er heel wat meer uit had gesleept dan hij ooit voor mogelijk had gehouden en zei, op de toon van een onbetrouwbare weldoener, dat hij haar wel wat geld kon geven zodat zij en de kinderen een tijdje vooruit konden. Hij dacht op dat moment waarschijnlijk dat hij er met een fooi van af kon komen, zich niet realiserend dat de onderhandelingen toen pas begonnen waren. Zijn stille en introverte bruid die al veel van hem had geslikt, stond nu op haar strepen in het besef dat ze zich in een beslissende overlevingsstrijd bevond en de toekomst van haar kinderen op het spel stond. Ze eiste dat er heel wat meer tegenover moest staan wilde ze meewerken aan een formele scheiding. Ze zou de scheidingspapieren niet tekenen, tenzij hij haar genoeg geld gaf om het lange tijd te kunnen uitzingen. Ze vroeg driekwart van zijn ontslagvergoeding. Mijn vader lachte smalend, maar besefte ook dat hij zijn jonge bruid had onderschat, en dat hij beter niet had kunnen opscheppen over de hoogte van de vertrekregeling. En zoals hij met zijn chef had onderhandeld, zo probeerde hij ook met mijn moeder te onderhandelen, en niet voor de laatste keer in hun relatie zou hij er blijk van geven het vermogen te missen zich in haar te verplaatsen. Mijn moeder toonde zich onvermurwbaar en trotseerde wekenlang mijn vaders stemverheffingen en woede-uitbarstingen, tot hij het moegestreden en snakkend naar de vrijheid van Hamburg opgaf en haar een enorm bedrag overhandigde dat bijna evenaarde waar ze op had ingezet. Meteen waarschuwde hij haar: 'Verstop het geld voordat ik in de verleiding kom er wat van te gebruiken.'

Mijn moeder knikte. 'Ik wil dat niemand weet dat we gescheiden zijn,' zei ze. 'Anders voel ik me hier niet veilig zonder man en met twee kleine kinderen.' Met die laatste eis had hij moeiteloos ingestemd.

Een paar dagen nadat ze de scheidingspapieren hadden getekend, sloeg alles om toen mijn vader op een avond niet thuiskwam. Pas toen de zon de volgende ochtend opkwam en de haan van de buren al was uitgekraaid, keerde hij zwalkend huiswaarts met bloeddoorlopen ogen en zijn haar in de war, iets wat ook in die tijd hoogst ongebruikelijk was. Hij wierp zich met zijn kleren aan in bed en sliep tot laat in de middag. Die avond eiste hij ineens vierduizend lira van mijn moeder. 'Ik heb schulden,' zei hij.

'Nee,' zei mijn moeder gedecideerd. 'Dat geld is voor mijn kinderen.'

Hij had haar stevig vastgepakt. 'Luister, die schoften weten waar ik woon. Als ik ze niet betaal, komen ze hierheen.'

Mijn moeder ging overstag, en een paar dagen later vroeg hij haar weer om geld. 'Ze willen meer,' zei hij gehaast alsof elk moment de voordeur kon worden ingetrapt. 'Ze zijn er achter gekomen dat ik vals heb gespeeld aan de speeltafel.' Toen mijn moeder weigerde in de hoop dat hij zijn les zou leren, verkocht hij haar een vlammende oorvijg. 'Ik loop gevaar, vrouw, begrijp je dat niet?'

Mijn moeder slofte snikkend naar de slaapkamer, trok de deur hard achter zich dicht en haalde het buideltje met geld tevoorschijn dat ze goed had verborgen tussen een stapel gewassen lakens. Verslagen trok ze een stapel bankbiljetten uit het buideltje. Het was niet genoeg, zoals het nooit genoeg was voor mijn vader: hij bleef terugkeren naar zijn nieuwe geldkluis die onuitputtelijk leek als een Arabische oliebron. En telkens weer probeerde mijn moeder hem te trotseren, maar ze kreeg alleen maar meer klappen. 'Stop met gokken!' had ze uiteindelijk geschreeuwd toen hij voor de zoveelste keer zijn hand had opgehouden met een grauwe blik. 'Je maakt ons kapot! Ik smeek het je, Harun. Doe het voor je kinderen.'

Maar het buideltje werd steeds lichter en mijn moeders gezicht raakte steeds gehavender. Het werd bijna routine, een bloedig spel zonder regels, tot er ten slotte minder dan een vijfde over was van het bedrag dat hij haar weken daarvoor zo welwillend had overhandigd.

En zo vertrok mijn vader samen met een groep vrienden in een oud Volkswagenbusje naar Duitsland – waar niet alleen zijn broer woonde, maar hij ook politieke contacten had – gescheiden van de vrouw die hij gebroken achter had gelaten en zonder genade geplunderd, vastberaden om nooit meer terug te keren naar het land dat in verval was en het gezin dat hem niets meer te bieden had.

Jaren later zou mijn moeder te horen krijgen dat de eerste maanden in Hamburg de gelukkigste in zijn leven waren. Hij kon het goed vinden met zijn broer, diens vrouw en hun zoon van vier jaar die knuffelgraag was en erg gesteld op zijn oom bovendien. Hij genoot van alles wat de havenstad en Duitse vrouwen in het bijzonder hem te bieden hadden, en besefte dat hij daarvoor niet echt had geleefd.

Maar zoals altijd leefde mijn vader zich niet in in de mensen in zijn directe omgeving, in dit geval het jonge gezin dat zijn dwingende aanwezigheid moe werd en verlangde naar privacy. Het kwam voor hem dan ook als een verrassing toen zijn broer hem verzocht om eigen woonruimte te vinden. Dat bleek niet makkelijk voor een werkloze nieuwkomer uit Turkije, die de taal niet machtig was en bovendien geen beroepsopleiding had afgerond. Wekenlang klopte hij samen met zijn broer aan bij woningcorporaties, de sociale dienst en particulieren die via advertenties woonruimte aanboden. Maar hij kwam steeds niet in aanmerking voor een huurcontract of de huurprijs was veel te hoog. Tot hij een welwillende medewerkster van de sociale dienst trof die hem verzekerde dat het krijgen van een huurwoning een formaliteit was als hij zijn gezin zou laten overkomen. Waarschijnlijk dacht hij toen voor het eerst weer aan het gezin dat hij achter had gelaten in de achterbuurten van Izmir. Toen ze eenmaal buiten waren, wist mijn oom dat een oplossing nabij was en spoorde hij zijn broer dagenlang aan om zijn gezin naar Duitsland te halen. Hij verklaarde zich zelfs bereid om naar Izmir af te reizen en ons te begeleiden bij de reis naar Hamburg.

Maandenlang had mijn moeder niets van mijn vader gehoord, tot op een ochtend de telefoon bij de buren ging. Mijn vader had zijn oude buurman in Izmir gebeld en hem verzocht zijn vrouw te roepen zodat hij haar kort kon spreken. De buurman stuurde zijn zoon naar ons huis. Even later bracht mijn moeder de hoorn naar haar oor en hoorde ze de stem van de man die haar zonder wroeging had achtergelaten. Mijn vader kwam snel ter zake. Hij liet mijn moeder weten dat het onmogelijk was om in Duitsland aan woonruimte te komen en dat ze belachelijk hoge eisen aan huurders stelden. 'Maar als ik mijn gezin laat overkomen, krijg ik voorrang en is het binnen een dag geregeld. Wat zeg je ervan? Kom hierheen met de kinderen,' had hij gezegd op een toon alsof hij haar uitnodigde voor een onbezorgde familiepicknick in het park. 'Ik zal mijn broer sturen om jullie op te halen.'

Het geld was bijna op en mijn moeder had zich de weken ervoor vertwijfeld afgevraagd hoe het verder moest. En nu werd ze ineens uitgenodigd om naar Europa te komen. Dit is een gouden mogelijkheid voor mijn kinderen, dacht ze op dat moment.

Een paar weken later landden we op de luchthaven van Hamburg met de weinige kleren die we bezaten in een kleine koffer gepropt. En al de volgende dag gingen mijn ouders samen met mijn oom naar de Sociale Dienst. Maar de medewerkster die een gezinshereniging had aanbevolen voor het vinden van woonruimte, werkte er niet meer en de overige medewerkers bleken niet op de hoogte van een dergelijke regeling.

Mijn vader verkeerde nu in een nog nadeligere positie: hij was weer herenigd met het gezin dat hij zo opgelucht was ontvlucht en hij woonde nog steeds bij zijn broer. De zoektocht naar een woning werd na een paar dagen met hernieuwde energie hervat, maar het was tevergeefs. Er gingen maanden voorbij waarin we verhuisden naar kennissen die bereid waren ons voor een week, of soms langer, op te vangen. We trokken van adres naar adres terwijl onze situatie met de week verergerde en oude spanningen tussen mijn ouders snel weer de kop opstaken.

Nog geen halfjaar na onze komst, besloot mijn vader dat het zo niet verder kon, of beter gezegd: dat híj zo niet verder wilde leven. Hij kon het niet opbrengen nog langer een vrouw en twee kinderen achter zich aan te slepen in de stad die eerst zo vol verleidingen was geweest en nu alle poorten voor hem had gesloten. Plotseling was hij niet langer de vrije en mysterieuze mediterrane man voor wie het avontuur voor het grijpen lag, maar was hij niet meer dan een sneue asielzoeker zonder dak boven zijn hoofd, met een vrouw die de taal niet sprak en volledig afhankelijk van hem was, en twee kinderen – de onwelkome vruchten van zijn onbezonnen huwelijk – die behoefte hadden aan warmte en aandacht. Hij hunkerde naar zijn oude leven. En gelukkig zag hij een oplossing.

'Jullie gaan terug naar Turkije,' had hij op een ochtend meegedeeld. 'Dit werkt niet, ik krijg geen huis en we kunnen hier niet eeuwig bij vrienden en familie verblijven met de kinderen.'

Zo kwam het dat mijn vader op de ochtend van 12 september 1980 over de Mönckebergstrasse liep, op zoek naar een reisbureau en vastberaden om ons verblijf in een van de meest welvarende delen van Europa tot een voortijdig einde te brengen en ons terug te sturen naar de sloppenwijken van Izmir. Maar plotseling hield hij halt voor de etalage van een elektronicazaak waar een kleine menigte zich had verzameld. Hij had gezien dat het voornamelijk Turken waren die gebiologeerd naar de televisieschermen staarden. Hij kwam dichterbij en zag toen een stoet tanks in beeld voor het parlementsgebouw in Ankara. Soldaten marcheerden door de straten. '*Militärputsch in der Türkei*' verscheen er in grote letters in beeld. Toen hij aan de Turkse mannen vroeg wat er aan de hand was, zeiden ze: '*Darbe, abi*! Staatsgreep!'

Er was gebeurd waar hij voor zijn vertrek naar Duitsland zo voor had gevreesd: het leger had de macht gegrepen. De generaals hadden geen geduld meer met de krachteloze regering die er maar niet in slaagde de orde in het land te herstellen en de strijd tussen links en rechts te beëindigen. Hij wist dat zijn kameraden opgepakt en gemarteld zouden worden en dat de meesten het er niet levend van af zouden brengen.

Mijn vader maakte rechtsomkeert en besloot dat hij ons niet terug kon sturen naar een land dat in handen was gevallen van de militaire junta. En zo was er een coup voor nodig om ons in Europa te houden.

31

Op een ochtend in het najaar van 1988, kwam Esmeralda in mijn leven. Terwijl meester Gregory haar aan ons voorstelde, keek ik naar haar volmaakte lichtbruine huid en blauwe ogen.

Meester Gregory wees naar de plek tegenover mij. Saleem stootte me aan. Ik knikte en keek in stilte toe hoe Esmeralda op ons afliep, pas toen viel de welving in haar strakke trui me op: Esmeralda had veel grotere borsten dan alle andere meisjes in onze klas. Ze zei glimlachend 'hoi' en nam plaats op de haar toegewezen plek. De hele ochtend durfde ik nauwelijks naar haar te kijken.

In de middagpauze stroomde het lokaal leeg en begaf iedereen zich naar huis voor het middageten, en waar ik gewoonlijk als een van de eersten het lokaal verliet, treuzelde ik nu. Terwijl ik in de gaten hield wat Esmeralda ging doen, zei ik tegen Saleem dat hij niet op mij hoefde te wachten. Esmeralda keek even om zich heen, alsof ook zij wachtte tot we alleen waren, en wendde toen haar blik naar mij. 'Hoe heet jij?'

'Metin,' zei ik terwijl ik mijn jas aandeed.

'Leuke naam. Waar woon je?'

Niemand had ooit gezegd dat ik een leuke naam had. 'Fleerde.'

'Dat is toch die flat tegenover Frissenstein?' Ik knikte. 'Dan wonen we tegenover elkaar. Zullen we samen naar huis lopen?'

'Mij best,' zei ik, alsof het mij om het even was. Vanaf dat moment liepen Esmeralda en ik altijd samen naar huis in de middag. In het begin zei ik niet zoveel en luisterde ik vooral naar haar verhalen. Ze vertelde veel en graag, en had nauwelijks aansporing nodig. Ik leerde al snel dat ze een Surinaamse vader en een Nederlandse moeder had en dat ze van paarden hield. Net als ik hield ze van lezen, alleen las ze geen Marvel-stripboeken, maar *Suske en Wiske*. In de pauzes op het schoolplein kwam ze af en toe bij me staan terwijl ik met Saleem en Hamid aan het kletsen was. Esmeralda was niet zoals de andere meisjes die altijd in groepjes bij elkaar stonden, zij hoorde niet bij een groep. Nu eens stond ze bij de Surinaamse meisjes, dan weer bij de rustige Pakistaanse meisjes. En soms voetbalde ze met ons mee. De eerste keer was ik bang dat de jongens haar zouden wegsturen toen ze vroeg of ze mee mocht doen, maar niemand protesteerde, alsof de andere jongens ook graag in haar aanwezigheid verkeerden.

Aan het einde van elke schooldag wachtte Esmeralda op het schoolplein op mij. En hoe warmer het werd, hoe langer onze wandelingen duurden. Op zonnige dagen namen we soms halverwege plaats op het bankje op de steiger tegenover Develstein, en vaak had Esmeralda iets lekkers bij zich. En terwijl we aten van de winegums of M&M's die ze uit haar schoudertas haalde en ik luisterde naar haar verhalen vol grappige ooms, overspelige tantes en stoute nichtjes, hoopte ik dat we nooit meer naar huis hoefden. Soms deelde Esmeralda levenslessen van haar moeder. Een van die lessen was dat ze later moest leren haar eigen geld te verdienen zodat ze niet haar hand bij een man hoefde op te houden. Ik kon me voorstellen dat mijn moeder zoiets ook tegen mijn zus zou zeggen. Een andere keer zei Esmeralda dat haar moeder altijd zei dat ze een ander net zo moest behandelen zoals ze zelf behandeld wilde worden. Het klonk me niet alleen suf, maar om de een of andere reden ook christelijk in de oren, als iets wat de vader van Floyd had kunnen zeggen. Maar toen ik er later die avond over nadacht, zag ik er een diepere betekenis in. En even overwoog ik hem met mijn vader te delen.

'Ze is verliefd op je,' fluisterde Saleem op een dag tijdens de gymles.

'Kop dicht,' zei ik, en stompte hem tegen zijn schouder. Maar in gedachten maakte mijn hart een sprongetje en hoopte ik dat mijn vriend gelijk had.

Op een middag, toen we na school weer op de steiger zaten, was Esmeralda stiller dan normaal. We staarden naar het water toen ze ineens de stilte doorbrak: 'Wens jij je vader weleens dood?'

Ik keek haar vragend aan.

'Ben je weleens zo boos op hem dat je zou willen dat hij dood was?'

Ik kauwde traag op een winegum en staarde naar een fuut die onder water dook. 'Soms,' zei ik aarzelend.

'Dan ben ik niet de enige.'

32

'Roep je zus,' zei mijn vader, 'we gaan familieberaad houden.'

Ik wist niet wat een familieberaad was, maar ik begreep meteen dat het om iets belangrijks ging, iets wat ons allen zou raken, anders had mijn vader niet zo'n ernstige toon aangeslagen.

Even later namen mijn zus en ik plaats op de bank, hoewel ik me afvroeg of het niet beter was om aan de keukentafel te gaan zitten, de plek waar we meestal zaten als we als gezin iets te bespreken hadden. Maar misschien werden familieberaden wel alleen op de bank gehouden. Mijn vader schraapte zijn keel, iets wat het beeld dat we beland waren in een situatie waar onze ouders geen raad mee wisten alleen maar versterkte. Bovendien verwarde zijn blik me: hij grijnsde alsof er iets was waarover hij zich verheugde, alsof hij een goede baan had gevonden waardoor we nu zouden verhuizen naar een betere buurt.

'Kinderen, jullie moeder en ik hebben besloten om uit elkaar te gaan.'

Zo werd dus het einde van ons gezin ingeluid, het moment dat zich al lang geleden had aangediend, maar toch altijd ver weg was geweest, alsof dit soort dingen alleen in Nederlandse gezinnen en in films gebeurden.

Mijn zus en ik reageerden niet. Ik keek naar mijn moeder: ze knikte alsof ze ons wilde laten weten dat het geen bevlieging van mijn vader was, geen eenzijdige beslissing.

'We hebben er lang over gepraat,' zei mijn moeder, en hoe kalm ze ook sprak, ik hoorde dat haar stem lichtjes trilde. 'En dit is volgens ons het beste voor ons allemaal.'

Mijn vader knikte en leek met een witte vlag te zwaaien, want ik kon me niet herinneren dat mijn vader het ooit ergens over eens was geweest met mijn moeder. En nu gaven ze zich samen gewonnen. Hij bevestigde haar woorden en erkende daarmee ook zijn eigen nederlaag, hoewel ik betwijfel of het ooit zo voor hem heeft gevoeld, want daarvoor was zijn grijns veel te breed.

Mijn zus en ik bleven zwijgend voor ons uit kijken, alsof dit over kennissen ging waar we niets mee te maken hadden. 'Wat vinden jullie ervan?' vroeg mijn vader.

Daarmee trok hij het geheel naar een nog absurdistischer niveau, want mijn vader had ons nooit gevraagd wat we ergens van vonden.

'Nou... het lijkt mij heel raar,' zei mijn zus, en ik hoorde de hapering in haar stem terwijl ze de juiste woorden probeerde te vinden voor iets wat ons volledig had overvallen.

'Ja, dat snap ik,' zei mijn vader. 'Ik kan me voorstellen dat jullie ervan schrikken. Maar helaas lopen dingen soms heel anders dan je zou willen.' Moest het werkelijk tot een scheiding komen voordat hij ertoe in staat was begripvol en attent te klinken?

'Waar ga jij dan wonen, baba?' vroeg mijn zus aarzelend.

'Ik heb een appartement gevonden in Amsterdam-West.'

'O,' zei mijn zus en ze leunde achterover alsof daarmee alle vragen waren beantwoord. Zij was het natuurlijk ook niet gewend om een dialoog met mijn vader te voeren, al was zij verder gekomen dan waartoe ik mezelf in staat achtte.

'Jullie moeder en ik willen benadrukken dat het niet jullie schuld is dat we niet bij elkaar blijven,' zei mijn vader.

Hoewel zijn woorden waren bedoeld om ons gerust te stellen, maakten ze een gevoel van verbazing in mij los, want natuurlijk was het niet onze schuld. Wat konden mijn zus en ik eraan doen dat onze ouders niet bij elkaar pasten? En wat konden wij eraan doen dat we een vader hadden die alleen maar aan zichzelf dacht? Als er iemand schuldig was hieraan, dan was het mijn vader wel. Het was allemaal zijn schuld. En nu zat hij hier tegenover ons met een merkwaardige grijns op zijn gezicht te vertellen dat het niet onze schuld was. Natuurlijk was het niet onze schuld. En het was ook niet mijn moeders schuld. Het was verdomme allemaal zijn schuld!

'Wat vind jij ervan, Metin?' vroeg mijn vader.

Even was ik bang dat ik hardop had geschreeuwd wat ik in gedachten had uitgesproken. Ik wist niet of ik eerlijk kon zeggen wat ik voelde, bovendien was ik bang dat mijn stem zou trillen uit boosheid.

'Ik... vind het ook niet leuk,' antwoordde ik. En terwijl ik mijn vader vervloekte, verheugde ik me ook heimelijk op zijn vertrek.

33

De dagen na mijn vaders vertrek veranderde er veel. Mijn zus kroop uit de vertrouwde wereld van haar sanctuarium en zat 's avonds eindelijk weer met ons op de bank. Ze werd zachtaardiger en geduldiger voor mij, en omdat we meer tijd met elkaar doorbrachten, voelde ik niet langer de behoefte om haar te treiteren om aandacht.

Na het eten tafelden we vaak lang na en maakte ik flauwe grapjes die ik in het bijzijn van mijn vader nooit had durven maken. Daarna keken we televisie met z'n drieën en liet ik mijn zus de afstandsbediening hanteren omdat ik niet wilde dat ze alsnog naar haar kamer zou gaan. Zij had niets met sport en ik op mijn beurt had er moeite mee om een uur lang naar videoclips op MTV te kijken. Maar ik protesteerde niet. Pas veel later drong het tot me door dat mijn zus op die manier verantwoordelijk was voor mijn muzikale scholing.

Waarin we elkaar veel makkelijker konden vinden, waren de Amerikaanse series als *Full House*, *The Cosby Show*, *As the World Turns* en zelfs *The Bold and the Beautiful*. We spraken over onze favoriete personages en wonden ons op over de trage verhaallijnen en de absurde intriges die de scenarioschrijvers zonder schroom op papier hadden gezet.

Wat me misschien nog wel het meest verbaasde en verheugde, was dat mijn zus van de ene op de andere dag zelfs de poort naar haar wereld open liet staan. Als ik nu onaangekondigd naar binnen wandelde, stuurde ze me niet meteen weg zoals voorheen. We voerden zelfs uiteenlopende gesprekken en lachten zo nu en dan om de melige grappen die we over en weer maakten. En wanneer mijn zus zich na een tijdje weer over haar huiswerk boog, zei ze verontschuldigend: 'Ik moet nu echt verder, dit moet vanavond af.' Ik stond dan meteen op omdat ik niet wilde dat ze haar geduld zou verliezen en we weer terug zouden vallen in ons kat-en-muis-gedrag van vroeger, en hoe vertrouwd dat ook was geweest, ik verlangde er geen moment naar terug.

Onze nieuwe omgang was een verandering die ik niet had voorzien, maar mijn moeder had er waarschijnlijk op gehoopt, want ze keek steeds tevreden toe wanneer ze ons lange gesprekken zag voeren op de bank of op mijn zus' kamer. En na een tijdje hoorde ik mijn moeder zingen in huis, voorzichtig eerst, maar na een paar dagen met steeds meer overtuiging, en luider, alsof ze wilde dat we kennismaakten met een andere kant van haar die ze in het bijzijn van mijn vader altijd zorgvuldig verborgen had gehouden. En zo nu en dan draaide ze Turkse liedjes en danste daar uitgelaten bij als een luchthartig tienermeisje.

Maar de verandering die zich bij mijn moeder had ingezet, leek in de kiem gesmoord te worden door een op het oog onschuldig voorval met onze Ghanese buurman, meneer Kwame. Op een middag, toen mijn zus en ik op school zaten, belde meneer Kwame aan en nodigde mijn moeder uit voor een kopje thee. 'U bent altijd alleen met uw kinderen sinds uw man weg is. Misschien wilt u met iemand praten of kan ik u ergens mee helpen,' zei hij met gevouwen handen. Mijn moeder keek de donkere man, met wie ze nooit ook maar een paar woorden had gewisseld, niet-begrijpend aan, zei dat haar man helemaal niet weg was en deed de deur met een klap dicht. En hoe goed zijn intenties waarschijnlijk ook geweest waren, mijn moeder werd door zijn plotse verschijning – en voor haar ongepaste voorstel – geconfronteerd met haar kwetsbare positie van een vrouw alleen met twee kinderen in een gebouw vol vreemdelingen. Haar gevoel van veiligheid moet op dat moment zijn aangetast. Het maakte voor haar niet uit dat meneer Kwame een paar dagen later weer aan de deur verscheen – dit keer samen met meneer Rolf – om zijn excuses aan te bieden. 'Misschien heb ik iets verkeerds gezegd.'

Na het voorval met meneer Kwame begon mijn moeder meerdere keren per dag te controleren of de voordeur op slot zat. En voordat ze naar bed ging, liep ze een paar rondes door het huis om er zeker van te zijn dat alle ramen goed dichtzaten. 'We moeten voorzichtig zijn,' zei ze op onheilspellende toon. 'Doe niet open als er aangebeld wordt, er vinden hier veel woningovervallen plaats.'

Op een nacht werd ik wakker door geluiden die uit de keuken leken te komen. Ik dacht dat mijn vader terug was en sloop uit bed. Toen ik in de duistere woonkamer stond, verstijfde ik ineens: misschien was er wel iemand binnengedrongen door het keukenraam en moesten we maken dat we wegkwamen.

Net toen ik me wilde omdraaiden, kwam vanuit het niets een schim op me af.

Ik gilde.

Twee handen grepen me bij mijn schouders. 'Stil, niet schreeuwen.' De stem van mijn moeder. 'Ik hoorde een vreemd geluid,' fluisterde ze. En alsof ze wachtliep en haar ronde er nog niet op zat, zei ze: 'Ga maar naar bed, ik hou het hier wel in de gaten.'

Ik zat alleen in de kamer van mijn zus. Mijn moeder was op haar werk en mijn zus had les. Het was mijn kans om een klein uur ongestoord muziek te luisteren op haar AKAI-stereotoren. Ik ging voor het apparaat zitten en zette de grote Philips-koptelefoon op. Daarna duwde ik *Thriller* in de cassettespeler en drukte op *play*. Ik glunderde: mijn zus had het cassettebandje op precies de juiste plek klaargezet, want meteen klonk de opzwepende baslijn van 'Billie Jean' en hoewel ik allesbehalve een danser was, voelde ik meteen de drang om de virtuoze bewegingen van Michael Jackson te imiteren.

In gedachten zag ik de God van mijn zus door de duistere straat lopen op zijn witleren schoenen met zwarte punt, met elke stap de straattegels oplichtend alsof hij de brenger was van eeuwige voorspoed.

Een tijgerwelp sprong vanachter een vuilnisbak de weg op. Ik wist niet wat het te betekenen had. Het was hetzelfde tijgertje als op de cover van het album, tevens één van de misschien wel vijftig posters van haar held die mijn zus in haar kamer had opgehangen. Ik kon mezelf niet langer bedwingen, stond op en begon te dansen en hardop mee te zingen.

'People always told me, be careful of what you do, and don't go around breaking young girls' hearts.'

Ik probeerde de bewegingen van The King of Pop na te doen terwijl de videoclip in mijn hoofd verder ging. Michael leunde voor een fotowinkel tegen een lantaarnpaal aan toen hij van achteren beslopen werd door een mysterieuze man in een lange regenjas. Net voordat de man Michael kon vastgrijpen, flitsten de fotocamera's in de etalage. Een polaroidcamera spuwde een foto uit van het moment dat de man in de aanval ging, maar op de foto was Michael niet te zien. Alleen zijn belager stond erop afgebeeld. Dit beeld begreep ik beter: de man die Billie Jean bezong en licht bracht in deze duistere wereld, was natuurlijk ongrijpbaar voor gewone stervelingen.

Juist op het moment dat ik als Michael Jackson rond mijn as wilde draaien, viel de koptelefoon van mijn hoofd op de grond. Ik ging zitten, zette de cassettespeler uit en liet mijn ademhaling normaliseren. Het was doodstil in huis. Ineens moest ik aan mijn vader denken. De afgelopen weken had ik weinig aan hem gedacht, maar op dat moment drong hij ineens mijn gedachten binnen. Misschien kwam het doordat ik alleen was in huis, net zoals mijn vader alleen was in zijn nieuwe huis. Mijn moeder, zus en ik hadden elkaar. Wij waren zelden alleen. Maar was mijn vader niet eenzaam?

Tranen drupten over mijn wangen. Voor het eerst huilde ik om mijn vader.

34

Saleem en ik speelden in de herfstvakantie van 1988 bijna dagelijks op de Commodore 64. Uitgerekend tijdens een van onze spannendste races ooit, kwam Saleems vader naast ons staan. Hij keek toe hoe onze Formule 1-bolides brullend over het circuit van Silverstone scheurden, en even dacht ik dat hij geïnteresseerd was in onze heroïsche krachtmeting en deed ik daardoor extra mijn best en voelde ik mijn joystick kraken, alsof de motor van mijn betrouwbare Williams protesteerde. Maar al snel schraapte Saleems vader zijn keel nadrukkelijk en zei iets in het Pakistaans wat dwingend klonk en onmiskenbaar een bedreiging vormde voor onze verdere Formule 1-aspiraties die middag. Later vertelde Saleem mij wat zijn vader had gezegd: 'Het is tijd voor het vrijdaggebed in de moskee.'

Saleem knikte, mompelde iets terug en vervolgde het spel even geconcentreerd als daarvoor, dus bleef ik ook gas geven en probeerde ik zijn slingerende McLaren in te halen met mijn Williams, die volgens Saleem de meest complete raceauto was, maar er tot nu toe niet in slaagde om ook maar in de buurt te komen bij die van hem.

'Nu!' schreeuwde Saleems vader ineens. We lieten van schrik onze joysticks vallen waarna onze bolides vlak na elkaar crashten in een muur van rubberen banden. 'Wanneer leer je dat het gebed voor die spelletjes van jou gaat?'

'Sorry, *abbu*,' zei Saleem terwijl hij naar de grond staarde. 'Ik was de tijd vergeten.'

Even later stapten we in de lift en zei Saleem: 'Ga mee naar de moskee, dan bidden we samen en gaan we daarna verder computeren.'

Ik had nog nooit een moskee van binnen gezien, laat staan dat ik gebeden had. Saleems uitnodigingen om samen te bidden had ik tot nu steeds af weten te slaan door te zeggen dat Turken en Zaza's naar een andere moskee in Amsterdam-West gingen of dat we die middag bezoek kregen. Maar dit keer bleef hij aandringen.

'Kom op, ga nou een keer mee. Dan zie je mijn moskee ook eindelijk.'

Ik kreeg het warm en was om de een of andere reden bang dat ik ontmaskerd zou worden als ik zijn uitnodiging weer zou afslaan, dat Saleem zou zeggen: 'Volgens mij ben jij helemaal geen moslim.' Dus liepen we samen naar metrostation Ganzenhoef terwijl ik me afvroeg hoe ik me hieruit zou redden. Zou Saleem niet meteen zien dat ik geen moslim was zodra ik één voet in de moskee zette? Zouden de andere bezoekers het niet doorhebben als ze me verwonderd door de moskee zagen lopen?

De Taibah-moskee bevond zich naast metrostation Kraaiennest en was door zijn vier hoge minaretten en grote koepel al van grote afstand te zien. Er kwamen vooral Pakistaanse en Surinaamse moslims. Ik vroeg me af of er ooit een ongelovige Zaza voet in had gezet en even werd ik overvallen door de angst dat ik niet alleen ontmaskerd zou worden, maar ook door een woedende menigte moslims uit de moskee gesleept zou worden. Op het pleintje ervoor zouden ze me hardhandig straffen voor mijn heidense daad.

'Wist je trouwens dat de Taibah-moskee door een Nederlandse architect is ontworpen?' vroeg Saleem.

'Huh, wat weten Nederlanders nou van het ontwerpen van een moskee?'

'Ik weet alleen dat de architect Haffmans heet. Mijn vader vertelde het me laatst. Of was het Hoffmans?'

'Is hij moslim?' vroeg ik terwijl ik me afvroeg waarom we het in godsnaam over de architect van de moskee hadden.

'Weet ik veel.' Saleem staarde even naar de moskee en zei: 'Hij heet Haffmans.'

Ik had nu andere dingen aan mijn hoofd dan de naam van een of andere architect, ik moest dit avontuur tot een goed einde zien te brengen. In gedachten verzon ik al uitwegen voor het geval het erop aankwam en er aan mijn toewijding voor de koran en aan mijn heilige geloof in Allah getwijfeld zou worden. Ik wist toen nog niet dat er verschillende stromingen binnen de islam waren, waarschijnlijk was daarom de opmerking 'alle Turken zijn moslim' het eerste wat in me opkwam. Ik besefte meteen dat dat het meest solide argument was dat ik kon inzetten omdat het onze verwantschap benadrukte. Ik was een moslim, net als zij. Het stond immers in mijn Turkse identiteitskaart: bij godsdienst was er ongevraagd 'islam' genoteerd door de Turkse ambtenaren van de burgerlijke stand. Zij hadden kennelijk niet getwijfeld aan mijn religie, waarom zouden de mannen van de Taibah-moskee dat dan wel doen? Als ik mijn vege lijf moest zien te redden, kon ik zeggen dat ze mee konden gaan naar mijn huis om mijn Turkse identiteitskaart te controleren. En als ze dan nog zouden twijfelen aan mijn verhaal, zou ik ze vragen of ze niet wisten dat de mooiste moskee van de wereld in mijn geboorteland stond. Want was er ooit een mooiere moskee gebouwd dan de blauwe moskee in Istanbul? Ik had onze visite eens horen zeggen dat het een van de hoogste moskeeën van de wereld is en een van de weinige die zes minaretten telt. Dus de mensen van de Taibah-moskee moesten vooral geen praatjes krijgen met hun kleine moskee met slechts vier dunne minaretten die lusteloos naar de grijze Hollandse lucht wezen, en gevestigd was naast een tochtig metrostation bovendien.

Toch voelde ik mijn hartslag versnellen en mijn mond droog worden toen we de moskee betraden. Ik zag mannen met baarden die gekleed waren in traditionele djelleba's. Een van hen stapte op ons af, keek Saleem aan en toen mij. Ik werd nerveus toen hij me secondenlang zwijgend aan bleef kijken alsof hij een gezicht ontwaard had dat hier niet thuishoorde. Ik wist het zeker: deze man gaat mij ontmaskeren. En alsof hij me wilde testen, zei hij: '*As-salam-o-alaikum.*' Ik slikte moeizaam en verwachtte twee handen die me van achteren vastgrepen, klaar om me naar buiten te sleuren, en herinnerde me plotseling wat ik Turkse mannen weleens had horen antwoorden. Aarzelend zei ik: '*Aleyküm selam.*' Toen hij verderliep zonder iets te zeggen, kon ik weer ademhalen.

'Ik wist niet dat jullie die begroeting ook gebruiken,' zei Saleem.

'Natuurlijk gebruiken wij die begroeting ook.' Hoewel het niet mijn eerste leugen van die dag was, voelde ik een steek van schuldgevoel omdat ik in het huis van Allah had gelogen.

Nadat we onze schoenen in het enorme schoenenrek hadden gelegd, betraden we de gebedszaal. Oude mannen zaten vooraan in afwachting van de imam, het waren waarschijnlijk trouwe bezoekers die een vaste plek hadden. Saleem en ik liepen naar een plek in het midden terwijl ik nauwgezet zijn bewegingen volgde. Hij nam plaats op de grond, vouwde zijn onderbenen onder zijn lichaam en ging er in een vloeiende beweging op zitten. Ik volgde zijn voorbeeld en voelde meteen hoe de spieren in mijn bovenbenen werden opgerekt. Voor mij zat een forse man met een kortgeschoren hoofd. Ik kon een glimlach niet onderdrukken toen ik zag dat zijn sokken een vreemde roze kleur hadden, alsof ze verkleurd waren tijdens het wassen. En precies onder de grote teen van zijn rechtervoet zat een gat. Ik knikte glimlachend naar Saleem, maar hij wierp me een serieuze blik toe alsof hij me duidelijk wilde maken dat dit niet de plek was om grappen te maken. Ik bracht mijn gezicht weer in de plooi terwijl ik voelde hoe de spanning in mijn bovenbeenspieren langzaam overging in een zeurende pijn.

Toen de zaal helemaal vol zat, schuifelde de imam gehuld in zijn gewaad naar voren en beklom de verhoging vanwaar hij ons zou toespreken. Hij nam het woord in een taal die ik niet verstond maar waarvan ik vermoedde dat het Urdu was omdat het leek op de taal die Saleem met zijn ouders sprak. Vanachter de tientallen achterhoofden voor mij keek ik naar de imam, een man met een forse baard, wit hoofddeksel en een klein brilletje. Iedereen luisterde geconcentreerd naar hem, en terwijl hij een bevlogen verhaal leek af te steken, drong het tot me door dat het tot dusver goed ging. Dat deed mij ontspannen. De man voor mij ging iets verzitten en bewoog daarbij met zijn grote teen die daardoor plots uit het gat in zijn sok stak. Hij kwispelde telkens om de paar seconden met zijn eeltige teen alsof hij een tic had. Ik moest op mijn onderlip bijten om niet in lachen uit te barsten. Het besef dat ik onder geen beding mocht lachen, versterkte alleen maar de drang om te schaterlachen. Ik tikte Saleem aan. Hij zag mijn betraande ogen en mijn op elkaar geperste lippen. Moeizaam dirigeerde ik hem met mijn ogen naar de kwispelteen die uit de roze sok stak. Toen Saleem zag wat ik zag, sloeg hij zijn hand voor zijn mond en drukte hij zijn ogen dicht. Waar ik mijn lach ternauwernood had kunnen onderdrukken door op mijn onderlip te bijten, leek Saleem te bezwijken: de tranen sprongen uit zijn ogen. Zijn rood aanlopende hoofd werkte op mijn lachspieren en ik moest wegkijken van Saleem om te voorkomen dat ik zou bulderen van het lachen. Ik staarde daarom met ingehouden adem naar het rode tapijt onder me waarop figuren stonden afgebeeld die op koepels en minaretten leken, en even leek ik mijn beheersing hervonden te hebben tot ik Saleem gesmoorde gorgelgeluiden hoorde produceren, en toen ik mijn blik naar hem wendde zag ik dat zijn hoofd omlaag hing en weerloos schudde. Ik proestte het uit alsof ik te lang mijn adem had ingehouden, het klonk als een drenkeling die naar adem hapt. De man voor mij draaide zich om en keek me geërgerd aan. Zijn kille ogen drongen me een visioen op waarin hij me naar buiten sleepte om me met zijn riem af te ranselen. Ik stak mijn hand op en mompelde nauwelijks hoorbaar 'sorry' waarna ik mijn neus ophaalde alsof ik geniest had.

Plotseling stond iedereen op. Ik kwam overeind en wist dat het zaak was de bewegingen nauwgezet na te doen zodat ik niet nog meer zou opvallen. Alle handen in de zaal gingen richting de oren terwijl de handpalmen naar voren wezen. Daarna vouwden de mannen hun handen vlak boven hun buik. De imam zei allerlei spreuken op waarna iedereen vrijwel gelijktijdig voorover boog met de handen op de knieën. Zo bleven we enkele seconden staan, waarna we weer overeind kwamen en met de armen langs het lichaam stonden. Ik volgde de bewegingen zo goed mogelijk, en keek om beurten naar Saleem en de man voor mij, zodat ik de bewegingen vanuit verschillende hoeken kon observeren. Vervolgens zakte iedereen op de knieën, plaatste de handpalmen plat op het tapijt en bracht zijn gezicht naar de vloer. Ik keek naar Saleem en zag dat zijn neus en voorhoofd het tapijt raakten, en terwijl ik zijn beweging nadeed, bleef de imam spreuken opzeggen. Ik verbaasde me dat het me lukte de bewegingen zo goed na te bootsen. Op een gegeven moment brachten de mannen hun handen naar hun gezicht en staarden naar hun handpalmen terwijl ze iets murmelden. Een paar minuten later was het ineens voorbij en stonden de meesten van hen op. Saleem knikte naar me waarna we overeind kwamen en naar de uitgang liepen. We trokken onze schoenen en jas aan en liepen naar buiten waar ik opgelucht de koele herfstlucht inhaleerde. Ik had het gered.

'Je was wat onwennig, hè?' zei Saleem terwijl hij de rits van zijn jas dichtdeed.

Het had geen zin om het te ontkennen, want hoewel ik best tevreden was met mijn eerste optreden in het huis van Allah, had ik minstens twee seconden achtergelopen op alle bewegingen.

'Ja, het was een tijdje geleden,' zei ik terwijl ik ongemakkelijk lachte.

'Je moet vaker gaan,' zei Saleem. '*Wíj* moeten vaker samen gaan.' Hij klopte me bemoedigend op mijn schouder.

Ik wist niet wat ik moest zeggen, ik was blij dat ik dit overleefd had, maar zag het niet zitten om nog eens naar de moskee te gaan. Een volgende keer zou ik misschien minder geluk hebben. Daarom grijnsde ik schaapachtig naar

Saleem toen ik ineens een hand op mijn schouder voelde. Ik draaide me om en staarde in de donkere ogen van de man met de kwispelteen.

'Jij bent hier niet eerder geweest, hè?'

Het was gedaan, ik was erbij en zou nu alsnog mijn straf krijgen. Moest ik wegrennen? Nee, dat was niet verstandig, ik zou niet ver komen met alle moskeegangers om mij heen. Dus knikte ik.

'Dat dacht ik al,' zei hij. 'Het is prima als je naar onze moskee komt om te bidden, maar dan moet je een volgende keer niet zo klieren. Het huis van Allah is geen speeltuin, begrepen?'

'Het spijt me,' zei ik. 'Het zal niet weer gebeuren.' Want je zult me nooit meer zien, dacht ik.

'Dat geloof ik ook,' zei hij met een strenge blik. 'Ga maar naar huis, jongens.' Toen we een paar stappen van hem verwijderd waren, riep hij ons na: 'Doe de hartelijke groeten aan je vader, Saleem. Wens hem namens mij sterkte met zijn verkoudheid.'

Even later stapten we op de metro en liepen we van station Diemen-Zuid naar Saleems huis. Niemand was thuis en de Commodore 64 stond nog voor de televisie. Die middag brak Saleem record na record terwijl ik telkens lachend in de rubberen banden crashte.

35

Ik had mijn vader al drie maanden niet gezien toen hij op een woensdagmiddag ineens in huis was. Hij stond voor zijn kledingkast en trok er haastig een paar overhemden uit en propte ze in een sporttas, alsof schuldeisers hem op de hielen zaten. Ik keek zwijgend toe en wist niet wat ik moest zeggen.

Het voelde alsof ik hem een jaar niet had gezien, een jaar waarin hij een gedaanteverwisseling leek te hebben ondergaan. Zijn haar was langer en hij zag er niet alleen slanker maar ook langer uit, alsof de vrijheid hem goed had gedaan en hem terug had gebracht naar de laatste maanden van zijn tienerjaren voor een laatste onvermoede groeispurt. Hij droeg een licht overhemd dat ik niet herkende en waarin hij zich voor zijn vertrek nooit zou hullen. Maar hij was nu slanker en voelde kennelijk niet meer de noodzaak om uitsluitend donkere kleren te dragen die afkleedden. Hij kon zich nu naar het seizoen kleden. En even twijfelde ik of de man die voor de kledingkast van mijn ouders stond wel mijn vader was, maar toen hij opkeek en me een moment uitdrukkingsloos aanstaarde, wist ik dat hij het was.

Ik moest wat zeggen, hem volgens een stem in mijn hoofd als eerste groeten omdat dat zo hoorde. '*Merhaba...* baba.'

'Metin, wat doe jij thuis?'

Hij stelde de vraag die ik had moeten stellen. Waarschijnlijk voelde hij zich overvallen, want ik meende irritatie in zijn stem te bespeuren. 'Het is woensdagmiddag,' zei ik. 'Een halve schooldag.'

'Sinds wanneer?'

Ik vroeg me af of hij een grap maakte. 'Altijd al, baba.'

Maar waarom stond ik mijn aanwezigheid te verklaren terwijl mijn vader degene was die hier niet meer woonde en hier nu ineens onaangekondigd stond alsof er niets aan de hand was? En nu deed hij ook nog of ik hem ophield en zijn plannetje verstoorde om ongezien naar binnen en weer naar buiten te sluipen.

'Hoe gaat het?' vroeg ik om de ongemakkelijke stilte te verbreken.

'Goed,' antwoordde hij haastig. 'Ik kom alleen wat kleren ophalen en ben zo weer weg, voordat je moeder thuis is.'

Omdat mijn zus en moeder er niet waren, voelde ik dat ik de rol van gastheer moest oppakken, hoewel ik dat nog nooit had gedaan, laat staan bij mijn eigen vader. 'Ik ga zo een broodje eten, baba... als je wilt kun je wel mee-eten.'

Mijn vader schudde zijn hoofd. 'Ik heb dingen te doen.' Hij sprak mat alsof hij moe was, alsof de reis naar zijn oude huis hem uitgeput had.

Hoewel ik niet wilde aandringen als een kind dat om aandacht vraagt, zei ik: 'Je kunt ook alleen thee drinken als je geen honger hebt.'

'Ik heb het druk.' Hij keek me een paar seconden zwijgend aan, en alsof hij besefte dat hij misschien te afwijzend was geweest, forceerde hij een flauwe glimlach op zijn gezicht. 'Misschien een andere keer.'

Zoals altijd durfde ik hem niet te vragen waarmee hij het dan zo druk had. Wat deed mijn vader eigenlijk op een doodgewone woensdagmiddag? En waar had hij zich de afgelopen maanden mee beziggehouden?

'Hoe is het met je moeder?' vroeg hij ineens terwijl hij de deur van de kast dichtdeed.

Hoe was het eigenlijk met mijn moeder? Nadat ze thuiskwam van haar werk nam ze vaak zuchtend plaats aan de glazen eettafel en begon ze aan de zoveelste brief aan haar zusje, terwijl ze gemberthee dronk en Café Noir-koekjes at tot ze misselijk werd. Ze schreef minstens twee brieven per week en herlas ze meerdere keren, tot ze tevreden knikte, de blaadjes netjes vouwde en in een enveloppe duwde. 'Mijn zusje begrijpt me,' had ze gezegd toen ik haar vroeg waarom ze zoveel brieven schreef. Toen ik opmerkte dat mijn tante zelden terugschreef, zei ze: 'Ze leest ze, daar gaat het om.' Als mijn moeder niet aan de glazen eettafel zat, keek ze vaak zwijgend voor zich uit, alsof haar gedachten haar meevoerden naar het verleden, naar de momenten waarop het mis was gegaan. Ik had haar 's nachts een paar keer horen snikken in bed. En sinds mijn vaders vertrek controleerde ze niet alleen meerdere malen per dag of de voordeur op slot zat, maar sliep ze tot mijn schrik ook met een vleesmes onder haar matras, alsof ze vreesde dat een wreedaardige bende ons huis 's nachts zou binnendringen.

‘Het gaat héél goed met haar,’ zei ik. ‘Ze werkt veel en we hebben gisteren nog mens-erger-je-niet gespeeld, en anne won.’ Ik loog, mijn moeder won nooit, maar het voelde goed om dat tegen mijn vader te zeggen.

‘Ze heeft vast valsgespeeld,’ zei hij grijnzend. Hij raapte zijn sporttas op. ‘Ik ga ervandoor, zeg maar niet tegen je moeder dat ik er was.’

36

Het gerucht zoemde al een tijdje rond in onze flat: Tina, een Nederlands meisje dat op Madonna leek, zou een geschenk geven aan een jongen in de sporthal. Pas een paar dagen voor de grote dag hoorden we wie de uitverkorene was: Juan, de stoere neef van Pablo, de Argentijn die bij ons op de galerij woonde. Floyd en ik waren vastberaden om erbij te zijn wanneer Tina een man van Juan zou maken.

Ze was veertien en woonde in Kraaiennest, en het eerste wat alle jongens aan Tina opviel, waren haar enorme borsten, en pas een hele tijd later de moedervlek boven haar bovenlip. 'Precies op dezelfde plek als Madonna,' zei ze tegen iedereen die er ook maar even een blik op wierp. 'En ik heb het niet met een potlood aangebracht, als je dat soms denkt.' Ze was lang en groot en stond bekend om haar voorliefde voor Hubba Bubba-kauwgom.

Op de beloofde dag was er weinig over van de bravoure van Juan: hij keek gespannen om zich heen en stotterde van opwinding, wat in het geheel niet strookte met zijn stoere kuif die in een pot gel leek te zijn gedrenkt en de frisse walm aftershave die als een koele bries om hem heen hing. Pablo had condooms meegekregen van zijn vader. 'Dan maakt hij dat meisje tenminste niet zwanger en lopen ze allebei niets op.' Pablo had er niet bij gezegd dat ze bestemd waren voor zijn neef.

Die middag had Tina steeds vol vertrouwen geglimlacht alsof het voor haar routine was om jongens in de kleedkamer van de sporthal te ontmaagden. En zo nu en dan stelde ze Juan openlijk gerust, wat hij niet leuk vond.

Terwijl er in de grote hal werd gevoetbald door Antilliaanse en Surinaamse mannen die het tegen elkaar opnamen, stonden wij met z'n allen in een donkere gang bij de kleedkamers die niet gebruikt werden.

'Heb je het condoom bij je?' vroeg Juan haastig.

Pablo knikte. 'Ik heb er voor de zekerheid vier meegenomen.' En alsof zijn neef een veteraan was met een imposante erelijst, voegde hij eraan toe: 'Dan kun je meteen een paar keer achter elkaar.'

Een paar jongens begonnen te lachen, Tina giechelde. Juan stopte de condooms in zijn broekzak en keek toen even om zich heen alsof hij niet wist wat hij nu moest doen.

'Waar wacht je op?' vroeg Pablo.

'Ehm... welke kleedkamer zullen we nemen?' vroeg Juan.

Pablo wees naar de deur waar Juan voor stond. 'Hierachter kunnen jullie ongestoord losgaan. Wij wachten wel voor de deur zodat niemand jullie stoort.'

'Ze mogen ook wel toekijken, hoor,' zei Tina met een grijns. Ze knipoogde naar Pablo alsof ze wilde zeggen: en hierna ben jij aan de beurt, lekker Argentijntje van me.

Tina pakte Juans hand en zei: 'Zullen we dan maar, tijger?'

Juans voorhoofd was bezweet. Hij leek een uitweg te zoeken toen hij zei: 'Wacht even, ik wil eerst nog even een peukje roken.'

Ik dacht aan de seksscènes die ik in films had gezien en bedacht dat ze heel anders waren verlopen dan het hopeloze gestuntel dat zich hier voor onze ogen afspeelde.

'Meestal steek je na de seks pas een peukje op,' zei Pablo grijnzend waarna iedereen in lachen uitbarstte.

'Stil!' siste Juan. 'Straks horen ze ons nog.'

'Rustig maar, lieverd,' zei Tina. Ze deed de deur van de kleedkamer open, knipte het licht aan en trok Juan met zachte hand mee naar binnen. Vlak voor ze de deur dichtdeed, keek ze ons met een zwoele blik aan. 'Tot straks, jongens.'

We drukten meteen ons oor tegen de deur, maar er was niet genoeg plek voor iedereen waardoor er geduwd en getrokken werd. Hoewel ik me bescheiden opstelde, hoopte ik dat Esmeralda me niet zou zien terwijl ik me voor de deur van een kleedkamer stond te verdringen. Even later hoorden we gefluister en gestommel. En toen was het een hele tijd stil. Het duurde zo lang dat we ongeduldig werden. 'Ik hoor niets,' fluisterde Floyd in mijn oor.

Een van ons klopte op de deur. 'Lukt het een beetje?' Er kwam geen reactie.

Even later riep een ander: 'Neuk haar dan, Juan!'

'Koppen dicht!' schreeuwde Juan. 'Zo lukt het nooit.'

Na zo'n tien minuten kwam hij met een rood hoofd naar buiten. Zijn T-shirt had hij binnenstebuiten aan en zijn gulp stond open. 'Het lukt me daar niet, die klotevloer is te koud en het stinkt er naar pis.'

'Smoesjes, jongen,' zei Pablo.

'Lul niet, man,' riep Juan. 'Als daar een bed had gestaan, had ik haar allang alle hoeken van de kleedkamer laten zien.'

'Nou, dat had ik dan wel willen zien,' zei Tina terwijl ze haar zwarte bloesje recht trok waarvan ze de bovenste drie knopen had opengelaten als om ons een blik te gunnen op haar fonkelende juwelen. Haar glimlach was verdwenen. 'Ik ga buiten roken,' zei ze op koele toon. Ze liep weg zonder Juan aan te kijken.

'Mag ik de condooms terug?' vroeg Pablo aan zijn neef.

'Kijk maar in de kleedkamer,' zei Juan, waarna hij met gebogen hoofd wegliep.

Toen Tina zo'n vijf minuten later weer naar binnen liep, excuseerde Pablo zich voor het gestuntel van zijn neef en alsof hij het had moeten zijn, daar in die meurende kleedkamer, en wilde laten zien dat hij wist hoe je een vrouw behandelt, zei hij: 'Laat me je trakteren op een Slush Puppie.' Even later keken Pablo, Floyd en ik toe hoe Tina in de kantine van de sporthal haar lippen traag om het rietje van haar ijsdrankje klemde en een rode vloeistof langs het schaafijs omhoog slurpte. En terwijl haar blik even omlaag gericht was, staarde ik onbeschaamd naar haar diepe decolleté en verlangde ik er vurig naar om te zien wat de klungel Juan even daarvoor had mogen aanschouwen.

37

Op zondag voetbalden we vaak met jongens uit onze flat tegen onze overburen, de jongens van Florijn. Op zonnige dagen speelden we elf tegen elf en moesten de minder begaafde spelers reserve staan in de brandende zon, maar op grauwe najaarsdagen hadden we al moeite om vier jongens uit beide flats op de been te krijgen. En wanneer de herfstwind en sluierregens over de flats van de Bijlmer trokken, kwam het zelfs voor dat Floyd en ik alleen met onze aanvoerder Virgil op het veld stonden en zielloos oefenden op het overschieten in de hoop dat zich alsnog anderen bij ons zouden voegen. Hoewel we Florijn niet graag bezochten vanwege de duistere verhalen die er over die flat de ronde deden, gingen we soms na een uur trainen op zoek naar onze tegenstanders omdat we niets liever wilden dan revanche voor een verloren partij. Maar als we al iemand thuis aantroffen, lukte het ons zelden om diegene uit zijn broeierige appartement te praten waar net als bij ons de verwarming op volle kracht werkte en de hitte je in het gezicht sloeg.

'Jullie zijn toch geen Hollanders dat jullie met dit weer willen voetballen?' riepen ze vaak. 'Jullie zijn toch geen *bakra's*?' En als we aandrongen kregen we te horen dat ze niet voor dit klimaat gemaakt waren. 'Ik hoor in de tropen, man, je weet toch. Kom maar terug als de zon zich weer laat zien.'

Ons team was niet bovenmatig getalenteerd en meestal legden we het af tegen de jongens van Florijn die veel technischer en vooral sneller waren dan wij. Ik was een van die spelers die niet gezegend was met bijzondere voetbalkwaliteiten. Al vroeg zag ik in dat ik het shirt van Ajax nimmer zou dragen simpelweg omdat ik over weinig natuurlijke snelheid beschikte en niet de techniek had om een tegenstander uit te spelen. Dus legde ik mij toe op het verbeteren van mijn traptechniek door de bal urenlang tegen het muurtje onder het viaduct van onze flat te trappen. En altijd schoot ik met de binnenkant van de linkervoet: het was een van de weinige dingen die mijn vader me had geleerd. Hoewel hijzelf nooit had gevoetbald en zelden naar een voetbalwedstrijd op televisie keek, zag hij mij op een dag thuis tegen een plastic bal trappen. Ik schoot steeds voluit met de punt van mijn voet waardoor de bal alle kanten uitvloog en vervaarlijk dicht langs de vaas op tafel scheerde. 'Je doet het helemaal verkeerd,' zei mijn vader op zijn kenmerkende toon waardoor ik het gevoel kreeg dat ik maar beter nooit meer een bal kon aanraken. 'Je moet met de binnenkant van je voet schieten, zo kun je beter richten.' Hij deed het niet voor, waarschijnlijk om te verhullen dat hij over een nog slechtere traptechniek beschikte dan zijn zoon, maar wees alleen naar de binnenkant van zijn voet. 'Zo doen voetballers dat.'

Tot mijn verbazing begon ik met de week zuiverder te trappen. Ik presteerde het zo nu en dan zelfs om te scoren in de wedstrijden tegen Florijn, wat niet alleen mijn aanzien in de flat ten goede kwam, maar er ook toe leidde dat ik steeds een positie opschoof in het elftal. Ik promoveerde van linkerverdediger naar linkermiddenvelder, en uiteindelijk werd ik door Virgil zelfs op de positie achter de spits geposteerd, vanwaar ik steeds vaker op doel schoot of onze Colombiaanse spits Carlos in stelling bracht, als hij tenminste mocht meedoen van zijn ouders. Mijn vriend Floyd stond op papier rechtsback maar doolde tijdens wedstrijden over het hele veld en rende als een klein kind achter de bal aan. Elke wedstrijd leek het of hij voor het eerst een voetbalveld betrad. Het was aan onze aanvoerder Virgil te danken dat de negatieve score nooit opliep tot vernederende hoogtes. Hoewel hij niet de snelste was, hield hij met zijn indrukwekkende fysiek de schade achterin beperkt en onderschepte vele counters door op de juiste positie te staan. En als er toch een tegenstander dwars door onze linies opstoomde, stuitte hij hem op hardhandige doch faire wijze. 'Ik speelde de bal,' riep Virgil dan met een onschuldig gezicht. Een keer, toen we 3-0 achterstonden, counterde Kwabena, een lichtvoetige Ghanese jongen die altijd op blote voeten speelde, richting ons doel en leek hij de beslissende 4-0 op zijn schoen te hebben toen hij na een harde charge van Virgil werd gelanceerd voor een fraaie zweeftocht door de Bijlmer. Er klonk een vreemd krakend geluid waar we eerst geen aandacht aan besteedden omdat we moesten lachen om Kwabena's lange vlucht die met een meisjesachtige gil gepaard ging. Maar toen hij na zijn landing meerdere keren met zijn hand op de grond sloeg, snelden we met z'n allen naar hem toe. Virgil was er als eerste bij en zag meteen lijkbleek. 'Mijn god, mijn god,' stamelde hij. Wat we toen zagen, brandde zich op mijn netvlies: Kwabena's onderbeen was als een dorre tak doormidden gebroken. Uit schuldgevoel zocht Virgil hem een paar dagen later thuis op en nam hij een zak Snickers voor hem mee. Kwabena kwam daarna wekenlang met zijn krukken langs de lijn staan. De eerste keer verzocht hij ons om onze namen op het gips te schrijven met daarbij een begeleidende tekst. Ik liet het bij 'Sterkte, Metin', maar Virgil had er beter over nagedacht, want hij schreef: 'Beterschap, Pelé! Over een paar jaar speel je bij Ajax. Je *brada* Virgil.'

Maar Kwabena zou nooit meer meedoen. We dachten dat zijn ouders het hem hadden verboden, hoewel hij dat ontkende. Zijn plek werd ingenomen door zijn neefje Samuel, die niet alleen beschikte over nog meer snelheid, maar ook steviger gebouwd was. Hij draaide makkelijk weg bij zijn tegenstanders en zette het dan op een lopen, en bereikte niet alleen sneller dan een antilope zijn topsnelheid, maar hield die ook vast tot hij bij ons doel was. Zo denderde hij regelmatig over onze linkerflank en niemand durfde hem aan te vallen, behalve Virgil die de ene na de andere sliding moest uitvoeren om te voorkomen dat Samuel vijf keer per wedstrijd scoorde.

Ik hield alle uitslagen bij in een schriftje: sinds Samuel het team van Florijn had versterkt, hadden we twaalf wedstrijden op rij verloren en had hij het duizelingwekkende aantal van achtentwintig doelpunten gescoord. Wij hadden in die lange serie niet meer dan twee doelpunten per wedstrijd gemaakt, een dieptepunt in onze korte historie. Sommige jongens uit onze flat riepen dat we er maar beter mee konden ophouden.

Op een zondagmiddag zag ik een blonde jongen langs het veld staan roken. Hij had lang haar en droeg een felgekleurd trainingspak. Ik had hem nooit eerder gezien. De vreemdeling keek toe hoe Florijn ons voor de dertiende keer op rij dreigde te vernederen: keer op keer denderde Samuel over de linkerflank naar voren en passeerde onze spelers alsof ze aan de grond genageld waren. Af en toe lukte het Virgil hem met een uiterste krachtsinspanning te stuitten, maar drie keer was het Samuel die in korte tijd aan het langste eind had getrokken, om vervolgens onze corpulente Hindoestaanse keeper Jayant te passeren die alleen maar op doel stond omdat hij wekelijks bara's voor ons meenam.

Bij een 3-0 tussenstand gebaarde de blonde jongen langs de lijn opeens naar Virgil. Onze aanvoerder liep naar hem toe. Na een kort gesprek zwaaide Virgil naar Floyd. 'We gaan wisselen,' riep hij. 'Michel komt erin.' Floyd, die ook deze wedstrijd ons vooral voor de voeten had gelopen, ging er met een glimlach uit alsof het een publiekswissel betrof. Nadat deze Michel zijn sigaret had uitgedrukt, gaf Floyd hem een hand en wenste hem succes. 'Mag ik mijn bara alvast?' vroeg hij aan Virgil. Maar onze aanvoerder reageerde niet, hij staarde alleen naar de onbekende jongen die ons team zojuist was komen versterken.

Ik zou Michels debuutwedstrijd nooit meer vergeten. Hij trok zijn trainingsjas rustig uit en betrad het veld in een felgroene Nike-trainingsbroek. Ik stond op het punt de aftrap te nemen samen met onze Argentijnse middenvelder Pablo toen Michel bij ons kwam staan, zijn hand op mijn schouder legde en zei: 'Speel de bal na de aftrap naar mij en meld je dan voor het doel.'

Hij sprak met een natuurlijk soort autoriteit en in zijn stem klonk de geruststelling dat het goed zou komen, al wist ik niet wat hij tegen verdedigers als Marciano en Kwadwo kon beginnen. Ik knikte en merkte dat hij er van dichtbij ouder uitzag. Zijn gezicht was mager en grauw, maar zijn ogen waren helblauw en levendig. En hoewel hij bijna net zo lang was als Virgil, leek hij minstens twintig kilo lichter. Hij had dunne, pezige armen waar niet veel kracht in leek te schuilen.

Pablo trapte af waarna ik volgens instructie de bal naar Michel schoot die op de linkerflank stond. Voordat hij de bal aan kon nemen, stormde Samuel al op hem af, maar met zijn allereerste balcontact voor ons, poortte Michel meteen zijn eerste de beste tegenstander. Samuel, wiens specialiteit het juist was om tegenstanders te vernederen met een panna, bleef verbouwereerd staan. Hij was nooit eerder gepoort in een wedstrijd tegen Fleerde.

Michel dribbelde richting een volgende tegenstander. Het was Marciano die hem nu opwachtte en geconcentreerd naar de bal keek alsof hij meteen had geleerd van de druistige actie van Samuel en zich een afgang wenste te besparen. Maar Michel tikte de bal met een ogenschijnlijk simpele beweging langs hem heen en snelde hem voorbij, alsof Marciano vastgeketend stond. Ik was net als Samuel blijven staan en keek met open mond toe hoe Michel richting de achterlijn demarreerde. Vanaf het centrum van de verdediging kwam de grote Kwadwo nu op hem afgestormd. De Ghanese reus had mij eens zo hard getackeld dat ik niet meer verder kon spelen en door Virgil en Floyd van het veld gedragen moest worden. Toen Kwadwo bijna bij Michel was, besefte ik pas dat ik naar voren had moeten rennen. Ik begon te sprinten terwijl ik zag hoe Michel de Afrikaanse reus niet één maar twee keer uitkapte. Het was Kwadwo te machtig: hij ging onderuit, iets wat ik slechts één keer eerder had gezien. En terwijl Michel zijn opmars voortzette, bezag ik het slagveld: drie tegenstanders stonden verdwaasd toe te kijken wat deze blanke jongen allemaal uithaalde op dit Bijlmerveld, en zoals hij daar stond, met zijn voet nonchalant op de bal rustend en zijn lange haar wapperend, leek hij op de nieuwe Cruijff, en wij hadden hem ontdekt. Hij keek kalm richting het doel, zag mij niet staan en spreidde toen demonstratief zijn armen alsof hij wilde zeggen: 'Jongens, heb ik dan voor niets al die gasten zojuist uitgespeeld?' Hij ontweek daarbij zonder te kijken een inglijdende tegenstander door de bal kort naar links te tikken en zag mij toen eindelijk het strafschopgebied in stormen. Michel knipoogde naar me en gaf de bal toen met zo'n subtiele curve voor dat ik alleen maar hoefde te blijven staan. Ik kopte de bal niet, nee, de bal toucheerde mijn hoofd en gebruikte hem als boarding en dwarrelde toen richting de hoek van het doel. Rodney, de forse keeper van Florijn, graaide tevergeefs met zijn blote handen naar de bal. Ik had zojuist de eerste kopgoal uit mijn leven gescoord. En hoewel we nog met 3-1 achterstonden begon ik te juichen alsof ik zojuist de wedstrijd in de blessuretijd had beslist. Ik rende naar Michel toe die al terugsjokte naar de middenlijn. Hij beantwoordde mijn high five bijna onbewogen.

'Bedankt!' riep ik hijgend.

'Geen dank, kerel,' zei Michel. Aan zijn stem was niet te horen dat hij zojuist het halve elftal van onze tegenstander had uitgespeeld. 'Sta maar klaar voor nog een paar voorzetten. Het gaat me niet gebeuren dat we hier vanmiddag gaan verliezen. Hoe heet je?'

'Metin.'

'Goed, Metin, sta maar weer klaar voor het doel.'

Binnen de kortste keren stond het 3-3, na twee doelpunten van mij die Michel na indrukwekkende dribbels had voorbereid. Er was nog anderhalve minuut te gaan. Voor de aftrap knikte ik naar Michel, en zodra Pablo de bal naar mij tikte, passte ik de bal naar hem toe. Maar ik schoot veel te zacht, waardoor Samuel de bal kon onderscheppen en aan een getergde sprint begon die zelfs bewondering opriep bij Michel. Met ongelooflijke snelheid omspeelde hij Virgil en daarna zonder moeite Jayant en schoot de bal er dit keer met een keiharde poeier in.

Ik had ons team gedupeerd en excuseerde me uitgebreid bij Michel, maar hij glimlachte en zei: 'Maakt niet uit, ouwe. Ik herstel het wel.' Hij stuurde Pablo weg bij de aftrap, ging naast me staan en zei: 'Trap maar af.' Zodra de bal in zijn voeten rolde, stormde Michel naar voren en omspeelde hij weer de ene na de andere speler. Samuel en Marciano waren alweer snel gezien, maar dit keer bleef Kwadwo staan en gaf Michel een harde duw met twee handen waardoor hij omviel. En terwijl de bal doorrolde, kwam Michel snel overeind, tikte hem weg voor de voeten van de inkomende Rodney, en schoot hem achter zijn standbeen langs in het lege doel. En terwijl ons team vol bewondering klapte, sjokte hij onbewogen terug naar de middenlijn.

Virgil overlegde met Marciano, de aanvoerder van Florijn, en zei dat er volgens zijn stopwatch nog vijftien seconden te spelen waren. Marciano knikte alsof hij snode plannen had. Hij passte de bal na de aftrap op Samuel en sprintte naar voren. Maar juist op dat moment voerde Michel een sliding uit en plukte de bal van de voeten van Samuel. Hij kwam snel overeind, zette een korte sprint in, stopte vlak over de denkbeeldige middenlijn en schoot de bal toen richting het doel. Het was een boogbal die iedereen ademloos naar de hemel deed staren. Traag dwarrelde de bal richting het doel terwijl hij ronddraaide door het effect dat Michel hem mee had gegeven. Vlak voor het strafschopgebied begon de bal aan een scherpe daling, als een torenvalk die een prooi ontwaart in het korenveld. Ik bracht mijn hand naar mijn mond en Michel plaatste zijn handen ontspannen in zijn zij terwijl de bal steeds sneller daalde. Rodney ging de lucht in met zijn grote handen, maar kwam niet bij de bal. De zwaartekracht trok hem vrijwel meteen omlaag en de bal... plofte op de lat en ging uit. Voor het eerst was een wedstrijd tussen Fleerde en Florijn in een gelijkspel geëindigd. Na afloop gingen Samuel en Marciano verhaal halen bij Michel. Ze wilden weten of hij wel in Fleerde woonde.

'Helaas wel, boys,' zei Michel waarna hij op zijn horloge keek. 'Maar ik moet er nu vandoor.' Voordat ze konden reageren rende hij het veld af. In het voorbijgaan gaf hij me een achteloze high five, en zonder me aan te kijken zei hij: 'Goed gespeeld, ouwe.'

Pas na een paar wedstrijden vertelde Michel ons terloops dat hij in de jeugd van FC Haarlem had gespeeld. Hij wilde er verder niet veel over kwijt. Later hoorden we dat hij daar bekendstond als het grootste talent van de jeugdopleiding, een virtuoos die zelfs een hoge plek op de scoutingsrapporten van

Ajax had bemachtigd. Michel was een dartele linksbuiten die ook in de jeugdcompetitie tegenstanders passeerde alsof ze op één been liepen en zich al snel tot koning van de assist liet kronen. Hij had Virgil toevertrouwd dat hij wegens familieomstandigheden was gestopt bij FC Haarlem. Virgil had begripvol geknikt en gezegd dat hij zich snel weer bij een club moest aanmelden. En hoewel zijn ogen even had opgelicht bij het idee, had Michel afhoudend gereageerd.

Na het spectaculaire gelijkspel van 4-4 zouden we door Michels magistrale inbreng maar liefst negen keer op rij winnen van Florijn. We wisten niet wat we meemaakten. Michel had ons onoverwinnelijk gemaakt. En hoewel hij onze topscorer werd, liet hij ook in het vervolg blijken oog te hebben voor anderen. Zelfs Floyd belandde daardoor af en toe op het scorebord en toen we een keer een penalty kregen, riep hij onze keeper Jayant naar voren. Volgens de statistieken in mijn schrift verbrak Michel zelfs het doelpuntenrecord van Samuel: na negen wedstrijden stond hij al op negenendertig doelpunten en deed hij zijn titel van assistkoning eer aan door vijfendertig assists te versturen. Er zaten krankzinnige uitslagen tussen, zoals 9-3 en 8-2, maar de meest bizarre uitslag was zonder twijfel de legendarische 13-6, de enige wedstrijd waarin we de dubbele cijfers haalden. Michel scoorde in die wedstrijd zeven keer en gunde mij vijf goals, het hoogste aantal dat ik ooit zou maken in een wedstrijd.

Maar op een zondag kwam Michel ineens niet opdagen. Het zou zijn elfde wedstrijd voor ons worden, maar om één uur was hij nergens te bekennen. Verdwaasd stonden Carlos, Melvin en ik bij Virgil, terwijl Jayant een hap nam van een bara en Floyd zijn veters aan het strikken was, geconcentreerd en met zijn tong uit zijn mond.

'Waar blijft hij?' vroeg ik.

'Geen idee,' zei Virgil terwijl hij om zich heen keek.

Florijn had uitgerekend deze wedstrijd tien man opgetrommeld om eindelijk een einde te maken aan de serie van negen nederlagen. Samuel had zijn broertje Emmanuel meegenomen en Marciano zijn neef Romano die op bezoek was uit Rotterdam. Je hoefde geen scout te zijn om te zien dat het om rasvoetballers ging. De neef van Marciano speelde bij de jeugd van Sparta. Maar op dat moment hoopten we nog op de komst van onze sterspeler, de magere Haarlemmer met het lange haar.

'Gaan we vanmiddag nog voetballen?' vroeg Marciano met opgeheven handen, 'of durven jullie het niet aan zonder die bakra van jullie?'

'Natuurlijk wel,' bromde Virgil, en terwijl hij nog steeds om zich heen tuurde, voegde hij eraan toe: 'We hebben jullie vaak genoeg verslagen zonder hem.' Het was niet helemaal waar, maar zoals Virgil het zei, klonk het als een feit waar niet aan te tornen viel.

Marciano drukte door: 'Het is al één uur geweest, we moeten beginnen, man. Romano moet straks nog terug naar Rotterdam.'

'Rustig aan, broeder,' zei Virgil nu met stemverheffing. Hij begon ineens opgewonden te gebaren. 'En waar slaat dit trouwens op? Jullie hebben allemaal versterkingen van buiten Florijn gehaald terwijl wij maar met zeven man zijn.'

'Geen probleem,' zei Marciano grijnzend. 'Dan spelen wij toch met een paar man minder.'

Florijn verscheen met zeven man aan de aftrap. En terwijl ik onze tegenstanders angstvallig in me opnam, wist ik meteen: als Michel niet snel uit het niets tevoorschijn komt, zijn we verloren.

'We zijn kansloos,' fluisterde ik tegen Virgil.

'Luister, we hebben altijd een kans,' zei Virgil, en even dacht ik dat hij als een ware aanvoerder opbeurende woorden zou spreken die mijn geloof in een goede afloop zouden doen terugkeren. 'Maar niet vandaag.' Ik las de berusting in het gezicht van onze captain. 'Die Romano is echt gruwelijk, ik heb hem eens met Sparta tegen de jeugd van Feyenoord zien spelen. Hij heerste toen echt.' Hij keek me aan. 'Eigenlijk zou hij niet mogen meedoen vandaag, maar ik wil later kunnen zeggen dat ik tegen hem heb gespeeld. Ik zeg het je, die gast gaat het Nederlands elftal halen.'

En terwijl ik me Romano, met zijn lange dreadlocks en onverschillige uitstraling, voor probeerde te stellen in het shirt van Oranje, zei Carlos met zijn zware Colombiaanse tongval: 'Hé, hé, niet bang zijn.' Hij sprak niet vaak, maar als hij wat zei, kwam het er altijd zelfverzekerd uit. Hij klonk als een vastberaden gaucho die het zoekgeraakte vee zou terughalen, maar hij kon zich beter concentreren op het vinden van Michel. 'We gaan winnen, *hombres*!'

Hoewel Carlos veel overtuiging in zijn stem legde en nu samen met Virgil onze beste speler was, geloofde ik hem niet. We kwamen vandaag simpelweg tekort. Ik wist dat mijn niveau zonder Michel ver zou terugzakken en ik nu onmogelijk mijn doelpuntengemiddelde van drie goals per wedstrijd zou kunnen halen. Ik zou al blij zijn met een schotkans tegen deze jongens. Het was nog een zegen dat Marlon, de zwijgzame breker op het middenveld, meespeelde. We hadden nu meer dan ooit zijn fysieke kracht nodig om een mythische vernedering te voorkomen. Ik keek om me heen op zoek naar Floyd en zag hem glimlachend naast onze keeper Jayant staan, juist op het moment dat hij naar de zak bara's wees. Mijn vriend had er geen idee van wat ons boven het hoofd hing en het leek hem ook niet veel te kunnen schelen. Maar dat maakte me niet uit, want winst of verlies hing niet van zijn inbreng af.

Pablo en ik trapten af, terwijl ik me afvroeg of het nog mogelijk was om deze wedstrijd te annuleren wegens onverwachte rampspoed. Waarom hadden we daar eigenlijk geen regels voor opgesteld? We verloren na de aftrap meteen de bal na een felle tackle van Romano die daarna met een splijtende steekpass Samuel lanceerde. Die omspeelde Melvin en stond toen oog in oog met onze keeper die nog op een stuk bara leek te kauwen. Samuel aarzelde niet en schoof de bal kalm door de benen van Jayant. Virgil keek hoofdschuddend toe. Net als ik voorvoelde hij dat onze blinkende reputatie de komende minuten hardhandig afgebroken zou worden tot er niets meer van over was, tot we de lachertjes van de Bijlmer zouden worden en ons nergens meer konden vertonen. Tien minuten later stond het al 4-0 en haalde Virgil onze breker Marlon met wanhopige gebaren naar de achterhoede om een blamage te voorkomen. Maar er was niets meer tegen te beginnen: de jongens van Florijn hadden al van ons verzwakte bloed geproefd en vol genoegen ons angstzweet geroken, en nu waren ze uit op een ongenadige wraakexercitie die de serie van negen nederlagen op rij voorgoed naar de vergetelheid moest spelen.

Samuel groeide die middag als vanouds uit tot de topscorer van Florijn met zeven doelpunten, alle keren op aangeven van de spartaan Romano. De wedstrijd eindigde in 14-0, onze grootste nederlaag ooit. Niet eerder hadden we niet eenmaal op doel geschoten. De jongens van Florijn stapten dansend en gierend van het veld en sloegen elkaar lachend op de schouders.

'Hij heeft ons in de steek gelaten,' zei Virgil die als een wilde tekeer was gegaan op het veld om alle gaten dicht te lopen en nu als een gebroken kapitein naast mij stond, alsof het schip waar hij verantwoordelijk voor was zojuist was vergaan.

'Misschien is er iets gebeurd,' mompelde ik.

'Dan had hij zich bij mij moeten afmelden. Onze eer stond verdomme op het spel!'

'We hebben hard versterking nodig, brada,' zei Marlon hoofdschuddend. 'Dit kan echt niet meer zo.'

'Willen jullie een hapje eten?' vroeg Jayant, vrolijk zwaaiend met een zak bara's.

'En we hebben als eerste een echte keeper nodig,' zei Marlon.

De weken erop kwam Michel ook niet opdagen en telkens verloren we van Florijn, maar niet meer met zulke ruime cijfers, want tot ons geluk had Romano het bij een eenmalig gastoptreden gelaten. Van de trotse voetbalmachine Fleerde die in korte tijd zelfs tot in Ganzenhoef en omstreken bekend was geworden, was niets meer over. We waren weer gedegradeerd tot een paar buurtjongens die op zondagmiddag uit verveling tegen een bal trapten op het hobbelige grasveld tussen twee grauwe flats.

Michel zou nooit meer met ons meevoetballen. Het bleef bij die tien glorieuze wedstrijden die als een droom verliepen. En soms, wanneer ik op mijn kamer zat en terugdacht aan al die doelpunten en fraaie acties van Michel en twijfelde of het wel echt gebeurd was, keek ik in mijn schrift en zag ik alle uitslagen staan, met de 13-6 als historische uitschieter. *Zeven doelpunten van Michel* stond er in mijn slordige handschrift. *En vijf van mij.*

38

Op een kille dinsdagmiddag kwam ik thuis van school en trof mijn vader in de woonkamer aan, languit op de bank liggend met een boek terwijl hij een vreemd soort ontspannenheid uitstraalde die geen recht deed aan de situatie.

Ik bleef in de deuropening van de woonkamer staan met mijn jas aan, twijfelend of ik iets moest zeggen. Zoals altijd had hij zijn boek als een schild voor zijn gezicht geheven en was hij verzonken in de wereld die zich voor hem ontvouwde. En zoals altijd wanneer hij las, hoorde noch merkte hij iets van wat zich om hem heen afspeelde. Zelfs nu hij ruim een halfjaar elders had gewoond, was hij niet gevoelig voor de geluiden in huis. Ik keerde om en liep naar de keuken waar mijn moeder de boodschappen aan het uitpakken was. Ze keek me berustend aan. 'Ik wilde het er vanavond met jullie over hebben,' zei ze nadat ik de deur had dichtgedaan. 'Maar baba is eerder teruggekeerd dan afgesproken.'

'Is hij weer terug?'

Ze knikte en ik zag overgave. 'Baba en ik hebben gepraat, we gaan het weer proberen.'

Terwijl ik me afvroeg wat ze precies weer gingen proberen, ging mijn moeder verder met het uitpakken van de boodschappen. Gingen ze proberen alsnog een gezin te vormen met ons? Ik was benieuwd of er binnenkort een familieberaad kwam waarin ze ons dat gingen uitleggen. Hadden ze er lang met elkaar over gepraat of stond hij ineens weer op de stoep waarna zij uiteindelijk genade had getoond?

De deur ging ineens open. 'Wat zijn jullie aan het doen?' vroeg mijn vader op een toon alsof we een complot aan het beramen waren. 'Waarom is deze deur dicht?'

Mijn moeder keek mijn vader niet-begrijpend aan en zei: 'Ik ben de boodschappen aan het opruimen en Metin is net terug van school.'

'Dat zie ik, maar waarom is de deur dan dicht?'

'Ik heb de deur dichtgedaan,' zei ik en even voelde ik me als een ondeugende leerling die zijn zonden opbiecht aan de leraar. Maar ik had alleen maar de deur dichtgedaan in mijn eigen huis. Wat was zijn probleem?

Mijn vader keek me nu voor het eerst sinds vele maanden aan. Hij had me op dat moment nog kunnen groeten en kunnen doen alsof hij me daarvoor niet had gezien. Hij had naar me kunnen glimlachen en me kunnen vragen hoe het met me ging, iets wat hij daarvoor zelden had gedaan, maar misschien was hij veranderd. Uit films wist ik dat mensen het vermogen bezaten om te veranderen. Maar het eerste wat mijn vader na vele maanden tegen me zei was: 'Waarom heb je dat gedaan?'

Waarom? Waarom? Waarom ben jíj ineens weer terug, dacht ik. Vertel mij dat eerst maar eens voordat je opgewonden de keuken binnendringt en als een doorgedraaide rechercheur vragen op ons af begint te vuren. En bovendien: wat kan jou die klotedeur schelen?

'Gewoon,' zei ik aarzelend.

Mijn vader bleef me aanstaren op een manier die me blijkbaar duidelijk moest maken dat hij niet tevreden was met mijn antwoord. Het viel me nu pas op dat hij flink was aangekomen sinds de keer dat hij zijn kleren was komen ophalen. Hij torste minstens tien kilo extra met zich mee en droeg weer donkere kleren. In combinatie met zijn stoppelbaard en vettige haar zag hij er voor zijn doen onverzorgd uit.

Omdat hij me bleef aankijken, voegde ik eraan toe: 'Ik zag dat je aan het lezen was... en ik wilde je niet storen.' Het was een uitleg waar ik tevreden mee was en terwijl ik mezelf in gedachten prees om mijn inventiviteit, pakte mijn vader een glas uit het keukenkastje. Hij draaide de kraan ver open, vulde het glas tot het overliep en sloeg het luid klokkend achterover terwijl de kraan nog liep. Het water gutste in de wasbak. Daarna zette hij het glas in het afwasrek en draaide de kraan dicht.

Mijn vader was net terug en ik had me al vreselijk aan hem geërgerd: zijn scherpe ondervraging, het luid klokken bij het drinken, het niet omspoelen van zijn glas en het onnodig laten lopen van de kraan. Ik zag nu al op tegen zijn gerook in huis en de ochtenden waarin zijn luide föhn weer mijn wekker zou zijn. Ik zou afscheid moeten nemen van de afstandsbediening van de televisie en niet langer naar het worstelen op Sky Channel mogen kijken. En mijn zus zou waarschijnlijk de poorten naar haar wereld weer vergrendelen.

Plotseling voelde ik tintelingen in mijn bovenlichaam, alsof er tientallen kleine speldjes in mijn huid werden gedrukt tot ze op mijn borstkas stuitten. Het straalde uit naar de rest van mijn lichaam en even leek het alsof me de adem werd ontnomen door een onzichtbare hand. Er moest iets uit.

'Waarom ben je teruggekomen?' vroeg ik, en meteen besefte ik dat mijn toon harder was dan ik had bedoeld. Maar ik begreep het simpelweg niet. Waarom deed hij alsof er niets aan de hand was, alsof hij niet heel lang was weggeweest? Dit was nu ons huis, het huis van mijn moeder, zus en mij. Als hij hier weer wilde wonen, moest hij dat netjes vragen en zich normaal gedragen, en niet meteen doen alsof hij hier de lakens uitdeelde. Hij moest ons verdomme respecteren in ons eigen huis!

Zijn blik verstarde. 'Wat is dat voor vraag, jongen?' zei hij luid. 'Wil je soms niet dat ik weer bij jullie kom wonen? Wil je niet dat je vader thuiskomt en je ouders weer bij elkaar zijn?'

Waarom deed hij alsof ik het geluk van ons gezin in de weg stond? Waarom deed hij alsof het aan mij lag? Mijn onderlip begon te trillen, maar ik zou me sterk houden, ik zou niet huilen bij zijn eerste aanval.

'Harun!' riep mijn moeder. 'Hij bedoelde het niet zo.'

'Hoe bedoelde hij het dan?'

'Hij begrijpt gewoon niet wat er aan de hand is. Vind je het gek als je na al die tijd ineens weer terug bent.' Ze voegde er toen op kalmere toon aan toe: 'Ik heb het de kinderen nog niet kunnen vertellen... je zou zaterdag pas terugkomen.'

'Moet hij me daarom zo toespreken in mijn eigen huis?'

Was dat het enige wat hij uit de woorden van mijn moeder had opgepikt? Was er dan werkelijk niets van wat zij had gezegd tot hem doorgedrongen? Ik kon me niet meer inhouden en riep: 'Ik stelde alleen maar een vraag, ja! Is dat zo raar?' En daar had ik het misschien bij moeten laten, maar de tintelingen waren nu naar mijn gezicht getrokken, de naaldjes staken in mijn hoofd. Het moest ophouden. Dus riep ik: 'Waarom overdrijf je toch altijd zo?'

'Wat?' Mijn vader hief zijn hand dreigend op. 'Hou je mond jij! Hoe durf je zo tegen je vader te spreken?' Instinctief schoof ik de stoel een stuk naar achteren.

'Harun, alsjeblieft,' zei mijn moeder. 'Je bent net terug.'

'Als ik mijn vader zo had toegesproken in zijn eigen huis, had hij me meteen een paar klappen verkocht. Al was ik een volwassen man geweest. En terecht. Dus kom niet aanzetten met "alsjeblieft".' Hij keek mijn moeder woedend aan. 'Jij moet die zoon van je manieren bijbrengen. Het is jouw schuld dat hij zo brutaal is geworden. Jij hebt hem verpest!'

Mijn moeder sloeg met haar hand op het aanrecht. 'Zo is het genoeg!' riep ze. 'Dit is niet de afspraak, Harun. Denk eraan, je hebt beterschap beloofd.'

'Praat verdomme met je zoon,' zei mijn vader. 'Leer hem hoe hij met zijn vader moet praten.'

'Het zou beter zijn als je zelf leert om met hem te praten.'

Mijn vader liep met grote passen de keuken uit en trok de deur met een klap achter zich dicht. Mijn moeder probeerde een geruststellende blik op te zetten, maar het verdriet school onmiskenbaar in haar ogen. Het speet haar ongetwijfeld dat ze had besloten het opnieuw te proberen, en waarschijnlijk verweet ze zichzelf dat ze beter had moeten weten. Want kon mijn vader wel veranderen?

'Trek het je niet aan,' zei ze. 'En stel hem voorlopig maar geen moeilijke vragen. Ik praat wel met hem.'

Er kwam dit keer geen familieberaad, noch hadden we het er terloops over aan de eettafel. We gingen gewoon verder waar we voor mijn vaders vertrek gebleven waren, alsof er niets gebeurd was. Kennelijk voelde hij niet de behoefte om uit te leggen waarom hij ineens weer terug was. Voelde het voor hem soms als een nederlaag die hij stilletjes wenste te incasseren? Besloot hij er daarom het zwijgen toe te doen en zich nog meer dan anders terug te trekken in zijn boeken en nachtelijke uitstapjes?

Ook mijn moeder kwam er niet meer op terug. Ze zou ons pas jaren later vertellen dat mijn vader was teruggekeerd omdat hij schulden had en de huur van zijn sociale huurwoning niet meer kon ophoesten. Maar hoewel zij op het oog leek terug te vallen in haar oude modus die vooral gericht was op overleven en de vrede bewaren, was de vastberadenheid die ze eerder sporadisch had laten zien, nu veel dichter aan het oppervlak. Ze was iets van haar vrees kwijtgeraakt. Hoe gering en op het oog onbetekenend ook, er was daardoor iets van zijn onaantastbaarheid afgebrokkeld. En in de lucht en ruimte die ze zichzelf zo had verschaft, had ze zich voorgenomen er eigenhandig voor te zorgen dat er verandering zou komen binnen ons gezin, wat er ook voor nodig zou zijn, en hoe hoog de prijs ook was.

Mijn vader op zijn beurt was vertrokken met een glimlach op zijn gezicht, en teruggekeerd met een sombere blik. Het was alsof hij het niet kon verkroppen dat het hem niet gelukt was aan zijn oude leven te ontsnappen, alsof een lange tentakel van het gezin dat hij voor de zoveelste keer ontvlucht was hem in een onbewaakt moment had vastgegrepen, zich stevig om zijn lichaam had gewikkeld en hem over de ruwe grond had teruggesleept naar het nest dat hij zo vrolijk en hoopvol had verlaten.

39

Ik wist dat er veel zou afhangen van de vervloekte Cito-toets. We hadden het maandenlang nergens anders over gehad in de klas. Op momenten dat ik wakker lag van de spanning, probeerde ik mezelf moed in te praten door aan de woorden van meester Gregory te denken, die me meermaals openlijk had geprezen om mijn schrijf- en leesvaardigheid. Toen ik op een dag bij wijze van opdracht een zin moest maken met het werkwoord 'haten', had ik het volgende op papier gezet: 'Wij haten die man om zijn uiterlijk en gedrag.' Meester Gregory had naar mijn blaadje gekeken en gevraagd of ik die zin zelf had geschreven. Ik had geknikt waarna hij opgetogen riep: 'Dit is een geweldige zin. Echt heel knap.' En een paar maanden later had hij me het hoogste cijfer van de klas gegeven voor voorlezen: een achtenhalf.

Ik wist dat een slecht resultaat bij de Cito-toets mijn ouders zou teleurstellen. Mijn vader zou bevestigd worden in het beeld dat hij van mij had: een weifelende jongen die in niets op hem leek en nog geen vleugje bezat van de bravoure en rebellie waarmee hij als tiener al door het leven was gegaan. Als ik weleens iets zei wat hem onzinnig in de oren klonk, zei hij dat ik sprekend op de vader van mijn moeder leek. Het was niet bepaald als een loftuiting bedoeld, want als hij al sprak over mijn opa, zijn kreupele schoonvader die op jonge leeftijd zijn linkerbeen was kwijtgeraakt, was het neerbuigend. In het bijzijn van mijn moeder had hij hem vaak voor een naïeve kletskous uitgemaakt die elke zin met een gebed afsloot en zich bezighield met nutteloze details en feitjes, en de mensen om hem heen lastigviel met versleten verhalen.

Dat stond er dus voor mij op het spel, samen met de angst om voor altijd in middelmatigheid te leven. Ik wist dat ik boven mezelf moest uitstijgen en vooral de schade bij het onderdeel rekenen moest beperken om niet door het ijs te zakken. Sinds de derde klas had ik een moeizame relatie met rekenen. Ondanks de bijlessen van meneer Rolf wist ik me nog steeds geen raad met staartdelingen en breuken, en meester Ronald, mijn leraar in de derde en vierde klas, miste het geduld en de empathie om voor verlichting te zorgen. Hij was een overspannen man die in de twee jaar dat hij lesgaf aan onze klas een stuk grijzer, kaler en vooral vinniger was geworden. Wat betreft onderwijsmethoden was hij een fossiel uit de jaren vijftig: hij probeerde de orde in de klas te handhaven door straffen uit te delen en leerlingen in de hoek te plaatsen. Niet zelden werd hij daarbij fysiek. Als de zoemer ging en de schooldag erop zat, moesten we wachten tot hij onze naam noemde en we een voor een de klas mochten verlaten omdat hij niet van drukte en chaos hield. En zo zaten we muisstil aan onze tafels te wachten op het moment dat meester Ronald ons verloste.

Meester Ronald weet mijn onvermogen om de rekensommen op te lossen aan luiheid en desinteresse. Regelmatig liet hij me nablijven, net zo lang tot ik huilend willekeurige antwoorden invulde in mijn schrift en met een waarschuwing op zak naar huis werd gestuurd. Zo kwam het dat ik sindsdien al sidderde wanneer een overhoring voor rekenen werd aangekondigd. Daarom vreesde ik de Cito-toets. Ik wist dat ik op het onderdeel taal meer dan voortreffelijk moest scoren om de rampspoed die mij met rekenen wachtte niet fataal te laten worden voor mijn eindresultaat.

Op de eerste grote dag van mijn leven zat ik ontspannen aan het tafeltje waar ik al veel complimenten van meester Gregory had ontvangen. Ik concentreerde me hard toen ik me richtte op de rekenvragen, gokte hier en daar wanneer ik een antwoord niet wist. De taalvragen kwamen me zo eenvoudig voor dat ik ervan overtuigd was dat ik iets over het hoofd zag. Daarom las ik sommige vragen wel drie keer, twijfelde ik even aan het antwoord dat ik had gegeven, maar ging ik daarna verder omdat de tijd begon te dringen.

Na afloop wist ik zeker dat ik de Cito-toets uitstekend had gemaakt en zag ik mijn ouders in gedachten al trots glimlachen. Maar in de dagen die volgden, brokkelde dat goede gevoel langzaam af toen ik me afvroeg of ik niet te veel had gegokt bij het onderdeel rekenen en of ik de taalvragen niet had onderschat.

Zo kwam het dat ik de ochtend van de uitslag wakker werd met een steek in mijn maag die zich langzaam verspreidde naar de rest van mijn lichaam. Het was misschien wel de belangrijkste dag van mijn leven tot dan toe, want vandaag zou duidelijk worden of ik in de voetsporen van mijn zus zou treden, vandaag zou ik te horen krijgen of ik net als zij naar het vwo mocht.

Meester Gregory deelde de Cito-uitslagen uit alsof hij informatiefolders verspreidde, nonchalant en zonder de formaliteit die daar voor mijn gevoel bij hoorde. Ik vroeg me af of dat misschien een aankondiging van naderend onheil was, maar misschien deed hij het bewust om de druk bij ons te verlagen.

Er werden al snel scores voorgelezen door mijn klasgenoten. '520,' riep Ishana als eerste. Orlando volgde: 'Shit, ik heb 517.' Niet veel later riep Esmeralda dat ze 533 punten had. Toen Saleem zijn briefje kreeg, keek hij er een tijdje in stilte naar. Net als een paar anderen weigerde hij zijn score hardop met de klas te delen. Fenuku begon heen en weer te wippen op zijn stoel nadat hij zijn briefje in ontvangst had genomen. Hij keek alsof hij zojuist te horen had gekregen dat hij terug moest naar Ghana.

Toen meester Gregory eindelijk aan mijn tafel stond, zei hij: 'Goed gedaan, Metin.' Hoewel ik voorvoelde dat ik rekenen had verprutst, kreeg ik weer vertrouwen door zijn woorden en hoopte ik heimelijk op een score van ver boven de 540. Maar wat ik had gevreesd, was uitgekomen: rekenen had mij genekt. Ik had weliswaar uitmuntend gescoord op het onderdeel taal en hoorde met mijn score bij de drie besten van de klas, maar toch was ik teleurgesteld.

'Wat heb je gehaald?' vroeg Saleem.

'531,' antwoordde ik.

'Jezus, waarom kijk je dan zo teleurgesteld?' Saleem stompte me op mijn bovenarm. 'Wees blij, man.' Op gedempte toon voegde hij eraan toe: 'Mijn score is 520.'

Ik kon Saleem niet vertellen dat hij mijn referentiekader niet was. Ik had me al die tijd gericht op de score van mijn zus. Zij had 540 punten gehaald en ik zat daar ver onder en wist dat het nu nog maar de vraag was of ik naar het vwo kon.

Meester Gregory weigerde te vertellen op welk niveau hij ons zou laten instromen op de middelbare school. 'Dat ga ik op de ouderavond met jullie ouders bespreken, maar voor de meesten van jullie zal het geen verrassing zijn, gelet op jullie score.' Ik kon aan hem zien dat hij teleurgesteld was over de algehele uitslag in onze klas.

'Wat zijn we goed,' zei Esmeralda toen we die middag weer samen naar huis liepen. Ik zei niets over mijn teleurstelling.

Op de avond dat mijn ouders een afspraak hadden met meester Gregory, keek ik met mijn zus naar het *Journaal*. Net toen Erwin Kroll in beeld verscheen, hoorde ik de voordeur opengaan. Mijn vader stapte als eerste de woonkamer binnen en het eerste wat hij deed, was een sigaret opsteken en het pakje samen met de aansteker daarna op tafel werpen. Ik verbeet mijn irritatie terwijl ik probeerde iets van het resultaat van het gesprek van zijn gezicht af te lezen.

'Die leraar van jou lijkt op die ene Amerikaanse zanger,' zei mijn vader. 'Ik kom maar niet op zijn naam.'

'Lionel Richie,' zei ik.

'Wie?'

'De man die "Hello" zingt.'

'Hello?'

'*Hello, is it me you're looking for?*' zong ik aarzelend.

'Ja, die! Je leraar lijkt niet alleen op Liono Ritsie, hij is ook een lastige man. Echt een koppige Surinamer.'

Meester Gregory stond niet bekend om zijn koppigheid, dus vroeg ik: 'Wat is er gebeurd?'

'We hebben gepraat,' zei mijn vader. 'Nou ja, in het begin heeft hij vooral gepraat.' Hij nam een diepe trek van zijn sigaret en zei: 'Je zei dat je leraar zo onder de indruk is van jou. Nou, hij wil je naar een mavo/havo-klas sturen.'

Dat moest mijn vader verkeerd begrepen hebben. Ik hoorde hem nog zeggen dat ik het goed had gedaan toen hij me de uitslagbrief had overhandigd. En ik behoorde, samen met Esmeralda, tot de drie besten van de klas met mijn score.

Mijn moeder kwam erbij staan. 'Hij zei dat je het een kind niet te moeilijk moet maken en dat de havo ook veel mogelijkheden voor de toekomst biedt.'

Rekenen was me dus fataal geworden. Ik had me beter moeten voorbereiden, ik had meer moeten oefenen met meneer Rolf.

'Maar we hebben het er niet bij laten zitten,' zei mijn vader ineens. 'We hebben benadrukt dat je op het vwo thuishoort.'

Ik vroeg me af hoe mijn ouders dat zo zeker wisten. Misschien was het wel te hoog gegrepen en zou wiskunde me op dat niveau de pas afsnijden, zoals meester Gregory vreesde.

'En uiteindelijk is hij akkoord gegaan,' zei mijn moeder terwijl ze in haar handen klapte.

'Ik heb hem zover gekregen: je mag naar het vwo,' vulde mijn vader aan met een tevreden blik alsof ik het allemaal aan hem te danken had.

En hoewel een gevoel van opluchting zich meester van mij maakte, stak het me dat mijn ouders zo hun best hadden moeten doen om meester Gregory te overtuigen. Ik dacht aan alle keren dat hij me in de klas had gecomplimenteerd met mijn prestaties. Maar op het beslissende moment had hij aan me getwijfeld. Op het moment dat de verdere koers van mijn leven zou bepalen, had hij me laten vallen.

40

Ik was van trots vervuld toen meester Gregory me had gevraagd om de presentator te zijn van het eindtoneelstuk. En nu stond ik in mijn witte korte broek op het podium en keek de volle zaal in, terwijl ik voelde hoe het broekje rond mijn bovenbenen en bij mijn billen knelde. Wekenlang was ik niet nerveus geweest voor mijn optreden als presentator, maar nu ik daar stond in mijn kinderlijke broek, wilde ik zo snel mogelijk van het podium verdwijnen.

De korte broek was een idee van mijn moeder geweest. Ik had me dagenlang zo op mijn tekst gericht, dat ik niet aan mijn outfit had gedacht. Toen ik haar een dag voor mijn glorieuze avond had gevraagd wat ik aan moest trekken, had ze het maagdelijk witte broekje uit mijn kast gehaald. 'Dit is wel netjes,' had ze gezegd. Ik had me er te snel bij neergelegd, realiseerde ik me toen ik op het podium stond. Wat moest Esmeralda wel niet denken?

'Goedenavond dames en heren,' zei ik. Mijn stem klonk vreemd door de microfoon. 'Welkom bij het eindtoneelstuk van klas zes van meester Gregory.' Ik hield even op met praten en keek naar mijn moeder die op de tweede rij zat. Ze had haar mooiste jurk aangetrokken en keek me vol ontroering aan. Mijn vader zat naast haar en droeg voor de gelegenheid zijn zwarte jasje. Hij keek serieus en afwachtend alsof hij nog maar moest zien wat zijn zoon daar op het podium zou klaarspelen. Mijn zus keek me gespannen aan, misschien was ze bang dat ik mijn tekst zou vergeten. Mijn blik gleed verder door de zaal. Sommige ouders keken alsof ze bij een informatieavond van de gemeente waren over de komst van een nieuwe parkeergarage.

Dagenlang had ik aan mijn tekst voor het toneelstuk gewerkt en meester Gregory had alleen hier en daar wat aangepast. Ik had voor de spiegel geoefend alsof ik Ron Brandsteder was. Maar nu ik hier eindelijk stond, wilde ik het zo kort mogelijk houden.

'We beginnen de avond met een wereldster die vele hits heeft gescoord. Ze is vandaag aangekomen vanuit Amerika. Mag ik een daverend applaus voor Whitney Houston.'

Ishana betrad in een schitterende galajurk het podium en had haar haar speciaal laten opsteken net als dat van Whitney Houston. De muziek werd gestart door meester Gregory. Na een paar beheerste danspasjes zong Ishana: *'Clock strikes upon the hour, and the sun begins to fade.'* En de zaal begon opnieuw te klappen alsof ze live zong. Toen Ishana het refrein inzette gingen haar ouders en zussen staan en dansten ze mee op de opzwepende beats. *'Oh, I wanna dance with somebody. I want to feel the heat with somebody. Yeah I wanna dance with somebody. With somebody who loves me.'*

De muziek stierf langzaam weg waarna het publiek ging staan en begon te klappen. Ik beklom het podium weer en besloot niet meer aan mijn korte broek te denken. En even was ik bang dat ik mijn tekst vergeten was, tot ik aan de andere kant van het podium Esmeralda zag staan. Ze had zich een korte blonde coupe laten aanmeten en droeg fraaie make-up waardoor ze er ouder uitzag, en ik haar meer begeerde. Even kruisten onze blikken elkaar en gaf ze me een knipoog. Ik glimlachte waarna ze naar me knikte ten teken dat ik me naar het midden van het podium moest begeven. Ik deed een paar stappen naar voren en keek het publiek in.

'Omdat het ons afscheid is van de basisschool hebben we nog een wereldster bereid gevonden naar Nederland te komen en deze avond van nog meer glans te voorzien. Ze scoort hit na hit en speelde in Hollywoodfilms. Dames en heren, ik presenteer u... Madonna!'

Meester Gregory startte de muziek van 'True Blue' waarna Esmeralda in haar blauwe jurk het podium betrad, eerst onwennig maar eenmaal gewend aan het felle licht en de ouders die haar aangaapten, hervond ze haar natuurlijke lichtvoetigheid. Net als Madonna in de videoclip droeg ze een zwarte legging onder haar blauwe jurk en met een zwart potlood had ze een stip vlak boven haar bovenlip aangebracht.

Gedurende de paar minuten dat ze daar stond, was het alsof ze alleen voor mij zong. Als betoverd keek ik naar haar en in die paar minuten was het alsof de gevoelens die ik altijd heimelijk voor haar had gekoesterd vertienvoudigd werden. Plotseling betreurde ik het dat ik over een paar dagen niet meer met

Esmeralda in een klas zou zitten, dat we allebei naar een andere school zouden gaan en nooit meer samen naar huis zouden lopen.

Het applaus bracht me uit mijn trance. Iemand tikte me op mijn schouder, maar ik was er niet bij met mijn gedachten. Zielloos kondigde ik Michael Jackson aan die door Evani weinig overtuigend werd nagedaan. Een paar acts later betrad meester Gregory het podium als een trotse vader die zijn kroost een tijd in bewondering had gadegeslagen en nu lovende woorden wilde spreken. Hij bedankte ons voor onze inzet en de twee mooie jaren waarin hij ons les had gegeven en dankte het publiek voor hun komst. 'We gaan nu gezamenlijk afscheid van jullie nemen.'

Hij knikte als een volleerde showmaster naar Koos, de conciërge, die het geluid nu onwennig waarnam voor meester Gregory. En hoewel het niet was ingestudeerd, betrad nu de hele klas het podium, ook de leerlingen voor wie geen rol was weggelegd in de opvoeringen. Saleem en ik stonden zij aan zij en keken de zaal in, toen Esmeralda naast me kwam staan. En terwijl ik naar mijn moeder zwaaide drukte ze een zoen op mijn wang. 'Goed gedaan,' zei ze. Misschien kwam het door het euforische gevoel en de uitgelatenheid op het podium dat ik niet twijfelde en mijn arm om haar heen sloeg. Zo stonden we daar, extatisch juichend en zwaaiend naar alle ouders die nu waren gaan staan. En even leek het of Esmeralda en ik een staande ovatie kregen. Toen het applaus langzaam wegebde, omhelsde ze mij. Pas toen de lichten aangingen, liet ze me los.

Het liefst had ik haar die avond naar huis gebracht, maar meteen na afloop zochten onze ouders ons op en verloren we elkaar uit het oog.

De laatste dag op school verliep in een vreemde roes. Iedereen was aardiger voor elkaar alsof we beseften dat we de herinnering aan onze klas niet wilden bezoedelen met onnodige akkefietjes in de slotminuten van wat een afsluiting was van het eerste hoofdstuk van onze jeugd. Ik denk niet dat we toen beseften dat we aan het einde waren gekomen van het meest onbekommerde deel van ons leven, want misschien hadden we dan beter opgelet en elkaar een paar laatste vragen gesteld in plaats van de finale momenten te verkwanselen aan plichtmatige opruimwerkzaamheden.

We haalden de lades van onze tafels leeg en namen mee wat we als herinnering wilden bewaren, en gooiden weg waar we later geen waarde meer aan dachten te hechten. Van school kregen we als afscheid een fotoalbum mee met daarin twee klassenfoto's: een klassieke genomen op het schoolplein door een zwijgzame fotograaf in de herfst van zijn carrière, en een door de conciërge met zijn hobbytoestel geschoten prent waarop we voor het speeltoestel staan met het web van rode kabels waar de kinderen uit de lagere klassen altijd als kleine spinnen in klommen. Bij wijze van afscheid zetten we onze handtekeningen in elkaars albums, maar de meesten van ons hadden nog geen handtekening waardoor er vooral namen in stonden zonder fraaie krullen of kronkelende strepen. Alsof ze wilde dat ik haar naam nooit zou vergeten, had Esmeralda haar naam in blokletters opgeschreven en niet in het handschrift dat we op school hadden geleerd met letters die met elkaar verstrengeld waren via kunstmatige lusjes. Ik keek er een tijdje zwijgend naar tot Saleem vroeg of ik ook mijn naam in zijn album wilde schrijven.

'En schrijf je adres er ook bij, dan kan ik je een kaart sturen uit Birmingham,' zei hij met glanzende ogen, want dat effect had het uitspreken van de naam van zijn geboortestad altijd op hem, net zoals het hem verrukte als Engeland onverwacht ter sprake kwam, alsof hij dan weer besefte dat zijn lot daar lag en hem mooie dingen stonden te wachten in het deftige land met de groene heuvels. En nu ging hij er eindelijk naar terug, naar het land waar hij was geboren en dat hij elk jaar minstens een keer bezocht. Zijn broer was er al naartoe vertrokken om te studeren en Saleem zou in zijn voetsporen treden, net zoals ik in de voetsporen van mijn zus zou treden. Sommige dingen waren al voor ons bepaald en Saleem en ik hadden ons daar lang geleden al bij neergelegd. Ik schreef mijn naam en adres op: Fleerde 239, 1102 AV Amsterdam Zuid-Oost, en zette mijn telefoonnummer er zekerheidshalve ook bij. Saleem schreef op zijn beurt zijn adres in Birmingham op, vloeiend en zonder haperingen alsof hij dagelijks niets anders deed dan mensen op de hoogte stellen van zijn langverwachte vertrek.

Omdat alles wat gedaan moest worden gedaan was, en het een stralende zomerdag was, mochten we al om halfeen naar huis. Zo kwam het afscheid, waar ik de laatste dagen steeds meer tegenop had gezien, sneller dan ik had verwacht. Meester Gregory zei dat wij zijn leukste klas ooit waren. 'Ja, dat zeg ik inderdaad tegen al mijn klassen.' We begonnen te lachen. 'Maar nu meen ik het ook.' En voor het eerst hoorde ik ontroering in zijn stem. Bij de deur gaf hij ons een voor een een hand en voegde er een persoonlijke boodschap aan toe. Saleem sprak hij in het Engels toe: '*Good luck in England, young man.*' De meeste anderen wenste hij succes toe op het Augustinus College, want ondanks het rauwe imago dat aan die school kleefde vanwege de vele vechtpartijen en uitpuilende lbo-klassen, had bijna negentig procent van onze klas zich daar ingeschreven omdat het de dichtstbijzijnde middelbare school was, of simpelweg omdat er al broers of zussen van hen op zaten. Ik was de enige van mijn klas die zich had ingeschreven bij SGR, de Scholengemeenschap Reigersbos. Het was een weinig voor de hand liggende keuze, want SGR was van de drie middelbare scholen in de regio het verst verwijderd van ons huis. Naar de OSB en het Augustinus College had ik lopend kunnen gaan, maar om bij SGR te komen moest ik de metro pakken. Ik zou er later tot mijn spijt achterkomen dat de reis me bijna een halfuur kostte.

Meester Gregory drukte me stevig de hand: 'Ik verwacht veel van jou, Metin. Blijf zoveel lezen en van die mooie zinnen schrijven. Succes op de middelbare school.'

Ik had tegen dit moment opgezien en vreesde dat mijn stem zou trillen. 'Dank u, meester Gregory. Bedankt... voor alles. Tot ziens!'

Op het schoolplein wachtte me een tweede afscheid waar ik nog meer tegenop zag: Saleem stond me met zijn handen in zijn zakken op te wachten. Hij staarde naar de grond en keek traag op toen ik aan kwam lopen. Ik dacht dat hij iets ging zeggen, maar waarschijnlijk beet hij op dat moment op zijn lip, net als ik. We bleven elkaar zwijgend aankijken, tot ik zei: 'Dit was het dan.'

Hij knikte. 'Dit was het dan.'

Hoewel ik het antwoord al wist, vroeg ik hem wanneer hij naar Engeland vertrok. Hij zei dat hij overmorgen zou vertrekken. 'Dat is snel,' zei ik en juist op dat moment kwam Esmeralda bij ons staan en vroeg of ik met haar mee naar huis wilde wandelen. 'Dit is je laatste kans,' zei ze er lachend bij. Het was de glimlach die ik nooit had kunnen weerstaan.

'Ja, natuurlijk,' zei ik en ik keek Saleem aan en stak mijn hand naar hem uit. 'Ik ga je zien.' Het was een handdruk die lang aanhield, misschien omdat we allebei van alles dachten en van alles wilden uitspreken, maar het niet deden. En even vroeg ik me af of ik hem dan maar moest omhelzen, maar dat voelde overdreven want Saleem en ik gaven elkaar normaal gesproken geen hand, laat staan dat we elkaar in de armen vielen.

'Succes in Engeland,' zei ik.

'Dank je, en jij succes op SGR.'

Het duurde een paar seconden voordat het tot me doordrong waar hij op doelde: de afkorting had zich nog niet in mijn hoofd genesteld. En ik besefte toen pas dat ik me helemaal geen voorstelling van SGR kon maken. Bijna al mijn klasgenoten hadden hun toekomstige middelbare school bezocht tijdens een open dag, maar ik niet, want mijn keuze stond toch al vast. Mijn zus had niet voor niets de weg voor me geplaveid. Op SGR moest ik het vwo in zes jaar afronden om mijn ouders trots te maken.

Saleem stak zijn hand naar ons op en liep toen weg alsof we zojuist een uitvaart hadden bijgewoond van een te jong overleden klasgenoot. Na een paar seconden riep ik zijn naam. Hij keek meteen om, alsof hij op dat moment had gewacht om ons knullige afscheid over te doen. 'We schrijven,' riep ik. Hij stak zijn duim naar me op en herhaalde mijn woorden op teleurgestelde toon. Daarna stak hij zijn handen weer in zijn zakken en liep verder. En hoewel het in tegenspraak was met alles wat hij daarvoor had gezegd, dacht ik dat Birmingham misschien voor hem was, wat SGR voor mij symboliseerde.

'Kom,' zei Esmeralda terwijl ze haar arm in de mijne haakte. 'Het is tijd voor onze afscheidswandeling.'

'Misschien is het geen afscheidswandeling,' zei ik. 'Misschien komen we elkaar nog tegen in de vakantie.' Zoals ik het zei klonk het niet als een mogelijkheid, maar als een wens. Een vurige wens.

'Waar?'

'Gewoon, in de buurt.'

'Maar we zullen nooit meer samen van school naar huis wandelen,' zei Esmeralda op een toon alsof het leven nooit meer hetzelfde zou zijn, alsof we op het punt stonden iets waardevols kwijt te raken, en in zekere zin was dat ook zo, en zouden we daar pas achter komen wanneer het al te laat was.

Ik knikte.

'Ga je ook naar Kwaku?' vroeg ze. 'Ik ga er met mijn nichtje heen.'

'Wanneer?'

'Weet ik nog niet, maar misschien zie ik je daar wel.'

Ik was niet van plan geweest erheen te gaan, maar zei: 'Dat lijkt me leuk.'

Even later liet ze mijn arm los alsof de verwijdering al was ingetreden, en waar ze normaal gesproken geen moment stil was en de zinnen elkaar in snel tempo opvolgden, liep ze nu zwijgend naast me. Toen we iets over de helft waren, en het einde van ons samenzijn naderde, werd ik steeds nerveuzer.

Esmeralda doorbrak de stilte: 'Vind je het ook zo jammer dat onze klas uit elkaar gaat?'

Ik knikte. Zoals zij het zei klonk het alsof we zelf besloten hadden elkaar te verlaten. Ik vroeg me af wat ik eraan toe kon voegen en deed er het zwijgen toe. Bij de brug waar we normaal altijd nog even bleven napraten, stonden we even stil en keken naar de eenden die lusteloos in het water dobberden als plastic objecten in een vijvertje.

Uit het niets stelde Esmeralda me een vraag die me verwarde: 'Metin, wil je me nog iets vragen?'

Ik schrok, het klonk alsof ik iets voor haar achterhield, iets waar ze recht op had. Maar toen ik haar woorden tot me liet doordringen, meende ik juist een soort uitnodiging in haar stem te horen die me er bijna toe verleidde iets te zeggen wat ik niet van plan was geweest. Ik had nog een extra aanmoediging nodig, een laatste duwtje. Als ze haar vraag herhaalde of mij aankeek zoals alleen zij dat kon, dan zou ik het zeggen. Maar ze deed het niet. En omdat ik de spanning niet langer kon verdragen zei ik: 'Succes op je nieuwe school, Esmeralda.' Meteen vervloekte ik mezelf hartgrondig.

Misschien beeldde ik het me in, maar ik meende teleurstelling in haar ogen te zien. Ze beëindigde ons gesprek snel. 'Jij ook, Metin. En een fijne vakantie nog. Nou, doei!'

Ze liep weg, het meisje met de verrukkelijke glimlach en stralende ogen, liep sneller weg dan normaal, me achterlatend bij de brug waar we zoveel gesprekken hadden gevoerd die me niet alleen iets over meisjes hadden geleerd, maar ook over het leven.

41

Dat jaar vormde de zomervakantie geen tijd van onbezorgdheid: het gevoel van leegte dat me sinds het afscheid van Saleem en Esmeralda had overvallen, drukte zwaar op mijn gemoed. Vooral de eerste dagen kon ik nergens van genieten in de wetenschap dat ik mijn kansen bij Esmeralda had verspeeld en dat Saleem niet meer in Nederland woonde.

Een derde tegenslag volgde al snel: we gingen die vakantie niet op bezoek bij mijn oom en zijn gezin in Hamburg, zoals mijn ouders hadden aangekondigd. Twee jaar eerder hadden mijn oom en zijn gezin ons wel bezocht toen ze met hun reusachtige camper op doorreis waren naar Spanje, waar mijn oom tot aan de zuidkust doorreed om in de Middellandse Zee de vermoeidheid uit zijn lichaam te laten vloeien terwijl de zon zijn kalende schedel verschroeide en zijn vrouw en kinderen familiekiekjes schoten die ze ons later per post zouden toesturen om ons de ogen uit te steken. Maar eerst waren wij aan zet geweest: de Bijlmer had hen van harte welkom geheten, want al op de eerste avond werd er in hun camper ingebroken. Het rijdende huis, dat ze voor onze flat hadden geparkeerd omdat hij niet in de parkeergarage paste, was helemaal overhoop gehaald en de hele voorraad lang houdbaar eten en wat kleren waren verduisterd. Maar de autoradio, met daarin een cassettebandje van Sezen Aksu, hadden de dieven ongemoeid gelaten. Mijn oom nam de schade kalm op alsof hij dit had verwacht en het op zijn reisschema stond, maar toen mijn tante even later de ravage zag, kon hij haar slechts met moeite uit het hoofd praten om meteen dezelfde dag 'dit getto te verlaten'. Pas toen hij plechtig beloofde de resterende nachten in de camper te slapen om hen voor verder onheil te behoeden, ging ze overstag, maar twee dagen later vertrokken ze alsnog en er kwam weinig terecht van mijn ooms belofte om met ons naar Artis en Zandvoort te gaan.

Het enige wat we als gezin ondernamen, waren de uitstapjes naar het Gaasperplaspark. Tijdens de eindeloze wandeling naar metrostation Ganzenhoef kwamen we altijd langs kinderboerderij Gliphoeve. Zelden lieten we de mogelijkheid lopen om de schapen en geiten te aaien. Pas later begreep ik dat de beesten mijn vader aan zijn jeugd in Oost-Turkije deden denken, aan de tijd waarin hij als kleine herder de dieren meenam naar de grasvelden achter het dorp. Als hij een lammetje of geitje zag bij Gliphoeve, klom mijn vader over het houten hek en zag ik een kant van hem die me iedere keer weer verraste.

Wanneer mijn vader in een goede bui was, mochten we daarna ook van de lange glijbaan onder het hoge spoorwegviaduct glijden. De glijbaan was hoog en steil en om bij de top te komen moest je tientallen treden van een trap beklimmen aan de zijkant van het viaduct. Het was het waard, want het was de hoogste glijbaan van de Bijlmer en de glijtocht naar beneden duurde zo lang dat je enorm veel vaart ontwikkelde. Meestal mochten we drie keer ervan afglijden terwijl mijn ouders toekeken, en de laatste keer sloot ik altijd mijn ogen en liet ik mezelf achterovervallen terwijl ik kirde van plezier.

Daarna wachtte ons een korte metrorit. Op station Ganzenhoef stapten we op metrolijn 53 richting Gaasperplas, de eindhalte. We stempelden nooit af omdat we volgens mijn moeder 'maar twee haltes hoefden te reizen' en er toch nooit gecontroleerd werd. In de praktijk betekende het dat we moesten uitkijken voor controleurs en niet mochten zitten gedurende de rit.

Iedere keer als we bij station Gaasperplas arriveerden, maakte zich een grote opluchting van mij meester. Als we even later het Gaasperplaspark betraden en langs de abri met de reclame 'Giroblauw past bij jou' wandelden, dacht ik altijd aan de twee donkere meisjes die hier waren verdwenen. Ik staarde naar de plek waar ze voor het laatst waren gezien: bij het Planetarium, zo'n honderd meter van de ingang. Foto's van de meisjes waren op *Opsporing Verzocht* verschenen. Het waren pasfoto's zoals die zo vaak worden genomen door schoolfotografen, alleen lachten de meisjes niet, alsof ze voorvoelden wat voor bitter lot hen wachtte. Ze waren negen jaar en hun kroeshaar was keurig gevlochten en iemand die niet had geweten waarom hun foto's op de nationale televisie werden getoond, had kunnen denken dat het leden waren van een getalenteerd jeugdkoor dat onlangs een prestigieuze prijs in de wacht had gesleept. Maar de meisjes zouden nooit meer hun opwachting in een koor maken, want ze waren in het niets opgelost zonder een spoor achter te laten. Het enige wat de politie wist, was dat ze voor het laatst gezien waren in aanwezigheid van een blanke man van een jaar of vijftig, met een gemiddeld postuur. Ze lieten een compositietekening van hem zien: een onopvallende man die met zijn dunne snor en grote bril boekhouder had kunnen zijn, of leraar op onze basisschool. Hij was met de meisjes richting de uitgang van het park gelopen en toen waren ze schijnbaar in het niets opgelost. Ik probeerde het voor me te zien en vroeg me af vanaf welk moment de meisjes wisten dat ze gevaar liepen. Was het toen ze bij hem in de auto stapten, of pas toen ze een verlaten en donker huis betraden? Hadden ze geleden?

Nadat ik erin was geslaagd het beeld van de verdwenen meisjes van me af te schudden, kon ik me pas overgeven aan het park. Meestal gingen mijn zus en ik schommelen of zwommen we in het donkere water vol waterlelies waarin de algen eveneens goed gedijden en waarvan de bodem zo zacht was dat je bij iedere stap minstens tien centimeter wegzakte. Wanneer ik mezelf vermoeid op de oever hees, snoof ik tevreden de geur van de barbecuerook op en keek ik naar de moeders die op een strandlaken van de zon genoten. Veel van hen hadden hun borsten ontbloot en sommigen liepen ook onbekommerd topless rond alsof ze zich in hun beschutte achtertuin bevonden, of ze speelden badminton zonder hun topje aan te doen waardoor hun borsten op en neer deinden wanneer ze de fladderende shuttle probeerden te raken. Wat me nog meer verbaasde, was dat sommige vrouwen in het park ook zonder hun borsten te bedekken naar de snackbar naast het speeltuintje liepen om friet of ijsjes voor de kinderen te halen. Toen ik een keer in de rij stond voor een ijsje, was ik plotseling omringd door drie halfnaakte blonde vrouwen die boven me uittorenden met hun gebruinde borsten waarvan de tepelhoven lichtbruin waren en zo groot als flinke poffertjes. Ze stonden zo dicht bij me en sloegen zo weinig acht op me, dat ik bang was dat ik per ongeluk tegen een borst zou aanlopen, of dat een tepel in mijn rug zou priemen wanneer ik onverwacht een stap naar achteren zette. De bebaarde snackbareigenaar daarentegen staarde tevreden leunend op zijn ellebogen naar hen, alsof hij zich niet in de doordringende frituurlucht tussen zakken friet en pakjes mayonaise bevond, maar in de coulissen van de Moulin Rouge. Opgelucht maakte ik me uit de voeten zodra ik mijn Cornetto met noten had bemachtigd. Maar heimelijk genoot ik van de aanwezigheid van de vrouwen en de kokosgeur van hun zonneolie die bij een heet briesje om hen heen zweefde. Het liefst bewonderde ik hen vanaf een afstandje, als een kleine voyeur die vanwege zijn jeugdige leeftijd vrij spel had en nimmer ontmaskerd zou worden. En heel soms, op die zeldzame dagen dat de verstikkende zomerhitte iedereen naar het koele park lokte, waren er tot mijn verbazing ook meisjes van mijn leeftijd die het voorbeeld van hun moeders volgden en zich bijna geheel uitkleedden. Slechts gehuld in een zwembroekje speelden ze strandtennis om daarna als jonge zeemeerminnen het water in te duiken en even later roerloos op een handdoekje te gaan liggen en hun jeugdige lichaam aan de zon te schenken als een offer aan de ons gunstig gezinde weergoden. Ik vroeg me af of ze misschien samen met hun ouders naar de erotische films van Bo Derek hadden gekeken en de scènes nabootsten waarin zij halfnaakt over het strand liep, want hun aanblik wond mij nog meer op dan die van hun moeders wier huid al bezig was het gevecht tegen de onverbiddelijke tijd te verliezen. Misschien kwam het doordat de jonge meisjes zich bewust leken van hun veranderende lichaam en soms sensueel aan het spelen waren met hun vrouwelijkheid. Ik staarde naar hun puntige borstjes die zichtbaar in de groei waren en hun billen die langzaam ronder leken te worden. En zoals mijn lichaam zich ontwikkelde, mijn beharing toenam en mijn stem zwaarder werd, waren hun lichamen een vrouw van hen aan het maken, hoewel ze op sommige momenten nog de speelsheid van een kind bezaten.

Ik had *Lolita* toen nog niet gelezen, anders had ik vast gedacht dat alle mannen die op zulke dagen in hun eentje op een handdoek in de zon zaten lotgenoten waren van Humbert Humbert en zich daar in het Gaasperplaspark in het paradijs waanden waar de nimfijnen onbezorgd ronddartelden. Misschien waren de twee donkere meisjes daarom in dit park verdwenen en was het recreatiegebied een lustoord voor mannen die door hun ziekelijke geslachtsdrift tot gruweldaden werden gedreven.

Die verwarrende zomer van 1989 zat ik na het zwemmen te drogen op het gras. Mijn ouders waren een stukje gaan wandelen en hadden mijn zus zover gekregen hen te vergezellen, maar ik had geweigerd omdat ik niets wilde missen van wat zich voor mijn ogen afspeelde. Toen ik om mij heen keek, stopte ik met ademhalen toen ik ineens, zo'n twintig meter van mij vandaan, Esmeralda overeind zag komen op haar strandlaken, en juist op dat moment trok zij, zittend op haar knieën, haar bikini over haar gebruinde borsten. Met opengesperde ogen en zonder een keer te knipperen, keek ik naar haar borsten, die nog veel groter waren dan ik had verwacht. En terwijl ze even met haar bikini worstelde, keek ik secondenlang naar haar ontblote bovenlijf terwijl haar lichtbruine lokken door de zomerzon in een heldere gloed waren gezet en als gouddraad over haar schouders vielen. Vol jeugdige glorie toonde ze de wereld haar lichtroze areola's en bescheiden tepels die naar binnen leken gekeerd alsof ze er nog niet klaar voor waren om begeerd te worden door hongerige mannenogen. Naast haar kwam een meisje overeind dat ik niet kende, maar ik had geen oog voor haar: met een kloppend lid en onrustige ademhaling staarde ik bijna onafgebroken naar Esmeralda. Ze verdreef mijn opwinding toen ze haar bikini over haar borsten schoof, opkeek alsof ze voelde dat ze bekeken werd en ineens naar mij begon te zwaaien. 'Hoi Metin,' riep ze waarna ik wakker schrok uit mijn trance. Ze stond op en liep mijn kant uit en in haar kielzog volgde haar vriendin. Ik voelde de aandrang een strandlaken over mijn zwembroek te gooien om een afgang te voorkomen, maar verroerde desalniettemin geen vin en bleef apathisch zitten terwijl ze me naderde met haar schitterende lichaam. Op het laatste moment trok ik mijn benen op en plaatste mijn armen zo nonchalant mogelijk over mijn knieën.

'Hé Metin, wat doe jij hier?' vroeg ze met een stem die plagerig en zelfbewust klonk.

Kijk haar in de ogen, sprak ik mezelf toe. Laat je blik niet omlaag glijden, blijf in haar ogen kijken. Maar eerst moest ik mijn ademhaling onder controle krijgen en mijn tong terugtrekken zonder op een herdershond te lijken. Ik haalde mijn hand zo stoer mogelijk door mijn natte haar en zei: 'Hoi Esmeralda, hoe gaat het?' Ik sprak snel en reageerde niet op haar vraag, maar ik was tevreden, want de woorden kwamen er soepel en zonder hapering uit.

'Goed hoor, heerlijk is het hier hè?' Ze draaide zich een kwartslag om terwijl ze naar het water wees waarin kinderen op en neer sprongen, mij daarbij een vrij uitzicht op haar flank gunnend, en op dat moment gleden mijn ogen willoos naar haar borsten, en hoewel ze nu bedekt waren, voedden ze mijn opwinding opnieuw. Jij bent het die heerlijk is, Esmeralda, dacht ik. Jij en je schitterende volle borsten die je even daarvoor aan mij getoond hebt en mij daarmee de uitverkorene van de klas hebt gemaakt.

'Ja, lekker,' zei ik. 'Lekker is het hier.' Ik voelde hoe haar vriendin me aankeek. Blijkbaar merkte Esmeralda dat ook, of misschien wilde ze wel de stilte doorbreken toen ze zei: 'Dit is mijn vriendin Nicole.'

Ik moest haar nu wel aankijken en zonder dat mijn ogen omlaag gleden, zocht ik Nicoles blik. Ik keek in twee prachtige groene ogen die me direct beroerden. Nu pas zag ik dat Nicole een beeldig gezicht had met speelse sproeten rond haar neus. Ze had met gemak in een Amerikaanse serie kunnen spelen en overtrof Esmeralda qua schoonheid, maar beschikte alleen niet over zulke opvallende lichamelijke kenmerken. Dit was het terrein van Esmeralda, want in een bikini trok zij alle aandacht naar zich toe, maar ik wist zeker dat ik mijn blik op alle andere dagen niet van Nicole af zou kunnen houden. Nicole deed een stap naar voren en stak haar hand naar me uit. Een steek schoot door me heen: nu moest ik wel overeind komen. Snel trok ik het strandlaken van mijn zus naar me toe en terwijl ik overeind kwam, hield ik het zo onopvallend mogelijk voor mijn zwembroek. 'Hoi, ik ben Metin,' stamelde ik terwijl ik de kleine warme hand van Nicole vastpakte. Haar lach werd nog breder alsof ik zojuist een geslaagde grap had gemaakt en ze straalde toen ze zei: 'Hoi Metin.' Even was ik Esmeralda helemaal vergeten. En zonder dat we elkaars hand loslieten, vroeg ze: 'Ben je een klasgenoot van Esmeralda?'

Ik keek Esmeralda aan en richtte mijn blik toen weer op Nicole. 'We waren klasgenoten, ja. En nu...'

'En nu gaat Metin als enige naar SGR,' onderbrak Esmeralda me. 'Ik vind het nog steeds stom van je, hoor Metin.'

Nicole keek me verheugd aan. 'Wat leuk!' riep ze. 'Ik ga ook naar SGR.' Ze gaf me een klapje tegen mijn bovenarm. 'Dan ken ik tenminste iemand op de eerste dag.'

En ineens zag ik het helemaal zitten om naar SGR te gaan. Ik zag al voor me hoe Nicole en ik in de pauze samen zouden wandelen naar het winkelcentrum van Reigersbos en een broodje kochten bij de bakkerij.

'Ah, leuk,' zei ik zonder overdreven enthousiast te klinken. 'Dan komen we elkaar daar vast tegen.'

'Welk niveau ga je doen?'

Voordat ik kon antwoorden, zei Esmeralda: 'Metin was een van de slimsten van de klas, het lievelingetje van de meester. Hij gaat vwo doen.'

Ik vond het leuk dat ze mij openlijk prees, maar het stoorde me dat ze me het lievelingetje van de meester noemde. 'Dat valt wel mee, hoor,' zei ik. 'Ik ga havo/vwo doen. En jij?' Ineens dacht ik helemaal niet meer aan Esmeralda, zij zou naar het Augustinus College gaan en ik zou Nicole helemaal voor mezelf hebben op SGR.

'Mavo/havo,' zei Nicole. 'Ik ben niet zo'n studiebol.'

'Ze is een paardenmeisje,' zei Esmeralda.

'Jeetje, gaaf dat we naar dezelfde school gaan,' zei Nicole, terwijl ik haar wilde omhelzen en haar geur wilde opsnuiven. 'Ja, we komen elkaar daar vast tegen.'

'Nou, leuk hoor, jongens,' zei Esmeralda plotseling bits. 'Dan kunnen jullie gezellig samen chocomel drinken in de pauze.' Nicole begon te lachen en ik volgde haar voorbeeld. 'Zullen we weer verder gaan? Ik verga van de dorst,' zei Esmeralda ineens gehaast. 'Dag Metin!' Zonder me aan te kijken, liep ze weg.

Ik liet nonchalant mijn strandlaken op de grond vallen en stak instinctief mijn hand uit naar Nicole. En terwijl ik mijn hand naar die van haar bracht, gleed mijn blik een kort moment omlaag en keek ik in een flits naar haar bedekte borsten. Zo van dichtbij, zonder de joekels van Esmeralda naast die van haar, zagen haar borsten er helemaal niet klein uit. Ze waren perfect.

'Tot ziens, Nicole,' zei ik en op dat moment besefte ik dat ik nooit eerder op zo'n toon tegen een meisje had gepraat, en niet eerder had ik op zo'n manier naar een meisje gekeken. 'Ik zie je bij SGR.' Het was alsof ik in één klap de fouten die ik bij Esmeralda had gemaakt had hersteld, en alsof ik Esmeralda nog jaloerser wilde maken, voegde ik eraan toe: 'En dan trakteer ik je op een chocomel.'

'Daar hou ik je aan,' zei ze breed glimlachend. 'Doei!'

42

Ik zat *Morgen ben ik beter* van Evert Hartman te lezen toen mijn moeder op mijn deur klopte. 'Saleem staat voor je aan de deur,' zei ze.

'Saleem zit in Engeland,' zei ik zonder op te kijken, in een onbewuste poging mijn vader te imiteren.

'Hij staat op onze galerij.'

'Leuk grapje.'

'Doe niet zo raar, oğlum, ik heb hem toch net gesproken.'

Ik kwam zuchtend overeind van de fauteuil en liep naar de voordeur die openstond. Saleem stond op de galerij, leunend tegen de balustrade.

'Hé, wat doe jij hier?'

'Ik kom je ophalen.'

'Je zat toch in Engeland?'

'We vertrekken iets later,' zei Saleem luchtig.

'O.'

'Wat doe je?'

'Niets.'

'Zullen we naar de stad gaan?'

'Niet zo hard,' zei ik. 'Straks hoort mijn moeder het.' Ik dacht even na. 'We kunnen gaan fietsen.'

'Geen zin in.'

'Zwemmen in het buitenbad?' Ik boog iets naar voren en fluisterde: 'Heel veel blote meiden.' Saleem schudde zijn hoofd, hij was helaas een stuk vromer dan Floyd. Ineens moest ik denken aan wat Esmeralda bij ons afscheid had gezegd. 'Laten we naar Kwaku gaan!'

'Kwaku? Je bent toch geen Surinamer.'

'Misschien is Esmeralda er,' zei ik. 'Ze zou erheen gaan met haar nichtje.' En heimelijk hoopte ik dat ze weer vergezeld zou worden door Nicole, want sinds die keer in het Gaasperplaspark, had ik alleen maar aan haar gedacht. De week erop was ik zelfs in mijn eentje naar het park gefietst en had ik urenlang tevergeefs op dezelfde plek gezeten in de hoop haar weer te zien, me tegelijkertijd afvragend hoe Nicole het had klaargespeeld mij Esmeralda bijna te doen vergeten.

Saleem keek moeilijk. 'Dus?'

'Misschien is haar nichtje wel iets voor jou,' zei ik. 'Volgens Esmeralda is ze bloedmooi.' En terwijl Saleem me zwijgend aankeek, wist ik dat een doorbraak dichtbij was: 'Als je meegaat, trakteer ik op iets lekkers.'

'Oké, maar ik blijf niet lang, ik moet voor vier uur thuis zijn.'

En zo liepen we naar het Bijlmerpark in de verzengende hitte van het middaguur. Voordat ik van huis was gegaan, had ik mijn moeder om extra zakgeld gevraagd zodat ik Esmeralda, en hopelijk ook Nicole, kon trakteren op cola of een ijsje. Op het speeleiland tegenover onze flat zwommen kleine kinderen in het ondiepe deel van het water, terwijl aan de andere kant een rubberbootje ronddobberde met daarin twee jongens die te bevangen waren door de warmte om te peddelen. De zon was zo ongenadig dat zelfs de junks bij Fazantenhof de schaduw van het viaduct opzochten of uitgeteld onder een boom lagen.

'Ik smelt, man. Kunnen we toch niet naar het zwembad gaan?' vroeg Saleem.

'We zijn er bijna,' zei ik vastberaden. 'Ik hoor de muziek al.'

Toen we het politiebureau Flierbosdreef passeerden, werd het ineens druk en voelden we de basdreunen al. En even later, bij de ingang van het Bijlmerpark, zagen we in de verte de eerste eetkraampjes en een grote donkere menigte opdoemen.

'Ik zie alleen maar negers, man,' zei Saleem.

'Niet zo hard, gek,' riep ik terwijl ik met mijn elleboog in zijn arm porde. 'Straks krijgen we nog klappen.' Tussen de honderden creolen zag ik ook veel Hindoestanen, wat Javanen en zelfs een paar Nederlanders. 'Nou, ik zie anders ook koelies en een paar blanken, hoor.'

'Bakra's bedoel je.'

'Haha, ja bakra's.' Terwijl ik deed of ik in de verte tuurde, zei ik: 'Maar ik zie helemaal geen Pako's.'

‘Die komen hier niet,’ zei Saleem.

‘Ze zitten zeker allemaal in de moskee te schuilen voor de zon.’

‘Heel grappig,’ zei Saleem waarna hij om zich heen keek. ‘Ik zie anders ook geen Toerkoes.’

‘Die komen hier ook niet.’

‘Ze zitten zeker allemaal te kaarten in het theehuis,’ zei Saleem grijnzend.

Ik schudde mijn hoofd terwijl ik vreesde dat hij weleens gelijk kon hebben en dat mijn vader met zijn maten zat te kaarten in de stad. ‘Kijk nou maar goed om je heen of je Esmeralda ziet.’

In tegenstelling tot Saleem en mij, hadden veel bezoekers zich op de tropische temperatuur ingesteld door zich luchtig te kleden. De jonge mannen liepen rond op slippers of luchtdoorlatende Nikes in flitsende kleuren, en ze droegen korte broeken met daarboven een onderhemd, of ze flaneerden simpelweg met ontbloot bovenlijf, hun T-shirt gedeeltelijk onder hun broekband gestoken, om hun indrukwekkende torso en gestaalde buikspieren te etaleren, terwijl ze high fives uitwisselden met hun matties waarna ze hun vuisten tegen elkaar drukten. Saleem en ik droegen zoals altijd onze onooglijke O’Hara’s van de Bristol en een vormloze spijkerbroek van de Marca die steeds meer begon te broeien met dit weer.

Voor ons zagen we ineens een grote donkere vrouw met brede heupen en een kont van mythische proporties. En hoewel we als Bijlmerjongens niet zo snel versteld stonden van opvallende rondingen, wisten we nu niet wat we zagen. We keken als gebiologeerd naar haar achterwerk dat een landschap op zich was, een landschap dat op en neer deinde en alle aandacht naar zich toe trok. De vrouw droeg ook nog eens een roze legging die weinig aan de verbeelding overliet, met daarboven een klein topje waarin haar spectaculaire decolleté diep uitgesneden was. Maar ondanks haar opvallende rondingen, of beter gezegd: dankzij haar sensationele rondingen, liep ze verleidelijk en zelfverzekerd op het feestgedruis af, alsof ze er zeker van was dat ze die middag onbedreigd tot Miss Bijlmer gekroond zou worden, en bij het invallen van de duisternis huiswaarts zou keren met een gespierde donkere minnaar aan haar arm.

De muziek werd steeds luider en kwam ineens van alle kanten. Nu eens hoorden we rapmuziek uit een nabije geluidsbox, dan weer relaxte reggae van een kraam aan de andere kant van het terrein, afgewisseld met een soort merengue die ik in die jaren nog niet vaak had gehoord. Het was een grote uitgelaten mix, een kakofonie van geluid, aangevuld met lachende en luid pratende mensen die elkaar te midden van de herrie omhelsden en daarna probeerden te verstaan. En overal, werkelijk overal op het grasveld stonden eetkraampjes. De barbecuegeur die over het uitgestrekte terrein hing, deed me al snel watertanden. Op grote roosters lagen enorme kippenbouten en hompen spareribs, maar ook andere soorten vlees die ik niet kon thuisbrengen. Bij de vele kleine en grotere kraampjes werden bloedworst, kipsaté, baka bana, telo met bakkeljauw, pasteitjes en bara verkocht. En er waren ook kleine, geïmproviseerde tafeltjes waarop allerlei zoetigheid – van maizenakoekjes, eksi koekoe, bojo en keksi tot felgekleurde goelong goelong – uitgestald stond in plastic bakjes. De schaafijsman die ik kende van de Amsterdamse Poort was er ook, en ook hier deed hij goede zaken. Lachend haalde hij de schaaf over het grote blok ijs terwijl hij vrolijke gesprekken voerde met klanten. En tussen de menigte door liepen oude Surinaamse vrouwen, uitgedost in jurken in de kleuren van de Surinaamse vlag. De koninginnen van het exotische feest.

'Doet Ruud Gullit ook mee?' vroeg Saleem terwijl hij naar het door dranghekken omheinde grasveld wees waar donkere mannen aan het voetballen waren.

Ik verstond hem nauwelijks door alle kabaal. 'Waar zie je Gullit?'

Hij wees naar het veld. 'Ik vroeg of Gullit ook meedoet.'

'Dat mag vast niet van AC Milan. Maar volgens mijn buurjongen was hij hier laatst en at hij een kippenbout.'

We wurmden ons door de menigte, tot we aan de rand van het voetbalveld stonden om ons ervan te vergewissen of er geen bekende voetballers meededen. Ondanks de drukkende hitte hielden de mannen geen moment in en sprintten ze voluit achter elke bal aan alsof ze ontdekt hoopten te worden door een scout van Ajax.

'Jezus, het is toch veel te warm om te voetballen,' zei ik.

'Ze willen gewoon indruk maken op de chickies.'

Saleem en ik zouden pas later te weten komen dat Kwaku niet lang voor onze geboorte was begonnen als een voetbaltoernooi voor Surinamers die niet op vakantie konden. En elke volgende editie kwamen er meer eetkraampjes bij, stegen de bezoekersaantallen en groeide Kwaku zelfs uit tot het grootste multiculturele festival van Nederland.

'Laten we wat drinken,' zei ik na een tijdje verveeld. 'Ik verga van de dorst.'

'Jij trakteert,' grijnsde Saleem.

We liepen terug naar de kraampjes. Toen Saleem zei dat hij cola wilde, schudde ik mijn hoofd. 'Nee, jongen, hier moet je Fernandes drinken,' zei ik belerend.

'Hoezo?'

'Omdat dat Surinaams is. Op Kwaku hoor je gewoon Fernandes te drinken.'

'Of Parbo Bier!' riep een kleine donkere man ineens terwijl hij vrolijk naast ons kwam dansen met een plastic bekertje in zijn hand. Heupwiegend hief hij zijn wijsvinger in de lucht. 'Dat is veel beter dan Heineken. Wacht maar, wacht maar, over een paar jaar drinkt de hele wereld Parbo Bier!' Hij reikte het bekertje aan mijn Pakistaanse vriend. 'Hier, proef zelf maar.'

Saleem keek de man beledigd aan. 'Ik ben moslim, meneer.'

'Maakt toch niet uit, mijn kleine mattie.' De man glimlachte breed en hief daarna weer zijn wijsvinger in de lucht, maar nu om een andere reden. 'Op Kwaku zijn we allemaal één, kleine mattie. Kijk om je heen, allemaal broeders en zusters, hier kennen we geen verschillen.' Hij klopte Saleem vriendelijk op zijn schouder, nam toen gulzig en morsend een slok van zijn Parbo Bier en keek mij toen aan. 'Jij wilt vast wel een slok.'

Ik voelde me overvallen en zei het eerste wat in me opkwam. 'Ik ben pas twaalf jaar, meneer.'

'Ach man! Ik was tien toen ik in Paramaribo mijn eerste Parbo Bier dronk.' De man haalde zijn schouders op en danste verder op de beats die uit de ons omringende geluidsboxen schalden.

Saleem staarde me een tijdje zwijgend aan alsof ik iets verkeerds had gezegd. Het was de blik die ik maar al te goed kende. 'Waarom zei je niet dat je ook moslim bent?'

Ik kreeg het nog warmer dan ik het al had. 'Dat gaat hem toch niets aan?'

'Schaam je je er soms voor?'

'Natuurlijk niet,' zei ik snel. 'Maar wat kan het hem schelen?'

Saleem bleef me strak aankijken.

'Laten we erover ophouden.'

Misschien kwam het door de dorst dat Saleem uiteindelijk knikte en me liet ontsnappen. We liepen naar het kraampje van een magere man met dreadlocks. 'Wil je een groen of rood blikje Fernandes?' vroeg ik aan Saleem. Hij koos de cherry bouquet, ik de green punch.

'Lekker,' zei Saleem.

'Beter dan cola.'

'Veel beter.'

Terwijl we zwijgend verder dronken, scande ik de omgeving op zoek naar Esmeralda. 'Ik zie haar niet.'

Op het moment dat het volume bij een van de kraampjes nog verder omhoog ging voor het nummer 'Every Little Step' van Bobby Brown, riep Saleem: 'Daar!'

'Waar?'

'Ongelooflijk, man, check wie daar staat!'

Misschien was de hitte ons op hetzelfde moment naar het hoofd gestegen, want we zagen B.A. Baracus voor een kraam staan, of beter gezegd Mr. T, uitgedost als het meest illustere personage dat hij ooit had vertolkt: de onverwoestbare vechtmachine B.A. uit de hitserie *The A-Team*. Hij ging op de foto met een groep kinderen terwijl hij vervaarlijk brulde alsof ze stout waren geweest en hij op het punt stond hen te tuchtigen. En net als op tv was B.A. in het echt een waanzinnige attractie met de hem kenmerkende mohawk en de tientallen gouden kettingen die als een blinkend harnas om zijn brede hals hingen. Aan elke vinger droeg hij een enorme gouden ring waardoor het leek of hij een boksbeugel omhad en alsof dat niet genoeg was, sierden brede gouden armbanden zijn polsen. Al dat goud moest bij elkaar een fortuin waard zijn, dacht ik. Maar de uitdossing ging verder, want B.A. had oorringen in waaraan grote gekleurde veren bevestigd waren en zijn broek en T-shirt waren voorzien van een legerprint, wat hem nog gevaarlijker deed ogen.

'Ongelooflijk,' zei ik met open mond. 'Het is gewoon B.A.!'

'Wow!' zei Saleem. 'Te gek, man.'

'*I pity the fool*,' zei ik in mijn best mogelijk imitatie van Mr. T.

'*Yeah, man!*' riep Saleem.

Voor ons stond de man die tegen Rocky Balboa had gevochten in Rocky III en samen met Hulk Hogan in een tag team had geworsteld in de eerste Wrestlemania ooit, maar boven alles was hij B.A. Baracus uit *The A-Team*. En zo stonden we daar een tijdje vol bewondering te kijken, tot Saleem zei dat hij hem de hand moest schudden. 'Zo'n kans krijg ik nooit meer, man.' Vlak voor de filmster met een nieuwe groep kinderen op de foto ging, stoof mijn vriend naar voren en stak zijn hand naar hem uit, en met het overdreven Britse accent waarmee hij altijd Engels sprak, zei hij: '*Good afternoon, sir, how are you doing today?*' Ik bewonderde mijn vriend om zijn durf.

B.A. keek verbaasd op alsof hij zich afvroeg waar deze kleine Brit ineens vandaan kwam en terwijl hij Saleems hand drukte, antwoordde hij: '*I'm fine, little man.*' Zijn stem klonk anders dan op tv, niet zwaar en diep, maar veel hoger alsof de jarenlange knokpartijen op de filmset zijn krijgershart hadden uitgeput. Ineens zakte Saleem door zijn knieën terwijl hij 'au, au' riep waarna B.A. hard begon te lachen. Hij liet mijn vriends hand pas na een paar seconden los en klopte hem toen op de schouder.

'B.A., *I love you!*' klonk het ineens. Toen we omkeken zagen we de grote donkere vrouw met de roze legging naar voren stormen. '*I'm your biggest fan,* B.A.! *Please let me hug you.*'

De Amerikaanse acteur begon verlegen te glimlachen, maar toen de vrouw haar armen naar hem uitstak, liet hij zich gewillig omhelzen. Ze drukte zich stevig tegen hem aan en haar borsten kropen zowat over zijn gouden kettingen terwijl ze steeds '*O my god, you're so big!*' riep. Tot ons ongeloof gleden B.A.'s grote handen langzaam omlaag richting haar royale kont, tot beide ongegeneerd een deel ervan omvatten, alsof deze vrouw zijn welverdiende trofee was na jaren van intensieve lichamelijke arbeid. Toen ze hem eindelijk losliet, riep ze opgewonden: '*Let's take a picture together, please, let's take a picture together!*' Ze gebaarde naar de man met de polaroidcamera dat hij zich gereed moest maken en zwaaide toen wild met haar armen ten teken dat we ons allemaal uit de voeten moesten maken. 'Iedereen uit de weg! Wegwezen, mensen, snel een beetje!' Toen keek ze B.A. aan als een verliefde tiener, en met een stem die plotseling zoetgevooisd was, zei ze: '*Lift me up* B.A., *lift me up and hold me in your arms.*'

'*What do you mean?*' vroeg B.A. terwijl hij haar ongemakkelijk aankeek. '*You want me to...*'

'*Yes, yes, lift me up for the picture.*' Ze liet haar hand over zijn grote biceps glijden en keek hem verleidelijk aan terwijl ze langzaam haar lippen bevochtigde met haar tong. '*Please, lift me up with those big arms.*'

B.A. bekeek haar even van top tot teen en keek haar toen bedremmeld aan alsof hij wilde zeggen: dame, ik weet echt niet of dat wel zo verstandig is. Hij stamelde: 'I... I don't...'

De vrouw met de roze legging was vastberaden en voordat hij zijn zin kon afmaken, sprong ze in zijn armen. De acteur greep de enorme vrouw geschrokken vast, zwalkte even, heel even maar, en stond toen stil op zijn machtige benen die vanzelfsprekend berekend waren op dit soort onverwachte inspanningen. Mr. T was niet voor niets de bodyguard geweest van grootheden als Muhammad Ali, Steve McQueen en Michael Jackson. En juist op het moment dat de omstanders wilden gaan klappen voor dit indrukwekkende staaltje machtsvertoon en tevens opgelucht waren dat de mythe van de onverslaanbare krachtpatser niet voor hun ogen werd ontrafeld door een opdringerige vrouw, begonnen B.A.'s benen te trillen. Hij wankelde, zette eerst kreunend twee stappen naar voren en daarna drie stappen naar achteren. En even leek hij zijn balans weer te hervinden alsof hij slechts van de schrik moest bekomen en nu weer alles onder controle had. Maar toen viel B.A. Baracus om. De gigant uit *The A-Team* en Rocky III was geveld en de vrouw landde hysterisch gillend boven op hem. Saleem en ik sloegen een hand voor onze mond: daar lag onze actieheld, jammerend en kreunend. Het was alsof alles stilviel op Kwaku: er leek ineens geen muziek meer te draaien en iedereen stopte abrupt met praten, en in de onwerkelijke stilte hoorden we B.A. zeggen: 'Help! Mijn rug, ik ben door mijn rug gegaan.'

De vrouw werd moeizaam overeind geholpen, maar de acteur bleef roerloos en kermend liggen, zijn hanenkam platgeslagen. Een man stoof naar voren en stak zijn hand uit: 'Clifton, gaat het, man? Wacht, laat me je overeind helpen, brada.'

Saleem en ik keken elkaar verbaasd aan. 'Clifton?'

'Laat me liggen!' schreeuwde Clifton. Zijn borstkas met de gouden kettingen ging onrustig op en neer. 'Volgens mij is mijn rug gebroken.'

En terwijl de vrouw met de roze legging zich snel uit de voeten had gemaakt, lag hij daar misschien wel twintig minuten toen er eindelijk een ambulance met zwaailichten en sirene het terrein kwam oprijden. Twee broeders stapten uit, zetten zijn nek voorzichtig in een brace en manoeuvreerden hem, met behulp van een paar omstanders, behoedzaam op een brancard en duwden hem de ziekenwagen in. En zo werd de machtige B.A. Baracus afgevoerd van Kwaku.

TWEE

43

Net als mijn zus was ik voorbestemd om naar het vwo te gaan om daarna aan de universiteit te studeren. Mijn ouders verwachtten niets minder van ons, ieder op hun eigen specifieke manier. Mijn moeder gaf ons vertrouwen, moedigde ons aan en informeerde dagelijks of we ons huiswerk gemaakt hadden. Mijn vader op zijn beurt vond het niet meer dan vanzelfsprekend dat mijn zus en ik in dit welvarende land met al zijn mogelijkheden zouden uitblinken en een universitaire studie afronden. Wij boften volgens hem enorm, want we hadden kansen die hij nooit had gehad als zoon van een boer in een onbeduidend dorp in Oost-Turkije. Hoewel hij dat niet hardop uitsprak, was het duidelijk dat hij vond dat je haast achterlijk moest zijn om niet een universitaire titel te behalen in dit Europese land. Zeker nu hij zijn bijdrage had geleverd: hij had strijd gevoerd met meester Gregory en hem ervan overtuigd zijn mavo/havo-advies te herzien.

Op mijn eerste schooldag brachten mijn ouders me met de auto. Mijn vader parkeerde de Lada op het parkeerterrein achter de Boni. Ik dacht dat mijn ouders op het schoolplein afscheid van me zouden nemen, maar ze liepen mee naar binnen, alsof ze voorvoelden dat er iets niet klopte. In de aula bestudeerden we de klassenlijsten die op een groot bord waren opgehangen. Mijn naam stond niet tussen de havo/vwo-klassen van de eerste brugklas. Toen mijn blik afdwaalde naar de overige klassen, zag ik mijn naam staan bij klas 1F.

'Hier,' riep ik. 'Kijk, hier staat mijn naam.'

Mijn vader keek hoofdschuddend naar het bord. 'Dat kan niet, dat is een mavo/havo-klas. Er is een fout gemaakt.' Hij keek om zich heen en trok een passerende leraar aan zijn jasje. 'Hallo, er is een fout gemaakt,' zei hij naar het bord wijzend. De leraar verwees hem door naar de administratie waar een lange rij stond. Een gezette Surinaamse vrouw zat achter een tafeltje en beantwoordde met een lang gezicht de vragen van de ouders en leerlingen terwijl de telefoon constant rinkelde. Toen wij aan de beurt waren, zei mijn vader voor de derde keer dat er een fout was gemaakt.

'Wat voor fout?'

'Mijn zoon moet naar het vwo!'

De vrouw keek mij onderzoekend aan, haar hoofd daarbij op een vreemde manier schuin houdend, alsof ze wilde zeggen: 'Dat joch daar?' Ze zette een bril op, bladerde met zichtbare tegenzin door een map en schudde toen gedecideerd haar hoofd.

'Nee, hoor.' Ze overhandigde mijn vader een blaadje. 'Als u het er niet mee eens bent, verzoek ik u naar de rector te gaan.' Ze keek naar de almaar groeiende rij achter ons. 'Ondertussen kunt u uw zoon naar klas 1F sturen.'

En terwijl we wegliepen, vroeg ik me af of meester Gregory zich na een lange vakantie soms had bedacht, en vond dat ik beter eerst rustig kon instromen op een lager niveau. Misschien kwam het door het avontuur dat me te wachten stond dat ik mijn schouders ophaalde: 'Dan ga ik toch naar klas 1F?'

Mijn vader keek me aan alsof ik had gezegd dat ik vuilnisman wilde worden. 'Praat geen onzin, jongen. We hebben ons er niet al die jaren voor ingezet om je naar de mavo te laten gaan.'

Ik dwaalde door de gangen van het gebouw op zoek naar het juiste lokaal, terwijl mijn ouders verhaal gingen halen bij de rector. Toen ik het lokaal eindelijk had gevonden, heerste er een plezierige drukte in klas 1F. En terwijl ik in de deuropening stond, zag ik Nicole ineens. Ze zat aan een tafeltje en keek verloren om zich heen. Het was vreemd haar te zien zonder bikini. Toen ze mij zag, stond ze meteen op en wenkte me.

'Metin, wat doe jij hier?' Nicoles ogen straalden nog meer dan die keer in het Gaasperplaspark.

Ik zocht jou, wilde ik zeggen. Wekenlang ben ik op zoek geweest naar jou, Nicole! Ik gaf haar een hand terwijl ik verdronk in haar groene ogen en niets liever wilde dan onze verbondenheid benadrukken. 'Nou, volgens de klassenlijst zit ik ook in 1F.'

'Maar jij ging toch naar het vwo?'

Ik keek haar licht beschaamd aan. Wat moest ik nu zeggen zonder als een leugenaar over te komen, maar vooral zonder het prille gevoel van verbondenheid aan te tasten? 'Er zijn dingen veranderd. En nu zit ik in 1F.' Ik vroeg me af of ik moest zeggen dat het voorlopig was, dat mijn ouders verhaal gingen halen. Maar ik duwde die gedachte meteen van me af en glimlachte breed vanwege het zalige vooruitzicht om bij Nicole in de klas te zitten. 'Nu zit ik hier naast jou.'

En alsof ik haar zojuist een blijde boodschap had gegeven, zei ze: 'Wat leuk, Metin! Dan zijn we klasgenoten. Hoe was je vakantie? We hebben je niet meer gezien in het Gaasperplaspark. Esmeralda en ik zijn er nog vaak heen gegaan.'

'Ja?' Waarom was ik verdomme maar één keer teruggegaan naar het Gaasperplaspark? Ik had er iedere dag heen moeten fietsen!

We werden onderbroken door de mentor die ons welkom heette, bijpraatte over de huisregels, het klassenrooster en de boeken die we moesten halen in een lokaal vlak bij de kantine. 'Let op,' zei hij afsluitend. 'Sommigen van jullie moeten het schoolgeld nog betalen. Doe dat deze week nog, anders mogen jullie geen lessen volgen. Daar zijn we heel streng in.'

Toen we het lokaal verlieten, trok Nicole me aan mijn arm en vroeg of ik meeging om de boeken op te halen. Ze overviel me, want ik was dat helemaal niet van plan geweest tot er duidelijkheid kwam over mijn situatie. 'Dat ga ik later doen,' zei ik ineens haastig terwijl ik aanstalten maakte om weg te lopen.

'O, en ga je me later ook nog trakteren op chocomel?' Ze keek me ineens uitdagend aan.

'Morgen,' zei ik terwijl ik voelde dat mijn gezicht warm werd. 'Morgen trakteer ik je op chocomel.'

'Leuk!'

Ik stak mijn hand naar haar op en liep weg voordat ze me nog meer lastige vragen zou stellen. Mijn ouders wachtten me op het schoolplein op. Mijn vader rookte en keek gejaagd om zich heen. 'Waar bleef je?' zei hij toen hij me zag.

'Ik heb een heel leuke klas,' zei ik terwijl ik een glimlach niet kon onderdrukken. 'Er zit een meisje in mijn klas dat ik al kende.'

'Dat is jouw klas niet,' riep mijn vader verontwaardigd. 'Die prutsers hebben een fout gemaakt, al ontkent de rector dat, alsof ik een leugenaar ben.'

'Je vader heeft gelijk,' sprak mijn moeder op kalmere toon. 'De rector heeft toegezegd dat hij meester Gregory gaat bellen. Als hij het ermee eens is, ga je alsnog naar een havo/vwo-klas en komt het allemaal goed.'

Mijn ouders hadden misschien gelijk. Maar waarom vond ik het dan niet erg om in een mavo/havo-klas geplaatst te worden? Kwam het alleen door Nicole en haar mooie ogen? Dit had het lot kennelijk voor mij bepaald. En het vooruitzicht om in 1F te blijven en alle lessen naast Nicole te zitten, beviel me wel. Zij kende ook niemand op SGR, we waren op elkaar aangewezen, wat onze verbondenheid alleen maar zou versterken. Daarnaast leken de jongens van 1F me wel aardig en deden ze me denken aan de jongens uit mijn flat: ik had ze horen discussiëren over wie er beter was: Van Basten of Maradona. Ik zou ze nog wel vertellen hoe ik dat zag.

'Hij heeft tegen ons gelogen,' zei mijn vader hoofdschuddend. 'Gregory en ik hebben elkaar nog de hand geschud om de afspraak te bezegelen. Wat een waardeloze vent is die meester van jou.'

'Ja, hij is onbetrouwbaar gebleken,' vulde mijn moeder nu zelfs aan en hoewel zij andere woorden koos en op een mildere toon sprak, klonk het uit haar mond scherper, want zij had zich niet eerder zo over hem uitgelaten.

Ik vond het vervelend dat mijn ouders zo over meester Gregory spraken. Plotseling moest ik denken aan de woorden die hij in onze laatste weken op de Bijlmerhorst had uitgesproken. Hij had gezegd dat het niet goed was kinderen op de toppen van hun kunnen te laten opereren om ze maar op het hoogste niveau onderwijs te laten volgen. Een kind moest niet aan te veel druk worden blootgesteld, want anders kon het averechts werken. En bovendien was er volgens hem niets mis met de mavo of havo. Niet ieder kind kon het niveau van het vwo aan.

De volgende dag bezochten mijn ouders de rector opnieuw. Ik ging deze keer mee. De rector bleek een indrukwekkende man te zijn die net zo goed sergeant bij de landmacht had kunnen zijn, met zijn kortgeschoren kop en militaristische snor als van een Latijns-Amerikaanse juntaleider. Hij vertelde dat hij meester Gregory nog niet had kunnen bereiken, maar zodra hij meer wist, zou hij mijn ouders daarvan op de hoogte stellen. 'In de tussentijd kan uw zoon gewoon les volgen in klas 1F.'

'Dat is niet nodig,' zei mijn vader. 'Straks gaat hij toch naar het vwo.'

'Dat is nog helemaal niet zeker, meneer,' sprak de rector rustig. 'Daarom stel ik voor dat hij ondertussen toch naar 1F gaat.' Het klonk niet als een verzoek, maar als een dienstbevel. Misschien verzette mijn vader zich daarom.

‘Mijn zoon gaat niet naar de mavo.’

‘Meneer Mutlu, als u uw zoon niet naar school stuurt, ben ik verplicht dat te melden bij de leerplichtambtenaar.’

‘Doe maar!’ riep mijn vader, ‘dan vertel ik hem dat er een fout is gemaakt.’

Even later in de Lada keek mijn vader me dreigend aan via de achteruitkijkspiegel. ‘Je gaat niet naar een mavo-klas! Je gaat pas terug naar die school als ze je toelaten tot de klas waar je thuishoort.’

Ik knikte terwijl ik alleen maar dacht aan Nicole en mijn belofte haar die dag op een chocomel te trakteren. Misschien had ze me wel gezocht in de aula en bij iedere volgende les. Wat moest ik tegen haar zeggen als ik haar weer tegenkwam?

Pas een paar dagen later, op donderdagmiddag, rond een uur of vier, kregen we een telefoontje van de rector. Meester Gregory had er alsnog mee ingestemd dat ik naar een havo/vwo-klas ging. Mijn moeder juichte en mijn vader keek voldaan. Hij had het weer geregeld. Ik dacht alleen maar aan Nicole. Daarna probeerde ik me voor te stellen hoe het telefoontje was verlopen. Wat had meester Gregory gezegd? Had hij zijn twijfels over mij geuit toen de rector hem de situatie had voorgelegd, of was het daadwerkelijk een vergissing geweest? Misschien had hij me wel het voordeel van de twijfel gegeven toen hij aan de mooie zinnen dacht die ik in zijn klas had geschreven.

44

Dit keer gingen mijn ouders niet mee naar school. Ik moest een kwartier lopen om op station Bijlmer op de metro te stappen. Het rijtuig zat vol tieners die een hoop kabaal maakten. Sommigen droegen rugtassen die veel te groot voor hen waren. Ik had gehoopt dat mijn zus met mij zou meegaan op mijn eerste echte schooldag, maar zij had pas om tien uur les.

Toen de metro tot stilstand kwam bij station Reigersbos, stroomden alle wagons leeg. Ik liep langzaam en keek rustig om me heen om het moment uit te stellen dat ik voor het eerst in mijn eentje door de poort van de school zou lopen en me daarna naar de kamer van de rector zou begeven. Hij wilde me spreken voordat hij me naar mijn klas zou begeleiden, maar ik werd al nerveus bij de gedachte dat ik op zijn deur moest kloppen en allerlei ingewikkelde vragen moest beantwoorden over mijn situatie die hem een hoop werk had bezorgd. In de aula keek ik om me heen en liep toen richting het trappenhuis. Ik beklom de trappen, duwde de klapdeur naar de eerste verdieping aarzelend open en zag in de verte de donkere vrouw van de administratie al zitten. Ik sloeg snel rechtsaf voordat ze me zag. Toen ik in de deuropening stond, zat de rector achter zijn bureau. Hij was zo geconcentreerd iets aan het neerkrabbelen dat hij niet opkeek. Ik begreep dat ik nu iets moest zeggen om mijn komst bekend te maken, maar wat zei je in zo'n situatie tegen een man van zijn status? Wat moest ik zeggen tegen zo'n belangrijk iemand die door mijn vader was bevolen om contact op te nemen met mijn oud-leraar?

Ik rommelde wat in mijn zakken en zei toen: 'Hallo.' Hij hoorde me niet. 'Meneer?'

Hij keek op. 'Ah, Mettie, daar ben je.'

Het gaf geen pas om hem meteen te corrigeren, hield ik mezelf voor. Het was al heel wat dat de rector tussen al die duizenden leerlingen mijn naam bij benadering wist. Dus knikte ik vriendelijk, onderdanig bijna.

'Kom even binnen. Neem plaats.'

Het was een smalle, diepe kamer die naar koffie en oud papier rook. Aan de muur hingen foto's van de rector met zijn gezin. Zijn twee tienerzoons hadden ook kortgeschoren koppen alsof ze al op de militaire academie zaten. Ze waren niet bepaald knap. De oudste droeg een afzichtelijke bril.

'Ik heb veel moeite moeten doen om jouw leraar van de basisschool te pakken te krijgen.' Hij keek me aan alsof ik een kwalijke rol speelde bij de slechte bereikbaarheid van meester Gregory. 'Gelukkig is het me gelukt, want anders had ik de leerplichtambtenaar moeten inschakelen.' Hij boog iets naar voren en keek me indringend aan. 'Luister Mettie, ik ben er helemaal niet blij mee dat je je niet in klas 1F hebt gemeld en thuis bent gebleven. Dat beschouw ik als verzuim.'

Ik kreeg de rekening gepresenteerd van mijn vaders onbehouwen optreden. Ik slikte en zei: 'Dat begrijp ik.'

'Goed. Toen ik je leraar inlichtte over je situatie, zei hij dat hij er met jouw ouders uitgebreid over had gesproken.' Hij nam traag een slok van zijn koffie. 'Hij is er geen voorstander van de druk op leerlingen onnodig op te voeren, maar hij stemde er toch mee in dat jij alsnog naar een havo/vwo-klas gaat. Hij wenste je succes toe, en ik doe dat hierbij ook, want het is bepaald niet makkelijk om met jouw Cito-score naar een havo/vwo-klas te gaan. Het is weliswaar nog maar de eerste brugklas, maar het niveau en tempo liggen erg hoog, veel hoger dan in een mavo/havo-klas. Je zult dus goed je best moeten doen, Mettie. Maar als het niet lukt, is dat niet erg. Er is namelijk helemaal niets mis met de mavo of havo. Begrijp je dat?'

Ik vroeg me af of dit misschien een strikvraag was, of vwo-scholieren deze vraag anders zouden beantwoorden dan mavo- of havo-scholieren. Misschien zouden vwo-leerlingen heel zelfverzekerd reageren, daarmee elke twijfel over hun toekomstige prestaties wegnemend. Maar ik was niet zo, ik was bescheiden. Dus knikte ik maar en zei opnieuw: 'Dat begrijp ik.'

'Goed. Ik wil je nog een laatste vraag stellen.' Hij keek me een paar seconden zwijgend aan, alsof hij verwachtte dat ik de vraag zou raden. Ik had het gevoel dat ik nog een laatste hindernis moest nemen voordat ik definitief toegelaten zou worden tot het rijk der bevoorrechten. 'Wil je zelf ook graag naar het vwo?'

Hier moest ik natuurlijk volmondig 'ja' op antwoorden zonder een greintje twijfel uit te stralen. En snel ook. 'Ja, meneer.'

Hij gaf me een blaadje met daarop mijn nieuwe rooster en begeleidde me toen naar mijn nieuwe klas: 1A. We marcheerden samen naar het lokaal. Ze zaten midden in een les Nederlands. De rector klopte aan, deed zonder een reactie af te wachten de deur open en zei tegen de juffrouw dat hij een nieuwe leerling voor haar had. 'Hij heet Mettie.' Hij legde zijn hand op mijn schouder en gaf me een licht duwtje als aansporing om naar binnen te lopen. Zo'n zestig ogen gleden over mijn lichaam en bleven hangen rond mijn neus en mond. De blikken jeukten en prikten en deden me naar de grond kijken.

De juffrouw stond op en gaf me een hand. 'Ik ben Martine.' Ze keek de klas in en zei: 'Jongens en meisjes, dit is Mettie. Hij is nieuw in onze klas.'

'Metin,' mompelde ik, maar ze hoorde me niet.

De rector overhandigde haar een blaadje en keek erbij alsof het ging om de coördinaten van een vijandelijk leger. Daarna wees juf Martine naar de enige vrije plek in het lokaal, naast een bebrilde hindoestaanse jongen. 'Neem daar maar plaats, Mettie.'

Ik ging zitten en keek om me heen. Mijn nieuwe klasgenoten lazen allemaal zwijgzaam uit een lesboek en schreven zo nu en dan iets op in hun schrift. De juffrouw vroeg of ik boeken bij me had. Ik schudde mijn hoofd waarna ze me een lesboek overhandigde. 'Je mag hem deze les lenen, maar zorg ervoor dat je de volgende keer je boek bij je hebt.'

Ik tuurde in het boek, maar kon me niet concentreren. Mijn ogen gleden over de hoofden van de leerlingen. Het viel me meteen op dat er veel meer Nederlandse kinderen in mijn klas zaten dan in 1F. Ik keek naar de meisjes, maar de meesten hadden zich over hun schrift gebogen en gaven weinig weg van hun uiterlijk. Mijn blik gleed naar de hoek van het lokaal. Ik schrok: een donkere jongen met een misvormde mond staarde me aan, hij keek me recht in mijn ogen. Zijn lippen hingen schuin over elkaar alsof ze na een klap op zijn gezicht in die houding bevroren waren. Ik schrok zo van zijn doordringende blik dat ik mijn hoofd in een ruk afwendde en mijn blik op mijn schrift richtte.

Ik voelde meteen dat het niet de juiste reactie was. Je mag mensen met een afwijkend uiterlijk niet laten merken dat je van hun verschijning schrikt, had mijn moeder me altijd verteld. Ik moest denken aan het meisje uit de Bijlmer met het ernstig misvormde gezicht en stompjes als vingers. Haar ogen stonden op verschillende hoogten en haar oogleden hingen omlaag waardoor je altijd het rood erachter kon zien. Het leek alsof een deel van haar gezicht was gesmolten. Ze liep moeizaam en als ze sprak, joeg haar lage jongensstem de kinderen bijna nog meer schrik aan dan haar mismaakte gelaat. De eerste keer dat ik haar tegenkwam, kon ik mijn schrik nauwelijks verbergen. Ik keek gefascineerd naar dat arme getekende meisje dat ondanks alles vaak vrolijk met haar engelachtige zusje op straat speelde. Op een dag kwam ik haar tegen bij de sporthal toen ze probeerde een muntstuk in het kauwgomballenapparaat te duwen. Met haar stompe vingertjes zonder nagels kreeg ze de munt niet in het gleufje. Ze worstelde en mompelde binnensmonds. Ik staarde een tijdje met een gevoel van medelijden naar haar. Een medeweker van de sporthal zou haar toch wel de helpende hand toereiken? Ik keek om me heen. Waar was haar lieve zusje? Het meisje bleef worstelen met het apparaat en raakte steeds gefrustreerder. Mijn medelijden ging over in bewondering voor haar vastberadenheid, tegelijkertijd wist ik dat het haar niet zou lukken. Maar het was niet aan mij om in te grijpen.

De munt viel op de grond. Ze zuchtte, zakte onhandig door haar knieën en probeerde hem op te rapen. Ik hoorde haar briesen en mopperen en kon het niet langer aanzien. Tegen mijn gewoonte in, kwam ik in beweging. Ik raapte het muntje op en vroeg: 'Zal ik je helpen?' Zonder haar reactie af te wachten, duwde ik snel de munt in het gleufje van het apparaat en draaide aan het hendeltje waarna er iets naar het luikje rolde.

'Hou je hand maar hier,' zei ik. 'Dan rolt er een kauwgombal uit.'

Ze snoof van opwinding en haar ogen werden groter toen ze haar handen tot een kommetje vouwde. Ik zag haar vingers nu van dichtbij, voor zover ze die had. Het waren nauwelijks nog stompjes te noemen. Een paar vingers waren aan elkaar vergroeid als hompjes vlees.

'Ben je er klaar voor?' vroeg ik.

'Ja, ja.'

Ik trok het klepje omhoog waarna er twee reusachtige kauwgomballen in haar handen rolden, een groene en een rode. Ze kirde van plezier en zei met haar lage stem: 'Dank je wel, jongen.' Toen keek ze me even aan. Voor het eerst keek het misvormde meisje, dat door de kinderen in de buurt werd nagestaard, me aan. In haar zachtaardige verlegen blik school dankbaarheid. Het gaf me een goed gevoel om haar te helpen en haar zo blij te zien met zoiets simpels als kauwgomballen. Ik wilde iets anders zeggen dan graag gedaan, iets als: mocht je een andere keer hulp nodig hebben, laat het me dan weten. Maar ik wist dat ik dat niet zou doen, dat het hierbij zou blijven en ik voortaan weer uit haar buurt zou blijven.

'Wil je er een?' vroeg ze ineens.

Ik keek naar de kauwgomballen in haar hand, en hoewel ik zin had er op een te kauwen, maakte de aanblik van haar misvormde vingers me misselijk. 'Nee, dank je,' zei ik en ik draaide me snel om.

De donkere jongen in mijn klas keek heel anders dan het misvormde meisje. Ondanks zijn vreemde mond, die meteen de aandacht trok, had hij gekeken alsof ík het was die misvormd was. Het was alsof hij me met zijn blik een slag had willen toebrengen.

Ik besloot nog een keer op te kijken. Voorzichtig hief ik mijn hoofd op. Eerst keek ik naar de jongen die naast hem zat, en toen naar hem. Ik schrok opnieuw: hij keek me recht in mijn ogen, alsof hij al die tijd naar me was blijven kijken. En dit keer school er verontwaardiging in zijn blik, scherpe verontwaardiging. Ik moest de aanvechting om meteen weer weg te kijken onderdrukken, want wat zou dat voor indruk op hem maken? De nieuwe jongen in de klas die bij ieder oogcontact wegkijkt als een bange wezel. Ik moest contact leggen, iets doen waardoor hij zou begrijpen dat ik zijn voorkomen niet veroordeelde, dat ik vreedzame intenties had. Ik moest glimlachen. Mijn mondhoeken plooiden zich op dat moment waarschijnlijk op zo'n vreemde manier, dat ze meer verbazing en ongemak moeten hebben uitgestraald dan vriendelijkheid. Tot mijn verrassing knikte de donkere jongen naar me. Het was een trage knik waarbij zijn hoofd een paar keer langzaam op en neer ging en hij zijn ogen tot streepjes dichtkneep. Ik schrok, want voor mijn gevoel wilde hij me duidelijk maken dat hij me wel doorhad. Ik weet wel wat je denkt, bange, nieuwe jongen. En terwijl ik mijn blik traag van hem afwendde, beet ik zo hard op mijn onderlip dat ik bloed proefde.

Na de les gaf ik het boek terug aan de juf en bedankte haar. Even staarde ik naar haar blauwe ogen. Ze was zonder twijfel de jongste docent die ik ooit had gehad. 'Succes, Mettie,' zei ze. Ik moest haar corrigeren, ik wist het. Als ik het nu niet deed, zou ze me later raar aankijken als ze mijn naam op een presentielijst zag staan.

'Het is Metin.'

'Wat?'

'Mijn naam,' zei ik. 'Ik heet Metin.'

Ze keek naar het blaadje dat ze van de rector had gehad. 'Ik zie het, mijn fout.' Een korte blonde lok viel voor haar oog. Ze lachte naar me. 'De volgende keer zal ik niet blindelings op de uitspraak van de rector afgaan.'

Ik verliet als laatste het lokaal en moest een sprint inzetten om mijn nieuwe klasgenoten bij te halen. We liepen naar de andere kant van het schoolgebouw. Volgens het rooster hadden we nu wiskunde. Ik moest denken aan de waarschuwing van meester Gregory en wist dat de beproeving nu echt begon.

De hele klas stond voor het lokaal op de wiskundeleraar te wachten. Iedereen leek elkaar al jaren te kennen. Kleine groepjes jongens en meisjes stonden samengepakt alsof ze deel uitmaakten van een geheim genootschap. De jongen met de misvormde mond stond met een paar jongens in een hoekje te praten. Het viel me nu pas op hoe lang hij was: hij stak minstens anderhalve kop boven de andere jongens uit en was atletisch gebouwd. Hij droeg een trainingspak en grote basketbalschoenen van Nike, alsof hij onderweg was naar een trainingssessie van de jeugdafdeling van de Chicago Bulls. Alle andere jongens droegen ook gymschoenen van Nike of Adidas en de meesten waren ook uitgedost in een trainingspak of sportjack van een van beide merken. In mijn klas op de Bijlmerhorst had niemand merkschoenen gedragen, laat staan dat iemand rondliep in een trainingspak van Nike. Ik keek zo onopvallend mogelijk naar mijn eigen schoenen: O'Hara's die ik samen met mijn moeder bij de Bristol in de Amsterdamse Poort had gekocht. Ze waren in de aanbieding geweest: twee paar voor fl. 29,99. Het eerste paar was al na een week bij de hiel gescheurd, en dit paar, in de kleuren zwart-paars, begon het ook langzaam op dezelfde plek te begeven. Ik hoopte dat mijn broekspijpen net op die beginnende scheur vielen zodat niemand het zou zien.

'Mettie!'

Ik keek op. Het was de donkere jongen met de vervormde mond die me riep. Hij grijnsde naar me. Dit was mijn kans om onze stroeve start te herstellen. Ik stak mijn hand op en zei: 'Metin.'

'Metin?'

'Ja, ik heet Metin.'

'Ach, Mettie, Metin, wat maakt het uit, kerel? Je weet toch dat ik het tegen jou heb? Anders zou je niet opkijken.'

Hij had misschien wel een punt, ik wist inderdaad dat hij het tegen mij had.

'Nou?'

Wat moest ik hierop zeggen? Ik haalde mijn schouders op en knikte onopvallend.

'Wat doe je nou nerveus, man? Ik bijt niet, hoor.' Hij schudde zijn hoofd opzichtig.

Hij had gelijk. Waarom deed ik zo verkrampt? Ik moest hem laten zien dat ik niet bang was. 'Ik doe niet nerveus,' zei ik zo zelfverzekerd mogelijk. En voordat het op een welles-nietesspel zou uitdraaien, vroeg ik: 'Hoe heet jij?'

Hij keek me even verbaasd aan, alsof hij niet verwacht had dat ik een vraag zou stellen. 'Dino,' zei hij met een grijns. Daarna stak hij zijn armen ineens in de lucht en riep: 'Dino Purperhart in *tha house*!' Hij keek even om zich heen om zich ervan te vergewissen dat zijn klasgenoten hem hadden gehoord. 'Maar ze noemen me hier gewoon Dino the King.'

'Waarom?'

'Dat zul je snel genoeg merken. Waar kom je vandaan?'

'Uit de Bijlmer.'

Hij begon te lachen. 'Jongens, we hebben er hier eentje uit de Bijlmer!' Er steeg wat gelach op. 'Leuk voor je dat je uit *the ghetto* komt, kerel, maar vertel me waar je echt vandaan komt. Ben je een Marokkaan?'

Ik voelde ineens een knoop in mijn maag. Een stevige knoop als van een scheepstouw. Als ik zou zeggen dat ik uit Turkije kwam, zou deze basketballer met de valse grijns vast iets kwetsends zeggen over Turken in combinatie met het woord augurk. Of hij zou met een andere variant op de proppen komen die iedereen duidelijk moest maken dat hij niet alleen atletisch was, maar ook creatief met woorden. En dan zou ik voor altijd veranderen in 'de Turk'.

'Ik ben Zaza,' zei ik.

'Zaza?' Hij trok een vies gezicht waardoor zijn mond er nog vreemder uitzag. 'Wat is dat, man? Kun je dat eten?'

Iedereen begon ineens te lachen. Ik begreep er niets van, het was toch niet grappig wat die slungel riep? Maar mijn nieuwe klasgenoten kwamen niet meer bij. Ze stopten pas met lachen toen de wiskundeleraar zich eindelijk meldde. 'Hé, wat is dat voor kabaal hier?' Hij liep op bruinleren sandalen waarin hij dikke wollen sokken droeg. 'Jullie lijken wel een lbo-klas.'

'Mooie Nike Air Jordans heeft hij,' zei Dino tegen de jongen naast hem.

De leraar had een natte spons in zijn hand die droop en een spoor in de gang had achtergelaten. Hij droeg een vale linnen broek en een wijd blauw-wit gestreept shirt dat eruitzag alsof hij er de afgelopen dagen in geslapen had. Toen hij het lokaal betrad, begon hij het bord meteen schoon te vegen. Zonder zich om te draaien zei hij: 'Als ik het bord met een veger schoonveeg, komt er te veel krijtstof vrij. En dat is slecht voor mijn longen. Jullie longen zijn nog jong, die kunnen daar wel tegen, maar die van mij hebben al meer krijtstof geïnhaleerd dan goed voor me is.' Hij draaide zich om waardoor zijn sliertige grijze haren even rond zijn grauwe hoofd dansten. Van boven was hij kaal, maar van de zij- en achterkant had hij zijn haar lang laten groeien. 'Ik moet nog tien jaar mee in het onderwijs. Dat zijn een hoop borden die ik nog moet schoonvegen.' Hij zuchtte alsof dat besef hem spontaan de lust ontnam om ooit nog wiskundesommen op het bord te schrijven. 'Mijn naam is Zeger Zijdewind.'

Misschien was het zijn vreemde verschijning, of zijn stem die klonk alsof zijn keel werd dichtgeknepen door een onzichtbare hand, wat maakte dat ik me geen moment kon concentreren op wat hij zei. De woorden die de wiskundeleraar uitsprak, bereikten me niet, alsof hij een andere taal sprak van de planeet Wiskunde. Ik dacht aan Nicole. En wanneer ik mijn hoofd af en toe voor de vorm naar het bord wendde, zag ik vreemde tekens die ik nooit eerder had gezien.

45

Een week later zou ik gebrandmerkt worden tijdens de biologieles. De leraar was een jongeman met een bos bruine krullen die zich had voorgesteld als Mick Polkamp. Hij zei dat we hem alles mochten vragen. 'Jullie zijn vast op een leeftijd dat jullie veel vragen hebben over de ontwikkeling van jullie lichaam.' Dino en zijn volgelingen begonnen te grinniken. De leraar werkte de presentielijst af en begon aan een verhandeling over de menselijke anatomie. Met behulp van een plastic skelet dat in een spookhuis niet had misstaan, benoemde meester Mick de botten die ons lichaam telde. Zijn hand gleed langs het sleutelbeen, de ribben, de heup en vlak voor hij zich naar het bovenbeen bewoog, vroeg Dino: 'Wacht even, zit er geen bot in zijn lul?'

De klas begon zo hard te lachen dat het bijna twee minuten duurde voordat de rust was teruggekeerd. De leraar keek Dino afkeurend aan. 'Een bot, op die plek? Meen je dat serieus?'

'Ja, natuurlijk,' zei Dino. 'Die van mij is vaak zo hard dat het lijkt alsof er een bot in zit.' En weer werd er hardop gelachen, maar de leraar maakte een gedecideerd gebaar waardoor het gelach al snel wegstierf.

'Wat was jouw naam ook alweer?'

'Dino.'

'Luister, Dino. Die plek wordt om een andere reden hard, maar dat ga ik over een paar weken rustig uitleggen bij het hoofdstuk voortplanting. Voor nu is het belangrijk dat je weet dat er geen bot in je penis zit.' Er steeg weer gegrinnik op.

'Ik kan hem dus niet breken?'

'Wat?'

'Mijn luuul.' Hij sprak het woord langgerekt uit alsof hij een Antilliaan imiteerde. Zijn volgelingen sloegen nu hard met hun hand op tafel of schoven schaterlachend achteruit met hun stoel. Een paar meisjes lachten blozend mee.

'Nee, Dino, je kunt je lul niet breken zoals je je been of arm breekt. Maar ik zou er niet te hard op slaan als ik jou was, want hij kan wel knakken.' Nu moest de leraar zelf ook lachen. Al die tijd had ik me afzijdig gehouden omdat ik niet wilde lachen om de grappen van Dino, maar nu zelfs de leraar zich gewonnen gaf en grapte over de geknakte lul van Dino, werd ook ik gevloerd net als de rest van de klas. En voor het eerst in 1A daalde er een gevoel van ontspanning over me neer en had ik het idee dat het misschien toch leuk zou worden in deze klas. Maar het gevoel duurde niet lang, want toen we uitgelachen waren, ving ik een verontrustende blik van Dino op. Hij loerde weer naar me terwijl ik de tranen uit mijn ogen wreef.

Aan het einde van de les stonden we te wachten tot de zoemer voor de volgende les ging. Dino stond met een paar jongens bij het skelet. Ze trokken aan zijn lange vingers. Ik keek naar een paar opgezette vogels die in de kast voorin de klas stonden uitgestald toen Dino mij ineens riep. 'Hé, Bijlmerboy!'

Ik hoorde hem wel, maar ik besloot niet om te kijken. Hij wist hoe ik heette.

'Bijlmerboy!'

Hij zei het nu zo luid en duidelijk dat de hele klas even stilviel en afwachtte hoe ik zou reageren. Ik voelde tientallen ogen over mijn rug glijden terwijl ik traag omkeek, klaar om Dino opnieuw te vertellen hoe ik heette.

'Wat sta je daar nou naast de vuilnisbak als een schoonmaker? Kijk je soms of er nog wat schoon te maken valt?'

Ik keek om me heen en zag dat ik inderdaad naast een vuilnisbak stond. En terwijl ik me afvroeg of ik wel op zo'n kinderlijke uithaal moest reageren, verbaasde het me wederom dat er werd gelachen om de woorden van Dino. Eerst waren het zijn volgelingen die als hyena's begonnen te grinniken, daarna volgde de rest van de jongens en een paar meisjes. En voor het goed en wel tot me doordrong, stond zowat de hele klas me uit te lachen toen Dino nog eens hardop 'schoonmaker' riep. Ik keek naar meester Mick, maar die rommelde afwezig in zijn leren tas. Ik besloot niet te reageren en te doen alsof Dino's woorden en het gelach van de klas me niet raakten. Instinctief fronste ik mijn wenkbrauwen en rommelde net als de leraar in mijn tas om me een houding te geven tot de zoemer ging. Het was alsof er een eeuwigheid verstreek voordat het doordringende geluid klonk.

Toen het eindelijk zover was, wachtte ik eerst een tijdje totdat het lokaal was leeggestroomd. Ik klikte mijn tas dicht en keek naar de leraar omdat ik verwachtte dat hij iets zou zeggen over het incident. Maar hij keek niet op.

Ik had niet kunnen bevroeden dat dat nog maar het begin was, dat ik voortaan door het leven zou gaan als de schoonmaker van 1A. Dino gaf er blijk van dat hij opmerkingen waarmee hij de lachers op zijn hand had graag herhaalde. Dus riep hij steeds 'hé schoonmaker' als hij mij zag. Hij riep het 's ochtends vroeg in de aula, tijdens de lessen en in de donkere gangen onderweg naar weer een les. Hij riep het net zo lang tot iedereen mijn naam was vergeten. En omdat ik de eerste keer niet had gereageerd, liet ik het nu ook over me heen komen in de naïeve hoop dat het over zou gaan als ik me maar onaantastbaar bleef voordoen. Hoelang kon je doorgaan met een grap als het lijdend voorwerp niet reageerde en deed of het hem niet raakte?

Maar na iedere uithaal werd ik kleiner, ik kromp steeds verder, vooral toen andere klasgenoten het begonnen over te nemen. Eerst waren het de volgelingen van Dino, de ratten die me niet meer Metin of Mettie noemden, maar me alleen nog aanspraken met schoonmaker. En na een tijdje deden sommige meisjes van de klas eraan mee. Eerst de brutalen met wie ik toch niets had, maar al snel volgden ook de meisjes van wie ik het niet verwachtte, van wie ik heimelijk had gehoopt dat ze zich als vriendin zouden opwerpen. Maar zelfs zij zetten mij nu weg als schoonmaker. En terwijl ik door de lange gangen sloop, vreesde ik dat ik Nicole of mijn zus zou tegenkomen op het moment dat iemand mijn bijnaam naar mijn hoofd slingerde.

Een paar dagen nadat ik door Dino was gebrandmerkt, liep ik naar metrostation Reigersbos. Ik was opgelucht dat de schooldag erop zat en ik voor even verlost was van mijn klasgenoten en het verstikkende schoolgebouw. Hoewel de winter naderde en de meeste bomen al kaalgeplukt waren door de kille najaarswind, scheen er een behaaglijk zonnetje. Ik trok mijn sjaal iets losser en staarde vanaf het perron naar de boomtoppen die roerloos richting de onbewolkte hemel wezen. Een Vlaamse gaai hopte van tak naar tak op het moment dat metro 54 het station naderde. Groepjes leerlingen begonnen al te dringen toen de metro schuddend tot stilstand kwam en de deuren sissend openschoven. Toen ik naar voren stapte, stond mijn roodharige klasgenote Rhea ineens naast me, alsof ze net als X-man Nightcrawler de gave van het teleporteren bezat.

'Hé schoonmaker,' riep ze. Daarna grijnsde ze naar me waardoor haar beugel even schitterde in het najaarslicht en de aandacht een moment afleidde van haar afzichtelijke bril met groen montuur.

Ik staarde haar wezenloos aan. Was het nu echt zo triest met me gesteld dat zelfs rode Rhea het lef had me in het openbaar voor schoonmaker uit te maken? Was ik werkelijk zover afgegleden dat een bebeugeld en bebrild meisje met rood haar het waagde me zo toe te spreken op het metrostation?

Op dat moment had ik niets liever gewild dan haar rode kop tegen de metrodeur beuken, net zo lang tot ze om vergiffenis zou smeken en haar bril tussen de rails zou belanden. Zij zou dus het offer worden waarmee ik iedereen duidelijk zou maken dat er met mij niet te spotten viel, dat de grenzen van deze Bijlmerboy waren bereikt en dat niemand het nog langer in zijn hoofd moest halen om mij schoonmaker te noemen. Rhea had haar rode kop in de strop geduwd en het was nu aan mij om het gammele krukje onder haar poten weg te schoppen. Maar ik deed wat ik tot dat moment steeds had gedaan: niets.

Ik had op geen enkele uithaal gereageerd en gedaan alsof het mij niet raakte. Maar nu ik Rhea ongestraft liet lopen, kromp ik verder en drong het pijnlijke besef door dat er geen weg terug meer was.

46

'Ik heb bericht van de rector ontvangen dat er nog drie leerlingen zijn die het schoolgeld niet hebben overgemaakt.' Onze mentrix probeerde strengheid in haar blik te leggen. 'Ik weet zeker dat degenen om wie het gaat het wel weten. Als het geld morgen niet binnen is, mogen jullie de klas niet meer in van de rector.' Ze keek mij aan alsof ze eraan twijfelde of haar woorden wel tot mij waren doorgedrongen. 'Schrijf het dus op in jullie agenda's.'

De enveloppe met het geld lag al een paar dagen thuis in mijn bureaula, maar ik was vergeten hem in mijn tas te doen. Maar zo geduldig als hij nu in mijn bureaula lag, zo moeizaam had ik hem in handen gekregen. De eerste twee keer dat ik om het schoolgeld had gevraagd, had mijn moeder de hele avond aan mijn vaders hoofd gezeurd. Hij had haar steeds afgewimpeld, zoals hij dat altijd deed. Hij had gezegd dat ze zich niet zo druk moest maken om dat soort futiliteiten. Maar toen ik er voor de derde keer over begon en mijn vader weer achteloos reageerde, was voor mijn moeder een grens bereikt. Ze verhief haar stem: 'Harun, dit is geen rekening voor het gas of water die nog een paar weken kan wachten, dit gaat om de school van je zoon!'

'Ze gaan hem echt niet van school sturen als hij wat later betaalt.'

'Geef het geld van de kinderbijslag voordat je het weer uitgeeft aan iets waar het niet voor bedoeld is.'

Mijn vader sprak zijn befaamde zin uit die niet alleen mijn moeder maar ook mij tot waanzin dreef: 'Wat maakt het uit?' Het was zijn standaardreactie als mijn moeder zich ergens druk om maakte wat in zijn ogen weinig betekenis had. 'Ja, ik heb het pak yoghurt de hele nacht op tafel laten staan, wat maakt het uit?' Of: 'Ik heb inderdaad een pot augurken stuk laten vallen, wat maakt het uit?' Maar nu maakte het wel degelijk uit, nu ging het om mijn school, en mijn moeder zou niet loslaten voordat hij met het geld over de brug kwam. Hij moest dat ook gezien hebben, want hij legde zijn boek weg – iets wat hij nooit zonder aanleiding deed –, ging verzitten en zei: 'Heeft het echt zoveel haast?'

'Dit gaat om zijn toekomst!'

Mijn vader zweeg even en keek mijn moeder aan. 'Ik heb dat geld zelf nodig.'

'Waarvoor?

'Zaken,' zei hij kortaf. 'Het komt nu gewoon niet uit.'

Mijn moeder sloeg met haar hand op tafel. 'Hou op met deze onzin en betaal mijn zoon zijn schoolgeld! Jouw gokschulden zijn niet zijn probleem.'

'Volgende week krijgt hij het.'

'Harun, laat me het niet zelf uit je portemonnee pakken, want dan pak ik er nog meer uit. Dan haal ik mijn recht.'

Moest ik wat zeggen voordat mijn vader zijn zelfbeheersing zou verliezen en er om mij klappen zouden vallen? Zo belangrijk was dat geld nou ook weer niet. Als ze me van school trapten, was ik tenminste verlost van Dino en zijn ratten. Misschien was het wel voorbestemd.

Mijn vader stond op van zijn plek en even dacht ik dat zijn ogen weer zouden beginnen te tollen in hun kassen. Maar hij sjokte hoofdschuddend naar de kapstok in de hal, voelde in de binnenzak van zijn leren jas, haalde er zijn portemonnee uit en liep traag terug met twee briefjes van vijftig gulden.

'Ik word echt gek van jou,' zei hij. Hij ging zitten en legde de biljetten met een klap op tafel.

Mijn moeder pakte een enveloppe uit de lade van de buffetkast en deed de biljetten erin. 'Oğlum, neem dit morgen mee naar school.'

Die avond deed ik de enveloppe niet in mijn tas, maar in mijn bureaula. De volgende dag vergat ik hem mee te nemen naar school. Er ging een weekend overheen en daarna vergat ik hem ook op maandag en dinsdag in mijn tas te doen. En nu had ik een laatste waarschuwing van mijn mentrix gekregen en dreigde ik zelfs uit de klas gezet te worden.

De volgende ochtend liep ik na het ontbijt naar mijn kamer om de enveloppe eindelijk uit mijn bureaula te pakken. Toen ik terugliep, stond mijn vader in de deuropening van de hal.

'Is dat de enveloppe waar je schoolgeld in zit?' Hij vroeg het op een vriendelijke toon die niet paste bij zijn vaste ochtendhumeur.

Ik was meteen op mijn hoede. Instinctief wilde ik 'nee' antwoorden, ik vertrouwde de vreemde glimlach rond zijn mondhoeken niet. Om tijd te winnen, keek ik naar de enveloppe in mijn hand. Maar ik wist dat ik er niet aan ontkwam om toe te geven dat dit de enveloppe was. Dus knikte ik.

En op een bescheiden toon waarop hij me niet eerder iets had gevraagd, zei hij: 'Zou je het aan mij willen geven?' En weer was er die verdachte glimlach. Ik keek hem verbaasd aan. 'Ik heb dat geld nodig.' Het klonk bijna verontschuldigend.

Misschien zat hij in de penarie. Maar moest ik eraan meewerken dat zijn gokschuld vereffend werd met mijn schoolgeld? Opnieuw keek ik naar de enveloppe met daarin een voor mij duizelingwekkend bedrag dat bestemd was voor de school waarvan ik wist dat ik er niet thuishoorde. En op dat moment drong het tot mij door: mijn vader bood mij eigenlijk een uitweg, zonder het te beseffen. Waarschijnlijk zou de rector me zonder te twijfelen wegsturen omdat mijn vader zo moeilijk had gedaan bij mijn toelating. Waarschijnlijk zag hij me toch al als een lastige leerling die nu ook nog eens een wanbetaler bleek te zijn.

Maar toen zag ik mijn moeder in gedachten voor me. Ze had gestreden voor de inhoud van deze enveloppe. Ik mocht het nu niet uit handen geven. Net als zij moest ik me nu vasthoudend tonen. 'Maar het is mijn schoolgeld,' zei ik en ik merkte dat mijn stem onvast klonk.

'Dat weet ik, maar ik heb het nodig.' Hij sprak met een stem die geduldig en warm klonk. Even kwam ik weer in de verleiding om toe te geven, om mijn vader te helpen zodat hij later niet zou zeggen dat zijn zoon hem in de kou had laten staan toen hij in de problemen zat. Niet eerder had hij om mijn hulp gevraagd, niet eerder had hij mij nodig gehad.

'Ik heb het ook nodig,' zei ik.

'Vraag gewoon uitstel op school.' Even was ik bang dat hij de enveloppe uit mijn handen zou grissen.

'Ik heb al een paar keer uitstel gehad.'

'Wat maakt het uit?' zei hij achteloos, de zin uitsprekend die ik zo haatte. 'Dan vraag je toch gewoon nog een keer uitstel.'

'Nee,' zei ik vastberaden waarna ik meteen de verbazing op zijn gezicht zag.

‘Vertrouw je je vader soms niet?’

Zijn woorden troffen me onverwacht. ‘Daar gaat het niet om.’ Ik dacht na over de juiste woorden. ‘Als ik het geld vandaag niet geef, kom ik de klas niet meer in.’ Ik vouwde de enveloppe en stak hem in mijn broekzak. ‘Ik moet nu gaan,’ zei ik, ‘anders kom ik te laat.’ En zonder zijn reactie af te wachten, liep ik om hem heen, raapte mijn rugtas van de grond en wandelde de deur uit.

47

‘Ik heb een verrassing voor jullie,’ zei onze wiskundeleraar Zeger Zijdewind op een middag verheugd. Hij pakte een stapel blanco vellen en deelde die uit. Terwijl er onrustig geroezemoes opsteeg in de klas, klapte hij even later het bord open. Buitenaardse symbolen in verschillende kleuren sierden het bord. Mijn bloed begon trager te stromen terwijl Zeger Zijdewind trots naar het bord wees alsof daar een deel van zijn levenswerk stond afgebeeld. Met een stem die warmer klonk dan anders zei hij: ‘Hier staan de opgaven van jullie eerste overhoring.’

Ik rilde en beet op de nagel van mijn duim tot ik het vlees eronder had bereikt. Terwijl ik het bloed van mijn duim zoog, dacht ik aan alle waarschuwingen van meester Gregory. Ik wilde opstaan en roepen dat er sprake was van een onrechtvaardige situatie, dat we rechten hadden en hij ons niet zomaar mocht onderwerpen aan een dergelijke kwelling, want we waren nog maar kinderen, we dienden rustig voorbereid te worden op dit soort ingrijpende dingen.

Maar ik bleef zitten, onderdrukte de gedachte om een andere naam in te vullen op het blaadje en staarde een kwartier lang naar het bord in de hoop dat zich een wonder zou voltrekken, dat ik ineens een goddelijke ingeving zou krijgen. Ik hield mezelf voor dat dat helemaal geen gekke gedachte was, want als we geacht werden buitenaardse symbolen op te lossen, kon ik wel wat goddelijke hulp gebruiken. Maar het was tevergeefs, hoe langer ik naar het bord staarde, hoe sterker ik de drang voelde om te huilen. Ik keek om me heen en zag iedereen vlijtig schrijven. Tientallen hoofdjes bewogen steeds op een neer, van de blaadjes onder hun neus richting het bord en weer terug. Zij spraken wél deze buitenaardse taal. Dino keek niet naar het bord, hij keek alleen naar het blaadje van de jongen naast hem en pende over wat hij zag. Zeger Zijdewind zag het niet, Zeger Zijdewind las de krant zonder een keer op te kijken. Omdat ik mezelf de vernedering van een blanco vel wilde besparen, schreef ik na een tijdje voor de vorm de opgaven over op mijn blaadje en krabbelde er wat cijfers achter.

'Pennen neer!' riep meester Zijdewind ineens. De hele klas volgde zijn bevel zonder morren op, alsof ze anders door laserstralen uit zijn ogen vernietigd zouden worden. Ik staarde wezenloos naar mijn blaadje en liet toen mijn pen uit mijn hand vallen als een teken van capitulatie. Hij rolde van de tafel en viel op de grond. Toen ik me bukte en naar mijn pen greep, drukte een grote voet mijn hand ineens omlaag. Ik staarde naar de lompe Adidas die mijn vingers dreigde te vermorzelen en trok mijn hand met moeite terug. Zwarte vegen sierden nu de rug. Ricardo staarde me grijnzend aan met zijn waterige rattenoogjes. 'Sorry, schoonmaker,' zei hij. 'Ik wilde alleen je pen even voor je oppakken.'

Waarschijnlijk had ik tijdens een andere les niets teruggezegd en alleen mijn hoofd mistroostig geschud, maar nu ik wist dat mijn ondergang was ingezet door de zekere een-punt-nul die ik zojuist had gescoord, kon het me allemaal niets meer schelen. 'Doe normaal!' riep ik.

Ricardo's grijns werd breder. 'Wat nou? Ik wilde je alleen maar helpen.'

'Denk je soms dat ik achterlijk ben?' riep ik. 'Je moet normaal doen, oké?'

Ricardo draaide zich om naar de jongens die achter hem zaten en met een mengeling van verbazing en gespeelde opwinding zei hij: 'Hé jongens, de schoonmaker krijgt ineens praatjes.'

Dino stompte hem tegen zijn schouder. 'Ha, pik je dat?'

Ricardo keek me een paar seconden onderzoekend aan met zijn valse oogjes. 'Natuurlijk niet,' zei hij terwijl er een vreemd soort verbetenheid in zijn blik sloop. 'Hou je van je tanden?' vroeg hij.

De rat daagde me uit. Ik zag hoe de jongens me aankeken en wachtten op mijn antwoord. Wat moest ik zeggen? Moest ik antwoord geven op zijn vraag? Nee, want het zou natuurlijk raar zijn om te zeggen dat ik van mijn tanden hield. Ik verkrampte en riep: 'Jij moet gewoon normaal doen, jij!'

Dino begon te lachen en riep: 'Laat je de schoonmaker zo tegen je praten?'

'Ik vroeg of je van je tanden houdt?' herhaalde Ricardo, nu dwingender.

'Hé, jongens, kan het daar wat rustiger?' riep meester Zijdewind.

'Ga weg, man,' zei ik en ik draaide me terug naar mijn plaats en staarde met een strakke blik naar het bord. Ik hoorde een stoel met kabaal van zijn plek schuiven en het geluid van een paar snelle stappen. Een vinger tikte tegen de zijkant van mijn hoofd en ineens hoorde ik vlak bij mijn oor: 'Hou-je-van-je-tanden?' Ik rook Ricardo's adem die stonk naar paprikachips. De lucht maakte me misselijk. Zonder me naar hem toe te draaien en mijn hoofd strak richting het bord houdend, duwde ik zijn hoofd weg met mijn hand. Daarna stond ik in een ruk op van mijn plaats waardoor mijn stoel omviel. Ik moest staan, want zittend was ik in het nadeel. En terwijl ik stond, besefte ik meteen dat er geen weg terug was, ik was de uitdaging aangegaan en bevond me nu in een duel. Ik spande al mijn spieren aan en mijn ademhaling versnelde ongewild, de jongens begonnen te joelen en met hun handen op tafel te slaan als gevangenen in een Amerikaanse film. Voor ik het wist stond ik hoofd tegen hoofd met Ricardo die langer was dan ik, maar ook een stuk magerder. Hij had dan wel het voordeel van zijn lengte, ik was een stuk zwaarder en massa telde in een gevecht, wist ik van het worstelen. Ik had op dat moment niets te verliezen, want ik zou mijn gemiddelde voor wiskunde onmogelijk kunnen ophalen voor mijn eerste rapport. Ik had gefaald, en nu stond een naar paprikachips stinkende rat voor mijn neus en vroeg mij tot drie keer aan toe of ik van mijn tanden hield. Wat er ook zou gebeuren, ik mocht hem er niet mee weg laten komen. Ze mochten me schoonmaker noemen zo vaak als ze wilden, maar ze moesten niet aan me komen. Al zouden ze me nu met z'n allen bespringen en afranselen voor de ogen van de andere leerlingen, ik zou niet wijken voor dit misselijke wezen voor mijn neus en ik beeldde me in dat ik The Ultimate Warrior was.

'Ik vraag het nog een keer,' zei Ricardo. 'Hou je van je...'

'Hou je bek!' schreeuwde ik.

Hij keek me verschrikt aan. 'Wat zei je?'

'Ik zei dat je je vuile bek moet houden!'

'Jongens, ga weer zitten, anders stuur ik jullie beiden eruit,' riep meester Zijdewind opnieuw krachteloos vanaf de andere kant van het lokaal. Hij kon niet verhinderen wat zich op het punt stond te voltrekken, besloot ik.

'Wat zeik je nou steeds over mijn tanden?' riep ik. 'Ben je soms gek geworden?'

De jongens begonnen hardop te lachen en Ricardo keek verschrikt in hun richting. Hij had onverwacht terrein prijsgegeven. De schoonmaker had zich tegen ieders verwachting fel geweerd en nu was het vuile knaagdier ineens teruggedrongen. En de jongens waren niet te beroerd hem dat fijntjes te laten weten.

'Geweldig!' riep Dino terwijl hij hard in zijn handen klapte. 'Dit is schitterend, hij wordt gewoon de les gelezen door de schoonmaker.'

De uithaal zag ik niet aankomen. Iets hards sloeg met een enorme klap tegen mijn mond die eerst de dreun gevoelloos leek te ondergaan. Maar daarna volgde al snel de pijnscheut die me even door mijn knieën deed zakken. Ik drukte mijn hand op mijn lippen en rechtte mijn rug. Toen ik in mijn handpalm keek, zag ik dat er bloed aan zat. Dit was dus het moment waarop ik moest terugknokken, dit was het startschot voor een lijfelijk gevecht, nu moest ik laten zien dat met de Bijlmerboy niet te sollen viel. Maar zelfs op dat moment, toen een oerdrift het dreigde over te nemen, was er een zwakke stem in mijn hoofd die zei dat ik me moest inhouden, want anders zouden ze later zeggen dat ik niet in deze vwo-klas hoorde, dat ik dus toch een wilde Bijlmerjongen was die hier niets te zoeken had, die veel te hoog was ingeschaald. En dan waren alle inspanningen van mijn ouders voor niets geweest. Ik moest gecontroleerd reageren. Maar ik moest wel reageren.

Ik besprong Ricardo, ik wierp me op hem zoals een grizzlybeer zich op zijn prooi werpt. En hoewel ik niet de lengte had van een beer die op zijn achterpoten staat, betaalde mijn voordeel in kilo's zich uit, want de rat zakte door zijn magere benen en ging onderuit. Instinctief plaatste ik mijn knieën op zijn handen en gaf hem toen een vuistslag op de zijkant van zijn hoofd. Een kalme vuistslag. Meer niet. Ik durfde hem niet in zijn gezicht te slaan, bang dat ik hem te zwaar zou verwonden. Maar we stonden nu in ieder geval gelijk, en eigenlijk was ik zelfs in het voordeel, want ik had hem geveld en lag nu boven op hem.

'Klootzak!' schreeuwde ik. 'Je blijft van me af, begrepen?'

Ricardo begon te gillen. 'Ga van me af, vuile schoonmaker!'

Voordat ik het spartelende knaagdier nog een slag kon toebrengen, werd mijn vuist in de lucht opgevangen. Ik werd omhooggetrokken terwijl ik de dichtgeknepen stem van Zeger Zijdewind hoorde. 'Als jullie elkaar de hersens willen inslaan, doen jullie dat maar na schooltijd, maar niet in mijn lokaal. Wegwezen, allebei! Meld jullie maar bij de rector.'

Even later zaten de rat en ik bij de rector. Omdat we elkaar de schuld van de ruzie gaven, moesten we allebei een uur nablijven.

Het begon aan het einde van die middag steeds harder te regenen. Een snijdende wind joeg door de straten terwijl ik met mijn handen in mijn zakken door de Amsterdamse Poort slenterde. Ik had mijn jas om mijn middel gebonden en mijn sjaal in mijn tas gedaan zodat de elementen vrij spel hadden. Het kon me allemaal niets meer schelen. Het enige wat meezat, was dat iedereen onder de afdakjes of in de winkels school waardoor ik ruim baan had. Het regende zo hard dat zelfs de junks bij Fazantenhof onder het viaduct scholen. Ik passeerde de klappertandende horde zonder op te kijken, negeerde de uitgestoken bedelhanden, haalde mijn neus vol walging op en trapte tegen een bierblikje dat tegen het scheenbeen van een junk knalde. Hij gromde, maar ik zei niets en liep door. En terwijl mijn trui en zelfs onderbroek inmiddels doorweekt waren, besloot ik de binnenstraat links te laten liggen. Ik bleef buiten lopen zodat ik nog meer zou verkleumen en zo ziek zou worden dat ik nooit meer naar school zou hoeven.

Ik trapte tegen de liftdeur, en alsof het stalen voorwerp mijn woede voedde, deed ik het nog een keer, maar harder. Een pijnscheut trok door mijn voet.

'Heb je de lift gemist?'

Ik draaide me om en staarde in het vriendelijke gezicht van meneer Rolf. Hij had zijn hoed op en door de paraplu die hij zoals altijd bij zich had, was er nauwelijks een regendruppel op zijn beige regenjas beland.

'Ja,' loog ik en staarde naar mijn afzichtelijke O'Hara's die mijn voeten niet droog hadden kunnen houden.

'Hoe bevalt het op je nieuwe school?' Ik keek op en probeerde door zijn snorharen heen zijn hazenlip te zien, alsof het me voldoening zou schenken om te zien dat ook hij gebrandmerkt was. 'Lukt het een beetje met wiskunde?'

'Het gaat wel,' mompelde ik terwijl ik de rug van mijn hand over mijn natte voorhoofd haalde.

'Metin, ik ben blij dat ik je hier tegenkom, want ik wilde je wat vragen.' Hij sprak ineens op serieuze toon, alsof hij zag dat me iets dwarszat. 'Nu je op de middelbare school zit, is het misschien goed als jij je ook voor de buurt inzet.' Ik keek hem vragend aan. 'Wat zou je ervan vinden om samen met mij en een paar anderen te demonstreren tegen het kappen van de bomen in de buurt?'

'Welke bomen?'

'De gemeente wil bijna alle bomen aan de andere kant van de flat kappen om het gevoel van sociale veiligheid te vergroten, zoals ze dat noemen.'

Wat kunnen mij die suffe bomen schelen, dacht ik. Ik heb verdomme andere dingen aan mijn hoofd. 'Sorry, meneer Rolf, maar ik heb veel huiswerk.'

Meneer Rolf knikte begripvol. 'Misschien kun je het aan je ouders vragen.' Hij sliste meer dan gewoonlijk, alsof hij beschroomd was mijn ouders zelf te benaderen over dit onderwerp. 'Bomen gaan ons per slot van rekening allemaal aan. Ze horen bij deze wijk.'

Nou, mijn ouders hebben zeker andere dingen aan hun hoofd. 'Dat zal ik doen, meneer Rolf.' Ik knikte braaf.

'Metin, je beeft helemaal, kom anders een warme chocomel bij mij drinken.'

'Dank u, maar ik moet nog veel doen.'

48

We zaten in de bus die ons naar Den Helder zou brengen waar we op de veerboot naar Texel zouden stappen. Alle plekken waren bezet, op de plek naast mij na. Niemand wilde naast de schoonmaker zitten. Ik zat aan het raam en keek naar de donkere wolken die een getrouwe uitvergroting vormden van mijn gemoedstoestand. Terwijl de regen op het dak van de bus tikte en dikke strepen trok langs de ruiten, deed de koorts mijn lichaam gloeien en rillen.

Twee havo/vwo-klassen waren voor de schoolreis samengevoegd en hier en daar zag ik mijn klasgenoten al kennismaken met jongens en meisjes uit de andere klas. Er werd gelachen en hard gepraat. Ik moest denken aan de busreizen naar het museum op de basisschool. Saleem en ik hadden dan de gekste gesprekken. Hoe zou het nu met hem zijn? Had hij het naar zijn zin op zijn nieuwe school in Engeland, of verlangde hij net als ik terug naar onze oude klas?

Ik drukte mijn hoofd tegen de koele ruit in een poging de koorts te laten zakken en iets van de omgeving te zien, maar meer dan wat grijze weilanden kon ik door de regensluiers niet zien. De chauffeur zette de radio harder om te ontsnappen aan de kakofonie van uitgelaten brugpiepers. Een nummer van Richard Marx, dat mij al een paar weken had gekweld op MTV, werd aangekondigd. Ik wilde het liefst mijn oren dichtdrukken voordat Marx' smekende stem me nog dieper in de donkere poel van misère zou trekken.

Wherever you go, whatever you do, I will be right here waiting for you.

Whatever it takes, or how my heart brakes, I will be right here waiting for you.

Het was of Richard Marx het tegen mij had: hij sprak de voice-over in van mijn nu al mislukte leven. En hij nam een voorschot op het moment dat ik mijn moeders hart zou breken. Ik durfde niet te denken aan het moment dat ik haar mijn rampzalige eerste rapport zou overhandigen. Ze zou haar ogen geschrokken neerslaan waarna mijn vaders meedogenloze tong me dieper in het moeras zou duwen.

Ik had het gevoel dat ik iets kwijt was geraakt. Ik had gefaald en in korte tijd iedereen teleurgesteld, nog voordat het echt begonnen was. Terwijl de bus over het natte wegdek scheurde, slikte ik iets zwaars weg. Toen Michael Bolton vervolgens werd aangekondigd, wilde ik mijn handen voor mijn gezicht slaan en mijn tranen de vrije loop laten.

Tell me how am I supposed to live without you? Now that I've been loving you so long. How am I supposed to live without you? How am I supposed to carry on?

When all that I've been living for is gone...

Met zijn laatste zin brak hij bijna mijn verzet. Ik dacht aan Esmeralda en Nicole, aan de tijd dat alles nog goed was. Het leek allemaal zinloos. Hopeloos. Ik wenste dat ik daar niet was, in die bus, met die klasgenoten en die stomme liedjes. Zelfs het nummer 'Lambada' van de Braziliaanse band Kaoma kon me niet opvrolijken.

Op de veerboot naar Texel waaide het hard. Wilde golven beukten tegen de romp en de kille najaarswind joeg de regen in ons gezicht. Het was mijn eerste keer op een boot, als ik de rondvaart door de Amsterdamse grachten niet meerekende. Terwijl de koorts me deed huiveren, staarde ik naar de woeste zee. Dino kwam vlak bij me staan. Hij spreidde zijn armen en riep: 'Yeah! Dino the King vaart over de Noordzee!' Hij keek om zich heen of hij ieders aandacht had. 'Ik ga Texel onveilig maken, motherfuckers!'

'We varen over de Waddenzee,' zei ik.

'Wat?'

Ondanks de koorts wees ik rustig naar de woeste golven. 'Dit is de Waddenzee.'

'Hoe weet jij dat?' vroeg hij alsof ik alleen verstand kon hebben van schoonmaakmiddelen.

'Dat heb ik laatst gelezen. De Noordzee begint veel westelijker.' Ik hoopte dat hij mijn toelichting op prijs zou stellen en me hierna misschien anders zou gaan zien. Die schoonmaker heeft toch meer in zijn mars, of zoiets. Maar de verontwaardiging die plotseling bezit nam van zijn scheve gezicht, ontnam me die illusie al snel. 'Je lult uit je nek, man.'

Misschien had ik beter mijn mond kunnen houden en stilletjes van het uitzicht moeten genieten, want ondanks mijn fysieke staat en de regen, was de zee een onverwacht hoogtepunt na de moeizame weken die achter me lagen. Maar nu had ik dat moment eigenhandig verpest. De hele klas keek op het dek van dit deinende schip toe hoe ik zou reageren.

'Dino, ik heb dat laatst gelezen in een boekje over de Waddeneilanden.' Ik probeerde overtuiging in mijn stem te leggen, maar er moest ook wat bescheidenheid in. Een jongen als Dino kon zich immers snel beledigd voelen. 'Maar... misschien vergis ik me wel.'

'Je vergist je niet, Metin,' zei Danny ineens voordat Dino kon reageren. Hij had zijn handen stoïcijns in de zakken van zijn felgekleurde Adidas-jack gestoken. Zijn donkerblonde matje wapperde in de zeewind. Danny was de beste voetballer van onze klas, en net als Dino en Ricardo was hij een zittenblijver. Zijn manier van lopen en aanwijzingen geven op het veld deden me denken aan Ronald Koeman. Hij was een van de weinige jongens die me nooit voor schoonmaker had uitgemaakt. Danny keek zijn maat Dino ontspannen aan. 'Hij heeft gelijk, man. Dit is de Waddenzee. Ik heb hier vorig jaar nog met mijn vader gevaren.'

Dino snoof even. 'Is je vader soms schipper of zo?'

Danny schudde zijn hoofd. 'Hij had de boot van zijn broer geleend. We zijn toen in een paar dagen naar Texel en Vlieland gevaren.'

Dino keek weer naar mij. Hij kneep zijn ogen tot spleetjes en knikte naar me, net zoals hij dat had gedaan toen hij me voor het eerst had aangekeken in de klas. Daarna wendde hij zijn hoofd naar de horizon. Ik dacht dat hij een moment van bezinning inlaste, maar hij haalde zijn neus luid op en spuugde iets groengeels de donkere zee in. 'Nou, hoe deze klotezee ook heet, ik ga dat kuteiland onveilig maken!'

Toen we even later het dek verlieten, kreeg ik ineens een harde trap van achteren te verwerken. Ik kromp ineen van de pijn en moest me aan de deurpost vasthouden om niet onderuit te gaan. Ik draaide me om en staarde in de woeste ogen van Dino. 'Nog één zo'n opmerking en ik hoek je neer, schoonmaker. Ik waarschuw je.'

Ik was te verbouwereerd om iets te zeggen en strompelde van boord. In de haven van Texel stonden tientallen fietsen in een lange rij voor ons klaar. Juffrouw Martine las van een blaadje de nummers van de fietsen en de bijbehorende namen op. Een week eerder had ze mij een rare vraag gesteld: of ik kon fietsen. Ik had haar vragend aangekeken. Zag ik er soms zo onhandig en lomp uit dat ze had getwijfeld of ik zo'n vanzelfsprekende vaardigheid bezat? Wat mankeerde de leerlingen en leraren op SGR toch? 'Ja, natuurlijk kan ik fietsen,' had ik geantwoord.

Toen ze zei dat ik nummer 113 had, voorvoelde ik om de een of andere reden dat het geen gelukkige koppeling was. Dat vermoeden werd bevestigd toen ik zag dat het een damesfiets was met een te hoog zadel, alsof de vorige huurder een reusachtige vrouw was. Mijn voeten reikten net bij de pedalen. Ik wilde protesteren bij juffrouw Martine, maar ze was in gesprek met een paar docenten. De fietsverhuurder en zijn hulpje waren op hun beurt druk bezig met het afstellen van zadels en het oppompen van banden die volgens klagende meisjes te zacht waren. Mijn eerste klasgenoten en een leraar fietsten al het haventje uit terwijl ik me nog afvroeg of ik me ook moest melden bij de fietsverhuurder. Ik zou om een herenfiets kunnen vragen, en als dat niet mogelijk was zou ik iets kunnen opmerken over de hoogte van het zadel.

Terwijl steeds meer leerlingen op hun fiets stapten en soepel wegreden, keek ik vertwijfeld om me heen. Het begon harder te waaien en hoewel het nog geen middag was, werd het steeds donkerder door het grijze wolkendek. En terwijl ik daar met fiets 113 aan mijn hand stond, begon het weer langzaam te regenen. Net toen ik zag dat de fietsverhuurder zich terugtrok in zijn werkruimte, gevolgd door zijn hulpje, vroeg juffrouw Martine of ik meeging. Op twee stevige meisjes na hadden alle leerlingen de haven al verlaten. Mijn kans was verkeken, ik had te lang geaarzeld. Nu moest ik het doen met een damesfiets met een te hoog zadel. Samen met juffrouw Martine reed ik de haven uit en we zetten koers richting de jeugdherberg.

De najaarswind had vrij spel op het uitgestrekte eiland. Ik kwam niet vooruit op fiets 113: als ik met kracht op mijn pedalen probeerde te trappen, kwam de wind steeds met een onverbiddelijke tegenzet. Hij leek steeds harder te blazen en dreef mij telkens naar achteren. Al snel raakte ik achterop en belandde in een treintje dat gevormd werd door de minst sportieve meisjes. We raakten steeds verder verwijderd van de kopgroep. Ik voelde het zweet in mijn oksels klotsen en mijn wangen en voorhoofd gloeiden van de koorts. Ik begon zwaarder te ademen en voelde de kracht uit mijn benen vloeien terwijl mijn zitvlak steeds meer pijn begon te doen door de trap van Dino.

Het moment dat ik gelost zou worden door de groep meisjes kwam steeds dichterbij. Slechts een dun koordje dat in een daad van wanhoop was uitgeworpen door mijn krimpende waardigheid, voorkwam dat ik door de waddenwind uit het treintje werd geslagen. Maar iedere keer dat het puntje van mijn tenen naar de pedalen reikte, had ik het gevoel dat mijn kuitspieren zouden knappen. En toen ik besefte dat het alles of niets was, dat ik voor altijd het lachertje van de klas dreigde te worden, besloot ik op mijn pedalen te gaan staan. Ik dacht aan Greg LeMond. Hij had tijdens de Tour de France zelfs de Pyreneeën bedwongen en alle andere renners kansloos gelaten. Ik wist niet of het klopte, maar ik stelde me voor dat de blonde Amerikaan op zijn pedalen danste als hij moe werd, dat hij net zo lang op zijn pedalen stond tot hij een steile heuvel had bedwongen, om even later zijn pet af te doen voor de mooie gebruinde Française die hem zijn zoveelste gele trui omdeed.

Hijgend stond ik op mijn pedalen terwijl ik 'LeMond, LeMond' mompelde in een poging het laatste restje kracht uit mijn koortsige lichaam te persen. Ik trok zowaar een sprint en liet even de meisjes achter me, maar na nauwelijks een halve minuut droop de kwijl uit mijn mond en beukte mijn hart tegen mijn borstkas. Hoe ver was het verdomme nog naar die klote jeugdherberg? Hoelang kon je op dit verdomde eiland fietsen zonder op je bestemming aan te komen?

Ik nam weer plaats op mijn zadel en meteen trok een pijnscheut door mijn lichaam vanaf de plek waar Dino's lompe voet me had geraakt. Ik verloor terrein. Ik liet het gebeuren. Om mijn achterste te sparen, stopte ik met trappen en leunde voorover op mijn stuur. De spieren in mijn benen tintelden. Ik had het koud en op dat moment wilde ik niets liever dan me in het gras laten vallen om even op krachten te komen. Toen ik weer opkeek, besefte ik dat ik een fout had gemaakt. Ik hapte naar adem toen ik zag dat het koordje was gebroken: het treintje had me gelost. Ik vloekte en schreeuwde in de wind.

Vanuit de verte draaide juffrouw Martine zich om. Ze stopte langs de kant van de weg toen ze me zag ploeteren, liet zich door het treintje inhalen en fietste toen naar me toe. En terwijl ik de schaamte op elke plek in mijn lichaam voelde branden en die zelfs de koorts en pijn voor even verdreef, begon ik weer te trappen. Dit zette haar onnozele vraag over mijn fietskwaliteiten natuurlijk in een heel ander perspectief. Ik had op dat moment nog overwogen om op te scheppen over mijn lange fietstochten door Amsterdam. En nu ging ik hier af als nooit tevoren. Wat moest ze wel niet van me denken? Ach, kijk die arme Turkse jongen toch. Hij heeft in de Bijlmer natuurlijk nooit op een fiets gezeten. Moet je hem zien stuntelen op die damesfiets.

Het liefst had ik me op dat moment door de wind laten grijpen en meevoeren, hoog de grijze hemel in om na een vrije val met een klap in de Waddenzee terecht te komen en langzaam weg te zakken in de ijzige diepte. Ik verdiende het niet alleen, het was ook het beste voor iedereen.

Met de wind in de rug was juffrouw Martine binnen de kortste keren bij me. Ze hield haar hand omhoog ten teken dat ik moest stoppen en keek me bezorgd aan. 'Metin, gaat het? Ben je misschien niet zo lekker?'

Ik wist niet wat ik moest antwoorden. Ik was bang dat alles uit mijn mond op dit moment belachelijk zou klinken. 'Nee... het... het gaat wel.' Mijn stem trilde.

'Metin, wat is er?' zei ze op bezorgde toon. 'Vertel het me maar.'

Ik zuchtte. 'Mijn zadel...' zei ik terwijl ik naar lucht hapte. 'Mijn zadel is te hoog.'

'Had dat eerder gezegd, joh! Meester Frank heeft gereedschap bij zich voor dit soort gevallen.' Ze staarde naar het treintje dat steeds verder van ons verwijderd raakte en keek me aan met een blik waarin niet alleen medelijden, maar ook warmte school. 'Kom, laten we rustig doorfietsen, anders raken we te ver achterop.'

En terwijl we zij aan zij achter de rest aan fietsten, leek het de eerste meters of de wind clementie toonde en met minder gebolde wangen blies. Maar wanneer hij zo nu en dan toch kwam opzetten, schakelde juffrouw Martine een versnelling terug, legde een hand op mijn rug en duwde me een stuk vooruit.

Er werd geklapt en gejuicht toen juffrouw Martine en ik eindelijk de jeugdherberg bereikten. Ze hadden een soort erehaag bij de oprit gevormd waar wij doorheen moesten. Ik wilde niets liever dan rechtsomkeert maken, maar om bij de slaapzaal te komen, moesten we erdoor. Ik hoorde ze smoezelen: daar heb je ze eindelijk. Waarom kan hij niet fietsen? Is hij soms gehandicapt? Moet je hem nou zien op zijn damesfiets. Zouden ze iets met elkaar hebben uitgespookt?

Ik deed of ik niets hoorde en keek recht voor me uit, tot Dino iedereen overstemde met zijn zware stem. 'Was je op schapen aan het jagen of zo, Metin?' riep hij. 'Hier, schaapie, kom, schaapie. Maar je mag ze hier niet zomaar slachten, hè. Schaapie, mag niet dood.' Een daverende lach steeg op vanuit de erehaag en sommige leerlingen begonnen weer uitbundig te klappen.

'Dino!' riep juffrouw Martine. 'Zo kan-ie wel weer.'

'Ik maakte maar een grap, juf.' Om zijn woorden te onderstrepen gaf hij me een zogenaamd vriendschappelijk klapje op mijn schouder toen ik traag langs hem liep met mijn fiets aan de hand. Maar het klapje was zo hard dat ik mijn balans verloor en, door de koorts verzwakt, viel. Meester Frank verhief zijn stem. 'Dino, nu naar de eetzaal. Ik wil je onder vier ogen spreken.'

Terwijl een paar jongens van de andere klas me overeind hielpen, wierp Dino me een woedende blik toe. 'Kleine aansteller!' Daarna liep hij met grote stappen met meester Frank naar de eetzaal. Van achteren leek het of Dino, met zijn lange benen en brede schouders, de leraar was en meester Frank een ongehoorzame leerling.

Ik plaatste mijn fiets in het rek en pakte daarna mijn sporttas die samen met het koffertje van juffrouw Martine onder een afdakje op de grond lag. In de enorme slaapzaal stonden zo'n zestien stapelbedden. Tot mijn vreugde was er nog een bed in de hoek van de zaal vrij. Ik legde mijn sporttas neer, deed mijn schoenen uit en ging languit op bed liggen. De vermoeidheid drukte me neer. En hoewel het rumoerig was in de slaapzaal en er op het erf werd geschreeuwd en gelachen, sloot ik mijn ogen, trok het dekbed rillend over me heen en zakte meteen weg in een diepe slaap.

49

Toen ik mijn eerste rapport opensloeg, was het alsof ik verder de diepte in werd getrokken en een onzichtbare klauw me wegtrok van de leerlingen tot wie ik veroordeeld was, maar door wie de rijen voor mij gesloten werden gehouden. Een stem in mijn hoofd die steeds meer aan kracht won, sprak tot mij en zei: Jij hoort hier niet, schoonmaker. Jij hebt niet wat nodig is om het hier te redden. Waarom ben je niet gebleven waar je thuishoort, in de Bijlmer, net als je vriendjes?

Het was onafwendbaar: ik stevende af op iets fataals wat niet alleen gepaard zou gaan met veel gezichtsverlies en een oneervolle aftocht, maar bovenal teleurstelling bij mijn ouders. Mijn moeder zou het ervaren als de zoveelste nederlaag in haar leven, de onvermijdelijke voortzetting van het trieste lot dat haar familie generaties lang rampspoed had gebracht. En nu had dat lot zich aan haar jongste en meest kwetsbare kind vastgeklampt als een hardnekkige vloek die nog lang niet was uitgewerkt.

Ik bekeek mijn rapport in stilte, bijtend op mijn onderlip en mijn oren met gebalde vuisten dichtdrukkend om de herrie in de klas buiten te sluiten. Ik staarde naar de vernederende vijf voor Nederlands, tot stand gekomen na een paar ongelukkige grammatica-overhoringen, en vroeg me af hoe het zover had kunnen komen. Ik was op de Bijlmerhorst altijd de beste van de klas geweest met dictees, en ik had zo vaak complimenten van meester Gregory gekregen voor de mooie volzinnen die ik op papier had gezet. En sinds ik verslingerd was geraakt aan de Marvel-comics, was ik de beste voorlezer van de klas geweest. Waarom had ik op SGR niet de kans gekregen om die kant van mezelf te laten zien? Waarom had ik niet een stukje mogen voorlezen?

De tweede onvoldoende weigerde ik simpelweg mee te tellen omdat niemand me kon wijsmaken dat muziek een serieus vak was. Ik zou later toch geen muzikant worden? Bovendien was het vak inhoudelijk een lachertje: we zongen suffe liedjes in de klas, zoals 'Pick a Bale of Cotton' dat over katoenplukkende slaven in Amerika ging en er werd ons wat verteld over de geschiedenis van verschillende muziekgenres zonder dat ons de noodzaak ervan duidelijk werd gemaakt. Daar kwam nog bij dat het cijfer op gluiperige wijze tot stand was gekomen, via één enkele onverwachte overhoring. Mijn derde onvoldoende was de meest serieuze en nijpende en bezorgde me verontrustende hartkloppingen. Het was een vier voor wiskunde en brak niet alleen mijn zelfvertrouwen verder af, maar bedreigde ook mijn toekomst als vwo-scholier. Wat de last van wiskunde nog zwaarder maakte, was dat het niet eens een echte vier was: in werkelijkheid had ik een povere 3,6 gestaan na twee desastreus verlopen overhoringen, wat afgerond werd naar een vier. Maar hoe had ik hoger kunnen staan als onze wiskundeleraar Zeger Zijdewind in een onbegrijpelijke taal met ons communiceerde via tekens en symbolen die uit een andere beschaving leken te komen? Waarom stond die man eigenlijk voor de klas?

Maar mijn klasgenoten spraken kennelijk wel de taal van Zeger Zijdewind. Wat wisten zij dat ik niet wist? Kregen zij thuis misschien bijles van echte wiskundeleraren waardoor ze beter bestand waren tegen de wartaal van Zijdewind?

Aan het einde van de mentorklas kwam juffrouw Martine aan mijn tafel staan, boog zich traag naar me toe en zei dat ik naar aanleiding van mijn 'slechte rapport' een test moest maken. 'We willen beoordelen of je wel op het juiste niveau bent ingeschaald.'

Ze twijfelden dus aan me. Nog geen drie maanden na mijn komst wilden ze al beoordelen of ik hier wel thuishoorde. We hebben hem een paar weken de kans gegeven, want soms moet je met je hand over je hart strijken, maar het was kennelijk te veel gevraagd. We hadden kunnen weten dat hij het niveau mist.

'Een test?' vroeg ik terwijl ik in gedachten mijn moeder met een bezorgde blik naar me zag kijken.

'Het is niets ernstigs, en je hebt natuurlijk niet alleen maar slechte cijfers. Ik zag dat je ook een acht staat voor Engels. Dat is knap, want...'

Ik onderbrak haar, iets wat ik niet eerder had gedaan: 'En ik sta een negen voor geschiedenis, een acht voor Frans en een zeven voor aardrijkskunde.'

Ze knikte en keek me met grote ogen aan alsof ze onder de indruk was. 'Ja, toegegeven, dat zijn heel fraaie cijfers. Maar...' Ze dacht even na alsof nu pas tot haar doordrong dat er tegenover die onvoldoendes ook betere cijfers stonden die wellicht een ander verhaal vertelden. Misschien was het een misverstand en bedacht ze nu hoe ze haar woorden moest ombuigen. Ze legde een hand op mijn arm. 'Maar Metin, we zijn ook erg geschrokken van je cijfer voor wiskunde. Ik heb meester Zijdewind gesproken. Hij zei dat je altijd dromerig voor je uitkijkt in de klas. En je loopt ook achter bij Nederlands, dat heb ik natuurlijk met mijn eigen ogen kunnen zien.'

Waar had ze het over? Ik liep helemaal niet achter bij Nederlands. Goed, ik stond dan weliswaar een vijf, maar dat had ik zo opgehaald. En bovendien: ze had me nooit horen voorlezen of een zin van mij gelezen. Ze zou niet weten wat haar overkwam, ik was de beste voorlezer van de Bijlmerhorst!

'Daarom willen we dat je een test maakt, de DAT-test.'

'De wat-test?'

'De differentiële aanleg-test, afgekort DAT.'

Het klonk als een enge ziekte die mij zou verzwelgen.

'Simpel gezegd gaan we je taalniveau en ruimtelijk inzicht meten.'

Ik kreeg het ineens warm. 'Mijn ruimtelijk inzicht? Is dat ook met rekenvragen en zo?'

Nu keek zij op haar beurt bezorgd. 'Er komen ook getallen aan te pas, vrees ik. Ze gaan je ruimtelijk inzicht testen door je onder andere wat figuurtjes voor te leggen.'

Zou het dan hier al ophouden voor mij? Na een paar vreselijke weken zou ik dus degraderen, verstoten worden van het hoogste niveau. Wat had ik me eigenlijk in mijn hoofd gehaald? Nee, wat hadden mijn ouders zich in hun hoofd gehaald? Maar misschien kon ik er nog onderuit, misschien kon ik nog een kans krijgen om me de komende weken in de klas te bewijzen zonder die test te maken, want als er rekenvragen aan te pas kwamen, was het bekeken.

'Is het verplicht?' vroeg ik.

Juffrouw Martine glimlachte alsof ik een grap maakte, klopte even op mijn arm en liep weg terwijl ik voor de verandering juist nog van alles wilde zeggen in mijn zoektocht naar een ontsnapping. Ik wilde haar om een tweede kans vragen en haar verzekeren dat ik mijn cijfers zou ophalen, en zeggen dat ik nog maar net begonnen was. En misschien was dit wel het moment om de schroom helemaal van me af te gooien en te zeggen dat ik me hier niet thuis voelde, dat ik werd gepest. Maar de les was afgelopen en juffrouw Martine was het lokaal al uitgelopen. Toen ik om me heen keek, zag ik dat ik alleen was overgebleven.

Mijn ouders staarden naar het rapport dat een genadeloos oordeel velde over de prestaties van hun zoon. Wat ze te zien kregen, strookte niet met wat ze de afgelopen weken op spaarzame momenten van mij te horen hadden gekregen. Het drong tot me door dat ze het misschien met terugwerkende kracht als liegen zouden zien.

Zonder op te kijken van het rapport zei mijn vader: 'Volgens je moeder zei je dat het goed ging op school.' Ik schrok van mijn vaders blik. 'Hoe kan dit?'

'Ik weet het niet,' stamelde ik.

'Zijn andere cijfers zijn wel mooi,' zei mijn moeder. 'Een negen voor geschiedenis en een acht voor Engels en Frans. Prachtig.' Ondanks mijn slechte rapport zag ik een glimpje trots in haar ogen.

Mijn vader snoerde haar meteen de mond: 'Daar gaat het niet om, met dit rapport zal hij straks niet overgaan. Misschien zullen ze hem wel terugplaatsen naar die mavo-klas. Besef je dat wel?' Hij sloeg het rapport dicht. 'Hoe kun je een vier voor wiskunde staan?'

Ik moest aan de onheilspellende woorden van meester Gregory denken, hij had me gewaarschuwd dat ik grote moeite met wiskunde zou hebben. Misschien had hij me daarom wel een mavo/havo-advies gegeven, misschien had hij deze afgang al voorzien. Opeens zag ik het niet meer zitten: hoe zou ik ooit over kunnen gaan naar de tweede als ik geen woord begreep van wat meester Zijdewind zei?

'Ik weet het niet,' mompelde ik. 'Het... het is een moeilijk vak.'

'Dit is het vwo, niet de mavo. Alle vakken zijn moeilijk,' zei mijn vader alsof hij er verstand van had, alsof hij ooit onderwijs had gevolgd in Nederland. 'Doe je wel hard genoeg je best?'

'Natuurlijk doe ik mijn best,' zei ik.

Mijn vader keek me indringend aan en hief zijn wijsvinger. 'Volgens mij doe je helemaal niet je best, volgens mij doe je nauwelijks iets aan je huiswerk, want als ik thuiskom, zie ik je alleen maar voor de televisie zitten. Je voert geen klap uit.'

Het voelde alsof hij de stoel onder me vandaan schopte. Een dosis woede werd in mijn aderen geïnjecteerd. Mijn ademhaling versnelde en een donkere waas verscheen voor mijn ogen. 'Dat is niet waar!' riep ik met overslaande stem. 'Ik maak altijd mijn huiswerk.'

'Lieg niet!' schreeuwde mijn vader. 'Je hangt alleen maar voor de televisie.'

'Ik lieg niet.' Mijn hoofd klopte. 'Wat weet jij er nou van? Jij bent nooit thuis.'

'Pas op je woorden.' Mijn vader deed of hij overeind kwam. 'Zo praat je niet tegen mij.'

Ik zag mijn moeder kalmerende gebaren naar mij maken. Haar lippen bewogen op en neer zonder woorden te produceren, maar het was niet te missen wat ze mij duidelijk probeerde te maken: rustig, rustig.

Ik meldde me op een donderdagochtend samen met twaalf lotgenoten uit de twee andere havo/vwo-klassen in een lokaal waar ik nooit les had gehad. Ik was de enige van mijn klas. Mijn klasgenoten hadden in het lokaal ernaast geschiedenis. De verwijdering was al ingezet.

Eerst hadden mijn klasgenoten me richting de uitgang geduwd en nu had de schoolleiding het soepeltjes van hen overgenomen, alsof het een geruisloos samenspel was. Bij mijn eerste misstap werd ik beschouwd als een foutje in het systeem, een storende vlek op een verder smetteloos wit laken. En nu lieten ze mij een test maken zodat ze het vlekje zonder al te veel weerstand konden wegvegen.

Ik keek naar het blaadje met opgaven en voelde de aanvechting om de hele test, de hele klote DAT-test, te saboteren, hem helemaal verkeerd in te vullen en binnen vijf minuten het lokaal uit te wandelen zonder iemand aan te kijken of ooit nog terug te keren. Ze zouden me toch niet op het vwo laten blijven. Waarschijnlijk lagen mijn overschrijvingspapieren al klaar, getekend en wel. Vanaf de eerste dag hadden ze me al niet in 1A willen plaatsen en al die tijd hadden ze gewacht op hun kans. En nu was het zover, nu zat ik gevangen in de uitgezette val en drongen de scherpe tanden van de klem steeds dieper in het bot van mijn onderbeen.

Na tweeënhalf uur was ik klaar en wist ik niet hoe ik het er vanaf had gebracht. De taalvragen kwamen me kinderlijk eenvoudig voor, maar de vragen die betrekking hadden op rekenen en ruimtelijk inzicht, hadden me doen zweten. Bij sommige had ik gegokt omdat het me op een gegeven moment was gaan duizelen na alle figuurtjes en cirkeltjes.

Ik liep verdwaasd naar de aula die was volgestroomd voor de middagpauze en wilde niets liever dan ter plekke afdalen in een diepe tunnel om nooit meer terug te keren naar deze plek waar ik niet gewenst was. Ik drukte mijn kiezen hard op elkaar en trok de riemen van mijn rugtas strak aan tot het voelde alsof de bloedtoevoer naar mijn armen werd afgesloten. Toen zag ik haar staan bij de bar. Nicole, het meisje met het gouden haar en de groene ogen dat mij in het Gaasperplaspark had betoverd en zo blij was geweest mij te zien tijdens mijn korte verblijf in klas 1F. Ze stond in de rij tussen tientallen hongerige leerlingen die druk gebaarden naar het echtpaar Voskamp in de hoop eerder een tosti of appelkoek te bemachtigen.

Ik liet mijn armen langs mijn lichaam hangen en balde mijn vuisten om het gevoel in mijn handen terug te krijgen. Spreek haar aan, zei de stem in mijn hoofd die ik sinds mijn entree op deze school niet meer vertrouwde. Je bent haar een chocomel verschuldigd. Loop dus naar haar toe, groet haar en maak een praatje.

Nicole wendde haar hoofd ineens mijn richting op. Meteen draaide ik me weg en staarde naar het mededelingenbord terwijl mijn hoofd begon te koken van de hitte.

Ze heeft je gezien, sukkel. Loop naar haar toe en laat zien dat je een man van je woord bent. Laat merken dat je haar niet vergeten bent, hoewel je haar de afgelopen weken angstig hebt ontlopen. Zeg dat je haar alsnog graag op een chocomel trakteert.

Ik draaide mijn hoofd richting de bar. Nicole stond er nog steeds, alleen tussen een horde leerlingen. Ik deed een stap naar voren, en nog een. Mijn benen voelden zwaar aan. Ik hoopte dat Nicole me zou aankijken en wenken, zodat er geen weg terug meer zou zijn. Ik naderde haar steeds meer terwijl mijn benen volliepen en mijn hart door mijn slokdarm omhoog kroop.

Spreek haar aan, lafaard! Waar wacht je op?

Ik verlegde mijn koers, liep richting de klapdeuren, strompelde door het kleine halletje, en dook een wc in.

Twee weken later kwam mijn mentrix, juffrouw Martine, na de les naar me toe. Ze overhandigde me een briefje. 'Je hebt de test goed gemaakt,' zei ze met een glimlach die leek te willen uitdrukken dat ze al die tijd vertrouwen had gehad in een goede afloop. 'Je was de beste van de groep. Zoals ik had verwacht had je moeite met de reken- en ruimtelijk inzicht-vragen, maar je scoorde bovengemiddeld hoog op de taalvragen. Op dat onderdeel was je zelfs de beste leerling in jaren. En dat heeft je score flink opgedreven.'

Ik kon een glimlach niet onderdrukken. Het was alsof er iets zwaars van mijn borst werd gehaald en ik weer vrijuit kon ademhalen.

'Hé, je lacht!' riep mijn mentrix ineens terwijl ze enthousiast naar me wees. 'Dat heb ik je niet eerder zien doen.'

Het besef dat ze gelijk had, zorgde ervoor dat mijn glimlach snel weer verdween. En misschien was het maar beter ook, want haar volgende opmerking drukte me weer terug in de diepte waar ik zo moeilijk kon ademhalen. 'Metin, je hebt deze test goed gemaakt, daar ben ik oprecht blij om, maar...' ze hield even in alsof ze me de kans wilde geven mijn schild tijdig op te trekken voor haar volgende aanval. 'Maar ik wil toch dat je naar een speciaal klasje gaat waar je bijles Nederlands zult krijgen.'

Mijn adem stokte. 'Bijles Nederlands?'

'Zie het alsjeblieft niet als een straf, maar een kans om van die vijf een voldoende te maken.'

'Maar ik heb die test toch heel goed gemaakt?' zei ik. 'Ik was met taal de beste leerling in jaren zei u zojuist.'

'Dat klopt, maar je staat nog steeds een vijf op je rapport terwijl je veel beter kan, en moet. Ga er gewoon een paar maanden heen, je zult zien dat je er veel aan hebt.'

Ik had bewezen dat ik op het vwo thuishoorde, ik was tijdens de test de beste leerling in jaren geweest op het onderdeel taal, maar ze lieten me nog steeds niet met rust. En nu moest ik als een asielzoeker bijles Nederlands gaan volgen. Opnieuw werd de klem strakker aangetrokken. Ik werd nog steeds langzaam de diepte ingetrokken.

50

Sinds ik op SGR zat had ik Floyd nauwelijks gezien. De schaamte had me binnengehouden en me ook in de flat doen terugtrekken. Een paar keer had ik hem afgepoeierd aan de deur met het excuus dat ik veel huiswerk had, maar op een zaterdagochtend had hij zich opmerkelijk vasthoudend getoond en aangedrongen dat ik mee naar buiten ging. 'Ik heb je zo lang niet gesproken.'

In de binnenstraat namen we plaats op het verhoginkje dat als een stenen bed tegen de brievenbussen aan was gebouwd. Soms lagen junks er versuft hun roes uit te slapen, daarom had ik een paar exemplaren van *De Echo* uit een brievenbus getrokken om op te zitten. Tot mijn opluchting had Floyd niet doorgevraagd toen ik loog dat het prima ging op school, en had hij gegniffeld toen ik vertelde dat de meisjes lekker waren. Hij zat in het laatste jaar van de basisschool en alles wat ik hem vertelde klonk hem spannend in de oren.

We keken op toen we gelach hoorden. Virgil en Tina kwamen hand in hand aangelopen. Ruim een half jaar nadat ze haar lichaam tevergeefs aan Juan had geschonken in een kleedkamer van de sporthal, wandelde Tina door de binnenstraat met onze aanvoerder. Waar kende ze Virgil van? Hadden ze iets met elkaar?

Tina keek me glimlachend aan. 'Hoi Metin!'

Ze wist mijn naam. Tina wist mijn naam! Ik stond aarzelend op. 'Tina... hallo.' Ik vroeg me af of ik haar een hand moest geven, stak mijn hand half uit en trok hem weer terug. Het zag er ongelooflijk stuntelig uit.

Tina zag er anders uit: haar haar zat in een staart en haar lippen waren rood gestift en rond haar ogen zat paarsgroene oogschaduw alsof ze een popster was. Ze kwam samen met Virgil naast ons zitten. Met haar rug steunde ze ontspannen tegen de betonnen zuil terwijl ze haar benen optrok waardoor haar rode All Stars goed zichtbaar werden. 'Wat zijn jullie aan het doen?'

'Niet zoveel,' zei Floyd. 'We hangen gewoon wat rond, weet je.'

Tina vertelde dat ze de vorige avond op stap was geweest. 'We waren met een paar vriendinnen in een bar op het Rembrandtplein en werden de hele avond getrakteerd door een oudere man.'

'Ben je met hem mee naar huis gegaan?' vroeg Virgil.

'Nee, man. Hij was echt lelijk!' Tina begon te lachen. En terwijl ze verder vertelde over haar stapavond, gleed Virgils hand ineens onder haar ruim zittende Oilily-trui. Ze glunderde even, maar vertelde onverstoorbaar verder. Ik knikte zo nu en dan, hoewel ik nog nooit was uitgegaan en me nauwelijks een voorstelling kon maken van het nachtleven dat ze zo uitgebreid beschreef. Plotseling stak Virgil zijn hoofd onder Tina's trui, maar nog steeds vertelde ze verder alsof er niets aan de hand was en hij dat vaker deed. Even later kwam Virgils hoofd weer tevoorschijn en leek het of hij naar lucht moest happen na zijn vleselijke avontuur. Hij wenkte Floyd die meteen aan de andere kant van Tina ging zitten.

'Toe maar,' zei Virgil terwijl hij kort knikte richting Tina's boezem.

Floyd stak zijn hoofd zonder aarzelen onder Tina's trui. Ik keek vol ongeloof toe hoe haar truitje opbolde en mijn vriend zich een weg omhoog baande richting Tina's juwelen. Tina wreef hem over zijn rug alsof ze hem wilde aanmoedigen.

Ik deed alsof er niets aan de hand was en vroeg: 'Ga je elk weekend uit?'

'Als het even kan wel, ja.'

Sinds ze met Juan de kleedkamer in was gedoken, had ik een week lang over Tina gefantaseerd, en nu zat ze tegenover me terwijl twee vrienden haar bovenlichaam van heel dichtbij inspecteerden.

Virgil kwam weer boven om lucht te happen. 'Wil jij niet even, Metin?'

'Nee, hoor, dank je,' zei ik en ik hoopte dat Tina nu niet op mij afgeknapt was.

Virgil tikte Floyd aan. 'Hé, rustig aan mannetje, je moet haar niet opeten. Laat wat voor mij over.'

'Jullie zijn echt zo grappig!' zei Tina lachend. 'Lekker gek ook.'

'Laten we een rustig plekje opzoeken,' zei Virgil ineens.

'Gaan we naar jouw kamer?' vroeg Tina.

'Nee, mijn tante is thuis. We zoeken een rustig plekje op in de flat.'

'Toch niet naar een kelderbox, hè? Want ik ben niet zo'n Bijlmermeisje.'

'Waar zie je me voor aan?' vroeg Virgil. Hij duwde zijn hand in zijn broek alsof hij iets moest rechtleggen. 'Je wilt niet in een kelderbox, maar doet het wel in de kleedkamer van een sporthal. Dat begrijp ik niet.'

'Dat is wat anders,' zei Tina. Ze keek ongemakkelijk. 'Dat was een gunst.' Ze klopte op de rug van Floyd. 'Nou, zo is het wel goed, hoor. Kom maar weer tevoorschijn.' Floyd veegde met de rug van zijn hand over zijn lippen en keek verwilderd alsof hij gestoord was bij het drinken. Zijn grote bruine krullen zaten in de war.

'O? Wat is daar anders aan dan?'

'Nou, gewoon. Ik ben niet zo'n hoer die in een smerige kelderbox gaat liggen.'

Ik hoopte dat Virgil het zou laten rusten, want ik was bang dat Tina anders zou weggaan. Onze aanvoerder stond ineens op en trok Tina overeind. En met een brede grijns zei hij: 'Kom, we gaan naar boven en maken het weer gezellig.'

Ze keek hem even wantrouwend aan en toonde toen weer haar stralende glimlach. 'Goed idee.'

Floyd en ik keken elkaar teleurgesteld aan toen ze wegliepen in de richting van de garage. Toen ze al een paar meter van ons verwijderd waren, draaide Virgil zich naar ons om en riep: 'Komen jullie nog?' We stonden meteen op en liepen achter hen aan. Virgil klopte even later op mijn schouder en fluisterde: 'Niet zo verlegen, Metin.' Ik glimlachte ongemakkelijk terwijl ik me afvroeg waar we heen gingen en wat Virgil van plan was. We passeerden de Hindoestaanse videotheek waar we met Pablo weleens films van Arnold Schwarzenegger hadden gehuurd. Het rook er altijd naar wierook en mysterieuze kruiden. De eigenaar van de videotheek stond in de deuropening te roken en staarde ons afkeurend aan alsof hij voorzag wat Virgil van plan was en wat Tina boven het hoofd hing. Hij bleef naar ons staren toen we voor de lift wachtten.

'Is er iets, chef?' vroeg Virgil op dezelfde toon zoals hij tegen ons sprak.

'Dat kan ik beter aan jou vragen,' zei de man terwijl hij met zijn sigaret naar Virgil wees. Waarom moest deze man uitgerekend nu de bezorgde buurtbewoner uithangen? Waar bemoeide hij zich mee? Ga lekker een Hindoestaanse film kijken zoals je altijd doet, dacht ik.

Tina stootte Virgil aan. 'Laat maar, joh.'

De lift arriveerde. De deur zwaaide open en een kleine donkere jongen stapte naar buiten.

'Hé, Mitchel,' zei Virgil. 'Waar ga je heen?'

We kenden Mitchel van de voetbalpartijtjes voor onze flat. Hij was de meest egoïstische speler van de Bijlmer, daarom had ik al vrij snel besloten dat ik een hekel aan hem had. Ik had hem eens zo hard onderuit geschoffeld dat hij even door de lucht was gezweefd en onzacht op zijn rug was geland. Een paar tellen had Mitchel met uitpuilende ogen naar adem gehapt. Mijn uitgestoken hand om het goed te maken, had hij resoluut geweigerd. 'Rot op, je deed het expres, stomme Turk!'

'Ik moet naar de winkel,' zei Mitchel. 'Waar gaan jullie heen?'

Virgil trok een ondeugend gezicht. 'We gaan naar boven met Tina. Ga mee, kerel.'

'Wat gaan jullie doen?'

'Wat denk je?'

Mitchels nieuwsgierigheid was gewekt. Hij bekeek Tina onderzoekend en keek toen Floyd aan. Mij negeerde hij. 'Oké, is goed, man.' Ik baalde dat hij meeging. Virgil drukte op de knop van de negende verdieping en sloeg toen zijn arm om Tina heen en trok haar naar zich toe. Hij zoende haar in haar hals en wreef met zijn vrije hand over haar kont. 'Lekker schatje van me.'

We stapten uit op negen hoog, de hoogste verdieping van de flat. In het halletje voor de lift keken we om ons heen. 'Wat nu?' vroeg Tina. 'Gaan we soms langs bij een vriend van je?'

Virgil gaf een klapje op haar kont en zei: 'Die kant op.' We liepen richting het trappenhuis. Floyd liep voorop en vlak voordat hij de klapdeur naar de trappen wilde openduwen zei Virgil: 'Hier is het.' Hij wees naar het schimmige hoekje tussen het trappenhuis en de lift waar de vuilschacht zat. Er lag een vuilniszak in de hoek en het stonk er naar beschimmelde etenswaren.

'Wat wil je hier doen?' vroeg Tina. 'Het stinkt hier.'

'Floyd!' riep Virgil. 'Gooi die vuilniszak eens weg.'

'Echt niet, doe het lekker zelf, man.'

'Kom op, jij bent de kleinste.'

Hij trok een vies gezicht en liep, toen we hem allemaal bleven aanstaren, met zichtbare tegenzin naar de vuilniszak. Hij pakte hem bij het puntje van de sluiting en tilde hem vol walging van zijn plek terwijl hij in een handige beweging met zijn voet het luikje van de vuilschacht opentrok en de vuilniszak erin mikte. Daarna veegde hij zijn hand aan zijn broek af.

Virgil duwde Tina met haar rug tegen de muur en begon haar op haar mond te zoenen. Ze protesteerde niet en zoende hem vurig terug en duwde haar tong in zijn mond. Hij pakte haar bij haar billen en stootte met zijn kruis wild tegen haar aan.

'Oké dan,' zei Mitchel. 'Actie!'

Floyd stootte me aan. 'Hij is haar gewoon aan het droogneuken, man.'

'Doe je armen omhoog,' commandeerde Virgil. Tina toonde zich weer volgzaam waarna hij haar Oilily-truitje langzaam omhoogtrok tot haar borsten ineens tevoorschijn kwamen alsof er een zak suikermeloenen werd leeggeschud. Mijn adem stokte terwijl haar enorme borsten op en neer deinden.

'Hoe vind je mijn meisjes?' vroeg ze trots.

'Geil,' zei Virgil met een gulzige blik. 'Je meisjes zijn heel geil.'

'Jezus, wat een tieten!' riep Mitchel die met zijn neus onverdiend in de boter was gevallen.

Tina's meisjes waren niet alleen heerlijk, ze waren ook gigantisch en hadden bovendien grote bruine tepelhoven. Virgils grote handen konden haar borsten nauwelijks omvatten. Hij pakte ze stevig vast en duwde zijn gezicht ertussen terwijl hij proestende geluiden maakte. Daarna duwde hij zijn hand in Tina's broekje. Ze sloot haar ogen toen zijn hand begon te graven. Steeds sneller bewoog hij op en neer met zijn hand terwijl Tina zonder schaamte kreunde. Ik zag dat Floyd en Mitchel hun hand in hun broek hadden gestoken en op Tina's ritme kreunden. Iedereen gaf zich plotseling over aan zijn lusten, maar ik keek toe. Ik observeerde. Misschien was het omdat ik het raar vond om in het bijzijn van anderen aan mezelf te zitten, of misschien kon ik mijn schaamte simpelweg niet overwinnen.

Virgil trok zijn hand uit Tina's slipje. Hij likte zijn vingers af, knoopte zijn broek toen los en duwde haar hand in zijn boxershort. Bedreven ging haar hand op en neer terwijl Virgil met een hand tegen de muur steunde. Met zijn broek op zijn enkels probeerde hij Tina's broeksknopen los te maken. Maar ze duwde zijn handen resoluut weg. 'Nee, die hou ik aan.' Virgil was vasthoudend en probeerde het nog een keer. Dit keer sloeg ze zijn handen weg. 'Nee, Virgil, kappen nou!'

Hij gromde even als een gekooid dier en liet zijn boxer toen helemaal zakken. 'Neem hem in je mond,' zei hij. Zijn zwarte pik lag nu als een rol Stegeman-salami in haar hand. Niet eerder had ik zo'n grote lul gezien. 'Kom op, neem hem in je mond!'

derbroek en het leek even of hij hem oprolde. Hij riep vol bravoure dat Floyd ruimte voor hem moest maken en eiste haar rechterborst meteen voor zich op. Mitchel was zelfs gretiger dan Floyd. Als een klein knaagdier knabbelde hij aan Tina's tepel.

'Au!' schreeuwde ze ineens. 'Niet bijten, gekkie. Rustig aan.'

Virgil keek rokend toe. 'Jongens, kalm aan, jullie zijn toch geen bloedzuigers of zo?' Hij tikte me aan. 'Hé, jij gaat zo. Denk maar niet dat je alleen gaat zitten toekijken. Dat is niet gezond, daar krijg je blauwe ballen van.'

Ik wist niet wat blauwe ballen waren, maar dat kon me op dat moment ook niet schelen, want als het aan Virgil lag, zou ik ook aan de borsten van Tina zitten. Maar durfde ik dat wel? Keek ik niet liever toe? Nee, natuurlijk niet! Deze kans mocht ik niet laten lopen. Dat zou ik mezelf nooit vergeven, en Floyd en Virgil zouden het me eeuwig inwrijven. Bovendien wist ik van opwinding niet wat ik moest doen. Het leek of mijn erectie met de seconde groeide en ik uit mijn broek zou scheuren.

'Oké, jij hebt nu wel genoeg gehad, Floyd,' riep Virgil. 'Nu mag Metin eindelijk. Floyd! Hoor je me?' Hij gaf me een duw. 'Loop er maar vast heen.' Ik bleef staan en hoopte dat Virgil me nog een duw zou geven, een laatste aanmoediging die ik nodig had om mijn schroom te overwinnen. 'Waar wacht je op? Loop dan!' Ik ging nu recht op Tina's linkerborst af. Op mijn netvlies werd haar tiet steeds groter, het leek of haar tepel steeds verder uitstak, tot hij plotseling als een speen in mijn mond zat. Ik duwde mijn tong er eerst tegenaan en zoog er daarna een paar seconden vol overgave aan, tot ik bedacht dat het sullig was, dat ik me als een zuigeling gedroeg. Ik pakte haar borst met twee handen vast en begon te likken, mijn tong draaide rondjes rond haar tepel terwijl Tina door mijn haar woelde. 'Mmm... dat is lekker, Metin. Ga door.' Ze pakte mijn rechterhand en legde hem op haar kont. 'Streel me daar terwijl je mijn tiet likt.' En voordat ze was uitgesproken streelde ik haar al over haar kont, want op dat moment had ik alles gedaan wat Tina me had gevraagd. Ik had zelfs mijn hoofd in de vuilschacht geduwd als ze dat had gewild, als ik maar aan haar zachte borsten mocht zitten. Ik duwde Mitchel weg met mijn elleboog en pakte nu beide borsten vast en duwde mijn hoofd ertussen zoals ik Virgil dat vlak daarvoor had zien doen. 'Kijk hem die boobies schudden, man!' hoorde ik Floyd roepen. 'Hij is de boobie-man! De boobie-man!' Maar ik ging onverstoorbaar verder.

'Wil jij me wel laten komen?' vroeg ze.

Ik keek op en staarde in de hemelblauwe ogen van Tina. Wat bedoelde ze?

'Ik ben nog niet gekomen,' zei Tina zachtjes. 'Ik maak mijn bovenste broeksknoop wel los. Laat je me dan komen?'

Ik wist echt niet wat ze bedoelde. Misschien dacht ze wel dat ik heel ervaren was vanwege het vlassnorretje dat op mijn bovenlip groeide. Misschien dacht ze dat alle jongens uit de Bijlmer in hun twaalfde levensjaar al bedreven minnaars waren en iedere week met een ander meisje in een kelderbox lagen, maar dit was de eerste keer dat ik aan de borsten van een meisje zat, laat staan dat ik mijn hand ooit in een slipje had gestoken. Ik wist dus niet wat ze bedoelde, maar ik knikte braaf omdat ik haar niet wilde teleurstellen en niet mijn leven lang beschimpt wilde worden door Virgil en Floyd.

'Kom maar met je hand,' fluisterde ze nu. 'Ben je nerveus?'

'Nee hoor...'

'Jawel, ik zie het aan je ogen.'

'Oké... een beetje.'

Ze duwde mijn hand in haar slipje. Ik voelde haar wollige schaamhaar. Het voelde dik en donzig aan. 'Lager, ga maar iets lager.' Ik ging verder omlaag en dacht aan de plaatjes van naakte vrouwen die ik in blootblaadjes had gezien en probeerde me een voorstelling te maken van waar mijn hand zich nu ongeveer bevond. Ik voelde haar warme schaamlippen en meteen daarna voelde ik iets vochtigs. Ik schrok en dacht dat ze bloedde, maar dat was natuurlijk belachelijk, want Tina was zeker geen maagd.

'Ja, ik ben heel nat,' zei ze alsof ze mijn gedachten kon lezen. 'Steek je vinger er maar in.'

Mijn wijsvinger gleed een stukje naar binnen waarna ze ineens kreunde. Ik hield mijn hand stil omdat ik niet wist wat ik moest doen en omdat ik bang was dat ik haar pijn deed.

'Beweeg je hand op en neer.'

Ik volgde haar instructie en terwijl ik dat deed merkte ik dat ze steeds natter werd en dat ik steeds dieper in haar drong met mijn vinger.

'Nog een vinger,' zei ze met gesloten ogen. 'Duw er nog een vinger in.'

Mijn middelvinger gleed nu ook bij haar naar binnen en verdween er bijna helemaal in terwijl ik aan haar tepel likte. Ze pakte me ineens vast bij mijn linkerarm en drukte erin. 'Ja, ga door.' Ik hoorde de jongens wat roepen en in hun handen klappen, maar ik sloot me ervoor af, want Tina genoot van mijn hand. Ik wist niet wat ik deed, maar Tina genoot van mijn hand!

'Harder drukken,' zei ze terwijl ik zag dat ze naar Virgil grijnsde. 'Niet zo zacht, harder.'

Mijn pols begon pijn te doen, ik was bang dat er ieder moment kramp in zou schieten. Hoelang moest ik doorgaan? Ze kreunde steeds luider terwijl ze iets door haar knieën zakte. Ze kreunde zoals ik Sylvia Kristel in *Emmanuelle* had horen kreunen en drukte steeds harder in mijn arm.

'Stop maar,' zei ze ineens. 'Zo is het goed.'

Ik keek haar met grote verlangende ogen aan terwijl ze me over mijn wang streelde. Ik trok mijn hand terug en draaide me om naar de jongens. Ze keken me vol ontzag aan.

'Laat me je hand ruiken,' riep Floyd, terwijl hij op me afliep.

Ik duwde hem opzij. 'Doe niet zo kinderachtig.'

Pas toen ik thuis was durfde ik aan mijn hand te ruiken. Ik rook Tina. De hele nacht in bed rook ik Tina. En de maanden erna beheerste ze al mijn dromen.

Ik zou haar nog één keer zien. Het was weer in de kantine van de sporthal. Floyd en ik aten na het zwemmen een frietje toen Tina plotseling naar binnen liep, hand in hand met een lange donkere jongen die een motorhelm met zich meedroeg. Ze zag mij en stak haar hand naar me op. En terwijl de jongen een Slush Puppie voor haar bestelde, net als Pablo maanden daarvoor, liep ze naar ons toe en gaf me een kus op mijn wang. Daarna verdween Tina voor altijd uit mijn leven.

51

Het was me niet eerder overkomen: een persoonlijke uitnodiging van mijn zus om bij haar langs te komen. Ik kon het dan ook nauwelijks geloven toen ze me na het ontbijt aantikte en zei: 'Kom je straks bij me langs, brugpieper? Dan kletsen we even bij.' Er was slechts één voorwaarde: ik moest een kopje thee en een appelkoek voor haar meenemen.

Maar even later, toen ik haar kamer betrad, zei ze: 'Anne heeft me gevraagd je te helpen.' Mijn blijdschap was verdampt.

Mijn zus zat in een kleermakerszit zoals ik haar dat alleen bij het spelen van mens-erger-je-niet had zien doen. En terwijl ik wachtte op wat ze ging zeggen, voelde ik weer de dwingende aanwezigheid van Michael Jackson. Sinds ik in het strafkamp SGR was beland, was ik hem nog meer gaan benijden. Michael was niet naar de middelbare school geweest. Michael had nooit last gehad van nare klasgenoten of geworsteld met nutteloze vakken als wiskunde. Michael had al die onzin niet hoeven doorstaan omdat hij vanaf zijn vijfde jaar met zijn broers op het podium had gestaan en de wereld zonder schroom had overladen met zijn fenomenale vocale kwaliteiten en frivole danspasjes.

Terwijl ik naar een poster staarde waarop Michael Jackson als een koning verkleed was, besefte ik dat je zoiets groots alleen kon bereiken als je beschikte over een exceptioneel talent. Ik had nergens talent voor, ik was een eenvoudige jongen uit een problematisch gezin, een gekwelde tiener uit de Bijlmer die op de verkeerde school was beland en nu dolende was. De weg naar de universiteit was lang, en ik was al bij de eerste hobbel onderuit gegaan. En nu wachtten ze op een nieuwe kans om me terug te sturen naar de klas der kanslozen en als ik mijn wiskunde niet zou ophalen, zou ik opnieuw mijn hoofd in de strop duwen. Ik slaakte een diepe zucht alsof alles al verloren was, en als ik op dat moment alleen was geweest in mijn zus' kamer, was ik languit op de grond gaan liggen met gestrekte armen en benen totdat mijn botten zo verkleumd waren dat ik niet meer naar school hoefde, dat ik uit een zeldzaam mededogen, een gebaar van menselijkheid, voor de rest van mijn leven was vrijgesteld van het strafkamp dat mij langzaam, vezel voor vezel, kapotmaakte.

Alsof ze mijn gedachten kon lezen, zei mijn zus: 'Ja, het is moeilijk. Het is echt een moeilijk vak.' En even hoopte ik dat mijn zus eraan toe zou voegen dat zij SGR óók zo verschrikkelijk vond, dat het geen goede plek voor ons was en dat we daarom samen op zoek moesten naar een andere school. Maar dat was natuurlijk onzin, want mijn zus had voor haar leraren nooit ter discussie gestaan, noch was ze gepest door haar klasgenoten. Nee, mijn zus maakte samen met haar Surinaamse vriendin Laetitia deel uit van een populair groepje dat bewonderd en gevreesd werd. De groep bestond verder uit twee frivole Hindoestaanse jongens, Boyke en Rajesh, die zo gecast hadden kunnen worden voor een Bollywood-film, Lesley, een lange Surinaamse jongen met het postuur van Michael Jordan en Tao, een stug kijkende Chinees met een aanstekelijke lach. Stuk voor stuk waren het stoere en goedgebekte jongens. Het maakte dat ik mijn zus altijd angstvallig meed op school, om haar de afgang van een confrontatie met haar minder goed gelukte broertje te besparen.

Mijn zus keek mij aan ten teken dat ik nu iets moest zeggen, dat het tijd was om uit de doeken te doen waarom ik zo worstelde met wiskunde. 'Ja, het is een heel moeilijk vak,' zei ik terwijl mijn oog op een poster viel waarop Michael Jackson zijn shirt van zijn lichaam scheurde. En hoewel hij een man was, had de aanblik van zijn lichtgekleurde huid en tepels iets surrealistisch en gaf het me het gevoel dat ik een voyeur was. 'Het is zo moeilijk dat ik er niets van snap.'

'Maar wat snap je dan niet?'

'Niets, ik snap er helemaal niets van.' Ik keek haar aan in de hoop dat ze nu iets zou zeggen waardoor het me allemaal in één klap duidelijk zou worden en dat me in staat zou stellen de mysterieuze code te kraken. Mijn zus liep twee klassen voor op mij en was een modelleerling die over drie jaar de overstap naar de universiteit zou maken. Maar hoe langer ze me zwijgend aankeek, hoe meer ik vreesde dat ook zij mij de geheime sleutel niet kon overhandigen.

'Het is voor mij ook een tijd geleden. Laat me je wiskundeboek eens bekijken.' Ik liep snel naar mijn kamer en kwam terug met het vervloekte boek. Mijn zus bladerde erdoorheen. 'O ja, het komt alweer een beetje terug. Ik was er ook geen ster in, maar als je het een beetje oefent, valt het best mee.' Hoewel de thee nog dampte van de hitte, nam ze er luid slurpend een slok van. 'Heb je ook moeite met de huiswerkopdrachten?'

Ik slikte even want ik wist dat ik er nu niet onderuit kwam op te biechten dat ik op de eerste week na mijn huiswerk voor wiskunde niet had gemaakt. 'Ehm... die heb ik alleen in het begin gemaakt.' Ik zette me schrap voor een uitbrander, maar mijn zus knikte begripvol.

'Gelukkig maar.'

'Hoe bedoel je?'

Mijn zus begon te lachen, steeds harder. Ze bracht haar hand naar haar mond en sloeg met de andere op de grond. Ik bleek het niet verleerd te zijn, want ik begon ook ineens te lachen. Ik gaf haar een por waardoor mijn zus even omver dreigde te vallen. Toen we eindelijk tot onszelf waren gekomen, vroeg ik: 'Waarom lachte je?'

'Door die verbaasde kop die je trok. Ha, je had jezelf moeten zien.'

'Was het zo erg?'

Ze knikte. 'Maar ik ben blij dat je je huiswerk niet hebt gemaakt, want als je dat wel had gedaan en je desondanks een vier had gestaan, dan hadden we pas echt een probleem gehad.'

'Je bedoelt dat er nog hoop is?'

Ze nam een hap van de appelkoek. 'Er is altijd hoop, en nu zeker. Kom, laten we een paar sommen oefenen.'

Mijn zus schreef een paar sommen op een blaadje, legde uit wat de bedoeling was en zei telkens dat er een logica achter zat. 'Als je het eenmaal doorhebt, is het te doen.' Anderhalf uur lang oefenden we op de sommen. Lang zaam begonnen de buitenaardse tekens te vervagen en veranderden ze in symbolen die ergens voor stonden. En de cijfers die er al die tijd verloren bij hadden gestaan, leken er zowaar een verbinding mee aan te gaan.

52

In de weekenden kwamen mijn ouders steeds vaker met grauwe gezichten terug van ons boetiekje op de zwarte markt in Beverwijk. Ze groetten ons plichtmatig, slopen vermoeid naar de keuken en laadden de boodschappen zwijgend uit.

Het stond in schril contrast met de dagen voor de opening van onze boetiek. Hoewel het de zoveelste nieuwe start betekende in ons leven, zorgde de opwinding over ons aanstaande ondernemerschap voor een sfeer van opgewektheid en op sommige momenten zelfs uitgelatenheid in het voorheen vaak zo stille huis. Mijn moeder was een dag minder gaan werken bij de PTT, want zij voelde dat de boetiek voor een ommekeer zou kunnen zorgen.

Ik ging met mijn ouders mee naar het World Trade Center in Amsterdam waar we kleding inkochten voor de eerste collectie van onze zaak: bloesjes en jasjes in felle kleuren en met enorme schoudervullingen. Ik vroeg me niet af of mijn ouders wel verstand hadden van mode, noch vroeg ik me af of ze het in zich hadden om van de ene op de andere dag een boetiek te runnen. Ik vertrouwde er simpelweg op dat ze wisten wat ze deden. Bovendien hadden we genoeg kennissen die zonder noemenswaardige scholing of ook maar enig gevoel voor de laatste mode meerdere boetiekjes met succes bestierden en in dure auto's reden. Als ik mijn vader mocht geloven, waren dat ook nog eens mensen die nog nooit een boek van kaft tot kaft hadden gelezen en er bovendien weinig representatief uitzagen. Dat laatste kon ik bevestigen, want waar mijn vader niet zonder geboetseerd kapsel en een luchtje de deur uitging, zagen zij er – met hun uitpuilende buik, warrige haar en ongeschoren wangen – uit alsof ze onderweg waren naar een illegale goktafel in de kelder van een groezelig koffiehuis. 'Ze kunnen volgens mij niet eens lezen,' had mijn vader vaak gezegd. '*Kitapsız*,' noemde hij hen, boeklozen. Voor een man die er prat op ging dat hij iedere dag uren las, was dat een van de zwaarst denkbare beledigingen die hij kon uiten, maar gelukkig deed hij dat meestal in de veilige omgeving van zijn gezin, tenzij hij te veel raki had gedronken. Als ik naar mijn vader luisterde, leek het wel of die kennissen maar wat aanrommelden en toevallig met hun neus in de zachte boter waren gevallen. Het klonk bijna als iets vulgairs, als iets wat weldenkenden niet deden, iets voor kanslozen. En soms pakte het wonderwel voor hen uit. 'Ze leggen ergens een korf neer en de bijen komen er vanzelf op af,' had hij eens gezegd. 'Ze hoeven er niets voor te doen. Ja, geld lenen bij de rijkste van hen, maar zo is het natuurlijk geen kunst.'

De weldoener op wie mijn vader doelde, was een van de kennissen die zich zo onbeschaamd liet voorstaan op zijn status van superzakenman – want zo noemde hij zichzelf – dat het iets potsierlijks had. Hij liep altijd rond met dikke stapels bankbiljetten en greep iedere kans aan om een stapeltje uit een van zijn volle zakken te grissen. Zijn pakken waren op maat gemaakt in de duurste zaken in Istanbul, en toch zag hij er slonzig en zweterig uit. Niet zelden waren de boorden van zijn kraag vlekkerig en nat. Maar ondernemers die iets opstartten, konden niet zonder zijn advies en financiële steun. Dat benadrukte hij zelf maar al te graag. 'Ze weten me altijd te vinden.' Om er grijnzend aan toe te voegen: 'Ze weten dat ik familietarieven in rekening breng.' Het was mijn vaders eer te na om bij die man aan te kloppen voor steun, want in tegenstelling tot al die boerenpummels had hij een plan en zou hij het op eigen kracht doen. Ik gaf hem gelijk, als dat soort mensen in staat was om met succes een boetiekje te drijven, waarom zou het mijn ouders dan niet lukken?

In het begin ging ik in het weekend vaak met mijn ouders mee naar ons boetiekje op de zwarte markt in Beverwijk. Ik kon er de hele week naar uitzien, ook naar het vooruitzicht van de autorit naar Beverwijk en terug. Hoe eentonig het Noord-Hollandse landschap ook is, ik kon uren uit het raam staren, mijmerend over de dingen die voor ons lagen. Tientallen keren moet ik de reis naar de zwarte markt gemaakt hebben in onze oude Lada die op de achterbank over een hoofdsteun noch veiligheidsgordel beschikte, en steeds moeizamer vooruit leek te komen op het Hollandse asfalt, maar volgens mijn vader nog vele jaren mee kon omdat hij geduldig met de hand was vervaardigd door zijn communistische broeders. Af en toe mocht ik voorin zitten, naast mijn vader, en keek ik uit op de lange weg die onmiskenbaar voorspoed leek te beloven en waarop we na elke afgelegde kilometer onze zorgen iets verder achter ons leken te laten. Ik at een broodje, luisterde naar de radio en dacht aan de vele dingen die wij straks konden kopen als de klanten eenmaal de weg naar ons boetiekje hadden gevonden. Ik droomde al maanden van niets anders dan een Nintendo. Mijn moeder wilde een nieuw bankstel en een bed. 'Ik schaam me dood voor onze gasten, Harun.'

We wandelden een grote hal binnen waarin tientallen winkeltjes gevestigd waren. De meeste waren nog dicht. Mijn vader haalde het slot van het rolluik, liet het met veel geratel omhoogkomen en stapte onze winkel binnen.

'Het wordt de beste boetiek van Beverwijk,' zei mijn vader terwijl hij zijn armen theatraal spreidde. 'Wat zeg ik, van heel Nederland!'

Ik zag meteen dat niet alle rekken gevuld waren: achterin bevond zich een gapende leegte die me verbaasde. Het leek of ons winkeltje niet af was, alsof hij niet klaar was voor de opening waar we wekenlang naar uit hadden gekeken. Ik ging op een grijze bureaustoel zitten waarvan de zitting scheuren vertoonde en steunde met mijn ellebogen op de toonbank. Terwijl mijn ouders overgingen tot het uitstallen van de nieuwe kledingstukken die ze hadden meegenomen, keek ik om me heen. Het duurde niet lang voordat er onenigheid ontstond: volgens mijn moeder waren de meegenomen jassen en bloesjes de pronkstukken van de collectie en dienden ze in de voorste rekken te hangen. Mijn vader daarentegen wilde ze voor de ingang aan hoge haakjes ophangen zodat ook passanten ze zouden zien.

'Nee, dat staat goedkoop,' zei mijn moeder. 'We staan hier toch niet op de Dappermarkt?'

Maar mijn vader had de lange stok met een haak aan de punt al gepakt en trok het plastic van een kanariegeel bloesje waarvan ik me afvroeg wie het in hemelsnaam zou kopen. 'Ik hoop dat er vermogender volk komt dan die sloebers op de Dappermarkt.' Hij ging zo gehaast te werk dat het bloesje van het haakje viel en op de smerige grond van de hal viel.

'Kijk nou wat je doet, Harun!' Mijn moeder raapte het bloesje snel op, klopte het stof ervan af en wierp mijn vader een getergde blik toe. Ze wees naar een vlek op de achterkant. 'Hoe moeten we dit ding nu verkopen?'

'Dat komt ervan als je mij zo opjaagt,' brieste mijn vader. Hij trok het bloesje uit haar handen, klopte er een paar keer op met zijn dikke vingers en hing het toen op. Daarna keek hij haar ongeduldig aan. 'En ga nu wat anders doen dan mij op de vingers kijken.' Van een afstandje zag ik hem een wegwerpgebaar maken waarna hij meer kledingstukken van hun plastic hoes ontdeed en boven de ingang ophing.

Mijn moeder droop af en begon de kleding in de rekken te verschuiven. Het leek op een klusje dat niet veel prioriteit had, iets wat je op een verloren middag doet, en hoewel ze het vast deed om haar irritatie te laten wegzakken, voerde ze de klus al snel met volledige toewijding uit. Zo nu en dan haalde ze met een geconcentreerde blik een jasje of bloesje van zijn plek en hing het in een ander rek.

Mijn vader nam plaats op de houten stoel naast mij en pakte een Turkse krant uit zijn tas. Terwijl hij hem openklapte, zei hij: 'Schuif eens op.' Ik liet de wieltjes van de bureaustoel rollen en schoof opzij waarna hij de krant op de toonbank openvouwde en rustig begon te lezen. Ik wilde hem vragen waar de klanten bleven, maar durfde hem niet te storen.

Mijn moeder kwam bij ons staan. Ze plantte haar handen in haar zij. 'Ga je nu de krant zitten lezen?' Ik zag dat ze op haar onderlip beet. 'Er is hier nog van alles te doen.'

Zonder van zijn krant op te kijken, zei mijn vader: 'Het is nog vroeg, we hebben alle tijd.'

'Alle tijd? Er moet hier nog geveegd worden, een paar gloeilampen moeten vervangen worden en...' Ze keek even om zich heen. 'Die dozen in de hoek moeten weggegooid worden... en nog veel meer waar ik nu niet aan durf te denken.'

Nog steeds zonder op te kijken, zei mijn vader: 'Vraag het je zoon, hij zit hier maar voor zich uit te staren. Laat hem ook eens zijn handen uit zijn mouwen steken.'

Ik zag de verbijstering in mijn moeders ogen, en ik wist dat ze zichzelf tot kalmte probeerde te manen om te voorkomen dat er een scène zou ontstaan op onze eerste dag in het winkeltje. 'Is het soms zijn boetiek, Harun? Heeft hij soms het huurcontract ondertekend?' Ze wachtte vergeefs op een reactie. 'Het is Metins weekend, hij is al de hele week druk geweest op school, hij is hier niet om te werken.'

'Van een beetje werk gaat hij niet dood,' zei mijn vader mat alsof ik niet naast hem zat. 'Toen ik jonger was dan hij was ik thuis zowat kostwinner met mijn baantje op de markt.'

'Dat was een andere tijd, Harun,' zei mijn moeder. 'En dat was kinderarbeid.'

Mijn vader reageerde niet.

'Je kunt toch straks lezen?'

'Je kunt me zelfs hier verdomme geen rust gunnen! Altijd heb je wat te klagen, vrouw.' Mijn vader sloeg de krant dicht, pakte de bezem en duwde hem in mijn moeders handen. 'Hier, maak jij je dan ook nuttig. Ik ga gloeilampen halen.' Met grote passen beende hij de winkel uit.

Ik zag de onrust in mijn moeders ogen. 'Laat hem maar even.' Ze rommelde in de tas waarin ze wat brood, fruit en een thermosfles had gedaan. 'Wil je een kopje thee? Het zal je goed doen.'

Ik knikte. 'Neem zelf ook wat, anne.'

Ze glimlachte en haalde haar hand door mijn haar.

'Waar blijven de klanten?' vroeg ik.

Ze liep naar de ingang. 'Ik zeg het niet graag, maar je vader heeft gelijk: het is nog vroeg. Straks zal het vast drukker worden.'

Even later was mijn vader al terug met een plastic tas. Zonder iets te zeggen en zuchtend van de inspanning draaide hij een gloeilamp in de staande lamp in de hoek van de zaak.

Mijn moeder kreeg gelijk, het werd drukker die dag. Duizenden mensen liepen door de immense hal waarin slechts een nietig hoekje aan ons toebehoorde. Sommige passanten keken even op toen ze ons boetiekje passeerden, andere bleven even rond de ingang snuffelen, maar liepen niet naar binnen alsof er een onzichtbare grens was die ze angstvallig meden. Slechts een enkeling zette de schroom opzij en stapte over de drempel. Mijn ouders veerden dan meteen op van hun plek, en terwijl de klant vluchtig door de voorste rekken struinde, ging mijn vader regelrecht op zijn doelwit af. En op zijn beleefdste toon zei hij: 'Goedemorgen, mevrouw, kan ik u helpen?' En hoewel hij zichtbaar zijn best deed en zich voor zijn doen bescheiden opstelde, kwamen de woorden er opdringerig en gehaast uit. Zonder uitzondering zeiden alle klanten op die momenten 'nee, bedankt' of ze schudden even hun hoofd zonder op te kijken. Dat laatste stak mijn vader, en hij verweet de klanten al snel een botheid en ongemanierdheid die hij zelden had meegemaakt.

Mijn moeder ging veel subtieler te werk. Als er klanten door de zaak liepen, groette ze hen beleefd met gevouwen handen en een warme glimlach als de innemende gastvrouw die ze was. Ze liet de klanten rondkijken en als ze iets oppakten, ging ze er rustig bij staan en zei: 'Mooi hè, dat is nieuw in onze collectie.' Of: 'Deze kleur is heel populair dit jaar. Het zal u vast mooi staan.' Het waren zinnetjes die ze met mijn zus had geoefend. Al snel wierp haar tactiek vruchten af: klanten stelden haar benadering en persoonlijke aandacht op prijs en lieten zich graag door haar adviseren of richting het kleine paskamertje begeleiden. Het verbaasde me dan ook niet dat de eerste verkoop in ons boetiekje op naam van mijn moeder kwam. Een jonge vrouw die meerdere bloesjes en jasjes had gepast, liet haar zichtbaar oudere vriend een felgroen topje en een bruinleren jasje afrekenen. Nadat ze de winkel waren uitgewandeld, draaide mijn moeder zich om naar mij en maakte een sprongetje van blijdschap als was ze nog een tienermeisje.

Maar hoe innemend en energiek mijn moeder ook te werk ging, en hoe vastberaden mijn vader ook was, die dag haalden we slechts een omzet van honderdtwintig gulden. De weken erop ging het niet veel beter en op sommige dagen haalden we zelfs de honderd gulden niet. Het dieptepunt was een troosteloze zondag waarop bijna alle bezoekers van de zwarte markt ons boetiekje links lieten liggen en we alleen door een bezoek van een opvallend lange vrouw omzet wisten te draaien. Vlak voor sluitingstijd speurde ze gehaast door de rekken en kocht een rood shirtje waarvan ik me niet kon voorstellen dat het haar zou staan. Daardoor kwam de dagomzet uit op vijftien gulden – net genoeg om de brandstof te bekostigen.

Waar mijn moeder de eerste weken hoopvol was, werd ook zij hoe langer hoe somberder. Was ze hiervoor een dag minder gaan werken? Mijn vader leek de hoop al na een maand opgegeven te hebben en weet de slechte gang van zaken aan onze beroerde locatie en beperkte winkeloppervlakte. 'De mensen moeten de hele hal doorlopen en dan nog helemaal naar deze verdomde hoek om ons te vinden. We zitten hier in een rattenhol!' Hij begon zijn tijd vooral te steken in de zoektocht naar een nieuwe locatie op de zwarte markt. Soms was hij urenlang weg terwijl mijn moeder en ik achter de toonbank wachtten op klanten die het aandurfden ons rattenhol met hun bezoek te vereren.

Ik op mijn beurt vond de dagen in ons boetiekje steeds ondraaglijker worden, niet alleen vanwege het lijdzame wachten op klanten, maar vooral door de treurige blik van mijn ouders. En ik begon me te storen aan de typische geluiden in de hal, het vergeefs aanzwellende geroezemoes van de klanten tot hoopvolle hoogten, de luide muziek van onze buren en het wilde graaien in onze rekken door klanten die toch niets wilden afrekenen. Op een gegeven moment had mijn vader ergens op de zwarte markt een zinnetje opgepikt dat hij gretig inzette als een klant onze winkel uitwandelde zonder iets af te rekenen: 'Kijken, kijken, niet kopen!' Eerst zei hij het op zachte toon en alleen tegen mijn moeder, maar al vrij snel sprak hij de woorden luider uit, zodat ik me afvroeg of hij misschien wilde dat de klanten het hoorden. Op een gegeven moment viel het zelfs onze Indiase buurman op, en na een tijdje begon hij mijn vader te sarren met zijn eigen mantra. Op rustige momenten, als ze allebei voor de ingang van hun winkel stonden en de tochtige hal instaarden, zei hij met een dik aangezet Indiaas accent: 'Kijken, kijken, niet kopen.' En terwijl hij de woorden uitsprak, bewoog hij zijn lichaam en hoofd als een sierlijke Bollywood-acteur die zijn zoveelste dansje opvoert in een film vol zang, groepsdans en achtervolgingen. De eerste keer dat mijn moeder en ik dat tafereel aanschouwden, kwamen we nauwelijks bij van het lachen. Sindsdien weigerde mijn vader onze buurman te groeten, ondanks mijn moeders dringende verzoek te investeren in het contact met onze buren. Mijn vader had in gedachten toch al afscheid genomen van ons rattenhol.

Het enige waar ik op een gegeven moment naar uitkeek, was de lunch die mijn vader en ik nuttigden in een andere hal waar een paar voortreffelijke eetkramen stonden. En op de zeldzame dagen waarop we 's ochtends al wat omzet hadden gedraaid, ging mijn moeder ook mee en sloten we het winkeltje een halfuur om samen te eten. We gingen altijd naar hetzelfde naamloze Turkse eethuisje waar steevast een grote homp döner aan een spit draaide. In tegenstelling tot de meeste gasten, namen we nooit döner. 'Dat vlees is niet hygiënisch,' zei mijn moeder terwijl ze met een afkeurende blik naar het spit wees. 'Het staat al de hele dag buiten.' Maar volgens mijn vader zorgde de drukte in de zaak ervoor dat alles vers was. Desalniettemin namen we daar alleen kebap. Het met kruidige köfte, knoflooksaus en groenten gevulde Turkse brood smaakte werkelijk zalig. Zwijgend at ik mijn kebap op, af en toe een slok van mijn ayran nemend. De gekte en chaos van de in de hal gevestigde markt, zette zich onverminderd voort in het eethuisje. Om ons heen werd er geschreeuwd door marktlui die al rond het middaguur begonnen met het afprijzen van hun waar en elkaar vocaal probeerden af te troeven. En alsof het de gewoonste zaak van de wereld was, schreeuwden de klanten terug in hun poging om verder af te dingen of simpelweg de aandacht van de kooplui te trekken. Het was alsof we ons op de oude bazaar van Istanbul bevonden. Elke keer als we in het eethuisje lunchten, was het er zo druk dat het ons nooit lukte een tafeltje te bemachtigen. We aten aan de toog, zittend op een kinderkrukje en uitkijkend op het hollende personeel en het vlees dat in de koeling uitgestald stond.

Hoewel we alle drie blij waren dat we ons winkeltje even konden ontvluchten, koos mijn vader er vaak voor het eten mee te nemen, zeer tegen de wens van mijn moeder in. 'Straks trekt de kebapgeur in de kleding in de rekken.' Mijn vader schudde zijn hoofd alsof mijn moeder wartaal uitsloeg. 'Waar heb je het in hemelsnaam over?' Ik verdacht hem ervan dat het hem niets uitmaakte omdat hij op een andere locatie opnieuw wilde beginnen met andere waar dan textiel.

Ik bleef steeds vaker thuis. Ik wenste niet langer getuige te zijn van het groeien van de barsten in onze droom, de toenemende irritaties tussen mijn ouders en het eindeloze ijsberen van mijn vader in de winkel.

Het was de laatste keer dat ik met mijn ouders zou meegaan. Sinds we waren weggereden uit Beverwijk, was het stil in de auto. Er hing iets in de lucht, en het was niet de geur van brood en knoflookworst.

'Het loopt zo niet,' zei mijn moeder.

'Hoe kan het lopen als jij niet begrijpt hoe het werkt.'

'Hoe bedoel je?'

'Jij begrijpt niets van inkopen of van verkopen. En je begrijpt al helemaal niets van de administratie. Hoe moet het dan werken? Jij zit alleen maar te ouwehoeren met klanten, ook als het duidelijk is dat ze toch niets gaan kopen.'

'Ik jaag ze tenminste niet weg, Harun. Als jij op ze afstapt, weten ze niet hoe snel ze moeten weglopen. En als het druk is, sta ik vaak in mijn eentje in de zaak omdat jij de halve dag weg bent.'

'Ik ben op zoek naar een betere locatie, hoe vaak moet ik je dat nog uitleggen?'

'Het begint met beter samenwerken,' zei mijn moeder zuchtend. 'En als je wat vriendelijker was geweest tegen de verhuurder, had je allang een betere locatie gekregen. Je moet niet eisen, Harun, je moet onderhandelen. En paaien.'

'Ze moeten me een betere locatie geven, dat hebben ze bij die Indiër ook gedaan.'

‘Ze moeten helemaal niets, Harun, want het begint bij jou: jij moet investeren in je relaties en je socialer opstellen, zodat de mensen je iets gunnen.’

‘Vertel mij niet wat ik moet doen.’ Mijn vader sloeg met zijn hand op het stuur. ‘Vertel mij met je vogelbrein niet hoe ik mijn zaken moet regelen.’

‘Zeg dat verdomme niet, Harun!’

Mijn vader bleef even stil. ‘Het is mijn schuld.’

Mijn moeder keek hem vragend aan, alsof ze niet kon geloven dat hij eindelijk ergens verantwoordelijkheid voor nam.

‘Het is mijn schuld,’ zei hij opnieuw. ‘Ik had nooit een onderneming moeten beginnen samen met een vogelbrein.’

53

Ik had de hele dag uitgezien naar de laatste les van de dag. Juffrouw Martine zou het laatste halfuur weer voorlezen uit een bundel korte verhalen van verschillende schrijvers. Haar fluwelen stem zou mijn zorgen voor even naar de achtergrond duwen, me laten geloven dat dit alles tijdelijk was, dat ik het zou redden. Als ik maar volhield.

Ik vond het een voorrecht dat zo'n verdorven klas als de onze les kreeg van iemand als juffrouw Martine. Ze leek me voorbestemd om later belangrijkere dingen te doen dan lesgeven aan een groepje verveelde pubers, en dat het een vwo-klas was, maakte niet uit, want sommigen van ons zouden nog geweigerd worden op een lomschool. Dino en Ricardo in ieder geval. Waarom werd er niet openlijk aan hen getwijfeld? Waarom hadden zij geen DAT-test hoeven maken?

Iedereen nam plaats op zijn vaste plek in het lokaal. Alle plekken waren bezet, behalve die naast mij. Juffrouw Martine ging niet zitten zoals ze dat altijd deed, maar bleef staan en staarde ons aan met over elkaar geslagen armen alsof we ons ernstig misdragen hadden tijdens een andere les. We wachtten af wat er zou gaan komen. 'Vandaag wil ik een serieus onderwerp met jullie bespreken.' Ze had haar stem duidelijk aangepast aan het thema dat ze op het punt stond aan te snijden. 'Ik wil het met jullie over pesten hebben.' In de stilte die ze liet vallen, draaide ik ongemakkelijk op mijn stoel. Ze liet haar blik door het lokaal dwalen. 'Pesten is een groot probleem op middelbare scholen in Nederland. Voor de leerling die gepest wordt is het niet alleen heel zwaar, maar ook erg moeilijk om aan de bel te trekken. Daarom ga ik jullie een simpele vraag stellen: wordt er iemand gepest in deze klas?'

Ik begon op mijn onderlip te bijten en spande de spieren in mijn onderbenen aan. Laat niemand in godsnaam mijn naam noemen, dacht ik. Het kan me niets schelen dat jullie mij schoonmaker noemen, want jullie zijn een stelletje klootzakken en zullen later nooit iets bereiken, maar haal het niet in jullie hoofd om mijn naam te noemen. Verneder me niet ten overstaan van juffrouw Martine. Noem mijn naam alsjeblieft niet, vuile klootzakken!

Maar ze was nauwelijks uitgesproken of de klas riep in koor: 'Ja, Metin.' En alsof dat niet erg genoeg was en het afgesproken werk was, wezen ze met z'n allen naar me. Het was alsof er tientallen kleine harpoenen op me werden afgeschoten, maar ik mocht geen krimp geven, ik moest zo onaangedaan mogelijk kijken. Maar het was alsof een onzichtbare hand me van mijn plek tilde en op het schavot hees, me langzaam uitkleedde terwijl een fel licht op mij werd gericht. Ik was niet meer in staat me te verroeren.

'Metin,' zei juffrouw Martine nu met een zachte stem vol mededogen. 'Vind je het vervelend als we erover praten in de klas?'

Alles in mijn lichaam schreeuwde 'ja', elk vezeltje verzette zich tegen de dreigende publieke ontleding van mijn persoon, en ik wilde niets liever dan opstaan en me door de gangen een weg naar buiten banen en nooit meer terugkeren. Maar ik wist dat er maar één antwoord mogelijk was op deze vraag, ik wist dat ik me nu sterk moest houden en een onaantastbaarheid moest uitstralen die ik niet bezat, maar wel altijd had geveinsd. En terwijl ik hoopte dat mijn stem niet zou trillen, zei ik zo onverschillig mogelijk: 'Nee hoor.'

Ik zag de bezorgde blik in haar ogen, alsof ze dacht: 'Nee, niet jij toch, mijn meest aandachtige en onschuldige leerling.' Ze bleef me een paar seconden aanstaren alsof ze zich moest herpakken, en zei toen: 'Dat is dapper van je.' Maar ik wist niet wat daar dapper aan was, ik vond het juist laf dat ik het liet gebeuren, zoals ik altijd alles maar liet gebeuren, en alle dingen lijdzaam onderging. 'Goed,' zei ze terwijl ze de klas inkeek. 'Dan wil ik nu weten wie Metin pest en waarom. En ik wil dat jullie eerlijk zijn en elkaar niet in bescherming nemen. We moeten hier open over praten. Pesten is een serieus probleem. Het doet heel veel pijn.'

Er ontstond geroezemoes waarna Margriet het woord nam. 'Juf, eigenlijk wordt Metin door iedereen gepest.' Juffrouw Martine keek haar vragend aan. 'Hij wordt door iedereen "schoonmaker" genoemd. En hij zit altijd alleen.'

Ik drukte mijn kiezen op elkaar en het was alsof ik mijn schedel hoorde kraken.

‘Waarom wordt hij “schoonmaker” genoemd?’

‘Omdat hij een Turk is,’ riep Dino. Een paar van zijn volgelingen begonnen te lachen.

‘Stilte!’ riep juffrouw Martine. ‘Dino, ik wil niet dat je zoiets roept. De volgende keer mag je nablijven.’ Ze keek Margriet weer aan. ‘Waarom wordt hij schoonmaker genoemd?’

‘Ik weet het niet,’ antwoordde ze. ‘Het is volgens mij zomaar begonnen, en ineens noemde iedereen hem zo.’

‘Dank voor je openheid, Margriet. Ik wist niet dat er in mijn klas werd gepest, en zeker niet door de hele klas.’ Ze keek afkeurend de klas in en begon toen aan een uitgebreide verhandeling over de kwalijke effecten van pesten. Ik kon het niet aanhoren, haar woorden drukten me alleen maar verder naar beneden. Het leek of ze het had over een man met een reusachtige bochel op zijn rug en een enorme wijnvlek op zijn gezicht. Waarom overdreef ze zo? Voor het eerst sloot ik me af voor haar stem en staarde uitdrukkingsloos naar mijn schrift. Meer dan ooit had ik gewild dat ik dezelfde gave als X-man Nightcrawler bezat en mezelf kon teleporteren naar een andere ruimte, of dat ik met mijn pen een portaal in mijn schrift kon tekenen dat me een doorgang naar een andere dimensie bood.

Voor mijn gevoel was juffrouw Martine al een tijdje aan het woord toen haar stem ineens luider werd en dreigend klonk. ‘Ik waarschuw jullie: ik wil niet dat er nog langer door mijn klas gepest wordt. Als iemand het in zijn hoofd haalt om Metin nog een keer voor schoonmaker uit te maken of op een andere manier te pesten, dan krijgt diegene met mij te maken. En geloof me, dat willen jullie niet.’ Ze liet een lange stilte vallen waarin ze dreigend naar Dino keek. ‘Hebben jullie dat begrepen?’ Toen niemand reageerde zei ze: ‘Ik vroeg of jullie dat begrepen hebben.’

‘Ja, mevrouw,’ klonk het aarzelend vanuit de klas.

Ze keek op haar horloge en hoewel er nog tien minuten te gaan waren, zei ze dat we mochten gaan. ‘Gebruik die extra tijd maar om over mijn woorden na te denken.’ Ik stopte mijn schrift in mijn tas en stond op terwijl ik het gevoel had dat er duizenden handen aan me hadden gezeten en onder mijn kleren hadden gewroet. Ik durfde juffrouw Martine niet aan te kijken terwijl ik naar de uitgang schuifelde, maar voor ik die had bereikt, riep ze mijn naam. Ik stopte en draaide me aarzelend om. Ze wenkte me. Misschien wilde juffrouw Martine nu alleen met mij verder praten en vragen hoe het met me ging. Maar ze zei alleen: 'Je vond het toch niet erg dat we het over jou hadden?'

'Nee, hoor.'

'Goed,' zei ze. 'Tot de volgende keer.'

54

Floyd stond voor de deur. Hij kon vast het sombere gevoel verdrijven dat me op zondagen altijd omlaag drukte sinds ik op SGR zat, een gevoel dat alleen maar was versterkt sinds we een armetierig boetiekje in Beverwijk hadden. Misschien had hij Tina en Virgil weer zien lopen in de binnenstraat en gingen we nu verder waar we de vorige keer gebleven waren. Maar toen ik de deur opende, zag ik dat Floyds ogen niet straalden zoals altijd. Zijn doffe blik joeg me schrik aan. Was er iets met Freddy gebeurd?

'Floyd, wat is er?'

'We gaan verhuizen,' zei hij zonder eromheen te draaien.

'Wat?' Ik schudde mijn hoofd vol ongeloof. 'Waarom?'

'Mijn ouders hebben een groot huis met een tuin gevonden in Almere. Ze zeggen dat we meer ruimte nodig hebben.'

Dat Saleem naar Engeland zou verhuizen was iets waar ik al jaren op voorbereid was geweest, maar met een vertrek van Floyd had ik nooit rekening gehouden. Hij hoorde bij mijn flat, bij deze buurt. En sinds Saleem Nederland had verlaten, was Floyd mijn enige vriend.

'Nee...' zei ik vol ongeloof. Dat mag niet, voegde ik er in gedachten aan toe. 'Wanneer?' Ik was bang dat dit ons afscheid was, onaangekondigd en bruusk.

'We verhuizen over twee weken.' Floyd perste zijn lippen op elkaar. 'Ik wilde het je eerder vertellen, maar ik zie je zo weinig sinds je op de middelbare school zit.'

Ik staarde naar de grond. 'Sorry.' En in een poging te verdringen wat ik zojuist te horen had gekregen, vroeg ik: 'Zullen we naar *The Fun Factory* kijken?'

Floyd schudde zijn hoofd. 'We gaan zo naar de kerk. Ik zie je later.'

Die avond kwamen mijn ouders afgemat terug uit Beverwijk. Het was iets na zevenen en *Studio Sport* was zojuist begonnen. Mijn moeder keek zo vermoeid en triest voor zich uit, dat ik niet durfde te vragen hoe het was gegaan. Mijn zus deed dat wel. Mijn moeder smeet haar jas op de stoel aan de glazen tafel, iets wat ze anders nooit deed. 'Twintig gulden vandaag. Ik ben bang dat baba toch gelijk heeft. Ze kijken en kijken, maar kopen niets. Nee, erger nog: ze passen het ene na het andere bloesje, maar gooien het daarna weer terug in de rekken alsof het vodden zijn of afdankertjes van het Leger des Heils.' Ze liet zich uitgeput op de bank vallen zonder de boodschappen uit te laden. En alsof het nog een verrassing voor ons kon zijn, zei ze krachteloos: 'Ik kan nu echt niet koken. Vinden jullie het erg om weer een tosti te eten?' Sinds we een winkeltje hadden, aten we op zondag niets anders. In het begin vond ik het niet vervelend, want ik was dol op de knoflookworst die ik samen met een plakje Turkse kaas tussen een stuk pide duwde en in het tostiapparaat roosterde. Maar hoe langer hoe meer begon ik de geur van het geroosterde brood te associëren met de troosteloze weekenden waarin ons winkeltje op de rand van de afgrond balanceerde en onze financiële situatie zo verslechterde dat ik mijn moeder niet langer durfde te vragen om chips en cola in de weekenden, laat staan om zakgeld. En omdat een groot deel van mijn moeders salaris van de PTT opging aan allerlei kosten voor ons weinig rendabele boetiekje, vreesde ik dat we binnenkort de huur van ons appartement niet meer zouden kunnen betalen en op straat zouden belanden.

Ook die avond namen we met een tosti op schoot plaats op de bank die behalve de slijtplekken nu ook scheuren vertoonde. Het hielp niet meer om de kussens om te draaien. We zouden de bank nu vast niet meer vervangen, en mijn ouders zouden ook geen bed meer aanschaffen voor zichzelf en mij. We zouden op de grond blijven slapen op slappe matrassen, en mijn bittere schaamte zou voortduren en iedere keer als er aangebeld werd, zou ik – geheel volgens de instructie die mijn moeder me al op jonge leeftijd had ingeprent – me eerst naar de slaapkamer van mijn ouders blijven spoeden om de deur dicht te trekken. Mijn vader was de enige in huis die zich er niet voor schaamde dat drie van de vier gezinsleden op de grond sliepen. 'Ik kan overal slapen,' had hij vaak onverschillig geroepen. 'Als kind sliep ik ook op de grond, op wat stro en een dun matje.'

'Het begint,' riep mijn zus, en ze zette het geluid van de televisie harder. De beklemmende openingstune van onze favoriete serie vulde de woonkamer. Een Bewicks winterkoning verscheen in beeld. Het onschuldige vogeltje zat kalm op een tak en draaide met zijn kop. Pas later zou ik begrijpen hoe misleidend dat beeld was. Witte rookwolken kwamen uit de hoge schoorsteen van een fabriek waarin staal werd geslepen. Vonken vulden het scherm. Het beeld bleef er opvallend lang op rusten. Langs een weg die dwars door de groene heuvels voerde, stond een groot bord met daarop de boodschap: WELCOME TO TWIN PEAKS. Secondenlang vulde vervolgens een ijzige waterval het beeld gevolgd door een meer waarin een paar wilde eenden dobberden, net zoals voor ons huis. En de hele tijd klonk de onheilspellende muziek die een mysterie aankondigde, een tragedie in het fictieve Noord-Amerikaanse stadje Twin Peaks in de staat Washington.

Niet eerder hadden mijn zus en ik naar een serie gekeken die zo intens was en waarin de dood zo'n belangrijke rol speelde. De series die we daarvoor hadden gevolgd, waren onschuldig en bijna Disney-achtig vergeleken met *Twin Peaks* en toonden vaak het ideale Amerikaanse gezinsleven. Ze stonden mijlenver af van het hersenspinsel van David Lynch dat mij angst aanjoeg, me zelfs deed huiveren, maar tegelijkertijd ook fascineerde en melancholisch stemde. Maandenlang hadden mijn zus en ik het nergens anders over. Wie had Laura Palmer vermoord?

Laura was dood gevonden, ze was verpakt in plastic aangespoeld aan de oever van een meer. Af en toe kwam haar lijk voorbij in een aankondiging of in de intro van de serie. Ze was een prachtige jonge vrouw, een jaar of achttien hoogstens. Ondanks haar dood zag haar gezicht er gaaf en mooi uit. Haar lippen waren paarsblauw en er lag gruis op haar voorhoofd en jukbeenderen, maar desondanks vertoonden haar gesloten oogleden een lichte oranjerode gloed, alsof er nog een restje leven in haar lichaam school. En hoewel ik haar niet kende, rouwde ik ook om haar dood. Ze was de 'Homecoming Queen' van Twin Peaks geweest, en iemand had haar vermoord. Mijn zus en ik volgden FBI-agent Dale Cooper in zijn zoektocht naar aanwijzingen. En wanneer agent Cooper weer eens kersentaart at bij Twede's Cafe en die wegspoelde met zwarte koffie, viel het me nog zwaarder mijn tosti weg te werken en verlangde ik naar een hapje van die befaamde taart.

Het einde van ons boetiekje viel samen met dat van *Twin Peaks*.

55

Dino was een kwaadaardig wezen dat ik zorgvuldig moest mijden, maar de grootste slag zou me misschien wel worden toegebracht door iemand die ik niet eerder in het vizier had gehad, iemand die me tot dan toe niet was opgevallen omdat hij er ongevaarlijk en zwak uitzag. Het was een berekenende dwerg die op een dag besloot mijn radar te omzeilen om een onverwachte en verachtelijke aanval uit te voeren, juist op het moment dat het ergste achter de rug leek. Misschien had ik daarom mijn schild even neergelegd, als een soldaat die uitgeput terugkeert van het front en uitziet naar het moment dat hij zich voorgoed kan ontdoen van zijn uitrusting.

Het was tijdens Engels. Onze vaste leraar was al een tijdje afwezig wegens een slepende ziekte en de invaller was een vrouw die de orde slechts met moeite kon handhaven. Vaak duurde het wel tien minuten voordat de les van start ging. Ik zat naast Saffira, een stoer Surinaams meisje dat als een van de weinigen in de klas altijd normaal had gedaan tegen mij. Een keer had ze het voor mij opgenomen toen Sybren mij na de ingreep van onze mentrix toch 'schoonmaker' had genoemd. 'Je moet normaal doen tegen Metin,' had ze geroepen. 'Anders geef ik je aan bij juffrouw Martine.' En zoals ze daar had gestaan, met haar imposante lichaam en verbale vuurkracht, had ze zelfs indruk gemaakt op Dino.

Terwijl ik wachtte op het moment dat de invaldocente eindelijk de orde zou herstellen in onze losgeslagen klas, vertelde Saffira mij dat haar vader als cipier in de Bijlmerbajes werkte. Mijn interesse was gewekt, want gevangenissen en films daarover hadden mij altijd gefascineerd. 'Is het zwaar werk?' vroeg ik.

Ze knikte. 'Zeker weten, er zitten daar een hoop gekken opgesloten. Mijn vader komt vaak laat thuis en gaat altijd eerst even op de bank liggen voordat hij zijn eten opwarmt. Hij moet echt even bijkomen van een dag tussen de gevangenen.'

Ik zag in gedachten een donkere man vermoeid zijn nasi met kip naar binnen werken. Het was een beeld dat sympathie bij me opwekte, want om zijn gezin te onderhouden was hij ertoe bereid om, zoals in de Amerikaanse films, dagelijks het hysterische geschreeuw van gevangenen te ondergaan.

'Wat betekent je achternaam eigenlijk?'

'Gelukkig,' antwoordde ik.

'Wat gelukkig?'

'Mutlu betekent gelukkig, als in *happy*.'

'O,' zei Saffira, en even vreesde ik dat ze zou zeggen: maar je ziet er niet gelukkig uit. 'En Metin?'

'Dat betekent standvastig.'

'Wat bijzonder: Standvastig Gelukkig,' zei Saffira lachend. 'Die naam past wel bij je, meneer Standvastig Gelukkig.' Ik keek haar vragend aan. 'Wat doet jouw vader eigenlijk?'

Niet alleen wilde ik niet over mijn vader praten, ze stelde ook nog eens uitgerekend de vraag waar ik een hekel aan had. Want wat moest ik zeggen? Dat we een treurig boetiekje hadden op de zwarte markt dat ons langzaam financieel ruïneerde? Straks zou ze ernaar op zoek gaan als ze eens in Beverwijk was en mijn ouders en mij daar zien zitten met grauwe gezichten, wachtend op klanten die zelden kwamen. 'Hij gaat een restaurant beginnen.' Het was geen leugen, want het was nog steeds zijn doel. Het boetiekje zag hij slechts als een tussenstap.

'O, wat voor een restaurant?'

'Gewoon, een restaurant,' zei ik, want ik was nog nooit in een restaurant geweest, zelfs niet in dat van mijn oom.

'Maar wat voor gerechten kun je daar dan eten?'

'Turkse gerechten, volgens mij.'

'Gaat je moeder in de keuken staan?'

Waarom vroeg ze maar door? Geloofde ze me soms niet? Ik moest haar afleiden, van onderwerp veranderen voordat ik er niet meer uitkwam en ze zou denken dat ik een leugenaar was. Ik wees onderzoekend naar haar gezicht en vroeg. 'Hé, wat heb je daar?'

Ze wreef verschrikt over haar wang alsof er een insect overheen liep. 'Wat? Wat heb ik daar?'

'Hier op je gezicht.' Ik bracht mijn wijsvinger vlak bij haar wang en deed of ik iets wegtikte, zonder dat ik haar wang raakte. 'O, het was maar een pluisje.'

De dwerg Ruben van Klaver, die voor ons zat, draaide zich ineens om, plaatste een arm nonchalant op zijn stoelleuning en keek mij aan met een onheilspellende grijns. 'Hé, wat praat jij eigenlijk raar,' zei hij.

Ik wist niet waar hij het over had, maar ik wist wel dat ik niet wilde horen waarom hij dat zei, want ik kon aan zijn blik en vals oplichtende dwergenoogjes zien dat het niets goeds kon zijn. En hoewel ik hem het liefst zou negeren, wist ik dat ik er niet aan ontkwam om te reageren op zijn onverwachte aanval, want hij bleef me uitdagend aankijken. Ik wist nog niet dat de tegenaanval in zulke situaties de beste verdediging is, dat je gelijk korte metten moet maken met dat soort achterlijke opmerkingen voordat ze in je gezicht ontploffen. Als iemand die bij een dreigend straatgevecht achteruit stapt, vroeg ik aarzelend: 'Hoe bedoel je?'

Het was de reactie waarop hij had gehoopt: hij draaide zich nu helemaal om en plaatste beide armen met een zelfvoldane blik op de stoelleuning alsof we in een bar zaten. 'Jij praat zo gek. Zoals je "*gezicht*" zegt, dat klinkt zo raar.'

Niemand had ooit gezegd dat ik raar praatte, en nu wilde uitgerekend deze kleine opdonder met stekeltjeshaar en een lange knaagdierenmat in zijn nek mij wijsmaken dat ik raar praatte? Opnieuw zei ik: 'Hoe bedoel je?' Maar dit keer zat er verbetenheid in mijn stem en was het alsof ik weer een stap vooruit zette om het verloren terrein goed te maken.

'Zeg eens *gezicht*,' zei Ruben en hij klonk plotseling als een geslepen rechercheur die een ontkennende verdachte bij de kraag pakt en om een alibi vraagt. En terwijl ik door begon te krijgen waar hij op uit was, keek ik hem onderzoekend aan. Ik voorvoelde wat hij hierna zou zeggen, hoe hij zou reageren met zijn hoge stem als van een beverjong, maar ik wist ook dat ik niet raar sprak, dat hij onzin zat te verkondigen en dat Saffira daar vast hetzelfde over dacht.

'Nou, zeg dan *gezicht*!' blafte hij nu, alsof ik hem iets verschuldigd was.

Ik keek hem met samengeknepen ogen aan en een moment vroeg ik me af of ik deze brutale dwerg een klap tegen zijn hoofd moest verkopen zoals onze aanvoerder Virgil dat vast had gedaan. En misschien zou ik hem wel zo'n harde klap moeten verkopen dat hij honderdtachtig graden op zijn plek zou draaien en weer met zijn gezicht richting de invaldocent zou zitten, bevend en huilend. Ruben van Klaver zou het dan voortaan uit zijn kleine hoofd laten om zoiets te zeggen. Maar ik besloot het spel nog even mee te spelen met de steeds driftiger wordende dwerg.

'Gezicht,' zei ik zoals ik het woord altijd had uitgesproken. En terwijl Rubens ogen groter werden, haalde ik mijn schouders op en zei nogmaals: 'Gezicht.'

Ruben begon hardop te lachen alsof ik zojuist de mop van het jaar had verteld. 'Zie je wel!' riep hij terwijl hij hysterisch met zijn vlakke hand op mijn tafel sloeg en schaterlachte. 'Zie je wel! Je spreekt het echt heel raar uit.'

Ik keek verwonderd naar deze lachende dwerg met het ridicule kleuterkapsel. Hij was altijd een onopvallende figuur in onze klas geweest die steeds met dezelfde mensen omging, leerlingen die hij nog van zijn basisschool kende. We hadden niet eerder met elkaar gepraat. Het enige wat ik me voor dit gesprek van hem kon herinneren, was dat hij altijd door de gangen strompelde met een rugtas die groter was dan zijn bovenlichaam. En nu stond dit onderdeurtje mij uit te lachen om mijn uitspraak.

Ik wierp hem een geërgerde blik toe. 'Waar heb je het over, sukkel?'

Maar hij negeerde mijn opmerking en tikte Cynthia, de Surinaamse die hij nog van zijn basisschool kende, opgewonden aan. 'Hé, Cyn, moet je horen hoe hij "gezicht" uitspreekt!' Cynthia draaide zich om en keek mij verwachtingsvol aan met haar bruine ogen waar een onopvallende schoonheid in school. 'Zeg dan!' beet Ruben me toe alsof ik verzaakte mijn deel van de afspraak na te komen.

Onverwacht stond ik weer aan het front. Zonder schild. Zonder helm. Mijn vijand stond op het punt iets van me af te pakken wat me altijd dierbaar was geweest, wat me zelfvertrouwen had gegeven en mij trots had gemaakt. Maar ik zag de signalen niet. Ik hield mezelf voor dat ik niets te vrezen had en dat Ruben blufte. Ik sprak helemaal niet raar, en Cynthia en Saffira zouden dat bevestigen, waarna de dwerg zou afdruipen.

Ik sprak helemaal niet raar.

Toch?

Cynthia en Saffira keken me aan, wachtend op het verlossende woord. Ze zouden mijn kant kiezen en Ruben een afkeurende blik toewerpen. Maar hoe langer de stilte duurde, hoe meer ik een verschroeiende warmte in mijn ingewanden voelde. Het steeg vanuit mijn bovenlichaam naar mijn hals en bereikte toen mijn mond en maakte mijn tong loom en zwaar. Ik moest rustig blijven, maar ik moest nu ook wat zeggen. 'Gezicht,' zei ik zo kalm en duidelijk mogelijk alsof niet de dwerg maar mijn vriend Saleem voor me stond.

Ik schrok van het enorme geluid dat Cynthia produceerde toen ze overdreven hard begon te lachen. Vlak daarna sloeg Ruben weer schaterlachend met zijn vlakke hand op mijn tafel. Wat was dit? Verbaasd wendde ik mijn hoofd naar Saffira, en juist op dat moment begon ook zij te lachen. Het was eerst een ingehouden lach, een lach waarin in het begin schuldgevoel doorklonk, maar al snel was haar verzet gebroken en was er geen houden meer aan. Saffira was overgestoken. De belegering was nu compleet. En het hardst van allen lachte de vuile dwerg die nu kraaide van plezier alsof hij het grote beest had geveld, en op en neer sprong op zijn buik om de overwinning te vieren.

Toen ik die dag terugliep naar huis, was ik ervan overtuigd dat ik een spraakgebrek had. Terwijl die gedachte zich als een furieus gif in elke vezel van mijn lichaam nestelde, was het alsof er een stuk uit mij was verdwenen, alsof de dwerg een gapend gat in mijn borstkas had geslagen en net zo lang in de verse wond had gewroet tot hij het glimmende orgaan had gevonden dat mij tot voorleeskampioen van de Bijlmerhorst had gemaakt, en het vervolgens lachend in zijn kleine hand had fijngedrukt. En vanaf dat moment wilde ik me alleen nog maar terugtrekken in een hoekje van de klas, ik wilde onzichtbaar zijn en zwijgend en in stilte de dagen doorbrengen. Maar er was geen ontsnappen aan: het schoolgebouw wachtte me iedere dag op als een strafkamp waartoe ik voor minstens zes jaar was veroordeeld. En als ik me er niet meldde, zouden ze de cipiers op me afsturen. Ze zouden me komen halen met rinkelende kettingen en gummiknuppels in de aanslag. En dat alles terwijl er iets rampzaligs was gebeurd: ik was mijn gave kwijtgeraakt. Dat ze me voor 'schoonmaker' hadden uitgemaakt, kon ik op de een of andere manier nog verdragen. Maar nu hadden ze iets van me afgepakt.

Ze hadden me monddood gemaakt.

Ik kon niet eens meer bij de fijne herinneringen komen, de herinneringen aan de voorleesbeurten op de Bijlmerhorst waar ik zo van genoten had, en waar meester Gregory mij uitvoerig voor had geprezen. Ze waren plotseling bedekt met een massieve laag puin, doordrenkt van twijfel en angst. Ik kon me niet eens meer voorstellen dat ik de presentator was geweest van het eindtoneelstuk. Alleen al bij de gedachte dat ik nu iets moest voorlezen aan mijn klasgenoten van SGR, sloeg mijn hart op hol.

Na maanden op mijn kans gewacht te hebben, kreeg ik uitgerekend een week nadat de dwerg mijn zelfvertrouwen had vermorzeld mijn eerste voorleesbeurt op SGR.

Toen mijn naam werd genoemd tijdens de geschiedenisles, was het alsof mijn keel werd dichtgedrukt. Ik keek meester Diefenbach aan in de hoop dat hij aan mijn blik zou zien dat ik niet in staat was om voor te dragen, dat hij zich als door een speling van het lot zou bedenken, maar hij zei: 'Waar wacht je op, Metin?' Die opmerking stuwde mijn hartslag verder op.

We zaten in een rechthoek. Schuin tegenover me zat Ruben me aan te staren met zijn zwarte oogjes, en toen onze blikken elkaar kruisten, verscheen de grijns die mijn ondergang had aangekondigd weer op zijn gezicht. En meteen wist ik: als ik nu ga voorlezen, gebeurt er iets vreselijks. Dan stort ik te pletter, als een steenarend waarvan de vleugels zijn afgeknipt. Dan zal ik me te schande maken tegenover de klas en mijn leraar. Ik moest dat zien te voorkomen. Maar kon ik me nog oprichten? Kon ik überhaupt nog geluid produceren? Sinds het incident met Ruben had ik nauwelijks nog een woord uitgebracht in de klas en als het aan mij lag zou het zo blijven. Desnoods zou ik de komende zes jaar zwijgen. Maar de hele klas keek me nu aan, wachtend op wat er zou komen.

'Keelpijn... ik heb... keelpijn,' mompelde ik terwijl ik meester Diefenbach haast smekend aankeek. Als hij een goed mens was, zou hij me vast begrijpen. Dan zou hij aan mijn blik moeten kunnen aflezen dat het niet ging.

'Wat zeg je, Metin?'

''khebkeelpijn...'

'Ik versta je niet,' bromde meester Diefenbach. 'Je moet luider en duidelijker praten.' Het voelde als een vuistslag in mijn gezicht. Ik slikte en probeerde mijn ademhaling te controleren, maar het ging niet. Ik bracht mijn hand naar mijn keel en schudde met mijn hoofd. 'Wil je me iets duidelijk maken, Metin?'

'Hij zegt dat hij keelpijn heeft,' zei Saffira.

Meester Diefenbach keek me onderzoekend aan. Hij had een indrukwekkende snor die vast de goedkeuring van mijn vader kon wegdragen, een echte communistische snor met een paar grijze vegen in het midden die hem ouder deden lijken dan hij was. Maar wat maakte dat uit als hij nu zou doordrukken en het mes dat hij op mijn keel gedrukt hield verder in mijn huid zou duwen, tot hij op mijn adamsappel stuitte. 'Je bent toch niet ziek?' Door de manier waarop hij het zei, schudde ik als vanzelf mijn hoofd. Ik was niet ziek, ik kon alleen niet voorlezen. Maar misschien was een spraakgebrek ook wel een ziekte. 'Nou, begin dan maar met voorlezen. Ik heb ook keelpijn en geef nu ook gewoon les.' Mijn adem stokte nu definitief. Het was alsof er een orkaan langs mijn ingewanden raasde en me alle lucht ontnam. Wat anders kon ik doen dan de afgrond in springen?

'Ne... Ne-de... Neder... Nederlandheefteenkoningshuissindsachtienhonderdzes...' Ik hapte naar lucht terwijl ik als een bezetene door de tekst schoot, zonder te weten wat er stond, wat ik las. Ik plaatste mijn rechterhand op mijn keel alsof ik dan meer lucht zou krijgen, en terwijl ik mijn linkerwijsvinger zo stevig op de tekst drukte dat hij rood uitsloeg en bijna dubbelklapte, zette ik mijn martelmars voort. 'Sinds... sindsachtienhonderdzes.' Ik stopte want ik kreeg geen lucht meer en mijn voorhoofd was nat. Nog steeds klonk er geen verlossend woord, en terwijl ik de rug van mijn hand over mijn voorhoofd haalde, keek ik meester Diefenbach aan. Ik weet niet wat mijn blik op dat moment uitdrukte, maar hij zei: 'Stop maar, Metin, dit gaat niet. Saffira, neem het maar over.'

Saffira las vervolgens vijf minuten lang zo vloeiend en zonder één hapering voor, dat ik steeds kleiner werd. Ik kromp met de seconde tot er niets meer van me over was dan een minuscuul hoopje angst en vertwijfeling.

56

Een paar maanden na het fiasco met ons boetiekje, besloten mijn ouders om kebap te gaan verkopen op Koninginnedag. Het was het voorjaar van 1990 en in de jaren ervoor hadden we veel van onze kennissen eetkraampjes zien opzetten op de vrijmarkt en met veel succes broodjes kebap zien verkopen. De köfte werd ter plekke op houtskoolgrilletjes gebakken waardoor de heerlijke geur van het gebakken vlees de hongerige passanten op het Damrak of het Rokin naar hun kramen lokte. 'Dat moeten we volgend jaar ook doen,' had mijn vader met grote ogen gezegd. 'Maar wij kunnen het veel beter.'

Ik hoopte vurig dat het een bevlieging was en dat hij het riep uit zijn aangeboren overtuiging dat hij alles wat anderen deden met gemak kon overtreffen. Vooral als het om zijn vrienden of kennissen ging was hij er zonder meer van overtuigd dat hij hen voorbij zou streven. Tot mijn frustratie bleef mijn vader telkens op het onderwerp terugkomen en begon hij zijn plannen zelfs op papier uit te werken. Mijn hoop dat mijn moeder het uit zijn hoofd zou praten, verdampte al snel toen hij haar erop wees dat je op de vrijmarkt in één dag een maandsalaris kon verdienen. Hij benadrukte dat vrienden en kennissen die van de bijstand rondkwamen op die manier niet alleen hun vakantiegeld hadden verdiend, maar daarnaast ook nog hadden geïnvesteerd in nieuw meubilair voor hun huis. En vanaf het moment dat het woord meubilair was gevallen, was mijn moeder volledig in de ban van het plan. Nog liever dan een bed, wilde ze een nieuw bankstel omdat het iets was wat alle gasten meteen zagen als ze voet in ons huis zetten. 'Het wordt het pronkstuk van ons huis.' Ze glunderde toen ze die woorden uitsprak en deed niets anders meer dan de reclamefolders van meubelwinkels doornemen en urenlang door de dikke *Wehkamp* bladeren.

Een paar dagen voor 30 april 1990 steeg de spanning. Mijn vader regelde een busje en kocht een grote partij lamsgehakt in bij de bevriende slager die ons in december ook altijd voorzag van de beste lamsbout voor ons jaarlijkse oud-en-nieuwdiner. Het stelde me gerust dat we door mijn vaders connecties een voorsprong hadden op al die andere kebapverkopers op Koninginnedag, goedbedoelende sukkels volgens mijn vader, die bij hun wijkslager wat overgebleven partijen gehakt hadden ingeslagen.

Op 29 april bereidden mijn zus, moeder en vader de köfte in de keuken. Ze kneedden het gehakt, maalden stukken brood fijn en voegden er kruiden aan toe. Ik staarde vanuit de deuropening vol ongeloof naar mijn vader: de man die Dostojevski en Balzac las, daar vaak cognac bij dronk en zich zo min mogelijk bemoeide met de bereiding van het eten, zat als een dorpeling in een kleermakerszit op de grond en kneedde het gehakt. Van de inspanning zat zijn heilige haar helemaal in de war. Er glom zelfs zweet op zijn voorhoofd, wat het beeld voor mij nog onwerkelijker maakte.

In de keuken werd die 29ste april gezwoegd en telkens als er een ingrediënt opraakte of bleek te ontbreken, werd ik naar de supermarkt gestuurd om een pak yoghurt, brood of knoflook te halen. Zonder te mokken snelde ik steeds naar de Vomar.

Die avond vertrok mijn vader na het eten richting de stad om een plek op de vrijmarkt te bemachtigen. Bij zijn vertrek zei hij: 'Ik ga de beste plek in de stad veroveren en verwacht jullie daar morgenochtend zo vroeg mogelijk.'

Vlak voordat we naar bed gingen, belde mijn vader. Hij vertelde mijn moeder dat het hem niet was gelukt een plek te veroveren op het gewilde Rokin of in de buurt van de Dam. En hoewel ik op een paar meter van mijn moeder stond, hoorde ik mijn vader op dat moment luid vloeken: 'Godverdomme! Het zit ook nooit mee.'

'Waar sta je nu?' vroeg mijn moeder op een toon alsof alles al verloren was.

Ik bracht mijn oor dicht bij de hoorn en hoorde mijn vaders gejaagde stem. 'Het is overal vreselijk druk. De beste plekken zijn allang bezet. Sommigen staan hier volgens mij al sinds gisteren, vuile klootzakken. Ik sta vlak bij het Spui, voor een kinderboekhandel en een klein Italiaans restaurant, omringd door dronkenlappen. Er hebben er al een paar overgegeven vlak bij onze spullen.'

Nadat mijn moeder had opgehangen, ging ik op het balkon staan om te voelen hoe koud het was. Tot mijn geruststelling viel het mee, mijn vader had in zijn jeugd, als jonge herder, vast onbehaaglijker momenten gekend, opgejaagd door de najaarswind over de dorre vlaktes van Oost-Anatolië. Het kostte me moeite om het te visualiseren, maar zo'n twaalf kilometer verderop, ergens in het centrum van de stad, zat mijn vader op een klapstoel, met een deken om zich heen gewikkeld om onze plek op de vrijmarkt te beschermen tegen concurrenten en kotsende dronkaards. Er bekroop me een gevoel dat het midden hield tussen medelijden en bewondering. Niet eerder had ik mijn vader zich zo toegewijd zien inzetten om iets te verwezenlijken. En ik besefte hoe belangrijk de volgende dag voor mijn ouders was, en hoeveel ervan afhing.

We stapten al om halfnegen op de metro bij station Strandvliet. Zoals altijd stempelden we ook nu niet af. Ondanks het vroege tijdstip zat de metro redelijk vol, maar ik zag niemand die in het oranje was gekleed. Ik vroeg me af hoe de stad eruitzag op Koninginnedag. Op Centraal Station werd die vraag al snel beantwoord, want het was alsof we een andere wereld betraden: honderden mensen liepen rond in oranje uitdossingen. Sommigen dronken op dit tijdstip al bier, anderen sprongen op en neer en vielen elkaar in de armen. Mijn zus en ik bleven staan en keken vol verwondering om ons heen: in de Bijlmer was het tijdens Koninginnedag maar een tamme boel vergeleken met dit dolle tafereel.

Mijn moeder maande ons om door te lopen. 'Baba wacht op ons.' We liepen vanaf het Damrak naar de Dam en vervolgens over het Rokin en passeerden onderweg tientallen kraampjes die snuisterijen, broodjes, bier en oranje tierlantijntjes verkochten. 'Shit, hier hadden we een plek moeten vinden,' zei mijn zus. 'Iedereen loopt hier straks langs.'

We liepen verder en staken bij het standbeeld van koningin Wilhelmina een zijstraat in richting het Spui. We liepen langs de Kalverstraat en passeerden kraampjes op het Spui. 'Baba moet hier ergens zijn,' zei mijn moeder. 'Vlak bij een tramhalte.'

'Daar!' riep mijn zus. 'Ik zie hem.'

Mijn vader had de kraam al grotendeels opgezet. Om een tafelblad voor de kraam te kunnen maken had hij een paar deuren van huis meegenomen die hij uit de hengsels had gelicht. Het vlees zat in grote koelboxen die nog in het busje stonden.

'Daar zijn jullie dan,' zei mijn vader. Hij had een wit schort om dat mijn moeder speciaal voor deze dag had laten maken door een vaardige kennis. 'Dan kunnen we meteen beginnen met het snijden van de groenten.'

'Nee, eerst moeten we de kraam mooi maken,' zei mijn moeder stellig. Ze haalde een groot wit kleed uit de plastic tas waar ze die ochtend nog wat spullen in had gedaan. 'Als onze kraam er niet fris en netjes uitziet, loopt iedereen ons zo voorbij.'

Terwijl mijn vader ongeduldig toekeek, spreidden mijn moeder en zus het kleed uit over de tafelbladen die een groot deel van onze kraam vormden. Het kleed was zo helder wit dat de zon erop weerkaatst werd en onze stand werd uitgelicht tussen de tientallen kramen die ons omringden. Mijn moeder keek tevreden naar het resultaat, daarbij het gezucht van mijn vader negerend. Ze klapte opgewekt in haar handen en zei: 'Zo, en nu is het tijd voor de schorten en handschoenen.' Mijn moeder en zus deden ook een wit schort om, trokken rubberen handschoenen aan, legden sla op een snijplank en begonnen te snijden. Daarna stortten ze zich op de tomaten, komkommer, en als laatste de uien. 'Anders moeten jullie natuurlijk de hele tijd huilen,' zei ik, maar niemand reageerde, iedereen was druk bezig. Ik stond toe te kijken met mijn handen in mijn zakken. De gesneden groenten deden mijn moeder en zus in een enorme bak waarna ze er zout, peterselie en olijfolie aan toevoegden en het geheel begonnen te husselen met spatels.

Mijn vader tikte me aan. 'Hé, jij gaat niet de hele dag toekijken, jij gaat straks de houtskool aansteken waarmee we de grote barbecue brandende gaan houden.' Hij wees vervolgens naar de kleine barbecueset die we thuis weleens op mooie zomerdagen op het balkon hadden gebruikt. Mijn vader zei het alsof ík altijd degene was geweest die het vuur had aangestoken, alsof ik vermaard was om mijn bijzondere vuurtechniek die zorgde voor krachtig en lang brandende houtskool. Ik dacht meteen aan de gevolgen van de rol die ik onverwacht kreeg opgedrongen. Plotseling stond ik aan het begin van alles, van het proces dat tot de productie van een overheerlijke kebap moest leiden waar voorbijgangers bereid waren vijf gulden voor neer te tellen. Ik moest ervoor zorgen dat het vuur bleef branden, en als ik verzaakte, ging alles de mist in en mislukte het meesterplan van mijn vader.

'Maar ik weet helemaal niet hoe dat moet,' stamelde ik. 'Ik heb dat nog nooit gedaan.'

'Jongen, ik vraag je toch niet om de accu van mijn auto te vervangen?' Mijn vader zuchtte. 'Het wordt tijd dat je dit soort simpele dingen leert. Toen ik even oud was als jij, had ik tientallen taken in het dorp die ik zonder protest uitvoerde, terwijl jij hier in Holland een gemakkelijk leventje leidt.'

Hij wist helemaal niet wat voor leven ik leidde, hij vroeg er nooit naar. Waarom had hij het aansteken van de barbecue niet met me geoefend? En waarom had hij me niet van tevoren verteld wat mijn rol was op deze dag?

Het werd steeds warmer en drukker. Vanaf het Spui schalde een lied via enorme geluidsboxen: '*Een eigen huis, een plek onder de zon, en altijd iemand in de buurt die van me houden kon, toch wou ik dat ik net iets vaker, iets vaker simpelweg gelukkig was.*'

De eerste die bij onze kraam halt hield, was een vriend van mijn vader die ik niet kende. 'Hé Yılmaz,' riep mijn vader. Ze schudden elkaar hartelijk de hand. Yılmaz vroeg hoe het ging. Mijn vader wees trots naar de kraam en zei dat we er klaar voor waren. 'Wil je onze eerste klant zijn?' vroeg mijn moeder. 'Van het huis.' Zonder zijn antwoord af te wachten sneed ze al een stuk pide open.

Yılmaz schudde zijn hoofd, wreef over zijn buik en zei: 'Dank je, maar ik heb net ontbeten.' Hij bekeek onze kraam aandachtig. 'Jullie hebben werkelijk een prachtige kraam. De mooiste die ik vandaag heb gezien en ik wandel al sinds zeven uur door de stad.' Uit zijn broekzak haalde hij een biljet van vijf gulden. Breed glimlachend zei hij: 'Ik wil graag het begin van een hopelijk voorspoedige en succesvolle dag voor jullie inluiden.' Hij legde het bankbiljet op het tafelblad. 'Het is een symbolisch bedrag dat aan het einde van de dag hopelijk verduizendvoudigd is.' Yılmaz keek naar mijn zus en naar mij, en nog een keer naar mijn zus. Zijn blik bleef bij haar hangen. 'En...' hij zocht even naar woorden. 'En jullie hebben de hulp van jullie knappe kinderen, dus moet het helemaal goedkomen.'

'Dank je wel, Yılmaz,' zei mijn vader. 'Maar dat hoeft echt niet.'

Terwijl hij achteruitliep zei Yılmaz: 'Sta het me alsjeblieft toe jullie dag op deze manier te zegenen. Succes vandaag, *hayırlı işler*!'

Ik keek hem na. Yılmaz straalde uit dat hij vertrouwen had in onze onderneming, in mijn ouders en hun knappe kinderen. En de eerste omzet van de dag was al binnen. Mijn moeder deed het geld in een kistje dat ze op een krukje onder het tafelblad bewaarde. 'Die Yılmaz toch,' zei ze glimlachend.

'Het is bijna elf uur,' zei mijn vader alsof hij zijn troepen toesprak vlak voor de beslissende slag. 'Volgens mij lusten de mensen nu wel een broodje kebap. Tijd voor actie!'

Ik keek verschrikt om me heen. Het vuur. Ik moest het vuur aansteken.

'Let op, Metin, het is heel simpel,' zei mijn vader op een toon alsof hij mijn veters ging strikken. 'Ik doe het een keer voor.' Hij verwijderde de grill van de grote barbecue waar hij de hele dag achter zou staan, scheurde de zak met houtskool aan de bovenkant open en keerde hem om. Grote en kleine stukken houtskool vielen op de bodem van de barbecue. Een donkere stofwolk kwam vrij, maar mijn vader kuchte niet. 'Nu stapel je de houtskool in een handige vorm, als een soort indianententent.' Hij wees naar het pakje met aanmaakblokjes. 'Reik me dat eens aan.' Hij brak een paar stukken van het aanmaakblok af en duwde ze onder de indianententent. Daarna stak hij ze met een lange lucifer aan. Het vuur van de aanmaakblokjes groeide snel en deed de houtskool al snel knisperen. Niet veel later sloegen de vlammen eruit. 'Straks gaat het vuur liggen en de houtskool gloeien. Dat is het moment om de köfte op de grill te plaatsen. Met dit hoge vuur verbrandt de köfte meteen.'

'En dat is jouw taak?'

'Ja, natuurlijk, ik bak de köfte. Wie anders?'

Ik had er veel meer vertrouwen in gehad als mijn moeder op die plek zou staan. Toen de houtskool begon te gloeien, legde mijn vader de gekruide köfte op de grill. Al snel begon de köfte te sissen en steeg er een zalige lucht op die niet alleen voor een spontaan hongergevoel bij mij zorgde, maar ook de eerste klant naar onze kraam lokte. Een kalende jongeman met een klein brilletje keek verlekkerd naar de köfte. 'Dat ruikt heerlijk,' zei hij. 'Wat is het eigenlijk?'

Mijn vader draaide de köftes op hun andere kant en zoals hij daar stond, met zijn schort om en met de grijper op de grill tikkend, zag hij er ineens zo professioneel uit dat ik niet begreep waarom ik had getwijfeld aan zijn plek aan de barbecue. 'Dat is köfte,' antwoordde mijn vader op een toon alsof het iets zeldzaams was. 'Köfte voor de kebap.' Hij wees naar de salade. 'Met veel verse salade en heerlijk Turks brood. De köfte met speciale kruiden is een specialiteit uit Izmir, de westkust van Turkije.'

De jongeman liet zijn tong over zijn lippen glijden. 'Het ziet er erg lekker uit.'

'Nee, niet lekker,' zei mijn vader. 'Is niet lekker, hoor. Is heerlijk! De beste kebap van Amsterdam. Probeer maar.' Met de grijper pakte mijn vader een köfte van de grill, legde hem op een papieren bordje en overhandigde hem aan de jongeman. 'Pas op, is nog heet.'

Onze eerste klant bracht het bordje dicht bij zijn mond en begon te blazen op de köfte, maar hij was ongeduldig en na een paar seconden nam hij er al een hap van. Gejaagd kauwde hij op het vlees terwijl hij met zijn hand bij zijn half geopende mond wapperde. 'Verrukkelijk,' zei hij. 'Werkelijk verrukkelijk die koefte. Hoeveel is het?'

'Köfte,' zei mijn vader lachend. 'En is vijf gulden, maar voor jou, onze eerste klant, drie gulden vijftig.'

Misschien was hij een arme student, want hij keek bedenkelijk maar pakte toch zijn portemonnee uit zijn broekzak. 'Goed, doe mij er maar een. Eens kijken hoe het smaakt in een broodje.'

'Asena,' riep mijn vader. 'Een kebap voor deze meneer.' Mijn vader knipoogde naar de jongeman toen hij eraan toevoegde: 'Doe maar extra veel groenten erbij.' En terwijl hij een rijksdaalder en een gulden aan mijn vader overhandigde, ging mijn moeder meteen aan de slag. Ze sneed een stuk pide doormidden, vouwde het open zodat mijn vader er drie warme stukjes köfte in kon duwen en schepte vervolgens drie keer salade uit de grote bak tot het broodje propvol was.

'Mmm...' zei de jongeman met grote ogen toen mijn vader hem de kebap overhandigde. Met z'n vieren keken we verwachtingsvol toe hoe hij een hap nam van onze eerste echte kebap. Met moeite kreeg hij zijn mond om het broodje, en toen hij er een stuk vanaf beet, vielen er een paar stukjes sla op de grond. En terwijl hij gretig begon te kauwen, zei hij met volle mond: 'Heerlijk, echt heerlijk.'

'Geef door aan je vrienden,' zei mijn vader. 'Zij krijgen ook korting als ze jouw naam noemen. Hoe heet jij eigenlijk, jongen?'

'Alfred,' zei de jongeman. 'Alfred Boerakker.'

'Voornaam is genoeg, hoor,' zei mijn vader glimlachend. 'Geef maar door aan je vrienden, Alfred.'

'Zal ik doen.' Terwijl hij wegliep, zwaaide Alfred naar ons.

Mijn vader verbaasde me als hij met kennissen of vreemdelingen sprak, want als hij zijn dag had, kon hij zo innemend en hartelijk zijn, zo anders dan zijn norse en in zichzelf gekeerde versie die hij zo vaak aan ons presenteerde, dat het me verwarde. Ik begreep niet waar dat enorme verschil vandaan kwam, waarom anderen wel het beste van hem te zien kregen.

Het werd steeds drukker op straat en terwijl ik me eerst had afgevraagd wie er bereid zou zijn om vijf gulden voor een broodje köfte neer te tellen, stonden de mensen nu geduldig in de rij. Mijn moeder en zus sneden in een indrukwekkend tempo broodjes open die ze met köfte en groenten vulden. Mijn vader draaide de köfte steeds sneller om op de grill om het tempo van mijn moeder en zus bij te kunnen houden. Ik zag dat hij het moeilijk had boven de gloeiendhete barbecue: hij veegde met de rug van zijn hand steeds het zweet van zijn voorhoofd en toen zijn hand doorweekt raakte van het zweet, gebruikte hij zijn harige onderarm waar het zweet in bleef hangen tot het verdampte boven de grill.

Ik keek rustig zittend op een klapstoel toe hoe alles boven verwachting verliep. Waar had ik me van tevoren toch druk om gemaakt? Yılmaz had gelijk, wij hadden een geweldige kraam, de beste kebapkraam van heel Amsterdam en mijn ouders en zus zouden ervoor zorgen dat onze hele voorraad köfte nog voor het einde van de middag erdoorheen zou gaan terwijl andere kramen tot het vallen van de nacht zouden moeten doorploeteren. Mijn vader draaide zich ineens naar me om. Het zweet droop van zijn gezicht en zijn ogen waren roodomrand. 'Metin, geef me snel een nieuwe lading brandende kolen!' sprak hij haastig. 'Mijn vuur wordt zwakker.'

Ik verstarde terwijl ik naar de kleine barbecueset keek die ongebruikt voor me op de grond lag. Er zaten geen kolen of aanmaakblokjes in. Ik had er nog helemaal niet aan gezeten, ik was te druk geweest met... met wat?

'Metin, doe die ovenwanten aan en breng me meteen wat gloeiende kolen.' Ik zag nu pas de ovenwanten op de zak houtskool liggen. 'Waar wacht je op?'

Ik voelde iets knappen. Er sprong waarschijnlijk een adertje in mijn hoofd. Een paar seconden kon ik me niet verroeren, of iets zeggen. Mijn vader was in een paar grote stappen bij me en trok aan mijn arm. 'Wat ben je verdomme aan het doen, jongen?' Hij keek naar de barbecueset op de grond. 'Heb je al die tijd soms uit je neus zitten vreten? Ik zei toch dat je vast wat kolen moest aansteken?'

Had hij dat gezegd? Ik kon het me niet herinneren. 'Ik... ik wachtte op een seintje.'

'Wat voor seintje?'

'Jouw seintje.' Ik beet op mijn onderlip. 'Ik dacht dat je me zou laten weten wanneer ik het vuur moest aansteken.'

Mijn vader keek me vol ongeloof aan. 'Metin, je bent toch geen kind? Je ziet toch wat er moet gebeuren? Je ziet toch hoe druk het is? Ik heb geen tijd om me ook nog met jou bezig te houden.' Hij schudde zijn hoofd.

'Ja, maar ik dacht...'

'Snel!' riep mijn vader. 'Aan de slag voordat we klanten verliezen.'

Ik pakte de zak houtskool, leegde zowat het hele pak in één keer op de barbecueset die al snel overliep. Stukken houtskool vielen op de grond. Vlug deed ik wat houtskool terug in de zak terwijl er grote donkere stofwolken vrijkwamen die me de adem ontnamen en in mijn ogen prikten. Ik begon te hoesten en wreef met mijn zwart geworden handen over mijn ogen waardoor ik even niets meer zag. Kuchend trok ik mijn witte shirt op en wreef mijn gezicht er schoon mee. Met mijn linkeroog kon ik nauwelijks meer iets zien, maar er was geen tijd om daarbij stil te staan. Ik brak grote stukken van het aanmaakblok, zag dat ik vergeten was een indianententje te maken, vloekte luid, legde toen de aanmaakblokjes op de grond en begon de kool op de barbecueset te stapelen zoals ik mijn vader dat had zien doen. Daarna duwde ik de afgebroken stukken van het aanmaakblok eronder en pakte het luciferdoosje. De eerste lucifer brak af toen ik hem langs het strijkvlak haalde. 'Kut, kut, blijf rustig, Metin,' mompelde ik. Pas bij mijn derde lucifer had ik succes waarna ik de aanmaakblokjes een voor een aanstak. De houtskool vatte vlam. Een enorme opluchting maakte zich van mij meester, het was alsof ik pas op dat moment weer adem begon te halen. Ik hurkte vlakbij de barbecueset en keek voldaan toe hoe het vuur de kolen langzaam verzwolg.

Na zo'n vijf minuten kwam mijn vader erbij staan. 'Ik heb ze nu nodig,' zei hij. 'Ik kan niet langer wachten.'

'Maar het vuur is nog te hoog,' zei ik.

'Dat moet dan maar, anders kan ik helemaal geen köfte meer bakken. Ik ben niet van plan om ook maar een klant weg te sturen.' Hij deed de ovenwanten aan en pakte de barbecueset op alsof het niets woog. 'Aan de kant.' In een beweging kieperde hij mijn brandende houtskool in zijn barbecue. Vlammen en vonken vlogen op en de klanten aan de kraam zetten een paar stappen achteruit. 'Niets aan de hand, hoor,' zei mijn vader met een gemaakte glimlach. 'Alles onder controle.' Hij smeet mijn wegwerpbarbecue op de grond en probeerde het hoge vuur te temmen door er wild in te wroeten met een pook. 'Ach, Metin,' zei hij. 'Ach, jongen, kijk dan toch,' zei hij met opeengeklemde kaken in het Turks. Het hoge vuur voedde zich met het vet dat van de köfte droop. De vlammen wisten van geen wijken. Geërgerd smeet mijn vader de pook op de grond en haalde de köfte van de grill. 'Metin, breng me snel een vuilniszak.' Hij wierp de verkoolde köfte in de vuilniszak. 'Doodzonde, doodzonde,' zei hij hoofdschuddend. Hij keek me aan met een doordringende blik. 'Ik neem aan dat je nu wel weet wat je te doen staat.' Ik knikte, pakte mijn wegwerpbarbecue op en gilde het toen uit van de pijn. Ik hoorde mijn vlees sissen en smeet het gloeiende ding meteen weg. Het voelde alsof mijn hele hand in brand stond. En terwijl ik de blik van de klanten voelde, duwde ik snel mijn duim en wijsvinger in mijn mond. 'Oğlum!' riep mijn moeder verschrikt alsof ik in een brandende barbecue was gevallen. 'Kijk toch uit.' Ze pakte een fles water uit de koelbox. 'Doe je hand open.' Ze liet het koude water over mijn hand stromen en even week de pijn alsof hij voorgoed voorbij was. Maar toen ze ophield met gieten, begon hij weer onverbiddelijk te kloppen. Ik bekeek mijn handpalm en hoewel hij vies was van het roet, zag ik dat mijn duim en wijsvinger flink rood waren geworden.

Mijn vader overhandigde me de ovenwanten. 'Daar zijn deze dingen voor,' zei hij kalm. 'Let voortaan beter op.'

Ik duwde mijn ongehavende hand in een ovenwant, raapte de wegwerpbarbecue op en vulde hem met houtskool. En terwijl ik de pijn verbeet, brak ik een paar stukken van het aanmaakblok af en even later brandde er weer een verse lading houtskool. Zuchtend nam ik plaats op het klapstoeltje. Pas toen ik mijn handen en shirt bekeek, drong het tot me door dat ik helemaal onder het roet zat. Zwarte vegen sierden mijn shirt en mijn lichte O'Hara's zaten onder de donkere vlekken. Uit het niets drong zich de schaamte aan me op. Ik zat daar als een dakloze op een klapstoel naast een zak houtskool. Wat moesten de klanten wel niet van me denken? Straks zou ik nog bekenden uit onze flat tegenkomen. Of erger: klasgenoten!

Net op het moment dat ik honger kreeg, reikte mijn moeder me een kebap aan. 'Ik heb er extra köfte in gedaan omdat je daar zo van houdt,' zei ze. Ik nam gretig een hap. Het smaakte verrukkelijk, veel beter dan ik had verwacht. Ik trok het deksel van de koelbox en haalde er een blikje cola uit. De kou kalmeerde mijn kloppende vingers. Een zucht van verlichting trok door mijn hand. Terwijl ik me gulzig op de kebap wierp, probeerde mijn moeder mijn gezicht schoon te vegen met een servetje alsof ik een peuter was die zijn gezicht in het eten had geduwd. 'Oğlum, kijk nou, je zit helemaal onder het roet.' Ze reikte me het servetje aan. 'Hier, maak jij het verder af, ik moet de klanten helpen.'

Ik spoelde de kebap weg met cola en zag tot mijn tevredenheid dat de drukte aan onze kraam aanhield. Gedachteloos wreef ik de andere kant van het servetje over mijn gezicht, mijn hals en armen. Toen ik opstond zag ik pas goed hoe het krioelde van de mensen op het Spui. Ik keek op mijn Casio en zag dat het bijna halftwee was. De mensen die nog niet geluncht hadden, waren nu waarschijnlijk op zoek naar een hapje waardoor we het vast nog drukker zouden krijgen. Snel pakte ik de kartonnen waaier om het vuur aan te wakkeren. Toen mijn vader even later de gloeiende kolen van mijn barbecue verplaatste naar die van hem, zag ik Alfred, de student, naar onze kraam lopen. Hij was met zijn vrienden teruggekeerd, vier jongemannen en twee dames, en wees met grote ogen naar onze kraam. 'Jullie moeten die koefte echt proberen, ik neem er ook weer een.'

Mijn vader knipoogde naar Alfred ten teken dat hij hun afspraak niet vergeten was. Een van de jongedames die bij de groep van Alfred hoorde, had de Nederlandse vlag op haar wangen getekend. Ze droeg een dun oranje sjaaltje en een strak oranje shirtje waaronder haar grote borsten zich duidelijk aftekenden. Toen ze zag dat ik naar haar staarde, glimlachte ze naar me. Ik keek beschaamd weg, bang dat ze me had betrapt. Snel begon ik voor de vorm in mijn barbecue te wroeten.

Het leek of de zon steeds feller brandde en de muziek op het Spui luider werd. Af en toe vloog er een bierglas door de lucht en een enkele keer kieperde iemand een vol glas leeg boven het hoofd van een ander, waarna er luid gelachen werd of even vriendschappelijk gestoeid. En steeds weer werd datzelfde nummer gedraaid: 'Een eigen huis, een plek onder de zon,' klonk het via de geluidsboxen op het Spui. Op een gegeven moment begon ik het mee te zingen, eerst zachtjes mompelend, daarna steeds luider en uiteindelijk, als ik met mijn rug naar onze kraam stond, zelfs zo hard dat mijn stem die van de zanger leek te overstijgen: 'En altijd iemand in de buurt die van me houden kon.' En omdat ik het gevoel had dat iedereen aan het feesten was en er toch niemand op mij lette, zwaaide ik met de pook in mijn hand als een bevlogen dirigent die zijn uitgelaten orkest tot grote hoogten stuwt.

Huppelend liet ik de houtskool uit de zak in de barbecue glijden. Een zwarte stofwolk kwam voor de zoveelste keer die dag vrij, maar het kon me niets schelen, ik hoestte al niet meer. Het was een prachtige zonnige dag vol feestende en vrolijke mensen en onze kraam draaide nog beter dan de McDonald's bij de Dam. Wat wilde ik nog meer?

'Hé, jongens, is dat niet de schoonmaker?'

Ik herkende de stem meteen. Hij boorde zich met een klap in mijn rug en deed mijn darmen samentrekken. Dit kon niet gebeuren. Dit mocht niet gebeuren. Niet vandaag.

Een andere stem. 'Ja, dat is hem. Ik herken hem aan zijn O'Hara's.'

Niet omkijken. Doe alsof je niets hoort. Doe alsof je druk aan het werk bent.

'Hé, Metin!'

Draai je niet om. Wat je ook doet, draai je niet om.

'Metin!'

Als je je niet omdraait, gaan ze wel weg en blijft de mogelijkheid bestaan dat het een ander was, gewoon een Turk in een vies shirt en op O'Hara's. Richt je op de barbecue. Sta niet stil. En gedraag je vooral niet alsof je je betrapt voelt.

'Metin, deze jongens roepen je.' Mijn moeder.

Niet meteen reageren, anders is het duidelijk dat je hen negeerde. Ga door met je werk. Steek de houtskool aan. En kijk in vredesnaam niet om.

Maar mijn moeder gaf niet op. 'Metin!' Mijn handen trilden, het lukte me niet een lucifer uit het doosje te vissen. Een naar uien en peterselie geurende hand op mijn schouder, vlak bij mijn gezicht. 'Oğlum, is er soms iets met je oren?' Nu moet je je wel omdraaien, want als je dat niet doet, ben je een zwakzinnige die niet meer reageert op menselijk contact. Maar kijk in vredesnaam verrast en doe alsof er niets aan de hand is.

Ik forceerde een glimlach op mijn gezicht en draaide me half om, genoeg om mijn moeder vanuit mijn ooghoek te zien. 'O, sorry, ik hoorde het niet. De muziek staat zo hard.'

'Er zijn hier een paar jongens voor je.' Ze wees naar onze kraam. 'Zijn ze van je school?'

Ik draaide me nu helemaal om. Dino, Danny en Ricardo stonden tussen de klanten naar mij te staren. Danny stak een hand op. Ik was blij dat hij erbij was. Hij was dan wel niet mijn vriend, maar op de een of andere manier deugde hij. En hij nam het soms voor me op, al begreep ik nooit waarom.

Loop naar ze toe. Begroet ze enthousiast en amicaal. Niet aan je gezicht zitten, dan maak je het alleen maar erger.

Ik beantwoordde de groet van Danny, liep naar ze toe terwijl ik zo nonchalant mogelijk mijn linkerhand in mijn broekzak duwde en riep: 'Hoi!' Het klonk niet stoer, eerder meisjesachtig en met schrik in mijn stem.

'Hé, Metin,' zei Danny. 'Ik wist niet dat je op Koninginnedag broodjes ging verkopen.'

'We hebben het pas laat besloten.'

Dino keek me aan met zijn spiedende donkere ogen. Ik zag dat hij wat wilde zeggen, dat hij op het punt stond het evenwicht te verstoren. 'Je ziet er niet uit, man.' Hij wees naar mijn gezicht, alsof het niet duidelijk was tegen wie hij het had. 'Je porem is helemaal zwart.'

Dit was dus zijn openingszet. Hier kwam hij dus mee aan, staand voor onze drukke kraam. Het viel me nog mee dat hij me niet voor schoonmaker uitmaakte in mijn gezicht, ten overstaan van mijn ouders. Deze plaagstoot kon ik makkelijk pareren. 'Het is maar een beetje roet.' Even speelde ik met de gedachte hem te vragen of hij ooit een barbecue had aangestoken, of hij überhaupt wist hoe dat moest. Maar het was niet te voorspellen hoe de ploert zou reageren.

'Ga je ons niets aanbieden?' vroeg Dino met een grijns. 'We hebben eigenlijk best trek.' Hij overviel me. Ik keek naar de rij klanten en toen naar mijn vader die er vermoeid uitzag, maar het hoge tempo volhield en met bewonderenswaardige snelheid de sissende köftes steeds omdraaide. Hij stond daar alsof hij nooit anders had gedaan, alsof hij jarenlang kebap had gemaakt bij een vermaarde vleeskraam in Izmir die vaak onderscheiden was en zelfs onderwerp was geweest van een uitgebreide fotoreportage in de krant *Hürriyet*. Zou hij het goedvinden als er negen stukjes köfte, drie stukken pide en flink wat groenten voor niets zouden worden weggegeven aan een paar hongerige jongens uit mijn klas?

Ik hoopte het niet, want ik vond het zonde om kebap weg te geven aan een hufter als Dino. Als er iemand was die het niet verdiende en die van mij mocht verhongeren, dan was hij het wel. Maar hij wilde gratis bediend worden door mijn vader die de nacht buiten op een stoeltje had doorgebracht en zijn slaap had opgeofferd om onze kraam op deze plek te kunnen opzetten. Eigenlijk zou ik Dino met een pook te lijf moeten gaan en met een grijper brandende kolen in zijn gezicht moeten drukken voor zijn vrijpostigheid. En de vuile rat Ricardo kon wat mij betreft ook ophoepelen en fluiten naar een gratis kebap. Hij was een meeloper die me misschien wel het vaakst van iedereen voor schoonmaker had uitgemaakt. Als het aan mij lag zouden Dino en hij minstens tien gulden de man extra moeten betalen voor een kebap, voor minder zouden we hen moeten wegjagen van onze kraam.

Maar mijn moeder knikte al instemmend en ik besefte dat ze zou ingrijpen als ik me niet van mijn meest gastvrije kant zou tonen. Ik kon het maar beter zelf aanbieden voordat ze het woord nam. 'Ik wilde het net vragen,' zei ik terwijl ik mezelf vervloekte om mijn huichelachtige toon. 'Willen jullie een kebap?'

Danny was de enige die de kebap verdiende, niet alleen als dank voor de paar keer dat hij me gesteund had tegenover Dino, maar ook omdat hij de enige was die hem weerwoord durfde te bieden. Mijn kwelgeest hoefde geen groenten in zijn kebap en vroeg in plaats daarvan om een extra köfte in zijn broodje. Daarna vroeg hij of we iets te drinken hadden. Toen ik antwoordde dat we geen drinken verkochten, corrigeerde mijn moeder me. Eerst zei ze in het Turks dat ik gastvrijer moest zijn tegen mijn klasgenoten. Daarna keek ze hen vriendelijk aan en vroeg: 'Cola of Fanta?'

Ik griste de drie laatste blikjes cola uit de koelbox. Ze waren voor eigen gebruik en ik had me verheugd op een blikje cola bij mijn kebap voor het avondeten. Nu moest ik het met een Fanta doen, wat veel minder lekker ging met vlees. En terwijl ik Dino een blikje cola aanreikte, wenste ik dat hij zich in zijn kebap zou verslikken. Hij knikte naar me met een grijns die geen dankbaarheid maar zelfvoldaanheid uitstraalde. Het beviel hem zichtbaar dat ik hem bediende en dat mijn ouders een speciale kebap voor hem hadden bereid.

Ze bleven bij onze kraam staan. Danny bedankte mijn moeder als enige voor de kebap en vroeg of we al veel verkocht hadden.

'Ja,' zei ik, voordat mijn moeder kon reageren. 'Het gaat heel goed.'

'Super,' voegde mijn moeder eraan toe. 'We zijn heel blij.'

Dino hield zich afzijdig. Hij stond op een afstandje van Danny en Ricardo en keek naar mijn zus terwijl hij met zijn scheve mond grote stukken van de kebap rukte als een hongerige hyena. Hij loerde met zijn donkere en onheilspellende ogen. Het was de blik van een voyeur. En hoe langer ik naar hem keek, hoe meer hij van een voyeur in een aanrander veranderde. Ik volgde zijn blik die van mijn zus' gezicht naar haar gewelfde bovenlichaam gleed en daar bleef hangen. Smakkend en slurpend bekeek hij haar. Zijn gore blik week geen moment van haar lichaam.

Ik kon het niet langer aanzien. Ik moest wat zeggen. 'Dino!' riep ik alsof ik hem betrapt had bij het masturberen in een hoekje van de klas.

Hij keek geschrokken op. 'Wat?'

Kijk niet zo naar mijn zus, jij vuile klootzak! Anders doorboor ik je schedel met deze gloeiende pook hier. Dat had ik willen zeggen. Maar dat was niet wat er uit mijn mond kwam. Zelfs hier, met mijn vader naast me en het gelijk aan mijn zijde, durfde ik het niet tegen hem op te nemen. 'Wat ben je stil,' zei ik terwijl ik meteen walgde van mijn laffe stemmetje. 'Je hebt nog niets over de kebap gezegd.'

Zonder me aan te kijken, zei hij: 'Hij smaakt prima.'

Zijn blik ging terug naar mijn zus' bovenlichaam. Ik drukte mijn kiezen hard op elkaar terwijl ik in gedachten zijn keel dichtdrukte.

'Het was heerlijk,' zei Danny terwijl hij zijn mond afveegde aan een servetje. Hij bedankte mijn moeder nogmaals en schudde me de hand. 'We gaan weer verder. Ik zie je op school, Metin.' En om de een of andere reden betekende dat handje veel voor me. Mijn woede ebde weg en ik voelde een soort verbondenheid met Danny die ik niet eerder had gevoeld. We hadden elkaar niet eerder de hand geschud, maar nu we onze handpalmen tegen elkaar hadden gedrukt, gaf het me het gevoel dat ik erbij hoorde, dat ik even onderdeel uitmaakte van het groepje stoere jongens.

Ricardo knikte koeltjes naar me. Het kostte hem zichtbaar moeite, alsof het beneden zijn stand was om de schoonmaker van scholengemeenschap Reigersbos te groeten. Dino liep weg zonder iets te zeggen. Geen groet, knik of bedankje. Maar het was goed, want het versterkte juist de haat die ik voor hem voelde en die telkens iets verder verzuurde. Voor deze jongen wilde ik niets anders voelen dan bittere haat.

Het was begonnen te schemeren. Voor het eerst voelde ik de vermoeidheid in mijn benen. Ik wilde niets liever dan mijn handen en gezicht wassen. En ik wilde mijn neus, die vol zat met roet en snot, snuiten boven een wasbak, net zo lang tot ik weer normaal kon ademhalen. Ik liet me zuchtend op de klapstoel vallen, maar richtte me meteen op als een stokstaartje toen er om ons heen werd geschreeuwd. Het kwam van de kraam tegenover ons. Grote blonde mannen stonden hoofd tegen hoofd opgesteld. Ze begonnen elkaar te duwen en daarna aan elkaar te trekken. Ik zag meteen dat de grootste van de twee onvast op zijn benen stond. Hij brulde dat hij de ander, die in een bokshouding stond, zou afmaken en begon met zijn armen te maaien. Zijn tegenstander dook behendig weg om hem daarna hard in zijn maag te stompen. De getroffene zakte meteen in elkaar als een speelgoedrobot waarvan de batterijen uit zijn rug worden getrokken. Een paar mensen wierpen zich op de uitgetelde man en weer anderen trokken de overwinnaar weg. Even later sloot de massa zich weer alsof de voorstelling voorbij was. Alsof er niets gebeurd was, klonk voor de zoveelste keer vanaf het Spui: *'Een eigen huis, een plek onder de zon, en altijd iemand in de buurt die van me houden kon...'*

'De mensen beginnen aardig dronken te worden,' zei mijn vader. Hij keek alsof het hem beviel wat hij zag, alsof een jeugdherinnering aan zijn eigen wilde jaren in Izmir de kop opstak en hem een glimlach rond de mondhoeken bezorgde.

Ik zag mijn moeders bezorgde blik. 'Moeten we anders vast beginnen op te ruimen?'

'Ben je gek,' riep mijn vader. 'Al die dronkaards moeten ook eten.'

'Maar is dat niet gevaarlijk?' vroeg mijn zus.

'Het is pas gevaarlijk als iemand hun fles bier van ze afpakt.' Mijn vader wierp een gare köfte in het pannetje naast zijn barbecue. 'Als we geduldig zijn, kunnen we onze hele voorraad verkopen.'

Waarschijnlijk had mijn vader gelijk en konden we dit uitspelen, profiteren van de laveloze massa die langs onze kraam trok. Maar de schemering bracht ook iets onheilspellends met zich mee dat over leek te slaan op de horde die zich steeds meer rond het plein en voor onze kraam begon op te houden, alsof ze wachtten op iets waar wij geen weet van hadden. Gezichten die even daarvoor nog lachten, kregen nu iets dreigends. Het liefst zou ik meteen onze spullen inpakken en in het busje springen.

Er klonk een walgelijk geluid vlak naast onze kraam: een man gaf over in het tramhokje. Ik had nooit eerder iemand zo over zijn nek zien gaan: hij kotste alsof niet alleen zijn hele maaginhoud naar buiten kwam, maar ook een deel van zijn rottende ingewanden die afgestoten moesten worden om te kunnen overleven. Mijn vader spoedde zich naar hem toe en begon met zijn armen te zwaaien: 'Hé, vriend, niet hier bij mijn kraam! Ga weg!' Maar de man was nauwelijks nog in staat op zijn benen te staan, laat staan om aan het bevel van mijn vader te voldoen. Bovendien lag er al een roodbruine brij met ondefinieerbare stukjes half verteerd voedsel op de grond te dampen. En onmiddellijk stak er een doordringende geur op die me de adem ontnam.

Mijn vader nam stampvoetend weer plaats achter de barbecue. 'Hoe durft hij naast onze kraam over te geven!' riep hij. 'Die Hollanders kennen geen schaamte.'

'Dat zou ik maar niet al te hard zeggen, Harun, want jij kunt er ook wat van,' zei mijn moeder onbevreesd.

Ik moest denken aan al die keren dat mijn vader tegen het ochtendgloren dronken thuis was gekomen. Het kostte me geen enkele moeite om me zijn braakgeluiden voor de geest te halen.

'Onzin,' riep mijn vader. 'Ik drink toch niet op straat? En ik laat me niet zo gaan voor het oog van andere mensen.'

'Ik weet niet waar jij allemaal drinkt en hoe je je dan gedraagt. Maar ik weet wel dat je thuis wekelijks overgeeft, en dat is niet van de zure melk,' zei mijn moeder.

'Blaas het niet zo op, mens. Ik was niemand tot last.' Hij sloeg met de grijper op de grill en keek mijn moeder snuivend aan. 'Welk punt probeer je hier in het bijzijn van de kinderen eigenlijk te maken? Vertel me dat maar eens.'

Hoezeer mijn moeder het gelijk ook aan haar zijde had, het was het verkeerde moment om mijn vader aan te pakken. Hij had al bijna veertig uur niet geslapen en stond al de hele dag achter de hete barbecue zonder ook maar een moment te hebben uitgerust. Van zijn befaamde kapsel was weinig over. Het haar dat normaal sierlijk rond zijn schedel was geföhnd, plakte nu vormloos op zijn bezwete voorhoofd. 'Nooit, maar dan ook nooit heb ik op straat overgegeven. Hoor je me?' Zijn stem klonk zwaar en vermoeid, alsof hij de hele dag stakende arbeiders had toegesproken op een zeepkist op het Spui. 'Het gaat om fatsoen. In tegenstelling tot die hond kan ik me beheersen en weet ik altijd wat ik doe.'

Maar mijn moeder was ook moe, hoewel dat aan haar niet te zien was. Ze zag er nog steeds uit alsof ze een halfuur geleden onberispelijk was opgemaakt door een visagist en als er op dat moment een verslaggever met cameraman een live-reportage had gemaakt in Amsterdam, was hij vast en zeker door een onbestemde natuurkracht naar mijn moeder gedreven om haar natuurlijke schoonheid te vangen. Maar misschien had mijn moeder door haar vermoeidheid niet de kracht om zich te beheersen, want ze leek vastbesloten om mijn vaders zelfvoldane praatje onderuit te halen. Ze schudde opzichtig haar hoofd. 'Ik weet nog een keer dat je in Izmir...'

'Anne,' riep mijn zus. 'Alsjeblieft, er zijn klanten.'

Mijn moeder zweeg even. Ik zag dat het haar moeite kostte om terug te keren in de rol die ons vandaag zoveel succes had opgeleverd, want zij was het stralende middelpunt van onze kraam, en hoewel iets van haar glans onmiskenbaar op mijn zus was overgegaan, was zij het heldere licht dat op deze avond de klanten nog steeds naar onze kraam leidde. Ze herschikte haar blouse en draaide zich toen weer om in de richting van de klanten. En met haar hartelijke stem die een natuurlijke warmte bezat, zei ze: 'Goedenavond, kan ik jullie helpen?' Mijn vader begon in zichzelf mompelend in de gloeiende kolen te wroeten met de pook. Hij draaide zich om naar mij. Ik dacht dat hij zou schreeuwen waar de kolen bleven, maar hij zei: 'Ga je fatsoeneren, je ziet er niet uit.' Hij sprak de woorden uit alsof hij al de hele dag aan mijn hoofd had gezeurd en ik telkens had geweigerd mijn handen en gezicht van het roet te ontdoen. Hij wees naar het Italiaanse restaurant naast de kinderboekenwinkel. 'Je kunt daar je handen wassen in de wc.'

'In het restaurant?' vroeg ik aarzelend. Mijn witte T-shirt was nu bijna helemaal zwart en mijn vieze schoenen zouden ongetwijfeld vlekken achterlaten op de vloer van het restaurant.

'Waar anders?'

Ik draaide me om in de richting van het restaurant en probeerde een manier te bedenken om eronderuit te komen, maar ik bleef verstoken van ingevingen die me een vernederende gang naar de Italiaan konden besparen. Een trappetje leidde naar de zaak. Het verbaasde me dat hij open was op Koninginnedag. Traag beklom ik de treden naar Alfredo's en wierp een blik door het grote raam. Tot mijn verbazing waren bijna alle tafels bezet. Het waren vooral oudere mensen in nette kleren die hier zaten, mensen die waarschijnlijk nooit een kebap zouden kopen bij een kraam. Ze zouden me vast afkeurend aankijken. Wat doet die vieze jongen hier? Ik duwde de hendel van de deur omlaag, negeerde de blikken en liep snel door naar achteren, naar de plek waarvan ik vermoedde dat de wc zich er bevond. Uit het niets sneed een kaal en gezet mannetje me de pas af. Als hij een bezem in zijn hand had gehad, had hij me vast meteen de tent uitgejaagd.

'Hé *ragazzo*, waar ga jij heen?' Hij sprak net zoals de Italiaanse ijscoman die in de zomer altijd met zijn busje door de Bijlmer reed en op iedere plek waar hij stopte muziek van Eros Ramazotti draaide. Ik voelde me betrapt, alsof ik zojuist een rol salami had gestolen uit zijn keuken. 'Ik... ik wil even naar de wc, mijn handen wassen.' Ik weet niet wat me bezielde, maar voor ik het wist toonde ik hem mijn handen, alsof ik de oude Italiaan met de fonkelende ogen wilde tonen hoe vies ze waren en hoe dringend ik om wat water en zeep verlegen zat. 'Het is alleen maar roet van de barbecue.'

'Kijk nou,' zei hij terwijl hij me afkeurend aankeek. 'Je lijkt wel op... op...'

'Michael Jackson?'

'Zwarte Piet!'

Probeerde deze kleine Italiaan mij soms te beledigen? Ik had allang mijn handen kunnen wassen in zijn wc waar vast en zeker posters hingen van zijn favoriete Italiaanse voetbalploeg. Geen posters van Ruud Gullit en Marco van Basten in het shirt van AC Milan. Nee, deze man had zijn wortels vast in het arme zuiden en zijn hart ongetwijfeld verpand aan een volksclub. In de wc zou waarschijnlijk Diego Maradona, gekleed in het lichtblauwe shirt van Napoli met als sponsor Mars, je toestaren terwijl je urineerde.

'Roet is vies, en dan wordt mijn wc ook vies. Hier is geen McDonald's waar junks plassen en kakken. Hier is chic Italiaans restaurant, *si capisce?*'

Hoe kon ik me hier uit de voeten maken zonder dat ik uit elkaar zou ploffen van schaamte? Ik draaide me om en liep weg zonder verder iets te zeggen en deed de deur zachtjes dicht. Nu konden de gasten tenminste nog denken dat ik namens een Turkse groenteboer kwam om door te geven dat de levering van een partij tomaten vertraging had opgelopen.

Boven aan de trap keek ik uit over het Spui. Sommige kramen hadden kaarsen en lichtjes aangestoken wat voor een gezelligheid zorgde die ik niet vond passen bij de onheilspellende sfeer. Steeds vaker klonk geschreeuw en het geluid van brekend glas.

'Hé, man, wat doe jij?' riep mijn vader ineens en hij liep met grote stappen naar het tramhokje. 'Stop daarmee!'

Ik kon niet goed zien wat er aan de hand was en daalde snel de trappen af. Toen zag ik het: een man was aan het urineren in het tramhokje. Hij had niet stiekem een hoekje opgezocht maar was vol overgave aan het sproeien alsof hij zich in een uitgedroogde tuin vol dorstige planten bevond. De man richtte zijn straal eerst op het zitje van het tramhok, daarna op het braaksel op de grond dat opspetterde, en toen draaide hij zijn heupen richting de glazen wand die onze kraam van het tramhokje scheidde en sproeide hij lustig verder. Hij keek mijn moeder en zus recht in de ogen met zijn geslacht ongeneerd in zijn hand. Het was alsof hij hen het liefst onder wilde pissen. Ze deinsden achteruit terwijl hij 'Lang leve de koningin' brulde en zijn vrije hand in de lucht stak. Mijn vader greep de man van achteren bij zijn schouders en duwde hem richting de andere hoek van het tramhok. De man strompelde en zette, met zijn hoofd vooruit gestoken als een stormram, koers richting de glazen wand, botste er met zijn schedel hard tegenaan en ging op een weinig zachtzinnige manier onderuit. En terwijl hij op de grond lag, tussen de flessen en gebroken glazen, barstte hij uit in hysterisch gelach. Hij draaide zich op zijn rug met zijn geslacht nog steeds in zijn hand. Er droop nog een dun straaltje urine uit dat over zijn hand stroomde en in zijn T-shirt en spijkerbroek trok.

'Ben je gek geworden, man?' schreeuwde mijn vader terwijl hij zich woest over de dronkaard heen boog. 'Mijn vrouw en dochter staan daar, wij verkopen eten daar! Ben je gek geworden?' En even was ik bang dat mijn vader hem zou schoppen, net zo lang tot hij niet meer zou bewegen. Maar hij beheerste zich, stond weer rechtop en zei: 'Schaam je, schaam je, vieze man.' Vloekend liep hij terug. 'Het stikt hier van de gekken,' zei mijn vader briesend toen hij weer achter de barbecue plaatsnam. 'Hoe later het wordt, hoe meer dwazen er rondlopen.'

'Je moet oppassen,' zei mijn moeder, 'straks keren ze zich allemaal tegen ons.'

Mijn vader veegde zijn handen af aan een nat doekje. 'Ik heb het helemaal gehad,' zei hij. 'Wat er over een halfuur nog over is, eten we morgen zelf op. Ik ben echt doodmoe.' Hij klonk alsof met het opstootje zijn laatste krachten waren weggevloeid.

'Baba,' zei ik. 'Wil je niet even gaan zitten?' Ik duwde de klapstoel een stukje naar voren.

Hij schudde zijn hoofd. 'Ik moet nu even doorzetten.'

'We hebben volgens mij een mooie omzet behaald,' zei mijn moeder bemoedigend.

'Laten we straks eerst het geld maar eens tellen,' zei mijn vader kortaf.

Terwijl mijn moeder al begon op te ruimen, pakte ik een blikje Fanta uit de koelbox, trok het open en nam een flinke slok. Ik duwde vervolgens een paar stukjes köfte in een pide, nam er een hap van en keek naar het tramhokje. De dronken man zat nu met zijn rug tegen de glazen wand te slapen. Zijn kin rustte op zijn borst.

Nog geen tien minuten later zei mijn vader dat we naar huis gingen. We laadden alle spullen in het busje, deden de overgebleven köfte en sla in plastic bakjes en pakten het brood in.

'Wat doen we met mijn barbecue?' vroeg ik aan mijn vader.

'Gooi die maar weg.' Ik keek hem vragend aan. 'Of wil je voortaan thuis voor ons barbecueën?' grijnsde hij.

Snel gooide ik de barbecue op een hoopje rommel. Met een bezem en stoffer en blik maakten mijn moeder en zus de plek schoon waar we met onze kraam hadden gestaan. Ze deden de troep in vuilniszakken en zetten die naast een uitpuilende vuilnisbak.

Mijn zus hield op met schoonmaken, maar mijn moeder ging onverstoorbaar verder. 'Ik wil niet dat de mensen denken dat we onze troep niet opruimen.'

Na een paar minuten trok mijn vader de bezem uit haar handen. 'Zo is het genoeg,' riep hij. 'Ik kan niet meer op mijn benen staan, ik ben helemaal op. Luister je wel?' Mijn moeder hield op en stapte in het busje. Voordat mijn vader de motor startte, stak hij een sigaret op en nam er met gesloten ogen een diepe trek van alsof hij de hele dag naar dit moment had uitgekeken, zijn beloning voor een helse onderneming die hem volledig had uitgeput. Voor het eerst in mijn leven gunde ik hem een peukje.

Mijn moeder draaide het raampje aan haar kant open. Ik deed hetzelfde aan mijn kant en duwde mijn hoofd uit het raampje en zag dat de man in het tramhok verdwenen was. Het busje kwam in beweging en reed schuddend de stoep af, de trambaan op.

'Doe je lichten aan,' riep mijn moeder. Grommend draaide mijn vader het lichtknopje om. We reden langzaam richting het Spui waar nog steeds een grote menigte stond. Mannen en vrouwen waren aan het springen, dansen en drinken. De muziek stond nog harder dan in de middag.

'Mogen we hier wel rijden?' vroeg mijn moeder.

'Waar moet ik anders rijden?' zei mijn vader.

Waar ik eerst nog hardop had meegezongen in de brandende zon, klonk de muziek me nu als een marteling in de oren. Voor de menigte gold dat duidelijk niet, die zong luidkeels mee met opgezette halsslagaderen alsof het het laatste feest in hun leven was.

'Langzaam, Harun, straks rijd je nog iemand aan,' zei mijn moeder toen we de menigte naderden. Even later slokte de horde ons busje op en konden we onmogelijk verder rijden. Mijn vader maakte vanachter het stuur wilde handgebaren naar de mensen die in onze koplampen staarden, maar hoe luid hij ook vloekte en hoe hard hij ook toeterde, niemand week ook maar een stap. De menigte bleef onverstoord hossen, alsof wij bij de act hoorden. Er werd op ons busje gebonkt en we werden heen en weer geschud, en zo stonden we daar, niet in staat om voor- of achteruit te rijden, toen achter ons ineens het geluid van een sirene klonk. Ik keek achterom, en tussen de gezichten door zag ik een ambulance met zwaailichten op ons afkomen. Vlak voordat de ziekenwagen bij ons was, week hij steeds meer naar rechts zodat hij naast ons uitkwam. En hoewel een deel van de menigte tot mijn verbazing ook op de ramen en deuren van de ambulance inbeukte, begon de massa zowaar een beetje te wijken. Niet alle feestgangers waren blijkbaar dronken, want sommigen probeerden vrij baan te creëren voor de ziekenbroeders door dronkaards weg te trekken. De wagen kwam weer in beweging en dreef de menigte steeds verder uiteen, en juist toen hij ons passeerde, gaf mijn vader een dot gas en stuurde het busje al toeterend in het snel sluitende gat dat de ambulance achterliet.

Even later reden we over de Vijzelstraat. Er werd niet gepraat in het busje. Ik luisterde met gesloten ogen naar het geratel van de spullen in de lange laadbak en het suizen van de wind door het open raam. Pas toen we de garage van Fleerde inreden, werd er weer gesproken.

'Neem allemaal zoveel mogelijk spullen mee,' zei mijn vader voordat hij uitstapte. 'Dat scheelt werk voor morgen.'

Ik pakte een paar zakken met brood en vond het toen wel prima. De koelbox liet ik liggen voor mijn vader. Mijn zus ontfermde zich over het pannetje köfte en mijn moeder nam een grote blauwe zak voor haar rekening.

Toen we uit de lift stapten en onze galerij betraden, zag ik meneer Rolf voor zijn appartement staan. Hij keek roerloos uit over de boomtoppen. Omdat ik niet zeker wist of hij ons zag, stak ik voor de zekerheid mijn hand naar hem op. Hij zwaaide terug. Binnen wierp mijn vader zich meteen op de oude bank die we zouden vervangen als de omzet het zou toestaan. Mijn vader hield zijn ogen met zijn linkerhand bedekt, zijn andere hand bungelde slap boven de vloer. 'Mijn hele lichaam doet pijn.' Ik ging op de fauteuil zitten en toen pas voelde ik de vermoeidheid en begreep ik dat het voor mijn vader nog zwaarder moest zijn.

'Oğlum,' zei mijn vader terwijl hij zijn ogen bedekt hield. 'Ga in vredesnaam je neus snuiten, je piept al de hele tijd als een cavia.'

Mijn moeder knikte. 'En was je gezicht maar met veel zeep.' Ik kwam met moeite overeind, sjokte naar de wasbak voor de wc en bekeek voor het eerst die dag mijn gezicht in de spiegel. Ik schrok: mijn gezicht zag er veel smeriger uit dan ik dacht. Ik draaide de kraan open, hield mijn handen onder de lauwe straal en zag hoe het water in de wasbak donker kleurde. Ik pakte het zeepblok en wreef het net zo lang tussen mijn handen tot het flink begon te schuimen. Toen mijn handen eindelijk schoon waren, vormde ik er een kommetje mee en duwde mijn neus erin. Het water drong in mijn neusgaten en ik begon te snuiten. Dikke zwarte roet verliet mijn neusgaten en sloeg tegen de randen van de wasbak. Om alle troep uit mijn neus te krijgen, snoot ik zo hard dat het pijn deed en de wasbak zwart ging zien. Ik zeepte mijn gezicht grondig in, bekeek mezelf even in de spiegel, glimlachte vermoeid naar mijn vreemde spiegelbeeld en sprenkelde water over mijn gezicht. Nadat ik de kraan had dichtgedraaid, begroef ik mijn gezicht in de handdoek aan het haakje terwijl ik met mijn hoofd tegen de muur steunde. Daar, op die plek had ik waarschijnlijk uren rechtop kunnen slapen als mijn zus me niet aan de kant had geduwd om bij de wc te kunnen. ‘Slapen doe je maar in je kamer.’

De geur van geroosterd Turks brood lokte me naar de keuken. Mijn moeder had het brood in het tostiapparaat geplaatst en was het pannetje köfte aan het opwarmen op het fornuis. Ze bekeek me even met haar zachte ogen. ‘Ik was bijna vergeten hoe knap mijn zoon is.’

Mijn vader sliep al toen mijn moeder even later brood en thee opdiende in de woonkamer. Hij schoot overeind op het moment dat ze ‘eten’ riep en wierp zich gretig op de pide met köfte. Snel en smakkend, zonder een keer op te kijken, werkte hij alles naar binnen. Maar dit keer stoorde ik mij er niet aan, dit keer schonk het mij juist voldoening om mijn vader te zien eten. Toen ik mijn eerste hap nam, had hij zijn tweede broodje al bijna op. Even later kwam mijn zus bij ons zitten. Ze dronk alleen thee omdat ze geen köfte of pide meer kon zien.

‘Morgen gaan we het geld tellen,’ zei mijn vader nadat hij zijn mond had afgeveegd aan een servet, ‘maar ik heb al een blik in de geldkist geworpen en kan verklappen dat we niet alleen een nieuw bankstel, maar ook een nieuwe televisie en videorecorder kunnen kopen.’

Mijn zus en ik begonnen te juichen.

57

De volgende ochtend voelde ik me anders. Het voelde alsof ik iets groots had gepresteerd, en het leek of een deel van de gloeiende kolen van de vorige dag nog in mij brandde en niet alleen het gat opvulde dat sinds het begin van de brugklas in me was gebrand, maar ook de kilte verdrong die zich zo hardnekkig rond mijn hart had genesteld. En zoals ik me de vorige avond niet had gestoord aan het gesmak van mijn vader tijdens het late avondeten, zo stoorde ik me voor het eerst niet aan het kabaal van zijn brommende föhn en zijn luide gezang in de vroege ochtend. Misschien kwam het doordat er nu boven alles tevredenheid doorklonk in zijn gezang, een tevredenheid die het geluid van de föhn neutraliseerde.

Op weg naar de wc stond ik even stil en bekeek mijn vader van een afstandje. Hij stond voor de wasbak en straalde een energie uit die de ruimte in een gouden gloed had kunnen zetten. Toen hij me zag, keek hij me glimlachend aan, zette de föhn uit en zei: 'Goedemorgen, oğlum. Heb je lekker geslapen?'

Mijn vader had me nooit eerder gevraagd of ik lekker had geslapen. En hoe tevreden hij op dat moment ook oogde, ik had die vraag niet verwacht. Ik knikte en zei: 'Ik was zo moe dat ik niet één keer wakker ben geworden.'

'Mooi,' zei mijn vader terwijl hij zijn hoofd weer naar de spiegel wendde.

'En jij, baba?'

'Ik voel me als herboren.' Hij tikte met de rug van de borstel op de föhn terwijl hij zichzelf in de spiegel bekeek. 'Wat een goede nachtrust kan doen.'

'Heb je gedroomd over Koninginnedag?' vroeg ik.

Mijn vaders gezichtsuitdrukking veranderde. 'Ik heb over mijn moeder gedroomd.' Hij zuchtte. 'Voor het eerst sinds lange tijd.' Mijn vader liet de föhn en borstel in de wasbak glijden. 'Ze zei dat het tijd werd dat ik terugkeerde.'

Ik dacht aan de foto van de oude vrouw in onze familiealbums, de vrouw aan wie ik geen actieve herinneringen had, hoewel ze mijn eerste twee levensjaren bij ons had gewoond, in het kleine huis met de grote tuin. Toen haar twee overgebleven kinderen naar Duitsland vertrokken om een nieuw leven op te bouwen, bleef zij daar alleen achter. Haar man was al op vijfenvijftigjarige leeftijd overleden, nog voordat wij, zijn kleinkinderen, geboren waren. Zo werd mijn oma op vijfenveertigjarige leeftijd weduwe, en omdat ze de rest van haar leven niet alleen wenste door te brengen, deed ze wat in het Turkije van de jaren zeventig ondenkbaar was: ze hertrouwde. Niet alleen was het niet in overeenstemming met de heersende zeden, het was ook geheel tegen de wens van haar familie. De man voor wie ze was gevallen, was een oudere en zwijgzame man die zijn enige autoriteit aan zijn grijszwarte snor ontleende. Ze deelden een persoonlijke tragedie, want hij had eveneens zijn wederhelft op relatief jonge leeftijd verloren. Er was hun echter niet veel tijd samen gegund: een paar jaar nadat ze man en vrouw waren geworden, overleed hij plotseling, en voor de tweede keer in korte tijd bleef mijn oma als weduwe achter. Ze sleet haar dagen zonder man, zonder kinderen en zonder kleinkinderen in het kleine huis waar ik mijn eerste stappen had gezet. Ik kende haar stem alleen van de telefoon. Ze sprak een gebroken soort Turks dat alleen dorpelingen spreken die op gevorderde leeftijd Turks hebben geleerd. Maar als ze Zazaki sprak met mijn vader, werden de woorden ineens vloeiend en sprak ze alsof ze weer in Sobyan was, het dorp in Oost-Turkije waar ze al haar kinderen op de wereld had gezet en waar ze gevreesd en bewonderd werd.

Mijn vader pakte de föhn en zette hem weer aan. Ik bleef nog even staan, maar toen ik begreep dat dit het was, liep ik naar de wc. En terwijl mijn donkere ochtendurine in de pot kletterde, probeerde ik me een voorstelling te maken van Turkije, het land dat ik alleen van fotoalbums en familieverhalen kende.

Ik stapte even later onder de douche, zette de kraan op extra heet en smeerde drie keer de groene zevenkruidenshampoo van Schwarzkopf in mijn haar om de roet en stank van de vorige dag er zo goed mogelijk uit te krijgen. Daarna zeepte ik mijn lichaam in met een groen zeepblok dat flauw rook. Het douchewater was zo heet dat het leek of mijn hoofdhuid en rug begonnen te schroeien.

Toen ik de deur van de badkamer opendeed, stroomde de stoom als een woeste golf naar buiten. Ik trok schone kleren aan en volgde de geur van gebakken eieren en knoflookworst naar de keuken waar mijn moeder het ontbijt aan het bereiden was. Het was een feestmaal: gebakken *sucuk* met roerei, geroosterd Turks brood, fetakaas, jong belegen, jam, honing, groene olijven en met rode peperpoeder besprenkelde stukjes tomaat en komkommer.

'Goedemorgen,' zei mijn moeder. Ze zag me naar de rijk uitgestalde tafel kijken. 'Wacht, je mist zeker de Nutella nog?' En zonder mijn antwoord af te wachten, pakte ze een pot Nutella uit de kast.

Ik ging zitten op mijn vaste plaats, met mijn rug tegen de muur. Mijn vader zat links van me, op de stoel naast de verwarming, en telde in een hoekje van de tafel het geld. Hij had stapeltjes gemaakt van de biljetten van vijf, tien, vijfentwintig, vijftig en zelfs honderd gulden. Ik had nog nooit zoveel geld bij elkaar gezien. Het leek of we geen kebap hadden verkocht maar een bank hadden beroofd. Mijn vader keek glunderend op naar mijn moeder. 'Ik heb het drie keer geteld. We hebben een fantastische omzet gedraaid.'

'Hoeveel?' vroeg ik opgewonden. 'Hoeveel?'

'Maar liefst tweeduizendhonderdveertig gulden,' zei mijn vader. 'Dat is meer dan een maandsalaris.'

'Hoera!' riep ik.

'We gaan zo snel mogelijk een nieuw bankstel bestellen,' zei mijn moeder terwijl ze in de pan met eieren en knoflookworst roerde. 'Ik heb een heel mooie gezien in de *Wehkamp*.'

Ik hoefde helemaal geen nieuw bankstel, ik wilde een videorecorder zodat ik net als Saleem het worstelen kon opnemen en de beelden kon bekijken als mijn vader niet thuis was. 'Er blijft toch wel genoeg over voor een videorecorder?'

'Natuurlijk,' zei mijn vader. 'En voor jullie beloning. Als je zus straks ook aanschuift, zal ik vertellen hoeveel jullie krijgen.'

Ik keek mijn vader verbaasd aan. Waar had hij het over?

Mijn moeder schonk thee in mijn mok, eerst de sterke thee uit de kleine theepot en daarna, om mijn thee te verdunnen, het hete water uit de grote ketel waar de theepot op rustte. Ik deed er twee schepjes suiker in en begon te roeren terwijl ik me afvroeg hoeveel ik zou krijgen.

Mijn zus schoof aan tafel. Haar haren waren nat en roken naar zoete tropische bloemen. ‘Asena, neem ook plaats,’ zei mijn vader ongeduldig, ‘dan kan ik de kinderen eindelijk vertellen hoeveel ze krijgen.’ Mijn moeder zette de pan met de eieren en sucuk op tafel en ging zitten, maar ik wist dat ze meteen weer zou opstaan omdat ze vast nog iets moest doen, dat hoorde immers bij haar vele rituelen. Ik knikte naar mijn zus toen mijn moeder haastig opstond om het vuur onder de theepot lager te zetten. Ze schoof opnieuw aan en stond toen meteen weer op om de druppelende kraan dicht te draaien.

‘Ben je nu eindelijk klaar?’ vroeg mijn vader. ‘Ga gewoon even vijf minuten op je billen zitten, dan kan ik de kinderen uit de spanning verlossen.’ Hij keek ons aan op een gewichtige manier en richtte toen zijn blik op mij: ‘Eerst Metin. Jij hebt hard gewerkt en durfde vies te worden. Heel vies, kan ik wel zeggen.’ Hij lachte. ‘Dat moet natuurlijk beloond worden.’ Mijn vader pakte een biljet van vijfentwintig gulden uit de stapel en legde het naast mijn bord.

‘Dank je wel, baba,’ zei ik.

‘Wacht, ik ben er nog niet.’ Hij pakte nog een biljet van vijfentwintig van de stapel en legde het op het andere biljet.

‘Vijftig gulden?’ Ik keek mijn vader met grote ogen aan. ‘Echt waar?’

‘Nee,’ zei mijn vader. ‘Dat is niet waar.’ Ik dacht dat hij zich vergist had en dat die vijfentwintig gulden voor mijn zus bestemd was. Maar hij pakte nog een biljet van vijfentwintig en legde hem op de twee andere biljetten. ‘Want je krijgt veel meer.’

‘Vijfenzeventig gulden? Echt? Vijfenzeventig gulden, baba?’

‘Je hebt het verdiend, oğlum,’ zei mijn vader.

Ik stond op, omhelsde mijn vader en gaf hem drie zoenen. Daarna gaf ik ook drie zoenen aan mijn moeder.

‘Krijgt je zus geen kus?’ vroeg mijn vader met een brede glimlach. ‘Door haar schoonheid en inzet is de omzet zo hoog en heb jij zoveel verdiend.’

‘Dat hoeft niet, hoor,’ zei mijn zus, maar ik bukte me al zonder aarzelen naar haar toe, duwde haar afwerende handen opzij en gaf haar drie zoenen op haar wangen. Toen ik weer op mijn plek zat, herhaalde mijn vader het ritueel bij mijn zus, alleen legde hij nu een biljet van honderd gulden naast haar bord om er meteen daarna drie biljetten van vijfentwintig op te leggen. Mijn zus keek een tijd zwijgend naar het geld dat haar nu toebehoorde. ‘Dank je wel, baba,’ zei ze, kalmer dan ik had verwacht.

‘Nee, dank jullie wel,’ zei mijn vader.

58

Net als tijdens de busrit naar Den Helder, waar we op de veerboot naar Texel waren gestapt, zat er tijdens de schoolreis naar Duinrell niemand naast me, maar nu kon het me niets schelen. Ik vond het eigenlijk wel fijn om meer ruimte voor mezelf te hebben. Mijn moeder had niet alleen drie sneetjes brood voor me gesmeerd en een sinaasappel meegegeven maar me ook tien gulden in de hand gedrukt, het equivalent van vijf weken zakgeld. 'Koop er wat te eten en te drinken van,' had ze gezegd.

In het pretpark zonderde ik me al snel af van de rest, slenterde ontspannen rond om te zien wat er te doen viel en begaf me toen naar de speelhal waar vele kasten stonden met videospellen. Er waren racespellen, voetbalspellen en spellen waarbij je een ruimteschip door vijandelijke linies moest loodsen. Daar, in die speelhal, verspeelde ik in nog geen uur tijd bijna al mijn geld. Toen ik bezweet en opgewonden nog een potje wilde voetballen, zag ik dat ik nog maar een gulden overhad. Ik bedacht dat ik nog drinken moest kopen en hoewel ik snakte naar een slokje cola, overwoog ik een moment om mijn dorst aan het voetbalspel op te offeren, want wanneer zou ik weer de kans krijgen om zo'n speelhal te bezoeken? Mijn verlangen om ook mijn laatste munt stuk te slaan op een speelkast werd pas gebroken toen ik een jongen gulzig een blikje cola achterover zag slaan als in een Amerikaanse reclame. Ik kocht een blik cola bij een kraampje, nam plaats op een bankje en haalde de boterhammen met pindakaas en appelstroop uit mijn rugtas en begon te eten. Vele attracties later, inclusief meerdere keren in de Kikkerachtbaan, bleef ik met mijn gedachten bij de speelhal.

Toen mijn moeder me bij thuiskomst vroeg wat ik van mijn geld had gekocht, vertelde ik haar in al mijn onschuld dat ik mijn geld had uitgegeven aan de speelhal en een blikje cola. Ze keek me geschrokken aan. Ik verzekerde haar ervan dat het geen gokkasten waren zoals in de snackbar bij het winkelcentrum, maar onschuldige speelkasten voor kinderen, maar mijn moeder zei: 'Ik wil niet dat je ooit nog naar een speelhal gaat. Kinderen die daar heen gaan, worden later gokverslaafd.'

Een week later zei mijn moeder: 'Ik heb met je vader gepraat. Omdat ik niet wil dat je ooit nog naar zo'n speelhal gaat, krijg je een computer van ons.'

'Een computer?'

'Ja, zo een waarop je spelletjes kunt spelen.'

'Wacht even, anne... krijg ik een Nintendo?'

'Alleen als je belooft dat je nooit meer naar een speelhal gaat. Ik heb ruzie moeten maken met je vader, ik heb dagenlang aan zijn hoofd moeten zeuren en gezegd dat de kinderbijslag binnen is. We gaan straks naar Intertoys voordat hij zich bedenkt.'

Een uur later liepen mijn vader, moeder en ik naar de Amsterdamse Poort. Bij Intertoys liet mijn moeder de folder zien aan de verkoper die zei dat hij in het magazijn moest kijken of er nog Nintendo's over waren omdat de aanbieding zo goed liep. En even was ik bang dat ze uitverkocht waren en dat we mijn vader daarna nooit meer zover zouden krijgen. We liepen naar de glazen kast waarin de spellen uitgestald stonden als zeldzame diamanten uit de diepste Afrikaanse mijnen. De meeste spellen kostten fl. 129,95, en een paar oudere spellen waren een tientje afgeprijsd. 'Kapitalisten,' bromde mijn vader. Hij wierp mij een strenge blik toe. 'Je krijgt de computer op één voorwaarde: hierna ga je niet meer om spelletjes vragen.' Ik knikte. De verkoper keerde terug met een doos met daarin een Nintendo, twee controllers, de spellen Super Mario Bros. en Duck Hunt en een Zapper om de eenden in het laatste spel mee uit de lucht te knallen. 'Kan ik korting krijgen?' vroeg mijn vader op ernstige toon bij de kassa. De verkoper lachte, maar aan de blik van mijn vader zag ik dat hij geen grap maakte.

'Het spijt me, meneer, we werken met vaste prijzen.'

Mijn vader haalde hoofdschuddend zijn chequeboek uit de binnenzak van zijn jas. 'Zoveel geld voor een spelletje?'

'Het is een spelcomputer, meneer,' zei de man die nu zag dat mijn vader het meende. 'En het is een speciale aanbieding, want als u de spellen los koopt is het veel duurder.'

Ik keek mijn moeder ongerust aan waarop ze in het Turks zei: 'Harun, we hebben het hem beloofd.'

'Ik krijg hier spijt van,' zei mijn vader, en ik wist dat hij het meende. 'Ik weet het zeker.' Hij keek de verkoper aan met een hangend gezicht en vroeg zuchtend: 'Hoeveel?'

'Driehonderdnegenennegentig gulden en vijfennegentig cent.'

Mijn vader liet het bedrag op zich inwerken, leek te willen vloeken, maar trok in plaats daarvan een pen uit zijn binnenzak en schreef het bedrag uit op twee cheques. Voordat hij zijn handtekening zette, keek hij mijn moeder hoofdschuddend aan: 'Wat een geld, wat een geld.'

59

Ondanks een vijf voor wiskunde, ondanks Dino en ondanks alle ellende op school, had ik de brugklas overleefd. Ik was overgegaan naar de tweede klas. Het voelde niet als een overwinning, het voelde als een ontsnapping. Ik was erdoorheen geglipt, maar wat wachtte mij in het tweede jaar? Wat voor hindernissen zouden ze daar voor me opwerpen?

In mijn eerste zomervakantie zonder Saleem en Floyd, ging het Nederlands elftal aan interne conflicten ten onder op het wereldkampioenschap voetbal in Italië zonder dat mijn held Marco van Basten ook maar een keer scoorde, en speelde ik hele dagen Super Mario Bros. op mijn Nintendo. Terwijl de zon op het beeldscherm brandde, stuurde ik Mario onverstoorbaar door tientallen levels in een poging om Princess Peach van King Koopa te redden. En pas wanneer mijn duimen pijn begonnen te doen en mijn moeder riep dat de tv zou ontploffen van de hitte als ik nog langer zou doorgaan, sleepte ik mezelf naar mijn kamer of ging ik naar de bibliotheek op het Bijlmerplein.

De stilte in huis was ondraaglijk. Sinds het ontbijt had niemand een woord gesproken. Mijn moeder zat aan de glazen eettafel en goot al haar problemen op papier in de zoveelste brief aan haar zus die ze al meer dan een decennium niet had gezien. Mijn vader lag languit op de bank te lezen en mijn zus had zich teruggetrokken in haar MJ-universum. Het was alsof iedereen op een andere plaats wilde zijn dan hier in onze grauwe flat.

Ik nam plaats op de fauteuil schuin tegenover mijn vader en sloeg *Het onzichtbare licht* van Evert Hartman open. Ik staarde naar de eerste woorden van een nieuw hoofdstuk, maar ze drongen niet tot me door. Mijn vader had niet opgekeken toen ik was gaan zitten, zoals altijd wanneer hij las. Dat had het lezen bij hem gemeen met het ontvangen van visite: wij bestonden dan niet voor hem. Maar in tegenstelling tot de momenten waarop hij de perfecte gastheer acteerde en ons bestaan volledig leek te verdringen – nog meer dan op andere dagen – kon ik me niet storen aan zijn volledige toewijding voor het lezen, want het lezen maakte hem op de een of andere manier beschaafder. Het lezen vertegenwoordigde zijn goede, ongevaarlijke kant. Het was ook het enige wat ik met hem deelde. Ik had het van hem afgekeken om op de wc te lezen tot er kramp in mijn been schoot en ik wel moest doortrekken. Zoals mijn vader daar vredig op de bank lag en zijn ziel voedde met het geschreven woord terwijl hij onschuldig met zijn tenen kwispelde, kon ik me niet voorstellen dat het dezelfde man was die zich kon verliezen in een duistere woedeaanval, opgewekt door iets onbenulligs wat hij zich de volgende dag niet eens meer kon herinneren. Hoe kon het dat uitgerekend mijn vader een bizarre hedendaagse uitvoering van Dr. Jekyll en Mr. Hyde was?

Toch had ik gehoopt dat mijn vader even van zijn boek had opgekeken, dat het hem was opgevallen dat ik me voor de verandering bij hem had gevoegd om te lezen. En ik had gehoopt dat het hem was opgevallen dat ik overgestapt was van stripboeken op echte boeken. In het beste scenario dat zich daarna zou hebben ontvouwd, had hij zijn boek laten zakken en gezegd: ‘Mooi, je bent overgestapt op romans. Wat lees je eigenlijk?’

Maar hij las onverstoorbaar verder alsof zijn leestijd te kostbaar was om te verspillen aan triviale gesprekken met zijn puberzoon. Wat was de waarde daar nou van op de schaal van de wereldpolitiek? Wat voor inzicht kon hem dat verschaffen in zijn eindeloze queeste naar argumenten tegen het kapitalisme, het economische systeem waar hij ondertussen gulzig de vruchten van plukte in de vorm van een uitkering en kinderbijslag, zodat hij zijn levensstijl van bon vivant in stand kon houden?

‘Wat lees je?’ vroeg ik. Hij reageerde niet. Ik vroeg me af of hij me had gehoord of dat hij me negeerde in de hoop dat ik hem verder met rust zou laten. Ik herhaalde mijn vraag op luidere toon.

‘Dat is niet zo interessant voor jou.’ Hij sloeg een pagina om en ging verder met lezen.

‘Misschien wel.’ Maar hij was weer helemaal afgedaald in zijn boek. ‘Nou?’

‘Iets politieks.’

'Ik lees een boek van Evert Hartman.'

'Wat?'

'Evert Hartman, hij schrijft spannende jeugdboeken.'

'Ken ik niet.'

Natuurlijk kende hij hem niet. Mijn vader was niet geïnteresseerd in Nederlandse schrijvers, en Evert Hartman was bovendien geen politieke schrijver. Ik noemde de titel van het boek en hoopte dat het mijn vader nieuwsgierig zou maken. 'Het heet *Het onzichtbare licht*.' Mijn vader humde zonder ook maar een spier te vertrekken en bracht zijn boek dichter bij zijn gezicht.

Ik keek een tijdje naar hem. Wat was er nou van mijn vader op mij overgegaan? Welke uiterlijke kenmerken en karaktereigenschappen deelde ik met hem? Hij was als kind al opvliegend geweest terwijl ik juist meer zelfbeheersing bezat dan goed voor me was. Hij stond graag in het middelpunt van de aandacht terwijl ik liever observeerde. Hij zocht altijd het conflict terwijl ik overdreven harmonieus was. Ik leek in niets op hem. Anderen, onder wie zijn broer, was het ook opgevallen. 'Metin lijkt zo op zijn moeder.'

Misschien was mijn vader wel met mijn moeder getrouwd nadat mijn echte vader overleden of verdwenen was. Maar dat was onzin. Mijn vader was er de man niet naar om andermans kinderen op te voeden.

Ik moest denken aan de vader-zoonmomenten in de vele Amerikaanse films en series die ik had gezien waarin de vader zijn hand op zijn zoons schouder legt en hem iets wezenlijks bijbrengt over het leven waardoor hij beter beslagen ten ijs komt. En later blikt de zoon terug op dat moment en zegt: '*My father always told me...*' Maar mijn vader had me niets bijgebracht wat zo'n scène had kunnen halen, hij had me vooral laten zien hoe het niet moet.

Een tijdlang had ik gefantaseerd dat hij me apart zou nemen en zou zeggen dat hij op een ouderavond had gehoord dat ik met pestkoppen te maken had. Hij zou me indringend aankijken en zeggen dat ik van me af moest bijten zoals hij altijd van zich af had gebeten op de straten van Izmir. Hij hoefde zijn hand helemaal niet op mijn schouder te leggen, daar had ik mijn moeder al voor. Hij hoefde alleen maar een vleugje onbevreesdheid en bravoure op mij over te brengen, iets waar mijn moeder niet voor kon zorgen. Al zou hij alleen maar zeggen: 'Sla ze gewoon op hun bek, dat zal ze leren.'

Maar op dat moment drong pas goed tot me door dat hij dat nooit zou doen. Hij beschouwde mij als de verantwoordelijkheid van mijn moeder, haar exclusieve probleem. In mijn vaders ogen was het haar taak en haar taak alleen om zich te bekommeren over de opvoeding van de kinderen die hij nooit had genomen als hij het over mocht doen.

60

Na twee maanden was mijn vader eindelijk terug uit Turkije. Hij zou er drie weken blijven om zijn moeder naar het ziekenhuis te brengen voor controles die volgens hem niet nog langer konden wachten omdat ze iedere keer zwakker klonk door de telefoon. 'Ik zal ervoor zorgen dat ze haar klachten serieus nemen,' had hij voor zijn vertrek strijdvaardig gezegd. 'Ik zal erop toezien dat ze haar nauwkeuriger onderzoeken dan ze bij hun andere patiënten doen, want die arme zielen kennen hun rechten nauwelijks. Ik zal de doktoren laten merken dat ze met een kritische communist uit Europa te maken hebben die hun verhaaltjes niet voor zoete koek slikt.'

Maar na drie weken had mijn vader in een kort en zakelijk telefoongesprek meegedeeld dat hij minstens drie weken langer zou blijven. 'Het duurt hier allemaal veel langer dan ik had verwacht. De doktoren ontdekken iedere dag iets nieuws en verwijzen ons steeds door naar andere specialisten.' Ik luisterde mee door mijn oor tegen de hoorn gedrukt te houden en hoorde hem langgerekt zuchten: 'Het kost me klauwen met geld.' Hij klaagde over de vele noodzakelijke bezoeken aan de apotheken voor de medicijnen die de Turkse doktoren met ongekende geestdrift voorschreven, alsof ze niet alleen hun eigen pensioen wilden aanvullen, maar ook de erfenis van hun kinderen én het studiefonds van hun kleinkinderen wilden spekken. Mijn vader vroeg niet hoe het met ons ging en somde kort op wat hij nog moest doen alsof hij een hinderlijk lijstje afwerkte. Op de achtergrond hoorde ik een vrouwenstem. Ze zei, met een vreemd soort opwinding in haar stem, dat mijn vader ons de groeten moest doen. Hij negeerde haar verzoek en zei plotseling dat hij moest ophangen. 'Mijn kleingeld is op.'

En nu stond hij voor ons in de woonkamer, gebronsd en blakend van energie. Hij zag er niet uit alsof hij zijn zieke en breekbare moeder wekenlang van ziekenhuis naar ziekenhuis had gesleept in de Turkse smoorhitte van juli en augustus. Nee, hij zag eruit alsof hij minstens twee maanden in een exclusief kuuroord aan de Egeïsche Zee had doorgebracht waar hij dagelijks in het lauwe zeewater had gezwommen, om daarna zijn lichaam in de behaaglijke namiddagzon te laten drogen. Zijn haar was langer en golfde sierlijk en leek nog na te gloeien van de zinderende mediterrane zomer. En zoals hij daar stond, met zijn huid die er veel jonger uitzag dan die van zijn leeftijdgenoten, en zijn zorgvuldig geëpileerde wenkbrauwen en strakke buik, leek hij op een acteur die zich voorbereidde op de rol die hem eeuwige roem zou bezorgen.

In mijn naïviteit dacht ik dat hij zo straalde omdat hij blij was ons weer te zien, maar vrijwel meteen merkte ik dat hij helemaal niet bezig was met ons. Er was iets aan de hand. Het leek alsof hij kort geleden iets had gevonden wat hij daarvoor altijd had gemist. Mijn vader was teruggekeerd als een andere man.

Niet eerder had ik mijn vader een zonnebril zien dragen, maar nu droeg hij een groot en opvallend exemplaar van Ray-Ban dat hij pas afdeed toen hij al een tijdje binnen was, waarna hij hem, met een zorgvuldigheid die niet bij hem paste, opborg in een leren etui van hetzelfde merk. En ik rook een nieuwe aftershave bij hem: hij had zijn vertrouwde Tabac, die ik al sinds mijn kinderjaren bij hem had geroken, plotseling ingeruild voor een fris aroma van citrusvruchten, lavendel en andere mysterieuze bestanddelen die ik niet kon thuisbrengen. Toen hij zijn koffer opende, zag ik een doosje Davidoff Cool Water liggen in een schitterende blauwe kleur.

In tegenstelling tot zijn tripjes naar Duitsland, en ondanks het feit dat hij nu veel langer was weggebleven, had hij geen souvenirs voor ons meegenomen. Wel had hij kennelijk tijd gehad om op de luchthaven van Izmir over te stappen op een nieuw sigarettenmerk, want hoewel hij zijn leven lang Marlboro had gerookt, had hij nu vijf sloffen van het merk Parliament meegenomen. Waarschijnlijk wenste hij zo de indruk van geslaagde Europeaan te versterken en wilde hij bij de upper class van Izmir horen door niet langer de sigaretten van de schoenpoetsers, stratenvegers en lotenverkopers te roken. Ik zag hem al voor me, in een chique zijstraat van Alsancak en quasinonchalant een Parliament opstekend, terwijl zijn moeder behandeld werd in het ziekenhuis en een lauwe bries vanaf de baai zijn zorgvuldig gekapte haar deed golven en hij zijn Ray-Ban steviger op zijn neus drukte om zijn donkergroene ogen te beschermen tegen de onzichtbare uv-straling.

Mijn vader haalde een tas vol cassettebandjes uit zijn koffer, stalde de albums van Ibrahim Tatlıses, Sezen Aksu en Ferdi Tayfur uit op de salontafel, bekeek de omslagen en glimlachte weemoedig alsof hij weer als een ontluikende tiener over de boulevard van Karşıyaka flaneerde met zijn jeugdvrienden. Hij keek op naar ons en zei: 'Ik heb een mooi liedje ontdekt.' Hij pakte het bandje van Ferdi Tayfur, de meester van de arabesk, van de salontafel en deed hem in de cassettedeck. Tot voor kort was dat ondenkbaar geweest, want mijn vader had arabeskmuziek, en Ferdi Tayfur in het bijzonder, altijd openlijk vervloekt. Volgens hem luisterden alleen getroebleerde en simpele zielen die zwolgen in hun liefdesverdriet naar deze troep, mensen die tijdens concerten hun armen met scheermesjes bewerkten. Verlichte geesten en communisten hielden zich afzijdig van arabesk, had hij meer dan eens verklaard. En nu bracht hij de pathetische stem van Ferdi Tayfur naar de woonkamer.

Mijn vader spreidde ineens zijn armen en zei: 'Wat is het toch mooi om verliefd te zijn.' Hij sloot zijn ogen, gooide zijn hoofd iets naar achteren en begon, zijn armen nog steeds gespreid, traag een rondje te draaien in de woonkamer. 'Wat is het toch mooi om verliefd te zijn.' We keken toe hoe mijn vader rondjes bleef draaien alsof hij alleen thuis was. 'Wat is het mooi om verliefd te zijn,' zei hij nu zachter.

Ik dacht eerst dat hij hardop meezong met de befaamde zanger van smartlappen, maar toen ik me op het liedje concentreerde, merkte ik dat het nog in de instrumentale intro zat.

'Wat is er met baba aan de hand?' vroeg mijn zus.

'Ik weet het niet,' stamelde mijn moeder terwijl ze het tafereel verbijsterd aanschouwde. Mijn vader opende zijn ogen en alsof wij er niet stonden, schuifelde hij zonder iets te zeggen richting de slaapkamer. 'Waar ga je heen?' vroeg mijn moeder.

'Ik ga even liggen.'

'Maar je bent net terug.'

'Ik wil even liggen.'

Mijn moeder, zus en ik stonden elkaar aan te kijken terwijl Ferdi Tayfur aan een van zijn befaamde uithalen begon. 'Zet dat gejank uit,' zei mijn moeder geërgerd. Ik stond op, legde Ferdi Tayfur het zwijgen op en liep daarna naar de wc. Terwijl ik langs mijn ouders' slaapkamer liep, zag ik mijn vader languit op zijn matras liggen met gespreide armen en benen. Hij staarde met een gelukzalige blik naar het plafond alsof hij op een stralende zomerdag in het gras lag met zijn jeugdliefde. En alsof hij een gedicht aan haar voordroeg, zei hij zachtjes: 'Als ik moet sterven, laat het dan voor de liefde zijn.'

61

Mijn moeder stak de hoorn naar me uit: ‘Het is voor jou.’ Ik wist wat ze dacht terwijl ze me onderuitgezakt op de bank tv zag kijken: heb jij geen huiswerk, jongeman? Ze was altijd bezorgd dat ik me niet serieus genoeg aan mijn huiswerk wijdde. Wanneer ik soms om het kwartier mijn bureau vol opdrachten ontvluchtte en uit verveling het laatste sportnieuws op teletekst bekeek, zei ze dat ik me zo onmogelijk kon concentreren en bleef net zo lang naast me staan tot ik weer terugsjokte naar mijn kamer.

‘Is het Saleem?’ vroeg ik hoopvol.

‘Nee, een klasgenoot.’

Ik dacht aan het sneeuwbalsysteem dat we op school hanteerden: iedereen moest volgens een schema een klasgenoot bellen als er een les uitviel en onze mentrix wierp de eerste sneeuwbal. Ik verwachtte de opgewonden stem van Margriet te horen en hoopte dat ze me zou meedelen dat morgen alle lesuren uitvielen omdat er onder de leraren een mysterieus virus huishield dat zo hardnekkig was dat we waarschijnlijk ook de rest van de week thuis moesten blijven. Maar toen ik de hoorn opnam, hoorde ik de stem die vanaf het eerste moment een intense weerzin bij mij had opgewekt: ‘Hé schoonmaker, ik ben het.’ Hij sprak kalm en gedecideerd alsof hij een hooggeplaatste officier was die op het punt stond om belangrijke instructies te geven aan een ondergeschikte. En zonder te wachten op een reactie van mijn kant of te vragen of hij wel gelegen belde, zei hij: ‘Luister, ik heb de antwoorden nodig van de opdracht voor geschiedenis.’ De jongen die school voor mij tot een strafkamp had gemaakt, wilde iets van mij. Mijn kwelgeest had mijn hulp nodig, maar het klonk niet als een verzoek, maar een bevel. ‘Ik weet dat jij altijd braaf je huiswerk maakt.' Hij begon te lachen. 'Omdat je bang bent dat ze je alsnog naar een mavo/havo-klas trappen.'

'Dat is niet waar.' Hij had natuurlijk een punt, maar dat hoefde ik niet toe te geven.

'Geef me de antwoorden nou maar.'

Ik wilde niet een uur met deze schoft aan de lijn hangen om mijn antwoorden met hem te delen. Als hij te beroerd was om zijn huiswerk te maken, moest hij de consequenties daarvan maar ondergaan, dan moest hij maar een zware onvoldoende krijgen voor het proefwerk dat ons binnenkort wachtte. 'Ik weet dat je een van de besten bent met geschiedenis, daarom bel ik jou.' Dat verwarde me, want voor het eerst had hij niet gesproken om mij te treffen. En hoewel het niet in mijn belang was om dit te bevestigen, streelde het mijn ego.

Mijn beul wilde iets van mij. En hoewel ik de druk voelde die Dino op me uitvoerde en ik niet de rust had om mijn gedachten te ordenen, voelde ik dat dit mijn kans was om dingen naar mijn hand te zetten, om eisen op tafel te leggen die mijn positie in de klas zouden kunnen versterken. Maar om de een of andere reden werden mijn gedachten op dat moment stroperig en kon ik niet bedenken waar ik over moest onderhandelen, hoe ik hier voordeel uit moest halen.

'Hé schoonmaker, ben je er nog?'

'Ja.' Ik liet me opjagen, ik reageerde niet als iemand die met goede kaarten aan de onderhandelingstafel zat. Het initiatief dat ik plotseling in mijn schoot geworpen had gekregen, liet ik lopen, alsof er ineens gaten zaten in mijn koffer vol waardevols. 'Maar hoe kan ik je mijn antwoorden...'

'Lees ze gewoon voor, man! Jezus, moet ik je eerst een aangetekende brief met instructies sturen of zo?'

Op dat moment had ik hem terug op zijn stoel moeten duwen, had ik moeten zeggen dat hij iets van mij wilde en niet andersom. Maar dat deed ik niet. Hoewel ik hem vervloekte, moest ik grijnzen om zijn opmerking over de aangetekende brief. En misschien was het door dat moment van slapte dat ik een antwoord gaf dat hem de ruimte bood om door te duwen. En zo werd ik gedegradeerd tot een trage ondergediende die moeite heeft de instructies van zijn superieur te ontcijferen. 'Maar mijn antwoorden zijn best lang,' probeerde ik, en ik hoorde de vertwijfeling in mijn eigen stem. Dino zou wel raad weten met mijn slappe reactie.

'Dat is juist goed,' zei hij. En ik zag al voor me hoe hij grijnzend op de bank lag met zijn voeten languit op de salontafel als een Latijns-Amerikaanse drugsbaron die zijn zaken kalm van een afstandje regelt. 'Luister, lees je antwoorden gewoon rustig voor, mijn zusje noteert ze hier. Je staat op de luidspreker, schoonmaker.'

Hij had dus nog iemand opgetrommeld om deze klus voor hem te klaren. Maar ik verkrampte al bij het idee dat zijn zusje en hij en mogelijk meer mensen zouden luisteren hoe ik mijn antwoorden zou voordragen.

'Maar Dino, het is echt veel.' Er was wanhoop in mijn stem geslopen. Wie weet nam hij het op en zou hij later aan iedereen laten horen hoe ik hakkelend en stotterend voordroeg over Hitler en zijn *Nationalsozialismus*.

Ik hoorde Dino zuchten. 'Jongen, luister je wel naar wat ik zeg? Het is juist goed dat het veel is. Lees gewoon alles voor wat je hebt.'

Was er nog een uitweg? Nee, het was te laat. Ik lag al op mijn buik met mijn handen vastgebonden op mijn rug. Dino hoefde nu alleen nog maar zijn brede voet op mijn hoofd te plaatsen en door te drukken om mij modder te laten happen. 'Het is echt heel veel,' jammerde ik, alsof ik verzocht om genade. Ik spartelde als een jonge zeehond die aan zijn knuppelgrage belager probeert te ontkomen.

'Pak je schrift, schoonmaker, ik heb nog meer te doen en mijn zusje begint me nu verveeld aan te kijken.'

Ik wilde de hoorn fijndrukken in mijn hand, net zo lang tot de stem van Dino, die door de telefoon nog afzichtelijker klonk, zou wegsterven. En als ik krachtig genoeg drukte, zou ik misschien niet alleen de hoorn in mijn hand kapotdrukken, maar zou er wellicht ook kortsluiting ontstaan in de hoorn die Dino tegen zijn vlezige oorschelp gedrukt hield waardoor hij in zijn gezicht zou ontploffen en voortaan niet alleen zijn mond, maar ook de rest van zijn gezicht misvormd zou zijn. 'Goed, wacht even,' zei ik, als een kruiperige dienaar die niets liever wil dan zijn baas behagen. Mezelf hartgrondig vervloekend sloeg ik mijn schrift open. En even overwoog ik me over te geven aan mijn woede en mijn schrift in duizend stukken te verscheuren. Maar ik pakte de hoorn weer volgzaam op en terwijl ik door mijn schrift bladerde, zag ik dat mijn antwoorden maar liefst zes pagina's besloegen. Ik had de opdracht voor het weekend in de kleine bibliotheek op school gemaakt. Ik kon nu nog maar één ding doen om het leed draaglijker te maken voor mezelf: de boel saboteren, als een corrupte penningmeester die een deel van de dagopbrengst van de collecte heimelijk in zijn binnenzak laat glijden. Ik zou zeggen dat ik maar een deel van de opdracht had gemaakt en slechts twee kantjes aan antwoorden had volgeschreven. Ik nam het me heilig voor, als een uiting van stil protest tegen de behandeling die ik lijdzaam onderging.

Toen ik mijn keel schraapte, was er echter niets over van het protest dat even daarvoor zo vurig in mijn hoofd was opgelaaid. Ik hoorde mezelf goudeerlijk verkondigen dat ik zes pagina's had volgeschreven. En iemand die me op dat moment had afgeluisterd, zou misschien wel iets van trots in mijn stem hebben gehoord. Ik hing de hondstrouwe ambtenaar uit alsof mijn verklaring later door een uitgebreid en wijdvertakt justitieel onderzoek gecontroleerd zou worden.

'Prima, begin maar, schoonmaker, mijn zusje staat al klaar. Ik ga naar boven, jullie komen er samen wel uit.'

Het was alsof een dikke fluim uit zijn walgelijke mond op mijn gezicht was beland en zijn speeksel nu langzaam in mijn voorhoofd en wangen trok. Het gif van de verslagenheid verspreidde zich als een kil serum door mijn lichaam. De schoft liet mij achter met zijn zusje terwijl hij zelf naar boven ging om deze soepele overwinning te vieren. Waarschijnlijk zou hij de deur van zijn kamer nu op slot doen, een exemplaar van de *Sixteen* uit zijn bureaulade trekken en vaseline in zijn rechterhand smeren om eens rustig en uitgebreid te masturberen. En ik bleef alleen achter met zijn zusje dat als een cipier erop moest toezien dat ik mijn taak volbracht.

'Oké, begin maar,' hoorde ik een meisjesstem roepen die al even dwingend klonk als die van mijn persoonlijke beul. Spontaan haatte ik dit meisje zonder dat ik haar ooit gezien of gesproken had.

Met een doodse stem begon ik te dicteren, alsof ik een afscheidsbrief voorlas aan mijn klasgenoten die geen traan zouden laten om mijn vertrek. En telkens als ik een zin had afgerond, hoorde ik het meisje zeggen: 'Stop, lees de zin opnieuw voor.' Het kon niet anders of ze had dit vaker gedaan en de maniertjes om iemand eronder te houden afgekeken van haar broer. Ik wist zeker dat dit kleine gedrocht zou uitgroeien tot een serpent dat anderen het leven zuur zou maken, en er zelfs toe zou aanzetten om van een gebouw te springen. En hoe traag ik ook voordroeg, telkens zei ze: 'Langzamer, schoonmaker, langzamer.' En steeds geprikkelder: 'Je praat veel te snel.' Haar woorden voelden als zweepslagen die mij steeds verder naar de grond drukten. Terwijl ik woord voor woord mijn antwoorden voorlas, zag ik Dino voor me, triomfantelijk op de rand van zijn bed met zijn broek op zijn enkels en zijn grote geslacht in zijn hand. Zijn met vaseline ingesmeerde hand ging op geoefende wijze op en neer alsof hij de stam van een jonge boom van zijn schors ontdeed. Zijn tong hing uit zijn misvormde mond en hij haalde steeds zwaarder adem terwijl zijn opwinding een uitweg zocht. Ik werd misselijk van het beeld in combinatie met de stem van het meisje, maar bovenal werd ik misselijk van mijn eigen lafheid. Ik had nog drie pagina's te gaan, maar ik kon niet meer. Ik begon hevig te zweten en te rillen. Mijn lichaam keerde zich tegen me, mijn organen kwamen in opstand en mijn slokdarm maakte al opwaartse bewegingen. Slechts met moeite kon ik het zuur wegslikken dat omhoog kroop. Ik sloeg met mijn vuist tegen de muur.

Dit moest stoppen.

'Dat was het,' zei ik gedecideerder dan ik ooit tegen een lid van de Purperhart-familie had geklonken. 'Ik hang nu op.'

'Maar er is toch nog meer?' hoorde ik het meisje verbaasd roepen. 'Je zei zes pagina's.' Van haar soevereine toon was ineens weinig over. Waarschijnlijk vreesde zij ook de toorn van haar broer, was ze ook maar een slachtoffer.

'Nee, dit was het.' Ik hing op zonder haar reactie af te wachten. Ik smeet de hoorn met zoveel kracht op de haak dat hij als een stuiterbal opveerde van de telefoon en op de grond viel. Het kon me niets schelen, want als er nog iets van waardigheid diep in mijn lichaam verscholen zat, was dat nu misschien gered. Ik liet de hoorn op de grond liggen en stapte het balkon op. De najaarslucht zuiverde mijn longen langzaam van de stank van mijn eigen lafheid.

62

'Neem hem mee,' zei mijn moeder terwijl ze haar hand op mijn hoofd legde alsof ik nog een kind was.

'Nee,' zei mijn vader. 'Ik ga naar een vergadering.'

'Maar dan kan Metin toch wel meegaan?'

'Wat heeft hij in vredesnaam te zoeken bij een vergadering over de politieke situatie in Turkije?'

'Hij zit al het hele weekend thuis, Harun. Hij verveelt zich te pletter.' Ze sprak op een toon alsof ik verlamd was en de hele dag vanuit mijn rolstoel uit het raam staarde terwijl het kwijl uit mijn mond droop. 'Misschien kunnen jullie wel onderweg ergens wat eten.'

'Eten? Waar heb je het over? Ik ben al bijna te laat.'

'Misschien erna?' Mijn moeder vouwde haar handen in elkaar alsof ze op het punt stond iets plechtigs te zeggen. 'Het is goed als je wat meer tijd doorbrengt met je zoon.' Ik wist niet of dat wel zo was, want ik voelde me nooit op mijn gemak bij mijn vader, zeker als we met z'n tweeën waren. En misschien gold dat ook voor hem, want hij liet een langgerekte zucht horen alsof zijn plannen nu compleet door de war waren geschopt, keek me aan en zei: 'Luister, we gaan heel lang en saai vergaderen en als je meegaat wil ik niet dat je gaat klagen dat je moe bent of naar huis wilt. Begrepen?'

Ik besloot mijn moeder niet af te vallen. En ik had altijd wel zin in een autorit, hoewel ik tegelijkertijd opzag tegen de vergadering. Maar alles was beter dan op deze regenachtige zondag thuiszitten en wachten totdat *Studio Sport* eindelijk begon.

We liepen even later zwijgend door de binnenstraat terwijl de regen op de ramen sloeg. Het hele stuk naar de garage kwamen we niemand tegen. Mijn vader vertelde niet waar we heen gingen, ook niet toen we even later in de Lada stapten en hij de motor zoals altijd met moeite aan de praat kreeg. Zijn oude communistische auto was allang aan vervanging toe, maar mijn vader kreeg het niet over zijn hart hem naar de sloop te brengen. Misschien was hij bang dat hij zich dan een afvallige zou voelen, een westerling die zich in de weelde van het comfortabele Nederland had afgewend van de leer van zijn politieke helden. Terwijl we langzaam wegreden, schuifelden twee trieste junks de garage in om te schuilen voor de regen. Ze hadden hun armen over hun uitgemergelde lichamen geslagen. 'De slachtoffers van het kapitalisme,' zei mijn vader.

Ik draaide me om en zag hoe een van de junks zich bukte om iets van de grond te rapen. Ik had junks nooit als slachtoffers van het kapitalisme gezien, maar als onvoorspelbare engeriken die gemeden moesten worden. 'Hoe bedoel je?'

'In een communistische samenleving zou zoiets nooit gebeuren, daar heeft iedereen evenveel, daar is iedereen solidair met elkaar. Maar het westen heeft zijn ziel aan het kapitalisme verkocht, hier is het ieder voor zich en worden arbeiders uitgebuit door het grootkapitaal.' Mijn vader sprak ineens luider. 'Neem deze zwarte stakkers, ze hebben zich uit wanhoop tot drugs gewend omdat ze geen werk krijgen van de staat, en nu worden ze als ongedierte behandeld. Wie kijkt er naar hen om?'

Ik dacht na over mijn vaders woorden. 'Maar, wij kijken toch ook niet naar hen om?'

Mijn vader remde. De Lada kwam ruw tot stilstand. 'Wat zeg je?'

Ik slikte en was bang dat ik iets verkeerds had gezegd. 'Je zei dat niemand naar hen omkijkt, baba. Maar dat doen wij toch ook niet?'

'Wij hebben het nu toch over hen?'

'Ja, maar... wat hebben zij daar aan?' zei ik aarzelend. 'Wij doen toch verder niets voor hen?'

'Wat kunnen wij voor hen doen dan?'

Ik wist het niet, wat ik wel wist, was dat ik me onverwacht op glad ijs bevond. 'Je zei dat mensen solidair met elkaar zijn in een communistische samenleving.'

'Ja, dus?'

'Zijn wij solidair met die junks?' vroeg ik voorzichtig. Ik hoopte maar dat ik "solidair" in de juiste context toepaste.

'We wonen toch niet in een communistische samenleving? Dat is juist het probleem, jongen.'

'Maar jij bent wel een communist.'

Mijn vader dacht even na. 'Goed, doe het dashboardkastje open,' zei hij ineens. Gehoorzaam trok ik het kastje open. 'Er moet daar een aangebroken pakje Marlboro liggen. Pak het en geef het aan die junks.'

'Wat? Waarom?'

'Je hebt je mond toch zo vol van solidariteit?'

'Ik?'

'Ja, jij!' Mijn vader keek me nu dwingend aan. 'Waar wacht je op?'

Ik wilde helemaal niets met die junks te maken hebben. Ik was bang voor ze en vond ze vies. En bovendien: wat hadden die junks in hemelsnaam aan een pakje Marlboro? Zo jaagden we ze alleen maar sneller de dood in. We konden ze beter wat te eten geven, een broodje pindakaas of Nutella zodat er weer wat voedsel in hun maag kwam en ze ophielden met rillen.

Achter ons klonk getoeter. We hielden de boel op. Mijn vader keek op zijn horloge. 'Kom op, ik moet die vergadering nog halen en die dwaas achter me staat te dringen.' Ik keek hem aan en hoopte dat hij een grapje maakte. Maar mijn vader maakte nooit zomaar een grapje, zeker niet wanneer hij een blik trok die de ernst van de situatie onderstreepte. 'Waar wacht je op?' brulde hij ineens.

Ik schoot overeind, greep het pakje Marlboro, duwde het portier open en rende door de regen terug naar de garage terwijl ik telkens 'shit, shit' riep. De twee junks stonden niet ver van de ingang en bewogen onrustig heen en weer alsof ze zo lang gekooid waren geweest dat ze zich nog steeds gevangen waanden, wat in zekere zin ook zo was. Wat moest ik zeggen? Ik had nog nooit met een junk gepraat. Ik kon het pakje naar ze toewerpen en dan snel wegrennen, maar dat voelde niet goed, want het waren geen dieren, maar mensen, verslaafde mensen, zieke mensen. Mijn hartslag versnelde toen ik zei: 'Goedemiddag, heren, mag ik jullie iets vragen?' Waarschijnlijk waren ze lange tijd niet zo aangesproken, want ze keken beiden op alsof ze een dominee verwachtten die hen het licht kwam laten zien.

'Ey, wat is er, man?' zei de kortste van de twee met een krakende stem die deed vermoeden dat zijn stembanden aan een onomkeerbaar rottingsproces ten prooi waren gevallen.

Misschien moest ik alsnog wegrennen, maar ik bleef staan en zei: ‘Willen jullie misschien wat roken?’

‘Heb je spul voor ons dan?’ zei de ander met ogen die ineens groot werden. Hij had wonden op zijn gezicht alsof zijn hoofd in een vat zoutzuur was geduwd na een foutgelopen ripdeal.

Ik hield het pakje Marlboro in de lucht als een vredesteken. ‘Sigaretten, ik heb sigaretten voor jullie, als jullie willen.’

‘Hoeveel gulden, man? We hebben weinig *doekoe*.’

‘Ik hoef geen doekoe,’ zei ik. ‘Het is gratis.’

‘Ey, hou ons niet voor de gek, jongen,’ zei de ander ineens streng. ‘Niet met ons fucken, tenzij je problemen wilt.’

Ik hield mijn handen onschuldig in de lucht. ‘Jullie mogen het gratis hebben.’

En terwijl buiten aanhoudend getoeter klonk, keken de junks elkaar even aan, waarna de kleinste van de twee, die bijna al zijn voortanden miste, ‘sang’ riep. ‘Ey man, we krijgen gewoon zomaar een cadeautje.’

‘Het is zondag,’ zei de ander. ‘Ik wist het, de Lord is vandaag met ons.’

De kleine junk zette een paar stappen naar voren en stak zijn hand naar me uit die omhuld was met vuil verband. Ik moest me bedwingen om niet achteruit te deinzen. ‘Alsjeblieft,’ zei ik terwijl ik de Marlboro voorzichtig in zijn handpalm legde, bang om lichamelijk contact te maken. En terwijl het getoeter buiten aanzwol, trok de junk er een sigaret uit en gaf hem aan zijn maat. Misschien bedoelde mijn vader dit met solidariteit, hoewel ik betwijfelde of deze Surinaamse junks communisten waren. De man duwde nu een peuk tussen zijn eigen lippen. Ik wilde net weglopen toen hij zijn verwonde hand nogmaals naar me uitstak, maar dit keer glimlachend en dankbaar. Ik keek er met afkeer naar, maar durfde het gebaar niet onbeantwoord te laten. Voorzichtig stak ik mijn hand naar hem uit, bang dat er ineens een injectienaald uit zijn verband tevoorschijn zou schieten.

‘Dank je, brada,’ zei hij met een onverwacht zachte stem.

‘Graag gedaan,’ zei ik terwijl ik zo min mogelijk druk probeerde te zetten. Het verband voelde tot mijn verbazing zacht aan, alsof het niet zo lang geleden aangebracht was. Ik trok mijn hand terug en zei: ‘Ik moet gaan, mijn vader wacht in de auto op me.’

‘Wacht, wacht, kleine mattie, laat me je eerst een brasa geven.’

‘Een wat?’

'Hij wil je omhelzen,' zei de ander met een glimlach. 'Milton is altijd een beetje klef.'

'Dat hoeft niet, hoor, dank je,' zei ik terwijl ik een stap achteruit zette.

'Hé,' zei de langste van de twee ineens. 'Ben je een koelie?' Ik keek hem verbaasd aan. 'Een Hindoestaan, weet je wel,' vulde hij aan.

Ik wist wat een koelie was, maar was nog nooit zo genoemd. 'Nee, een Zaza.'

'Wat is dat?'

'Zaza's zijn een volk dat...' Ik dacht even na. 'Een volk dat in Turkije voorkomt.'

'O, oké, *God bless you*, mijn Zaza mattie. God bless you.'

Terwijl ik wegliep, stak ik mijn hand naar hen op en versnelde mijn pas. Er stonden inmiddels vijf auto's achter onze kleine Lada en ze toeterden beurtelings. Ik rende het laatste stuk, trok het portier haastig open en liet me op de passagiersstoel zakken. 'Waar bleef je nou?' riep mijn vader.

'Ze maakten een praatje met me,' zei ik terwijl mijn vader hard optrok. 'Ze waren heel aardig, en dankbaar.'

'Zie je wel,' zei mijn vader ineens kalmer. 'Als er wat meer solidariteit was in het Westen, zou iedereen het beter hebben.'

Ik keek uit het raam terwijl ik terugdacht aan de twee junks en me afvroeg wat ze de rest van de dag gingen doen. Ik bracht mijn rechterhand naar mijn neus. Tot mijn verbazing stonk hij niet, maar hing er een aangename zoete geur omheen. Een zoet ruikende junk, schoot het door me heen.

Na zo'n twintig minuten stopten we voor een grijs gebouw in Amsterdam-West. Het leek op een basisschool, maar had ook een buurthuis kunnen zijn en, met een beetje verbeeldingskracht, zelfs een slachthuis, want van buiten kon je onmogelijk zien wat zich daarbinnen allemaal afspeelde. We stapten uit en terwijl de regen op ons neerdaalde, liepen we over een met glasscherven bezaaid pad richting de openstaande deur. Een paar besnorde Turkse mannen stond ons vlak na de ingang op te wachten alsof de vergadering niet zonder mijn vader kon aanvangen.

'Harun, gelukkig ben je toch gekomen,' zei een man met een forse buik. 'Is dit die slimme zoon van jou? Krijgen we hem dan eindelijk te zien?'

'Ja, dit is Metin,' zei mijn vader breed glimlachend terwijl hij zijn hand ineens op mijn schouder legde.

'Mijn naam is Hüsnü,' zei de man terwijl hij zijn hand naar me uitstak. 'Jij gaat dus naar het vwo? Mooi, hoor.'

Ik knikte en terwijl ik mijn hand – waar voor mijn gevoel nu zoveel bacteriën en virussen op dansten dat hij elk moment groen kon uitslaan – richting zijn hand bewoog, vroeg ik me af of mijn vader lovende verhalen over me had afgestoken. Om me een houding te geven, keek ik om me heen en zag allemaal besnorde mannen die op een kans leken te wachten om mij ook de hand te schudden. Het zweet brak me uit bij de gedachte.

'Mijn zoon Ahmet komt straks ook,' zei Hüsnü. 'Hij is van jouw leeftijd, misschien kunnen jullie een keer samen huiswerk maken.'

'Ja, leuk,' zei ik voor de vorm. Ik had niet eens zin om mijn eigen huiswerk te maken, laat staan dat ik Ahmet met dat van hem wilde helpen, want daar ging het Hüsnü natuurlijk om. 'Waar is de wc?' vroeg ik voordat hij me zou vastpinnen. Hij wees naar achteren. Vlug liep ik door naar achteren, trok een deurtje open en stond in een nauwe en broeierige ruimte met een kleine wasbak. Ik trok een papieren doekje uit de houder naast de spiegel, draaide de kraan ermee open en pakte daarna het kleine stukje handzeep op dat als een stuk beschimmeld afval op het plateau van de wasbak was achtergelaten. Het lag er waarschijnlijk al maanden, maar het was beter dan helemaal geen zeep gebruiken na het fysieke contact met de junk. Terwijl ik mijn handen zo grondig mogelijk waste, werd de wc achter me ineens doorgetrokken. Meteen daarna werd de deur ruw opengetrokken en ontsnapte er een bedwelmende geur die mij de adem ontnam. Een enorme man stapte ongegeneerd naar buiten terwijl hij zijn broek rustig dichtknoopte. En terwijl hij me kalm aanstaarde, liet hij de wc-deur openstaan. Ik keek hem vol ongeloof aan.

'Je herkent me niet, hè?' zei hij.

Terwijl de stank in de kleine ruimte ondraaglijk begon te worden, vroeg ik me af waar ik deze man, die een paar seconden daarvoor zijn darmen had geleegd boven de pot die op nog geen anderhalve meter afstand van ons stond, van moest kennen.

'Nee, sorry,' zei ik terwijl hij degene was die zich had moeten excuseren voor het open laten staan van de wc-deur.

'Ik ben het, Hakan,' zei hij op een toon alsof hij mijn lievelingsoom was.

'Hakan?' vroeg ik terwijl ik de kraan dichtdraaide en bang was dat hij zijn hand nu naar me zou uitsteken.

'Ja, ik ben naar jullie huis gekomen toen jullie net een paar weken in Nederland waren.'

'O.'

'Je sprak toen de hele tijd Duits.'

'Echt?' zei ik terwijl ik het gevoel had dat de stank nu op mijn gezicht sloeg en zich langzaam in mijn poriën drong. Wat had deze man in godsnaam gegeten? Beschimmeld geitenvlees?

'*Es war wirklich unglaublich.*' Hij begon te lachen alsof dit het moment en de plaats was om grappen te maken. Ik wist niet wat ik moest zeggen, want ik wilde zo snel mogelijk weg hier, dus glimlachte ik schaapachtig naar hem.

'Mag ik er even bij?' zei hij terwijl hij zijn handen naar voren stak ten teken dat ze dringend gewassen moesten worden.

'Ja, natuurlijk,' zei ik terwijl ik achteruit stapte. Snel glipte ik de ruimte uit. In de hal was mijn vader inmiddels omringd door een grote groep mannen die hem verwachtingsvol aankeken. Ik ging er maar bij staan.

'Zou jij straks de vergadering willen leiden, Harun?' vroeg een kleine bebrilde man. 'Kemal is nog steeds ziek. Hij droeg me op jou te vragen als zijn vervanger.'

'Natuurlijk,' zei mijn vader met een tevreden blik. 'Ik had er eigenlijk al op gerekend.'

'Fijn, fijn,' zei de kleine man opgelucht terwijl hij mijn vader een blaadje overhandigde. 'Ik heb geen extra agendapunten ontvangen.'

'Ik heb er wel een paar,' zei mijn vader op gewichtige toon. Hij keek even om zich heen alsof hij er zeker van wilde zijn dat de aandacht op hem gevestigd was. 'De komende 1 mei-viering, daar moeten we het dringend over hebben.' Mijn vader sprak op een heel andere toon dan thuis of tijdens de visites of waar dan ook.

'Maar dat is pas over een halfjaar,' zei de kleine bebrilde man.

'Dat weet ik, Selçuk.' Mijn vader keek de groep weer aan en vervolgde op luide toon: 'Als we iets speciaals willen doen, als we een krachtig geluid willen laten horen aan heel Europa, dan kunnen we niet vroeg genoeg beginnen met de voorbereidingen, want 1 mei moet weer de datum worden waarop de wereld het over ons heeft.'

In het geroezemoes dat volgde, zei Selçuk: 'We moeten het ook nog over de begroting hebben.'

'Daar mag Kemal het de volgende keer over hebben,' zei mijn vader geërgerd. 'Ik wil vandaag uitsluitend over inhoudelijke zaken praten.'

'De vorige keer hebben we de begroting ook al doorgeschoven.'

'Dan doen we dat vandaag opnieuw.' Mijn vader wendde zijn blik weer naar de groep. 'En ik heb nog een belangrijk aanvullend agendapunt.' Hij liet bedreven een stilte vallen alsof hij voelde dat hij het momentum nu voor het grijpen had. 'Een nieuw manifest! Het is tijd dat we ons buigen over een nieuw manifest.' Mijn vader stak zijn linkervuist in de lucht. 'Want we hebben nieuwe energie nodig, we moeten aansluiting vinden bij de nieuwe generatie. We kunnen niet meer teren op oude successen!'

'Een nieuw manifest?' vroeg een kalende man die me meteen een ongemakkelijk gevoel bezorgde door de spottende blik op zijn pokdalige gezicht. 'Heb ik dat goed gehoord, Harun?'

'Ja, dat heb je heel goed gehoord, Veli,' zei mijn vader op krachtige toon.

'Wat is er mis met het oude?' vroeg Veli.

Mijn vader keek hem doordringend aan. 'Als je het gelezen hebt, zie je dat het gedateerd is, Veli.' Mijn vader kneep zijn ogen even samen. 'En daardoor lopen we al jaren achter de feiten aan.'

'Hoe kom je daarbij?' vroeg Veli terwijl hij een stap naar voren deed.

'Dat ga ik jullie straks haarfijn uitleggen,' zei mijn vader terwijl hij hem strak aan bleef kijken. 'Tenzij je hier in de hal wilt vergaderen.'

'Maar de voorzitter is er vandaag niet,' zei iemand anders die ik niet kon zien.

'Dat weet ik, daarom vervang ik hem ook,' zei mijn vader.

'Maar Harun,' zei Selçuk terwijl hij zijn bril op zijn plek schoof. 'Bij dat soort belangrijke onderwerpen is het gebruikelijk dat de voorzitter erbij is.'

'Waar staat dat?' zei mijn vader ineens streng. 'In welk reglement lees ik dat terug?' Toen niemand reageerde, legde mijn vader zijn hand op Selçuks bovenarm. 'Hij kan het allemaal rustig nalezen in de notulen.'

'Dat is niet hoe we...'

'En ik wil jou verzoeken die te maken. Daar ben jij zo goed in.' Selçuk knikte gedwee en staakte zuchtend zijn verzet. 'Goed, heren, laten we nu naar de vergaderzaal gaan. We hebben geen tijd te verliezen.'

Hoewel ik mijn vader onverwacht in actie had gezien als voorzitter, had ik geen zin om de vergadering bij te wonen. Ik had voor vandaag, en de rest van het jaar, wel genoeg politieke praatjes gehoord. Ik trok mijn vader aan zijn arm en fluisterde: 'Baba, mag ik de autosleutel?'

Mijn vader fronste zijn wenkbrauwen die eens vol en dik waren geweest. 'Hoezo?'

'Ik wil in de auto naar de radio luisteren.'

'Zul je je dan niet vervelen?'

Nou, hier zal ik me zeker doodvervelen, dacht ik. Maar ik wilde niet zeuren omdat de mannen om ons heen aandachtig meeluisterden. 'Nee, Ajax speelt straks tegen PSV. Het is live op de radio.'

Mijn vader graaide in zijn broekzak en hield toen de autosleutel in de lucht. 'Je weet hoe je de radio aankrijgt zonder de motor te starten?'

'Ja, natuurlijk,' zei ik waarna hij de sleutel in mijn hand drukte.

'Wacht,' zei hij terwijl hij zijn hand in de lucht stak en naar iemand achter in de hal riep: 'Bilal, één blik cola voor mijn zoon. En snel een beetje!' Een paar tellen later al slalomde een magere man door de menigte naar voren. Hij keek me schuchter aan, zei 'alsjeblieft' en drukte me een koud blikje cola in handen. Daarna liep hij snel weer terug. Ik draaide me om en liep naar buiten, ontweek de glasscherven op het pad en gooide er om de paar meter een dubbele schaar uit alsof ik na een slepende knieblessure eindelijk de catacomben mocht verlaten en op het punt stond het bevrijdende grasveld te betreden. Opluchting doorstroomde mijn lichaam terwijl de zon voor het eerst die dag doorbrak. Voortaan moest ik het maar niet meer in mijn hoofd halen om mee te gaan als mijn vader een vergadering had.

Ik stak de sleutel in het slot van onze oude Lada en nam plaats aan de passagierskant. Haastig zocht ik op de radio naar de uitzending van *Langs de Lijn*. Ik draaide net zo lang aan het frequentieknopje tot ik de vertrouwde stem van Rocky Tuhuteru hoorde. Hij schakelde net over naar Jack van Gelder, die in het Olympisch Stadion zat. Van Gelder riep met overslaande stem dat het veld bespeelbaar was en Dennis Bergkamp onverwacht zou starten. Ik zakte heerlijk ontspannen onderuit en trok het blikje cola open.

63

Op een onverwacht warme voorjaarsmiddag liep ik na school terug naar huis. Terwijl ik een grote hap van een appel nam en me afvroeg of ik straks eerst met de opdrachten voor Frans of Engels moest beginnen, zag ik in de verte iemand fietsen die lange tijd mijn gedachten had beheerst, maar daarna was verworden tot een schim uit een vorig leven waar ik nog steeds naar terugverlangde. Net als de persoon uit mijn herinneringen, die ik ruim twee jaar niet had gezien, had de figuur op de fiets lang blond haar. Hij stuurde met één hand en fietste rondjes om de struiken voor onze flat. Toen ik hem een tijdje van een afstand had bekeken, wist ik het zeker: het was Michel.

Ik liep verder en toen ik hem was genaderd, zag ik dat hij zijn linkerhand tegen zijn borst gedrukt hield alsof hij hem onlangs gekneusd had. De hand en onderarm bezaten een vreemde paarsrode kleur en zijn gezicht, dat bedekt was met een rommelig baardje, was vuil. In zijn witte T-shirt zaten donkere vegen rond de borststreek en diepgele vlekken bij zijn oksels. Hij keek afwezig voor zich uit alsof hij in een trance zat en al fietsend verder zweefde door het lichte universum waar hij zijn heil had gezocht, ver weg van deze verdomde wereld. Toen ik hem op een paar meter was genaderd, merkte hij me pas op. Net op het moment dat ik hem wilde groeten, stopte hij met fietsen en zei: 'Hé, wil je een fiets kopen?' Ik vroeg me af of hij een grap maakte. 'Hij is zo goed als nieuw, voor twintig piek is hij van jou.' Zijn stem klonk schor, alsof hij net wakker geworden was en heel lang niets had gedronken.

'Michel,' zei ik aarzelend. En de plotselinge herinnering aan de tien onvergetelijke wedstrijden die we samen hadden gespeeld, gaf me het laatste zetje om te durven vragen: 'Hoe is het, man?'

Hij keek me even onderzoekend aan vanaf de roestige fiets die hij aan me probeerde te slijten. 'Je mag hem ook voor vijftien hebben,' probeerde hij nu. 'Je boft, het is uitverkoop vandaag.'

Zijn reactie verwarde me. Was het dan toch geen grap? 'Ik heb al een fiets,' zei ik.

Ineens kwam hij in beweging en kwam met veel vaart op me af. Vlak voordat hij me omver zou rijden, remde hij en terwijl ik instinctief een stap opzij zette, werd hij bijna gelanceerd. Hij viel half voorover, stootte met zijn magere bovenlichaam tegen het stuur en kon met moeite blijven staan. Ik schrok toen ik hem van dichtbij bekeek: op zijn grauwe gezicht zaten een paar dikke korsten en zijn lippen waren gebarsten. En zijn eens zo fonkelende blauwe ogen schitterden niet meer, alsof ze waren gedoofd nadat ze te lang verstoken waren gebleven van daglicht. Hij stapte van de fiets en hield hem met zijn rechterhand bij het stuur vast. Als zijn linkerhand had meegewerkt, had hij er nu waarschijnlijk een uitnodigend gebaar mee gemaakt als een bedreven marktkoopman die zijn versleten waar van de hand probeert te doen. 'Tien piek.' Ik zag nu dat zijn tanden net zo bruin zagen als die van de junks in Fazantenhof. 'Meer vraag ik er niet voor. Een buitenkans, gozer.'

'Maar ik heb al een fiets,' herhaalde ik.

'Koop hem dan voor je vader.'

'Die fietst niet.' Pas op dat moment rook ik de doordringende stank die hij verspreidde. Het was een mengeling van opgedroogd zweet vermengd met een penetrante urinegeur. En alsof dat niet genoeg was, hing er ook nog het misselijkmakende aroma van een overvolle vuilcontainer om hem heen.

'Kom op, ouwe, ik heb het geld nodig.'

We keken elkaar een tijdje zwijgend aan. 'Herken je me echt niet?' vroeg ik. Hij keek me vragend aan en leek toen iets te willen zeggen, iets wat hem waarschijnlijk ongewenst zou terugvoeren naar een periode die hij had afgesloten en zorgvuldig weggestopt in de diepste krochten van zijn getroebleerde ziel. Hij was die persoon niet meer, en hij was ook niet van plan hem op te rakelen, en misschien kon hij helemaal niet meer bij hem komen omdat hij zich definitief had losgesneden van de jongen die eens als een wervelvind over de voetbalvelden had geraasd als een jonge Cruijff. En terwijl ik hem zo zag, uitgemergeld en verzwakt, wist ik dat hij eigenhandig zijn glanzende toekomst aan scherven had geschoten. Alles wat hij nu was, alles wat hij nog voorstelde, stond hier voor me: een opgebrande jongeman die waarschijnlijk nog geen vijftig kilo woog en op de rand van de afgrond balanceerde. Hij probeerde zijn lippen te bevochtigen met zijn tong, maar die was ruw en droog als een leren lap. Hij stapte moeizaam op zijn fiets en leek even een pijnscheut te onderdrukken toen hij zijn paarsrode linkerhand weer tegen zijn borst drukte. En vanaf de puinhopen van zijn leven zei hij ineens verslagen: 'Godverdomme, gast! Vijf gulden dan. Meer vraag ik er niet voor.' Zijn stem klonk nu onvast alsof zijn voortbestaan afhing van de vijf gulden die hij aan me probeerde te verdienen, alsof hij zich met die paar centen een uitweg kon kopen uit de hel waarin hij verstrikt was geraakt.

Misschien was het de verbijstering over de totale aftakeling die mij op dat moment onverbiddelijk het hoofd deed schudden, alsof ik geen greintje mededogen bezat. Vlak voordat ik wilde vragen wat er in vredesnaam met hem was gebeurd, zei hij: 'Tering, man, wat ben jij een godvergeten vrek.'

Terwijl hij wegfietste, werd ik overvallen door een brandend schuldgevoel. Ik had hem iets moeten geven, wist ik. Al was het maar om hem terug te betalen voor alle doelpunten en vreugde die hij me ooit had geschonken.

64

Het was tijdens een les van meester Boonstoppel dat ik een volgende aanwijzing kreeg dat er iets mis was met Dino, dat zijn brein niet alleen zieke gedachten herbergde, maar hem ook tot verontrustender daden aanzette. En opnieuw vroeg ik me af: ziet niemand het? Heeft niemand door dat we een gek in ons midden hebben? En waarom wilde iedereen zo graag bij hem in het gevlij komen?

Meester Boonstoppel deed me met zijn wilde grijze haar en brede voorhoofd denken aan Dr. Brown van *Back to the Future*, maar in tegenstelling tot de geniale uitvinder zou hij nooit een tijdmachine ontwerpen noch de mensheid een zwevend skateboard schenken. Meester Boonstoppel was onze gymleraar. Hij droeg altijd dezelfde grijze joggingbroek en een blauw merkloos sportjack dat door de jaren heen steeds strakker was gaan zitten door zijn uitdijende buik. Aan een koordje om zijn nek bungelde steevast een fluitje waar hij iedere les zo hard op blies dat onze trommelvliezen ons uren later nog aan dat moment herinnerden. Erger was dat meester Boonstoppel ons iedere gymles oefeningen liet doen die hij waarschijnlijk ooit als jonge plichtsgetrouwe militair in 1951 op de academie had geleerd. Ik was ervan overtuigd dat hij sindsdien was gaan geloven dat ze de onmisbare basis vormden voor een ontwikkeld tienerlichaam, want hij week er geen les van af. We moesten tientallen keren door onze knieën zakken en weer omhoog komen, over een afstand van twintig meter als een kikker hoppen en over elkaar bokspringen. Bij die laatste oefening haalde Dino er plezier uit om de rij menselijke bokken voor hem een voor een omver te duwen. Maar hoewel hij een man van orde en discipline was, blies meester Boonstoppel op die momenten niet op zijn fluitje en keek hij altijd net de andere kant op. Elke gymles liet hij ons rondjes rennen door de gymzaal als voorbereiding op de beruchte Gaasperplasloop.

Op een warme voorjaarsdag was het zover en riep meester Boonstoppel: 'Hier hebben jullie al die maanden voor getraind.' Hij sprak ineens bevlogen alsof hij tot het besef was gekomen dat zijn laatste weken als docent waren aangebroken en hij nog de kans had om een blijvende herinnering bij ons achter te laten. 'Het moment is gekomen om je te bewijzen tijdens de Gaasperplasloop. Het record is achttien minuten, ik ben benieuwd wie van jullie daarbij in de buurt komt.'

'Noteer mijn naam maar vast bovenaan,' zei Dino. Meester Boonstoppel glimlachte beleefd alsof hij zojuist een dienstorder had ontvangen van zijn meerdere.

We liepen in een rustige warming-up door de straten achter onze school richting de Gaasperplas. Er vormde zich al snel een natuurlijke hiërarchie: Dino liep voorop en vlak achter hem liepen zijn maatjes. In de staart van de groep hadden een paar meisjes nu al moeite het tempo bij te houden. Ergens middenin liep ik, zonder de illusie te koesteren dat ik bij de beste tien zou eindigen.

De plas was omgeven door groene heuvels die plotseling leken over te gaan in een soort oerbos. Alles stond in volle bloei en duizenden pollen zweefden over de velden richting het water, en even kwam ik in de verleiding om te zeggen dat ik door hooikoorts geveld was. Maar ik kon me niet voorstellen dat mijn woorden indruk zouden maken op deze stugge man die als kind de oorlog had meegemaakt. 'Pollen? Pollen?' hoorde ik hem in gedachten al zeggen. 'Ik moest op jouw leeftijd wegduiken voor Duitse bommen, jongen! Druk je tien keer op voordat ik een aantekening maak van die zwakke opmerking.'

Meester Boonstoppel staarde een tijdje naar het water en even dacht ik dat hij zou vertellen over een vriendje dat in zijn kinderjaren in een soortgelijke plas was verdronken, maar hij schraapte zijn keel en zei: 'Er loopt een voetpad om de plas heen. Jullie hoeven dus niet dwars door het bos.' En alsof we op het punt stonden ons leven te wagen en het bos onnoembare gevaren bevatte, zei hij: 'Maar wat je ook doet, blijf op het pad.'

Dino begon te lachen als een hyena. 'Zijn er soms kinderlokkers in het bos?' Alleen een paar van zijn handlangers grinnikten om zijn opmerking. De meesten keken geschrokken om zich heen.

'Ik wil niet dat er iemand verdwaalt,' voegde meester Boonstoppel eraan toe. 'Doe je best, want deze loop telt mee voor jullie rapportcijfer. Wie er langer dan vijfenveertig minuten over doet, krijgt een onvoldoende.' Er steeg geroezemoes op en drie, vier meisjes die met gym altijd als eersten opgaven bij het rondjes rennen door de gymzaal, begonnen zachtjes te mopperen. Maar meester Boonstoppel schonk er geen aandacht aan en wierp traag een blik op zijn stopwatch, het enige nieuwe attribuut in zijn uitrusting sinds hij lang geleden de juiste papieren had bemachtigd om zich docent te mogen noemen. Hij bekeek het ding alsof hij het voor het eerst in handen had en stak zijn arm toen in de lucht. 'Ik zie jullie straks bij de start,' zei hij alsof ook maar iemand van ons had gedacht dat hij met ons mee zou rennen. 'Zijn jullie er klaar voor?' Hij liet zijn arm in een vlugge beweging zakken. 'Start!'

Dino eiste meteen de koppositie op en sloeg met zijn lange benen al snel een gat naar zijn handlangers die met veel vaart de achtervolging inzetten. Hun tempo was me al snel te machtig. Ze zitten allemaal op voetbal, hield ik mezelf voor, ze hebben een betere conditie, laat ze maar gaan. Als ik mijn eigen race loop, haal ik de finish makkelijk onder de vijfenveertig minuten. Maar na zo'n drie minuten vroeg ik me af hoe ik dit in vredesnaam moest volhouden. Ik kreeg het benauwd en even dacht ik dat ik daadwerkelijk hooikoorts had en geveld zou worden door de onschuldig ronddwarrelende pollen. Ik was niet gemaakt voor dit soort uitputtingsslagen. Ik hield van voetbal, maar zelfs op het door mij beminde gras was ik meer een luie spits die het van een paar bevliegingen moest hebben, net als Romário. Zo had ik dat altijd gedaan op de grasvelden van de Bijlmer. Ik stak nooit het hele veld over, maar wachtte op een goede pass, een afvallende bal of een gunstige windvlaag die de bal na een verre uittrap mijn kant uit blies.

De voorsprong van Dino en de andere jongens werd steeds groter en al snel zag ik het lange lichaam van mijn kwelgeest niet meer. Maar ik minderde geen vaart en na een paar minuten haalde ik zowaar de eerste afvaller uit het groepje van Dino in: Patrick steunde midden op de weg met beide handen op zijn knieën en hijgde alsof hij urenlang achterna was gezeten door wilde honden. Hij spuugde zelfs. Misschien was hij onwel geworden of had hij iets verkeerds gegeten – wat het ook was, het kon me niets schelen. Toen ik even later vertraagde en omkeek, zag ik tot mijn verbazing dat zo'n veertig meter achter mij nog steeds een groepje meisjes liep. Een klein eindje voor hen strompelde Patrick, die zowaar een tweede adem had gevonden. Vlak achter hem liep Bart die zijn grote lijf slechts met moeite vooruit kreeg en op instorten stond. Niet veel later leken de meisjes tot mijn geruststelling steeds langzamer te gaan, en al snel was het meer snelwandelen wat ze lieten zien. Dat gold echter niet voor rode Rhea. Zij versnelde ineens en maakte zich los van het groepje, haalde Bart en Patrick in alsof ze geketend waren en begon met haar pezige lichaam en vurige rode lokken op mij af te stevenen als een hittezoeker. Ik schrok. Rhea rende alsof nu pas het belang van de loop tot haar was doorgedrongen en ze alles op alles zette om het snelste meisje van de dag te worden. Ik was niet vergeten dat rode Rhea mij als enige meisje in het openbaar voor schoonmaker had uitgemaakt, en ook in de schoolgangen had ze mijn vernederende bijnaam vaak met plezier uitgesproken. Wat er ook zou gebeuren, ik zou niet door haar worden ingehaald. Ik besloot haar steeds iets dichterbij te laten komen om daarna weer te versnellen zodat ze ontmoedigd zou raken en uiteindelijk zou breken.

De frustratie was van haar gezicht te lezen toen ze voor de zoveelste keer tevergeefs aanzette nadat ik vertraagde en daarna weer versnelde. Maar al snel betaalde ik de prijs voor het overmoedige spel dat ik opvoerde: ik voelde een krachtige steek in mijn zij en mijn linkerscheenbeen begon te branden alsof er een smeltend stuk plastic op lag te smeulen. Maar ik moest doorzetten en probeerde mijn tempo van het begin van de ren te benaderen zodat ik haar definitief kon afschudden. Maar Rhea was ongekend taai en leek mij juist als mikpunt te gebruiken, zoals ze me eerder als mikpunt van haar spot had gebruikt. Ze rende alsof ze niet in een polder was opgegroeid, maar op de gezegende Keniaanse hoogvlaktes waardoor niet alleen haar benen lang en gespierd waren, maar ook haar longinhoud die van alle leeftijdgenoten ruimschoots overtrof.

Na ongeveer twee minuten werd ik toch gerustgesteld en zag ik dat Rhea behoorlijk wat terrein had prijsgegeven: haar gezicht was nog roder dan het door haar natuurlijke pigment en felle zomersproeten al was, en er was niets meer over van de fraaie Keniaanse loop die zij even daarvoor op indrukwekkende wijze had gedemonstreerd. Rhea was weer veranderd in het rossige poldermeisje met beugel dat ik zo had vervloekt. Terwijl ik mezelf hijgend vooruitsleepte, haakte ze af en viel terug.

Zo'n tien meter voor mij hielden de bomen ineens op en aan mijn linkerhand zag ik een groot grasveld. Een lange gestalte stond in het gras, zijn flank richting het voetpad gericht en zijn blik op de bosjes terwijl hij zijn geslacht heen en weer bewoog waardoor een kronkelige straal het gras besproeide.

Het was Dino. Wat deed hij hier? Waarom was hij niet al vlak bij de finish? Instinctief ging ik langzamer lopen, maar daardoor verloor mijn tred het stabiele ritme en schraapte ik met de onderkant van mijn schoenzool over het grind. Dino keek op en toen zijn blik de mijne trof, begon hij kalm aan zijn lul te schudden. 'Wat is er?' zei hij. 'Heb je nog nooit zo'n grote lul gezien?'

Ik keek weg en stopte even met lopen. Vanuit mijn ooghoek zag ik dat Dino zijn handen aan zijn broek afveegde. En juist toen ik mijn blik weer naar hem toewendde, om er zeker van te zijn dat hij niet een geintje met me aan het uithalen was, zag ik hoe hij een kort aanloopje nam alsof hij aanstalten maakte om een bal weg te schieten. Zijn rechterbeen maaide door de lucht waarna een vreemd dof geluid klonk alsof hij tegen een zak versgeplukt katoen had getrapt. Een zwart object werd vanaf de grond gelanceerd en even dacht ik dat Dino zijn schoen per ongeluk had uitgeschopt, maar toen mijn blik het vliegende voorwerp volgde en mijn ogen de tijd hadden gehad om het beeld scherp te stellen, zag ik dat hij een mol de lucht in had getrapt. Mijn hart kromp ineen toen ik het blinde diertje hoog door de lucht zag dwarrelen met zijn spitse roze snuit en zijn hulpeloos wapperende graafpootjes. Zo'n vijf meter verderop plofte hij neer in het gras. Het was tijd om mijn stilzwijgen te verbreken.

'Wat doe je nou, man?' riep ik.

'Wat denk je? Dat vieze beest een lesje leren natuurlijk,' zei hij met oprechte walging in zijn stem.

'Waarom?'

Hij schraapte met de punt van zijn rechter Air Jordan over het gras alsof hij ieder spoor van de mol van zijn schoen probeerde te wissen. 'Het zijn gore en nutteloze beesten. Daarom!'

Ik moest verstandig zijn, want deze gast was overduidelijk niet in orde. En voor de mol was het waarschijnlijk toch al te laat. 'Hoezo nutteloos?'

'Doe niet zo achterlijk, schoonmaker, jij weet toch ook dat ze overal van die klote molshopen maken? Het voetbalveld achter ons huis ligt ermee bezaaid. Ik haat die kutbeesten!' Hij spuugde op de grond alsof het nog nodig was zijn walging te benadrukken. 'Laat ze lekker onder de grond blijven. Zodra ze hun kop omhoog steken, is het op eigen risico. Dan vragen ze erom.' Hij sprak alsof de mensheid in een vuile oorlog was verwikkeld met de mol, een boosaardige diersoort die het niet alleen op onze gazons en voetbalvelden had gemunt, maar in zijn ongekende evolutie nu ook door beton kon graven en zo onze huizen binnendrong. 'Als er één diersoort van mij mag uitsterven dan is het dit kutbeest wel.'

En terwijl ik hem aankeek, begreep ik dat hij het meende en dat hij waarschijnlijk vaker het leven uit een mol had getrapt dan de gemiddelde burger een fruitvliegje had doodgeslagen. Ik schudde demonstratief mijn hoofd en liep in de richting waar de mol was geland. Hoewel ik het ergste vreesde, moest ik zien hoe hij eraan toe was.

'Wat ga je doen? Het molletje oplappen?' Hij grinnikte. 'Bespaar je de moeite, ik heb hem flink geraakt.' Dino keek me aan met die haaiachtige blik die weinig goeds beloofde. Hij maakte een beweging met zijn handen alsof hij een bezem heen en weer bewoog over het gras. 'Of ga je zijn lijkje opruimen, schoonmaker?'

'Noem me niet zo,' zei ik terwijl ik hoopte dat mijn boze blik enige indruk zou maken. Maar ik wist dat het tevergeefs was, want als hij al iets aan mijn blik zou kunnen aflezen, was het dat ik bang was.

'Wat ga je eraan doen?' vroeg hij op uitdagende toon. Het drong tot me door dat zich nu misschien ontrolde waar hij juist op had gehoopt, en dat hij de mol een trap had verkocht om mij uit de tent te lokken zodat hij hier, op dit afgelegen grasveldje, met me kon afrekenen. Hij deed een stap in mijn richting. 'Ga je soms weer uithuilen bij juffrouw Martine?'

Bart en Patrick strompelden voorbij. Vlak achter hen liep Rhea. Ik keek ze na en pas op dat moment zag ik dat de handlangers van Dino een stuk verder waren blijven staan en geduldig op hem wachtten. Ze hadden alles gezien.

'Ik heb niet bij haar uitgehuild, dat weet je best.' Ik kon het niet langer verdragen om met Dino te praten of naar zijn hyena-achtige kop te kijken, en liep verder.

'Ik geef wel aan die oude Boonstoppel door dat je als laatste binnenkomt.' Hij begon op en neer te springen op zijn plek als een voetballer die zich voorbereidt op een invalbeurt. 'Dan kan er een dikke rode streep door jouw naam en hoeven we tenminste niet op jou te wachten. Ik heb wel wat beters te doen.'

Na een paar meter zag ik het beestje. Hij lag op zijn rug, zijn snuitje was bebloed en zijn voorste graafpootjes trilden lichtjes alsof daar, in het sterkste deel van zijn kleine lijf, nog een laatste restje leven school. Het was vast humaan om hem nu met een baksteen te verpletteren en zo een einde te maken aan zijn lijden. Maar ik wist dat ik daar niet toe in staat was, dat ik daar de moed niet voor bezat. En ik kon de mol al helemaal niet met mijn voet vertrappen, want ik wist zeker dat ik dan maandenlang zijn zachte lijfje onder mijn voetzool zou voelen als een macabere herinnering aan zijn onnodige heengaan. Dit was de plek waar de mol zijn laatste adem zou uitblazen. En terwijl ook een grote groep meisjes me passeerde, probeerde ik me te troosten met de gedachte dat hij nu tenminste zou dienen als offer voor de roofdieren, misschien zou een luie reiger zo makkelijk aan een hapje komen en een paar dagen niet hoeven eten. Maar die gedachte maakte me eigenlijk alleen maar woester.

Ik begon weer te rennen. Dino en zijn groep waren met hun tempo sowieso geen haalbare kaart, maar Bart, Patrick en in ieder geval rode Rhea moest ik nog kunnen inhalen, hield ik mezelf voor. Rhea was mijn hoofddoel. Ik mocht de rode feeks in geen geval het genoegen gunnen om mij te verslaan.

Achter mij, in de verte, zag ik een groep meisjes langzaam naderen. Het was de laatste aanmoediging die ik nodig had om gas te geven. Terwijl ik steeds meer vaart won, dacht ik aan Dino. Waar was ik zojuist getuige van geweest? Langzaam drong het tot mij door dat Dino een verknipter brein had dan ik vermoedde. Het verontrustte me dat het hem zoveel voldoening schonk om een weerloos wezen op zo'n manier uit te schakelen. Wat had deze gek nog meer op zijn kerfstok staan?

Ik passeerde Bart en Patrick die nog steeds gebroederlijk de kwelling ondergingen. Bart leek definitief op instorten te staan. Maar veel tijd om bij hun lot stil te staan had ik niet, want zo'n dertig meter voor hen liep mijn rode doelwit. Ik perste er een tempoversnelling uit, maar alsof ze mijn aanwezigheid voelde en juist op dat moment werd geïnstrueerd door een onzichtbare coach, versnelde zij ook. Slechts heel langzaam liep ik op haar in, maar het kostte me zoveel kracht, dat ik begon te twijfelen aan de haalbaarheid van mijn missie. En hoe langer het duurde, hoe meer Bart en Patrick weer op mij inliepen, alsof ik hen met mijn inhaalmanoeuvre weer tot leven had gewekt, en even voelde ik me als een haas die voor de windhonden op de renbaan als aas fungeert. Hun gehijg in mijn kielzog vertraagde me, hun luidruchtige gezwoeg dat iets fatalistisch had, remde me af alsof ik via een onzichtbaar koord met hen verbonden was. Rhea begon weer op mij uit te lopen. Waar haalde ze de kracht en vastberadenheid vandaan?

Hoewel de gedachte alleen me al benauwde, zat er weinig anders op dan er nog een tempoversnelling uit te persen. En terwijl ik mijn brandende benen opdracht gaf sneller te bewegen, dacht ik aan mijn idool Marco van Basten.

En alsof het voor mijn ogen gebeurde, zag ik hem ineens in volle sprint op het doel van een tegenstander afstormen. Niemand kon hem bijhouden. En even, een fractie van een magische seconde, rende mijn voetbalheld naast me en droeg ik hetzelfde shirt als hij: het oranje shirt met de leeuw op de borst. Ik kon zijn soepele stappen voelen, de krachtige lijnen van zijn beenspieren zien en hem zelfs beheerst horen ademhalen. Een onvermoede stoot energie schoot door mijn lichaam. En terwijl hij langzaam op me uitliep, begon ik harder te rennen, steeds harder terwijl ik hardop prevelde: 'Van Basten... Van Basten. Demarrage van Marco van Basten!'

Steeds dichter kwam ik bij Rhea die maar niet verslapte en een constant tempo bleef lopen zoals ze waarschijnlijk had geleerd tijdens de eeuwige looptrainingen op haar hockeyclub in Abcoude. Maar ook ik liep onverschrokken door en hield mezelf voor dat ze dit niet de hele race kon volhouden, dat zelfs zij, het rode loopwonder, een breekpunt had. Haar voorsprong bedroeg nog maar zo'n vier meter en slonk gestaag. In de verte, op zo'n honderd meter, zag ik meester Boonstoppel al op een groen heuveltje staan met zijn handen als een zonneklep boven zijn ogen, turend naar de weg die ons naar de verdomde finish zou leiden. Om hem heen stonden Dino en zijn maatjes als jonge geiten op en neer te springen als om hun belachelijke fitheid te benadrukken. Ze keken toe hoe ik in een slopend gevecht verwikkeld was met een meisje. Maar het was niet zomaar een meisje en ik hoopte dat zij dat ook beseften: ik was in een duel verwikkeld met de onverschrokken Rhea die gezegend was met een zeldzaam soort oerkracht. Dit was het moment om alles eruit te persen, om mijn lichaam tot het uiterste te dwingen, want de finish naderde. Hierna mocht ik alle lopen uit mijn leven verliezen, als ik nu maar niet afging voor de ogen van Dino en zijn kompanen. Ze zouden me mijn leven lang ermee confronteren. En terwijl het vuur in mijn schenen omhoog trok naar de rest van mijn lichaam, de lucht die ik inademde steeds dikker en warmer werd, en de steek in mijn zij mijn lichaam leek te doorklieven, nam ik steeds grotere stappen.

Ik kon me niet voorstellen dat ik dit nog veel langer zou kunnen volhouden en wist zeker dat mijn lichaam zou breken. Voor mijn gevoel wankelde ik over het zachte asfalt. Maar ik was nu dicht bij Rhea, en na een paar meter liepen we zelfs naast elkaar. Zij aan zij. Ik keek in haar grote groene ogen. Er stroomde kwijl uit haar mond en haar gezicht was zo rood dat ik ervan schrok. Rhea was er nog slechter aan toe dan ik. Toen ik langzaam op haar uitliep, slaakte ze plotseling een wanhopig gilletje en begon ze op bizarre wijze met haar dunne armen te maaien alsof ze door de lucht vooruit getrokken wilde worden. En toen, in haar wanhoop, riep ze datgene wat haar fataal zou worden: 'Nee, schoonmaker!'

Het was tijd voor de genadeslag, voor de beslissende versnelling, al zou ik daarvoor mijn lichaam in de vernieling moeten werken. Ik zag niets meer, voelde geen pijn meer en hoorde alleen een meisjesstem gillen: 'Nee! Neeee!' Ik keek niet om, en met mijn hoofd vooruit als een dolle stier die een matador doorboort, joeg ik mijn lichaam naar voren.

Stevige handen vingen me op. 'Ho maar, je bent er al. Je bent er al, jongen.'

Ik ging hijgend naar de grond en duwde mijn gezicht in het gras dat koel aanvoelde. Als een geveld beest lag ik op mijn buik terwijl alles in mijn lichaam kookte en trilde. Waar was Rhea? Ik keek om zonder de rest van mijn lichaam te verroeren. Juist op dat moment zakte ze door haar knieën bij de finish. Meester Boonstoppel ving haar op. 'Goed gedaan, Rhea. Je hebt tot het einde toe gestreden.' Er klonk opwinding door in zijn stem. 'Grote klasse, meid. Echt grote klasse!' Dino en zijn maten gingen om haar heen staan en begonnen voor haar te klappen. 'Rhea, Rhea is een echte kampioen!'

Ik ging languit in het gras liggen en staarde naar de onbewolkte hemel. Ik kon me niet voorstellen dat ik ooit nog zou kunnen lopen, laat staan rennen. Maar ik was niet afgegaan. Ik had rode Rhea verslagen.

65

De laatste keer dat mijn vader me een klap verkocht, was meteen ook de laatste keer dat ik hem nog langer baba wenste te noemen. Het gebeurde in de zomervakantie van 1991, tijdens onze langverwachte eerste vakantie in Turkije, op de plek waar ik de eerste twee jaar van mijn leven had doorgebracht en mijn ouders een moeizaam en turbulent begin van hun huwelijk hadden gekend.

Een paar weken eerder had ik te horen gekregen dat ik over was naar drie vwo, dit keer met een vier voor wiskunde, het vak dat ik als een rottend lijk achter me aansleepte. Maar anders dan een jaar eerder, had zich een ongekende opwinding meester van mij gemaakt vanwege de reis naar Turkije. Twee maanden later zou ik veertien jaar worden, en inmiddels was ik mijn vader niet alleen voorbijgestreefd qua lengte, maar bezat ik ook een snorretje dat me de bescheiden autoriteit gaf van een ontluikende jongeman op weg naar volwassenheid. Maar het weerhield mijn vader er niet van om zijn plots opgelaaide woede jegens mij zo nu en dan te koelen door middel van een vurige oorvijg, waarvan ik er in totaal drie ontving die vakantie. Alle drie de klappen kenden een vreemde en in één geval zelfs bizarre ontstaansgeschiedenis, en ze injecteerden mij telkens met een flinke dosis woede jegens mijn vader. Langzaam maar zeker klonterden al die vonken woede samen tot een sluimerende haat die nu eens ging liggen, en dan weer kwam opzetten als een onaangekondigde donderbui. De eerste oorvijg die ik incasseerde zou niet misstaan hebben in een vertelling van een gevierde verhalenverteller, en tot op de dag van vandaag vraag ik me af hoe de keten van gebeurtenissen van die dag tot die vervloekte klap heeft kunnen leiden.

Joegoslavië balanceerde die zomer op de rand van een burgeroorlog. Mijn vader wist dat, maar het was voor hem geen reden om de route aan te passen. 'Ik wil geen tijd verliezen en het duurt nog wel even voordat die Joego's op elkaar gaan schieten,' had hij op besliste toon gezegd, alsof hij uitvoerig had overlegd met verschillende Balkan-generaals en had afgedwongen dat ze hun wapens nog even in de kazerne zouden houden voor ons. Mijn moeder had tevergeefs geprotesteerd.

'Zie je wel,' zei mijn vader zelfgenoegzaam toen we in een plakkerige smoorhitte door Joegoslavië reden. 'Er is hier niets aan de hand.' Maar ergens tussen Zagreb en Belgrado zagen we ineens tanks en soldaten langs de weg staan. Tientallen soldaten lagen languit in de berm met een wapen naast zich, wachtend op een laatste bevel voordat ze hel en verdoemenis over het volk zouden uitstorten.

'Wat is dat?' riep mijn vader plotseling toen een tank midden op de weg opdoemde met de loop op ons gericht. Onze auto kwam met piepende remmen tot stilstand.

'*Zurück, zurück!*' schreeuwde een soldaat die voor de tank stond en wild met zijn geweer naar ons zwaaide. We maakten meteen rechtsomkeert en reden tientallen kilometers terug. Bij een wegrestaurant zochten we op de kaart naar een alternatieve route die over smalle bergwegen leidde.

Ruim acht uur later reden we opgelucht Bulgarije binnen. Mijn vader besloot te stoppen bij een tankstation dat meer weg had van een vervallen boerderij waar al het vee door verhongering was omgekomen.

'Waarom stop je hier?' vroeg mijn moeder verschrikt, alsof ze voorvoelde dat ons hier weinig goeds te wachten stond. We keken onrustig om ons heen. Het schemerde al en de situatie deed me denken aan Amerikaanse horrorfilms waarin een groep tieners met hun terreinwagen een verlaten tankstation binnenrijdt waar ze een voor een aan flarden worden gesneden door een kannibaal met een kettingzaag of machete. En terwijl ik de omgeving snel aftastte, besefte ik: dit was niet een plek waar je iets kwam halen, dit was een plek waar je iets kwijtraakte.

Er was maar één pomp die eruitzag alsof hij al dertig jaar niet was gebruikt. Pal daarnaast stond een verlopen Lada geparkeerd waarin niemand zat en waarvan de achterruit was ingegooid. Op het terrein stond verder een grijs houten gebouwtje waarvan de meeste ramen waren dichtgetimmerd en de verf zodanig was afgebladderd dat niet te zeggen viel wat de oorspronkelijke kleur was geweest.

'We kunnen beter doorrijden,' zei mijn moeder terwijl ze ondanks de hitte haar raampje begon dicht te draaien.

'Dan staan we over een paar kilometer stil langs de weg,' bromde mijn vader. 'De tank is bijna leeg.'

'Maar dit tankstation is niet eens open.'

'Laten we even wachten, de auto voor ons rijdt zo wel weg.'

Onze Ford Sierra beschikte niet over airconditioning waardoor hij veel weg had van een mobiele klei-oven, zeker als we stilstonden in de brandende zon en de wind niet langer door de open ramen in ons gezicht sloeg. Toch voelde ik, ondanks de verstikkende hitte, de aanvechting om ook mijn raampje dicht te draaien.

De deur van het houten gebouw ging open en een man die volledig in het zwart gekleed was, stapte naar buiten. Hij droeg een trainingsbroek en een overhemd waarvan de mouwen ondanks de hitte niet waren opgestroopt, alsof hij zweren had die hij wenste te verhullen. Zijn lange zwarte haar had hij in een paardenstaart gebonden. Met een vastberaden tred liep hij in onze richting terwijl hij onze Ford in zich opnam. Hij liet zijn hoofd zakken bij het portier van mijn vader en zei in een soort Balkan-Duits: '*Sie haben ein schönes Auto.*'

'*Danke,*' zei mijn vader terwijl hij hem onderzoekend aankeek.

Zonder zijn hoofd te verroeren klopte de man op het dak van onze auto. '*Sehr schön!*' Een tandenstoker stak tussen zijn tanden. '*Zehntausend Deutsche Mark für ihre Auto!*'

'*Was?*'

'*Ich will ihre Auto kaufen für Zehntausend Deutsche Mark.*'

Mijn vader nam een trek van zijn sigaret en blies de rook traag uit alsof hij wilde laten merken dat er met hem niet te sollen viel en hij niet onder de indruk was van het voorstel van de ongure Bulgaar. '*Nein,*' zei hij kalm.

De stem van de man in het zwart schoot omhoog. '*Aber warum nicht, mein Freund? Es ist eine schöne Auto.*'

Ik had het gevoel dat mijn vader zich ineens in een onaangekondigd duel bevond. '*Das weiss ich,*' zei mijn vader terwijl hij op het stuur klopte. '*Aber ich verkaufe ihn nicht.*' Ik was bang dat de Bulgaar ineens een mes zou trekken, of dat er mannen uit de auto voor ons zouden springen met getrokken pistolen. Ze bleven elkaar secondenlang aankijken tot de man onverwacht '*gute Reise*' zei. Hij stapte in de vervallen Lada voor ons en tufte weg. Een stofwolk verzwolg de pomp en dreef dreigend onze kant op. Mijn vader reed een eindje naar voren, keek even voor zich uit alsof hij moest verwerken wat zich zojuist had afgespeeld en stapte toen fluitend uit.

In de auto onderging mijn vader altijd een gedaanteverwisseling die niet strookte met zijn makkelijk ontvlambare karakter, want waar anderen vaak in razende weggebruikers veranderden wanneer ze plaatsnamen achter het stuur, werd mijn vader juist rustig en kalm zodra hij in zijn auto stapte. Tijdens de eeuwigdurende reis naar Turkije zagen wij duidelijker dan ooit dat in hem een geboren chauffeur huisde: hij reed nooit te hard, remde altijd geleidelijk zodat we soms niet eens doorhadden dat we stilstonden en mopperde nimmer over asociale of onbekwame medeweggebruikers. De man die zich weigerde te schikken naar de structuren en regels van het gezin en daarbinnen iedere vorm van eendracht afwees als verstikkend, vormde een perfecte eenheid met zijn donkerblauwe Ford Sierra 2.3d die hij had gevonden na een lange en geduldige zoektocht langs op het oog onbeduidende garages in een straal van vijftig kilometer rond Amsterdam. Het betekende het einde van onze oude Lada die ons zo vaak naar Beverwijk had gereden.

Nadat mijn vader was uitgestapt, durfde ik het ook aan om de auto te verlaten. Ik strekte even mijn benen, boog een paar keer door mijn knieën, liep een rondje om de auto en ging weer zitten. Toen mijn vader de slang pakte en de tank begon vol te gooien, verscheen vanuit het niets een man die bij hem kwam staan en in alles uitstraalde dat dit zijn pompstation was en wij gasten waren die zich aan zijn regels hadden te houden. Hij droeg een groezelig wit onderhemd dat onder de olievlekken zat en een honkbalpet met bruingele vlekken langs de randen. Hij wachtte tot mijn vader klaar was met tanken en hield toen zijn hand op en vroeg om zestig Duitse mark. Mijn vader haalde een stapeltje Duitse bankbiljetten uit zijn broekzak en overhandigde er een paar aan de pomphouder die de flappen drie keer natelde alsof hij zelfs zijn eigen geheugen niet vertrouwde als het op geld aankwam. De man knikte tevreden als een douanier die zojuist met wat steekpenningen gunstig was gestemd, en maakte een gebaar dat we verder mochten rijden. Mijn vader nam plaats achter het stuur en keek ineens onrustig om zich heen: 'Waar zijn de sleutels?'

'Kijk in je zakken,' zei mijn moeder.

Mijn vader klopte op zijn zakken, voelde vervolgens op de bodem van de auto, trok om onduidelijke redenen het dashboardkastje open en stapte toen brommend uit. Terwijl hij in zijn achterzakken voelde, klonk er getoeter van een auto die achter ons was komen staan. Mijn vader stak zijn hand excuserend op en speurde daarna tevergeefs de stoffige grond rond onze auto af. De pomphouder liep met grote passen op ons af en riep: '*Was ist los?*'

Nadat mijn vader hem had uitgelegd wat er aan de hand was, trok de Bulgaar zijn vieze pet recht en zei dat hij moest doorrijden. '*Aber meine Schlüssel ist weg*,' zei mijn vader met een machteloos gebaar. Er klonk weer getoeter: nog twee auto's hadden zich achter ons gevoegd alsof we in een geregisseerde val waren gelopen. De pomphouder wees stampvoetend naar de rij en klopte toen hard op de kont van onze auto alsof die dan tot leven zou komen en net als KITT uit *The Knight Rider* uit eigen beweging zou wegrijden.

'*Ruhig!*' riep mijn vader terwijl het zweet inmiddels over zijn gezicht droop. Hij trok mijn portier open en riep dat we moesten helpen zoeken. Mijn moeder stapte meteen uit en liep om de auto heen. De pomphouder begon in het Bulgaars te schreeuwen en terwijl mijn moeder hem probeerde te kalmeren, riep mijn vader dat ik ook uit moest stappen. 'Kom eruit,' schreeuwde hij alsof hij de veroorzaker van alle ellende eindelijk had gevonden.

'Maar ik heb de sleutel niet,' zei ik terwijl achter ons steeds langer op de claxon werd gedrukt.

'Kom eruit!'

Ik stapte uit en draaide me om. Wat ik toen zag, tartte mijn bevattingsvermogen. Het was alsof ik zojuist ongewild onderdeel had uitgemaakt van de show van een magiër die het vermogen bezat om mensen en objecten te teleporteren, want daar, op de plek waar ik had gezeten, lagen de autosleutels. 'Hoe kan dat?' stamelde ik. 'Ik wist niet dat ...' Voordat ik mijn zin kon afmaken, landde een knallende oorvijg op mijn linkerwang die mijn hoofd deed tollen. Het was de tweede onaangename verrassing in minder dan twee seconden tijd.

'Achterlijk joch,' brulde mijn vader waarna hij er met opeengeklemde kaken aan toevoegde: 'Denk je soms dat we hier spelletjes zitten te spelen?'

De pomphouder begon hardop te lachen alsof zich voor zijn ogen een komisch theaterstuk afspeelde. Ik wierp hem een woedende blik toe waarop hij verstarde.

'Ben je gek geworden?' riep ik terwijl mijn wang nagloeide. 'Ik wist helemaal niet dat ik op de sleutels zat.'

'Kijk dan verdomme beter uit waar je gaat zitten, je bent geen kind meer.'

'Ik heb die sleutels helemaal niet aangeraakt,' zei ik terwijl nu meerdere claxons tegelijk werden ingedrukt. Mijn vader negeerde mijn opmerking, spoedde zich naar zijn plek en startte de motor, en als ik op dat moment niet snel was ingestapt, had ik nu nog daar gestaan, op dat vervloekte pompstation in Bulgarije. Met gierende banden reden we weg, en juist op het ogenblik dat ik omkeek, stapte de pomphouder stoïcijns uit een stofwolk, alsof hij dit alles had beraamd.

'Het is niet eerlijk,' riep ik met trillende stem. 'Jij hebt die sleutel op mijn plek gegooid! Jij hebt een fout gemaakt en geeft mij nu de schuld.'

'Hou je mond,' zei mijn vader. 'Ik wil er niets meer over horen.'

Mijn moeder draaide zich om en duwde haar wijsvinger tegen haar lippen terwijl ze me met grote ogen aankeek. Het was haar karakteristieke gebaar dat verdere escalatie moest voorkomen. En terwijl ik trilde van woede en op mijn onderlip beet om niet in huilen uit te barsten, besloot ik mijn woorden in te slikken. Ik wierp me hard achterover en kon slechts met de grootste moeite de impuls onderdrukken om tegen de stoel van mijn vader te trappen.

Op ongeveer de helft van de vakantie gingen we op bezoek bij mijn moeders enige broer. Hij had jaren geleden een appartementencomplex van vier verdiepingen laten bouwen in een buitenwijk van Izmir en om de kosten te drukken had hij zelf meegeholpen met de bouw. Al snel was hij uitgegroeid tot de hardst werkende bouwvakker van het project: dag in dag uit stond hij het cement te mixen en was hij koortsachtig bakstenen aan het stapelen, en pas nadat de zon was ondergegaan en het aardedonker was geworden, stopte hij met werken en gaf hij de ingehuurde bouwvakkers, die uitgeput en hongerig stonden te wachten tot mijn oom bij zinnen was gekomen, toestemming om naar huis te gaan. De volgende dag stond hij vlak na het ochtendgloren alweer te sjouwen met cementzakken en bakstenen. Hij at en dronk staand en stond zichzelf slechts twee sanitaire stops per dag toe, en legde de bouwvakkers hetzelfde spartaanse regime op, want hij moest zo snel mogelijk iets groots en machtigs oprichten waar zijn aanstaande bruid en haar ouders van onder de indruk zouden raken.

Mijn oom woonde er nu met zijn gezin op de bovenste verdieping, de andere drie verdiepingen had hij verhuurd. Op het dakterras hield hij duiven en dronk hij 's avonds in zijn eentje thee wanneer hij wilde ontsnappen aan het eindeloze geklaag van zijn veel jongere vrouw. Hoewel zij met haar veertien jaar nog een onwetend kind was toen ze in de echt verbonden werden, maakte ze al snel de dienst uit in huis. Ze stelde regels op waaraan hij zich diende te houden en waarover niet te onderhandelen viel, en schonk hem twee blakende zoons en een dochter die in alles haar evenbeeld zou worden. En na iedere onvermijdelijke echtelijke ruzie, dreigde ze hem te verlaten en haar kinderen mee te nemen naar het afgelegen dorp waar ze op de wereld was gezet. Ze ging daar net zo lang mee door tot hij murw en verslagen was en het niet eens meer bij hem opkwam om te protesteren tegen wat dan ook.

Hoe graag mijn oom het ook had gewild, het dakterras was al gauw niet meer zijn exclusieve domein: zijn jonge vrouw claimde het en maakte er op haar eigen wijze gebruik van. Ze droogde er 's zomers niet alleen de was in de brandende zon, maar ook de vlammende rode pepers die haar moeder regelmatig voor haar meenam uit het dorp. Ze verbouwde er witte druiven en tomaten die ze alleen bij speciale gelegenheden gebruikte in de salade. En soms, als haar man de stad in was en de kinderen op school zaten, stond ze het zichzelf toe om te zonnen op het dakterras, zoals ze dat ook heimelijk had gedaan in haar ouderlijk huis in het dorp, dat tot haar geluk het hoogste bouwwerk in de wijde omtrek was. Ze schoof net zo lang met schotten tot ze er zeker van was dat niemand haar kon zien. En terwijl de doffers steeds onrustiger begonnen te koeren en de rode pepers in vuur en vlam stonden, trok ze haar bloesje uit en ging ze op een kleed liggen, en pas toen opende ze, op haar buik liggend op het kleed, de sluiting van haar beha zodat er geen witte strepen op haar rug ontstonden en haar zware borsten voor even bevrijd waren van het verstikkende nylon.

Terwijl onze ouders die vakantie ayran dronken in de keuken om te ontsnappen aan de smoorhitte van het middaguur, besloot ik met mijn neef het dakterras op te gaan om de duiven te zien. Maar heimelijk hoopte ik vooral dat ik op een van de lager gelegen terrassen een zonnend meisje zou zien liggen dat zich onbespied waande. Het dakterras kon alleen bereikt worden via een gammel laddertje dat mijn oom uit kostenbesparing zelf in elkaar had geknutseld met planken van verschillende soorten en maten. De ladder diende schuin tegen de deurpost van hun appartement geplaatst te worden om de klim te kunnen ondernemen. Het was een van de eerste keren dat ik zo duidelijk met mijn eigen hoogtevrees werd geconfronteerd: als je niet oppaste kon je na een ongelukkige manoeuvre naar beneden storten via het gapende gat in het midden van de wenteltrap. Mijn neef ging mij voor. Na vijf voorzichtige treden en een stevige hand van hem, stond ik ook op het dakterras waar de rode pepers bijna werden geroosterd door de brandende zon. Hoewel het uitzicht op de stad fraai was, besloten we al snel naar beneden te gaan, niet alleen omdat het duivenhok leeg bleek te zijn, maar vooral omdat de zon furieus op onze schedels brandde. Ondertussen had ik al gezien dat er nergens een meisje lag te zonnen. Niemand was zo gek om in deze hitte het dak op te gaan.

De afdaling bleek veel moeilijker dan de klim. Dit keer ging ik mijn neef voor omdat ik niet wilde dat hij me zou aanzien voor een laffe Europeaan. Het ging me makkelijker af dan ik had verwacht en uit een soort overmoed en misschien ook om mijn neef van mijn onverschrokkenheid te overtuigen, besloot ik de laatste drie treden over te slaan en te springen. Ik landde in het smalle gangetje voor de deur, en de klap die daarbij vrijkwam was niet zozeer hard, maar vooral luid door de constructie van het gebouw: het geluid zocht galmend een uitweg uit de nauwe ruimte. Meteen na mijn landing hoorde ik vanuit de keuken stoelen onrustig naar achteren schuiven en schreeuwde mijn moeder met overslaande stem mijn naam.

Mijn ouders kwamen met grote ogen aangerend, met in hun kielzog mijn oom en tante. En voordat ik de kans kreeg te begrijpen waar de opwinding over ging, had ik een harde oorvijg van mijn vader te pakken. Als een zweepslag trof hij mijn linkerwang, zijn favoriete plek voor mijn lijfstraffen.

'Heb je je verstand verloren, jongen? We schrokken ons dood!'

Mijn moeder probeerde hem tot kalmte te manen en mijn tante zei dat het verkeerd was om me te slaan. 'We dachten dat je naar beneden was gevallen,' zei mijn moeder met trillende stem. 'We dachten dat je dood was.'

Daar stond ik, tegenover mijn oom, tante en neef, met een rode wang en de gloeiende vernedering die mij zojuist ten deel was gevallen. En nog steeds keek mijn vader me woedend aan. 'Heb jíj je verstand verloren?' schreeuwde ik. 'Laat me verdomme met rust!' Ik stormde de trap af en rende naar het huis van mijn grootouders.

Een paar weken later, op de laatste dag van onze vakantie in Turkije, kreeg ik de derde klap in korte tijd te verwerken. Het was tijdens het ontbijt toen ik tegenover mijn moeder aan het klagen was over het droge brood dat was opgediend. En terwijl mijn moeder zei dat ik me niet moest aanstellen en ik bleef mokken, gaf mijn vader me uit het niets een klap nadat hij ineens de keuken had betreden. 'Luister naar je moeder!' brulde hij hoewel hij de hele voorgeschiedenis had gemist.

Deze klap wekte een ongekende woede bij me op, veel meer dan de twee vorige klappen, toen mijn vader uit schrik overspannen had gereageerd. Maar nu was er niets aan de hand. Nu gaf hij me een klap om het vervelende gezoem in zijn oor op te laten houden, zonder dat hij wist wat er aan de hand was. Hij strafte mij alsof ik een onhandelbare tiener was die niet wilde deugen en alleen met rauwe klappen tot de orde geroepen kon worden.

Ik stond in een ruk op van mijn plaats waardoor mijn stoel achterover viel, en schreeuwde zoals ik nog nooit naar mijn vader had durven schreeuwen. 'Blijf verdomme van me af, gek! Wat bezielt je?' Ik schopte tegen de weerloze stoel en stormde richting de tuin, maar in de deuropening draaide ik me om en schreeuwde: 'Raak me nooit meer aan! Hoor je me?' Ik sloeg met mijn hand tegen de deurpost, wachtte zijn reactie niet af en stormde de grote tuin in.

66

Het Bijlmerplein baadde in de zalige najaarszon. De bezoekers van het winkelcentrum liepen trager dan gewoonlijk alsof ze voorvoelden dat dit de laatste warme dag van het jaar was en ze deze onverwachte buitenkans om een laatste dosis zonne-energie op te vangen niet aan zich voorbij wilden laten gaan. Oude Surinaamse mannen zaten op de houten bankjes voor de McDonald's en praatten luidkeels en lachten uitbundig terwijl ze bier dronken uit halveliterblikken. Er stond een lange rij bij de kleurrijke schaafijskar. Waar de schaafijsman op mindere dagen verveeld voor zich uitstaarde en misschien wel droomde van het Paramaribo van zijn jeugd, parelde nu het zweet op zijn voorhoofd terwijl hij de ijsschaaf steeds met lange halen over het grote blok ijs haalde. Ik keek toe hoe hij het schaafsel in een plastic bekertje deed en er rode siroop overheen goot en kwam voor het eerst in de verleiding een bestelling bij hem te plaatsen.

'Ik ga ervandoor,' zei mijn vader gehaast zoals hij dat altijd deed wanneer hij afscheid van ons nam.

'Harun, maak je het niet te laat?' vroeg mijn moeder.

'Weet ik niet, er is misschien een vergadering op de vereniging.'

'Maar daar wilde jij toch niet meer bij zijn sinds je niet meer mag voorzitten?'

'Ha, daar komen ze nog wel op terug, die prutsers. Ze kunnen niet zonder mij.'

Ik zag opluchting in zijn ogen toen hij mijn moeder een laatste vluchtige blik toewierp – haar wel. En op dat moment had ik zowaar iets gemeen met mijn vader, want ook ik voelde opluchting toen hij wegliep en even later in de menigte verdween. Ik hoopte dat hij het wél laat zou maken, dat hij midden in de nacht zou thuiskomen, maar mij daarbij voor de verandering niet zou wekken, of liever nog: dat hij met zijn drinkebroers van de vereniging op werkbezoek zou gaan naar Rusland en daar een paar maanden of voor mijn part een jaar zou blijven. Nu mijn vader weg was, had ik extra veel zin in deze zaterdag. Niet alleen was ik nu eindelijk alleen met mijn moeder, maar ook bood zijn vertrek allerlei nieuwe mogelijkheden. Misschien konden we weer cola drinken en poffertjes eten bij Le Croque-Monsieur tegenover de Hema.

Mijn moeder sloeg haar hand voor haar mond. 'Ik ben baba vergeten te vragen om bulgur mee te nemen uit de stad. Ga snel achter hem aan en zeg hem dat hij twee pakken bulgur moet meenemen.'

Net nu ik van hem verlost was, stuurde ze me achter hem aan. 'Hij is vast al weg, je weet toch hoe snel baba loopt.'

Mijn moeder ging op haar tenen staan en strekte haar nek uit als een geit die naar een hoge tak reikt. 'Daar,' zei ze terwijl ze naar de menigte wees. 'Ik zie hem nog lopen. Snel, ga achter hem aan.'

Ik kwam in beweging door mijn moeders vastberaden blik die verraadde dat ze zou doorzetten. Steeds sneller bewoog ik me voort tussen de menigte, ontweek kinderwagens en schuifelende bejaarden, en slalomde langs stelletjes. Mijn vader liep nog maar een paar meter voor me toen het tot me doordrong dat ik hem nu moest roepen of z'n aandacht trekken, maar sinds de vakantie naar Turkije had ik hem geen 'baba' meer genoemd. Ik kreeg het niet meer over mijn lippen, en toen ik me op een gegeven moment afvroeg of ik niet was doorgeschoten in mijn onuitgesproken boycot, was het naar mijn mening te laat, zou hij me vast raar hebben aangekeken als ik hem ineens weer baba had genoemd en was mijn hoofd vast gaan gloeien. Maar nu liep hij een paar meter voor me en had hij de pas er stevig in. Het was zo druk om me heen dat ik nauwelijks dichterbij kwam door om de mensen heen te slalommen. Ik moest hem aanspreken, maar ik kreeg 'baba' niet over mijn lippen.

'Meneer Mutlu,' riep ik krachteloos. Hij keek niet om. 'Meneer Mutlu!'

Mijn vader draaide zich om en toen hij zag dat ik het was, stond hij stil. Ik zag verbazing in zijn blik, alsof de verwijdering tussen ons nu pas tot hem doordrong. En door de intensiteit die het moment daardoor onverwacht kreeg, hoopte ik ineens dat hij het zou zien als een grap, een dolletje van mijn kant. Maar zo gingen we niet met elkaar om, we dolden nooit met elkaar, mijn vader had me vaak genoeg duidelijk gemaakt dat dat niet de bedoeling was:

'Ik ben je vriendje niet.' En terwijl hij me zwijgend bleef aankijken, besloot ik maar door te zetten en herhaalde stamelend: 'Dag meneer Mutlu.' Ik lachte er schaapachtig bij in een ultieme poging te redden wat er te redden viel, maar mijn vader reageerde nog steeds niet. Nog even en hij zou waarschijnlijk zijn hoofd schudden om dit respectloze gepruts van zijn zoon en weglopen.

'Anne vraagt of je bulgur kunt meenemen,' zei ik mat. Hij staarde me nog steeds aan alsof hij wachtte tot ik hem op een normale manier zou aanspreken. Maar er was geen weg meer terug. 'Ze wil twee pakken hebben.' Hij maakte een korte beweging met zijn hoofd, maar het was me niet duidelijk of hij knikte of dat het een manier was om zijn ongenoegen te uiten. Hij draaide zich om en liep weg.

Een brandend gevoel van schaamte overviel me terwijl ik terugliep. Ik had het misschien anders moeten aanpakken.

'Kon je hem vinden?' vroeg mijn moeder.

Ik knikte en vertelde haar niet dat ik mezelf belachelijk had gemaakt door mijn vader 'meneer Mutlu' te noemen. Mijn moeder glimlachte naar me. Het was de zeldzame glimlach waarmee ze goed nieuws aankondigde. 'Welke sportschoenen wilde je ook alweer zo graag hebben?'

Maandenlang had ik haar, wanneer we samen door het winkelcentrum liepen, de Nike Air Max aangewezen in de vitrine van de kleine sportzaak tegenover de Bruna. Ik had haar verteld dat het volgens mijn klasgenoten was alsof je zweefde wanneer je op de Air Max liep. 'Het komt door de luchtkussens die erin zitten,' had ik gezegd terwijl ik naar het venstertje vlak bij de hiel had gewezen dat een inkijk op een deel van het luchtkussen bood. Telkens had mijn moeder zwijgzaam geknikt. Alleen de eerste keer had ze haar verbazing uitgesproken over de prijs van het schoeisel: 'Zie ik dat goed? Kosten die dingen tweehonderdnegenenvijftig gulden?'

En nu, terwijl ze me vroeg hoe die schoenen ook alweer heetten, durfde ik het bijna niet hardop te zeggen. 'De Nike Air Max. Ik vind ze heel mooi, maar ze zijn ook...'

Tegen haar gewoonte in onderbrak ze me: 'Je wilt ze nog steeds graag hebben?'

'Anne,' zei ik terwijl ik mijn opwinding voelde toenemen. 'Ben je vergeten hoeveel ze kosten?'

'Tweehonderdnegenenvijftig gulden,' zei ze. 'Kom, je gaat ze passen.'

De Nike Air Max van mijn dromen blonk in de vitrine. Met zijn opvallende donker turquoise kleur stak hij uit boven alle andere modellen die in de vitrine stonden. 'Weet je het zeker?' vroeg ik aarzelend. 'Het is heel veel geld.'

'Nu ik bij het AMC werk, verdien ik een stuk meer,' zei ze en ik zag de trots in haar ogen terwijl ze die woorden uitsprak. 'Ik heb wat geld opzij gezet. Jarenlang heb je het moeten doen met schoenen van de Bristol die snel sleten, maar je hebt nooit geklaagd omdat je wist dat we het niet breed hadden. Nu wil ik dat je de schoenen draagt die je graag wilt hebben.'

Even later duwde ik mijn voeten voor het eerst in een Nike Air Max. Ik deed voorzichtig een paar stappen terwijl de luchtkussens mijn voetzolen streelden en leken voor te bereiden op een korte vlucht door de winkel. 'Ze lopen echt super!' riep ik verrukt terwijl ik mijn armen spreidde.

Ik ging zitten, schoof de glimmende wonderschoenen van mijn voeten alsof het de attributen van een superheld waren en trok mijn versleten O'Hara's weer aan. De verkoper deed de Air Max in een rode schoenendoos met het magische swoosh-teken waarna mijn moeder afrekende met drie krakende biljetten van honderd gulden.

Het was niet de eerste keer dat mijn moeder me versteld had doen staan met een cadeau dat ik niet voor mogelijk had gehouden. De eerste keer was toen ik mijn verjaardag had gevierd met vrienden, in het jaar dat ik tien werd. Ik had me vooral zorgen gemaakt of mijn vriendjes het wel naar hun zin hadden en ik hoopte dat ze ons huis er niet armoedig uit vonden zien en de chips en borrelnootjes lekker vonden. Maar iedereen at gulzig uit de bakken met hapjes en er werd zelfs gedanst op muziek van Salt-N-Pepa en Michael Jackson. Nadat ik de tien kaarsen had uitgeblazen en iedereen zich op zijn stuk taart had gestort, vroeg mijn moeder of ik even in de donkere hal wilde gaan staan. Ik hoorde mijn gasten fluisteren en lachen. Na ongeveer een minuut werd er 'wow!' geroepen. De deur ging open, op een kier. 'Doe je ogen dicht,' zei mijn moeder, 'en geef me je hand.' Ik volgde haar instructies en liet me terug de kamer in leiden. Ze draaide me een stukje naar rechts en zei: 'Nu mag je kijken.' Daar stond een schitterende gele BMX-crossfiets met opvallende rood-gele hoezen om de stuurpen, stuurstang en het frame. Mijn moeder hield hem glimlachend overeind bij het stuur. Ik sloeg mijn handen voor mijn mond en wist niet wat ik moest zeggen: het was het grootste cadeau dat ik ooit had gekregen. 'Wow, wow!' riep ik. 'Is dit voor mij?' Floyd en Virgil begonnen te lachen. Ik liep naar voren, pakte mijn BMX bij het stuur en liet mijn hand over het zadel en het frame glijden. Daarna omhelsde ik mijn moeder.

67

De schaamte verdween niet. In mijn hoofd hoorde ik mezelf keer op keer 'meneer Mutlu' roepen terwijl ik achter mijn vader aanliep in het winkelcentrum. En steeds zag ik zijn gezicht weer voor me. Hij had verbaasd gekeken, of was het ontgoocheld? Ik wist alleen dat hij er met zijn gedachten niet bij kon dat zijn enige zoon hem in het openbaar geen 'baba' noemde maar hem aansprak op de formeelst denkbare wijze. Ik hield mezelf voor dat het zijn schuld was dat onze relatie zich zo had ontwikkeld, en inwendig vervloekte ik hem opnieuw, voor hoe hij als een onverbeterlijke celibatair zijn eigen leven leefde terwijl mijn moeder probeerde te voorkomen dat het wankele bouwwerk dat ons gezin moest voorstellen, voorgoed in elkaar zou storten.

Maar waarom nam ik het mezelf dan nog steeds kwalijk dat ik geen baba meer tegen hem kon zeggen? Had ik me misschien te veel van mijn eigen vader afgekeerd door hem zo vaak en intens te vervloeken?

Na een tijdje wist ik het zeker: ik kon mezelf niets verwijten. Hij had mij keer op keer weggeduwd, zich telkens van ons afgewend en een muur met prikkeldraad en glasscherven opgeworpen zodat we hem nauwelijks nog durfden te naderen.

Veel later dan goed voor me was, zag ik in dat hij niet alleen verantwoordelijk was voor de continue onrust in ons leven, maar dat hij bovenal voor een constant gevoel van onveiligheid had gezorgd. Nog voordat mijn school een onveilige plek was geworden, nog voordat het definitieve verval in onze wijk was ingetreden, had hij er eigenhandig voor gezorgd dat het thuis onveilig was. Het meest verwoestende effect was dat hij ons op die manier klein hield, dat hij onze karakters steeds meer verboog tot er niets meer te verbuigen viel.

Ik nam het hem niet eens kwalijk dat hij nooit een liefdevolle vader was geweest of me nimmer tegen zich had aangedrukt; hij had dat soort aandacht ook nooit gehad van zijn ouders. Maar ik nam het hem wel kwalijk dat hij geen enkele poging deed een betere vader te zijn.

Ik moest, misschien wel uit zelfbehoud, een ander woord vinden voor baba. Het moest een woord zijn dat zijn positie feitelijk devalueerde waardoor ik van hem kon loskomen, waardoor hij me niet langer kon raken. Maar het moest ook een woord zijn waartegen hij weinig kon inbrengen. Het werd simpelweg 'pa'. Een korte en harde roepnaam, zoals hij zelf ook kortaf en hard was. Een gekortwiekt woord waar ik geen enkele emotionele band mee had en dat zijn wortels had in het land waar hij maar geen band mee op kon bouwen. Ik nam mezelf voor het slechts op beperkte schaal te gebruiken, bijvoorbeeld als ik hem moest roepen om zijn aandacht te trekken en om mezelf in de toekomst beschamende vertoningen als in het winkelcentrum te besparen.

Toen ik later hoorde dat hij het mijn moeder verweet dat ik hem geen baba meer noemde, was ik er nog meer van overtuigd dat ik er goed aan had gedaan. In tegenstelling tot zijn tienerzoon was hij blijkbaar geen moment bij zichzelf te rade gegaan en had hij zelfs nu geen moment van innerlijke reflectie gekend. Het had weer niet aan hem gelegen, zoals nooit iets aan hem lag. Zo bezien was het zelfs een gul compromis van mijn kant geweest om hem voortaan pa te noemen.

68

Die avond was mijn vader op oorlogspad. Ik zag het meteen toen hij rond halftien thuiskwam en zonder iets te zeggen zijn jas ophing. Hij smeet met de deuren van de keukenkastjes en bromde terwijl hij zijn eten in een pannetje opwarmde. Toen hij de woonkamer betrad, keek hij met donkere ogen voor zich uit. Zijn dienblad kwam met een luide klap neer op de salontafel. Zonder iets te zeggen pakte hij de afstandsbediening uit mijn hand en onderbrak de Europacupwedstrijd van PSV door naar de Turkse zender TRT-INT te zappen.

Ik had geleerd om op avonden als deze extra voorzichtig te zijn en hem geen aanleiding te geven om zijn woede op mij te richten. Toch kon ik het niet laten om hem te laten merken dat ik zijn gedrag afkeurde, want ik had me de hele dag verheugd op de wedstrijd van PSV tegen FC Porto. Ik zuchtte, staarde hem aan en schudde toen traag mijn hoofd. Als ik niets zei, kon hij onmogelijk boos op me worden, dacht ik. Maar toen hij zag dat ik hem aanstaarde, liet hij zijn vork vallen, wat een schel geluid veroorzaakte. 'Als het aan jou ligt kijken we niets anders dan voetbal in dit huis.' Hij nam een hap van zijn rijst en smakkend voegde hij eraan toe: 'Je moeder heeft je te veel verwend, je denkt alleen maar aan jezelf, jongen.'

Hij zat te loeren op een kans om het beest in hem los te laten, ik zag het aan zijn blik. Maar ik zou hem die kans niet geven. Ik zou me niet laten provoceren.

Terwijl hij zijn eten snuivend naar binnen schrokte, richtte ik mijn rechterhand op als een scherm om niet met dat onuitstaanbare beeld geconfronteerd te worden. Ik onderdrukte de aanvechting om naar mijn kamer te gaan zoals mijn zus meteen had gedaan toen hij thuiskwam. Hij had mijn avond verpest, en nu zou ik hem niet de voldoening schenken van een rustige avond voor de tv. Hij zou mijn aanwezigheid moeten voelen, net zoals ik zijn aanwezigheid had gevoeld vanaf het moment dat hij zijn sleutel in de voordeur had gestoken. Zelfs toen een praatprogramma begon en vier oude mannen met elkaar in gesprek gingen, bleef ik zitten. Ik wilde hem vragen of hij het echt interessant vond om naar vier bejaarde Turken te kijken die onverstaanbaar mompelden. Maar hij zou mijn opmerking als een provocatie zien, en als hij al niet direct zou ontvlammen, zou hij me op z'n minst op onbehouwen wijze terechtwijzen zonder zijn woorden te wegen in de hoop dat ik zou happen. Daarom kon ik beter mijn mond maar houden.

Mijn moeder zat aan de glazen tafel en was diep verzonken in een brief aan haar zusje. Ze had nog geen woord met mijn vader gewisseld sinds hij thuis was gekomen. Ze had hem zelfs niet gegroet. Misschien hadden ze weer ruziegemaakt toen mijn zus en ik op school zaten.

Mijn vader pakte zijn aansteker, trok een sigaret uit het pakje Marlboro en duwde hem in zijn mond. En terwijl hij opstond, smeet hij het pakje op tafel. Ik keek hem na terwijl hij traag naar de balkondeur slenterde, de sigaret al na een paar stappen aanstak en een paar grote rookwalmen uit zijn mond liet ontsnappen nog voordat hij het balkon had bereikt. En ik wist precies wat hij wilde laten zien: je moeders huisregels interesseren me geen reet, ik steek mijn sigaret aan waar ik wil.

Ik voelde een steek door mijn lichaam schieten en kwam overeind op de bank. Terwijl hij de balkondeur opende, wierp hij me een schuine blik toe en blies traag een derde walm rook uit. Ik keek hem aan en wendde al mijn zelfbeheersing aan om niet te happen. Hij stapte op het balkon en liep richting de balustrade en voor de vorm gaf hij de deur een slap duwtje waardoor die half open bleef staan en een groot deel van de rook naar binnen drong. Ik stond op en liep met vlugge passen naar de deur en trok hem met een zwaai dicht.

'Jullie zijn echt ongelooflijk,' riep mijn vader vanaf het balkon. 'Moet ik soms op het dak gaan roken?'

'Blijf maar uit zijn buurt,' zei mijn moeder.

Ik kon hem niet langer verdragen. Ik pakte een strip van de X-mannen uit mijn kamer en liep naar de wc. Omdat er geen licht brandde in mijn zus' kamer, knipte ik het licht in het halletje niet aan. Ik ging op de pot zitten en sloeg de comic open. Wat ik zag beviel me meteen want het eerste plaatje illustreerde precies wat ik voelde: Wolverine had zijn klauwen uitgeslagen en slaakte een oerkreet. Ik voelde de aandrang om me ook te laten gaan en te schreeuwen, maar ik wilde mijn zus niet wekken en liet het bij een paar grommen en las toen verder.

Toen ik bij de volgende pagina was aanbeland, hoorde ik zware voetstappen en even was het alsof Juggernaut, de kolossale vijand van de X-mannen, mij wilde belagen, maar aan het sloffende geluid van de voetstappen te horen, was het mijn vader die naderde. Hij betrad het halletje voor de wc en draaide de kraan open waardoor het water krachtig in de wasbak kletterde. Ik hoorde hoe hij de handzeep uit het bakje pakte, de waterstroom kort onderbrak en even later de zeep met een knal in het bakje mikte. De zeep en de houder vielen op de grond. En terwijl ik op de pot zat, verbeet ik me: niet alleen waste mijn vader zijn handen niet in de badkamer, zoals mijn zus zo vaak had verzocht als het tien uur was geweest, maar ook was hij luidruchtig en had hij waarschijnlijk het licht aangedaan waardoor ze ongetwijfeld wakker zou worden. Ik hoorde hoe hij iets pakte van het glazen plateautje boven de wasbak terwijl het water onverminderd hard bleef stromen. Waarschijnlijk stond hij nu zijn haar te kammen, al was het halfelf geweest. En alsof het kammen hem goede luim bezorgde en zijn donkere humeur verdreef, begon hij te zingen, eerst zachtjes, maar daarna steeds luider. Ik wilde op de deur kloppen en hem manen om zachter te doen om te voorkomen dat mijn zus zou worden gewekt, maar ik wist dat het alleen maar averechts zou werken, dat hij niet in zijn vrijheid begrensd wenste te worden door zijn jongste kind, zeker niet als dat op de pot zijn behoefte zat te doen, en dat hij zich al helemaal niet wenste in te houden omdat een van de kinderen misschien sliep.

Ik hoorde hoe een deurhendel met kracht werd ingedrukt en een deur openzwaaide. 'Kun je niet voor één keer je handen in de badkamer wassen zonder dat ik het moet vragen?' Mijn zus was gewekt, en ik wist uit mijn kinderjaren dat zoiets meteen op haar humeur sloeg. 'Je hebt me gewekt!' Mijn zus wist niet dat mijn vader op oorlogspad was, en nu stond ze tegen hem te schreeuwen om haar frustratie te uiten. Ik veegde af, trok mijn broek op en spoelde snel door. En terwijl ik de deur opende, hoorde ik mijn vader brommen: 'Hé, rustig aan jij, let een beetje op je toon.'

'Waarom kun je geen rekening met mij houden?' Mijn zus stond in haar lange slaapshirt in de deuropening en keek mijn vader slaperig aan. Ze hield een hand tegen de zijkant van haar hoofd alsof ze hoofdpijn had. 'Ik heb je zo vaak gevraagd of je niet je handen hier wilt wassen als ik slaap.' Ze kneep haar ogen tot spleetjes tegen het felle licht.

'Wat is dit?' riep mijn vader. 'Wat is dit, verdomme? Mag ik in mijn eigen huis niet eens mijn handen wassen?' Hij smeet zijn kam op de grond. 'Ik mag niet roken waar ik wil, ik mag mijn handen niet wassen waar ik wil. Straks moet ik nog om toestemming vragen om te mogen schijten!'

'Baba,' zei mijn zus nu rustiger. 'Je weet dat ik mijn slaap nodig heb.'

'Ik moet altijd maar rekening houden met jullie, waarom houden jullie nooit eens rekening met mij?'

Terwijl mijn zus zocht naar woorden bestudeerde ze zijn strakke coupe een moment, en alsof ze daardoor geprikkeld werd, riep ze: 'En waarom moet je hier je haar kammen, op dit tijdstip? Dat kan toch ook in de badkamer, je hebt daar toch je handspiegel liggen.'

'Genoeg!' schreeuwde mijn vader. 'Ik wil godverdomme niets meer horen.'

'En ik wil slapen.'

'Ik zei genoeg, jij ezel!'

Ik stond daar met mijn stripboek in mijn hand en even overwoog ik ermee te zwaaien om mijn zus tot kalmte te manen. Mijn vader had een val voor haar uitgezet, en zij liep er met open ogen in. Zij bezat zijn temperament, zij beschikte over zijn vurige tong.

'Jij bent zelf een ezel!' riep mijn zus onbevreesd.

De val klapte dicht. De prooi zat vast.

En het beest werd nu losgelaten.

'Hoe durf je!' brulde mijn vader. 'Hoe durf je mij ezel te noemen?' En hoewel mijn zus toen bijna achttien was, haalde hij uit met de vlakke hand, maar ze week instinctief achteruit en ontweek de klap. Ze deed een stap naar achteren en was weer met beide benen in haar wereld en probeerde meteen de poort te sluiten, maar hij duwde zijn voet ertussen en beukte er met zijn volle gewicht tegenaan, als een boosaardige indringer die op vergelding uit was. Maar vergelding van wat?

Ik wist dat mijn zus nu kansloos was, dat het wilde beest voor een afstraffing zou zorgen die ik niet durfde te aanschouwen. Het was mij in al die jaren altijd gelukt om me als een windhond op de vlucht uit de voeten te maken als het beest moedwillig uit zijn kooi werd gelaten, en ik was er steeds in geslaagd om de badkamer tijdig te bereiken en de deur op slot te doen voordat ik werd gegrepen. Maar mijn zus zat nu in de val, in haar eigen wereld. Ze kon geen kant op.

Mijn vader duwde de deur verder open en het was alsof de poort omver werd geblazen door een vastberaden vijandelijke macht. Mijn zus schreeuwde en juist op dat moment diende zich versterking aan. Mijn moeder kwam aangerend en riep: 'Niet doen! Harun, niet doen!'

Maar het beest wenste niet getemd te worden en zette door. Mijn zus rende naar de hoek van haar kamer, naar haar bed en kromp daar ineen terwijl hij zich op haar stortte. 'Wie noem jij ezel?' bulderde hij. 'Wie noem jij hier ezel?' Hij begon wild uit te halen, zijn grote logge handen landdden op haar hoofd, haar rug en waar hij haar ook maar raken kon. Mijn zus krijste.

'Niet op haar hoofd!' gilde mijn moeder terwijl ze aan het beest trok. 'Niet op haar hoofd!' Maar hij ging door en gaf zich over aan een woeste razernij die we zelden in die mate bij hem hadden waargenomen.

Ik wendde me af. Ik kon het niet meer aanzien en draaide me om terwijl ik mijn vuist huiverend in mijn mond drukte en erop beet.

'Genoeg! Genoeg!' schreeuwde mijn moeder. Het was een hartverscheurende schreeuw die lang nagalmde en toen ik me omdraaide, zag ik dat ze zich als een schild van vlees en bloed op haar dochter had geworpen en de klappen voor haar incasseerde die maar bleven neerdalen. 'Genoeg.'

Het beest hijgde. Hij zocht naar adem. Het beest was uitgeput.

'Wie noem jij hier ezel?' riep hij zwaar ademend. 'Jij ondankbaar wezen.' Hij strompelde uit haar kamer zoals een vechtersbaas een bar zwalkend verlaat na een knokpartij. En terwijl hij in het halletje stond en het felle licht op hem scheen als om hem tot zichzelf te laten komen, riep hij: 'Dit gebeurt er als jullie mij niet meer respecteren.'

Maar het klonk niet triomfantelijk. Het klonk als de wanhopige uithaal van een man die alles aan het kwijtraken was.

69

Voor een opdracht voor maatschappijleer moesten we een buurtgenoot interviewen en hem iets laten vertellen over zijn leven en de buurt. Dit was er dus voor nodig om mij weer naar meneer Rolf te leiden. Sinds mijn bijlessen rekenen was ik niet meer bij hem langsgegaan en in de drie bittere jaren die sindsdien waren verstreken, had ik hem slechts een paar keer gesproken.

Dat weekend ging ik bij hem langs. De dikke beige gordijnen die voor het stoffige keukenraam hingen, leken onaangeroerd, alsof er niets veranderd was, alsof meneer Rolf in al die jaren niet een keer het raam had geopend of zijn gordijnen ook maar een paar millimeter had verschoven. De trieste en door de zon verkleurde tuinkabouter stond nog op dezelfde plek, net als de mini-Eiffeltoren. Tot mijn verbazing was de kromme cactus flink gegroeid. Ondanks het spinrag, dat inmiddels uitgedroogde huisspinnen op hem hadden achtergelaten, en het onmiskenbare tekort aan water en frisse lucht, deed hij het goed.

Hoe zou meneer Rolf eraan toe zijn? Misschien was hij wel ziek en zou hij mij aansteken. En misschien was de stank in zijn huis nog wel ondraaglijker dan tijdens de rekenlessen. Maar ik wist niet wie ik anders moest interviewen voor mijn opdracht, en heimelijk was ik ook nieuwsgierig naar wat ik zou aantreffen.

Ik drukte snel op de bel, zodat ik niet langer de kans had me te bedenken. Er gingen tien seconden voorbij, twintig seconden, maar er gebeurde niets. Ik wilde weglopen toen er ineens aan verschillende sloten werd gerommeld alsof er een oude bankkluis werd geopend. Uiteindelijk ging de deur een klein stukje open met de ketting er nog op. Meneer Rolf gluurde naar buiten als een figuur uit een griezelfilm die het daglicht niet kan verdragen. Ik deed een stap naar achteren.

'Metin? Wat doe jij hier?' Ik hoorde opluchting in zijn stem die opvallend helder klonk. 'Is het soms weer tijd voor je rekenlessen?'

'Goedemorgen, meneer Rolf,' zei ik nerveus. 'Nee, geen rekenlessen. Ik wil u vragen of ik u mag interviewen voor een schoolopdracht.'

'Interviewen?'

'Ja, voor maatschappijleer.'

'Waarover?'

'Uw leven en de buurt.' Waarom was ik zo nerveus? 'U woont hier al heel lang volgens mijn moeder, en zij zegt dat... dat u vast wel iets kunt vertellen over de buurt.'

'Ik ben de eerste bewoner van deze flat. Sterker nog: ik ben een van de eerste bewoners van de hele Bijlmermeer.'

Dit klonk goed, dit klonk alsof meneer Rolf een verhaal had en er graag over wilde vertellen. Ik ontspande.

'Ik weet alles van deze buurt, jongen. Alles!' Zijn stem klonk ineens opgewekt en ik dacht dat hij nu de ketting van het slot zou halen om de deur helemaal te openen, maar hij praatte verder alsof de afstand hem wel beviel. 'Sterker nog, in heel de Bijlmermeer vind je niemand die zoveel over deze wijk weet als ik.'

'Heeft u nu misschien tijd?'

'Nee, jongen, dat zal niet gaan, ik ben nu aan het lezen.' Hij zuchtte. 'Ik bestudeer wetten en jurisprudentie. Verschrikkelijk werk, maar ik zoek munitie om die vermaledijde woningcorporatie en lakse gemeente mee te dwarsbomen, om hun snode plannen te verijdelen.' Ineens verhief hij zijn stem: 'Om ze eindelijk neer te halen!'

Ik begreep niet waar hij het over had. 'Heeft u later vandaag misschien tijd?'

'Nee, maar morgen dezelfde tijd wel. Het zal vast geen onoverkomelijke bezwaren opleveren als we je rekenles iets later doen.'

'Interview,' zei ik.

'Wat?'

'Ik kom voor een interview.'

'Ook goed, ook goed, jongen. Niet meteen op alle slakken zout leggen, hoor.' Meneer Rolf deed de deur dicht zonder nog iets te zeggen.

De volgende dag stond ik op hetzelfde tijdstip voor zijn deur. Dit keer deed meneer Rolf meteen open waarna een zoetzure walm over me heen walste en mijn lichaam een paar graden opwarmde.

'Mooi, je bent op tijd.' Meneer Rolf droeg dezelfde beige kamerjas als drie jaar geleden met vlekken op precies dezelfde plekken, en ik zag nu dat zijn haar niet alleen veel langer, maar ook grijzer was geworden. Zijn ringbaard was onmiskenbaar breder en had als oprukkend onkruid nu ook zijn wangen en hals overwoekerd. 'Kom binnen,' zei hij met een stem die minder krachtig klonk dan de vorige dag, alsof hij onverwachte tegenslagen te verduren had gekregen. Door het verstikkende aroma dat me deed denken aan rottend fruit en beschimmelde etenswaren, durfde ik nauwelijks een stap in de donkere woning te zetten. De hal lag bezaaid met troep, het was onmogelijk om de vloer nog te zien in de puinhoop van oude kranten, reclamefolders, pakken Brinta, lege eierdozen en vuilniszakken. Staand in de puinzee, keek meneer Rolf even om zich heen. 'Ik kom de laatste tijd weinig aan opruimen toe.' Het klonk alsof hij nu pas tot de ontdekking was gekomen dat de rommel de aanvaardbare grenzen ruimschoots had overschreden. 'Maar ik heb nu veel belangrijker zaken aan mijn hoofd. De strijd gaat voor alles!'

We liepen verder naar de zwak verlichte woonkamer die een nog veel grotesker uitzicht bood: het leek of er hele papiercontainers omgekieperd waren en meneer Rolf in een oceaan van rommel op zoek was naar verloren stukken. En alsof hij mijn gedachten kon lezen, zei hij: 'Ik moet mijn archief bij de hand hebben gedurende mijn strijd.' Hij zuchtte vermoeid. 'Jongen, je hebt geen idee hoeveel stukken ik daarvoor nodig heb.'

Dikke beige gordijnen hielden ook hier het daglicht onverbiddelijk buiten. De drie fauteuils die ik tijdens de rekenlessen nog had zien staan, waren nu vrijwel aan het oog onttrokken door alle paperassen, kledingstukken en zakken die erop rustten, en van de kleine televisie was alleen nog een deel van de antenne zichtbaar. 'Ga zitten.' Meneer Rolf wees naar de eettafel in de hoek. Rondom en op de tafel lagen relatief nette stapels papier en boeken. Hij had een stoel voor mij vrijgemaakt en een klein hoekje van de tafel verlost van het papier en de oude kranten zodat ik een deel van mijn schrift erop kwijt kon. 'Brand maar los,' zei hij terwijl ik voorzichtig plaatsnam, bang om iets aan te raken wat ik daarna nooit meer van mijn hand zou kunnen wassen. 'Wat wil je weten, jongen?'

Ik schoof een leeg pak Brinta opzij en sloeg mijn schrift open. Daarna ademde ik diep in, maar ik had daar meteen spijt van omdat de zoete schimmelachtige geur meteen op mijn longen sloeg. Ik begon te hoesten.

'Wil je een glas water?'

'Nee, dank u,' zei ik, want ik wilde hier zo min mogelijk aanraken, laat staan dat ik iets wat hier in huis lag weg te rotten, of met een laag stof bedekt was tegen mijn lippen aan zou drukken. 'Het gaat wel weer.' Ik kuchte nog een laatste keer en nu extra hard alsof ik zo alle bacteriën en virussen, die ik zonder nadenken had toegelaten in mijn lichaam, nog kon verjagen. Hoe sneller ik klaar was, hoe eerder ik thuis onder een hete douche kon stappen. 'Wat voor werk heeft u gedaan?'

'Ik was mijn leven lang journalist,' zei meneer Rolf met een zekere trots. 'De laatste vijftien jaar voor *Het Parool*.'

Ik was opgelucht. Het eerste antwoord was binnen. 'Hoelang woont u hier al?'

Meneer Rolf wreef over zijn baard. 'Het moet in 1970 zijn geweest dat ik in dit appartement trok, ik was de eerste bewoner van Fleerde, maar ik was niet de eerste bewoner van de Bijlmermeer. Weet je wie dat wel was?' Ik wilde zeggen dat dat niet relevant was voor mijn opdracht, maar ik wist van mijn rekenlessen dat meneer Rolf niet iemand was die je zomaar onderbrak, dat hij graag zijpaden bewandelde. 'Dat was Kees Copray, hij trok op 25 november 1968 in de flat Hoogoord met zijn gezin. Wethouder Elsenburg kwam toen speciaal uit het stadhuis helemaal hierheen om hem de sleutel voor het appartement op nummer 57 te overhandigen. Dat kun je je nu toch niet meer voorstellen? Wethouders durven hier tegenwoordig geen stap meer te zetten. Maar het was toen een behoorlijke plechtigheid, met veel pers en fotografen.' Meneer Rolf keek even voor zich uit en hij glimlachte toen hij zei: 'Ik was erbij die dag en heb er nog een verslag voor getikt voor de krant.' Hij wees naar de rommel achter hem. 'Ik heb dat stuk hier wel ergens liggen in een van de mappen achter me. Zal ik het even voor je zoeken?' Ik schudde gedecideerd mijn hoofd. 'Nou, misschien komt dat later nog wel. Ik heb elk stuk bewaard dat ik ooit voor de krant heb geschreven. Mijn publicaties zijn me heilig, maar waar was ik gebleven?' Ik keek hem vragend aan. 'Kijk in je aantekeningen, jongen!'

Ik wierp verschrikt een blik in mijn schrift. 'Ik heb opgeschreven dat u hier sinds 1970 woont.'

'Wat? Maar ik heb veel meer verteld.' Hij schudde zijn hoofd en stak zijn handen toen theatraal de lucht in, alsof hij het ineens niet meer zag zitten. 'Je moet veel meer opschrijven, veel meer, ik geef hier waardevolle informatie weg. Maak er maar een woordelijk verslag van, dan mis je tenminste niets.'

'Sorry, ik kon het niet goed bijhouden.'

Hij schudde zijn grijze hoofd. 'Sneller schrijven, laat je pols maar werken. Hoe wil je anders een goede interviewer worden? Zoals ik al zei, wethouder Elsenburg overhandigde meneer Copray een sleutelbos én, nieuwe informatie, opletten nu, aan die sleutelbos was de Amsterdamse vlag bevestigd. Maar nu komt het fraaiste: ze kregen een wasmachine cadeau van de gemeente en alsof dat nog niet genoeg was, deed de wethouder er ook kaarten voor ballet- en theatervoorstellingen bij. Kun je het je voorstellen? O, en meneer Copray kreeg ook nog een visakte cadeau. Noteer dat ook maar, dat soort bijzondere details geven je interview kleur.'

Helemaal niet, dacht ik. Ik schreef dan wel driftig mee, maar dat was alleen om meneer Rolf niet boos te maken.

'Dat hadden ze eigenlijk bij iedere eerste bewoner van een flat moeten doen. Ik heb geen ene biet gehad toen ik als eerste in deze flat trok.' Meneer Rolf zuchtte alsof er ineens iets zwaars op zijn borstkas drukte. 'Maar niet iedereen is gelijk, dat is iets wat je snel leert in het leven. Schrijf maar op, het is een belangrijke wijsheid.' Hij glimlachte weer. 'Het was hier in de eerste jaren net een woestijn, alsof die flats zo in de Sahara waren neergezet. Nou, op de temperatuur na dan. De kille wind en het opstuivende zand maakten het geen pretje om hier te wonen. In het begin droeg ik daarom van die grote skibrillen om buiten iets te kunnen zien. Goed, wat is je volgende vraag? Hou het tempo er een beetje in, hè.'

Ik bladerde snel terug naar de vragen. 'Waarom bent u hier komen wonen?'

'Dat is een goede open vraag, jongen, daar kan ik iets mee.' Meneer Rolf keek even voor zich uit, over de rommel heen, in de richting van het stugge gordijn, en alsof hij iets zag wat hem het juiste antwoord influisterde, zei hij opgewekt: 'Oké, ik ben in de Bijlmermeer gaan wonen omdat dit de mooiste en meest bijzondere woonwijk van Nederland zou gaan worden. Wonen in de Bijlmermeer zou als een droom zijn, zeiden ze. Een soort oase in Amsterdam. Ik kan me de woorden van burgemeester Van Hall nog goed herinneren. "De Bijlmermeer is het modernste, spraakmakendste en prettigste woonoord dat men zich kan denken." En in een folder waarin de Bijlmermeer werd aangeprezen, stond dat het de mooiste en modernste hoogbouw ter wereld zou worden, een parkstad in het groen.' Hij keek te midden van de puinhoop even voor zich uit, alsof hij de droom trachtte te visualiseren met zijn handen. 'We zouden gaan wonen in het Central Park van Amsterdam, in een enorm park met overdadig groen. Maar weet je wat de Bijlmermeer pas echt bijzonder maakte?'

'Dat er hier zoveel donkere mensen wonen?' probeerde ik, want ik had geen idee.

'Jongen, wat leren ze jullie tegenwoordig allemaal op school?' Meneer Rolf keek me hoofdschuddend aan. 'Wat de Bijlmermeer zo bijzonder maakte, was dat het vanaf het begin duidelijk was dat hier geen auto's door de wijken zouden rijden, want in deze nieuwe futuristische wijk, zoals ze het telkens noemden, zouden wonen en werken gescheiden worden. En dat is precies de reden dat ik hier ben komen wonen, ik was die vieze auto's in de stad helemaal zat. We zouden hier in de hoogte wonen en op het maaiveld recreëren. Weet je wat een maaiveld is?'

'Een veld dat gemaaid is?'

Het verbaasde me om meneer Rolf te zien lachen. 'Het is, zeg maar, het niveau van de grondoppervlakte, of simpel gezegd: het straatniveau, hoewel dat misschien niet helemaal klopt, maar dan begrijp je het beter. Die stedenbouwkundigen hadden in hun eeuwige wijsheid bedacht dat wij wel op dat maaiveld zouden wandelen en dat de kinderen er zouden spelen. En de auto's mochten alleen over verhoogde wegen, de dreven, door de Bijlmermeer rijden. Ze waren niet welkom in de wijk. Daarom viel ik voor de deze prachtwijk.' Ik hoorde ontroering in meneer Rolfs stem. 'Pen dat maar neer!'

'Eigenlijk best onhandig,' zei ik.

'Wat vind jij onhandig, jongen?'

'Nou... dat we bijna tien minuten moeten lopen naar de garage om bij onze auto te komen.'

'Ja, maar toen jij hier als kind door de wijk fietste met je zijwieltjes, hoefde je helemaal niet op te passen voor auto's. Jij had de luxe om te fietsen en spelen waar je maar wilde, zonder te hoeven uitkijken voor die blikken rookspuwers. Wist je dat er in de Bijlmermeer nog nooit een kind door een auto is aangereden?' Ik schudde mijn hoofd en terwijl ik driftig verder schreef, drong het tot me door dat meneer Rolf wel gelijk moest hebben. De enige auto's die hier door de wijk reden, waren politieauto's. En zelfs die zag je zelden. 'Nu ik dit verteld heb, moet ik er eigenlijk ook bij zeggen aan wiens meesterlijke brein dit allemaal ontsproten is.'

Ik begreep niet waar hij het over had. 'Hoe bedoelt u?'

'Siegfried Nassuth, onthoud die naam. Hij was als stedenbouwkundige verantwoordelijk voor het concept van de Bijlmermeer, voor de scheiding van wonen en werken om precies te zijn. Hij is de bouwmeester van deze wijk en heeft bedacht dat het hier zo groen moet worden en dat veel flats een honingraatvorm moesten krijgen. En Fleerde is daar een van. Ja, jongen, je woont in een honingraatflat.' Hij tekende met zijn wijsvinger de vorm van een honingraat in de lucht, en terwijl ik me afvroeg waarom dat zo bijzonder was, zei meneer Rolf: 'Het is dankzij het krachtige ontwerp van Nassuth dat de Bijlmermeer in de praktijk iets voorstelde, want de overheid en de woningcorporaties hebben daarna zijn schitterende ontwerp met een botte bijl versoberd, ze hebben zijn plannen verkracht, alleen maar om de kosten zoveel mogelijk te drukken. En daardoor, en daardoor alleen is de Bijlmermeer nooit de wijk geworden die het had kunnen worden. Nog voordat ze begonnen met bouwen is er al verschrikkelijk veel bezuinigd en is het allemaal misgegaan. En nu zitten we met deze ellende opgescheept en willen ze de boel platgooien. Maar de Bijlmermeer heeft nooit een echte kans gehad! Schrijf dat maar met koeienletters op want dat is waar ik zo boos over ben!' Meneer Rolf keek me vragend aan. 'Kun je dit allemaal wel volgen, jongen?'

Ik keek naar mijn aantekeningen, mijn handschrift was nauwelijks leesbaar omdat ik meneer Rolf amper bij had kunnen houden en ik wist niet hoe je Nassuth moest spellen, maar dat kon me niets schelen, want ik was meer geïnteresseerd in het laatste wat meneer Rolf zei, ik was benieuwd naar de ellende waar hij naar refereerde. 'Jawel,' loog ik en vroeg me af hoe ik mijn vraag het beste kon formuleren zonder hem voor het hoofd te stoten. 'U zegt dat het is misgegaan, maar wat is er precies misgegaan? En wat bedoelt u eigenlijk met "deze ellende"?'

Meneer Rolf wreef in zijn handen. 'Mooi, mooi, dat zijn goede vragen, dat betekent dat je hebt opgelet. Het wordt misschien een beetje een lang verhaal, en misschien wordt het ook wel wat politiek, maar als je het echt wilt begrijpen, en dat wil je want anders zou je die vraag niet hebben gesteld, dan moet ik het wel vertellen.' Hij keek me onderzoekend aan. 'Is dat goed?'

Ik had eigenlijk gehoopt dat het niet nog veel langer zou duren. De zware lucht in de woonkamer maakte me steeds misselijker en mijn ogen begonnen te prikken, maar ik durfde niet te vragen of de balkondeur open mocht. En ik moest nodig plassen, maar ik zou nog liever mijn blaas laten knappen dan de wc van meneer Rolf te gebruiken. 'Dat is goed,' hoorde ik mezelf volgzaam zeggen.

Meneer Rolf leek er zin in te krijgen, hij ging verzitten en zei: 'Meneer Nassuth is een heel wijs man, hij wist natuurlijk ook dat je met al die flats, met die dertienduizend woningen en honderdduizenden kilo's gestapeld beton, iets moest doen aan de leefbaarheid, dat je moest investeren in collectieve ruimten. Want de stad is hier niet bepaald om de hoek, en in het begin was er niet eens een metrolijn, dus je moest ervoor zorgen dat het volk zich hier in de wijk kon vermaken. Nassuth wilde daarom dat er veel groen zou komen in de Bijlmermeer, zodat je niet alleen maar op al die grijze kolossen uitkeek. En ja, dat is voor een deel ook gelukt, kijk maar naar alle bomen en grasvelden rond onze flat. Maar Nassuth dacht veel groter, hij wilde een groot Bijlmerpark in het midden van de wijk waar alle bewoners bij elkaar zouden komen en recreëren. Wist je dat er in zijn ontwerp voor de Bijlmermeer zelfs een hertenkamp in het park zat, en een pannenkoekenhuis, cafés en ook een trimbaan? Maar al die plannen gingen niet door. Weet je waarom?'

Ik zag aan de manier waarop meneer Rolf me aankeek dat hij een antwoord verwachtte. Ik legde mijn pen neer en terwijl ik betreurde dat er nooit een hertenkamp was gekomen, begreep ik dat dit een test was.

'Denk eens logisch na,' zei meneer Rolf. 'Wat zou de reden kunnen zijn?'

Ik probeerde me voor te stellen hoe Nassuth zijn plannen had uitgetekend aan een grote tafel en ze daarna aan de burgemeester had aangeboden. Ik bedacht dat er daarna iets gebeurd moest zijn waardoor er nu geen herten door het Bijlmerpark dartelden. 'Er zijn fouten gemaakt?' probeerde ik.

'Ja, dat is wel duidelijk, zeker met terugwerkende kracht. Maar wat voor fouten?'

Ik begreep niet wat hij bedoelde met terugwerkende kracht, ik begreep alleen dat hij me probeerde mee te nemen in zijn verhaal, maar ik kon hem niet volgen. 'De mensen die het plan uitvoerden hebben... de verkeerde tekeningen gebruikt?'

'Ha, ik vind het een goede poging van jou, creatief ook. En er zit een kern van waarheid in.' Meneer Rolf stak zijn wijsvinger traag op. 'Let goed op wat ik nu ga zeggen, want dit is heel belangrijk, niet alleen voor je opdracht, maar ook voor de rest van je leven. Als je nu goed luistert, zul je voor altijd alles om je heen beter begrijpen.'

Terwijl ik rechtop ging zitten met mijn pen in de aanslag, vroeg ik me af wat er nu zou volgen dat zo belangrijk was dat het mij alles om mij heen beter zou laten begrijpen. Ik hield mijn adem in, niet alleen vanwege de stank, maar vooral van de spanning.

'Het probleem was geld.' Meneer Rolf keek alsof hij iets mysterieus had onthuld. 'Geld. *Money. Dinero.* Alle problemen in de wereld hangen daarmee samen. Linksom of rechtsom. Als er ergens een probleem is, of het nou gaat om het gebrek aan voedsel, zorg, onderwijs of woningen, dan is geld, of beter gezegd het gebrek daaraan, altijd de oorzaak. Jongen, geld heeft op deze wereld oneindig veel problemen veroorzaakt, misschien wel net zoveel als godsdienst. Geld heeft de wereld verpest.' Ik schreef één zin op terwijl ik deed alsof ik alles woord voor woord noteerde: Geld heeft de wereld verpest. 'En geld was ook het grote probleem van de Bijlmermeer, nog voordat de eerste paal de grond inging in 1966 in aanwezigheid van burgemeester Van Hall. Want nog voordat er begonnen werd met bouwen, werden de ontwerpen van de architecten versoberd, werden ze geweld aangedaan omdat de aanneemsommen hoger waren dan de ramingen van de gemeente.' Meneer Rolf sloeg ineens met zijn hand op tafel. 'Die schoften besloten meteen als een dwaas te schrappen in de originele plannen! Bij het eerste het beste zuchtje tegenwind besloten ze Nassuths plannen te herschrijven. En wat deden ze als eerste om kosten te besparen? Ze verhuisden de binnenstraten naar de eerste verdieping.'

Ik vroeg me af waarom dat erg was. Ik had als kind vaak in de binnenstraat gespeeld met Floyd en Saleem. We hadden er bij slecht weer zo vaak gefietst of gevoetbald, en we hadden er fikkies gestoken die de binnenstraat dagenlang in stank hadden gehuld. Het enige probleem was dat het er 's avonds eng en donker was.

'Dat is verdomme toch onbegrijpelijk?' Meneer Rolf brulde alsof ik persoonlijk had meegewerkt aan het verraad. Van schrik liet ik mijn pen vallen. 'De binnenstraten die in zijn plannen voor levendigheid op straat hadden moeten zorgen, werden ongure en naar pis stinkende tunnels die ook nog eens donker waren omdat ze aan de kant werden gebouwd waar de zon niet scheen. Een kind had nog kunnen voorspellen dat dat desastreus zou uitpakken.' Meneer Rolf schudde zo wild met zijn hoofd dat ik bang was dat hij van zijn stoel zou vallen en voor altijd in de rommel om hem heen zou verdwijnen. 'Sorry, ik liet me even gaan. Het maakt me nog steeds woest als ik erover nadenk. Het liefst zou ik nu de verantwoordelijke wethouders in de kraag willen vatten en ze door de binnenstraat willen slepen om ze te laten zien wat ze aangericht hebben, maar die lui zijn allang gepensioneerd of misschien wel overleden. Maar ik geef de strijd niet op.' Hij zuchtte en keek op zijn horloge. 'Ik heb echt een wijntje nodig, maar daar is het misschien iets te vroeg voor. En bovendien, wat voor indruk zou dat op jou maken?'

'Dat maakt mij niet uit,' zei ik naar eerlijkheid. 'Mijn pa drinkt af en toe ook een wijntje in de middag. Of cognac.'

'O? Mag hij dat wel?'

Ik knikte. 'We zijn niet islamitisch.'

'Ik dacht dat alle Turken moslim waren.' Hij steunde met zijn ellebogen op tafel en liet zijn hoofd even in zijn handen rusten alsof het gesprek hem uitputte. Hij zuchtte, schraapte zijn keel en zei: 'Goed, door de krankzinnige beslissing om de binnenstraten naar de eerste verdieping te verplaatsen, werd er op het maaiveld rond de flats een soort niemandsland van blinde muren gecreëerd. Achter die blinde muren werden bergingen aangelegd, en die vielen later weer ten prooi aan de junks. Er wonen hele kolonies junks in de bergingen van elke flat. Maar goed, door die achterlijke bezuinigingen was er dus geen gezelligheid op straat, geen bedrijvigheid. Het was een *no man's land* geworden. Ik zeg je hier en nu, alle problemen met de veiligheid en leefbaarheid zijn een regelrecht gevolg van het verplaatsen van de binnenstraten, want er ontstonden zo oneindig veel plekken waar mensen zich anoniem waanden, waar je niet gezien werd als je iets fouts van plan was en waar niemand je te hulp kon schieten als je werd overvallen of aangerand.'

Ik schrok van zijn laatste woorden en terwijl mijn pols steeds meer pijn begon te doen van het schrijven, mijn blaas steeds heviger protesteerde, en ik me afvroeg of ik om een pauze moest vragen om snel thuis naar de wc te gaan, stelde meneer Rolf een vraag die ik niet had verwacht: 'Hoe zeg je eigenlijk "geld" in het Turks?'

'*Para*,' zei ik.

'Ja, dat klinkt wel toepasselijk, want geld is om paranoïde van te worden.' Meneer Rolf zuchtte en plukte even aan zijn baard. 'Een tweede catastrofe die de Bijlmer trof, is dat eind jaren zestig ongelooflijk op volkshuisvesting is bezuinigd door Den Haag. Al die wijze heren in Den Haag vonden ineens dat dat voortaan overgelaten moest worden aan de lokale overheid en de markt.' Het begon me te duizelen, maar ik besloot mijn mond te houden. 'De regering in Den Haag zei in feite tegen de gemeente Amsterdam: betaal vanaf nu maar zelf voor dat Bijlmermeerprojectje van jullie. Wij steken er geen cent meer in. Ik zeg dit zo uitdrukkelijk zodat niet alleen je leraar het begrijpt, maar ook jouw klasgenootjes, zodat iedereen begrijpt waarom de Bijlmermeer zo is geworden.' Ik wist zeker dat dit niemand iets kon schelen, zeker mijn klasgenoten niet. En terwijl ik de pijn in mijn pols verbeet en mijn zeurende blaas om genade smeekte, schreef ik verder. 'Je begrijpt natuurlijk al wat er nu ging gebeuren. Er werd verder bezuinigd, en daarna werd er nog meer bezuinigd, en nog meer, tot er een soort slap aftreksel over was gebleven van de prachtige plannen van Nassuth. Het had zijn naam niet eens meer mogen dragen.'

'Mag ik een vraag stellen?' zei ik in een poging hem af te remmen en mijn pols even te ontzien.

'Ja?'

Ik besloot nog langzamer te praten om het rustmoment te rekken. 'Waar... waar werd er nog meer op bezuinigd dan?'

'Vooral op zaken die belangrijk waren voor de leefbaarheid en veiligheid, zoals hobbyruimten, een winkelcentrum, cafés en andere collectieve ruimten in de binnenstraten en daarbuiten.' Ik kon nauwelijks nog een woord op papier krijgen en voelde me bevrijd toen meneer Rolf zei: 'Laten we er maar mee stoppen, mijn hoofdpijn is weer terug, ik moet even gaan liggen. Werk anders mijn laatste antwoord thuis uit, als je het niet erg vindt, en kom een andere keer terug, want ik heb nog veel meer te vertellen over de tijd dat ik een gevreesde actievoerder was.' Hij veerde op. 'Jongen, iedereen vreesde me op het stadhuis en iedereen kende me in de Bijlmermeer. Mijn naam werd toen met veel respect uitgesproken, en nog steeds weten de mensen waartoe ik in staat ben.'

Ik stond op en durfde niet te zeggen dat ik al veel meer informatie had dan ik ooit zou gebruiken.

Meneer Rolf begeleidde me naar de deur en vlak voordat ik naar huis wilde rennen om de wc te bestormen, zei hij bedroefd: 'De Bijlmermeer heeft nooit een echte kans gehad.'

70

Ik zat achter in de klas en had me zo dicht mogelijk tegen het raam gepositioneerd. Als een ongewenst aanhangsel van de klas zat ik daar en wenste dat ik mezelf door het raam kon persen als een X-man, molecuul voor molecuul, atoom voor atoom, door het ondoordringbaar geachte glas, tot ik buiten stond en mijn lichaam zich weer langzaam kon opbouwen zoals vlak na mijn verwekking. Spieren zouden zich weer aan mijn laffe botten hechten, bloed zou weer door mijn slap spartelende aderen stromen en huid zou zich aan mijn vermoeide vlees hechten. Maar mijn longen zouden tenminste weer lucht toelaten die niet gevuld was met het bijtende zuur dat hier in het klaslokaal hing. En misschien zou dan, als door een wonderlijke speling van de natuur, de weeffout in mijn lichaam hersteld worden waardoor ik alsnog gezegend zou zijn met een fractie van mijn vaders rebellie. Misschien zou ik me dan eindelijk oprichten.

De naïeve gedachte vervulde me met moedeloosheid. Mijn situatie was hopeloos. En zelfs als ik me ineens aan de andere kant van het raam zou bevinden, wat zou het me dan opleveren? De greep van de klauw die zich stevig rond mijn keel had vastgeklampt, zou voor even wat losser worden. Tot het onvermijdelijke moment zich aandiende dat ik het schoolgebouw weer moest betreden om mijn eigen tragische ondergang verder vorm te geven voor het oog van mijn zich verkneukelende klasgenoten en toekijkende leraren.

De snerpende stem van mevrouw Worm, de lerares Nederlands die de leesbeurt van Saffira met een verveeld gebaar beëindigde, verbrak mijn verstikkende gedachtegang. Ik durfde haar richting niet op te kijken omdat ik vreesde dat haar blik dan naar mij toe zou worden gezogen. Ze zou even als een verschrikte wezel naar me loeren om me vervolgens met een trage beweging van haar puntige wijsvinger aan te wijzen en te zeggen: 'Aha... jou heb ik al die tijd niet gehad, verrekte schoonmaker. Jij hebt je al die maanden als een lafaard achter in de klas verstopt, maar vandaag heb ik je schuilplaats ontdekt. En om in te halen waar je al die tijd voor bent weggelopen, ga jij nu niet één pagina, maar drie hoofdstukken voorlezen.'

Voor de zekerheid kromp ik nog iets verder ineen en telkens als haar blik in mijn richting gleed, hield ik zelfs mijn adem in en sloot mijn ogen even.

Er werd op de deur geklopt. Ik keek op en zag hoe de rector, die mij twee jaar geleden bij deze vervloekte klas had afgeleverd, het lokaal betrad. Er liep een lange jongen achter hem naar binnen en ongewild moest ik weer aan mijn eigen anonieme entree denken die waarschijnlijk niemand zich meer kon herinneren. De entree van deze goedgebouwde jongen was allesbehalve anoniem. Mijn oog viel meteen op zijn felrode T-shirt met daarop de beeltenis van Che Guevara, en om zijn hals droeg hij een zwart-witte keffiyeh-sjaal alsof hij een volgeling was van Yasser Arafat. De rector liep naar de lerares, wees naar de jongen en zei, duidelijk hoorbaar, dat hij een nieuwe leerling had meegenomen. De jongen bleef niet afwachtend bij de deur staan, zoals ik destijds, maar stapte op zijn zwarte All Stars kalm richting het bord. Zijn zwarte haar was lang en viel tot aan zijn kaken en toen hij daar stond, op de meest centrale plek van de klas, keek hij ons met een zelfverzekerde glimlach en een licht uitdagende blik aan, terwijl hij zijn bruinleren jas nonchalant met een hand vasthield. Hij had een snor, geen lullige zoals ik, maar een echte snor waar veel volwassen mannen jaloers op zouden zijn en die een gevierde olieworstelaar niet zou misstaan. De ruwe stoppels op zijn wangen maakten duidelijk dat deze jongen zich al een tijdje schoor. Hij bezat een autoriteit die ik bij geen enkele andere leerling op deze school had gezien, ook niet bij de zesdeklassers. Onze nieuwe klasgenoot nam ons een voor een in zich op en keek alsof hij van dit moment genoot. Langzaam draaide zijn hoofd van links naar rechts terwijl zijn ogen ontspannen langs de vele gezichten gleden. Ik zag dat hij niet onder de indruk was van Dino's doordringende blik en misvormde smoel. Bij Patricia bleef zijn blik een paar tellen hangen. Ze keek blozend weg. Toen zijn blik ten slotte de mijne vond, werd ik onwillekeurig naar zijn donkere ogen gezogen die een vreemde mengeling van zachtheid en vastberadenheid uitstraalden. Tot mijn verbazing werd zijn glimlach breder, alsof hij mij herkende. Hij knikte naar me, maar ik keek weg, omdat ik niet wist hoe ik moest reageren.

De lerares kwam naast hem staan. 'Jongens en meisjes,' zei ze. 'Mag ik jullie voorstellen aan jullie nieuwe klasgenoot.' En voordat ze verder kon gaan, stak hij zijn hand naar haar op alsof hij wilde zeggen: 'Laat mij maar, mevrouw, ik spreek dit groepje kinderen wel even toe.' En zonder dat ze hem het woord had gegeven, zei hij: 'Goedemorgen allemaal, mijn naam is Kaya.' Hij liet even een stilte vallen alsof hij iedereen de kans wilde geven om aan deze voor hen vreemde naam te wennen. 'Kaya Türkyılmaz, geboren in Izmir, opgegroeid in Haarlem.' De korte stilte die Kaya daarop liet vallen, gaf mij de tijd zijn woorden tot me door te laten dringen. Had ik het goed gehoord? Ik was in Nederland nog nooit een leeftijdgenoot tegengekomen die net als ik in Izmir was geboren, en nu wandelde er ineens een zelfbewuste jongen mijn klas binnen die misschien wel in hetzelfde ziekenhuis als ik op de wereld was gezet. Hij sprak met een accent dat ik niet eerder had gehoord bij Turken of jongens uit de Bijlmer, hij sprak alsof hij een Nederlander was. 'En nu woon ik sinds een paar dagen in Gein.' Verwachtingsvol keek hij de klas in alsof hij erop rekende dat zijn woorden zouden zorgen voor bewondering die een aanzwellend geroezemoes zou veroorzaken. Hij wist nog niet dat dit een saaie vwo-klas was die niet geïnteresseerd was in andermans verhalen. Dit was een klas waar een paar nietsnutten de dienst uitmaakten. 'Maar ik kan wel zeggen dat dat niet bepaald veel gein is.' Een groep meisjes begon te giechelen om zijn gevatte opmerking, en al snel werd het overgenomen door andere meisjes die even daarvoor nog met dromerige blikken naar hem hadden zitten staren. En alsof zijn entree al niet opvallend genoeg was geweest en hij het van een extra dimensie wilde voorzien, vroeg hij: 'Hebben jullie vragen?' Er gingen meteen een paar vingers de lucht in, en even leek het of niet een nieuwe klasgenoot zich bij ons had gevoegd, maar een jonge popster zich had verwaardigd onze klas te bezoeken en nu ook nog bereid was in gesprek te gaan met zijn jonge fans. De hand van mevrouw Worm ging naar Kaya's schouder: 'Nou, laten we dat maar voor de pauze bewaren, jongeman. Als je het niet erg vindt, wil ik nu graag verder met mijn les.'

'Natuurlijk,' zei Kaya en hij knikte begripvol alsof het om een vriendelijk verzoek ging. 'Wat u wilt.'

Mevrouw Worm keek onderzoekend de klas in en wees naar de linkerhoek waar zoals gewoonlijk een plek naast Zuhra vrij was. 'Je kunt wel naast Zuhra plaatsnemen.'

Kaya keek ongeïnteresseerd in de richting van het zwijgzame en onopvallende meisje en wees toen in mijn richting: 'Vindt u het goed als ik naast hem ga zitten?'

Ik keek verschrikt op. Het was alsof Kaya in mijn borstbeen priemde en daarmee mijn schuilplaats prijsgaf. Daar, naast de jongen die achter de rug van de grote gast voor hem schuilt, leek hij te denken. Mijn zelfgebouwde fort van takken en bladeren stortte langzaam in terwijl alle blikken mijn kant op draaiden. Iedereen moet verbaasd hebben gekeken, maar ik kon dat niet zien, want het was alsof een felle schijnwerper me verblindde. Wat moet je naast de schoonmaker? leken ze te denken. Mevrouw Worm tuurde peinzend de hoek in waar ik me al die weken had ingegraven als de mol die Dino had vertrapt. 'Wie is dat?' vroeg ze en liep naar haar bureau, pakte een blaadje op en bekeek het aandachtig. Toen keek ze me vragend aan: 'Sta jij op de klassenlijst?'

Terwijl ik besefte dat mijn onderduiktechniek blijkbaar zo goed had gewerkt dat ik tot een seconde geleden niet had bestaan voor mevrouw Worm, knikte ik.

'Wil je even je naam noemen? Volgens mij sta je niet op mijn lijst.'

Dat ze mijn naam niet kende, was tot daaraan toe, maar dat ze beweerde dat ik niet op de lijst stond, sloeg nergens op. Ik raakte vervuld van schaamte. Tegenover deze mysterieuze jongen had ik me anders willen presenteren. Nog voor hij ook maar een woord met me had gewisseld, was ik ongetwijfeld in zijn achting gedaald.

De hele klas zat nu te wachten op mijn antwoord. Ik schraapte mijn keel die droog en ruw aanvoelde. Die hele week had ik nog geen woord gesproken op school en ik vreesde dat er iets onverstaanbaars uit mijn mond zou komen, onsamenhangende keelklanken als van een grotwezen dat uit zijn kille hol wordt getrokken door jagende mensenkinderen. 'Wat is je naam?' herhaalde mevrouw Worm.

Er zat iets vast, iets wat mijn luchtpijp blokkeerde en me de adem ontnam, en wat zo snel mogelijk losgemaakt moest worden. Ik spuugde mijn naam uit: 'Metin!'

Mevrouw Worm keek me aan alsof er een groen wezen uit mijn mond was gekropen dat nu naar haar zwaaide. 'Goed,' zei ze, enigszins onthutst. 'Goed, ga maar naast... die jongen zitten.'

Kaya liep naar mij toe alsof hij over de boulevard van Karşıyaka flaneerde op een zalige zomeravond. Iedereen keek naar hem terwijl hij mij naderde. Vlak voordat hij mijn tafel had bereikt, wierp hij een blik op Patricia die opnieuw begon te blozen, maar nu leek het of ze door een acute koortsaanval werd overvallen. Toen Kaya voor me stond, stak hij zijn hand uit en zei: 'Kaya.'

Ik drukte hem aarzelend de hand en voelde zijn stevige greep. Opnieuw noemde ik mijn naam, rustiger dit keer, alsof zijn blik me vertrouwen schonk.

Hij wierp zijn jas over de rugleuning van de stoel en nam plaats. Ik rook zijn heerlijke aftershave waarin een doordringende citrusgeur overheerste. Het was een geur die me bekend voorkwam, alsof een oom die me in een verleden eens had opgepakt nu naast me kwam zitten. Het deed me ontspannen. Kaya dempte zijn stem nauwelijks toen hij in het Turks vroeg: 'Ben je een Turk?'

Hoewel ik hem duidelijk verstond, vroeg ik in het Nederlands: 'Wat?' Ik had tijd nodig om mijn antwoord voor te bereiden.

'Of je een Turk bent,' zei hij nu in het Nederlands.

Sinds de basisschool had ik altijd gezegd dat ik Zaza was. Niet alleen schaamde ik me ervoor dat ik uit Turkije kwam door de vele Turkenmoppen die er circuleerden, ook zei mijn vader altijd op stellige toon dat wij Zaza waren. Maar ik begreep dat deze situatie om een ander, genuanceerder antwoord vroeg. Ik knikte en zei op zachte toon: 'Ik ben ook geboren in Izmir.'

Kaya keek me met grote ogen aan: 'Nee, dat meen je niet.' Hij klopte me op de schouder alsof we elkaar al jaren kenden. '*Vay, hemşehri.*' Hij gebruikte de term die aangeeft dat twee mensen uit dezelfde streek komen, wat voor een zekere verbondenheid zorgt. Er trok een warme gloed door me heen.

Kaya leunde ontspannen achterover, vouwde zijn handen over zijn platte buik en terwijl mevrouw Worm verderging, vroeg hij: 'Is het wat, deze klas?'

Ik vroeg me af wat hij bedoelde en fluisterde: 'Deze les bedoel je?'

'Nee joh, de leerlingen.' Hij maakte een gebaar met zijn hand alsof hij wilde zeggen: 'Zij die ons hier omringen.'

'Ik weet het niet,' zei ik.

Kaya ging rechtop zitten, steunde met zijn ellebogen op tafel en terwijl hij een bruine lok nonchalant achter zijn oorschelp duwde, een beweging die er bij iedere andere jongen uit onze klas vrouwelijk had uitgezien, maar bij hem juist zijn zelfvertrouwen onderstreepte, vroeg hij: 'Hoelang zit je al in deze klas?'

Dit is helaas al het derde jaar, en ik weet niet hoelang ik het nog uithoud op deze vervloekte school, dacht ik. 'Bijna tweeënhalf jaar,' zei ik droog.

Kaya tikte me op mijn bovenarm, zoals Saleem weleens had gedaan wanneer we op een bankje roddelden over de meisjes uit onze klas. 'Nou, dan weet je toch wel of het wat is?'

'Natuurlijk,' zei ik. 'Ik bedoelde dat...' Maar voor ik aan mijn toelichting kon beginnen, onderbrak mevrouw Worm mij. 'Mag het wat rustiger daar achterin? Jullie kunnen na de les net zo uitgebreid kennismaken als jullie willen.'

Kaya stak zijn hand verontschuldigend op. 'Excuses, mevrouw, ik stelde mijn buurman een paar vragen, maar wilde uw les niet verstoren.' Zijn lange haar glinsterde in het tl-licht en had iets weg van dat van Keanu Reeves in *Point Break*.

Gedurende de rest van de les kon ik me nauwelijks nog concentreren door de stralende aanwezigheid van de figuur naast mij die plotseling mijn leven was binnengestapt.

Kaya stond als eerste op toen de bel ging, alsof zijn lichaam zich nu al verzette tegen de atmosfeer op deze school. Hij sloeg zijn jas over zijn schouder en vroeg: 'Waar wordt de kudde nu verwacht?'

Ik keek hem vragend aan terwijl ik het lesboek op de tast in mijn rugtas deed. 'De kudde?'

'Dit jonge volk dat bij elkaar gestopt is en van lokaal naar lokaal gedreven wordt door een ordinaire zoemer onder het mom van onderwijs.'

'Ah zo,' zei ik, alsof ik wekelijks wel iemand zo had horen praten over onze klas. Hoewel ik het rooster kon dromen, sloeg ik mijn agenda open om me een houding te geven. 'We hebben nu Engels aan de andere kant van het gebouw.'

'Mooi, hemşehri, dan kun je me tijdens de wandeling bijpraten over de klas, want daar waren we gebleven.' En weer toonde Kaya me zijn stralende glimlach.

Ik sloeg mijn rugtas zo nonchalant mogelijk over mijn schouder en liet Kaya voorgaan naar de gang. Terwijl onze klasgenoten zich door de gangen spoedden en wij achter hen aan liepen, besloot ik een vraag te stellen aan mijn nieuwe klasgenoot zodat ik tijd kon winnen om een allesomvattend oordeel over onze klas te kunnen formuleren. 'Hoelang woon je al in Gein?'

'Een paar dagen,' zei Kaya. 'Het is dicht bij school, dat is de enige meevaller. Maar vertel eens wat meer over de kudde.'

'Wat wil je weten?' vroeg ik terwijl ik merkte dat hij nog langer was dan ik dacht.

'Nou, wie is wie? Wie maakt de dienst uit?' Hij sprak als een gedreven tycoon die zijn territorium wilde uitbreiden en eerst vlug bijgepraat moest worden door een deskundige over de lokale verhoudingen voordat hij zich zou manifesteren. 'Wie doet het met wie? Je begrijpt het wel.'

Wat kon ik hem in een paar minuten vertellen over deze kudde, zoals hij het zo goed verwoordde, want een kudde was het. Een van het verdorven soort, met een paar exemplaren die zich nadrukkelijk met andere dingen bezighielden dan volgzaam de weiden afgrazen, zoals de rest van de kleurloze meute. En van die exemplaren was Dino zonder twijfel het meest verdorven, met zijn haaiachtige grijns en kwaadaardige uitspraken. Ik wist zeker dat hij in werkelijkheid hier niet thuishoorde en behandeld diende te worden voor zijn duistere geest en zieke ideeën, maar dat kon ik beter nog even voor me houden.

Ik besloot in het jargon van Kaya te praten: 'Een lid van de kudde is je vast al opgevallen?'

Kaya keek me grijnzend aan. 'Ha, je bedoelt zeker die lange halfbloed met de scheve bek?'

Ik knikte. 'Dino.'

'Zijn naam is al net zo freaky als zijn verschijning,' zei Kaya. 'Die gast keek me echt vreemd aan toen ik me aan de klas voorstelde. Eerst afwachtend, maar toen ik begon te praten keek hij steeds ...' Voor het eerst moest Kaya naar woorden zoeken. Misschien was hij ook wel niet eerder op iemand als Dino gestuit, iemand voor wie het bestaande vocabulaire niet afdoende leek. 'Minachtend, dat is het. Hij keek steeds minachtender. Wat is er met hem?'

Ik was onder de indruk van Kaya's scherpe observatie. Er was hem tijdens zijn korte voorstelpraatje, terwijl hij alle nieuwe gezichten in zich opnam, al meteen iets essentieels opgevallen. En hoewel ik hem nog geen uur kende, voelde ik dat ik hem kon vertrouwen. Misschien kwam het doordat hij mij als een vertrouweling behandelde, mijn hemşehri.

'Hij denkt dat hij de baas van de klas is,' zei ik.

Kaya lachte en klapte in zijn handen. 'Kijk, dit soort dingen hoor ik nou graag, je zegt gewoon waar het op staat. Is hij het ook?'

'Nou, hij wordt gevreesd, dus...'

'Door iedereen?'

'De meesten vrezen hem, behalve Danny en Ricardo, zijn maatjes,' zei ik, en ik moest denken aan het moment waarop Dino mij had gebrandmerkt zoals een cowboy dat doet bij zijn runderen, mijn brandmerk dat was uitgegroeid tot een schandmerk. Ik voelde dat ik Kaya moest waarschuwen, want ik wenste hem niet eenzelfde lot toe. 'Je kunt beter uit zijn buurt blijven.'

Kaya wreef nu in zijn handen. 'Mooi, die Dino is dus het mannetje van de klas. Dit wordt interessant, ik voel het.'

Ik snapte niet waarom hij zo verheugd reageerde. Misschien had hij me verkeerd begrepen. 'Ik bedoel dat je moet oppassen voor hem. Dino deugt niet.'

'Ik zou verbaasd zijn geweest als je nu had gezegd dat hij de meest zachtaardige jongen is die je kent en dat hij een gewaardeerde vrijwilliger is in het bejaardenhuis hier achter het spoor.' Ik schoot in de lach en vroeg me af hoe Kaya aan deze hilarische zinnen kwam. Verzon hij ze ter plekke of had hij ze ergens gelezen?

Onze klasgenoten stonden voor het lokaal te wachten totdat de leraar Engels zou arriveren. Dino leunde met zijn rug tegen de muur en steunde op één been. Als hij zijn voet daarbij niet tegen de muur had geplaatst, was het een perfecte imitatie geweest van een blauwe reiger die langs de waterkant op een buitenkansje aast. Een blauwe reiger met een ingedeukte snavel, welteverstaan. Zijn grote Nike-sporttas had hij midden op het gangpad neergesmeten als een ordinaire wegblokkade voor hem niet welgevallige leerlingen. Hij hield hem vast bij de schouderband zodat iedereen wist aan wie hij toebehoorde. Toen hij ons zag naderen, riep hij: 'En toen hadden we ineens twee Turken in de klas.' Ik was bang dat hij weer dat vervloekte woord 'schoonmaker' uit de kast zou halen, maar hij kwam met iets wat mij nog dieper trof. 'Dat ene Turkje dreigde natuurlijk te vereenzamen in zijn kooitje.'

Ik beet op mijn onderlip. Dino speelde dus met wit. Hoe zou Kaya, die met zoveel bravoure onze klas had betreden, reageren op deze verachtelijke openingszet? Hij had zich verheugd op een ontmoeting met Dino en kon nu onverwacht snel aan de bak. En alsof het helemaal niet over mij ging, wachtte ik af wat zou volgen.

'Ik ben blij dat je het opmerkt,' zei Kaya ontspannen, 'want jullie jongelui mogen blij zijn met deze bijzondere speling van het lot en je gelukkig prijzen met onze aanwezigheid.' Weer was daar zo'n volzin die eerder thuishoorde in een debatzaal vol academici dan in een ordinaire 3 vwo-klas.

'En waarom dan?' vroeg Dino, terwijl hij op twee benen ging staan.

'Ach, ik kan hier heel veel redenen opsommen, maar voor nu volsta ik ermee te zeggen dat wij een onmisbaar mediterraan vleugje toevoegen aan deze klas.' Kaya leek tevreden over zijn eigen vindingrijkheid.

Ik zag aan Dino's grijns dat hij zich uitgedaagd voelde en op het punt stond uit te delen aan deze tegenstander, die opmerkelijk beleefd bleef en weigerde te happen. 'Dat is dus die gore knoflooklucht die ik sinds de vorige les ruik?'

De jongens om Dino heen begonnen te lachen en Ricardo gaf hem zelfs een high five alsof Kaya nu al gevloerd was. Onze nieuwe klasgenoot deed glimlachend een stap naar voren. 'Hoe amusant toch, zo'n voorspelbare reactie, maar helaas moet ik je clichébeeld over Turken bijstellen: wij ontbijten niet met knoflook, maar met verse tomaten, komkommer en olijven. Je zou het eens moeten proberen.' Kaya wees naar Dino's gezicht. 'Het zou wonderen doen voor je huid.' Er steeg een voorzichtig geroezemoes op. Leerlingen keken elkaar verwonderd aan. 'En omdat ik niet wil dat je nog langer voor gek loopt, wil ik je erop wijzen dat er een stuk salami tussen je tanden zit.' Kaya stak zijn hoofd iets naar voren en keek onderzoekend naar Dino's mond: 'Tenminste, daar lijkt het rode spul tussen je voortanden op. Het verklaart in elk geval die knoflookgeur.'

'Je lult!' riep Dino terwijl hij ook een stap naar voren zette. Ik zag dat hij iets langer was dan Kaya, maar het scheelde niet veel. 'Je lult uit je vette nek.'

'Word je nu een beetje driftig?' zei Kaya rustig. 'Je kunt ook gewoon zeggen dat ik maar wat klets of onzin uitkraam, maar je verkiest het platte alternatief "lullen". Wat zegt dat over jou?'

Dino keek hem aan alsof hij niet begreep wie hij tegenover zich had en niet wist hoe hij deze verbaal begaafde nieuweling moest bestrijden. Dus zette hij het middel in dat hij als geen ander beheerste. Hij bracht zijn glimmende voorhoofd dicht bij dat van Kaya, die geen millimeter week, en zijn mond ging nog schever staan.

'Wat zit je nou wijs te doen met al je moeilijke woorden?' riep Dino alsof hij in een donkere garage in de Bijlmer verhaal haalde bij een wijsneuzige buurtwerker. 'Je kletst als een oude lul!'

'Wat is dat toch, jouw fascinatie voor het woord lul?'

Dino's borstkas ging wild op en neer en juist op het moment dat hij een kopstoot leek te willen uitdelen, kwam Danny tussenbeide en plaatste zijn arm als een hefboom van vlees tussen hen in. 'Rustig, Dino.'

Dino duwde Danny's arm weg. 'Deze gast moet zijn plek kennen, loopt hier gewoon fucking bijdehand te doen terwijl hij net komt kijken. Wie denkt hij wel dat hij is?'

Ik liep naar voren en legde een hand op Kaya's arm. 'Kom,' zei ik. Meester Lokhorst kwam net aanlopen met een verwaaid kapsel. 'Ben ik hier wel goed?' riep hij met een hoge stem. 'Is dit soms een ordinaire lbo-klas of zijn jullie gewoon een beetje aan het "bonden" zoals de wilde beesten in die schitterende BBC-documentaires?'

'Dat laatste, meneer,' zei Kaya. 'Niets dierlijks is ons vreemd.' Hij stak zijn hand uit naar meester Lokhorst en met een brede glimlach zei hij: 'Mijn naam is Kaya Türkyılmaz, ik ben nieuw in deze klas.'

En iedereen die er getuige van was, wist: dit was de zelfverzekerde handdruk van een winnaar.

71

Niet eerder was ik na de laatste les op het schoolplein blijven hangen. Ik stond, ongedurig en met mijn handen zo nonchalant mogelijk in mijn broekzakken, naast Kaya, die op zijn gemak een Marlboro rookte. Hij keek naar de deur alsof hij elk moment een bekende verwachtte en glimlachte zo nu en dan naar een mooi meisje dat nietsvermoedend naar buiten wandelde. De meisjes leken verrast door zoveel mediterrane directheid en liepen verder met een lichte zwalk in hun tred, sommigen giechelend. Over de meesten had ik weleens gefantaseerd als ik de slaap niet kon vatten. Met dezelfde vastberadenheid, aangevuld met een vleugje brutaliteit, keek Kaya ook naar de meisjes die er niet zozeer mooi uitzagen, maar met hun strakke leggings, felgestifte lippen en ontluikende boezems vooral dienden als lustobject voor de honderden tienerjongens die door de gangen van het gebouw doolden en zich geen raad wisten met hun gekmakende opwinding. Over deze meisjes had ik nog vaker gefantaseerd, onder de douche met een flinke lading douchegel in mijn handpalm.

Kaya knikte af en toe ook naar de jongens uit de hogere klassen die een zekere onaantastbaarheid uitstraalden, en hoewel ze hem misschien niet kenden, beantwoordden ze een voor een zijn groet alsof ze meteen zagen dat hij anders was en de onmiskenbare potentie bezat om tot een van hen uit te groeien. Wanneer Kaya een trek nam van zijn sigaret, kneep hij zijn ogen steeds even dicht, alsof hij iets moest overwinnen. Het waren korte momenten en ik had het alleen opgemerkt omdat ik al zijn bewegingen nauwgezet en met een voor mij tot nog toe onbekende toewijding volgde. Ik moest de kinderlijke neiging onderdrukken om Kaya meteen te confronteren met wat ik wist over de gevaren van het roken, ik wilde niet dat hij zou denken dat ik zo'n braverik was met wie niets te beleven viel, en ik wilde al helemaal niet datgene wat er mogelijk tussen ons aan het groeien was, in de knop laten breken.

'Het zijn onwetende kinderen,' zei Kaya toen we even later het schoolplein verlieten. 'Slaafjes van het systeem.'

'Welk systeem?'

Hij nam weer een diepe trek van zijn sigaret. 'Het schoolsysteem natuurlijk, dat we hier legaal in deze fabriek worden opgesloten om nutteloze informatie in onze kop te stampen.'

Mijn hart sloeg over van vreugde: Kaya formuleerde iets wat mij al bijna drie jaar kwelde, maar waar ik door de strubbelingen met mijn klasgenoten nog geen adequate omschrijving voor had gevonden. Het liefst had ik geantwoord dat ik het hartgrondig met hem eens was en dat school een verschrikkelijk strafkamp was dat ze vandaag nog moesten afschaffen. Maar ik bedacht dat ik hem beter eerst kon bevragen in plaats van me als een slaafse volger te presenteren. 'Hoe bedoel je precies?'

Hij keek me strak aan en voor het eerst leek hij zich aan een vraag van mij te storen. 'We moeten hier domme feiten uit ons hoofd leren, we leren helemaal niet zelf na te denken. We worden behandeld als willoze wezens en iedereen doet alsof het de normaalste zaak van de wereld is.' Hij sprak met een overtuiging die ik niet eerder had waargenomen bij leeftijdgenoten. 'Al die informatie, je hebt er later niks aan.'

Hij had natuurlijk gelijk, ik zou later helemaal niets met wiskunde gaan doen en zou de dag koesteren waarop de zinloze formules en sommen uit mijn leven zouden verdwijnen. Maar ik wilde nog steeds niet te snel overstag gaan. Kaya zou een beetje tegengas wel op prijs stellen, dacht ik. 'Maar je hebt toch een diploma nodig?' Omdat ik het wat zwak vond klinken, voegde ik eraan toe: 'Hoe moet je later anders een baan vinden?'

Kaya wierp zijn peuk op de grond en drukte hem uit met zijn All Star. 'Ja, dat zegt het systeem: zonder diploma krijg je geen baan, zonder diploma ben je niemand.'

Dat was de enige reden dat ik hier was: ik moest een vwo-diploma halen zodat ik naar de universiteit kon, zodat ik mijn moeder trots kon maken.

'Man,' zei Kaya onverwacht fel, 'de grootste genieën hebben hun school nooit afgemaakt. Met een diploma krijg je hoogstens een braaf kantoorbaantje binnen het systeem, maar een vrije geest is veel waardevoller.'

Ik wist niet precies wat hij bedoelde met 'een vrije geest', ik wist alleen dat ik mijn moeder gelukkig zou maken als ik later een braaf kantoorbaantje had. Dan was ik in haar ogen geslaagd in het welvarende Europa. Zelfs mijn communistische vader zou heimelijk tevreden zijn als ik later in een net pak naar mijn degelijke kantoorbaan zou gaan. 'Wat wil jij dan?' vroeg ik, aanvoelend dat deze simpele vraag de juiste was.

Ik had een gloedvol antwoord verwacht met vlammende argumenten die mij zouden doen duizelen en er zelfs voor zouden zorgen dat ik ter plekke de dwingende opdracht van mijn ouders zou verwerpen. Maar Kaya haalde slechts zijn schouders op en alsof al zijn wijsheid ter plekke was verdampt, zei hij: 'Weet ik veel.' En mompelend voegde hij eraan toe: 'Ik ben ook maar een jongen van vijftien.' Er viel iets weg van de glans die hij de voorbije dagen had uitgestraald, en even was hij verworden tot een gewone leerling die ook kampte met twijfels. Net voordat ik dacht dat het misschien allemaal een pose was geweest, keek Kaya op: 'Maar wat ik wel weet, is dat dit niet de manier is om iets groots te bereiken.' En alsof hij een menigte toesprak, zei hij: 'Hier worden geen grote mensen gemaakt. Hier worden volgers gemaakt!' Zijn bravoure was weer terug en de gloed die hem de hele dag al had omringd, straalde ineens weer feller.

Nu mocht ik overstag gaan. 'Inderdaad, hier worden helemaal geen grote mensen gemaakt. Man, je hebt het echt mooi verwoord, ik moet het eigenlijk opschrijven voordat ik het vergeet.'

Hij lachte. 'Schrijf er dan ook bij van wie het afkomstig is, ik wil niet andermans eer opstrijken.'

'Heb je het ergens gelezen?'

'Ik heb het van mijn broer Aziz. Hij is echt wijs, je moet hem eens tekeer horen gaan over school.' Kaya zweeg even. 'We schelen zes jaar, hij studeert filosofie en internationale betrekkingen.'

Ik twijfelde of ik weer een kritische vraag zou stellen, want het ging om zijn broer en Kaya keek blijkbaar erg naar hem op. Ik besloot toch door te zetten. 'Maar dan doet hij toch ook mee aan het systeem?'

'Jezus, wat stel je veel kritische vragen vandaag!' Kaya zuchtte en keek even voor zich uit. 'Nee, dat is niet zo,' zei hij. 'Studeren is wat anders, het is een bewuste keuze. Op de universiteit leer je pas dingen waar je wat aan hebt. Tenminste, dat zegt mijn broer altijd. Ach, ik praat hem ook maar na.'

Ik was jaloers dat ik niet zo'n broer had. 'Maar hij is dan toch ook naar het vwo gegaan?'

'Hij is er op zijn zestiende mee gestopt. Problemen op school, lang verhaal. Hij heeft later een toelatingstest gedaan voor de universiteit waar hij moeiteloos voor is geslaagd.'

Nu begreep ik wat Kaya's opzet was. 'En dat ga jij dus ook doen?'

'Juist.'

We waren vlak bij het metrostation. Instinctief keek ik omhoog naar het hoger gelegen metrospoor en pakte de schouderbanden van mijn rugtas vast voor het geval ik de metro zou horen aankomen. 'Heb je haast?' vroeg Kaya. Ik schudde mijn hoofd. 'Waar woon je?'

'In de Bijlmer, vlak bij de Amsterdamse Poort.'

'Dat ken ik wel, ik ben er met mijn moeder geweest.' Hij begon ineens te lachen. 'Ze durft niet in haar eentje in de metro te stappen. "Levensgevaarlijk," zegt ze.'

'Ik pak de metro twee keer per dag en heb nog nooit wat meegemaakt.'

Het begon langzaam te schemeren en er stak een koele wind op. Ik duwde de kraag van mijn jas omhoog en stak mijn handen in mijn zakken. Kaya stelde voor naar metrostation Holendrecht te lopen zodat we nog wat langer konden kletsen. We liepen langs het BP-tankstation, staken de autoweg over en liepen evenwijdig aan het spoor langs een eindeloze strook struiken en bomen. 'Ik moet echt wennen aan de stilte hier,' zei Kaya. 'In Haarlem woonden we vlak bij het centrum en was het veel levendiger. Maar dit voelt niet eens als Amsterdam. Het had net zo goed bij Abcoude kunnen horen.'

'Ik zou liever hier wonen dan in de Bijlmer,' zei ik. 'Onze buurt gaat hard achteruit.'

'Ik zou liever in Izmir wonen,' zei Kaya. 'Een stad hoort aan zee te liggen en een boulevard te hebben waarover je 's avonds bij de schemering kunt wandelen met vrienden en familie. En waar je op een terrasje thee of raki kunt drinken terwijl je uitkijkt op de zee. *Ah Izmir, seni çok özledim...* ach Izmir, ik heb je ontzettend gemist,' zei hij met een stem vol heimwee.

'Wanneer ben je er voor het laatst geweest?'

'Afgelopen zomer,' zei Kaya. 'We slaan geen jaar over.'

'Ik was er deze zomervakantie ook, misschien zijn we elkaar wel tegengekomen in Karşıyaka,' zei ik. 'Of zaten we naast elkaar op de pont naar Konak. Het was trouwens mijn eerste keer in Izmir.'

Kaya keek mij vragend aan. 'Wat? Je eerste keer in je geboortestad? Hoe kan dat?'

'We zijn er vertrokken toen ik twee jaar was. Daarna zijn we niet meer teruggekeerd, tot afgelopen zomer.'

'Maar waarom niet eerder?'

Toen besloot ik Kaya het verhaal te vertellen dat ik zelfs niet aan Saleem of Floyd had verteld. Om de een of andere reden kon ik niet anders dan eerlijk zijn tegen hem. En zo voerde ik Kaya mee naar het einde van de jaren zeventig, ons vertrek uit Turkije, onze aankomst in Hamburg, het gesjouw van adres naar adres, de afwijzing van ons asielverzoek en ten slotte onze aankomst in de Bijlmer. En met elk woord dat ik vertelde, voelde ik mijn band met Kaya verstevigen.

72

Op een donderdagmiddag nam mijn vader 's middags plaats aan de glazen tafel in de woonkamer en bleef daar zitten tot mijn moeder het avondeten opdiende. Het was de plek waar we met oud en nieuw dineerden, verder was de glazen tafel altijd het exclusieve domein geweest van mijn moeder, de plek waar ze de lange brieven aan haar zus schreef.

Sinds een paar dagen was er echter iets veranderd. Mijn vader kwam niet meer rond middernacht thuis van zijn uitstapjes en ik zag hem steeds aan de glazen tafel zitten als ik thuiskwam van school. Hij zat te schrijven en nog veel vaker te lezen met een gele markeerstift in de hand, en het waren voor het eerst geen lijvige communistische werken, maar boeken met titels als *Sociale Vaardigheden*, *Sociale Psychologie* en *De maatschappelijk werker*. Wilde mijn vader zichzelf soms beter leren begrijpen?

Ik hield het voor een bevlieging die zou overwaaien. Maar toen ik mijn vader na een week nog steeds gebogen aan de glazen tafel aantrof, besloot ik mijn moeder om uitleg te vragen.

'Waarom vraag je het hem niet zelf? Hij is je vader,' antwoordde ze.

'Ik hoef hem niet te spreken,' zei ik. Al zou mijn vader het niet horen of voelen, het voelde goed om tegen hem aan te schoppen. 'Zeg nou gewoon waarom hij daar steeds zit te lezen.'

'Je vader studeert aan de Hogeschool.' Het klonk alsof ze nog steeds moest wennen aan het idee. 'Hij wil maatschappelijk werker worden.'

'Serieus?'

'Dat zei ik ook toen hij het me vertelde.'

'Maar waarom wil hij dat?'

‘Vraag het hem zelf ! Hij vertelt er graag over.’

Ik zuchtte. ‘Geef nou gewoon antwoord, anne.’

‘Baba vertelde dat hij veel mensen kent die maatschappelijk werker zijn, hij zei dat het geen zware baan is en dat je veel vrijheid hebt. Hij zei dat iemand zoals hij daar heel geschikt voor is, mensen vertellen wat ze moeten doen.’ Mijn moeder lachte geforceerd en schudde even haar hoofd. ‘Ja, dat zei je vader echt.’

De volgende dag besloot ik op meester Meindert af te stappen. Hij doceerde maatschappijleer en was door zijn introverte karakter en warme stem mijn favoriete leraar. ‘Ga jij maar vast,’ zei ik tegen Kaya toen iedereen na de les opstond om het lokaal te verlaten. Ik wachtte tot het lokaal leeg was gestroomd.

‘Wil je soms maatschappelijk werker worden?’ vroeg meester Meindert hoopvol nadat ik gehaast mijn vraag stelde.

‘Ik wil gewoon weten wat het inhoudt,’ zei ik aarzelend. ‘Een kennis van ons doet dat werk. Vandaar.’

‘Een maatschappelijk werker helpt mensen met allerlei problemen,’ zei meester Meindert op dezelfde warme toon waarmee hij altijd lesgaf. ‘Bijvoorbeeld mensen die schulden hebben of verslaafd zijn. Maar ook mensen die al een tijdje werkloos zijn, of eenzaam of depressief.’ Meester Meindert dacht even na. ‘Iemand die gezins- of relatieproblemen heeft, kan ook bij hem terecht. Een maatschappelijk werker begeleidt dat soort kwetsbare mensen, leert ze hoe ze om moeten gaan met hun problemen en hoe ze zelfredzaam kunnen worden.’

Zelfredzaam. Ik vond het meteen een schitterend woord en begreep direct wat het betekende. Ik besloot het in de mond te nemen, ervan te proeven om het te laten beklijven. ‘Zelfredzaam,’ zei ik hardop.

Meester Meindert knikte. ‘Zelfredzaamheid is het doel.’

‘Wat moet zo’n maatschappelijk werker eigenlijk kunnen?’

Meester Meindert glimlachte alsof hij blij was dat hem de kans geboden werd om verder uit te weiden over het onderwerp. ‘Hij of zij moet geïnteresseerd zijn in anderen. Betrokken zijn, kunnen luisteren en inlevingsvermogen hebben. En hij of zij moet betrouwbaar zijn en kunnen geven, zoals dat heet. Allemaal vaardigheden om een vertrouwensrelatie op te kunnen bouwen met je cliënten.’

Ik knikte terwijl ik me afvroeg waar mijn vader in godsnaam aan begonnen was.

'Metin, is er misschien iets wat je me wilt vertellen?'

Ik keek hem vragend aan.

'Heb je soms problemen?'

Ja, mijn moeder, zus en ik hadden een groot probleem: mijn vader.

'Kom, ga anders even zitten,' zei meester Meindert. 'Dan kunnen we rustig praten terwijl ik mijn broodje eet.'

'Bedankt, maar dat hoeft niet,' zei ik terwijl ik achteruit naar de deur liep, bang dat meester Meindert me anders op een stoel zou duwen.

Mijn vader zat weer aan de glazen tafel, geconcentreerd te bladeren in een boek, telkens een stukje lezend waarna hij aantekeningen maakte in zijn schrift. Ik bleef even staan kijken naar mijn zeldzaam hard werkende vader en onwillekeurig bewonderde ik zijn vastberadenheid. Toen hij maar niet opkeek, ging ik tegenover hem zitten aan de glazen tafel. Zo staarde ik hem een tijdje aan, tot ik niet langer onzichtbaar wilde zijn. Ik schraapte mijn keel. 'Wat doe je eigenlijk?'

Mijn vader keek verstoord op. 'Studeren.'

'Wat studeer je?'

Hij legde zijn pen neer en zei zelfvoldaan: 'Ik ga maatschappelijk werker worden.'

Waarom ben je op tweeënveertigjarige leeftijd ineens in een student veranderd, wilde ik vragen. Maar ik zei alleen: 'Hoezo?'

'Omdat ik het heel goed zou kunnen. Er zijn zoveel stakkers die mijn hulp goed zouden kunnen gebruiken, die niet eens weten waar ze een uitkering moeten aanvragen, waar ze taallessen moeten volgen of hoe je een acceptgiro invult. Zulke mensen hebben iemand nodig die hun vertelt hoe ze hun problemen moeten aanpakken en die ook niet te beroerd is hen aan te pakken.'

'Oké,' zei ik op een toon die hem duidelijk moest maken dat ik geen verdere vragen meer had.

73

Vanaf de eerste dag circuleerde Kaya's naam als een lopend vuurtje onder de meisjes. Ze bewonderden hem om zijn golvende lange haren, heldergroene ogen en atletische postuur. Maar het was pas toen hij zijn snor afschoor, dat zijn status bij het andere geslacht naar ongekende hoogten steeg.

Het merkwaardige gegeven deed zich voor dat ik steeds vaker werd benaderd door meisjes. Niet omdat ik plotseling ook bij hen in de smaak viel, zoals ik aanvankelijk hoopte, maar omdat ze via mij meer te weten wilden komen over de mysterieuze nieuweling. Aanvankelijk kwam ik nauwelijks uit mijn woorden toen meisjes die brutale hoofdrollen hadden vertolkt in mijn dromen, me plotseling met hongerige ogen aanklampten en vragen op me begonnen af te vuren zonder de etiquette van de conversatie in acht te nemen. Maar gaandeweg raakte ik gewend aan de aandacht en besloot ik, na een verhelderend overleg met Kaya, zo min mogelijk informatie over mijn vriend te verschaffen. Ik wilde me niet laten gebruiken als informant zonder verdere waarde. Kaya op zijn beurt besteedde steeds minder aandacht aan de blikken en toenaderingspogingen, hoewel hij altijd vriendelijk bleef – een vriendelijkheid die gepaard ging met een zekere desinteresse die de meisjes ontging. 'Het zijn de meisjes die je niet zien staan die het interessantst zijn, de meisjes die je moet veroveren,' had hij me toevertrouwd.

Op een gegeven moment was hij het zo zat belaagd te worden bij de kluisjes, op het schoolplein, in de bibliotheek en op elke andere plek waar ze hem ook maar even alleen aantroffen, dat hij verklaarde dat hij verloofd was met een meisje uit Turkije. En toen ze hem onthutst aankeken, zei hij met een dromerige blik dat hij zijn hart aan haar had verloren en ze de zomer erop zouden trouwen, omdat alle mannen uit zijn familie nu eenmaal jong trouwden. Het was alsof hun idool uit hun leven werd gerukt, en een deken van rouw viel over zijn fans heen. Voor de hardnekkigsten werd hij echter alleen maar aantrekkelijker na zijn bizarre onthulling.

Vanaf het moment dat Kaya het voetbalveld betrad en nu eens als Zico in zijn hoogtijdagen de lijnen uitzette, en dan weer als een dartele Garrincha zijn tegenstanders passeerde, keken ook de jongens vol ontzag naar hem. Al snel waren de hogere klassen van zijn prestaties op de hoogte en ontving hij uitnodigingen voor schoolvoetbaltoernooien. Kaya reageerde beleefd en sprak op ongedwongen toon met de oudere jongens, maar bleef de dingen op zijn eigen manier doen. Als een eenling die hecht aan zijn autonomie, zonderde hij zich regelmatig af.

In de tussenuren stond hij vaak in een hoek van het schoolplein te roken, en als hij zich wilde afsluiten voor sociale omgang, las hij vlak bij de verlaten zijingang in de romans die hij had geleend van zijn oudste broer. Maar zelfs op die geïsoleerde momenten stelde hij prijs op mijn gezelschap. En zo zaten we daar, hij verzonken in een roman van een Russische grootmeester en ik zogenaamd lezend uit een jeugdroman van Evert Hartman. Ik wilde Kaya niet lastigvallen met sullige vragen, maar tegelijkertijd was ik bang dat hij mij oninteressant zou vinden als ik alleen maar als een zwijgende jaknikker om hem heen zou hangen.

Het was een hele geruststelling toen hij me op een gegeven moment aankeek en zei: 'Jij begrijpt me.' Met zijn hand op mijn schouder had hij eraan toegevoegd: 'Jij en ik zijn hetzelfde, in ons hart zijn we herders.' Het gaf me een goed gevoel, hoewel ik niet begreep wat hij bedoelde.

Ik snapte niet wat deze populaire jongen in mij zag, waar ik de positie van vertrouweling aan te danken had. Was Kaya ook in mij geïnteresseerd geweest als ik niet in Izmir was geboren? Of had ik onze vriendschap uitsluitend te danken aan iets wat losstond van wie ik was, aan het kale feit dat we beiden ver van Nederland geboren waren, in dezelfde stad aan de Egeïsche kust? Maakte dat mij tot zijn uitverkorene?

Niet geheel onverwacht raakte Kaya niet lang na zijn entree verwikkeld in een duel met Dino. Onder toeziend oog van meester Lokhorst, onze mentor en leraar Engels, namen ze het in de klas tegen elkaar op in de verkiezing voor klassenvoorzitter. Formeel deed ook Bart mee, maar iedereen wist dat het tussen Dino – die het jaar ervoor tot klassenvoorzitter was gekozen – en de nieuweling ging. Tot mijn verbazing begon Kaya ongeïnspireerd aan de speech, alsof hij zich al de winnaar waande.

'Ik zal als voorzitter opkomen voor jullie belangen als leerling van deze school.' De meisjes stonden al klaar om hun handen stuk te klappen voor deze vlakke woorden waarin mogelijk een diepere betekenis school. Na een korte stilte kwam Kaya toch op stoom, alsof het even tot hem moest doordringen dat Dino bij de jongens over een trouwe aanhang beschikte die niet mocht worden onderschat. 'Ik ben hier nog maar net, maar ik zal niet schromen om leraren en de rector aan te spreken op hun verantwoordelijkheden, en dat te blijven doen, tot ze oog hebben voor ons belang, want wij hebben recht op goed onderwijs.' En terwijl de meisjes in steeds grotere vervoering raakten, stak Kaya zijn linkervuist in de lucht als een gedreven vakbondsleider en riep: 'Jullie hebben recht op het best mogelijke onderwijs, van de beste leraren, want het gaat om jullie toekomst. Het gaat om onze toekomst!'

Zelfs Dino leek onder de indruk. Hij schuifelde naar voren en alsof hij de nederlaag al in de ogen keek, schraapte hij aarzelend zijn keel: 'Ik heb altijd mijn best voor jullie gedaan als klassenvoorzitter... Ik heb ervoor gezorgd dat we vaker buiten kunnen gymmen. Want dat vind ik belangrijk, dus... en er zijn nog meer dingen die ik heb veranderd. Dat weten jullie wel... en er zijn nog meer dingen die ik wil veranderen, zoals een goedkopere kantine.' De op doodse toon uitgesproken speech klonk als een door de hele klas gewenste afscheidsrede. 'Dus daarom vraag ik jullie om op mij te stemmen.' Het was de eerste en laatste keer dat ik Dino ergens om hoorde vragen.

Het werd een publieke nederlaag voor Dino, die nog pijnlijker werd toen meester Lokhorst zichtbaar twijfelde of hij het aantal uitgebrachte stemmen wel moest bekendmaken. Vierentwintig van de dertig leerlingen hadden op Kaya gestemd en slechts vijf personen hadden hun stem aan de aftredende voorzitter gegund. Bart had één stem ontvangen. Na een daverend applaus feliciteerde iedereen Kaya, behalve Dino. Na het klinken van de bel liep hij als eerste het lokaal uit.

'Moet ik je voortaan voorzitter noemen?' grapte ik op de gang.

'Natuurlijk niet,' zei Kaya. 'Voor jou is het vanaf nu president, meneer de president.' Hij sloeg me op mijn schouder. 'Hou op, zeg. Ik heb alleen meegedaan om Dino te dwarsbomen.'

Ondanks zijn luchtige reactie op zijn benoeming tot klassenhoofd, liet Kaya zich nog nadrukkelijker gelden in de klas. Hij stelde kritische vragen aan de leraren en liet zich niet afschepen met gemakzuchtige antwoorden. Leraren die zeiden dat ze later op zijn vraag zouden terugkomen, hield hij daar ook aan door zijn vraag een week later in herinnering te roepen. Misschien was dit wat hij in zijn speech voor het klassenvoorzitterschap bedoeld had met het recht op goed onderwijs. Zijn houding werd met de week kritischer. Vooral tijdens de geschiedenislessen liet hij zich nadrukkelijk gelden. 'Wanneer gaat u het Ottomaanse Rijk behandelen?' vroeg hij op een ochtend aan het begin van de les.

Meester Lagendaal, onze geschiedenisleraar, nam een slok van zijn koffie. 'Het Ottomaanse Rijk?'

'Het machtige Ottomaanse rijk,' verbeterde Kaya hem, alsof enkel het noemen van het imperium hem met een gevoel van trots vervulde. Na de les zou hij me uitleggen dat daar totaal geen sprake van was en dat je de dingen altijd extra moet aanzetten om een punt te maken. 'Anders luisteren ze niet naar je.' Hij knipoogde naar me. 'Tip van mijn broer.'

'Als je het geschiedenisboek had doorgenomen,' sprak meester Lagendaal op een toon alsof hij voorgoed wilde afrekenen met een vervelende wijsneus, 'had je gezien dat het Ottomaanse Rijk geen onderdeel uitmaakt van de geschiedenisstof van het derde jaar.'

'Ik héb het geschiedenisboek doorgenomen, daarom stel ik deze vraag. En daarom stel ik me ook op het standpunt dat een belangrijk onderdeel van de Europese geschiedenis ontbreekt in het derde jaar.'

'Nou, op die stelling valt een hoop af te dingen, om het mild uit te drukken.'

'Hoe kunt u dat zeggen? Weet u dan niet dat ooit zowat de helft van Europa tot het Ottomaanse Rijk behoorde?'

'Die bewering klopt niet,' zei meester Lagendaal kortaf.

'O? Heeft u zich eigenlijk wel verdiept in het Ottomaanse Rijk?'

'Ik ben er bekend mee. Maar als je het er nu per se over wilt hebben, kun je gerust bij de rector aanschuiven. Hij wil vast wel naar je luisteren.'

Later zou Kaya me vertellen dat het Ottomaanse Rijk hem nauwelijks interesseerde, maar dat hij de leraar simpelweg wilde testen. Diens onverschilligheid had hem toch meer getroffen dan hij had verwacht en had hem gemotiveerd om verder te spitten. Een week later riep hij plompverloren: 'We hebben het altijd maar over de Tweede Wereldoorlog, maar wanneer hebben we het een keer over de slavernij?'

'De Tweede Wereldoorlog is veruit de belangrijkste gebeurtenis van de twintigste eeuw,' wierp meester Lagendaal fel tegen. 'Daar kunnen we het niet lang genoeg over hebben.'

'Slavernij is evengoed een belangrijk onderwerp.'

'Weet je wel hoe kort geleden het nog maar is dat de Tweede Wereldoorlog werd beëindigd?' vroeg meester Lagendaal, alsof we ineens in een quiz zaten.

'Natuurlijk weet ik dat.'

De leraar grijnsde. 'Aan je vraagstelling te horen betwijfel ik dat.'

'Zesenveertig jaar geleden om precies te zijn,' zei Kaya prompt.

Meester Lagendaal zweeg even alsof hij de woorden van Kaya in zijn hoofd liet nagalmen in de hoop dat hij dan iets anders zou horen. 'Goed,' zei hij ten slotte zuchtend, waarna hij zijn hand naar zijn mond bracht en schijnbaar zachtjes vloekte in zijn handpalm.

'Ik weet dat het goed is,' zei Kaya met een zelfvoldane grijns. 'En als we dan toch dat spelletje spelen, weet u hoeveel jaar geleden Nederland de slavernij afschafte?'

Het gezicht van meester Lagendaal verstarde. Hij wreef even over zijn kin, nam toen langzaam een slok van zijn koffie die inmiddels lauw moest zijn en zei: 'Nou, dat is heel lang geleden.'

'Ik noemde net een heel precies getal.'

Terwijl ik van dit schouwspel genoot, keek meester Lagendaal alsof hij op het punt stond om zijn geloofwaardigheid voorgoed te verspelen. 'Ik weet het precieze jaartal even niet uit mijn hoofd, maar zoals ik al zei, het is heel lang geleden, misschien wel tweehonderd jaar geleden. Maar dat is een ruwe schatting.'

'Meester,' zei Kaya terwijl zijn grijns steeds breder werd. 'U bewijst zojuist precies waarom we het wél over de slavernij moeten hebben.'

Meester Lagendaal reageerde niet. Hij slikte alleen maar traag.

'Honderdachtentwintig jaar geleden schafte Nederland de slavernij pas af. In 1863.'

'Die is goed!' riep Dino ineens van achter in het lokaal. 'Die is goed, man!'

Meester Lagendaal keek geërgerd. 'Wat is je punt precies, Kaya? Waarom zit je hier te pochen met cijfers die je gisteren klaarblijkelijk hebt opgezocht?'

'Ik heb ze niet gisteren opgezocht, noch zijn het cijfers om mee te pochen,' zei Kaya ernstig. Ik zag dat het niet gespeeld was. 'Het zijn cijfers om ons voor te schamen.'

'Mooi, man.' Dino begon langzaam te klappen. 'Ha, dit is echt mooi. Ik kan het niet geloven, maar ik ben het met je eens. Eindelijk zeg je verstandige dingen.' Dino begon steeds harder te klappen. 'Nederland moet zich inderdaad schamen voor de slavernij.' Het geklap werd niet overgenomen door zijn handlangers. Kaya en Dino stonden er alleen voor.

'Stilte!' riep meester Lagendaal. 'Stilte. Natuurlijk moeten we ons schamen voor ons slavernijverleden, maar dat geldt niet alleen voor ons.' Hij liet even een stilte vallen. 'De hele wereld moet zich schamen voor de slavernij, niet alleen Nederland.'

'Nederland heeft altijd een voortrekkersrol gehad bij de slavenhandel,' zei Kaya. 'Bij de afschaffing liepen we maar liefst dertig jaar achter op de Britten. En we liepen slechts twee jaar voor op de Verenigde Staten, maar die hadden tenminste een goed excuus, die moesten eerst een lange burgeroorlog voeren voordat ze er klaar voor waren.'

'Je hebt zeker *North and South* zitten kijken?' zei meester Lagendaal op een toon alsof daarmee alles verklaard was.

Kaya glimlachte. 'Ja, dat ook. Ik mag die Patrick Swayze wel.'

Meester Lagendaal keek Kaya onverschillig aan. 'Zijn er misschien nog meer feiten en jaartallen die je wilt opdreunen, of misstanden uit onze geschiedenis die je hier aan de kaak wilt stellen? Zo niet, dan wil ik graag, met jouw welbevinden natuurlijk, verdergaan met mijn les.'

'Dat begrijp ik, maar u heeft nog geen antwoord gegeven op mijn vraag.'

'Hou je me soms voor de gek, jongen?'

'Nee, helemaal niet, meester, maar ik vroeg u wanneer we het zouden hebben over de slavernij en de rol van Nederland daarin.'

'Wat mij betreft hebben we het er nu lang genoeg over gehad. Ik ga nu verder met mijn les.'

Kaya schreef iets in zijn schrift, iets wat ik hem daarvoor zelden had zien doen omdat hij beweerde geen aantekeningen nodig te hebben om een voldoende te kunnen halen voor een overhoring. En terwijl hij zijn pen op het papier drukte, verscheen een strijdlustige uitdrukking op zijn gezicht. Het was alsof hij nu al munitie verzamelde voor de volgende les. Het bleek geen loze gedachte, want Kaya kwam met geslepen messen naar de volgende geschiedenisles. Toen hij aan het begin van de les zijn vinger opstak en meester Lagendaal meteen riep dat hij niets wilde horen over de slavernij of het Ottomaanse Rijk, zei Kaya dat hij het dit keer over iets anders wilde hebben. De leraar was inmiddels zo verstandig om niet te vragen waarover, maar dat weerhield mijn vriend er niet van om van wal te steken. 'Nederlands-Indië, daar wilde ik graag iets over vragen.'

'Je weet dat we het over de Tweede Wereldoorlog hebben en je gaf aan dat je het lesboek hebt bestudeerd, dus je weet ook dat Nederlands-Indië niet behoort tot de lesstof van het derde jaar.'

'Ja, en daarom vraag ik er ook naar,' zei Kaya. 'Gewoon uit nieuwsgierigheid. En omdat ik ervan overtuigd ben dat de klas graag meer wil weten over de acties van het Nederlandse leger in Nederlands-Indië.'

'Heb je het je klasgenoten soms gevraagd?'

'Ik spreek als klassenhoofd namens mijn klasgenoten, ik heb hen beloofd dat ik me zou inzetten voor beter onderwijs. U zei dat we de Tweede Wereldoorlog behandelen omdat die van recente datum is. Nou, de politionele acties in Nederlands-Indië zijn van veel recenter datum, waarom hebben we het daar dan nog niet over gehad?'

Ik vroeg me af hoe Kaya aan al die historische kennis kwam en hoe hij zo rustig kon blijven in een discussie met een leraar.

'Omdat we het nu godverdomme over de Tweede Wereldoorlog hebben!' Meester Lagendaal sloeg met zijn hand op tafel en stond daarna op van zijn plek. 'Ik ben het zat dat jij mijn lessen steeds saboteert, jongen.'

'Ik saboteer helemaal niets, ik stel u alleen maar een vraag.'

'Ik ben wel klaar met jouw vragen.'

'Weet u wel hoeveel Indonesiërs er zijn omgekomen tijdens de politionele acties?'

'Oké, genoeg! Verlaat het lokaal en ga maar aan de rector uitleggen waarom je je niet kunt gedragen tijdens mijn lessen.'

'Als u mij eruit stuurt, dan zal ik aan de rector laten weten dat u vragen van uw leerlingen over de lesstof niet wenst te beantwoorden, en dat u het mij niet toestaat mijn rol als klassenhoofd uit te oefenen.'

'Eruit!'

Kaya stond op en hief zijn rechterwijsvinger in de lucht. 'Laat duidelijk zijn dat ik onder protest vertrek, mijn klasgenoten zijn daar getuige van.' En zo liep mijn rebelse vriend de klas uit.

Na het laatste lesuur vroeg ik hem waarom hij telkens de leraar aanviel op zijn lesstof. 'Ik viel hem helemaal niet aan,' zei Kaya laconiek alsof hij daarvoor niet voor de zoveelste keer was gebotst met meester Lagendaal. 'Ik stelde hem gewoon een paar vragen.'

'Maar het gaat telkens over iets anders dan de lesstof.'

'Zodat we een keer wat anders leren dan die verdomde Tweede Wereldoorlog. We weten nu wel wat voor zieks die malle Adolf en zijn gestoorde vriendjes hebben uitgespookt.'

'Hoe weet je al die dingen eigenlijk?'

'Het is de schuld van mijn oudste broer, dit heb ik allemaal van hem. Maar hij is nog veel kritischer dan ik. Je moet echt een grote bek hebben om tegen hem op te kunnen.'

Later zou Kaya me toevertrouwen dat zijn broer vond dat de mens altijd aan een zekere vorm van propaganda werd blootgesteld, hoewel het in Nederland volgens hem, relatief gezien, nog meeviel. Maar dat betekende nog niet dat intelligente leerlingen maar zwijgend moesten aanhoren wat van staatswege als lesstof werd voorgeschreven, en dat de minder fraaie episoden uit de vaderlandse historie onbesproken konden blijven. Het was volgens zijn broer aan kritische geesten als Kaya om de leraren scherp te houden.

Kaya en ik hadden het er nooit over gehad en hoewel ik voorvoelde wat hij zou antwoorden, voelde ik schroom toen ik hem vroeg: 'Geloof jij eigenlijk?'

'Waarin?'

'Je weet wel, ben je gelovig?'

'Wat heeft dat ermee te maken?'

'Ik was gewoon benieuwd.'

'Mijn familie is alevitisch, maar ik ben atheïst, net als mijn broers. Ik geloof in mezelf.' Kaya keek me aan. 'Volgens mij ben jij ook niet gelovig.'

Ik knikte. 'Mijn familie in Turkije is ook alevitisch, maar we geloven thuis niet. Mijn pa is de grootste athëist op aarde.' Na al mijn leugens jegens Saleem, die zelfs hadden geleid tot deelname aan het vrijdaggebed in de Taibahmoskee, schonk het me verlichting om te kunnen zeggen dat ik niet geloofde.

'Zoals ik al eerder zei: jij en ik zijn hetzelfde, in ons hart zijn we herders. Die hebben geen heilig boek nodig.'

74

Ik zag op tegen het vervolg van mijn gesprek met meneer Rolf, maar wilde hem niet voor het hoofd stoten door weg te blijven. Hij had zoveel voor ons gedaan. Wel was ik dit keer beter voorbereid: ik had mijn blaas geleegd voordat ik van huis was vertrokken en het laatste uur voor mijn afspraak met meneer Rolf had ik niets meer gedronken. En even had ik zelfs overwogen om mijn pols uitgebreid te masseren om de laatste zeurende pijn van de vele pennenstreken van het vorige gesprek te verdrijven.

Meneer Rolf schonk rode wijn in een glas. Het was waarschijnlijk hetzelfde glas als de vorige keer en alle keren daarvoor toen hij, eenzaam ronddobberend in zijn hopeloze rommelzee, er nog maar eentje inschonk.

'Het spijt me dat ik de vorige keer een beetje driftig werd tijdens ons gesprek,' zei meneer Rolf. Hij glimlachte naar me alsof hij wilde tonen dat hij ook een zachte kant bezat. 'Er kwam onverwacht een hoop frustratie bij me naar boven. Maar daar moet ik jou helemaal niet mee belasten.'

'Dat geeft niet,' zei ik, alsof ik begreep waar het over ging, terwijl ik alleen maar hoopte dat we snel klaar zouden zijn, want het was alsof de bedompte woonkamer een week later nog minder zuurstof bevatte en verder aangetast was door de gassen der rotting die onmiskenbaar in de lucht hingen.

'Ik heb nagedacht over ons gesprek,' zei meneer Rolf, 'en ik ben bang dat ik te negatief ben geweest. Niet over de overheid, want daar sta ik nog volledig achter, maar over de Bijlmermeer.' Hij leunde naar voren en kwam met zijn gezicht dicht bij het mijne. 'Ik had moeten beginnen met te vertellen dat dit zo'n bijzondere plek was toen ik er kwam wonen, het was de stad van de toekomst, veel moderner dan New York of Londen. En in het begin wilde iedereen hier wonen, want hier was nog ruimte en waren de appartementen degelijk en ruim, terwijl in de stad de woningnood enorm was.'

Ik probeerde dit keer niet alles op te schrijven wat hij zei, maar hield het bij een paar steekwoorden.

'Omdat het zo bijzonder was in de Bijlmermeer, trokken er kunstenaars, journalisten, doktoren, schrijvers en andere capabele mensen naartoe. Kun je het je voorstellen, jongen? Allemaal ontwikkelde mensen uit de hogere middenklasse die de aanzienlijke huren konden betalen, want in die tijd moest je nog een hoop centen neertellen om in de Bijlmermeer te mogen wonen. Er kwamen ook veel homo's hiernaartoe omdat ze zich met al dat groen en ruimte minder bekeken voelden dan in de drukke stad. Dat zegt wat over het fijne klimaat dat hier toen heerste.'

Ik keek meneer Rolf vragend aan.

'Je weet dat de Bijlmermeer niet eens bij Amsterdam hoorde?' Ik schudde mijn hoofd. 'Het was hier ooit een uitgestrekte polder met boerderijen, windmolens en weilanden vol koeien. Een schitterend Hollands landschap. Begin jaren zestig wilde Den Haag er nog een aparte deelgemeente van maken, de gemeente Bijlmermeer. Maar burgemeester Van Hall en de grote Joop den Uyl, die hier toen wethouder was, hebben er vanwege de woningnood in Amsterdam flink voor gestreden om de Bijlmermeer bij de hoofdstad te laten horen. Gelukkig wonnen ze dat gevecht. Wat helaas snel problematisch werd, was dat het niet lukte om alle appartementen vol te krijgen en de voorzieningen achterbleven. Velen klaagden erover dat er hier niets te beleven viel en sommigen trokken weer weg omdat ze een huis met een tuin wilden. Maar weet je wanneer de Bijlmer pas echt begon te veranderen?'

'Geen idee,' zei ik en schoof naar het puntje van mijn plakkerige stoel.

'Met de komst van de Surinamers.' Ik keek meneer Rolf verbaasd aan. Ging hij nu de schuld van de neergang de Surinamers in de schoenen schuiven? 'De eerste Surinamers kwamen hierheen om te studeren, dat waren rustige en hardwerkende mensen. Maar toen Suriname in 1975 onafhankelijk werd, kwamen er ineens duizenden tegelijk naar Amsterdam. En ze gingen allemaal regelrecht naar de Bijlmermeer, naar Ganzenhoef. De meesten vestigden zich in de flat Gliphoeve en sommigen kraakten er vrijstaande appartementen. De mobiele eenheid moest er zelfs aan te pas komen om ze er weer uit te krijgen. Maar het was onbegonnen werk, want de Bijlmer-expres draaide inmiddels op volle toeren.' Meneer Rolf glimlachte even alsof hij werd overvallen door een mooie herinnering. 'Ja, zo noemden wij toen de vele toestellen die wekelijks vanuit Paramaribo op Schiphol landden: de Bijlmer-expres, want al die mensen gingen linea recta naar de Bijlmermeer.'

Ik wilde een kritische vraag stellen en het zo opnemen voor de Surinamers. Dat was ik verschuldigd aan mijn Surinaamse klasgenoten van de Bijlmerhorst en de jongens uit de wijk met wie ik had gevoetbald. 'Maar hun komst was toch juist goed tegen de leegstand?'

'Jawel, dat is ook zo, maar de Bijlmermeer veranderde daardoor ook. Hoe zal ik dit correct zeggen?' Meneer Rolf nam een slok van zijn wijn en zei: 'Ieder volk is natuurlijk anders, en de Surinamers waren wat luidruchtiger, en ze waren het gewend meer tijd buiten door te brengen met vrienden. Ze hielden van gezelligheid, terwijl de Hollanders na een dag werken gewoon rustig thuis wilden zitten met de gordijnen dicht en de krant op schoot.'

'Maar gezelligheid is toch juist goed?' zei ik. 'U zei zelf dat er weinig voorzieningen waren en dat velen klaagden dat er niets te beleven viel.'

'Ja, je hebt goed opgelet, wat heet, je klinkt zelfs als een echte journalist.' Meneer Rolf begon in zijn handen te wrijven van genoegen. 'Ha, ik heb je een beetje onderschat, jongen. Maar het klopt, het was zeker gezellig en ik voetbalde ook vaak met de Surinaamse jongens bij SV Bijlmer. Goeie kerels waren dat. Na afloop dronken we altijd een biertje en luisterde ik naar hun verhalen. God, we hebben wat afgelachen. Maar wat er op een gegeven moment gebeurde, is dat een deel van de eerste bewoners zich hier minder thuis begon te voelen omdat hun Bijlmermeer veranderd was. Misschien moet je dit niet opschrijven, hoor, maar ik hoorde een van de vroege bewoners eens zeggen dat hij hier de eerste neger én de eerste homofiel in zijn leven was tegengekomen.'

Ik begon hardop te lachen. 'Ik ook!' Daarna keek ik meneer Rolf vragend aan omdat ik wilde dat hij me serieus bleef nemen. 'Maar, dat is toch niet erg?'

'Nou, misschien moet je het dan wel opschrijven.' Meneer Rolf wreef even door zijn baard. 'En niet veel later kwamen de Afrikanen, de Ghanezen om precies te zijn. Iemand uit de bewonersvereniging vertelde mij eens dat het te maken had met de oliecrisis. Veel Ghanezen schijnen in Nigeria in de olie-industrie gewerkt te hebben. Toen de economie daar instortte, gooide de Nigeriaanse overheid zomaar ineens een miljoen Ghanezen het land uit. Tja, het eigen volk komt dan eerst, hè. En denk maar niet dat die Ghanezen eerst allerlei beroepsprocedures konden voeren. Zo gaat dat in Afrika niet, ze werden er meteen uitgeflikkerd. Duizenden Ghanezen kwamen toen hiernaartoe. En dan had je nog de Antillianen. Nou ja, om kort te gaan: wat gebeurt er als al die mensen hierheen komen en geen baan kunnen vinden? Dan krijg je de situatie dat nergens in Nederland de werkloosheid zo hoog is als in de Bijlmermeer. En zoiets gaat zich tegen de wijk keren.'

Mijn vader behoorde ook tot die grote groep werkloze nieuwkomers, realiseerde ik me. Ik hoopte maar dat meneer Rolf niet zou vragen wat hij voor werk deed.

'Ik moet er wel bij zeggen dat de Ghanezen hard werken en hun hand er niet voor omdraaien om schoonmaakwerk en ander laagbetaald werk te verrichten, en dat kan niet over alle bevolkingsgroepen hier gezegd worden. Maar goed, er was dus een hoop werkloosheid en het zag er allemaal nogal uitzichtloos uit. En wat doen jongeren als ze buiten rondhangen en geen baan kunnen vinden?'

Ik wist maar al te goed waar hij op doelde, maar ik wilde niet het voor de hand liggende zeggen. Ik grijnsde: 'Voetballen natuurlijk!'

'Ja, dat ook natuurlijk, maar er ontstond ook veel kleine criminaliteit, en al snel wisten de drugshandelaren de Bijlmermeer te vinden. Dat was in het begin nog niet zo erg, het was beheersbaar. Wat ook niet bepaald hielp is dat er begin jaren zeventig een seksfilm in de Bijlmermeer is gemaakt.'

Ik ging rechtop zitten. 'Seksfilm?'

'Ze hebben hem opgenomen in de flat Hoogoord, en zo de eerste Bijlmerflat bezoedeld. Er werd hier nog volop gebouwd toen die film in 1971 verscheen. Ik kom even niet op de naam, maar bijna tweeënhalf miljoen mensen hebben hem in de bioscopen gezien. Het had een flinterdun verhaal, er werd de hele tijd alleen maar... ja, hoe zal ik dit netjes zeggen? Er werd de hele tijd alleen maar geneukt!' Ik verslikte me bijna. 'Iedereen dacht daardoor dat het hier een grote hoerenkast was, de Wallen in het kwadraat. Ik heb me daar vreselijk druk om gemaakt, want zo is de Bijlmermeer al vroeg gebrandmerkt. *Blue movie*, zo heet die walgelijke film. Maar het ging pas helemaal mis toen burgemeester Van Thijn in 1984 besloot om het centrum van Amsterdam schoon te laten spuiten en de grote groep junks van de Zeedijk te verjagen. Twee keer raden waar al die verslaafden toen heen vluchtten.'

Ik knikte terwijl alles me ineens duidelijk werd. 'Dus daar komen al die junks vandaan.'

'Het was net een kakkerlakkenplaag, ze waren ineens overal. En hier konden ze zich heerlijk verschansen in de warme trappenhuizen en goed geïsoleerde bergingen, of ze kraakten een vrijstaand appartement. Hoppakee, zo ging dat! Het was hier voor de junks veel prettiger toeven dan in de smerige stad. Wat zeg ik, het is hier een junkenparadijs! Die sluwe Van Thijn heeft dat altijd ontkend, maar feit is dat in 1984 de verloedering hier pas echt toesloeg. Toen stroomde de emmer over.'

'Een jaar eerder kwamen wij hier wonen,' zei ik voorzichtig alsof ik bang was dat meneer Rolf niet op mijn persoonlijke geschiedenis zat te wachten.

Er verscheen een glimlach rond zijn mondhoeken. 'Ik kan me nog goed herinneren dat ik je moeder voor het eerst zag. Vergeef het me dat ik het zo zeg, maar zo'n mooie vrouw had ik nog nooit gezien in de Bijlmermeer.' Het was net of meneer Rolfs bleke gezicht iets verkleurde. 'En ook niet daarbuiten, moet ik bekennen. Je moeder stapte ineens de lift in, in de binnenstraat en zei 'hallo' met een Duitse tongval, maar desalniettemin klonk het heel warm en hartelijk. En jij stond naast haar en keek me de hele tijd onderzoekend aan. Tot mijn verbazing moesten jullie er ook op twee hoog uit. Toen heb ik me aan je moeder voorgesteld, omdat we per slot van rekening buren waren.' Hij keek me aan met meer kleur in zijn gezicht dan ooit, alsof er plots weer bloed door de dorre aderen in zijn gezicht was gaan stromen. 'Je hebt een heel bijzondere moeder, jongen.'

Ik kreeg een ongemakkelijk gevoel, alsof meneer Rolf al die tijd met andere ogen naar mijn moeder had gekeken dan als een vriendelijke en behulpzame buurman. Maar ergens vond ik het ook fijn dat hij zag hoe bijzonder mijn moeder was. Dat hij het wél zag. En ik wist zeker dat mijn moeders ogen op dat moment hadden opgelicht als ze naast ons had gezeten.

'Ik kan me dat niet herinneren,' zei ik. 'Maar ik was toen waarschijnlijk nog geen zes jaar.' Ik dacht aan mijn moeder, aan haar jongere versie. Ze was toen nog een twintiger en was voor de tweede keer in korte tijd mijn vader gevolgd naar een ander land. En voor de derde keer in haar nog jonge leven, moest ze opnieuw beginnen, zonder geld, zonder een opleiding, zonder de taal te spreken. Ik vroeg me af of ze mijn vader ook was gevolgd als ze had geweten hoe zwaar de jaren in de Bijlmer zouden worden. Ik hoefde er niet lang over na te denken: óók met die voorkennis had mijn moeder het gedaan, omdat ze wilde dat we met een vader opgroeiden, en omdat ze alles ervoor over had om ons een toekomst te kunnen bieden in dit nieuwe land vol mogelijkheden.

'Je zag er heel klein uit, en lief.' Meneer Rolf keek me aan alsof hij de kleine jongen die ik ooit was geweest in me probeerde te herkennen. 'We dwalen af. Wat wilde je me nog meer vragen?'

Ik probeerde de gedachte aan mijn moeder te verdringen, maar het kostte me moeite, misschien omdat ik onverwacht een inzicht had gekregen in onze bewogen geschiedenis. Ik bladerde door mijn schrift. 'Waar bent u het meest trots op?'

'Dat vind ik oprecht een fijne vraag, jongen. Er is zoveel waar ik met plezier op terugkijk. Vrij snel nadat ik hier kwam wonen, ben ik voor de krant gaan schrijven over de Bijlmermeer. Als inwoner was ik natuurlijk in staat om een ander verhaal te vertellen dan de journalisten die hierheen kwamen voor sensatieverhalen vol geweld en drugs. Ik kende de bewoners, ik wist waar de echte verhalen te vinden waren, wie de echte Bijlmermeerders waren. En hen liet ik aan het woord. Daar ben ik het meest trots op, dat ik mijn lezers jarenlang de echte Bijlmermeer heb laten zien. En de buurt waardeerde dat enorm.' Zijn ogen werden vochtig en zijn stem onvast. '"Jij bent anders, Rolf," zeiden ze. "Jij maakt ons niet zwart, jij vertelt ons verhaal."'

Ik keek naar mijn volgende vraag en twijfelde of ik hem moest stellen, want ik wist dat het zijn goede gevoel ruw zou kunnen verstoren. Ik las hem aarzelend voor. 'Wat zou u anders doen... als u het over mocht doen?'

Meneer Rolf nam weer een slok wijn en zweeg een tijd alsof hij zich afvroeg of het wel verstandig was om in dit moeras te stappen. 'Waar ik de laatste jaren ernstig over twijfel, is of ik wel zoveel van mijn tijd aan actievoeren had moeten opofferen.' Hij zuchtte diep en schudde vermoeid zijn hoofd. 'Ach, ik heb in zoveel bewonersverenigingen en actiecomités gezeten, ik heb zoveel procedures gevoerd tegen de gemeente, tegen de woningcorporaties, tegen alles wat de Bijlmermeer bedreigde, zoveel eindeloze gevechten tegen mannen in pakken met uitpuilende dossiers en dikke auto's. En wat heeft het me opgeleverd?' Hij keek me aan met een trieste blik.

Ik keek op van mijn schrift en wachtte op wat er zou volgen in de hoop dat het me duidelijker zou worden.

Meneer Rolf vouwde zijn handen in elkaar alsof hij eerst de kracht moest vinden om aan te roeren wat hij lang geleden had weggestopt ergens in deze ruïne. 'Je kunt het allemaal niet meer terugdraaien, hè. Maar als ik het over mocht doen, dan had ik me niet bij elk buurtinitiatief aangesloten, dan had ik meer aan anderen overgelaten. Maar ze wisten me altijd te vinden, iedere avond ging mijn bel in die tijd, en daar stonden ze weer. Er moest altijd wel wat gebeuren: klagen bij de huismeester, de zoveelste brief naar de woningcorporatie, gesprekken op het stadhuis, een demonstratie of weet ik veel wat. Ik heb me voor zoveel karretjes laten spannen.'

'Maar waarom heeft u dat allemaal gedaan dan?'

'Ha, waar was je al die tijd? Dit gesprek hadden we veel eerder moeten voeren, jongen. Misschien had je me dan wel de ogen geopend met je vragen. Maar er diende zich telkens weer een nieuwe slag aan. Zo hebben we bijna als religieuze fundamentalisten gevochten tegen het invoeren van betaald parkeren in de garages. We hebben toen zelfs de slagbomen gemolesteerd. Ha, dat waren nog eens tijden. En waarom deden we dat? Omdat het in de hele stad verdomme vrij parkeren was! De politiek dacht ons even te kunnen uitknijpen, ons te laten opdraaien voor het wanbeheer van die woningcorporaties en zo het financiële gat op te vullen dat de leegstand had geslagen in hun rammelende budgetten. Toen hebben we ze even een lesje geleerd.'

Ik kon me niet voorstellen dat er ooit een bewoner had moeten betalen om gebruik te mogen maken van die verschrikkelijke garages. 'Heeft het geholpen?' vroeg ik.

'Jazeker, als je niet zomaar buigt voor de macht, krijg je veel gedaan. Je moet ze dwingen om rekening met je te houden en je moet bereid zijn om ver te gaan. Toen waren we misschien wel op ons sterkst.' Meneer Rolf nam traag een slok van zijn wijn. 'We wilden meer inspraak. En we wilden dat de gemeente en woningcorporaties meer deden aan de leefbaarheid, dat ze iets ondernamen tegen de junks, de vele inbraken, dat vuile trappenhuizen en binnenstraten vaker werden schoongemaakt en dat de vuilniszakken die van de balkons werden gesmeten, werden opgeruimd.'

Ik wilde vragen of hun protesten hadden geholpen, want er werden nog steeds vuilniszakken en zelfs hele bankstellen van de balkons gegooid en de junks hadden de trappenhuizen en bergingen inmiddels overgenomen, ook die van ons.

'De wijk zit in een vicieuze cirkel.'

'Hoe bedoelt u?'

'De leegstand was misschien wel het grootste probleem, het maakte de wijk onaantrekkelijk voor nieuwe bewoners en zorgde voor grote financiële problemen bij de woningcorporaties. Hun tekorten stegen jaarlijks met miljoenen. Dus gingen ze bezuinigen op onderhoud en beheer, waardoor de wijk nog verder verloederde. En hoe meer de wijk verloederde, hoe minder vertrouwen de politiek en corporaties erin hadden dat het ooit nog wat zou worden met die hele Bijlmermeer. Dat is funest geweest. Ze zijn toen ook gestopt in de wijk te investeren.' Meneer Rolf sloeg met zijn hand op tafel. 'Ze zullen het ontkennen, maar ergens aan het begin van de jaren tachtig hebben die schoften de Bijlmermeer al opgegeven.'

Het begon me te duizelen. Meneer Rolf sprak nu zo snel, dat ik het niet meer kon volgen. Het enige wat bleef hangen was dat niemand meer in de Bijlmer geloofde.

'Ik merk dat ik me er nu weer over opwind, maar ik vind dat jij moet weten hoe ze jouw wijk hebben laten verpauperen.' En net als de vorige keer leunde hij ineens voorover. 'Ploerten zijn het! Ze hebben uiteindelijk al die vervloekte woningcorporaties samengevoegd met maar één doel: de Bijlmermeer zo snel mogelijk platgooien. Nieuw Amsterdam heet die nieuwe corporatie. Hier moet nu een nieuw stukje Amsterdam verrijzen, verlost van de kwaadaardige tumor die de Bijlmermeer is.'

In de stilte die volgde, vroeg ik vol ongeloof: 'Gaan ze de Bijlmer écht slopen?'

Alsof hij me aan het rekruteren was voor een nieuwe actiegroep, zei hij: 'Als we niets doen wel. Vorig jaar zijn de gemeente en Nieuw Amsterdam akkoord gegaan met de sloopplannen. Geinwijk is de eerste flat die ze neer willen halen.'

Geinwijk, de flat waar ik bij mijn klasgenoot Fabian had geluncht in de lange middagpauze. Omdat hij toen geen beleg in huis had en zijn moeder er niet was, hadden we kristalsuiker op witbrood gesprenkeld, en aangezien het gas en de elektriciteit afgesloten waren wegens de vele onbetaalde rekeningen, kon hij geen thee zetten en dronken we er water bij uit de kraan alsof we in de gevangenis zaten.

'Kan het nog tegengehouden worden?'

'Je moet altijd blijven vechten, tot je laatste adem. Dus ik ga door, ook al ben ik moe. Ik moet doorgaan, ik ben de laatste die nog in de ring staat. "Rolf, hou ermee op," zeggen ze. "Neem je verlies." Maar ik kan niet opgeven, ik ben de eerste bewoner van Fleerde, ik ben het deze flat verschuldigd om te blijven vechten, ik ben het de wijk verschuldigd. Jij begrijpt nu misschien niet waar ik het voor doe, maar later zul je me dankbaar zijn dat het huis van je jeugd bewaard is gebleven.'

Ik keek in mijn schrift en zag de laatste vraag staan. 'Meneer Rolf, hoe is het om niet meer te werken?'

Zijn blik verstarde. Hij staarde een tijdje naar zijn lege wijnglas alsof dat het mistroostige antwoord op mijn vraag was. 'Dat vind ik een moeilijke vraag. Het is... ik had het me heel anders voorgesteld.' Hij plaatste zijn grote handen op tafel en keek me aan alsof hij me duidelijk wilde maken dat ik het hiermee moest doen.

'Hoe bedoelt u?'

'Ik had verwacht dat ik nu eindelijk tijd zou hebben voor de leuke dingen, voor het onderhouden van mijn contacten. Maar er valt niets meer te onderhouden.' Hij wees naar de van licht en lucht verstoken ruimte waar het laatste hoofdstuk van zijn leven zich in afzondering afspeelde. 'Hier breng ik nu mijn dagen door, zonder mensen te zien.' Hij keek me aan met een blik die door mijn ziel sneed. 'Sinds ik niet meer naar de redactie ga, kom ik nauwelijks de deur uit.'

Je had die laatste vraag niet mogen stellen, dacht ik. En voordat hij verder kon gaan met zijn bittere relaas, stond ik op en zei: 'Bedankt voor uw tijd, meneer Rolf. Ik heb veel aan uw antwoorden gehad.'

Ik was bang dat hij nog lang niet klaar was, maar zonder iets te zeggen sjokte hij met me mee naar de voordeur. Toen ik al op de galerij stond, zei hij: 'Kom je volgende week weer? Ik kan je nog veel meer vertellen over de acties die we hebben gevoerd. Prachtige anekdotes die je interview zullen kleuren.'

Terwijl ik gretig de buitenlucht inhaleerde en bedacht dat ik thuis zo snel mogelijk onder de douche zou stappen, wist ik zeker dat ik nooit meer voet in meneer Rolfs appartement zou zetten. Ik kon het niet meer opbrengen om op die plakkerige stoel te zitten terwijl het vuil in zijn huis op mijn kleren en lichaam sloeg en de lucht van andere tijden mij de adem ontnam. 'Ik moet de opdracht woensdag al inleveren,' loog ik. 'Maar toch bedankt.'

'Nou, je bent altijd welkom, jongen,' zei hij met een glimlach waarin teleurstelling school.

Ik stak mijn hand naar hem op en bedankte hem nogmaals. Terwijl ik wegliep, voelde ik hoe meneer Rolf me nakeek, maar ik keek niet om.

75

Kaya had gezegd dat hij mijn ouders wilde ontmoeten. Mijn vriend keek me verwachtingsvol aan terwijl hij zich in gedachten vast voorbereidde op een metrorit naar de Bijlmer. Maar ik zag het niet zitten om Kaya mee te nemen naar onze vervallen flat waar halfverteerde junks door de trappenhuizen doolden, een warme walm van menselijke stront en braaksel achterlatend terwijl ze een beschutte plek zochten om hun verweerde aderen met een injectienaald te doorboren. Ik wilde niet dat hij mijn kamer zag die volgens Saleem op een Turkse cel leek door de posters aan de muren, het raam zonder gordijn en de matras op de grond. Maar boven alles schaamde ik me ervoor dat ook mijn ouders op de grond sliepen alsof ze rechteloze krakers waren die elk moment verjaagd konden worden. Ik wilde niet dat mijn vriend, die in een van de betere wijken van Haarlem was opgegroeid en nu in een keurig rijtjeshuis in Gein woonde, dat allemaal zag. Maar ik wist dat Kaya volhardend was en bijzonder vindingrijk als het ging om het naar voren brengen van onweerlegbare argumenten. Desalniettemin vroeg ik waarom hij mijn ouders wilde ontmoeten. Het klonk weinig gastvrij en wantrouwend en Kaya keek mij nietbegrijpend aan. Mijn welbespraakte vriend zocht zelfs naar woorden. 'Nou ja, ik ben gewoon benieuwd.'

'O.'

'Metin, is er iets?' Ik schudde mijn hoofd. 'Het lijkt mij gewoon leuk om hen te ontmoeten, zoveel Turken ken ik niet in Amsterdam. En ik ben nooit in de Bijlmer geweest, op het winkelcentrum na dan.' De twinkeling in zijn ogen was weer even terug, maar toen hij zag dat ik hem weifelend bleef aankijken, zei hij: 'Maar misschien houden ze niet zo van onverwacht bezoek.'

Terwijl we op station Bijlmer uit de metro stapten en ons opmaakten voor een wandeling door de Amsterdamse Poort, hoopte ik vurig dat mijn vader niet thuis zou zijn, dat hij tot laat in de avond les had op de Hogeschool waarvan ik nog steeds geen idee had waar die zich bevond, en dat hij daarna naar de vereniging zou gaan. Maar na al die jaren waren mijn vaders wegen nog steeds ondoorgrondelijk. Het kon zomaar zo zijn dat hij zich in een boek had verloren en er geen heil in zag om naar de stad of zijn school af te reizen. Ik had geen idee hoe hij op Kaya zou reageren, het was nooit te voorspellen hoe hij op iemand zou reageren. In Floyd en Saleem had hij nooit enige interesse getoond, maar Kaya was anders, zelfs mijn vader zou dat moeten zien. Heimelijk hoopte ik dat hij onder de indruk zou raken van Kaya, en dat dat op mij zou afstralen. En ik hoopte dat hij geen moeilijke vragen zou stellen en niet zou beginnen over de verraderlijke Turkse politiek en mij voor schut zou zetten met zijn communistische praatjes. Kortom, het was het beste als hij gewoon niet thuis was.

'De verhalen kloppen volgens mij niet,' zei Kaya toen we het winkelcentrum achter ons hadden gelaten en de flats van de F-buurt voor ons opdoemden. 'Het is hier helemaal niet eng.'

'Had je dat verwacht?'

Kaya sloeg me op mijn schouder. 'Ik had verwacht dat we inmiddels twee keer overvallen zouden zijn.'

'Niet te vroeg juichen,' zei ik met gespeelde ernst. 'Het gevaarlijke gedeelte komt nog.' Er zat niets anders op dan met Kaya meedoen, dan zou het uiteindelijk alleen maar mee kunnen vallen, hield ik mezelf voor.

'Mooi, dan kom ik toch nog met spannende verhalen thuis.'

'Ik maak geen grap,' zei ik terwijl ik mijn ernstige blik handhaafde. 'Er zijn hier gruwelijke dingen gebeurd.' Ik had meteen spijt van mijn opmerking.

Kaya stond ineens stil. 'Jezus, dus de verhalen kloppen toch?'

Wat als een grap was begonnen, had mij onbedoeld naar weggestopte herinneringen geleid. Na lange tijd moest ik weer denken aan de kleine jongen die aan een hondenlijn was opgehangen door een kennis vlak bij een stuk bos achter metrostation Ganzenhoef. En ik dacht weer aan de twee donkere meisjes die verdwenen waren bij het Gaasperplaspark en alle springers wier schedels uit elkaar waren gespat op de grauwe straattegels rond de flats. Maar ik had geen zin om het daar nu met Kaya over te hebben. Het zou al zijn vooroordelen alleen maar versterken. 'In elke wijk gebeurt weleens wat,' zei ik.

'Maar klopt het dat de postbodes hier niet meer durven komen?'

Ik keek hem een paar tellen zwijgend aan. 'Geloof je dat echt, of neem je me in de maling?' Ik merkte niet dat mijn toon zich had verscherpt. 'De Bijlmer is geen Los Angeles,' zei ik alsof ik eens en voor altijd een punt wilde maken. 'Het is hier niet zoals in *Boyz n the Hood*.'

Kaya begon stoer met zijn handen te gebaren, als een rapper van de westkust. '*So, my brother, you're saying that this ain't no Crenshaw?*'

'*That's right, my brother.*'

Ik besloot onze wandeling voort te zetten in de binnenstraat van Fleerde, maar uitgerekend nu hingen er twee junks rond bij de brievenbussen: een sterk vermagerde blanke vrouw met nog maar een paar tanden in haar mond en een Surinaamse man die wezenloos achter haar aanslofte op slippers. Zonder zich iets van ons aan te trekken, trokken ze aan de brievenbuskleppen en keken of ze ze openkregen.

'Zijn dat soms de postbodes?' vroeg Kaya in het Turks. Tot het moment dat we de lift bereikten naar onze verdieping, kwamen we niet meer bij.

Toen ik de voordeur opende zag ik dat de deur naar de woonkamer dicht was. Geen goed voorteken, wist ik. Het geluid van een lopende kraan lokte me naar de keuken waar mijn moeder groenten stond te wassen. Ze ontving Kaya nog hartelijker dan ik had verwacht. Toen ze me in het begin, met de voor haar kenmerkende moederlijke nieuwsgierigheid, had uitgehoord over Kaya, en ik terloops had laten vallen dat zijn familie alevitisch was, had ik haar ogen zien oplichten. Ik begreep eerst niet waarom, godsdienst speelde immers geen rol in ons gezin, maar later drong het tot me door dat de vrienden en kennissen van mijn ouders veelal alevitisch waren, of atheïst. En vrijwel allemaal hadden ze een linkse politieke achtergrond.

'Kaya,' zei ze op een toon alsof ze na lange tijd herenigd werd met een dierbaar familielid. 'Eindelijk ontmoet ik je dan.'

Mijn vriend antwoordde ook in het Turks en noemde haar met dezelfde warmte tante als om de door haar gesuggereerde nabijheid te benadrukken. 'Merhaba, Asena *teyze*, wat bijzonder om u te ontmoeten.'

Gefascineerd keek ik toe hoe mijn moeder Kaya met een natuurlijke vertrouwdheid vastpakte bij zijn bovenarmen, hem aankeek en zei: 'Het is zo leuk je te zien, Metin heeft het iedere dag over jou.' Ze overdreef, maar het zou me niet verbazen als ze had gemerkt dat ik hem bewonderde. Haar blik leek even te suggereren dat ook zij iets in hem herkende, dat ook zij zag wat ik zag.

Kaya en ik keken elkaar vol kameraadschap aan, maar in zijn blik school, in tegenstelling tot die van mij, geen ongemak. En terwijl mijn moeder in één adem doorvroeg hoe het met hem en zijn moeder ging, greep ik de kans om de ruimte vol klamme warmte te ontvluchten om te controleren of mijn vader thuis was. Zonder iets te zeggen liep ik terug naar het halletje, opende voorzichtig de deur naar de woonkamer en zag hem roerloos op de bank liggen, verzonken in een boek.

'Ga maar in de woonkamer zitten,' zei mijn moeder met een aangename opwinding in haar stem. 'Ik ga meteen thee zetten.'

Waarschijnlijk had mijn vader ons horen praten want hij kwam overeind zodra we de woonkamer betraden. Hij haalde snel zijn hand een paar keer door zijn haar, legde zijn boek op tafel en stond op. En alsof er een vleug van de hartelijkheid van mijn moeder op hem was overgegaan, deed hij een paar stappen naar voren en met een stralende lach stak hij een hand uit naar Kaya. 'Merhaba, *hoşgeldin*,' zei hij. 'Ik ben Harun, jij bent zeker een vriend van Metin?'

'Merhaba, Harun amca,' antwoordde Kaya opnieuw in onberispelijk Turks. Hij noemde mijn vader 'oom' met dezelfde vanzelfsprekendheid en warmte als hij mijn moeder daarvoor tante had genoemd. 'Dat klopt, Metin en ik zijn heel goede vrienden. Hij is mijn hemşehri en broeder.' Hij knipoogde naar me, wat me verlegen maakte.

Met zijn ongedwongenheid en natuurlijke flair maakte Kaya meteen indruk op mijn ouders. Ja, zelfs op mijn vader. Hoewel ik al vaak getuige was geweest van zijn welbespraaktheid en verfijnde manieren, was ik opnieuw onder de indruk. Misschien kwam het doordat ik hem niet eerder Turks had horen spreken met anderen.

Kaya nam, na een uitnodigend gebaar van mijn vader, plaats op de bank en greep meteen het initiatief in het gesprek. 'Wat leest u, als ik vragen mag?'

Mijn vader pakte zijn boek en bekeek het omslag even alsof de titel hem door de onverwachte entree van Kaya was ontschoten. 'Ik herlees dit boek over het gedachtegoed van mijn kameraad Lenin.' Ik hoopte dat mijn vader voor een keer het onderwerp van het communisme onberoerd kon laten. Maar ik zag hem peinzen. Misschien had ik mijn vriend moeten waarschuwen dat mijn vader een fanatieke communist was die geen kritische noot duldde. 'Zeg, komt het communisme eigenlijk voor in die lesboeken van jullie?' vroeg hij ineens.

'Jazeker,' zei Kaya. 'Tijdens geschiedenis hebben we het er een paar keer over gehad.' Ik wist wat mijn vader nu dacht, ik wist dat hij het niet vertrouwde dat wij door vertegenwoordigers van het door hem verketterde kapitalisme onderwezen waren over de politieke stroming die zijn identiteit definieerde.

'En,' vroeg hij met een vreemde grijns, 'wordt het een beetje op een positieve manier behandeld?'

Kaya en ik wisselden blikken uit. Ik merkte dat mijn vriend doorhad dat dit een beladen vraag was, dat hij tegenover een man zat die Lenin met affectie in zijn stem kameraad noemde en het werk over zijn gedachtegoed herlas op een normale werkdag. En in zijn snel functionerende brein vormde zich waarschijnlijk een diplomatiek antwoord dat een uitweg moest bieden uit het mijnenveld waarin we ons plots bevonden nog voordat de thee was opgediend, en dat niet paste bij een eerste verkennende ontmoeting. Mijn vriend schraapte zijn keel. 'Ik heb het idee dat het op een vrij neutrale manier wordt behandeld.'

'Ik weet het niet,' zei mijn vader op een toon alsof hij mijn geschiedenisboeken uitgebreid had bestudeerd. 'Ik heb in het Westen maar weinig mensen neutraal over het communisme horen praten.'

En op dat moment kwam Kaya met een handige zet die mijn vaders aandacht afleidde van onze geschiedenislessen. 'Ik geloof dat ik mijn broer eens iets over Lenin heb zien lezen.'

Mijn vader ging rechtop zitten. 'O, leest je broer dat soort boeken graag?'

Ik was opgelucht dat hij niet vroeg of zijn broer ook een communist was.

'Meer literatuur en filosofie dan politieke boeken, om eerlijk te zijn.'

Mijn vaders belangstelling was gewekt. 'Wat voor romans?'

'Hij leest vooral de grote Russische schrijvers.'

'Welke?' vroeg mijn vader alsof hij onze gast aan een onverwachte test onderwierp.

Kaya leunde ontspannen achterover en stond zichzelf toe een paar seconden in zijn geheugen te graven. Hoogstens drie seconden, langer had hij niet nodig voor zijn antwoord: 'Dostojevski, Tolstoj, Tsjechov.'

Mijn vader knikte instemmend alsof hij naar een muziekstuk luisterde dat hem bovenmatig beviel. 'Mooi, heel mooi.'

'Toergenjev natuurlijk en Poesjkin.'

'Toe maar, ik ben onder de indruk,' zei mijn vader en ik hoorde dat hij het meende, dat zijn scepsis plaats had gemaakt voor oprechte waardering, wat maar weinig mensen zo snel ten deel was gevallen. 'Heb jij er ook weleens wat van gelezen?'

Kaya glimlachte. Hij had dit gesprek niet alleen soepel ingeleid maar ook op soevereine wijze op een gemeenschappelijk en twistvrij onderwerp gebracht. En deze vraag trad hij met vertrouwen tegemoet. 'Nauwelijks, hoewel ik in de laatste zomervakantie wel een poging heb gewaagd om *Oorlog en vrede* te lezen, maar dat heb ik na een week weer weggelegd.'

'Ik ben daar ook pas na een paar keer doorheen gekomen,' zei mijn vader begripvol.

Het gesprek verliep zo goed, dat een gevoel van jaloezie me onverwacht overviel, een bijtende jaloezie die niet alleen mijn vriends welbespraaktheid en welbelezenheid betrof, maar vooral betrekking had op mijn vaders aandacht voor hem.

Mijn moeder legde een dienblad met thee en een schaal met gevulde kokoskoeken op tafel. Kaya bedankte haar vriendelijk en wendde zich toen weer tot mijn vader. 'Ik ben blij dat u dat zegt, Harun amca, ik voel me meteen een stuk minder schuldig.'

'Je zou *Misdaad en straf* van Dostojevski moeten lezen. Het is een duister boek. Bedwelmend, bijna claustrofobisch.'

Ik had het gevoel dat ik naar een conversatie tussen mijn vader en een van zijn oude kameraden luisterde. Nog even en hij zou mijn vriend een glas cognac en een sigaar aanbieden. Het was me al snel duidelijk dat ik geen onderdeel uitmaakte van dit gesprek en dat ik ook niet meer toegelaten zou worden. Niet één keer had mijn vader me aangekeken vanaf het moment dat hij Kaya de hand had geschud. Met deze intelligente en eloquente jongen kon hij gelukkig wel converseren over zijn lievelingsonderwerpen. Nog even en hij zou hem nog gaan vragen of hij een potje wilde schaken zodat hij ter plekke de verspilde jaren met mij kon goedmaken.

Kaya had het niet door. Hij had waarschijnlijk ook niet verwacht dat hij in zo'n ongewoon gesprek over communisme en literatuur zou belanden, en lachte zijn charmante lach. 'Op een dag ga ik alle Russische meesters lezen.'

'Begin met *Misdaad en straf*,' zei mijn vader enthousiast. Hij stond ineens op, liep naar de boekenkast en trok er, na kort speuren, een boek uit. 'Hier, je mag hem wel van mij lenen.'

Hoewel het hem niet was ontgaan dat ik veel las, had mijn vader nooit over literatuur gepraat met mij, laat staan dat hij me boeken had aanbevolen, ook niet de Nederlandse vertaling van de romans waar hij blijkbaar zo bevlogen over kon vertellen. En nu wilde hij mijn vriend een van zijn lievelingsboeken lenen. Waarom had hij mij nooit iets verteld over de Russische literatuur? Waarom had mijn vader me nooit beschouwd als een volwaardige gesprekspartner?

‘Weet u dat zeker?’ vroeg Kaya. Ik zag de aarzeling bij mijn vriend toen hij het lijvige boek aanpakte.

‘Geen probleem, het is belangrijk dat jongeren kennismaken met Dostojevski, dat hij niet vergeten wordt,’ zei mijn vader. ‘Het is weliswaar in het Turks, maar dat spreek jij zo te horen uitstekend. Veel beter dan Metin.’

Het was een uithaal, een trap in mijn maag die ik niet had zien aankomen. En zelfs nu hij me terechtwees in het bijzijn van mijn vriend, keek mijn vader me niet aan, alsof ik me niet met hen in de woonkamer bevond.

‘Nou, mijn Turks is niet zo goed, hoor,’ zei Kaya. ‘Het zal vast niet beter zijn dan dat van Metin.’ Het was een al te bescheiden reactie van mijn vriend.

Mijn moeder zag waarschijnlijk dat ik wegkwijnde op de bank. ‘Hoe kom je erbij, Harun? Metins Turks is helemaal niet slecht,’ zei ze op een toon zoals alleen bezorgde moeders kunnen klinken. ‘Alleen kan hij het niet zoveel oefenen als hij zou willen, er wonen hier bijna geen Turken.’ Ze liet een stilte vallen alsof ze verwachtte dat mijn vader zijn woorden zou terugnemen, maar toen zijn reactie uitbleef, zei ze: ‘Laten we ook over andere dingen praten dan dode Russische schrijvers.’ Mijn vader wierp haar een bestraffende blik toe, maar mijn moeder liet zich niet muilkorven ten overstaan van mijn beste vriend. ‘Kaya is voor de gezelligheid langsgekomen en niet om literatuurles te krijgen.’

‘Ik vind het helemaal niet erg, hoor, Asena teyze,’ zei Kaya.

Mijn moeder knikte vriendelijk naar hem en legde een hand op zijn arm. ‘Vertel eens, wat doet je moeder?’ Ze was altijd geïnteresseerd in de moeders van mijn vrienden. Misschien had ze behoefte aan een referentiekader.

‘Ze zit momenteel thuis met gezondheidsklachten. Maar hiervoor gaf ze Turkse les aan kinderen in Haarlem.’

Ik besloot in te grijpen voordat mijn moeder het hele levensverhaal van Kaya’s moeder zou willen horen en voordat mijn vader zou beginnen over iets anders waar Kaya beter in was dan ik: ‘Kaya, wil je mijn kamer zien?’ Alles was beter dan op de bank blijven zitten en krimpen tot er niets meer van me over was.

Kaya keek mijn moeder verontschuldigend aan, maar voordat hij wat kon zeggen zei ze: 'Ga maar, we praten straks wel verder.'

'Aardige ouders heb je,' zei hij toen we in mijn kamer stonden. 'En tof dat je vader me een boek wil lenen.'

Zonder te reageren deed ik de oude Grundig-televisie aan. 'Wil je een potje Mario Bros. spelen op de Nintendo?'

'Misschien een andere keer,' zei Kaya alsof hij moest bijkomen van zoveel aandacht. 'Ik heb niet zoveel met videospelletjes.'

Ik voelde me ineens een speels kind tegenover mijn vriend die op het punt stond Dostojevski in het Turks te lezen.

'Veel posters heb je,' zei Kaya terwijl hij naar het raam liep. 'Mooi uitzicht.' Tot mijn opluchting zei hij niets over het ontbrekende bed of de afwezige gordijnen.

Mijn moeder drong erop aan dat Kaya zou blijven eten. Nadat hij zijn moeder had gebeld om te zeggen dat hij later thuis zou zijn, namen we met z'n allen plaats aan de glazen tafel in de woonkamer. En terwijl mijn zus ook aanschoof, vervolgde mijn vader het gesprek over literatuur alsof hij nooit onderbroken was geweest. Hij roemde de korte verhalen van Tsjechov uitgebreid en noemde hem meer dan eens de meester van het korte verhaal. Kaya merkte dit keer wel dat ik buiten het gesprek viel en betrok me er nu bij. 'Metin, laten we morgen meteen even kijken of ze ook boeken van Tsjechov in de bibliotheek van Reigersbos hebben.'

Na de thee en chocoladecake, die onvermijdelijk op het eten volgden, bedankte Kaya mijn ouders uitgebreid voor hun gastvrijheid. 'Ik moet nu helaas gaan, ik heb nog een lange terugreis voor de boeg.' Het was inmiddels donker geworden, een tijdstip waarop ik het onprettig vond om me op de verlaten en flauwverlichte straten van de Bijlmer te begeven, lopend langs al het groen waaruit voor mijn gevoel elk moment gevaar kon opduiken.

'Harun en Metin lopen wel met je mee naar het metrostation,' zei mijn moeder.

'We laten onze jonge gast niet alleen over straat lopen in het donker,' vulde mijn vader haar aan. 'Ik breng je wel met de auto naar huis.' Wederom verraste hij me, voor de verandering op een positieve manier.

Voordat Kaya kon protesteren, klopte ik hem op zijn rug: 'Goed plan.'

Even later liepen we door de binnenstraat, ik met mijn handen in mijn zakken en Kaya met Dostojevski's magnum opus onder zijn arm. Op sommige stukken was het licht uitgevallen of flikkerde de verlichting als een waarschuwingssignaal, en in tegenstelling tot een paar uur eerder steeg er een ondraaglijke stank op van de vuilcontainers naast de lift, alsof een ernstig vervuild huis vlak daarvoor was leeggehaald door de GGD en alle rommel in de metalen laadbakken was gedumpt. In het halfdonker van de garage zagen we de twee junks die we eerder bij de brievenbussen waren tegengekomen. Ze stonden in een donker hoekje. De man hield de vlam van een aansteker onder een stuk zilverpapier en inhaleerde de vrijgekomen damp via een zilveren koker terwijl hij zijn ogen extatisch sloot. De vrouw schuifelde ongeduldig om hem heen, wachtend op haar tijdelijke reis naar een plek waar alles nog goed was. Toen ze even omkeek en haar blik die van Kaya vond, lachte hij naar haar en toonde een sprankje van zijn natuurlijke charme en zei: 'Goedenavond, mevrouw.' Ze lachte haar tandeloze mond bloot.

76

Op het cassettebandje was met de hand een sierlijke 'M' geschreven met een lange scherpe punt aan de boven- en onderkant van de linkerpoot. Ik dacht dat het de M van Metin was die Kaya er speciaal voor mij op had gezet.

'Ik heb het met zorg samengesteld,' zei mijn vriend terwijl hij het cassettebandje aan mij overhandigde. 'Je eerste kennismaking met mijn favoriete muziek.'

'Cool, wat is het?'

'Dat heb ik er aan de binnenkant van het doosje bij geschreven, maar eerst moet je ernaar luisteren zonder dat je weet wat het is, want alleen dan kun je er onbevangen naar luisteren.' Ik begon te lachen. 'Hé, ik meen het,' zei hij ernstig. 'Je hebt maar één kans om open en zonder vooroordelen naar dit bandje te luisteren. Verpest het niet!'

Die middag trok ik me na school terug op mijn kamer, haalde het cassettebandje met top 40-liedjes uit de cassettespeler, duwde het M-bandje van Kaya erin en drukte op play. En even, terwijl de muziek nog moest beginnen en ik alleen ruis hoorde, voelde ik de aanvechting om het doosje te openen en te zien wat ik op het punt stond te beluisteren. Maar net op tijd dacht ik aan Kaya's waarschuwing en besloot mijn nieuwsgierigheid te bedwingen. Ik sloot mijn ogen en leunde achterover in mijn fauteuil.

Na een paar seconden klonk dromerig getokkel op een akoestische gitaar. Het had iets klassieks en melancholisch tegelijk. Na zo'n tien seconden werd het begeleid door het geluid van een elektrische gitaar die steeds hoger leek te zingen, alsof hij bezig was aan een gestage klim en toewerkte naar een vroege piek in het nummer dat ik nooit eerder had gehoord. Steeds hoger klonk het gezang van het snaarinstrument, plots begeleid door drumslagen, tot het ineens wegviel en ik werd gelanceerd toen alleen nog het getokkel van de akoestische gitaar te horen was, luider en intenser, alsof er iets openbrak en een luikje in mij openging. De drum kwam weer opzetten, alsof het een organisch geheel was. Het vervulde mij met een gelukzalig gevoel.

Life it seems to fade away, drifting further every day, getting lost within myself, nothing matters no one else, I have lost the will to live, simply nothing more to give, there is nothing more for me, need the end to set me free.

Het geluid van een zware elektrische gitaar kwam woest opzetten, als een onstuimige golf die alles wegspoelt, en werd even later tot mijn geruststelling weer opgevolgd door de fijnzinnige akoestische gitaar.

Ik had nog nooit zoiets gehoord. Wat was dit voor wonderschone muziek?

Het nummer kwam plots in een overgang en het gitaarwerk klonk steeds zwaarder en sneller, alsof het overgegaan was in een ander stuk, en ik plots aan boord was van een hogesnelheidstrein die op weg was om door de geluidsbarrière te breken.

Terwijl het geluid langzaam wegstierf, haalde ik diep adem en kwam overeind. Ik pakte het doosje van de cassette, trok het open en bekeek de binnenkant. ‘Metallica’ stond er helemaal boven, met daaronder de tracklist. Ik zag de titel van het nummer dat zojuist mijn hart had veroverd: ‘Fade to Black’. Het volgende nummer dat Kaya erop had gezet, was ‘One’, gevolgd door ‘To Live Is to Die’, ‘The Unforgiven’, ‘Enter Sandman’, ‘Nothing Else Matters’, ‘My Friend of Misery’ en ‘The God that Failed’.

Ik had weleens een clip van Metallica op MTV gezien: vier mannen met belachelijk lang haar die aan het headbangen waren terwijl snoeiharde gitaar en woest tromgeroffel klonk. Het agressieve beeld en rauwe geluid hadden me afgestoten. Maar ‘Fade to Black’ klonk heel anders, het was subtiel en liep over van gevoel. Waren dit echt dezelfde mannen?

De volgende dag keek Kaya me verwachtingsvol aan. ‘En?’

‘Man, het is echt meesterlijk!’

‘Ik wist wel dat je het mooi zou vinden.’

Ik pakte Kaya bij zijn schouders. ‘“Fade to Black” is zo mooi, zo mooi.’

‘Die heb ik bewust op één gezet, ik vind het echt een nummer voor jou, omdat het zo melodieus is.’

‘Ja? Ik heb het wel tien keer achter elkaar beluisterd.’

‘Mooi... het is trouwens een *suicide song*.’

‘Wat?’

‘Het lied gaat over zelfmoord, je hebt toch wel naar de tekst geluisterd?’

‘Ja, natuurlijk,’ zei ik terwijl ik snel terugdacht aan de tekst. ‘“I have lost the will to live”, dat is niet echt vrolijk.’

‘Nee, maar het is toch troostrijk.’ Kaya zag mijn vragende blik. ‘Veel fans hebben brieven naar Metallica gestuurd om te laten weten dat het hun juist kracht gaf op hun meest sombere momenten. Ze wisten toen dat ze niet alleen waren.’

Ik knikte terwijl ik de tekst begon te murmelen.

‘Wat vond je van “To Live Is to Die”? Dat is mijn lievelingsnummer, helemaal instrumentaal.’

‘Ik heb de hele avond alleen maar naar “Fade to Black” geluisterd.’

77

Het was een mooie herfstdag, die eerste zondag in oktober. Ik nam de radio mee naar mijn kamer, zette het raam wagenwijd open, schoof mijn schoolboeken aan de kant en strekte mijn voeten uit op mijn bureau. Daarna leunde ik tevreden achterover in mijn eigenaardig ruikende fauteuil die voor bureaustoel moest doorgaan. Zo verdreef ik kortstondig de gedachte aan mijn huiswerk en de grauwe maandag die wachtte.

Ik luisterde naar het verslag van de wedstrijd die Ajax in Waalwijk tegen het nietige RKC speelde, en rekende op een doelpuntenregen. De eerste goal kwam van mijn nieuwe held Dennis Bergkamp. Een paar maanden daarvoor had hij geschitterd op het Europees Kampioenschap in Zweden waar hij een magisch aanvalsduo had gevormd met mijn andere voetbalheld Marco van Basten, of beter gezegd: mijn held van het eerste uur. Geen enkel ander land had zo'n fenomenale voorhoede. Het klonk als een magische mantra in mijn hoofd: 'VAN BASTEN – BERGKAMP!'

Op die 4de oktober in 1992 wist ik nog niet dat het zijn laatste eindtoernooi zou worden. Hoewel Marco van Basten toen nog maar achtentwintig jaar was, haperde zijn enkel al vele jaren. Tien dagen na die 4de oktober zou hij zijn laatste interland voor Oranje spelen.

Op die 4de oktober in 1992 wist ik ook niet dat het Bergkamps laatste seizoen voor Ajax zou worden. Hij was bezig aan zijn afscheidstournee langs de Nederlandse velden.

En op die 4de oktober in 1992 wist ik ook niet dat de Bijlmer voor altijd zou veranderen.

Die avond nam ik rond halfzeven plaats op de rand van de salontafel en zapte langs de kanalen alsof de tijd dan sneller zou verstrijken en *Studio Sport* eerder zou beginnen. Mijn moeder wandelde door het beeld en bleef stilstaan naast de tv. Ze wierp me dit keer geen blik toe die me ertoe moest aanzetten mijn schoolboeken open te slaan, maar vroeg me direct of ik geen huiswerk had. Ik zuchtte en schudde mijn hoofd. Tot mijn opluchting liet ze het erbij, voor nu. Ze liep naar het balkon en begon driftig een kleed uit te kloppen. Na *Studio Sport* en het avondeten zou ze me vast alsnog naar mijn kamer drijven. Het geluid dat het uitkloppen van het kleed veroorzaakte, stoorde me. Ik keek richting het balkon om een einde te maken aan het kabaal, en zag de onbewolkte hemel in een flits oranje kleuren. Er klonk een knal zoals ik die niet eerder had gehoord, alsof Thor van *The Avengers*, de almachtige god van de donder, met zijn mythische hamer Mjölnir had uitgehaald en een bergketen had doen verschuiven. Ik ging staan en staarde naar de hemel. 'Heb je dat gezien?' vroeg ik. Mijn moeder staarde ook omhoog en zei niets. Misschien had de flits haar doen bevriezen. 'Wat was dat?'

'Geen idee,' zei mijn moeder kalm, alsof er niet zojuist een enorme flits te zien was geweest, gevolgd door een knal die misschien wel het einde der tijden aankondigde. Ze drapeerde het kleed over de balustrade terwijl ze naar de hemel bleef kijken. 'Misschien was het vuurwerk,' zei ze. Ik bleef kijken toen mijn moeder naar binnen liep, en wachtte op een teken dat niet kwam. Het serene gezang van een merel maakte me duidelijk dat er niets aan de hand was. Ik ging op de bank liggen.

De kraker tussen PSV en Feyenoord werd als eerste uitgezonden, daarna volgde de wedstrijd van Ajax. Ik zag de magistrale goal van Bergkamp die op de radio zo was bejubeld. Hij omspeelde achteloos twee man en stiftte toen de bal op de rand van het zestienmetergebied over de machteloze keeper heen. Ik stond op en begon te klappen, en elke keer dat mijn handpalmen elkaar raakten, voelde ik me lichter worden. Ik bleef klappen, alsof ik ook de laatste flarden van het sinistere gevoel van even daarvoor wilde verdrijven, tot presentatrice Annette van Trigt weer in beeld verscheen en de magie verbrak met haar ernstige gezicht. Ze kondigde de finale aan van de Wereldbeker driebanden in Oosterhout. En terwijl ik moest denken aan de keer dat ik met mijn vader was meegegaan naar een rokerig biljartcafé toen mijn moeder weer eens 'neem hem mee' had geroepen, werd het biljartfilmpje ruw onderbroken. Gijs Wanders van het *NOS Journaal* verscheen in beeld. Het was zo onnatuurlijk om hem daar op de plek van Annette van Trigt te zien zitten in het decor van *Studio Sport*, dat ik instinctief vooroverboog. En misschien kwam het door zijn blik, die ernstiger was dan tijdens de vele nieuwsuitzendingen die hij zo soepel had gepresenteerd, dat ik het geluid van de tv harder zette.

'*We onderbreken de uitzending voor een ingelast* Journaal. *Rond kwart voor zeven vanavond is een vrachttoestel Boeing 747-F van El Al neergestort in de Bijlmermeer in Amsterdam. Het toestel heeft zich in de flat Kruitberg geboord in de wijk Groenhoven. Onduidelijk is nog hoeveel slachtoffers er zijn gevallen.*'

Ik keek naar de hemel alsof hij door de woorden van Gijs Wanders weer oranje was gekleurd. Er was een vliegtuig neergestort. In de Bijlmer. Vlak bij onze flat. Een vliegtuig. Neergestort. In de Bijlmer.

'*Om acht uur hopen we met het eerste beeldmateriaal te komen, met de laatste informatie uiteraard, en gaande de avond zullen we u uiteraard op de hoogte houden.*' Nadat Wanders was uitgesproken, zoomde de camera uit en werd duidelijk dat hij niet op de plek van Annette van Trigt zat, want zij zat naast hem.

'*Dat was Gijs Wanders,*' zei Van Trigt bedremmeld. '*Straks dus meer. Ja, wat moet je zeggen? We gaan maar verder met de band, daar waar we bezig waren, de finale dus tussen Rini van Bracht en Frédéric Caudron.*'

En terwijl een Boeing 747 zich in een flat had geboord, terwijl een flat bij ons in de buurt in brand stond, ging het biljarten verder, alsof de wereld bestond uit niet meer dan drie ivoren ballen op een vredig groen laken. Ik rende naar de keuken. 'Er is iets ergs gebeurd,' zei ik. Mijn moeder stond groenten te snijden. Het moet de opwinding in mijn stem geweest zijn, want ze liet het mes meteen vallen, draaide zich om en tastte mijn gezicht af met onrustig heen en weer schietende ogen alsof ik gewond was en verzorging behoefde.

'Wat is er gebeurd? Wat is er gebeurd?'

'Een vliegtuig... die flits en knal die we hoorden. Het was een vliegtuig.'

'Wat?'

'Er is een vliegtuig neergestort op een flat.'

Mijn moeders hand ging naar haar mond. 'Mijn god,' zei ze. 'Waar? Waar is het gebeurd?' Voordat ik kon antwoorden, snelde ze naar het keukenraam en keek naar buiten, waar niets te zien was. Ik had verwacht dat mijn moeder, in een vlaag van irrationeel moederinstinct, zou roepen dat we snel alle ramen en deuren moesten sluiten en dat ik de rest van de dag binnen moest blijven. Maar ze rende naar de hal, en terwijl ik achter haar aan liep, deed ze de voordeur open, keek om zich heen op de galerij en boog zich toen over de balustrade. 'Is het hier vlakbij?'

‘Kruitberg,’ zei ik. ‘De flat Kruitberg.’

‘Waar is dat?’

Ik wist het niet precies, ik wist alleen zeker dat het niet een van de ons omringende flats was, maar in de K-buurt. ‘Vlakbij Kraaiennest.’

Beneden rende een grote groep mensen dezelfde kant uit. En waar onze flat een forse knik naar links maakte, zag ik op de galerijen op de andere verdiepingen veel bewoners op een drafje naar de lift lopen.

‘We gaan ook kijken,’ zei mijn moeder.

‘Ja?’

‘Ik wil zien wat er gebeurd is,’ zei ze en ik zag dat de schrik in haar ogen had plaatsgemaakt voor een vreemd soort opwinding die als een laaiend vuur op mij oversloeg. Ik trok snel mijn Air Max aan en griste mijn jack van de kapstok. We namen niet de lift maar renden naar het trappenhuis waar we op bovenburen stuitten die de trappen met twee, drie treden tegelijk afdaalden alsof ze op de hielen werden gezeten door een losgebroken roofdier. En alsof iedereen gelijkluidende instructies had gekregen, snelden we even later allemaal dezelfde kant uit, richting het Bijlmer Sportcentrum. Terwijl ik om me heen keek, bekroop me het onwerkelijke gevoel dat we ons in een massale marathon bevonden, de Bijlmermarathon met als finish de verwoeste flat Kruitberg. Alsof het hele tafereel nog niet bizar genoeg was, werd ik ingehaald door mijn moeder, die op haar eigen karakteristieke manier, wiegend met haar brede heupen, temporiseerde en moeiteloos een paar mensen achter zich liet.

De optocht naar de plek des onheils trok steeds meer mensen. In de verte klonken de sirenes van politieauto’s en brandweerwagens die van bureau Flierbosdreef vertrokken. We liepen onder een viaduct van de Gooiseweg door en passeerden even later de Open Schoolgemeenschap Bijlmer. Daarna, nog voordat we bij de Groesbreekdreef waren, zagen we in de verte donkere rookwolken opstijgen. ‘Daar!’ riep mijn moeder.

Tegelijk met de rookwolken nam het geluid van de sirenes toe. We volgden de mensen die voor ons uit liepen, beklommen de trappen naar de Groesbeekdreef waar tientallen auto’s stilstonden en daalden aan de andere kant weer af naar de straat. En terwijl een verstikkende, chemische rooklucht zich aan ons opdrong, liepen we dwars over een grasveld en onder het viaduct van de flat Kikkenstein door.

Toen zagen we het.

De flat werd verzwolgen door een woeste vuurzee van tientallen meters hoog en op de plek waar het vliegtuig zich in de flat had geboord, zat nu een gapend gat, alsof een sloopkogel van kosmische proporties er dwars doorheen was geslagen. Een grote menigte had zich achter de politieafzetting rondom de brandende flat verzameld. De mensen stonden rustig toe te kijken, sommigen kalm pratend, anderen rokend alsof het ging om een gecoördineerd geheel, een massaspektakel dat lang van tevoren was aangekondigd. Mijn moeder en ik sloten ons aan bij de menigte. Misschien kwam het door de verwondering of de ontzetting dat we nog geen woord hadden gewisseld vanaf het moment dat de verwoeste flat op ons netvlies was verschenen. Minutenlang staarden we naar de vlammenzee, en net zoals eerder in de keuken sloeg mijn moeder haar hand voor haar mond. 'Ongelooflijk,' zei ze. 'Ongelooflijk.'

Ik keek naar de flat en vroeg me af hoeveel mensen zich in hun appartement hadden bevonden tijdens de inslag, hoeveel mensen kansloos waren geweest. Hadden ze het vliegtuig op hen af zien komen? Stonden ze misschien juist op dat moment op het balkon te roken, of waren ze een kleed aan het uitkloppen net zoals mijn moeder had gedaan op het moment dat de hemel oranje kleurde? Hadden ze tijd gehad om nog een laatste gedachte aan hun leven te wijden of was de ontzetting te groot geweest om in gedachten hun levensfilm vol mooie en droevige beelden af te spelen? En waar waren de resten van de Boeing? Als je niet wist wat zich zojuist had afgespeeld, zou je nog kunnen denken dat het om een ordinaire ontploffing ging, een gaslek dat niet was opgemerkt en tot een onvermoede catastrofe had geleid.

En terwijl ik daar stond, te midden van de chaos en loeiende sirenes, verbaasde ik me erover hoe snel het surreële beeld wende, hoe snel de stank en geluiden die bij de brandende flat hoorden wenden. Er was een ramp gebeurd en zo zag dat eruit. Even had ik zelfs meer oog voor de mensen om me heen dan voor de ramptaferelen. De kalmte bij de omstanders viel me op.

Naast mij stonden drie mannen te kletsen en te lachen. Een van hen, een man in een felgekleurd trainingspak en kortgeschoren haar, had een tatoeage van een schorpioen in zijn nek. Hij had zijn pitbull meegenomen naar het spektakel. Het aangelijnde beest was gevrijwaard van een muilkorf en keek gejaagd om zich heen te midden van het woud aan benen waarin hij zich plots bevond. Van alle levende wezens die hier stonden, was dit beest ongetwijfeld het meest onrustig. Het trok wild aan de lijn en leek los te willen breken om zich niet langer op deze verdoemde plek te hoeven ophouden. De hond leek instinctief aan te voelen dat het niet verstandig was hier te zijn terwijl er een flat in brand stond en er onnatuurlijke en bijtende stoffen in de lucht hingen. Zijn baas keek me aan. Hij merkte dat ik wantrouwend naar zijn hond staarde, en even leek het of hij me gerust wilde stellen, maar hij grijnsde en keek toen weg. Ik zette twee stappen opzij om meer afstand te creëren tussen mij en het steeds onrustiger wordende beest, maar verder dan een halve meter kwam ik niet, het was simpelweg te druk. En terwijl er ineens brokstukken naar beneden kwamen en er geschreeuw klonk, probeerde ik te vergeten dat er een opgefokt roofdier naast me stond te trappelen. Ik wilde niet dat het beest mijn angst zou ruiken. Ik hield mezelf voor dat ik goed moest opletten, omdat wat zich voor mijn ogen voltrok de geschiedenis van de Bijlmer zou herschrijven met inktzwarte letters die stonken naar kerosine, roet en verkoold mensenvlees.

Juist toen ik zekerheidshalve nog een stap naar rechts probeerde te zetten, werd ik krachtig gegrepen in mijn onderbeen. Ik schreeuwde het uit van schrik en probeerde mijn been weg te trekken, en terwijl ik huiverend omlaag keek, en me voorbereidde op het beeld van de bebloede bek van de pitbull die in mijn onderbeen was dichtgeklapt, zag ik dat niet het beest maar zijn baasje me had gegrepen, met zijn hand. Hij begon zo hard te lachen dat iedereen om ons heen zich omdraaide. Zelfs zijn hond wierp hem een afkeurende blik toe.

De man kwam overeind, begon naar me te wijzen en riep: 'Je schrok hè! Ja, ik zag het aan je ogen. Je schrok je dood, man!' Hij sloeg zichzelf op zijn knie van plezier, alsof hij me na jaren eindelijk tuk had. 'Je had je kop moeten zien!' Zijn vrienden lachten hardop mee.

Ik wierp hem een woedende blik toe en riep 'doe normaal, man!' Ik wilde zeggen dat zijn gedrag van weinig respect getuigde voor de onfortuinlijke flatbewoners, voor de vele doden die nog uit het puin getrokken moesten worden. Maar ik zei verder niets, want hij leek me iemand die het graag uit de hand liet lopen, of we ons nou op de plek van een ramp bevonden of niet. Ik werd weer vastgegrepen, nu van de andere kant. Mijn moeder trok aan mijn arm. 'Laten we naar huis gaan.'

Die avond keken we eindeloos naar de herhaalde beelden van de ramp op tv. Toen pas drong het volledig tot me door wat zich die dag had afgespeeld.

‘Waar staan jullie dan?’ vroeg mijn zus. Voor de zoveelste keer dwaalde mijn blik door de menigte op het scherm, maar ik kon mijn moeder en mij er niet uitpikken.

Een sleutel werd in het slot van de voordeur gestoken en de deur zwaaide open. Mijn vader stapte naar binnen en liep meteen door naar de woonkamer zonder zijn jas en schoenen uit te trekken, iets wat hij anders nooit deed. Hij zei geen woord en staarde naar de beelden op tv. Na een tijdje zei hij: ‘Ik was aan het schaken bij de vereniging toen iemand riep dat er een vliegtuig in de Bijlmer was neergestort.’ Hij keek mijn moeder aan. ‘Ik belde meteen naar huis, maar de lijn was overbelast. Pas een halfuur later hoorde ik dat het niet om onze flat ging.’

‘Metin en ik zijn wezen kijken,’ zei mijn moeder. Het klonk als een biecht.

‘Wat hebben jullie gedaan?’ vroeg mijn vader. Ik hoorde het ongeloof in zijn stem. ‘Wat bezielde je?’

‘We waren nieuwsgierig,’ zei mijn moeder. ‘Ik was nieuwsgierig, bedoel ik, en wilde het met mijn eigen ogen zien.’

‘Dus ga je er samen met je zoon heen om toe te kijken hoe die flat uitbrandt?’

‘Er stonden daar honderden mensen, Harun.’

‘Dat maakt niet uit! Er hadden zich daar nog allerlei ontploffingen kunnen voordoen, gasleidingen in de flat of spullen die aan boord van het vliegtuig zaten. We weten niet wat er allemaal in dat Israëlische toestel zat. Ik vertrouw die joden niet.’

‘Maar er stonden daar ook politieagenten, ambulancebroeders en brandweermannen.’

‘Die waren daar aan het werk, die hadden geen keus. En misschien zijn ze nu wel allemaal vergiftigd, weet jij veel.’ Mijn vader schudde zijn hoofd. ‘Heb je er ook maar een seconde bij stilgestaan dat je Metin in gevaar hebt gebracht?’

Mijn moeder keek me aan zoals alleen zij kon kijken als het om het welzijn van haar kinderen ging. Ze leefde voor ons, had ze vaak tegen ons gezegd. En nu had ze volgens mijn vader mijn leven in gevaar gebracht. Ik zag dat ze haar lippen op elkaar perste en kon niet langer lijdzaam toekijken hoe mijn vader zijn ongerustheid op haar botvierde. ‘Anne wilde helemaal niet daar staan kijken tussen al die mensen,’ zei ik. ‘Ik heb haar overgehaald.’ Ik wist dat mijn vader het niet kon waarderen wanneer ik me bemoeide met hun discussies, zeker nu hij – naar zijn mening – een goede reden had om mijn moeder aan te pakken.

'Bemoei jij je er niet mee,' riep hij, de woorden uitsprekend die me altijd giftig maakten. 'Ik praat met je moeder.'

'Ik was daar ook.' Mijn vader maakte een gedecideerd gebaar met zijn hand waarmee hij wilde uitdrukken dat ik moest zwijgen.

'Je hebt je punt gemaakt,' zei mijn moeder. Ze wilde de discussie beëindigen voordat het echt vervelend werd. 'Ik heb er niet bij stilgestaan.' Ze wreef met haar hand over de bank, alsof ze de rug van een onrustig dier aaide. 'Het was onverstandig van me.'

Mijn vader keek haar een paar tellen zwijgend aan en ging in de fauteuil zitten. Het was het teken dat hij er genoegen mee nam. Ik haalde opgelucht adem en wachtte op het moment dat we weer een gemeenschappelijk standpunt konden innemen over iets, al was het maar over de kleur van Gijs Wanders' jasje. Zolang het maar de harmonie terugbracht, de harmonie waar ik altijd naar op zoek was binnen ons gezin. 'Het is ongelooflijk,' zei mijn vader, en even was ik bang dat hij nog niet klaar was met ons, dat hij eens en voor altijd duidelijk wilde maken dat we het bij toekomstige rampen niet in ons hoofd moesten halen om als willoze ramptoeristen te handelen. 'Het is echt ongelooflijk, er gebeurt zoiets vreselijks en wat doen de mensen uit de Bijlmer?' Ik had geen idee waar hij op doelde. 'Ze weten dat alle politieagenten onderweg zijn naar de plek van de ramp. Dus plunderen ze het winkelcentrum.'

'Wat?' zei mijn moeder.

'Ze hebben tientallen winkels in de Amsterdamse Poort geplunderd. Ze hebben straattegels uit de grond gerukt en de ruiten aan diggelen gegooid. Daarna hebben ze alles gepakt waar ze maar met hun poten bij konden.'

'Heb je het zien gebeuren?' vroeg mijn moeder.

'Ja, ik liep zojuist door het winkelcentrum. Het zijn beesten.'

En alsof mijn vader Robocop was en het aan hem was om eigenhandig de orde te handhaven, vroeg ik: 'Wat heb jij toen gedaan?'

'Wat had ik moeten doen? Ze tegenhouden? Ik heb een paar keer mijn hoofd geschud, gevloekt in het Turks zodat ze me niet konden verstaan en ben toen verder gelopen.' Hij pakte een pakje Marlboro uit zijn jaszak, trok er een sigaret en aansteker uit en stak hem aan. Ik zette me schrap toen hij het pakje en de aansteker vanaf zijn plek op tafel wierp, waarna de klap volgde die nog steeds als een zweepslag voelde. Ik moest de neiging onderdrukken om het pakje ter plekke fijn te drukken en zijn aansteker kapot te trappen met mijn hiel. Ik had vandaag al genoeg giftige gassen geïnhaleerd. 'Gelukkig verschenen er ineens agenten te paard die ingrepen.' Hij nam een diepe trek en blies de rook richting het plafond. 'Ik kan me niet herinneren dat ik ooit zo blij was om smerissen te zien. Maar goed, de schade was al aangericht.'

'Hebben ze nog mensen opgepakt?' vroeg ik.

Mijn vader negeerde mijn vraag en liet de rook traag uit zijn neusgaten ontsnappen. 'Weten ze eigenlijk al waarom dat vliegtuig is neergestort?' Hij keek mijn moeder aan, alsof zij degene was die geen moment van de tv geweken was sinds onze thuiskomst, en alle verslagen woord voor woord had gevolgd.

'Weet ik niet,' antwoordde ze afwezig.

'Ze hebben de zwarte doos nog niet gevonden,' zei ik en ik keek mijn vader net zo lang aan tot hij mijn blik zou beantwoorden, maar hij bleef naar het beeldscherm staren waar Kruitberg nog steeds in brand stond.

78

Die maandag op school stond volledig in het teken van de Bijlmerramp. De eerste lesuren kregen we de ruimte om erover te praten, te vertellen wat het met ons had gedaan, hoezeer het ons had aangegrepen. Klasgenoten vertelden op voorspelbare wijze hoezeer ze geschrokken waren en de hele avond televisie hadden gekeken om de ontwikkelingen te volgen. Na een paar verhalen kon ik het al niet meer aanhoren. Het was alsof mijn klasgenoten elkaar de loef probeerden af te steken in hun poging het meest dramatische verhaal te vertellen. Al snel begreep ik dat ik als enige van mijn klas voor de brandende flat had gestaan terwijl de rest veilig voor de televisie had gezeten. Maar ik besloot mijn mond te houden om niet het zoveelste dramatische verhaal op te hangen en Dino en zijn maten niet de kans te geven om mij voor een sensatiebeluste ramptoerist uit te maken.

Met Kaya had ik wel uitgebreid over de ramp gepraat. Toen hij me die ochtend zag in de aula, was hij met grote passen op me afgelopen en had hij me omhelsd alsof we elkaar jaren uit het oog waren verloren door een onvoorziene speling van het lot. 'Man, wat ben ik blij je te zien!' had hij gezegd terwijl hij me opnieuw tegen zich aan had gedrukt als om de laatste restjes van een hardnekkig angstvisioen van zich af te schudden. 'Ik kreeg je gisteren maar niet te pakken, de lijnen lagen plat.'

In de pauze werden de verhalen over de crash van de Boeing 747 in de aula voortgezet. Aan de lange tafel achter ons zaten de luidruchtige havoscholieren uit het vierde jaar. Degene die meestal het hoogste woord voerde, was Vincent, een lange bonenstaak met een beugel die hij al sinds het tweede jaar droeg en sliertig haar dat hij altijd met klodders gel achterover kamde. Het was aan de tafel van de havisten dat het drukst werd gespeculeerd over het aantal doden dat er bij de ramp te betreuren viel. Iemand riep dat er waarschijnlijk meer dan honderd doden waren gevallen, een ander beweerde dat het er minstens driehonderd moesten zijn. 'Er is een heel gebouw omlaag gekomen, man. Weet je wel hoeveel illegale Afrikanen er in die flats wonen?' Ze praatten op een gegeven moment zo luid dat het gesprek aan onze tafel stilviel. Zelfs Dino luisterde aandachtig mee.

'Nee, het zijn er waarschijnlijk meer dan vijfhonderd. Jezus, dat is toch onvoorstelbaar?'

'Wees blij, man,' zei Vincent. 'Weer een paar negers minder.'

Hij sprak met een nonchalance die niet paste bij de shock waarin een groot deel van de school verkeerde. Toen begon hij te lachen; een lach die waarschijnlijk was ingegeven door ongemak, want hij ving ook de afkeurende blikken van zijn klasgenoten op.

'Jezus, Vincent,' riep een klasgenoot. 'Zoiets zeg je toch niet?'

'*Salak çocuk*,' zei Kaya tegen mij. 'Domme jongen.'

'*Aptal herif*,' zei ik hoofdschuddend. 'Achterlijke gast.'

Dino stond op van zijn plek en liep op Vincent af. 'Wat zei je? Hé lange, ik heb het tegen jou. Wat zei je nou over negers?'

Vincent was na zijn opmerking snel gaan zitten, alsof hij afstand wilde nemen van zijn woorden.

'Zeg dat nog eens!' riep Dino.

Vincent hief zijn handen in onschuld. 'Hé, ik maakte maar een grapje, man.'

Dino trok hem overeind bij de kraag van zijn jas, en hoewel Vincent qua lengte niet voor hem onderdeed, begon hij meteen te spartelen als een bange wezel in de val.

'Een grapje?'

'Ja, ja... natuurlijk, ik meende het niet.' De paniek droop van Vincents pokdalige gezicht.

'Domme lul, weet je wel hoeveel mensen daar zijn omgekomen? Weet je wel hoeveel kinderen er levend zijn verbrand?'

Dino wist precies de juiste woorden te vinden, uitgesproken met de toon van gerechtigheid. Ik hoopte dat hij zou uithalen naar die imbeciel van 4 havo, maar Danny kwam tussenbeide. Hij legde een hand op Dino's schouder. 'Laat hem maar, gast. Die eikel weet niet wat hij uitkraamt.'

Dino balde zijn grote vuist en bracht hem dreigend dicht bij Vincents gezicht. 'Racist,' siste hij, 'jij vuile racist!'

Met opgeheven handen en een smekende blik riep Vincent weer dat hij een grap had gemaakt. 'Het spijt me, het spijt me echt.' En terwijl Danny zijn maat in bedwang probeerde te houden, stond Kaya op. 'Je hebt je punt gemaakt, Dino,' zei mijn vriend terwijl hij Dino's vuist rustig omklemde en omlaag probeerde te duwen. 'Die sukkel heeft zijn lesje wel geleerd.'

'Hou je erbuiten, Turk. Ik ben nog niet eens begonnen.'

'Kaya heeft gelijk,' zei Danny. 'Laat hem maar. Straks word je nog geschorst.'

Dino keek om zich heen alsof hij zich ervan wilde vergewissen dat iedereen had gezien dat hij het niet tolereerde dat er neerbuigend werd gedaan over de slachtoffers van de Bijlmerramp. Hij trok Vincent dichter naar zich toe en terwijl hun voorhoofden elkaar bijna raakten, zei Dino: 'Je bent te ver gegaan, vuile klootzak.' Hij smeet Vincent terug in zijn stoel en richtte zijn wijsvinger op hem als een geladen pistool. 'Ik ben nog lang niet klaar met jou. Na schooltijd maken we dit af.' Ik zag de woede in Dino's donkere ogen branden. 'Meld je na het zevende uur achter de sporthal. Waag het niet om weg te blijven, dan maak je het alleen maar erger.' Terwijl Dino wegliep trapte hij een stoel omver.

Na het zevende lesuur was Vincent nergens te bekennen. Er werd gezegd dat hij er vlak na de pauze vandoor was gegaan. 'Als die gast slim is, houdt hij zich een tijdje gedeisd,' zei Kaya terwijl we op het schoolplein stonden. 'Ik hoorde dat een Ghanese jongen van Dino's voetbalclub vermist is sinds de ramp. Het schijnt dat hij bevriend is met Dino.'

Ik vroeg me af of er ook vrienden of familie van onze Ghanese buurman vermist waren.

'Dino kennende zal hij niet rusten voordat hij hem te grazen heeft genomen.' Kaya nam een trek van zijn Marlboro. 'Weet je, ik zou waarschijnlijk hetzelfde doen, gewoon omdat Vincent me doet denken aan een van die rednecks uit *Mississippi Burning*.'

'Mississippi Burning?'

'Ja met Gene Hackman. Vincent kan zo in die film als KKK-lid.'

Ik kende de film niet, maar ik wist wel wat de KKK was. 'Overdrijf je niet een beetje, *kardeş*? Vincent is een eikel, maar volgens mij geen racist. Ik heb hem weleens gesproken op een sportdag. Hij was toen best aardig, een beetje een opschepper misschien, maar meer ook niet.'

'Hij zal vast geen echte racist zijn, het is meer zoals hij "een paar negers minder" zei met dat malle accent en die bleke kop. Echt zo'n domme redneck uit Mississippi.'

We zouden er nooit meer aan terugdenken, maar Kaya's verwijzing naar een Amerikaanse film zou veel later niet eens als een enorme overdrijving aandoen, al was het om een heel andere reden.

We hadden niet verwacht Vincent de volgende dag te zien, maar tot onze verrassing kwam hij in de pauze naar onze tafel toe en vroeg hij waar Dino was. Tijdens de ochtendlessen was Dino gewoon aanwezig geweest in de klas, maar in de pauze was hij ineens verdwenen.

'Hij is waarschijnlijk op zoek naar jou,' zei Danny grijnzend. 'Ik zou maar oppassen.' Hij keek Vincent onheilspellend aan. 'Dat meen ik.'

'Ik moet hem spreken,' zei Vincent gehaast terwijl hij om zich heen keek alsof hij vreesde elk moment van achteren besprongen te worden door Dino, voordat hij de kans had gehad op zijn knieën te gaan.

'Je kunt beter een tijdje uit zijn buurt blijven,' waarschuwde Kaya.

'Nee, ik moet hem spreken.' Vincents blik werd steeds wanhopiger. 'Het is allemaal een misverstand.'

'Wacht daar even mee, kerel,' zei Kaya. 'Dino zit nu echt niet te wachten op jouw excuses.'

Maar hoe overtuigend Kaya en Danny ook hadden geklonken, ik zag dat Vincent twijfelde. Misschien had hij meer verwacht dan het advies zich als een bange wezel te verstoppen. Hij wist natuurlijk ook dat bange wezels uiteindelijk gevonden worden.

Die middag keerde Dino niet terug. Het gerucht ging dat hij onderweg was naar zijn voetbalclub om meer te horen over het lot van zijn teamgenoot. Volgens Kaya kon het niet anders dan dat de jongen was omgekomen. 'Anders hadden ze inmiddels wel iets van hem gehoord.' Hij keek bedenkelijk. 'Ik vrees dat zijn lichaam tussen het puin zal worden gevonden. En misschien vinden ze hem wel nooit.'

'Hoe bedoel je?'

'Ik hoorde een deskundige op tv zeggen dat veel lichamen waarschijnlijk nooit geborgen zullen worden omdat ze tijdens de explosie of in de vuurzee zijn vergaan, en dat we waarschijnlijk nooit zullen weten hoeveel mensen er precies zijn omgekomen.' Opnieuw moest ik aan onze Ghanese buurman denken.

Tijdens het laatste uur zaten we in een lokaal dat uitkeek op het schoolplein. Dino had zich nog steeds niet gemeld. We vermoedden dat hij slecht nieuws te horen had gekregen op de club en te ontdaan was om zich vandaag nog te melden. Toch keek ik steeds uit het raam in de naïeve hoop hem met een opgeluchte blik richting school te zien wandelen. Het was verwarrend, niet eerder was ik zo begaan geweest met hem. En toen pas drong het tot me door dat Dino niets had gezegd toen we klassikaal onze gevoelens over de ramp hadden besproken. Net als ik had hij gezwegen.

Toen ik vlak voor het einde van het lesuur voor de zoveelste keer uit het raam keek, zag ik iets verontrustends: zo'n tien jongens die niet van onze school waren, stonden voor het hek van het schoolplein. Het waren grote donkere tieners die er duidelijk ouder uitzagen dan wij. Ik tikte Kaya aan. 'Moet je kijken.'

Mijn vriend kwam overeind. 'Jongens van Dino,' zei hij.

'Hoe weet je dat?'

'Hij staat er ook tussen. Ongelooflijk, hij heeft gewoon zijn mannetjes opgetrommeld, jongens van zijn club waarschijnlijk, of een andere school.' Kaya schudde zijn hoofd. 'Man, dit ziet er niet goed uit.' Hij keek me indringend aan en toen pas drong de ernst van de situatie tot me door. 'Ik begrijp niet waarom Dino dit zou doen, waarom hij dit klusje niet alleen klaart.' Mijn vriend liep weer een paar stappen voor op mij. 'Zoveel gasten voor één jongen.' Kaya hield zijn blik op de grote groep gericht. 'Het zou kunnen dat ze slecht nieuws over hun teamgenoot hebben gekregen.' Hij zweeg even, alsof hij twijfelde of hij de volgende woorden moest uitspreken en vreesde dat hij daarmee wellicht iets in gang zette. 'En dat ze hem komen wreken.'

'Maar Vincent heeft hem toch niet vermoord?'

'Misschien zitten er wel jongens tussen die vrienden of familie hebben verloren bij de ramp. En als die hebben gehoord dat iemand op onze school blij was met de doden...'

'Wat nu?' vroeg ik.

Kaya keek op zijn horloge. 'Straks loopt het schoolplein vol en als ze Vincent zien...' Hij maakte zijn zin niet af, hoewel hij daarvoor had zitten vertellen alsof hij precies wist wat er ging gebeuren en het verontrustende draaiboek van deze middag op zijn tafel lag. 'We moeten wat doen.' Kaya keek even om zich heen alsof hij op zoek was naar aanwijzingen. 'Ik moet de conciërge inlichten voordat het misgaat. Hij moet snel de politie bellen.' Vlak voordat hij opstond, zei Kaya: 'Blijf jij maar zitten, ik zie je zo wel bij de conciërge.' Hij pakte zijn tas en liep de klas uit, en voordat de leraar iets kon zeggen, zei hij dat hij weg moest in verband met een noodgeval. Nadat Kaya de deur had dichtgetrokken, zag ik hem via het halfhoge raam richting de trappen rennen.

Ik keek op mijn horloge: het was drie over drie. Over twee minuten zou de zoemer klinken voor het einde van het zevende lesuur. De groep donkere jongens leek inmiddels uitgedijd en had zich een stuk naar voren verplaatst. Dino's mannen waren aan het oprukken. Zonder met mijn ogen te knipperen, staarde ik naar ze alsof het van belang was dat ik hun bewegingen nauwlettend volgde. Ik viel bijna van mijn stoel van schrik toen de zoemer ging. Snel pakte ik mijn tas en liep naar Danny. 'Dino staat op het schoolplein met een grote groep jongens, ze komen waarschijnlijk voor Vincent.'

'Zo, dan zit die mongool flink in de penarie.'

'Misschien kun jij met Dino praten zodat het niet uit de hand loopt.'

'Dacht het niet, ik bemoei me er niet mee.'

'Jij bent zijn vriend, naar jou luistert hij wel.'

'Als hij met zoveel jongens is, luistert Dino echt niet naar mij.'

'Ga gewoon mee. We moeten wat doen!'

Hij knikte. 'Ik kijk wel wat ik kan doen.' Hij riep Ricardo en Patrick, en met z'n vieren snelden we de trappen af. Bij het hok van de conciërge zag ik Kaya staan.

'Heeft hij de politie al gebeld?' vroeg ik.

'Nee, hij is er niet en de deur zit op slot,' zei Kaya met een hopeloos gebaar. 'Hebben jullie Vincent al gezien?'

'Nee,' zei ik.

'Beter,' zei Kaya. 'Zolang we hem binnen houden, is het voorlopig onder controle.'

En juist op dat moment stormde Dino naar binnen alsof hij lucht had gekregen van het scenario dat Kaya even daarvoor zo helder had geschetst. 'Waar is hij?' schreeuwde hij met gebalde vuisten. 'Waar is die klootzak?'

'Dino, rustig aan,' zei Kaya beheerst en met opgeheven handen. 'Je lijkt overstuur, gaat het?' Dino negeerde hem en liep door tot Danny, die er nu ook het belang van inzag zijn maat tot kalmte te manen, vroeg of hij al iets van zijn teamgenoot had gehoord.

Dino bleef staan en zijn gezicht verstarde. 'Hij is dood,' zei hij. 'Kobby is dood. Zijn ouders, zijn broertje... ze zijn allemaal dood.' Voor het eerst hoorde ik Dino's stem trillen. Zijn ogen liepen vol.

'Mijn god,' zei Kaya.

'Wat erg,' zei Danny, en alsof het op dat ogenblik belangrijk was, vroeg hij: 'Hoe ben je erachter gekomen?'

'Zijn oom,' zei Dino. 'Hij was op de club.' Hij wreef met de rug van zijn hand over zijn ogen. Zijn ademhaling kalmeerde.

'Gecondoleerd,' zei Kaya.

Dino keek hem onderzoekend aan alsof hij de intentie van de boodschap peilde. Hij knikte kort. Pas later begrepen we dat dit onze kans was geweest om een escalatie te voorkomen, dat dit het moment was geweest om de verwarde tiener die voor ons stond naar een rustige plek te leiden en hem daar verder te kalmeren. Of misschien had een van ons Vincent moeten zoeken en tegenhouden, misschien was dan de keten van gebeurtenissen tot staan gebracht. Maar we lieten de mogelijkheid aan ons voorbijgaan zonder het besef dat die zich had aangediend. Dino zag de jongen voor wie hij was gekomen, voor wie de jongens op het schoolplein allemaal waren gekomen. 'Daar!' riep hij.

Vincent bleef staan op zo'n tien meter afstand van Dino. Hij leek niet op de bange wezel van een dag eerder. Had hij dat maar wel gedaan, dan was hij weggebleven van de woeste tiener die sinds de vorige middag op hem had gewacht. 'Ik wil met je praten,' riep Vincent, die geen oog had voor de staat waarin Dino verkeerde. 'Ik wil het uitleggen.' Hij hief hulpeloos zijn handen.

Maar Dino zag alleen zijn doelwit staan. Hij versnelde ineens vanuit stilstand zoals hij dat zo vaak had gedaan in de gymzaal wanneer hij dribbelend op weg was naar een tweepunter. Vincent deinsde achteruit, maar rende niet weg, alsof hij nog hoopte op Dino's clementie. En zoals Dino zo vaak naar de basket had gezweefd, zo lanceerde hij zichzelf nu op minder dan twee meter afstand van zijn prooi. Ruim tachtig kilo furieuze massa verplaatste zich door de lucht, en met een kletsende knal trof Dino Vincents magere lichaam. Kreunend ging hij neer, zijn belager boven op hem. We dachten dat het al gedaan was met Vincent, dat hij kreupel uit de frontale botsing zou komen, maar hij transformeerde net op tijd weer in een bange wezel, en terwijl Dino aan het opkrabbelen was, sprong Vincent razendsnel overeind, alsof hij niet zojuist bruut omver was gekegeld, en sprintte naar de uitgang.

Kaya zwaaide wild met zijn armen: 'Niet naar het schoolplein, ga niet naar het schoolplein!' Maar Vincent zag Kaya misschien aan voor een van Dino's kompanen, want hij glipte langs hem heen in een wonderbaarlijke imitatie van een wezel en vervolgde toen zijn wanhopige vlucht naar de uitgang.

'Pak hem!' schreeuwde Dino terwijl hij achter hem aan het schoolplein opvloog en naar Vincent wees, alsof er nog twijfel over kon bestaan om wie het ging. 'Pak hem!'

Drie donkere jongens maakten zich los van de groep en stormden naar voren, recht op hun doel af. Pas op het laatste moment, toen hij zijn hoofd eindelijk had opgericht, zag Vincent dat het gevaar ook van een andere kant kwam. Hij draaide zich snel om, en terwijl zijn lange knokige ledematen ongecontroleerd heen en weer schoten als die van een giraffe op de vlucht, week hij uit in de richting van de fietsenrekken.

Kaya spoedde zich terug naar het hok van de conciërge die weer op zijn plek zat en afwezig naar een blaadje in zijn hand staarde. 'Bel snel de politie!' Kaya wees naar de fietsenrekken. 'Ze gaan Vincent aftuigen.' De conciërge stond traag op van zijn plek om het met zijn eigen ogen te kunnen zien, ging weer rustig zitten, vouwde het blaadje en begon zwijgzaam de toetsen van de telefoon in te drukken. 'Ze slaan hem aan gort,' zei Kaya terwijl hij Danny aankeek. 'Kom op, we moeten wat doen.'

'Ik kijk wel uit,' zei Danny. 'Straks denken ze dat ik bij hem hoor, alleen omdat ik blank ben.'

'Kaya,' zei ik terwijl ik vreesde dat mijn vriend zich in zijn eentje in het strijdgewoel zou storten. 'Ze zijn met te veel, laat het over aan de politie.'

'Jongens, ik kan niet toekijken hoe ze met z'n allen die stakker verrot slaan. Metin, zorg dat de conciërge achter me aankomt en roep de rector, want ik red het in mijn eentje nooit om die gasten te kalmeren.'

'Kaya wacht!' Maar mijn vriend stoof al naar buiten als een vredesleger van één man sterk. En ik wist zeker: als er onder de leerlingen van deze rotschool iemand was die deze situatie kon controleren, dan was het Kaya. Maar hoeveel vertrouwen ik ook in hem had, en hoezeer ik zijn verbale vermogens ook bewonderde, ik wist dat ik hem nu niet alleen mocht laten.

Ik draaide me om naar de conciërge die zojuist had opgehangen en alsof hij onder mijn gezag stond, riep ik: 'We moeten nu naar buiten, mijn vriend probeert ze in z'n eentje tegen te houden.'

'Jij blijft binnen,' zei hij en keek voor zich uit alsof hij de moed nog aan het verzamelen was om in te grijpen. Hij liep aarzelend uit zijn hok en leek niet klaar te zijn voor dit moment zo vlak voor zijn pensioen, en pas toen hij over de drempel van de uitgang was gestapt, versnelde hij zijn pas. Hij trok met zijn linkerbeen alsof een deel van zijn lichaam zich nog verzette tegen deze daad. Voordat ik achter hem aan holde, riep ik tegen Danny: 'Blijf verdomme niet staan, haal de rector, ik ga ook naar buiten!' Terwijl ik de conciërge inhaalde, zag ik Vincent met zijn rug tegen het hek gedrukt staan. Dino en drie jongens hadden hem ingesloten, en vlak voor Vincent stond Kaya met geheven armen, als een geboren pacifist die op het punt stond zijn hand te overspelen. De rest van Dino's maten keek van een afstandje toe alsof ze er nog niet uit waren of ze onderdeel wilden uitmaken van wat er op het punt stond te gebeuren. Toen ik dichterbij kwam, zag ik dat Vincents linkeroog was gezwollen, uit zijn neus droop bloed.

'Jongens, rustig,' riep Kaya. 'Alsjeblieft, hij heeft een domme fout gemaakt, maar hij...' Voordat hij zijn zin kon afmaken, haalde een lange jongen Vincent met een krachtige beenveeg onderuit, en terwijl hij traag neerging en Kaya zich tot de agressor wendde in een zinloze poging hem te kalmeren, sprong een andere jongen boven op hem en begon met zijn vuisten op zijn hoofd in te beuken. Vincent kermde en probeerde de klappen met zijn handen af te weren, zijn hoofd wanhopig van links naar rechts draaiend. Een derde jongen schopte hem in zijn zij en verbrokkelde zijn schild, zodat Vincent de mokerslagen weerloos incasseerde.

'Laat hem met rust!' schreeuwde de conciërge. 'Wegwezen, de politie is er al bijna.'

Ik zag meteen dat hij niet wist hoe hij dit geweld moest beëindigen. Met de aarzelende stappen van een oude man liep hij op het groepje af, pakte de jongen die op Vincent lag bij zijn voet, en trok hem van hem af. Tot mijn verbazing lukte het de conciërge de havist te ontzetten. Maar een andere jongen duwde hem met twee handen omver en de conciërge ging neer als een boom met aangetaste wortels. Hij lag hulpeloos op zijn zij, een makkelijk nieuw doelwit voor de ontketende jongens. Ik wist wat er zou komen, maar ik hoopte dat hij als door een wonder zou ontsnappen aan hun furie. Maar de jongen die Vincent onderuit had getrapt, haalde zonder aarzelen weer uit met zijn rechterbeen. Hij raakte de conciërge vol in zijn gezicht met de wreef van zijn voet, en in de chaos van kronkelende lijven en zwaaiende ledematen, klonk een krakend geluid. Brullend kromp de conciërge ineen.

'Dino, hou je vrienden tegen!' riep Kaya terwijl hij hem aan zijn arm trok. 'Zo is het genoeg, hou ze tegen voordat het nog erger wordt.'

'Laat los!' brulde Dino terwijl hij zich probeerde los te rukken. Ondanks zijn woede zag ik dat hij zich inhield en geen aanstalten maakte Kaya een klap te verkopen. Met een krachtige beweging ontworstelde Dino zich aan mijn vriends greep. Hij duwde hem aan de kant en stoomde op richting Vincent die kreunend op de grond lag met zijn handen voor zijn gezicht. Dino boog zich over hem heen en greep hem, net als een dag eerder, bij zijn kraag. Maar dit keer trok hij Vincent helemaal vanaf de grond omhoog. 'Deze is voor Kobby!' hijgde Dino zwaar. Hij haalde vol uit met zijn rechtervuist en raakte Vincent boven het linkeroog dat al gezwollen was. En terwijl het hoofd van de havist slap naar voren hing, bleef Dino hem briesend vasthouden en haalde een tweede keer uit.

'Kappen!' Het was de rector. 'Kappen, zeg ik!' Met zijn grote handen pakte de sheriff van onze school een forse jongen, die de conciërge bijna verpletterde met zijn gewicht, bij zijn arm en trok hem van hem af. Daarna stormde hij op Dino af en nam zijn nek in een stevige klem. 'Laat hem los, Dino, anders duw ik je strot dicht.' Ik hoorde Dino gorgelen en naar lucht happen. 'Laat hem los!' De klem ging strakker rond zijn nek en Dino liet zijn slachtoffer los. Vincents lichaam gleed langs de spijlen van het hek omlaag, en voordat hij met zijn hoofd tegen de stoeprand klapte, ving Kaya hem op en sleepte hem een paar meter zijwaarts over de grond, weg van het strijdgewoel. En terwijl de rector Dino stevig vasthield, stormde de forse jongen, die even daarvoor op de conciërge lag, op hem af en trapte hem met zijn hiel in zijn onderrug. De rector brulde het uit, maar liet Dino niet los en vlak voordat de jongen een tweede trap kon uitdelen, wierp Kaya zich op hem. Terwijl mijn vriend op de grond lag te matten met de grootste jongen van de groep, wist ik niet wat ik zag toen meester Meindert uit het niets opdook, als een verrassingsact tijdens het Amerikaanse showworstelen. Een magere donkere jongen verpestte zijn entree en kwam meteen op hem af en stompte meester Meindert een paar keer op zijn hoofd, alsof hij op een trommel sloeg. Maar onze favoriete leraar toonde zich onverwacht taai en ging niet neer. Voordat zijn belager nogmaals kon uithalen voor een serie dreunen, besloot ik dat ik niet langer lijdzaam kon toekijken. Even overwoog ik om net als Kaya de jongen te bespringen, maar in een fractie van een seconde koos ik voor het onschuldiger alternatief van de *bear hug* die ik van het worstelen had afgekeken: ik klemde mijn armen van achteren om zijn middel, zijn armen daarbij tegen zijn lichaam drukkend. Ik voelde meteen zijn buikspieren en de rauwe spieren in zijn onderarmen verharden. Hij verzette zich nog heviger dan ik had verwacht en begon zijn romp als een dolle stier heen en weer te draaien en achteruit te lopen. Ik struikelde achterover en hij viel boven op me, en net voordat ik mijn overwicht definitief had verspeeld, lukte het me in een ultieme krachtsinspanning – waarbij het leek of ik een paar ruggenwervels verdraaide – om hem onder me te krijgen, en met zijn rug tegen de grond te drukken. Ineens staarde ik in zijn woeste ogen. Ik verstarde, en terwijl hij aanstalten maakte om overeind te komen, deed ik het enige wat ik altijd had gedaan in de weinige gevechten waarin ik in de Bijlmer was beland: ik drukte mijn handpalmen met mijn volle gewicht op die van hem en duwde ze tegen de grond. Ik ging op zijn buik zitten en klemde mijn benen om die van hem. En alsof het om een man-tegen-mangevecht ging en hij niet een hele groep achter zich had, riep ik: 'Geef je over, geef je over!' Maar hij was niet van plan te capituleren en probeerde me van zich af te duwen, en hoewel hij ouder was en ik in een vuistgevecht zonder twijfel kansloos zou zijn geweest, was ik in het voordeel qua massa. Ik bleef al mijn gewicht op zijn handpalmen duwen en voelde hoe de rug van zijn handen over de ruwe grond schraapte. 'Ga van me af, klootzak,' riep hij kreunend, maar ik liet hem niet gaan. Zolang hij onder me lag, kon hij niemand aanvallen. En zolang ik mijn overwicht in stand hield, kon hij ook mij niet aanvallen.

Maar hij werd alleen maar razender. Hij spuugde me in mijn gezicht, begon met zijn benen te trappelen en beukte met zijn knieën in mijn rug. Ik verbeet de pijn en drukte de walging over zijn speeksel op mijn gezicht weg, terwijl ik me vertwijfeld afvroeg hoelang ik dit zou volhouden.

Ik keek op en zag dat Kaya nog steeds met de forse jongen lag te worstelen en dat meester Meindert een lange jongen in een hoofdklem had genomen terwijl de conciërge op de grond lag. Dino leek tot mijn verbazing zijn verzet gestaakt te hebben, en terwijl de rector hem nu bij zijn schouders vasthad en op hem inpraatte, zag ik dat mijn kwelgeest voor zich uitstaarde met een blik van ontzetting, alsof langzaam tot hem begon door te dringen wat hij had aangericht.

Al die tijd hadden nog zo'n zes jongens van Dino's groep bij het hek staan toekijken. Ze leken te twijfelen of ze zich in het gevecht moesten mengen of zich uit de voeten moesten maken voordat de politie arriveerde. Ook Danny, Patrick en Ricardo keken van een afstand toe, omringd door scholieren die het hadden gewaagd zich tijdens deze geweldsuitbarsting op het schoolplein te begeven.

Drie jongens maakten zich los van de groep bij het hek en stormden naar voren als de tweede aanvalslinie van Dino's furieuze leger. Vertwijfeld zag ik hoe ze ons naderden terwijl ik me afvroeg of ik moest opstaan om me te verweren, of de jongen onder me in bedwang moest blijven houden. Ik koos voor het laatste.

'Politie!' schreeuwde iemand bij het hek. 'Wegrennen, politie!'

Dino's leger spatte uiteen en de jongens sprintten alle kanten uit, terwijl een politieauto het schoolplein opreed. Ik draaide me om richting het hek, maar Dino was nergens te bekennen.

Vincent had een zware hersenschudding en een gebroken oogkas overgehouden aan de confrontatie, maar uit angst voor represailles wilde hij geen aangifte doen. Onze enige troost was dat we verwachtten dat we nu eindelijk verlost zouden worden van Dino. Maar de schoolleiding stelde ons voor de zoveelste keer teleur door Dino voor twee weken te schorsen. Niemand begreep er iets van. Er werd gezegd dat de schoolleiding vreesde dat Dino zou ontsporen als ze hem van school zouden verwijderen. 'Zij zien natuurlijk ook dat hij niet spoort,' zei Kaya.

Onze mentor lichtte met een bedrukt gezicht toe dat Dino volgens hen overmand was geweest door emoties door de dood van zijn vriend, en dat hij daarom niet in staat was geweest de gevolgen van zijn actie volledig te overzien. Het werkte daarnaast verlichtend dat hij, in tegenstelling tot de andere jongens, geen geweld had gebruikt tegen de conciërge, meester Meindert of de rector. Hij werd niet verantwoordelijk gehouden voor de misdragingen van de anderen die, voor het grootste deel, op het Augustinus College zaten, de grootste middelbare school van de Bijlmer. 'We hebben lang met Dino's ouders gepraat en ze hebben ons verzekerd dat hij zich voortaan zal gedragen. Verder zijn er afspraken gemaakt over bepaalde vervolgtrajecten waarover ik, vanwege redenen van privacy, niet kan en mag uitweiden. Wij hebben Dino een allerlaatste kans gegeven en zullen hem, bij zijn terugkeer, scherp in de gaten houden,' zei onze mentor.

79

Meester Meindert had het proefwerk nagekeken en las de cijfers voor. Zoals altijd sloot ik mijn ogen, alsof ik er nog enige invloed op had en een mooi cijfer kon visualiseren. Kaya hoorde ogenschijnlijk onbewogen aan dat hij weer het hoogste cijfer van de klas had: een negen. Ik was tevreden met de acht die meester Meindert mij had toegekend.

'Jullie hebben me positief verrast,' zei meester Meindert terwijl hij de klas inkeek. 'Er waren maar vier onvoldoendes.' Hij stond op en begon aan een uitdeelrondje langs de tafels. Toen iedereen zijn proefwerk terug had, nam hij weer plaats achter zijn tafel en gaf hij de juiste antwoorden bij iedere vraag.

'Het kan natuurlijk zijn dat ik een fout heb gemaakt,' zei meester Meindert, 'maar dat kan ik me eigenlijk niet voorstellen.' Hij lachte. 'Als je toch van mening bent dat je te weinig punten hebt gekregen voor een antwoord, kom dan even naar voren.' Hij wees naar de rij tafels aan zijn rechterhand. 'Laten we aan deze kant van de klas beginnen.' Meteen stoven er leerlingen naar voren. En terwijl meester Meindert omsingeld was, stond Dino, die aan de andere kant zat, op. Sinds zijn terugkeer leek hij een gedaanteverwisseling te hebben ondergaan, alsof de tijdelijke verwijdering hem goed had gedaan. Hij zweeg soms hele lessen en was in de pauzes nog maar zelden in de aula te vinden. Geruisloos en behoedzaam als een katachtig wezen, sloop hij nu richting meester Meindert, die zich over een proefwerk gebogen had.

Kaya zat naast me aantekeningen te maken op zijn proefwerkblaadje. Ik tikte hem aan. 'Wat gaat Dino doen denk je? Zijn rij is nog helemaal niet aan de beurt.'

Kaya kwam overeind.

Dino was zo'n anderhalve meter van meester Meinderts tafel verwijderd toen hij ineens stilstond. Het duurde maar even, een paar tellen later liep hij weer verder in hetzelfde opvallend trage tempo dat niet bij hem paste, alsof een verdorven stem in zijn hoofd hem wijs had gemaakt dat er nu geen weg terug meer was. Hij sloot niet aan in de rij, maar liep achter meester Meinderts tafel langs, alsof hij hem een boodschap in zijn oor wilde fluisteren. Dino plaatste zijn hand op de rugleuning van meester Meinderts stoel en schoof hem voorzichtig naar achteren. Daarna sloop hij langs de meester, liep met een boog om de rij heen, en ging weer zitten op zijn stoel, alsof de orde der dingen niet verstoord was.

'Hij vond het blijkbaar tijd voor een flauwe grap,' zei Kaya afkeurend.

'Het is veel te doorzichtig,' zei ik vol vertrouwen. 'Hij merkt het echt wel voordat hij gaat zitten.'

'Ik denk het ook,' zei Kaya terwijl hij opstond, 'maar ik schuif zijn stoel voor de zekerheid toch terug op zijn plek. Ik gun het die hufter niet dat hij de meester straks uitlacht.'

Juist toen Kaya overeind kwam, deed meester Meindert een stap naar achteren zonder zich om te draaien. Hij plaatste twee handen op tafel en liet zich langzaam achterover zakken, maar alsof hij voelde dat hij de afstand naar de stoel niet helemaal goed had ingeschat, zette hij zich iets meer af en liet zich achterover vallen. Zijn handen kwamen los van het tafelblad en zijn lichaam helde achterwaarts, totdat het zitvlak van de stoel hem zou opvangen en zijn korte val breken – maar hij bleef achterover vallen en toen hij besefte dat de stoel er niet stond, maaide hij met zijn handen traag in de lucht, in een wanhopige poging zich ergens aan vast te klampen. En zo, met grote ogen en verschrikt om zich heen grijpend, zijn lichaam manoeuvrerend in een onnatuurlijke en kwetsbare houding, was hij onvermijdelijk onderweg naar de grond. Na de onzachte landing klonk een doffe klap.

Ook de leerlingen die in de rij stonden te wachten, zagen het gebeuren en begonnen te lachen. Meester Meindert lag geluidloos te kronkelen op de grond als een doofstomme clown. 'Hij laat zich niet kennen,' zei ik tegen Kaya die grinnikte. 'Geweldig!' Razendsnel had meester Meindert de grap naar zijn hand gezet en hij speelde de rol van gevallen docent met verve. Als een zwarte kever die op zijn rug is terechtgekomen maar zich niet meer kan omkeren, begon hij zelfs met zijn handen en voeten te trappelen. Toen pas zagen we dat hij verging van de pijn.

'Ho, dit is niet goed,' riep Kaya en hij spoedde zich naar meester Meindert die op zijn zij was gaan liggen en zijn linkerhand tegen zijn achterwerk gedrukt hield. Zijn mond stond wijd opengesperd, alsof hij geen lucht kreeg, zijn ogen leken uit hun kassen te gaan ploppen. Kaya zakte door zijn knieën en legde zijn hand op onze leraars arm, als een ervaren broeder, en vroeg: 'Waar heeft u pijn? Is het uw stuitje?' Eindelijk kwam er geluid uit meester Meinderts mond, een lange diepe kreun die overging in een langgerekt 'jaaa.' En terwijl hij hijgend met zijn linkerhand op de grond sloeg, kreunde hij: 'Pijn.'

'Laat iemand hulp halen bij de docenten hiernaast!' schreeuwde Kaya. Ik zag de paniek in de ogen van mijn vriend terwijl hij naar ons opkeek. 'Zeg dat meester Meindert op zijn stuitje is gevallen.' We keken allemaal als verlamd naar het bizarre tafereel. 'Kom op, wat staan jullie nou te kijken?' En net toen ik in beweging wilde komen, riep Margriet 'ik ga wel' en stormde de klas uit.

'Zal ik u overeind helpen?' vroeg Kaya. Meester Meindert schudde zijn hoofd met gesloten ogen. Diep medelijden overviel me: daar lag het grote lichaam van Meindert Fokkema, als een blakende plataan die door een onverwachte najaarsstorm was geveld. Ik draaide me om naar Dino die als een van de weinigen roerloos was blijven zitten. Hij keek toe hoe meester Meindert de gevolgen ondervond van zijn slinkse val. Had hij het op dat moment gewaagd om te lachen, dan was ik hem naar de keel gevlogen, maar voor het eerst zag ik schrik in zijn ogen. Pure schrik.

Twee leraren van de bovenbouw, meester Dubbeldam en meester Beumer, stormden de klas in en staarden ontzet naar hun gevelde collega. 'Mijn god,' zei meester Dubbeldam en met een tikje maande hij Kaya om plaats te maken. Veel minder kalm dan mijn vriend en op overdreven luide toon, alsof zijn collega niet zijn stuitje had gekwetst, maar er een bloedspoor uit zijn oor liep, schreeuwde hij: 'Meindert! Wat is er gebeurd? Heb je je stuitje gekneusd?' Meester Meindert schudde zijn hoofd. 'Gebroken...' zei hij krachteloos.

'We brengen je meteen naar de eerste hulp,' riep meester Dubbeldam wiens opwinding alleen maar leek te groeien.

'We kunnen met mijn auto,' zei meester Beumer alsof het om een simpel verhuisklusje ging. Samen sjorden ze meester Meindert met onhandige bewegingen overeind, en terwijl onze leraar steeds harder begon te kreunen, sloeg hij een arm om hun hals. Zo werd hij de klas uit geholpen, strompelend en kreunend als een uit een verkreukelde auto getrokken verkeersslachtoffer.

Kaya liep mee naar de parkeerplaats alsof hij er weinig vertrouwen in had dat Dubbeldam en Beumer beschikten over de vaardigheden die gevraagd werden in deze situatie.

Terwijl iedereen sprak over wat zich zojuist voor onze ogen had afgespeeld, betrad de rector even later het rumoerige lokaal. 'Jullie zijn vast erg geschrokken,' zei hij. 'Meester Meindert is naar de eerste hulp afgevoerd. Ik hoorde hem onderweg naar de auto zeggen dat hij denkt dat er iemand aan zijn stoel heeft gezeten.' Hij zweeg even en liet zijn blik door de klas glijden. Dino staarde hij langer aan dan de anderen. Het was een indringende blik waarin ingehouden woede leek te schuilen. 'In al mijn vijfendertig jaren als docent en rector heb ik zoiets niet meegemaakt.' Hij keek naar de stoel die vlak onder het bord stond en keek ons daarna nog strakker aan. 'Wie heeft er aan deze stoel gezeten?' Niemand reageerde in de stilte die volgde. 'Ik kom er toch wel achter, dus degene die het gedaan heeft, kan het beste nu naar voren komen.' Toen het stil bleef, sloeg hij zijn armen over elkaar en vroeg: 'Wie heeft er wat gezien? Kom op, jongens.' Hij zuchtte. 'Als je het nu niet durft te zeggen, kom dan later naar mijn kamer.' En als om het schuldgevoel te laten branden bij de onbekende getuigen, zei hij: 'Stel me niet teleur.' Zijn blik zocht die van Dino opnieuw. 'Jij blijft zitten, Dino Purperhart. De rest kan gaan.'

De volgende dag kregen we te horen dat meester Meindert inderdaad zijn stuitje had gebroken en minstens twee weken volledige rust zou moeten houden. Dino was het eerste uur nog rustiger dan sinds zijn terugkeer. Wellicht hield hij er rekening mee dat hij elk moment uit de klas geplukt kon worden door de rector. Toen hij de eerste lessen eenmaal ongeschonden was doorgekomen, leek hij te ontspannen. Misschien dacht hij dat niemand had gezien dat hij de stoel naar achteren had geschoven. En misschien was hij er wel van overtuigd dat de enkeling die er getuige van was geweest, zou zwijgen. Want wie zou het aandurven om hem, de lijperik van SGR, te verlinken?

Ik probeerde Kaya ervan te weerhouden om meteen verhaal te halen bij Dino. 'Hij zal je provoceren,' zei ik. En hoewel ik er zelf geen enkele illusie over koesterde, stelde ik voor om af te wachten of Dino zijn daad zou opbiechten. Waar ik in werkelijkheid op hoopte, was dat mijn vriend in de tussentijd zou kalmeren. Maar Kaya riep dat we een dag eerder ook al hadden toegekeken. 'Als we eerder hadden ingegrepen, was dit allemaal niet gebeurd.'

Meteen na de laatste ochtendles kwam hij in actie: hij sneed Dino de pas af in de gang en ging voor hem staan. Ik kwam er snel bij staan om een escalatie te voorkomen.

'Wat moet je?' zei Dino met walging in zijn blik.

'Wanneer ga je je melden bij de rector?'

'Hoe bedoel je?'

'Dat weet je dondersgoed.'

Dino grijnsde ontspannen. 'Nee, Turk, ik weet niet wat je bedoelt en het kan me ook geen fuck schelen.'

'Ik zag je de stoel van meester Meindert verschuiven,' zei Kaya.

Dino keek mijn vriend strak aan. 'Dat heb je je verbeeld.'

Kaya keek even strak terug. 'Ik heb me helemaal niets verbeeld. En ik weet zeker dat anderen het ook gezien hebben, alleen durven zij jou niet te verlinken.' Mijn vriend liet een stilte vallen. 'Ik sta toe dat je de eer aan jezelf houdt, want zo ben ik. Dus, wanneer ga je je melden bij de rector?'

'Ik heb hem gisteren al verteld dat ik er niets mee te maken heb.'

'Je houdt je van de domme, dat had ik wel verwacht,' zei Kaya nu op zijn beurt grijnzend. 'Weet je waarom?' Dino gaf geen antwoord alsof hij de weg voor Kaya niet verder wilde plaveien. 'Omdat je een lafaard bent.' Dino's grijns verdween op slag. Kaya wist hoe hij deze dwaas uit de tent moest lokken, het was zijn specialiteit. En ik zag nu van dichtbij dat je confronterend te werk moest gaan, en onbevreesd de aanval moest inzetten. Dino was dat niet gewend met al die hielenlikkers om hem heen. 'Je denkt dat niemand je wat kan maken.' Kaya keek hem minachtend aan. 'Maar je vergeet dat je een lafaard bent, Dino. En die vallen uiteindelijk altijd door de mand.'

'Hou je bek, vuile Turk,' brulde Dino. 'Ik ben geen lafaard.'

'Bewijs dat maar. Bewijs maar dat je wel ballen hebt.'

Dino gaf mijn vriend een duw, maar Kaya had zich bijtijds schrap gezet en gaf nauwelijks terrein prijs. 'Ik doelde niet op je domme kracht, jongen.' Als er iemand was die Dino's bloed binnen een paar seconden kon laten koken, dan was het Kaya. En op een rustige toon, alsof hij niet zojuist een forse duw had gekregen van een tiener van bijna een meter negentig, voegde Kaya eraan toe: 'Kun je het nu al niet af met woorden? Goed, laat ik het nog eens voor je uitspellen, zodat jij het ook begrijpt: bewijs dat je geen lafaard bent en meld je bij de rector.'

'Donder op, man!' Dino gaf Kaya opnieuw een duw. 'Ik ga me helemaal nergens melden.'

Kaya keek hem onaangedaan aan. 'Of je meldt je voor één uur bij de rector, of ik doe dat voor jou.'

Ik dacht dat Dino Kaya een kopstoot zou verkopen, maar zijn klauw schoot naar voren en greep mijn vriend bij zijn kraag. 'Waag het niet!'

Kaya sloeg Dino's hand weg. 'Ik zeg dit één keer: als je je niet kunt beheersen, ga ik nu meteen naar de rector.' Ik zette me schrap: elk moment kon het losbarsten. Maar tot mijn verbazing droop Dino af.

Dino meldde zich niet bij de rector. In de pauze bleef hij zoals altijd in de aula staan, omringd door zijn willoze volgelingen die de tragiek van zijn langzame ondergang niet inzagen en bleven hopen dat een glimp van zijn onaantastbaarheid op hen zou overgaan. Dino op zijn beurt zag waarschijnlijk niet dat dit de laatste van zijn aanhangers waren en dat er van aanwas al veel langer geen sprake meer was.

Toen de rector die middag onverwacht onze wiskundeles onderbrak en eiste dat de verantwoordelijke naar voren stapte, zweeg Dino. En terwijl iedereen strak voor zich uitkeek, staarde Kaya naar Dino alsof hij hem een laatste kans wilde bieden. Maar Dino verroerde geen vin. Ik zag dat Kaya zich zat te verbijten. Ik voorvoelde dat hij een riskante zet overwoog. En hoewel hij er de persoon niet naar was om verklikker te spelen, was zijn rechtvaardigheidsgevoel doorslaggevend.

'Ik neem deze kwestie zeer serieus. Ik ga niet weg voordat ik weet wie er aan de stoel van meester Meindert heeft gezeten,' zei de rector.

En alsof ik zelf geen getuige was en niet de mogelijkheid had om deze kwestie te beslechten, keek ik van Dino naar Kaya en terug, wachtend tot een van beiden iets zou zeggen. De stilte hield aan terwijl de rector, net als een dag eerder, Dino strak aankeek, maar die staarde kalm voor zich uit, alsof er slechts reinheid in hem school.

'Dan laten jullie mij geen andere keus dan de hele klas te straffen: jullie blijven hier allemaal net zo lang zitten tot ik duidelijkheid heb.' Verschrikte blikken werden uitgewisseld en er stak een geroezemoes op. De rector drukte het meteen de kop in. 'Stilte! Niemand gaat ergens heen en niemand spreekt nog een woord voordat ik weet wie er verantwoordelijk was voor de schandelijke gebeurtenis van gistermiddag.' De rector bleef voor ons staan met zijn armen over elkaar geslagen.

De enige die voor verlossing leek te kunnen zorgen, was Kaya. De anderen waren te laf, of weigerden hun maat af te vallen. Maar Kaya had zijn verantwoordelijkheid al genomen door Dino te sommeren zich aan te geven bij de rector, terwijl ik alleen maar had toegekeken, zoals altijd. En opeens stak het me, de vanzelfsprekendheid waarmee ik het hele gebeuren al bij voorbaat had uitgeroepen tot een exclusief duel tussen Dino en mijn vriend. Waarom deed ik niets?

Kaya schraapte zijn keel. Het was zover. Ik ging rechtop zitten. En alsof hij zich tot de voorzitter van de Tweede Kamer wendde, zei mijn vriend op gedragen toon: 'Zou ik uw permissie mogen om te spreken, meneer Hooijmeijer?' De rector knikte. 'De stoel van meester Meindert is inderdaad door een leerling verschoven, ik heb dat met mijn eigen ogen gezien.'

'Wie is het?' De spanning was van het gezicht van de rector af te lezen.

'Ik ben geen verklikker, maar ik vind ook dat wat meester Meindert is aangedaan niet zonder gevolgen mag blijven.' Kaya liet een stilte vallen alsof hij dit moment thuis had geoefend, en voor zover iedereen niet al aan zijn lippen hing, was dat nu zeker het geval.

'Zeg het dan, jongen,' zei de rector terwijl hij met zijn voet op de grond stampte.

'Ik zeg niet wie het is voordat ik diegene een laatste kans heb gegeven om zelf naar voren te treden en als een man zijn verantwoordelijkheid te nemen.'

De rector keek even om zich heen alsof hij de mogelijkheid van een wonder niet wilde uitsluiten, maar al snel schudde hij zijn hoofd. 'Dat gaat kennelijk niet gebeuren. Zeg wie het gedaan heeft.'

Kaya zweeg een paar seconden en zei: 'Iedereen heeft kunnen zien dat diegene zijn kans heeft gehad om naar voren te treden. Ik kan nu, ook op aandringen van de rector, niet anders dan zijn naam onthullen. Ik zag...'

En voordat mijn vriend zijn zin kon afmaken, riep ik: 'Het was Dino!' Ik stond op en wees naar de bruut die in mijn eerste jaren het vonnis over mij had voltrokken. 'Dino heeft het gedaan.'

'Vuile klootzak!' brulde Dino terwijl hij opstond van zijn plek en op mij afstormde. 'Vuile verklikker!'

Ik bleef staan met mijn handen omlaag, alsof ik geketend op een spoorwegovergang stond terwijl de intercity op mij afdenderde en ik berustte in mijn lot. Nog voordat hij me had bereikt, schoot Dino's arm als een tentakel naar voren. Ik deinsde achteruit waardoor zijn vuist me niet in mijn gezicht, maar op mijn bovenarm trof. Instinctief gooide ik me naar voren, met mijn hoofd omlaag en mijn armen recht voor me uitgestoken. Ik voelde het harde lichaam van Dino en het enige wat er door me heenging, was dat ik hem van me af moest houden voordat ik meer klappen zou incasseren. Kaya trok me van achteren aan mijn trui in een poging me te beschermen tegen mijn belager, maar Dino trof me vol in mijn maag. Toen gaf ik me volledig over aan mijn instinct. Wild maaiend met mijn armen boorde mijn voorhoofd zich in de borstkas van mijn kwelduivel als was ik een buffel. Ik schreeuwde het uit terwijl ik uithaalde naar zijn gezicht. Ik trof hem op zijn kin, op zijn kaak, en ten slotte, in mijn laatste uithaal waar ik alle bitterheid en furie van de eerste jaren in stopte, beukte ik hem op zijn mismaakte smoel. Dino brulde.

'Ophouden!' riep de rector terwijl hij Dino naar achteren trok. 'Ophouden nu verdomme.'

'Laat me los,' brieste Dino terwijl hij zich probeerde los te trekken. 'Laat me los...'

'Kop dicht!' schreeuwde de rector. Hij had Dino nu stevig vast, de woesteling die verantwoordelijk was voor de uitschakeling van een van zijn trouwe medewerkers. 'Jij hebt me heel wat uit te leggen, jongen,' en hij duwde hem richting de deur. En alsof hij hem naar de isoleercel dirigeerde, riep hij: 'Doorlopen!'

'Jij bent er geweest,' brulde Dino terwijl hij zich omdraaide en met uitpuilende ogen naar mij wees. Zijn mond bloedde. 'Ik maak je af, vuile klootzak!'

'Mond houden en doorlopen,' zei de rector terwijl hij hem bij zijn kraag vastgreep. Maar voordat de rector hem de klas had uitgewerkt, draaide Dino zich een laatste maal om, keek mij aan met een bezeten blik en haalde traag zijn vinger over zijn keel als het kromzwaard van een gemaskerde beul.

We dachten dat Dino opnieuw geschorst zou worden, maar tot onze verrassing hield de schoolleiding woord: Dino Purperhart werd van school gestuurd. In een korte verklaring van onze mentor werd hij voor het eerst openlijk 'gevaarlijk' genoemd. Hij vroeg ons voorlopig geen contact op te nemen met Dino om de rust in de klas te herstellen.

Twee weken na Dino's aftocht kregen we te horen dat meester Meindert dat schooljaar niet meer zou terugkeren en zou worden vervangen.

De opluchting die ik voelde toen Dino van school werd verwijderd, maakte al snel plaats voor een groeiend gevoel van onrust om mijn rol in zijn aftocht. Hij was van het speelbord verwijderd door een onbezonnen zet van mij. En nu was hij opgelost in de duistere mist die hij zelf zo vaak had opgetrokken in de klas. Niemand had hem meer gezien sinds hij de klas was uitgewerkt door de rector. Klasgenoten zeiden dat hij door zijn ouders uit huis was gezet, anderen hielden het erop dat ze hem een tijdje naar familie in Rotterdam hadden gestuurd, ver weg van de vrienden die een verkeerde invloed op hem hadden.

Maar Dino was er niet de persoon naar om in het niets op te lossen als hij nog een rekening te vereffenen had.

In gedachten hoorde ik hem steeds roepen dat hij me af zou maken. Zijn stem werd steeds luider.

80

In de eerste weken keek ik steeds nerveus om me heen wanneer ik bij station Reigersbos uit de metro stapte of het schoolplein betrad. Die eerste dagen merkte ik dat ook Kaya waakzaam was, en hoewel hij er geen woorden aan vuilmaakte, zag ik zijn ogen de omgeving steeds afspeuren als we buiten waren. Gaandeweg begonnen we echter aan het idee te wennen dat hij niet meer zou terugkeren. En alsof hij het tijd vond om een wispelturig hoofdstuk definitief af te sluiten, zei Kaya op een gegeven moment dat we Dino niet meer zouden terugzien. Maar de vanzelfsprekendheid waarmee hij het zei, deed mijn onrust juist oplaaien. Ik werd overvallen door de gedachte dat je van iemand als Dino niet zomaar af bent, dat hij zich niet door een paar leraren laat vertellen waar hij wel en niet mag komen.

'Maar wat als hij ineens weer op het schoolplein staat?' vroeg ik terwijl ik het gezicht met de scheve mond en de loerende donkere ogen weer voor me zag.

'Dat zal niet gebeuren,' zei Kaya alsof hem door een almachtig opperwezen een blik in de toekomst was gegund. 'Daar heeft hij te veel gezichtsverlies voor geleden.'

'Maar stel dat hij hier ineens weer staat,' drong ik aan. 'Wat doe ik dan?'

Kaya legde zijn hand op mijn schouder. 'Maak je niet druk, broeder, ik ben bij je.'

'Ik moet steeds denken aan wat hij zei, aan het gebaar dat hij maakte toen hij werd weggevoerd door de rector.'

'Als hij dat echt had gemeend, hadden we hem hier allang gezien.' En zo stelde mijn vriend me toch gerust.

Een paar weken later kwam er een onvoorziene stroom geruchten op gang. Een paar jongens zeiden dat ze Dino 's avonds hadden zien lopen in het winkelcentrum, in het gezelschap van oudere jongens die ze niet eerder hadden gezien in de wijk. Een paar dagen later ging ineens het verhaal dat Dino de sporthal naast het schoolgebouw had bezocht, en opnieuw werd er gezegd dat hij in het gezelschap was van een paar onbekende oudere jongens. En op een dag veranderde de rimpeling in een ruwe golfslag die steeds onstuimiger werd toen Patrick met grote passen op ons afliep in de kantine. Onze rossige klasgenoot keek alsof hij zojuist een geestverschijning had gezien op klaarlichte dag. Hij boog zich voorover en fluisterde: 'Ik heb Dino zojuist in het winkelcentrum gezien.'

Terwijl ik het gevoel had dat mijn keel langzaam werd dichtgedrukt, ging Kaya rechtop zitten alsof hij al dagen voorbereid was op deze mededeling. 'Was hij alleen?' vroeg hij.

'Nee, hij was samen met twee oudere jongens.'

'Van hier uit de buurt?'

'Volgens mij niet, ik herkende ze niet.'

Voor het eerst zag ik ook een teken van onrust bij mijn vriend. Hij had zichzelf lang voorgehouden dat het voorbij was, dat onze rivaal het speelveld definitief had verlaten, maar nu leek zich dan toch de wending aan te kondigen waar ik zo bevreesd voor was geweest.

'Wat waren ze aan het doen?' vroeg ik gejaagd.

'Ze liepen luidruchtig rond en dronken bier uit grote blikken.'

'Dino ook?' vroeg ik.

Patrick knikte terwijl hij me aankeek, alsof hij vreesde voor mijn lot. 'Als ik jou was zou ik oppassen.'

'Hoezo?'

'Dino zag er vreemd uit.'

'Hoe bedoel je?'

'Ik weet het niet, hij zag er slecht uit, alsof hij dagen niet had geslapen.'

Onderweg naar aardrijkskunde zei ik tegen Kaya dat we naar de rector moesten stappen om te melden dat Dino weer terug was. Mijn vriend dacht even na en keek me toen hoofdschuddend aan. 'Wat gaan we dan zeggen, dat iemand Dino in het winkelcentrum zag lopen?' En alsof hij de raadsman van Dino was die de bewegingsvrijheid van zijn cliënt verdedigde, zei hij: 'Het winkelcentrum is voor hem geen verboden terrein. Hij mag zich alleen niet op het schoolplein begeven.'

'Maar hij is gevaarlijk, dat zei onze mentor ook,' zei ik, 'en hij is weer terug.' De demon, voegde ik er in gedachten aan toe.

'We moeten gewoon goed opletten,' zei Kaya. 'Zodra hij het schoolplein betreedt, lichten we de rector in. En nogmaals: ik ben bij je.'

Tijdens de les kon ik me geen moment concentreren op de woorden van de aardrijkskundeleraar. Dino was terug.

Na de laatste les stelde ik voor om de zij-uitgang te nemen, maar Kaya reageerde afwijzend. 'Hij mag niet denken dat we bang zijn.'

'Maar ik bén bang,' zei ik. Ik legde mijn hand op Kaya's schouder. 'Laten we voorzichtig zijn. *Lütfen*,' voegde ik er in het Turks aan toe. Alsjeblieft.

'We moeten voorzichtig zijn, maar we mogen geen angst tonen, dat is juist gevaarlijk bij iemand als Dino,' sprak Kaya gedecideerd. 'Vertrouw me, hij kan ons niks maken.'

Op zo'n twintig meter van de uitgang voelde ik een onbedwingbare drang om rechtsomkeert te maken en net zo lang binnen te wachten tot het schoolplein leeg en overzichtelijk was. Ik stond stil in de hoop dat Kaya mijn angst ook zou voelen. Maar hij wenkte me, vastberaden en onbevreesd, alsof hij niet alleen werd gedreven door een zeldzaam soort zelfvertrouwen, maar ook voelde dat er op hem werd gelet.

Toen we bij de deur stonden, zag ik in de verte, tussen de stroom leerlingen, twee lange figuren op het schoolplein staan die ik nooit eerder had gezien. Als twee duistere wezens uit een andere dimensie hadden ze beiden de capuchon van hun zwarte sweater over hun hoofd getrokken waardoor hun gezichten nauwelijks zichtbaar waren. Hun handen rustten in de zakken van hun sweater. Ik trok aan Kaya's arm. 'Ze zijn er.'

'Ik heb ze gezien,' zei Kaya. Hij klonk alert.

'We moeten terug.' Mijn stem trilde, maar dat maakte me niet uit.

'Ze hebben ons ook gezien, we kunnen ons niet terugtrekken, anders lijken we op angsthazen.' Zijn ogen speurden het plein af. 'Bovendien zie ik Dino nergens.' Mijn vriend pakte me bij mijn schouders met zijn sterke handen en keek me aan: 'We mogen nu geen angst tonen, dat is gevaarlijk.' En met een stem waarin een broederlijke affectie doorklonk, zei hij: 'Luister naar me, Metin. We lopen rustig richting het winkelcentrum zoals altijd. Rechtop en zonder angst in de ogen. Het komt goed. We zijn samen.' Hij gaf me een klap tegen mijn schouder. 'We zijn samen!'

En zo liepen we, zij aan zij als twee broers, over het schoolplein. Recht voor ons uitkijkend, het gevaar tegemoet. De twee jongens met capuchons bleven op hun plek en keken ons aan alsof er iets onvermijdelijks stond te gebeuren waar zij een beslissende rol in zouden spelen. Toen, alsof ze besloten hadden iets in werking te zetten, knikte een van hen. Ik vertraagde instinctief en keek om me heen, en toen ik weer voor me keek, stond Dino daar ineens alsof hij uit een plotseling opgetrokken portaal was gestapt. Ik deinsde achteruit.

Daar was hij dan, terug van zijn onvrijwillige ballingschap. Hij stond op nog geen meter afstand van mij, kalm en met zijn capuchon over zijn hoofd getrokken. Maar zijn afschrikwekkende hyenablik was duidelijk zichtbaar, en hoewel zijn ogen troebel zagen, staarde hij me aan met een angstaanjagende vastberadenheid.

'Dino,' zei Kaya. 'Wat doe jij hier?' Mijn vriend probeerde koelbloedig te klinken, maar ik hoorde de opwinding, de versnelde ademhaling.

Dino gaf geen antwoord. Hij had alleen oog voor mij en leek zijn spraakvermogen kwijt te zijn geraakt tijdens zijn verbanning. Als om de impasse te doorbreken, klonk er een klikgeluid, scherp en fel. Mijn blik gleed omlaag; in zijn rechterhand blonk een stiletto. Nog voordat de schrik mij kon verlammen, en nog voordat ik de kans kreeg om weer op te kijken, brulde Dino: 'Jij!' Ik zag zijn hand met daarin het mes een lichte zwaai naar achteren maken en daarna in een snelle beweging op mijn gezicht afkomen, onderweg om mijn hals aan flarden te snijden, aderen te doorklieven, mijn luchtpijp te perforeren. Zo zou het dus eindigen, zo zou mijn persoonlijke beul dan eindelijk met mij afrekenen. Nadat hij me jarenlang had laten spartelen, zou hij het vonnis dan toch voltrekken, staand op het schoolplein, in het bijzijn van mijn broeder.

Ik hoorde Kaya schreeuwen en op dat moment nam mijn instinct het over. Ik voelde hoe mijn halsspieren zich spanden en mijn hoofd achterwaarts werd gestuwd door het lichaam dat plots autonoom handelde zoals ik dat nooit had gedaan. Maar er was geen tijd meer, ik wist dat er geen tijd meer was, het lemmet sneed al door de dunne huid van mijn hals, door het zachte vlees eronder, en alsof ik me in een slachthuis bevond en de wreedaard zijn klus had volbracht, viel ik achterover als een spartelend dier. Ik greep naar mijn hals. Het was gedaan, wist ik. Ik hoorde Kaya opnieuw schreeuwen, van veraf nu, vanuit een diepgelegen bron. Zijn stem brak.

Ik hoorde een doffe klap. Gestommel. Ik probeerde me op te richten en zag hoe Kaya zich op Dino had geworpen en furieus op hem insloeg, alsof hij mijn dood ter plekke wilde wreken. Woeste dreunen landden op Dino's gezicht en met elke vuistslag leek mijn vriend harder uit te halen, alsof de vergelding zo dichterbij kwam. Mijn beul kreunde en probeerde zich van Kaya's greep te bevrijden, maar hij was kansloos. Tot een donkere figuur mijn vriend van Dino wegtrok. Een andere jongen met capuchon hielp Dino overeind en sleurde hem met zich mee. Terwijl Kaya opkrabbelde, schoot ook de andere jongen weg.

'Metin.' Kaya's stem beefde. 'Metin, gaat het?' Hij boog zich over me heen en keek me verbijsterd aan. Hij zag het bloed bij mijn hals en op mijn handen die ik nog steeds op de plek van de inslag hield. Kaya legde zijn handen op de mijne. 'Laat me kijken.' Ik sperde mijn ogen open. 'Laat me kijken, Metin.' En hij trok mijn handen voorzichtig weg. Ik sloot mijn ogen uit angst voor Kaya's blik als hij mijn getroffen hals zou zien. 'Godzijdank... niet je slagader. Volgens mij is je strottenhoofd geraakt, maar het is geen diepe wond.'

Ik durfde niets te zeggen, vreesde dat er dan iets fataals zou gebeuren. Ik moest eerst voelen wat Kaya beschreef. Voorzichtig bracht ik mijn vingers naar de plek waar het lemmet in mijn hals was gedrongen. Ik tastte met mijn wijsvinger over de wond, voelde dat de huid zich had geopend, maakte contact met het vlees eronder, en toen ik er zachtjes op drukte, voelde ik het harde kraakbeen eronder dat als een schild het lemmet had opgevangen.

'Godzijdank,' zei Kaya weer. 'Godzijdank, Metin.'

81

Mijn ouders wilden me van school halen toen ze het verband rond mijn hals zagen.

'Je bent daar niet meer veilig, je moet daar weg,' riep mijn moeder nadat ze me lang tegen zich aan had gedrukt. Ze keek mijn vader vertwijfeld aan. 'Ze hebben mijn zoon bijna vermoord!'

'Wat heb je gedaan dat die jongen je wilde vermoorden?' vroeg mijn vader.

'Ik heb het alleen maar voor een leraar opgenomen.'

'Je moet daar weg,' herhaalde mijn moeder.

Pas toen ik ze had uitgelegd dat mijn belager was gearresteerd en dat hij de enige was met wie ik op school problemen had gehad, waren mijn ouders enigszins gerustgesteld. De schaamte had mij ervan weerhouden erbij te vermelden dat Dino me al in de eerste klas had gebrandmerkt, en dat ik tot aan Kaya's komst als een ongewenst en geluidloos onderdeel aan de klas had gehangen.

'Als je problemen hebt, moet je ons dat voortaan vertellen,' zei mijn vader op een toon die mij het gevoel gaf dat ik alles aan mezelf te wijten had.

Niets was meer hetzelfde op SGR. Niets ademde nog de sfeer van de turbulente laatste maanden die achter ons lagen. Dino was eindelijk gekooid, voor vierentwintig maanden opgeborgen in een gesloten jeugdinrichting, al vreesde ik hem nog steeds te zien.

Er gingen hardnekkige geruchten dat Dino veel meer op zijn kerfstok had en in de weken na zijn verbanning op strooptocht was geweest langs avondwinkels en snackbars samen met zijn duistere vrienden. Ook hoorden we dat het drietal straatroven had gepleegd in Amsterdam-Zuidoost. Er werd beweerd dat Dino in zeker een geval had ingestoken op een slachtoffer dat zich had verzet. De getroffene had de aanval – met de stiletto die over mijn strottenhoofd had geschraapt, vermoedde ik – ternauwernood overleefd.

Voor het eerst sinds ik een stap in het schoolgebouw had gezet, was Dino geen leerling van SGR. Zijn kolossale lichaam was vóór de komst van Kaya altijd de zwarte kern geweest waar alle deeltjes in de klas naartoe werden getrokken, als planeten om een kwaadaardige zon in een gedoemd zonnestelsel. Maar nu was hij eindelijk gedoofd en waren de kleine planeten ontsnapt naar een ander zonnestelsel waar de atmosfeer vriendelijker was.

Iedereen was ineens overdreven aardig voor me, alsof het verband om mijn hals hen eraan herinnerde hoe fortuinlijk ik was geweest, en hen deed beseffen dat ik genoeg had geleden onder het regime van Dino. Ik was vooral opgelucht dat het achter me lag. Mijn angst was verdwenen, niet alleen omdat hij vastzat, maar ook omdat ik wist dat hij mijn verraad afdoende had gewroken. Al had ik de aanslag overleefd, zelfs volgens het verknipte brein van Dino Purperhart was de zaak ten einde gekomen.

SGR voelde niet langer als een strafkamp. Pas later drong het tot me door dat misschien wel hetzelfde gebeurd was als na een ramp in een kleine gemeenschap: we stonden gezamenlijk voor een nieuw begin. Het ging gepaard met een harmonieuze vriendelijkheid waar iedereen al die tijd naar had gesnakt, alsof er langzaam een nieuwe balans gevormd werd. En alsof Kaya daar onderdeel van uit wilde maken, liet hij me op een dag tot mijn vreugde weten dat hij niet langer van plan was om te stoppen met school. 'Ik blijf aan je zijde, kardeş. Wij gaan deze reis samen voltooien.'

Het eindexamen was niet langer een eiland aan de verre horizon. Het gevreesde woord viel steeds vaker. We werden steeds meer voorbereid op de slag die ons binnen afzienbare tijd wachtte. Maar eerst genoten we van de nieuwe stilte die zelfs na een paar maanden nog onnatuurlijk aanvoelde.

DRIE

82

We liepen over het Schovenhorstpad richting de weilanden tot aan Abcoude, waar ik vaak heen was gewandeld in mijn schoonmakersjaren op SGR.

‘Nog een paar stappen en we zijn Amsterdam uit.’

Ik keek Kaya vragend aan.

‘Nog een paar stappen en we zitten zelfs in een andere provincie. Als we over die sloot daar springen, zijn we in de provincie Utrecht.’ En op een toon alsof we op het punt stonden een andere dimensie te betreden, zei Kaya: ‘We staan op de provinciegrens.’

We keken uit over de eindeloze weilanden en luisterden naar het gekwaak van de kikkers dat me altijd had gekalmeerd in de tussenuren waarin ik het schoolgebouw was ontvlucht. Kaya sloeg zijn arm om mijn schouder en zei: ‘Ga met me mee op wereldreis.’

Mijn vriend overviel me. In al die jaren dat hij het over zijn grote reis had gehad, was het altijd iets geweest wat hij in z’n eentje zou doen, een tocht waar hij zich op had voorbereid vanaf het moment dat zijn broers Aziz en Serkan met hun backpacks waren teruggekeerd van hun trek door drie continenten. ‘Laten we samen de wereld ontdekken als deze onzin achter de rug is. Dan vliegen we naar Istanbul, Beiroet, Bangkok, Tokyo en vandaar naar Los Angeles en als we zin hebben, daarna naar Buenos Aires en Bogotá. We boeken zo’n wereldticket en slapen in goedkope hostels. En als ons geld opraakt, slapen we wel in het park en eten we een maaltijd per dag, als we de reis maar voltooien.’

Mijn vriend liep weer eens een paar stappen op mij voor, hij dacht al aan zijn vrijheid, aan de reis van zijn leven, terwijl ik nog worstelde met mijn angsten in het heden en de nabije toekomst. Ik had nooit gedroomd van een verre reis. Ik wist niet eens in welk land Bangkok zich bevond. Het enige waar ik aan dacht was – zoals altijd – overleven. Eerst het schooljaar en daarna de eindexamens waarvoor mijn angst met de dag groeide. Ik vreesde wiskunde het meest en was bang dat ik er een blanco vel voor zou inleveren op de allereerste examendag, waardoor al mijn andere inspanningen zinloos zouden worden. En als ik het al zou doorstaan, wachtte me de volgende beproeving: de universiteit. Wat moest ik in hemelsnaam studeren? En hoe kon ik ervoor zorgen dat dit alles niet op een deceptie voor mijn ouders zou uitdraaien, dat mijn moeder zich al die jaren niet voor niets voor ons had opgeofferd?

'Wat zeg je ervan, kardeş?'

Waar kwam dit voorstel van Kaya ineens vandaan? En hoe kon hij überhaupt aan zo'n lange reis denken terwijl het eindexamen naderde? Ik draaide mijn hoofd naar hem toe en voelde zijn arm nog steeds stevig om mijn schouders. Onze gezichten waren nu dicht bij elkaar, en misschien was het wel daarom dat ik een aarzeling moest overwinnen. 'Ik weet het niet.'

Kaya trok zijn arm terug en draaide zich naar me toe. 'Metin, kardeş, wat is er nou leuker dan samen de wereld zien?'

'Ik weet het niet,' zei ik nogmaals, alsof ik achterlijk was. 'Hoe moeten we dat betalen? Ik heb helemaal geen geld.'

'Geld is niet belangrijk,' zei Kaya. 'Geld is slechts een betaalmiddel. Waar het om gaat, is het ticket. Als dat eenmaal binnen is, is de rest een peulenschil. Denk je soms dat ik in het weekend voor mijn lol in mijn ooms winkel sta? Jij moet ook een bijbaan nemen, kunnen we allebei wat opzijzetten.'

'Nou, misschien kan ik in het weekend beter een keer mijn wiskundeboek openslaan, anders kan ik mijn diploma wel vergeten.'

'Fuck wiskunde, man! Ik heb het over een wereldreis, een we-reld-reis! Als we het straks niet doen, doen we het nooit meer.'

'Ik weet het.'

'Volgens mij niet, want jij zit je weer alleen maar zorgen te maken, terwijl we straks het avontuur van ons leven kunnen beleven, ouwe reus.' Kaya greep me weer bij mijn schouders. 'Luister, mijn broers zijn ook meteen na hun eindexamen op reis gegaan en ze hebben het er nog over. Ze roepen steeds dat ze er meer van hebben geleerd dan van al hun studieboeken bij elkaar. Serkan is zelfs ontmaagd in Bangkok.' Hij begon opgewonden in zijn handen te klappen. 'Alleen daarom al moet je meegaan voordat je voorgoed met je neus in de boeken verdwijnt en nooit meer tijd hebt om een vrouw in de ogen te kijken.'

Naar Bangkok ging je dus om een man te worden. Als het anders was gelopen met Tina of Nicole, was ik misschien al een man geweest, net als Kaya. Maar op SGR hadden ze een schoonmaker met een spraakgebrek van me gemaakt waardoor al mijn kansen bij Nicole waren verdampt.

'Anders gaan we alleen naar Bangkok,' zei ik half grappend.

'Ik wist het!' zei Kaya terwijl hij zijn wijsvinger naar me uitstak en snel op en neer liet gaan alsof ik ondeugend was geweest. 'Jij geil mannetje.'

'Had Serkan dan een vriendinnetje in Bangkok?'

'Vriendinnetje? Kaya begon te lachen. 'Ja, een nachtvlinder.'

'Een nachtvlinder?'

'Als je meegaat, laat ik het je zien. Serkan wil ons vast wel vertellen waar het was.'

'Waar wat was?'

'De wijk vol warme, lieve nachtvlinders.' Kaya knipoogde naar me. 'Als je op hun rug klimt, maak je een ritje naar de hemel.'

83

Mijn moeder staarde naar het litteken op mijn hals, het levenslange aandenken aan Dino Purperhart. 'Doet het nog pijn?' vroeg ze bezorgd.

'Natuurlijk niet,' zei ik terwijl ik opkeek van de sportpagina van *de Volkskrant*, het dagblad waarop mijn zus een proefabonnement had genomen.

'Gelukkig maar.' Mijn moeder liet een korte stilte vallen. 'Ze zoeken jongens en meisjes voor achter de kassa bij Vomar. Is dat niets voor jou?'

'Nee,' zei ik terwijl ik me weer boog over een venijnig stuk van Ben de Graaf over de deplorabele staat van de eredivisie. 'Niets voor mij.'

'Het zou goed zijn voor je ontwikkeling en je zou kunnen sparen. Kijk naar je zus, ze heeft al flink wat spaargeld door haar bijbaan in het weekend.'

Had mijn moeder soms met Kaya gesproken? Had hij haar ingezet om mij te laten sparen voor onze grote reis?

'Ik heb al gesproken met die oudere dame van de klantenservice. Kijk, ze gaf me dit sollicitatieformulier mee en vertelde dat je er zesenhalve gulden per uur verdient als zestienjarige.' Mijn moeder spiekte op een klein blaadje waarop ze een rekensom had gemaakt. 'Dat is tweeënvijftig gulden voor een dag werken. En bijna tweehonderdtien gulden per maand.'

Ik vouwde de krant dicht en liet het bedrag op me inwerken. Ik had geen idee wat een ticket naar Bangkok en al die andere plekken die Kaya had opgenoemd kostte, maar misschien zou ik na een halfjaar achter de kassa genoeg hebben gespaard om mee te gaan. 'Geef dat formulier maar,' zei ik terwijl ik besloot mijn moeder niet op de hoogte te stellen van mijn reisplannen. Ze zou anders het formulier voor mijn ogen verscheuren en jammeren dat ik nu nooit meer een universitaire studie zou afronden.

Een week nadat ik het sollicitatieformulier had ingeleverd, mocht ik op gesprek komen bij mevrouw Els Pauw, de kortharige en ernstige chef van de kassa-afdeling van de Vomar. Ze begeleidde me zwijgend naar de kantine waar de dikke poelier met de dunne potloodsnor net een broodje worst zat te eten dat hij lusteloos wegspoelde met een blikje 3es-cola. Het was vreemd om hem hier te zien zitten, verwijderd van zijn vertrouwde koelvak vol geslacht gevogelte, de plek waar hij enige autoriteit bezat en mensen regelmatig adviseerde meer kalkoen te eten. 'Echt, het is veel spannender dan een doodgewoon stukje kip,' had ik hem meermaals horen verklaren toen ik mijn boodschappenkar langs zijn afdeling duwde.

'Je zit op het vwo?' vroeg mevrouw Pauw. Het was een ogenschijnlijk simpele vraag, maar ze keek me onderzoekend aan vanachter haar kleine bril alsof er meteen al veel van afhing.

'Dat klopt,' zei ik, zelfvertrouwen veinzend.

'En wat wil je hierna doen?'

Ik vroeg me af of ik nu moest zeggen dat ik na het behalen van mijn vwo in een supermarkt wilde werken, en dat ik altijd bedrijfsleider van de Vomar had willen worden. Maar dat klonk natuurlijk belachelijk. 'Ik wil naar de universiteit.'

'Toe maar. Wat wil je studeren?'

'Dat weet ik niet.' Misschien had ik iets moeten verzinnen, misschien had ik moeten zeggen dat ik dierenarts wilde worden, hoewel ik dat allang niet meer wilde. Misschien was '*dat weet ik niet*' geen goed antwoord tijdens een sollicitatiegesprek. 'Ik wilde altijd dierenarts worden,' zei ik om mijn antwoord te redden.

'Wat leuk, hou je van dieren?'

Hield ik van dieren? Als kind wel, maar de liefde was in mijn tienerjaren uitgedoofd, zoals zoveel dingen in mijn tienerjaren plotseling waren uitgedoofd. Ik haatte ze niet, maar of ik van dieren hield? Dieren stonken, waren vaak agressief en gingen op een dag zomaar dood. Wat had je eraan?

'Ik ben dol op dieren,' zei ik met een brede glimlach. 'Al sinds mijn kinderjaren.'

'Interessant, dat hoor je niet vaak van jongens van jouw leeftijd.'

'Ik zou later graag een boerderij willen,' hoorde ik mezelf ineens zeggen. 'En daar dieren houden die niet in Nederland voorkomen, zoals wombats en kangoeroes.' Het was een kant van mezelf die ik nog helemaal niet kende.

'Skippy!' riep mevrouw Pauw lachend.

'Ja, Skippy,' zei ik terwijl ik ook lachte. Ik moest me inhouden om niet een grap uit te halen met haar achternaam. Mijn lievelingsdier is een pauw, zei ik in gedachten al. Pauwen zijn net zo kleurrijk als u, mevrouw Pauw.

'En wat is volgens jou de belangrijkste eigenschap van een kassamedewerker?'

De poelier had ondertussen een sigaret opgestoken, en terwijl hij de rook traag uit zijn neusgaten liet ontsnappen, keek hij met een tevreden grijns toe hoe ik me hieruit zou redden.

'De belangrijkste eigenschap?' Ik slikte. Over hoeveel eigenschappen diende een kassamedewerker in vredesnaam te beschikken? Hoe moeilijk kon dit werk zijn? Op deze vraag had ik me niet voorbereid, ik had me eigenlijk op geen enkele vraag voorbereid, ik had de afgelopen dagen alleen maar gedacht aan wat ik, naast een vliegticket, allemaal kon kopen van tweehonderdtien gulden in de maand: een Super Nintendo, nieuwe Air Max en later zelfs een eigen videorecorder. En terwijl ik het ineens warm kreeg, probeerde ik me voor het eerst in mijn leven in een kassamedewerker te verplaatsen. Er werden producten gescand, er werd afgerekend en er werden opnieuw producten gescand tot de werkdag eindelijk om was. Wat wilde mevrouw Pauw in vredesnaam van me horen? 'Je moet goed kunnen rekenen,' antwoordde ik beslist.

'Ja, dat is op zich niet onbelangrijk,' zei mevrouw Pauw. 'Maar gelukkig neemt de kassa die taak van je over.' Ze sloeg ineens haar hand voor haar mond. 'Hemeltjelief, wat ben ik blij dat sommige werknemers niet zelf aan het rekenen hoeven te slaan en dat de kassa voorzegt hoeveel je moet teruggeven.'

'Teruggeven!' riep ik ineens alsof het een quiz was en de tijd bijna om was. 'Ik bedoel, je moet ervoor zorgen dat je het juiste bedrag teruggeeft.'

Er brak een glimlach door op haar rossige gezicht. 'Precies, want anders heb je aan het einde van de dag een kasverschil.' Ze kneep haar kleine oogjes samen. 'En dan krijg je met mij te maken.'

Ik werd ingewerkt door Reshma, een oudere Hindoestaanse dame met een treurig permanentje. Het was duidelijk dat Reshma het gevecht tegen haar zwaarlijvigheid lang geleden had gestaakt en haar schaamte voor haar gewicht zorgvuldig in de kast had opgeborgen. Ze stond achter me terwijl ik de producten van de loopband scande en verspreidde zo'n intens zoete walm dat het me de adem ontnam.

'Je hebt mooi haar,' zei Reshma ineens met een opvallend lage stem die nadreunde in mijn binnenste. Ik zei niets terug en begon uit een soort paniekreactie sneller te scannen, alsof ik bang was dat ze anders met haar handen door mijn haar zou woelen. Ik hoorde haar steeds zwaarder ademen en voelde de klamme warmte die van haar gezette lichaam afstraalde. Ineens draaide Reshma de bureaustoel waar ik op zat naar zich toe en blafte: 'Je moet het totaalbedrag duidelijker uitspreken.' Er landde wat van haar lauwe speeksel vlak onder mijn oog. Haar mondvocht trok in mijn huid en ik knikte gedwee, terwijl ik niets liever wilde dan mijn gezicht schoonvegen met een ontsmettend doekje.

Na ongeveer een uur gaf Reshma een harde duw tegen de rug van mijn stoel waardoor ik met mijn ribben tegen de kassalade werd gedrukt. 'Je redt je nu vast wel alleen,' zei ze alsof ze op het punt stond me zonder water achter te laten in de woestijn. 'Als er iets is, zet je maar je lichtje aan voor assistentie. Of je rent gewoon hard weg.' Ze keek me uitdrukkingsloos aan. 'Dat laatste was een grapje.' Ze gaf een klap tegen de rug van mijn stoel. 'Ontspan een beetje, joh. Je zit hier niet op de trauma-afdeling van het AMC.'

Toen Reshma eenmaal weg was, kreeg ik eindelijk lucht. Aan het einde van die trainingsdag incasseerde ik mijn eerste compliment van mevrouw Pauw: 'Je hebt het goed gedaan,' zei ze. 'Je bent nu klaar voor de zaterdag. Maar dit was wel de eerste en laatste keer dat je zonder stropdas achter de kassa zat. Zaterdag moet je er een om hebben, anders stuur ik je naar huis.'

We namen plaats voor de spiegel in het halletje voor de badkamer. Mijn vader stond achter me en sloeg de kraag omhoog van het overhemd dat ooit van hem was geweest, maar stilzwijgend op mij over was gegaan. Ik overhandigde hem de groengele zijden stropdas die mijn moeder voor me had gekocht bij de C&A. Mijn vader sloeg de stropdas rond mijn hals, plaatste met snelle handbewegingen beide uiteinden over elkaar heen, haalde er een onderlangs door een lus, en trok hem toen strak aan. 'Makkelijk, toch?' zei hij terwijl het mij duizelde.

'Hij staat je heel mooi,' zei mijn moeder bijna ontroerd.

Mijn vader deed een tweede keer voor hoe de knoop tot stand kwam, nu langzamer. Daarna liet hij het mij proberen. Na vier, vijf pogingen had ik het eindelijk door.

Zaterdag werd mijn vuurdoop. Ik was extra vroeg opgestaan om de knoop van mijn stropdas goed te krijgen. Na het douchen deed ik flink wat brylcreem in mijn haar, kamde het naar achteren en bekeek het resultaat. Daarna had ik zeven pogingen nodig om de knoop net zo mooi te krijgen als de avond ervoor. Voordat ik de deur uitging riep mijn moeder dat ik nog even moest wachten. Ze holde richting de badkamer en kwam hijgend terug met het flesje Davidoff Cool Water van mijn vader. 'Op je eerste werkdag moet je er niet alleen mooi uitzien, maar moet je ook lekker ruiken.' Ik hield mijn adem in toen ze drie flinke wolken uit het blauwe flesje in mijn hals spoot. 'Succes, oğlum, je gaat het heel goed doen!'

Buiten was het nog donker, een frisse najaarswind schudde de laatste bladeren van de bomen. Met de kraag van mijn jas omhoog liep ik naar het verlaten winkelcentrum en belde aan bij de zijingang van de Vomar naast de Shopperhal. Een Arabisch uitziende beveiliger deed open, vroeg naar mijn naam en beval me hem twee keer te spellen. En alsof we bij een geheime briefing van de Binnenlandse Veiligheidsdienst waren en de staatsveiligheid op het spel stond, liet hij me pas binnen nadat hij mijn naam op een lijstje had aangevinkt. Mevrouw Pauw zat in de kantine. Ze stond op toen ze me zag. 'Zo, Metin, ben je er klaar voor?'

'Zeker weten, mevrouw Pauw,' zei ik waarna ik mijn jas aan de kapstok hing en mijn grijsrode werkjas zo onopvallend mogelijk uit een plastic tas van de grote concurrent trok. Toen we even later met een paar collega's in het kassahok stonden, wendde mevrouw Pauw zich tot mij: 'Het ging donderdag goed, maar vandaag wordt het druk. Knetterdruk. Maar daar moet je je niets van aantrekken.' Ze sprak snel. 'Kijk niet naar de rij, maar richt je op de klant voor je en concentreer je vooral op het wisselgeld.' Haar blik ging ineens omlaag. 'Mooie stropdas, Metin.'

'Dank u,' zei ik en ik keek ook omlaag om hem te bekijken. Ik kreeg de sleutel van kassa zeven toegewezen, niet ver van het kassahokje zodat mevrouw Pauw me vanaf haar uitkijkpost in de gaten kon houden. Vlak voordat de rolluiken omhoog gingen, installeerde ik me achter mijn kassa en terwijl de eerste vroege klanten naar binnen wandelden, duwde ik de knoop van mijn das iets verder omhoog tot hij rond mijn hals knelde. De eerste klant die niet veel later met een karretje richting de kassa's liep, was een Surinaamse vrouw van een jaar of veertig. Ze droeg een donkere legging, fleurige Nikes en had haar haar *gestraight*. Ze deed me denken aan de vrouw die op Kwaku in de armen van Mr. T was gesprongen, maar deze vrouw was mooier en bezat onmiskenbaar meer klasse. En alsof ze zag dat ik vandaag ontgroend zou worden, stuurde ze haar karretje met een stralende glimlach naar mijn kassa. Terwijl haar boezem rusteloos op en neer ging achter het strakke topje dat ze onder haar korte leren jas droeg, zei ze: 'Goedemorgen, jongeman, jij bent zeker nieuw hier, hè?'

Ik was het niet gewend om met zulke kleurrijke verschijningen in contact te treden, en nu liep er een op mijn eerste werkdag op me af en stelde me een vraag. 'Goedemorgen,' zei ik aarzelend terwijl ik krampachtig probeerde niet naar haar decolleté te kijken. 'Dat klopt.' En om me van de druk te bevrijden, stelde ik haar een wedervraag: 'Hoe weet u dat?'

'Ik zie dat soort dingen meteen, schatje,' zei ze op verleidelijke toon terwijl ze zich vooroverboog om haar boodschappen op de band te leggen, me daarbij een fraaie inkijk biedend. 'Je kijkt zo uitnodigend met die mooie bruine kijkers van je,' zei ze, waarna ik meteen wegkeek. 'En niet zo vlak als de rest van je collega's.'

Ik begon te blozen en te gloeien op alle mogelijke plekken in mijn lichaam terwijl ik een pakje boter van de loopband pakte en bang was dat het in mijn handen zou smelten. Staar niet naar haar borsten, sprak ik mezelf toe. Staar níét naar haar borsten! Nadat ik het wisselgeld in haar hand had uitgeteld, knipoogde ze naar me: 'Je doet het heel goed hoor, knapperd. De volgende keer kom ik weer bij je langs.'

'Dank u,' zei ik glimlachend. Ik keek toe hoe ze haar boodschappen met trage bewegingen in een plastic tas deed om haar lange roze nagels te ontzien, en hoopte dat ik haar volgende week weer zou zien. Vlak voordat ze wegliep, keek ze me nog een keer aan. 'Lekker geurtje trouwens. Wat is het?'

'Davidoff,' zei ik, en alsof ik een reclamefilmpje insprak, voegde ik er met een overdreven Amerikaans accent aan toe: 'Cool Water.'

'Mmm... moet ik onthouden voor m'n nieuwe lover.'

Iemand schraapte zijn keel. Ik keek om en zag een bejaarde Nederlandse vrouw voor me staan. 'O, sorry,' zei ik. 'Ik zag u niet.' De vrouw had haar weinige boodschappen al op de band gelegd en keek me ongedurig aan. En terwijl de Surinaamse dame heupwiegend wegliep, betreurde ik het dat ik haar niet rustig kon nakijken. Niet veel later werd het drukker in de winkel. Toen er op een gegeven moment een lange rij aan mijn kassa stond en de winkel veranderd leek in een drukke bazaar, dacht ik aan de woorden van mevrouw Pauw en concentreerde me op de klant voor me. Ik werd een paar uur later afgelost door een collega en kreeg op zakelijke toon te horen dat ik een halfuur pauze had. Toen pas zag ik dat het al twaalf uur was geweest. Ik slalomde tussen de klanten door naar de kantine waar ik me als een uitgehongerde op de twee boterhammen met kaas stortte die ik van huis had meegenomen. Daarna nam ik een slok van mijn thee en bladerde door de sportbijlage van *De Telegraaf* die op tafel lag.

'En, hoe ging het?' Een aangename stem.

Ik keek op en zag haar staan bij de koffieautomaat, blazend in het bekertje in haar hand. En terwijl ze traag een blonde haarlok achter haar oor duwde en ik wegzakte in haar heldergroene ogen, was het alsof Nicole voor me stond. Ze keek me verwachtingsvol aan. Ik slikte en zei: 'Goed.'

Ze deed een paar stappen naar voren en stak haar hand naar me uit. 'Ik ben Sanne, ik werk op de broodafdeling. Jij bent zeker nieuw hier?'

Praat langzaam, sprak ik mezelf toe. Woord voor woord. Verknal dit niet, al lijkt ze sprekend op Nicole. 'Ja,' zei ik en ik slikte opnieuw. 'Dat zegt iedereen vandaag… is het echt zo duidelijk?'

'Nou, ik heb je hier niet eerder gezien, anders had ik het me echt wel herinnerd.'

Misschien verbeeldde ik het me, maar ze klonk uitnodigend. En knipoogde ze nou? Ik zocht even naar een houding.

'Je hebt je naam niet genoemd.'

'Wat?' Ik was een kluns, een enorme kluns. 'Sorry… ik ben Metin.'

'Ben je Iraans?'

'Nee, Zaza… een volk dat uit Perzië komt… oorspronkelijk.'

'Dan zat ik er niet ver naast.' Ze glimlachte en ik smolt. 'Het klinkt wel grappig, Zaza.' Haar ogen, ik wilde voor altijd naar haar prachtige groene ogen blijven kijken. 'Als een zacht snoepje. Zaza.'

Je mag wel van me proeven, dacht ik. En je mag bij mijn naar Cool Water ruikende zachte hals beginnen. 'Een winegum?' vroeg ik, mezelf verbazend.

'Nee, die zijn niet zo lekker.' Sanne ging naast me zitten en bracht het gesprek tot mijn teleurstelling op een neutraal onderwerp. 'Zit je nog op school?'

'Ja, op SGR.'

'Wat doe je?'

'De vijfde klas van het vwo.'

‘Zo, zo, toe maar.’

‘Jij?’

‘Ik bak hier de hele dag zoete broodjes. Zachte, zoete broodjes.’ Ze lachte en ik lachte mee. ‘Nee hoor, dit is maar een weekendbaantje. Ik zit op de Hogeschool, eerste jaar bedrijfseconomie.’

‘Leuk,’ zei ik hoewel ik het niet meende.

‘Helemaal niet, er is geen fuck aan.’ Ze sprak ineens fel, en alsof ze iets kalmerends nodig had nu haar studie ter sprake was gekomen, trok ze een blauw pakje L&M en een aansteker uit haar kleine schoudertas. Sanne rookte! Zonder het te weten sloeg ze een diepe barst in het fraaie beeld dat ik van haar had gevormd in de paar seconden dat ik haar nu bewonderde. Ik moest nu al herstelwerkzaamheden verrichten. Sanne zou dus toch niet het eerste meisje worden met wie ik zou zoenen, tenzij ze nu opbiechtte dat dit haar allerlaatste peuk was. ‘Rook jij?’ vroeg ze waarna ze een sigaret tussen haar lippen duwde en hem aanstak.

‘Nee,’ zei ik en omdat ik voelde dat het erg kortaf was, vroeg ik: ‘Waarom is er geen fuck aan?’

‘Het boeit me gewoon niet, het is vreselijk saai, echt.’ Ze nam een trek van haar sigaret en blies toen beheerst een walm rook richting het plafond, haar lippen verleidelijk tuitend. Mijn god, ze was zelfs opwindend als ze rookte. ‘Ik moet gewoon iets met mensen doen, daar ben ik wel achtergekomen.’ Ze keek me aan alsof ze mij bedoelde met ‘mensen’.

De poelier die tijdens mijn sollicitatiegesprek had meegeluisterd, waggelde de kantine binnen en verstoorde bruut ons samenzijn. ‘Bedankt dat je deze voor me gebakken hebt, schatje,’ zei hij terwijl hij een zak croissants in de lucht hield en Sanne glunderend aankeek. ‘Ach, meid, wat zou ik toch zonder jou moeten?’

‘Voor jou doe ik dat met alle liefde, Arie,’ zei Sanne. En hoewel ik wist dat de dikke poelier geen schijn van kans maakte bij haar, schoot een steek van jaloezie door me heen. O Arie, jij vuile spelbreker, dacht ik, waarom moet je uitgerekend nu komen lunchen en mijn moment met Sanne verstoren? Ik keek op mijn horloge en zag tot mijn schrik dat er al bijna veertig minuten waren verstreken sinds ik was afgelost aan de kassa. ‘Sorry, ik moet weer terug.’

‘Je weet het, hè, jongeman,’ zei Arie met dezelfde valse grijns als tijdens mijn sollicitatiegesprek. ‘Denk aan je kasverschil, anders wordt tante Els heel boos.’ Hij begon hardop te lachen.

'Let maar niet op hem,' zei Sanne. 'Werk ze nog!'

'Dank je, jij ook.' Haar warme blik bracht me weer terug in de sfeer van even daarvoor, en even voelde ik de verleiding haar hand vast te pakken en er een kus op te drukken om onze zalige kennismaking te bezegelen. Ik liep weg, zonder om te kijken, terwijl keer op keer een zinderend gevoel door mijn lichaam golfde.

84

Na school liep ik langs de openbare tennisbaan bij winkelcentrum Fazantenhof. Het was de plek waar ik vaak getennist had met Saleem, maar zelden met succes. Want in tegenstelling tot de tennisbaan bij Ganzenhoef, die omringd was door knoestige bomen en hoge struiken, lag deze aan een bedrijvig kruispunt waarop fietspaden uit alle richtingen bij elkaar kwamen. Het maakte dat ik me er bekeken voelde en zoveel mogelijk mijn onbetrouwbare backhand ontweek. Vaak bleven er mensen staan bij het hek rond de baan, of ze namen plaats op de omliggende bankjes en aanschouwden hoofdschuddend ons gepruts tussen de lijnen.

Terwijl ik aan Saleem dacht, zag ik plotseling iemand anders uit mijn vroege tienerjaren: Michel stond op het kleine grasveldje tegenover de tennisbaan. Zijn rechterarm hing als een dode tak langs zijn lichaam, zijn andere arm had hij om de hals van een vrouw geslagen die ik vaak door het winkelcentrum had zien dolen met heen en weer schietende ogen, alsof ze iets belangrijks kwijt was, maar niet wist waar ze moest zoeken. Niet zelden liet ze daarbij een vloek horen die zelfs in de Bijlmer ongepast was. En hoewel ze zo mager was dat haar vuile spijkerbroek steeds van haar magere kont gleed en talrijke wonden en zweren haar lichaam sierden, keek Michel haar aan alsof hij smachtte naar warmte en menselijkheid. Hij leek een ogenblik naar woorden te zoeken die dit moment van zeldzaam geluk voor hem moesten markeren, maar voordat zijn verdoofde geest hem de juiste zinnen kon influisteren, drukte de vrouw haar lippen zo hardhandig op zijn mond dat het leek of ze eruit begon te eten. Het was alsof zijn lippen en tong verscheurd werden door het wezen dat uit het rijk der doden leek te zijn ontsnapt. Michel duwde haar van zich af en bekeek haar met een plots opgelaaide hartstocht. Hij drukte zijn mond in haar hals alsof hij nu op zijn beurt van haar verziekte bloed wilde drinken. De vrouw wierp haar hoofd naar achteren en haar dunne haren bungelden aan haar uitgedroogde schedel terwijl ze kreunde en zijn naam riep. Michel raakte zo in vervoering dat zelfs zijn afgestorven armpje even leek te trillen van opwinding. Zijn linkerhand gleed over haar rug richting haar knokige billen en verdween ertussen. Steeds dieper zakte zijn hand weg alsof hij hoopte te vinden waar hij zo lang van verstoken was gebleven. Daarna maakte Michel de knoop los van zijn broek, die meteen van zijn billen zakte. Hij droeg geen onderbroek. Zijn gezwollen geslacht, dat vitaler was dan van zo'n vervallen lichaam als het zijne verwacht kon worden, was vanaf dat moment overgeleverd aan de klauwen van de hongerige vrouw. Als een bezetene trok ze aan zijn pik terwijl zijn gezicht vertrok alsof hij meer pijn dan genot ervaarde. Ze zakte door haar knieën, bracht haar gezicht naar zijn rijzende staf en leek toen te twijfelen. Ze duwde hem afkeurend van zich af, ging op de grond zitten en probeerde haar spijkerbroek uit te trekken, maar ze deed het zo gehaast en zonder beleid, dat ze erin verstrengeld raakte. Met zijn broek op zijn knieën en zijn pik fier overeind, bevrijdde Michel haar van haar broek en trok toen in een snelle beweging haar groezelige onderbroek omlaag. 'Neem me,' riep ze ongeduldig. Hij liet zich op haar vallen en kon zijn getekende lichaam met moeite opvangen met zijn linkerarm. Zijn geslacht zocht dat van haar, maar het duurde even, alsof hij het verleerd was. Toen het eenmaal zover was, begon hij te stoten met een onvermoede energie en levensdrift. Het was alsof Michel zijn oude krachten hervond terwijl hij het geknakte wezen onder zich bestookte met beuken die haar lichaam onmogelijk kon verdragen.

Mensen die langsliepen bleven gefascineerd staan en aanschouwden het bizarre paringsspel der verstotenen. En terwijl de vrouw onder Michel begon te kreunen, groeide de menigte. Er werd gejoeld en een enkeling klapte als aanmoediging. Maar er waren ook passanten die mismoedig het hoofd schudden alsof zich voor hun ogen de definitieve ondergang van de Bijlmer voltrok.

Nooit meer zou ik iemand zo onverstoorbaar zijn gang zien gaan als Michel die middag. Hij zette elke vezel, elke verweerde en ondervoede spier aan het werk om te doen wat gedaan moest worden. En terwijl de vrouw zijn hoofd naar zich toetrok, staarde ik naar het slappe armpje van Michel, het verstoten lichaamsdeel dat niet mee kon doen aan dit vleselijke spel.

'Walgelijk,' riep een donkere man. Hoewel het er misschien niet smakelijk uitzag, stoorde ik me aan zijn opmerking. Natuurlijk was het bezopen dat Michel dit deed op een plek waar kinderen langsliepen, maar misschien was het wel de laatste keer dat zijn gedoofde oerdrift opleefde, voordat de rest van zijn lichaam ook begon te haperen, en hij koortsig zou wegkwijnen in een stinkend hoekje in het trappenhuis, totdat ambulancebroeders zijn lichaam bij elkaar zouden vegen.

Plotseling was het voorbij. De vrouw wurmde zich onder Michel vandaan, trok haar onderbroek omhoog en kroop toen naar haar spijkerbroek toe. Michel ging op zijn rug liggen en hees zijn spijkerbroek omhoog. Even later strompelden ze het trappenhuis van de flat in waar Michel haar waarschijnlijk de heroïne zou injecteren die als tegenprestatie diende voor deze publieke vertoning.

85

Yurendell, Sonny en ik maakten ons op voor de wekelijkse wedstrijd die ik een paar maanden daarvoor had geïntroduceerd: het kassakampioenschap van Vomar. Wie was aan het einde van de maand de snelste kassamedewerker? De gemiddelde kassasnelheid lag op twintig gescande producten per minuut. Maar om in de top drie te eindigen en een bonus van vijf gulden te verdienen, was een score van minimaal vijfentwintig vereist, wat niet alleen een vaste hand maar ook een constant scantempo vereiste. Iedere woensdag werden de scores van alle kassamedewerkers in het kassakantoor opgehangen.

'Ey, je hebt nu echt een grote probleem, *swa*,' zei Yurendell hardop lachend terwijl hij Sonny op zijn schouder sloeg.

'Ja, *champ*, je kunt nu maar beter een goede smoes verzinnen,' zei ik handenwrijvend.

'Misschien merkt ze het niet,' zei Sonny die duidelijk nog geen kennis had gemaakt met het haviksoog van mevrouw Pauw.

'Mevrouw Pauw ziet alles,' zei ik.

'Ey, ik zeg je swa, ze maakt geen grapjes,' zei Yurendell die zich net als ik al leek te verheugen op de aanstaande schrobbering. 'Ze is erger dan Louis van Gaal.'

We beklommen de vier treden van het trapje naar het verhoogde kantoor, liepen langs de wand vol monitoren die aan de beveiligingscamera's waren gekoppeld en betraden toen het exclusieve domein van Els Pauw. Hier was zij de wetgevende en rechtsprekende macht ineen. De vergelijking met Van Gaal was nog een milde. Mevrouw Pauw begroette ons vriendelijk doch formeel en inspecteerde ons een voor een. 'Netjes,' zei ze toen ze eerst Yurendell en toen mij van top tot teen bestudeerde. Bij Sonny aangekomen sloeg ze haar armen over elkaar. 'Wat is dit?' Ze keek hem uitdrukkingsloos aan. 'Denk je werkelijk zo achter mijn kassa te kunnen plaatsnemen?'

'Ik weet het niet...' Sonny besloot het gezag van mevrouw Pauw te tarten. Yurendell en ik keken elkaar met samengeperste lippen aan.

'Wat zijn mijn voorschriften?'

'We moeten een werkjas aan en ons haar netjes kammen.'

'En?'

'Geen kauwgom in onze mond.'

'Wat nog meer?'

Sonny staarde zwijgend naar zijn gympen. 'Kan ik hem niet in de pauze halen?'

'Geen stropdas is geen kassawerk, is geen loon,' zei mevrouw Pauw zonder mededogen. 'Het is heel simpel.'

'Kan ik er niet een lenen van iemand?'

Ze hief haar wijsvinger. 'Jij gaat nu naar huis om je stropdas te halen! Laat dit de laatste keer zijn.'

Voordat de wedstrijd was begonnen, had onze grote concurrent al een flinke slag te verwerken gekregen. En alsof het nog niet fraai genoeg was, kreeg ik ook nog eens de snelste kassa toegewezen: nummer negen. Yurendell moest het doen met de kassa achter mij, nummer tien.

'Ik zou nog liever op mijn blote voeten tegenover mevrouw Pauw staan dan zonder stropdas,' zei ik gniffelend.

'Dat doe je gewoon niet, man.'

'*One down*,' zei ik. 'Het gaat nu tussen jou en mij.'

De drukte kwam vroeg die dag en hoe hard alle kassamedewerkers ook werkten, de rijen leken alleen maar te groeien. Tevreden keek ik toe hoe volle boodschappenkarren achter elkaar opgesteld stonden achter mijn kassa, want volle boodschappenkarren waren het beste middel om je kassasnelheid een machtige impuls te geven. 'Ey, wat een drukte, man,' riep Yurendell lachend.

'Lekker hè,' zei ik terwijl ik wenste dat Sanne haar lunch bij me kwam afrekenen zodat ze zou zien hoe virtuoos ik de kassa bediende.

Vlak nadat ik de boodschappen van een vrouw van in de vijftig begon te scannen, hoorde ik ineens: 'Hé swa, pak deze bonnetje hier. Snel, snel!' Ik keek op en zag een magere Antilliaanse man met een statiegeldbonnetje wapperen. 'Pak dan, swa.'

De dreiging was me meteen duidelijk: de ogen van de man zagen troebel en er hing een doordringende alcoholwalm om hem heen. Ik wist dat ik nu rustig moest blijven om de situatie te beheersen. 'Eén moment, meneer,' zei ik zo kalm mogelijk. 'Ik moet eerst deze mevrouw helpen, daarna kom ik bij u.'

De man sloeg met zijn hand op de toonbank waardoor het toetsenbord van mijn kassa op zijn plek schudde. 'Hé swa, geef me nu mijn geld!' Zijn gouden hoektand blonk in het tl-licht. 'Ik heb geen tijd voor grapjes.' Ik had hem vaak zien zitten op een bankje in het winkelcentrum met een groepje Antilliaanse mannen. Hij was de luidruchtigste van het stel. Een keer had ik gezien hoe hij op het Bijlmerplein door twee agenten een politiebusje in werd gewerkt. Hij verzette zich hevig en riep: 'alle politie moet dood.'

'Sorry meneer,' zei ik op een toon die om begrip vroeg. 'Ik kan u nog niet helpen, deze mevrouw moet eerst haar boodschappen afrekenen.' Maar de Antilliaan keek me alleen maar bozer aan. 'Mijn kassalade gaat nu niet open,' verduidelijkte ik. 'Maar ik ben bijna klaar, een klein momentje nog.'

'Doe niet moeilijk, swa, ik zeg je toch, ik heb geen tijd!' Hij pakte een zak krentenbollen uit de bak waar de gescande boodschappen in lagen en smeet hem naar mijn hoofd. Voordat ik kon reageren, troffen de krentenbollen me op mijn hoofd. 'Mijn geld, *conjo*, ik wil nu mijn geld!' riep hij alsof ik hem ondeugdelijk spul had verkocht.

'Blijft u alstublieft rustig, meneer,' probeerde ik. Maar hij luisterde niet en greep nu een krop ijsbergsla en gooide die in mijn richting. Dit keer hief ik mijn hand als een schild waarna de ijsbergsla op mijn schoot viel en daarna op de grond rolde. De man begon nu wild te trekken aan de houten plank in de bak die als scheidingselement diende. Hij rukte er met twee handen aan, maar kreeg het ding niet los. 'Mijn geld, swa!' schreeuwde hij waarna hij een pot aardbeienjam uit de bak greep.

'Meneer, niet doen,' riep ik verschrikt terwijl ik nu beide handen voor mijn gezicht hield.

'Je luistert niet?' Hij bewoog zijn arm naar achteren voor de worp waarmee hij me tot overgave wilde dwingen. '*Conjo*, swa, dan ga ik je pijn doen.'

'Meneer, wilt u even met mij meelopen?' Het was de Egyptische beveiliger Hossam die beheerst sprak. Hij legde een hand op de schouder van de Antilliaan terwijl hij hem met zijn andere hand de pot jam afhandig maakte. 'Laten we even die kant op lopen, dan kunnen we daar even rustig praten.'

‘Blijf van me af, swa!’

‘Ik blijf van u af als u even met mij meeloopt.’ Hossam legde de pot jam terug in de kassabak en hield zijn handen toen rustig op borsthoogte met de handpalmen naar de man toe gericht. ‘Er is niets aan de hand,’ zei hij breed glimlachend. ‘Ik ga u helpen.’ De Antilliaan keek alsof de zachte stem en glimlach hem verwarden en riep: ‘Die jongen is brutaal, swa. Geen respect voor mij.’ Toen Hossam opnieuw een hand op zijn schouder legde, liet hij zich opvallend rustig afvoeren. Ik keek hen na terwijl ik een grote hap lucht liet ontsnappen.

‘Ik dacht even dat hij je achter de kassa vandaan zou trekken,’ zei de vrouw voor me.

‘Ik ook.’ Mijn hartslag was nog steeds niet genormaliseerd.

Mevrouw Pauw kwam aangelopen. ‘Metin, gaat het?’

Ik knikte. ‘Ja, het gaat wel weer.’

‘Neem even pauze,’ zei ze en ze trok mijn deurtje open. ‘Drink een glaasje water in de kantine. Ik neem het van je over.’

Ik stond op en liep langs de kassa van Yurendell. ‘Man, gaat het?’

‘Ja, ja,’ mompelde ik en wrong me langs een paar boodschappenwagens en beende met grote passen naar de kantine. Terwijl ik boven de wasbak naast de koffieautomaat koud water over mijn gezicht goot, hoopte ik dat Sanne niet had gezien wat zich voor mijn kassa had afgespeeld.

Even later betrad Hossam de kantine. ‘Je mag je vriend wel bedanken,’ zei hij. Ik keek hem vragend aan. ‘Yurendell drukte als een gek op het alarmknopje, daardoor was ik er net op tijd bij.’

‘Dat wist ik niet.’

‘Gelukkig deed Yurendell dat, want die Antilliaan spoort niet, hij had een pistool op zak.’

Een rilling schoot door mijn lichaam. ‘Wat? Hoe weet je dat?’

‘Ik voelde het zitten toen ik hem onopvallend op zijn bovenlichaam klopte bij het naar buiten begeleiden.’

‘Wat... wat heb je toen gedaan?’

‘Niets, ik ben geen politieagent.’ Hij keek even om zich heen alsof hij niet afgeluisterd wilde worden. ‘Luister, mijn taak is ervoor zorgen dat er hier niet gestolen wordt. De rest is voor de politie.’

‘Heb je de politie wel gebeld?’ vroeg ik met een kleine stem, bang dat de Antilliaan me buiten zou opwachten.

'Niet nodig, ze kennen hem daar.' Hij schudde zijn hoofd. 'Man, ik was gestopt met roken, maar ik ga nu buiten even een peukje opsteken.'

Terwijl ik me afvroeg of de Antilliaan echt een pistool op zak had, wandelde Yurendell de kantine binnen. 'Gaat het?' vroeg hij opnieuw. 'Je ziet er echt bleek uit, man.'

'Die man had volgens Hossam een pistool op zak.'

'Verbaast me niets, die swa is echt een bad boy. Hij woont in mijn ooms flat en is berucht. Ze zeggen dat hij iemand heeft omgelegd omdat die hem slechte shit had verkocht.'

Het werd steeds erger. 'Fuck, dat meen je niet!'

'Jawel man, daarom heb ik ook meteen op het alarm gedrukt toen hij die krentenbollen naar je hoofd smeet.'

Ik sloot mijn ogen en ademde diep in. Daarna ademde ik door mijn mond uit tot alle lucht mijn longen had verlaten.

'Weet je wat hij laatst heeft gedaan toen hij een paar blikjes bier kwam afrekenen met een vriend?'

Ik wist niet of ik er klaar voor was om dat te horen, maar Yurendell wachtte niet op mijn reactie. 'Een Spaans uitziende man stond samen met zijn vrouw zijn boodschappen af te rekenen. Niets aan de hand, weet je. Dus die man wilde pinnen, hij doet een stapje opzij, maar stapt per ongeluk op de voet van onze Antilliaanse vriend. Ey, kan gebeuren, toch? Maar wat denk je dat die gekke swa deed? Hij flipte! Echt, hij begon die Spanjaard keihard op zijn bek te timmeren, en zijn vriend deed gelijk mee. Met z'n tweeën beukten ze op hem in.' Yurendell deed na hoe de Antillianen zwaaiden met hun vuisten. 'Maar ey, die Spanjaard verdedigde zich dapper voor zo'n klein ventje, ik zeg het je, swa, hij was moeilijk. Maar na een paar harde klappen, begon zijn neus flink te bloeden. Echt gruwelijk. Ze gaven hem nog een paar tikken en renden toen weg. Jongen, ik had echt medelijden met hem.'

'Jezus, wat een barbaren.'

'Ik zat aan de kassa erachter en zag alles gebeuren. Man, je moest de klanten horen schreeuwen.'

'Wat heeft Hossam toen gedaan?'

'Niets! Helemaal niets. Ik heb hem verteld dat ik die Antilliaan herkende en wist waar hij woonde, maar Hossam wilde de politie niet eens bellen.'

'Waarom niet?'

'Hij wilde geen problemen en zei dat ze hem niet genoeg betaalden om zijn leven te wagen.'

86

'Neem hem mee,' zei mijn moeder.

Mijn vader stopte een strandlaken in een plastic tas. 'Ik heb met vrienden afgesproken,' zei hij alsof dat mijn aanwezigheid bij voorbaat uitsloot.

'Des te beter, dan kan hij zijn Turks oefenen.'

Mijn vader wierp mij een vluchtige blik toe. 'Wil je mee?'

Ik wilde wel een ritje met de auto maken en een paar baantjes trekken in het buitenbad. En er waren vast veel schaars geklede meiden. 'Mij best.'

'Misschien wil Kaya ook mee?' vroeg mijn vader alsof hij mijn vriend had gemist.

'Die werkt vandaag.' En als hij niet had gewerkt, had ik hem toch niet meegevraagd, dacht ik, want nog een geanimeerd gesprek tussen Kaya en mijn vader over de Russische literatuur kon ik onmogelijk verdragen. Toen we even later op de galerij stonden, stopte mijn moeder nog snel een flesje zonnebrand in mijn vaders tas. 'Smeer hem goed in, vooral zijn schouders en rug.' En alsof ik een pasgeboren en doorschijnend zoogdiertje was dat hij in leven moest zien te houden, voegde ze eraan toe: 'Anders verbrandt hij.'

Mijn vader reageerde niet. Staand op de galerij stak hij een sigaret op, nam een diepe trek en knikte toen naar me ten teken dat ons gearrangeerde vader-zoon-uitstapje begonnen was. We liepen zwijgend door de binnenstraat. Met deze temperatuur was de stank van de overvolle vuilcontainers nog doordringender, maar niemand leek er acht op te slaan, alsof de geur onlosmakelijk verbonden was met de flat.

Ik bedacht dat mijn vader waarschijnlijk voor het eerst voordeel had van het feit dat het roken zijn reukvermogen had aangetast, en in een opwelling vroeg ik me af wat hij zou zeggen als ik hem om een peuk zou vragen.

De garage straalde zelfs met het schitterende zomerweer iets dreigends uit alsof er elk moment iets noodlottigs kon gebeuren. Vanaf de begane grond steeg geschreeuw op, en dichterbij werd met een hamer op een stuk staal geslagen, alsof iemand de wielophanging van zijn auto aan het bewerken was. En zoals hij geen acht had geslagen op de stank in de binnenstraat, zo negeerde mijn vader ook het kabaal in de garage. 'Doe je gordel om,' zei hij toen we in de Ford Sierra stapten die in deze rauwe omgeving iets onnatuurlijk vriendelijks uitstraalde, als een smetteloze poedel in een kooi met bebloede vechthonden.

Toen we de garage uitreden en het verblindende zonlicht vol op de voorruit scheen, trok mijn vader de zonneklep omlaag, zette de radio aan en draaide de volumeknop omhoog. Ik vroeg me af of hij dat deed zodat ik begreep dat hij niet wilde praten, maar ik had geen zin om daar lang bij stil te staan. Wat zou hij ervan vinden als ik op wereldreis zou gaan met Kaya? 'Wereldreis? Heb je soms een zonnesteek opgelopen, jongen?' zou hij vast zeggen. 'Je staat bijna aan de poorten van de universiteit, verpest het nu niet.'

Ik leunde achterover en terwijl ik me voornam om te genieten van de autorit, dacht ik aan Sanne, aan haar heldergroene ogen en volle lippen die ik wilde zoenen ondanks dat ze rookte. 'Vraag haar na het werk mee naar de Mac,' had Yurendell gezegd. 'Trakteer haar op een milkshake en als ze honger heeft ook een cheeseburger. Versier haar gewoon, weet je.' Maar wat zou ik dan moeten zeggen? En waar moest ik het met haar over hebben? Ze zou vast verveeld een L&M opsteken terwijl ik een stuntelende poging deed om een interessant verhaal te vertellen, waarna mijn kansen bij haar voorgoed verkeken zouden zijn.

We parkeerden voor het De Mirandabad. Toen we uitstapten hoorden we al het gegil van spelende kinderen. We betraden even later het grote grasveld waar mijn vader het strandlaken uitspreidde. 'Doe je zwembroek aan,' zei hij, alsof ik anders mijn kleren had aangehouden in de smoorhitte. Ik trok mijn spijkerbroek uit, wikkelde de badhanddoek die ik had meegenomen om me heen, en verwisselde mijn onderbroek voor mijn zwembroek. Vervolgens trok ik mijn T-shirt uit en nam plaats op het strandlaken. Inmiddels had mijn vader zijn Speedo aangetrokken die er niet alleen strak maar ook te klein uitzag. Elke zomer vroeg ik me af wat hem bezielde om dat miniscule zwembroekje aan te doen. Hoewel ik mijn moeder geen instructies had gegeven, had ze gelukkig een wijde zwembroek voor mij gekocht waardoor ik me bij onverhoopte opwinding iets kon permitteren. Maar met zo'n nauwe Speedo kon je je weinig veroorloven. Ik keek weg omdat ik niet naar mijn vaders kruis wilde staren. Toen ik eenmaal op mijn gemak was, gaf ik me over aan de heerlijke augustuszon en besloot eens rustig om me heen te kijken. Dit was het moment om mijn ogen de kost te geven. De vraag of de vrouwen hier ook topless zonden net als bij het Bijlmerbad, werd al snel beantwoord toen een vrouw zonder bovenstukje voorbij wandelde. En hoewel ze zich in de herfst van haar leven bevond, zagen haar borsten er begeerlijk uit.

Even later viel mijn oog op een prachtige brunette die uit een klassieke Italiaanse film uit de jaren zeventig leek te zijn gestapt. Ze liep heupwiegend onze kant uit en had weelderig bruin haar dat ze ondanks de hitte niet had opgestoken. Ze droeg een gebloemde rok en T-shirt met lage hals, en het was duidelijk dat ze geen beha droeg, want met iedere sierlijke stap bewogen haar borsten vrijelijk heen en weer alsof ze probeerden te ontsnappen aan de hitte onder haar shirtje. Haar sandaaltjes droeg ze nonchalant in haar linkerhand en haar schoudertas had ze om haar rechterschouder geslagen terwijl ze over het gras dartelde. Tot mijn geluk installeerde ze zich slechts een paar meter voor ons. Met trage bewegingen spreidde ze haar strandlaken uit over het gras, nam elegant plaats en deed haar rokje behendig uit. En in een soepele beweging en zonder enige schroom trok ze toen haar shirt over haar hoofd. Wat ik toen zag, benam me op slag de adem: haar zware borsten leken uit haar shirt te vallen, deinden even op en neer en presenteerden zich in volle glorie aan de gelukkige bezoekers van het zwembad. En toen haar grote bruine tepels werden blootgesteld aan de zomerzon, was het even alsof alles stilstond en er niemand in het water sprong uit eerbied voor deze prachtige brunette die zich verwaardigd had om deze dag hier samen met ons door te brengen.

Ik durfde niet met mijn ogen te knipperen om maar niets te missen van haar verrukkelijke verschijning, toch keek ik steels naar mijn vader die juist op dat moment tevreden een trek nam van zijn sigaret en met James Dean-achtige allure naar haar staarde. Hij merkte dat ik hem aankeek, maar hield zijn blik op de jonge vrouw die ons gelijktijdig in trance had gebracht.

Ze drukte kokosolie uit een flesje in haar hand en smeerde het uit over haar armen, schouders en gezicht. En terwijl de kokosgeur mijn neusvleugels bereikte en voor altijd verbonden werd met dit hemelse moment, deed ze daarna nog wat kokosolie in haar hand en smeerde die teder uit over haar borsten die ze een voor een door haar handen liet glijden en ze daarbij lichtjes indrukte. En alsof het de laatste zomerdag van het jaar was en ze de zon wilde verleiden om dichterbij te komen, richtte ze haar gezicht verleidelijk omhoog en stak ze haar glanzende borsten vooruit. Zoals ze daar zat, leek ze even op een volmaakt bronzen beeld uit een tijd die ik nog niet had bestudeerd, maar waar ik nu reikhalzend naar uitzag.

'Wil je niet even gaan zwemmen?' vroeg mijn vader alsof mijn aanwezigheid hem stoorde en hij alleen wilde genieten van het spectaculaire uitzicht. Ik schudde vastberaden mijn hoofd en wilde dat de prachtige brunette voor altijd mijn dromen zou beheersen. Het kon me niet schelen wat mijn vader ervan vond. Alsof hij zich gewonnen gaf, boog hij zuchtend voorover en sleepte de plastic tas naar zich toe. Ik dacht dat hij me ging insmeren zoals mijn moeder hem had opgedragen, maar nadat hij in de tas had gegraaid, trok hij er een boek met een flets beige omslag uit. Hij sloeg het open, keek vanonder zijn wenkbrauwen nog een laatste keer naar de zonnende vrouw, en begon toen te lezen.

Vier mediterrane mannen liepen met ferme stappen onze kant op en hoewel ik ze niet eerder had gezien, wist ik zeker dat het vrienden van mijn vader waren, niet alleen omdat ze ook Speedo's droegen, maar omdat ze net als hij meer behaard waren dan alle andere mannen die zich hier aan de zon hadden overgegeven. Maar bovenal straalden ze uit dat ze niet van hier waren, dat hun longen eens de gezegende Anatolische lucht hadden ingeademd en dat ze in hun kinderjaren de seizoenen op het land hadden zien veranderen, en in de brandende zomers minstens één keer naar de hoogvlakte waren afgereisd voor de noodzakelijke verkoeling. Deze mannen hadden in hun jeugd dorpsgenoten van mijn vader kunnen zijn. '*Vay*, Harun,' riep de langste van het stel toen hij mijn vader zag zitten. '*Iyi yer buldun*, je hebt een mooi plekje uitgezocht.' En terwijl hij de schone brunette passeerde, schonk hij haar zijn meest gulle lach die in de Anatolische dorpen waarschijnlijk alle jonge vrouwen blozend had doen wegkijken. De brunette keek op, niet om de glimlach in ontvangst te nemen, maar omdat de zon plotseling werd afgeschermd door de vier passerende mannen die tot stilstand waren gekomen toen ze voor ons stonden.

'Neem plaats, neem plaats,' zei mijn vader druk gebarend. Hij merkte dat de brunette zich stoorde aan de plotse zonsverduistering. De lange man excuseerde zich daarop bij de vrouw. Met een stem waar een aanstekelijke hartelijkheid in school, zei hij: 'Sorry, jongedame, we wilden niet de zon van je weghouden.' Ze reageerde niet, en met een afwezige blik die de mannen op afstand moest houden, sloeg ze de waterfles achterover die ze even daarvoor uit haar tas had gehaald. En terwijl het water haar fijne mond bevochtigde, door haar slokdarm gleed en haar zinderende lichaam even deed afkoelen, vond de zon haar weer en gaf ze zich opnieuw aan hem over met een toewijding die mij deed rillen van opwinding.

Zittend in het gras schudden de mannen mijn vader en mij de hand en terwijl ik tegen beter weten in hoopte dat ze snel zouden vertrekken, begonnen ze op luide toon verhalen uit te wisselen alsof ze mijn vader in geen jaren hadden gezien en de verloren tijd in één middag wilden inhalen.

Sneller dan ik had verwacht, draaide de brunette zich om en ging op haar buik liggen en gooide haar shirt daarna met een machteloos gebaar over haar hoofd ten teken dat de voorstelling voorbij was. En hoewel ze een prachtige rug had en haar ronde gebronsde billen als schitterende heuveltjes omhoog staken in het landschap dat gedomineerd werd door bleke lichamen, voelde ik een steek van teleurstelling. En toen de mannen ook nog begonnen te roken en hardop lachten, leek het of ik op het overvolle terras van een Turks koffiehuis zat. Ik stond op en riep, op een toon die minder afkeurend klonk dan ik van plan was geweest: 'Ik ga zwemmen.'

Mijn vader knikte achteloos. Toen ik wegliep, riep hij me ineens op de afstandelijke toon die hij altijd hanteerde in het gezelschap van anderen: 'Haal eerst wat bier voor ons.' Hij graaide in de plastic tas naar zijn portemonnee toen een van zijn vrienden riep dat het eerste rondje van hem was. 'Ga maar lekker zwemmen, Metin, let maar niet op je vader.' Maar mijn vader liet zich niet zo makkelijk aftroeven, en terwijl de grijze rook roerloos boven hun hoofd bleef hangen omdat er nog geen briesje wind stond, ontspon zich een discussie over wie het eerste rondje voor zijn rekening mocht nemen. Ik besloot niet af te wachten wie in dit typische Anatolische theaterstuk het laatste woord zou hebben en liep door om niet met flessen bier te hoeven zeulen in deze hitte.

Hoewel het zwembad vol spartelende tieners was en er van alle kanten iemand indook, glinsterde het water verleidelijk in de middagzon. Ik liep om het bad heen en besloot om eerst aan de kant te gaan zitten, en terwijl ik mijn voeten in het water liet zakken voor de welkome verkoeling, stond ik het mezelf voor het eerst toe om de twijfel toe te laten. Was het wel verstandig om met Kaya mee op reis te gaan? Zou ik de tijd die we in het buitenland zouden doorbrengen niet beter in mijn studie kunnen steken?

Aan de overkant voetbalden jongens van mijn leeftijd langs de waterkant. Ze schoten de bal hard over, maar al snel merkte ik dat ze het gemunt hadden op het groepje meisjes dat als een weerloze kudde merinoschapen tussen hen in stond. Een hard schot trof een van de meisjes op haar bovenbeen waarna ze een scherpe gil slaakte, en terwijl ze haar handen op de brandende plek drukte, begonnen de jongens te lachen. Ik wenste dat Kaya bij me was geweest zodat we deze lompe gasten een lesje konden leren. En juist op het moment dat ik om me heen keek of ik de badmeester ergens zag, dook er vlak voor me een donker meisje uit het water als een zeldzame zwarte meermin die uitsluitend in de tijd van de ontdekkingsreizigers in de Amazone voorkwam. Ze leek secondenlang roerloos tot aan haar middel uit het water te steken alsof de zwaartekracht geen vat op haar mythische lichaam had en de natuurwetten speciaal voor haar herschreven moesten worden. Maar langzaam veranderde ze in een gewone sterveling, en alsof de junglerivier had besloten haar weer op te slokken, zakte ze langzaam weg in het water als een visioen dat in het niets oplost. Met gesloten ogen zocht ze de kade en we schrokken allebei toen haar handen die niet vonden maar mijn onderbenen vastgrepen. Tot mijn spijt liet ze me meteen weer los en wreef ze met haar handen het water uit haar ogen. Daarna keek ze me aan met haar volmaakte bruine ogen waarin een moment de diepte van de Amazone weerspiegeld leek. Ze waren, net als de rest van haar duizelingwekkende verschijning, gemaakt om eindeloos bewonderd te worden.

'Sorry, ik zag je niet,' zei ze en ondanks de lange duik die vooraf gegaan moest zijn aan haar plotselinge verschijning, klonk haar stem kalm alsof ze geen longen maar machtige kieuwen had.

'Maakt niet uit, hoor.' Ik verbaasde mezelf door mijn hand naar haar uit te steken: 'Heb je een handje nodig?'

En alsof ik me in een droom bevond waarin alles ging zoals ik het wenste, en ik de onbevangenheid bezat die ik gewoonlijk miste, glimlachte ze naar me. 'Dank je, maar het lukt wel, hoor.' Ze dreef naar de kant en hees zich vervolgens in een soepele beweging omhoog, en terwijl ik door de aanblik van de rest van haar glanzende lichaam zeker wist dat ze geen vissenstaart bezat, en de mythe toen definitief van haar afgleed, glinsterden haar donkere borsten vrijelijk in de zon. Hoewel ik een paar seconden verstoken bleef van zuurstof en mijn ogen wijder werden, probeerde ik zo ontspannen en waardig mogelijk te kijken, en om de aandacht af te leiden van het feit dat ik onbeschaamd naar haar lichaam staarde dat slechts in een rood zwembroekje was gehuld, zei ik: 'Volgens mij heb je een flink stuk gedoken.'

Ik zag nu dat ze een paar jaar ouder moest zijn dan ik. 'Ja, maar het is heel druk in het water, het viel niet mee.' En terwijl ze even vooroverboog om haar adem te hervinden, droop het water nog steeds van haar strakke lichaam.

'Zit je op zwemmen?' vroeg ik. Ze glimlachte en op dat moment voelde ik niet alleen een warm gevoel in mijn onderbuik, maar besloot ik ook dat ik alles van haar wilde weten, en als het ook maar een beetje goed zou gaan, zou ik al mijn moed bij elkaar rapen om haar telefoonnummer te vragen.

'Nee joh, zag je niet hoe onhandig dat net ging?' Ze begon ineens te lachen alsof ik iets grappigs had gezegd: 'Ik greep je bijna bij je... euhm, je weet wel... haha!' En terwijl ik het betreurde dat dat niet gebeurd was, begon ik schaapachtig te lachen. 'Ik zit op tennis,' zei ze. 'En turnen, maar dat doe ik alleen omdat het moet van mijn coach. Het is goed voor mijn voetenwerk op de baan.'

'Je coach?' Ik had niet eens de basistechnieken van het tennis uitgelegd gekregen, laat staan dat iemand mij ooit gecoacht had. Saleem en ik hadden onszelf leren tennissen door urenlang naar Sampras en Agassi te kijken. 'Ben je soms proftennisser?'

'Was het maar waar.' Ze leunde ontspannen achterover en wreef toen over haar buik die plat en gespierd was. 'Ik krijg privéles op de club,' zei ze terwijl ze net als ik even naar haar borsten staarde die zonder twijfel die van de brunette qua schoonheid evenaarden.

'Ik tennis ook,' zei ik, zonder erbij te zeggen dat ik dat deed met een houten Slazenger die waarschijnlijk lang voor mijn geboortejaar was gefabriceerd en waarvan de spanning al vele jaren beneden peil was. Ik had hem op Koninginnedag voor een gulden op de kop getikt en er twee versleten tennisballen bij gekregen.

'Wat leuk, waar speel je?' vroeg ze met een enthousiasme dat mij aanmoedigde om de beste versie van mezelf aan haar te presenteren.

'O, gewoon... op de tennisbanen in de Bijlmer.'

'Tennisbanen in de Bijlmer?'

'Ja, de openbare tennisbanen tussen de flats, weet je wel.' Ik keek haar vragend aan. 'Ken je die niet?'

'Nee, ik speel alleen op de club, in de zomer op gravel en in de winter in de hal.'

'Ik speel altijd op asfalt, in de zomer en de winter.' En terwijl ik zag dat ze naar me glimlachte, voegde ik eraan toe: 'Zelfs als het sneeuwt, haha...'

Juist op het moment dat ik haar wilde vragen of ze een keer met me wilde tennissen, gleden er twee grote handen langs haar hals omlaag en grepen haar onbeschaamd bij haar borsten. Ze draaide zich om en duwde de donkere jongen die boven haar gebogen stond van zich af. 'Donder op, Dwight!' schreeuwde ze. 'Je weet dat ik daar niet van hou.' De jongen begon hardop te lachen en sloeg in zijn handen van plezier. 'Ik zou je een klap moeten verkopen.'

'Lekker, doe maar!' zei de jongen met een ondeugende lach. Hij was niet alleen breed, maar had ook een enorme pens. 'Bryan en Melissa gaan naar huis, als we nog willen meerijden, moeten we nu gaan.' Ik hoopte dat hij niet haar vriendje, maar een vervelend maatje was dat bekend stond om zijn brutale streken, en dat dit de eerste en laatste keer was dat hij aan haar had gezeten.

Ze keek me een moment aan met haar donkere ogen en tikte me toen amicaal op mijn schouder waardoor de koelte van haar hand in mijn huid drong. 'Ik vond het leuk je even te spreken,' zei ze en ze stak een hand naar me op terwijl ze opstond. 'Misschien komen we elkaar wel een keer tegen op de tennisbaan.'

'Dat zou leuk zijn,' zei ik. 'Je weet waar ik speel.' En terwijl ze 'doei' zei, overwoog ik of ik haar naam moest vragen, maar ik wist dat ik het moment voorbij had laten gaan, hoewel alles daarvoor als in een droom was verlopen, totdat een stoorzender ons moment had verpest.

Alsof ik hoopte dat ik nog een vleugje van haar aanwezigheid zou bespeuren, liet ik me langzaam in het water zakken op de plek waar ze tevoorschijn was geschoten als het mythische wezen waar ik haar even voor had gehouden.

Ik kwam er pas uit toen ik merkte dat het rustig was geworden in het bad. Een paar oude mannen trokken baantjes. Toen ik terugliep naar onze plek zag ik al van een afstand dat de brunette was vertrokken. De vrienden van mijn vader lagen in het gras te slapen.

'Waar was je?' vroeg mijn vader terwijl hij opkeek van zijn boek. Zijn gezicht was zo gebronsd dat het leek of hij dagenlang door Izmir had gezworven terwijl de genadeloze augustuszon hem op de voet had gevolgd.

‘Bij het zwembad,’ antwoordde ik.

‘Ik heb wat friet en cola voor je bewaard.’

Terwijl ik een hap van een koud frietje nam, verdween de zon achter een hoog flatgebouw.

87

Mijn zus en ik liepen door de Amsterdamse Poort. Op het plein voor de McDonald's laafden mensen zich aan de laatste warme zonnestralen van het jaar. Ik begon te watertanden toen ik twee Surinaamse vrouwen gulzig een gegrilde kippenbout naar binnen zag werken op het terras van snackbar Pitstop. Een groep uitgelaten Antilliaanse mannen zat op de houten bankjes aan de rand van het plein. Ze leken herinneringen op te halen aan hun van zon en warme passaatwinden vervulde jongensjaren in Willemstad, een oceaan verwijderd van de grauwe betonnen reuzen waar ze nu resideerden. De schaafijsman was er ook. Na een paar dagen vol sluierregens deed hij weer goede zaken. Een bescheiden rij had zich voor zijn kar gevormd.

'Waarom ben je eigenlijk geneeskunde gaan studeren?'

'Anne en baba vonden dat een geschikte studie voor mij,' zei mijn zus.

'Maar dat vond je zelf toch ook?'

Een dikke zwarte lok viel voor haar ogen. Ze duwde hem weg terwijl ze voor zich uit staarde. 'Eigenlijk leek Europese Studies me veel leuker, zeker na de open dag die ik had bijgewoond, maar anne en baba vonden dat te vaag klinken.' Ze zuchtte. 'Ik twijfel nu of ik van studie moet wisselen.'

'Geneeskunde lukt jou wel,' zei ik, alsof het geen pas gaf om mijn ouders af te vallen. Ik had altijd een groot vertrouwen in mijn zus gehad. Als het op school aankwam, bezat ze een jaloersmakend doorzettingsvermogen. Zij had nooit op het randje van capitulatie gestaan, noch hadden haar leraren ooit openlijk aan haar getwijfeld. Integendeel, het was de plek waar haar zelfvertrouwen werd gevoed en waar zij kon ontsnappen aan de verstikkende thuissfeer.

Bij Fazantenhof naderden we een groep junks. Sommigen lagen uitgeteld in een donkere hoek van het viaduct, anderen doolden verdwaasd rond. Hoewel ik wist dat ze nauwelijks een bedreiging voor ons vormden, moest ik mezelf steeds moed inpraten voor ik hen durfde te passeren. Altijd bedelde er wel een om een paar kwartjes, en ik was meerdere malen getuige geweest van vechtpartijen tussen uitgemergelde junks die met hun magere armen krachteloos naar elkaar uithaalden. Ik had ook gezien hoe ze elkaar zonder mededogen hadden bewerkt met schroevendraaiers of messen tot een van hen bloedend bleef liggen.

'Het wordt steeds erger,' zei mijn zus.

'De junks?'

'De Bijlmer,' antwoordde ze.

'Ja,' zei ik terwijl ik dacht aan iedereen die de Bijlmer de laatste jaren had verlaten. 'Iedereen gaat weg.'

'Het wordt tijd dat wij ook vertrekken.'

'Waarheen?'

'Maakt me niet uit, als het maar ver weg is van hier.' Ik had haar niet eerder zo horen praten over onze wijk. 'En als we maar niet weer in een flat gaan wonen.'

Het werd inderdaad tijd dat wij ook vertrokken. Na Saleem en Floyd waren steeds meer mensen de Bijlmer ontvlucht, alsof zij het startschot hadden gegeven voor de langverwachte en overmijdelijke exodus. De laatste jaren waren er geen nieuwe bewoners voor teruggekomen, zelfs geen Ghanezen of Nigerianen zoals aan het begin van de grote uittocht, waardoor de leegstand steeds schrijnender werd en de flats verworden waren tot spookgebouwen. De meeste appartementen op onze verdieping stonden nu zelfs leeg en er was niets meer over van de levendige en dichtbevolkte flat van mijn jeugd waar het op elke verdieping krioelde van de kinderen waar Floyd en ik mee konden spelen. De leegte en stank overheersten nu en de trappenhuizen waren steeds meer een onbegaanbaar gebied geworden waar junks zich niet alleen terugtrokken om zich te verdoven en ontsnappen aan de wereld die hen uitkotste, maar ook om hun behoefte te doen. Hoe meer mensen er vertrokken, hoe minder er werd schoongemaakt door de woningcorporatie en hoe langer herstelwerkzaamheden in de trappenhuizen, binnenstraat en aan de liften werden uitgesteld, of zelfs afgeblazen. En steeds vaker hoorden we dat appartementen die lang leegstonden werden gekraakt door junks of daklozen.

Steeds vaker zagen we mensen die we niet eerder hadden gezien onbeschaamd rondscharrelen op onze galerij. Als je hen passeerde, keken ze je aan alsof niet zij, maar jíj de indringer was.

'Ik ga misschien op wereldreis met Kaya.'

'Wat?'

'Hij vroeg me een tijdje geleden mee.'

'Wanneer? Hoelang?'

'Meteen na ons eindexamen,' zei ik aarzelend alsof ik het zelf nog niet geloofde. 'We gaan richting het oosten, Beiroet, Bangkok, Tokyo en daarna misschien ook naar Buenos Aires. We blijven waarschijnlijk een jaar weg.'

'Jezus...'

Ik had mijn zus zelden zo verbaasd zien kijken. 'Wat is er? Vind je het onverstandig?'

'Metin, je bent niet eerder zonder ons op vakantie geweest en je hebt zelfs nog nooit in een vliegtuig gezeten, en nu wil je helemaal naar Bangkok, Tokyo en al die andere plaatsen, en een jaar wegblijven?'

Haar toon deed mijn twijfel weer oplaaien. 'Moet ik het niet doen, vind je?'

'Dat is aan jou,' zei mijn zus. Dat verwarde me, niet eerder had iemand van ons gezin dat tegen mij gezegd. Het was nooit aan mij geweest, want alles had altijd moeten passen in het door mijn ouders vooropgezette plan, alles had altijd verstandig moeten zijn. 'Heb je het anne en baba al verteld?' En daar was het al!

'Nog niet... ik weet toch al hoe ze gaan reageren.'

'Dat weet je niet, leg ze gewoon uit waarom je het graag wil.'

'Ze zullen het niet begrijpen en bang zijn dat er straks van studeren niets meer terechtkomt.'

'Baba zal het vast wel begrijpen,' zei mijn zus terwijl ze op veelbetekenende wijze grijnsde. 'Ha, hij zal je zelfs benijden. Anne wordt veel lastiger. Ze krijgt nog een hartaanval als ze het hoort.'

'Ik weet het.'

Nu ik toch zo openhartig was, vroeg ik me af of ik mijn zus over Sanne moest vertellen. Misschien had zij, als vrouw, beter advies dan Yurendell. Maar ik besloot het voor me te houden. Dit was niet het juiste moment. Even later betraden we de lifthal van onze flat en drukte mijn zus haar neus dicht. Een penetrante urinelucht, die nog intenser rook dan op andere dagen, sloeg ons in het gezicht. 'Walgelijk,' zei ze met nasale stem. Maar de meur die in de lifthal hing, verbleekte in het geheel bij wat we roken toen we de liftdeur opentrokken: daar, midden in de lift, lag een dampende drol, een verse hoop mensenstront, lichtbruin en vettig te walmen.

Mijn zus gilde. 'Gadverdamme! Doe die deur dicht, doe snel die deur dicht.' Ze rende de lifthal uit, hapte buiten naar lucht en begon kokhalsgeluiden te maken. Ik liep achter haar aan. 'Ughh... ik ga over mijn nek,' zei ze vol walging in haar stem. Ze steunde met haar handen op haar knieën en begon te hoesten alsof ze een paar uur daarvoor een lading bedorven sardientjes naar binnen had gewerkt, maar er kwam niets uit haar keel.

'Rustig maar,' zei ik. 'Haal een paar keer diep adem, dan gaat het wel weer.'

Ze kwam overeind met betraande ogen. 'O man, wat was dat smerig.'

Ik spuugde op de grond en knikte. 'Laatst stapte ik in de lift met een man en een jongetje van een jaar of vijf. Dat jongetje moest nodig plassen, en toen de lift in beweging kwam, trok die man het piemeltje van die jongen uit zijn broek en liet hem pissen in de lift, gewoon waar ik bij stond. Echt, ik zweer het je, het kletterde zo op de grond. Die gast bewoog dat slurfje als een tuinslang heen en weer en richtte het op de liftwand en de liftdeuren die we passeerden.'

'Dat meen je niet! Wat deed jij toen?'

'Ik drukte mezelf tegen de liftwand om niet ondergespetterd te worden en riep: "Wat doe je?" Hij keek me aan en begon te lachen.'

'Ongelooflijk, wat was het voor iemand?'

'Ik weet het niet, zo'n Zuid-Amerikaans type. Hij leek een beetje op die ene gast, de partner van Sonny Crockett in *Miami Vice*, maar dan iets lichter.'

'Ricardo Tubbs?'

'Ja die!'

'Misschien was hij wel stoned.'

'Ja, of gestoord.'

'Of allebei.'

We lachten. 'Laten we de trap pakken,' zei ik.

Mijn zus keek me weifelend aan. 'Ik ga nooit met de trap.'

'Vanwege de junks?'

'Ja, en de viezigheid.'

'We zijn nu samen,' zei ik. 'Ik ga wel voorop.'

Via het viaduct onder onze flat liepen we naar het trappenhuis. Ik duwde de klapdeur open en keek meteen in de hoek of ik iemand op de grond zag liggen zoals een paar dagen eerder. Er lag niemand, maar gelet op de dekens, stukken karton en het zilverpapier op de grond, had er waarschijnlijk vanochtend nog iemand liggen slapen of gebruiken. Ook hier rook het naar opgedroogde urine, maar de stank was minder penetrant, alsof die was verflauwd door de scherpe drugswalmen en de wind die door de kapotte ramen naar binnen joeg. 'Loop snel door,' zei mijn zus. Op de tweede verdieping duwde ik de klapdeur open naar onze lifthal. Toen we onze galerij betraden, riep mijn zus: 'Eindelijk frisse lucht. Ik ga meteen de huismeester bellen dat hij die stront uit de lift moet laten weghalen.' Ik dacht aan de man die het jongetje in de lift had laten plassen. Misschien had hij wel in de lift gepoept. Of het jongetje.

'Metin!' riep mijn zus ineens nadat ze de voordeur had geopend. Ik hoorde de schrik in haar stem. 'Kijk, de balkondeur.' De gordijnen in de woonkamer waaiden alle kanten op alsof er een windmachine op gericht stond en de balkondeur stond wagenwijd open.

'Misschien zijn anne en baba thuis?'

'Er klopt iets niet,' zei ze met grote ogen. 'Ik voel het.'

'Zal ik kijken?' vroeg ik hoewel ik meteen betwijfelde of dat een goed idee was.

'Nee, blijf hier, gek, misschien zijn er inbrekers binnen.' Zonder op mijn reactie te wachten, drukte mijn zus op de bel naast onze deur. Secondenlang klonk een schel geluid. Toen ze haar vinger van de bel haalde, was er alleen een onheilspellende stilte. Er schoten geen schimmige figuren voorbij, noch kwamen mijn ouders tevoorschijn. Hoewel inbrekers altijd mijn nachtmerries hadden gedomineerd, was ik nu verbazingwekkend kalm. 'Misschien moeten we nu toch kijken,' zei ik.

'We kunnen beter eerst de politie bellen.'

'Maar misschien is er helemaal niet ingebroken.' Ik zette een voet over de drempel.

'Wie je ook bent, maak dat je wegkomt!' riep mijn zus. 'We zijn thuis!'

We wachtten een paar seconden en liepen toen door. Mijn zus liep vlak achter me en trok aan mijn jas. 'Laat los en hou een beetje afstand,' fluisterde ik. 'Anders kunnen we niet vluchten als het nodig is.' Ik wierp snel een blik in de keuken, maar daar was niemand. Toen ik in de deuropening van de woonkamer stond, zag ik het meteen: het radio-cassettedeck dat op het kastje van de platenspeler stond, was weg. 'De radio is weg!'

'Verdomme, ik zei het toch,' zei mijn zus terwijl ze me op mijn arm sloeg.

Ik draaide snel mijn hoofd naar de Sony-tv, die stond er nog, maar de Sharp-videospeler eronder, die mijn vader ooit had gekocht van een man die hem zonder gebruiksaanwijzing in een plastic tas had meegenomen naar de Turkse vereniging was verdwenen. 'Klote, de video is ook weg.'

'O nee!' jammerde mijn zus ineens. 'O nee! Mijn stereotoren… ooo, ik hoop zo dat ze die niet hebben meegenomen.'

'Laten we gaan kijken,' zei ik terwijl ik voorvoelde dat mijn zus even later van ontzetting zou gillen.

Ze trok me terug de hal in. 'Wacht, wacht… laten we eerst een mes pakken uit de keuken.'

'Zodat we ermee kunnen dreigen?'

'Nee, zodat we ze kunnen afmaken!' zei ze verbeten.

Ik trok de besteklade open, greep het grootste vleesmes dat er lag en waande me even Wolverine van de X-mannen. En even, heel even, voelde ik me sterker dan ooit. 'Is dit goed?' Mijn zus knikte. 'Moeten we toch niet de politie bellen?' vroeg ik.

'We gaan eerst kijken,' zei ze alsof we dit klusje zelf konden klaren.

'Maar… misschien schuilen ze wel in jouw kledingkast, misschien zijn ze daarin gekropen toen jij aanbelde, en wachten ze ons daar nu op.'

De kleur trok uit haar gezicht. 'We gaan naar buiten!' riep mijn zus ineens. 'Snel naar buiten, weg hier!'

Met het mes in mijn hand rende ik naar buiten, achter mijn zus aan en riep: 'Laten we de politie bellen bij meneer Rolf.' We renden meteen door naar het einde van de galerij. Meneer Rolf deed pas na een halve minuut open, nadat hij door het keukenraam had gegluurd en daarna traag het slot had ontgrendeld. Hij stond in zijn groezelige beige kamerjas voor ons. Zijn lange grijze haren stonden overeind alsof hij met moeite uit de diepte van zijn vuilnisbelt was gekropen.

'Eindelijk kom je weer eens langs, jongen.' Hij keek me onderzoekend aan. 'Wat is er, je kijkt alsof je Satan zelf in de ogen hebt gekeken.' Hij wierp een blik op het mes in mijn handen. 'En wat moet je met dat slagersmes?'

'Meneer Rolf, er is ingebroken in ons huis,' zei ik gehaast terwijl ik het mes omhoog hield alsof ik verhaal kwam halen. 'Ze hebben spullen meegenomen.'

'O, jakkes.' Hij wreef over zijn stoppelige kin. 'Heb jullie de politie al gebeld?'

'Nog niet, we zijn bang dat ze nog binnen zijn.'

'Ze? Hoe weet je dat er meerdere inbrekers zijn? En hoe weet je dat ze er...'

Mijn zus onderbrak hem: 'Meneer Rolf, mogen we uw telefoon gebruiken? Ze zijn misschien nog binnen. We moeten snel zijn.'

Hij wreef over zijn hoofd. Ik zag dat we hem overvielen en dat hij het liefst de deur weer dicht wilde doen zodat zijn huis weer hermetisch was afgesloten voor de harde en luidruchtige wereld. 'Nou... het is eigenlijk een beetje rommelig binnen... ik heb nog geen tijd gehad om op te ruimen.' Ik vermoedde dat hij niet wilde dat mijn zus zou zien in wat voor omstandigheden hij leefde. Maar ze had al een stap naar voren gedaan. 'Dat maakt niet uit,' zei ze gejaagd. 'We willen alleen even bellen.'

Meneer Rolf deed zuchtend een stap opzij waarna mijn zus naar binnen stapte, maar na een paar passen stond ze abrupt stil. Ik wist dat meneer Rolf rommelig was, maar ik was al een paar jaar niet bij hem langs geweest. Alsof zijn huis in de tussentijd was overstroomd, had de puinzee van de woonkamer nu alles in de hal verzwolgen. Tot op kniehoogte lagen overal volle vuilniszakken, kleren, oude kranten, tijdschriften, pakken melk en ondefinieerbare rommel. Een weeïge lucht vol zure en zoete aroma's omstrengelde ons, terwijl mijn zus onbevreesd door een oceaan aan rommel waadde die in beweging kwam en elk moment de galerij leek te kunnen overspoelen.

'Ik had jullie gewaarschuwd,' stamelde meneer Rolf. Maar de rommel in de hal was niets vergeleken bij wat we in de woonkamer aantroffen: de puinzee was hier wel anderhalve meter hoog. De plek waar ik had gezeten tijdens onze gesprekken, was compleet overwoekerd door reclamefolders, paperassen, fruitresten en pakken Brinta. Ik plaatste mijn hand zo onopvallend mogelijk op mijn neus, zodat het leek of ik in gedachten verzonken was.

'Waar is uw telefoon?' riep mijn zus paniekerig alsof een puingolf haar elk moment naar de diepte van de drek kon meevoeren.

Meneer Rolf wees naar de hoek. 'Bij die stoel.' Maar er was nergens een stoel te bekennen in de vuilnisbelt die voor zijn huis moest doorgaan. 'Wacht, ik pak hem wel.' Meneer Rolf baande zich een weg naar voren, wadend door het vuil. Plotseling stond hij stil, verschoof een paar stapels kranten, gooide wat vuilniszakken aan de kant en graaide toen met zijn arm in de vuiligheid, alsof het een grabbelton op de kermis was. Hij haalde zowaar een telefoon tevoorschijn, een ding uit een andere tijd met een draaischijf en net zo'n groezelige beige kleur als zijn kamerjas. Hij bekeek hem verbaasd alsof hij hem in de jaren zeventig voor het laatst had gezien, nam toen de hoorn op en bracht hem, alsof hij een verboden handeling verrichtte, voorzichtig naar zijn oor. Hij luisterde even en schudde toen zijn hoofd. 'Sorry, ik heb hem al een tijdje niet gebruikt... volgens mij ben ik afgesloten.'

Mijn zus en ik keken elkaar vol ongeloof aan. 'Weet u bij wie we wel kunnen bellen?' vroeg mijn zus.

'Mevrouw Kooistra,' zei hij meteen op besliste toon. Hij wees omlaag alsof haar lijk zich ergens tussen de rommel bevond. 'Ze woont op één hoog, recht onder mij, en is de aardigste vrouw die ik ken. Zeg maar dat ik jullie heb gestuurd.'

We bedankten hem en spoedden ons naar buiten.

'Ik kon bijna geen adem meer halen,' zei mijn zus in het Turks toen we op de galerij stonden. 'Mijn god, wat was dat?'

Ik wilde meneer Rolf niet afvallen, maar waar wij zojuist getuige van waren geweest, tartte ook mijn bevattingsvermogen. 'Ja, het was heel erg,' antwoordde ik in het Turks, wat de situatie er alleen maar vreemder op maakte, want mijn zus en ik spraken nooit Turks met elkaar.

We liepen naar het trappenhuis toen we meneer Rolf hoorden roepen: 'Metin, steek dat mes onder je broekband, anders bezorg je mevrouw Kooistra een hartaanval op haar oude dag.' Hij begon te lachen, en pas op dat moment viel me op dat hij een paar voortanden miste.

'Ja, meneer Rolf,' zei ik. We daalden de trappen af naar de eerste verdieping, maar toen we voor het appartement stonden waar meneer Rolf op doelde, zagen we dat op het naambord niet Kooistra maar Mensah stond.

'Misschien bedoelde hij de woning ernaast,' zei mijn zus.

Ik deed een paar passen richting het buurappartement, maar dat stond leeg. 'Hier woont niemand, het moet daar zijn.'

Mijn zus belde aan. Een Afrikaanse man met een ronde buik deed open. In vergelijking met meneer Rolf was deze man een frisse verschijning in zijn gele pantalon en kraakwitte overhemd met korte mouwen. De man, die me deed denken aan onze Ghanese buurman Kwame, keek me vragend aan terwijl een heerlijke geur van gebakken groenten uit zijn huis drong. '*Yes?*'

'*Good afternoon*,' zei mijn zus. '*Can we please use your phone? We have to call the police.*'

'The police?'

'*Yes, there is a burglar in our house.*'

'*I see, come in, come in.*'

Net als zijn verschijning was ook het appartement van de man keurig. Er lag een zeil met houtmotief op de vloer en het rode leren bankstel was zichtbaar nieuw. Een fles Guinness rustte op de glazen salontafel. De man wees naar de telefoon die op een houten tafeltje naast de bank stond. '*Please*,' zei hij met een uitnodigend gebaar.

Terwijl mijn zus het alarmnummer intikte, viel mijn oog op een aquarium in de hoek van de woonkamer waarin drie tropische vissen traag heen en weer zwommen. Ik vroeg me af of meneer Mensah ze zelf had opgevist uit de diepe wateren van West-Afrika. Mijn zus sprak gehaast en op een dwingende toon alsof ze bang was dat haar melding anders niet serieus zou worden genomen. 'Ja, we missen spullen, ja. Stuurt u alstublieft snel iemand.'

'*Good luck*,' zei de Ghanees toen we naar buiten liepen. '*I hope the police will catch him.*'

Pas drie kwartier later arriveerde de politie. We stonden zekerheidshalve zo'n dertig meter van ons appartement te wachten op de galerij. Nadat de agenten een korte inspectie hadden uitgevoerd, mochten we naar binnen om te zien wat er ontvreemd was. De vrees van mijn zus werd bewaarheid: de stereotoren die ze met de verdiensten van haar bijbaan bij de Blokker had gekocht, was verdwenen. Ook haar juwelenkistje en dat van mijn moeder ontbraken. 'Vuile klootzakken!' riep mijn zus onbeschaamd. 'Klotedieven.'

Die avond, toen mijn vader weer eens zijn eten uit een pannetje naar binnen schrokte voor de tv, voegde mijn zus zich bij ons op de bank en nam het woord. 'Ik wil dat we zo snel mogelijk verhuizen,' zei ze. 'Ik voel me hier niet meer veilig. Dit is al de derde inbraak sinds we hier wonen en dit keer hebben Metin en ik de inbrekers bijna op heterdaad betrapt.' Bij de eerste twee inbraken was er tot onze verbazing weinig meegenomen. Alleen de radio en een messenset, die we cadeau hadden gekregen van mijn oom, waren toen ontvreemd. Het leek of de inbrekers waren teruggekeerd om af te maken waar ze toen aan begonnen waren.

'We gaan ook verhuizen,' zei mijn vader, alsof er reeds lang geleden een besluit was genomen. Maar het was pas de eerste keer dat het woord verhuizen over zijn lippen kwam.

'Wanneer?'

Mijn vader nam een hap van zijn rijst met aardappelen en kip en zei smakkend: 'Zodra ik de verhuisvergoeding van de gemeente ontvangen heb.'

Mijn zus nam geen genoegen met zijn antwoord. 'Wanneer krijg je dat geld dan?'

Ik zag dat mijn vader zich stoorde aan de manier waarop zijn dochter hem tijdens het eten ondervroeg, maar hij wist ook dat ze overstuur was. 'Geen idee,' zei hij onverschillig. 'Misschien volgend jaar.'

'Ik wil hier niet zo lang meer wonen.' Haar stem sloeg over.

'Ik ook niet,' zei ik om haar bij te vallen. 'Iedereen is hier al vertrokken, de halve flat staat nu leeg. We wonen hier tussen de junks en criminelen.' Dat laatste was misschien wat overdreven, maar ik wilde een punt maken en we hadden nu eindelijk de aandacht van onze vader.

'De kinderen hebben gelijk,' zei mijn moeder. Het klassieke front was nu compleet. 'Ik wil niet dat ze nog langer langs al die junks moeten lopen.'

'Ik ga hier niet zomaar weg, Asena.' Mijn vader veegde zijn mond af aan een stuk keukenpapier. 'Als ze zo achterlijk zijn om deze flat, waar helemaal niets aan mankeert, te slopen, dan moeten ze me een vergoeding en een nieuw appartement geven.' Hij haalde zijn neus op. 'Die vuile kapitalisten willen geld verdienen door de arme mensen te verjagen en hier straks dure huizen neer te zetten. Als ze mij weg willen hebben, moeten ze de buit met me delen.' Als mijn vader nu ook nog zou roepen dat hij een communist was, dan zou ik net als mijn zus mijn stem verheffen. Ik kon het woord 'communist' niet meer horen.

'Laat die vergoeding zitten,' zei mijn zus. 'Ik betaal desnoods wel mee aan de verhuizing. Ik heb spaargeld.'

'We moeten geduld hebben,' zei mijn vader, alsof we alle jaren hiervoor ongeduldig waren geweest.

88

Ik had me erbij neergelegd dat het niets zou worden met wiskunde op het eindexamen. Hoewel ik na het eerste schoolonderzoek een voor mijn doen verbluffende 5,5 stond, wat afgerond zelfs een zes was, wist ik dat het veel te mager was om me op landelijk niveau staande te houden. Die harde werkelijkheid drong zich aan me op toen ik de opgaven van de vwo-examens wiskunde van de laatste jaren had bekeken. Hier werden vaardigheden van mij gevraagd die ik onmogelijk zou kunnen ontwikkelen in de weinige tijd die me nog restte tot de cruciale examenmaand. Ik zou gewogen worden voor de poorten van de universiteit, en als ik nu niets zou ondernemen, was het onafwendbaar dat ik zou struikelen voordat ik kon nadenken over een academische ontwikkeling. Ik moest iets verzinnen.

De tactiek die mij moest redden, was even simpel als riskant, en lui bovendien: ik zou al mijn energie steken in de andere zes vakken en proberen minimaal twee zevens te staan op mijn eindlijst om de mokerslag te kunnen opvangen die wiskunde me zonder twijfel zou toedienen. Ik vertrouwde op mijn talenknobbel. Om mijn strategie succesvol te kunnen uitvoeren besloot ik alle romans op mijn boekenlijst ook daadwerkelijk te lezen en geen samenvattingen te gebruiken zoals veel klasgenoten deden. Kaya knikte instemmend toen ik mijn strategie met hem deelde. 'Die leeslijst is het enige goede aan het vwo.' Kaya was de enige van de klas die ook Spaans deed. 'Man, ik mag Borges, Vargas Llosa en Márquez in hun eigen woorden lezen.'

Ik kende die schrijvers niet, ik wist alleen dat ik me door lange leeslijsten voor Nederlands, Engels, Duits en Frans moest worstelen en ook geschiedenis en aardrijkskunde op niveau moest houden om tegenvallers bij de taalvakken op te kunnen vangen. In wiskunde stak ik geen enkele energie meer: een simpele rekensom had mij geleerd dat ik slechts een 2,5 voor het eindexamen moest halen om een vier op mijn eindlijst te staan. Als ik levend uit de wrakstukken van mijn examen zou weten te kruipen, zou ik al mijn wiskundeschriften verscheuren en daarna verbranden in de goorste vuilcontainer in de binnenstraat. En daarna zou ik net zo lang op de as van algebra spugen tot alle speeksel in mijn mond was opgedroogd.

In nauwelijks twee jaar tijd las ik twintig Nederlandse, acht Engelse, zeven Duitse en zeven Franse romans. Ik kwam er al snel achter dat het een krankzinnige eis was om de werken van de Franse romanciers in hun oorspronkelijke taal tot me te nemen. Een luistertoets in het Frans of werkwoorden vervoegen in de *passé composé* was iets anders dan een roman van een paar honderd pagina's in het Frans lezen, laat staan begrijpen. Al die schoolse oefeningen betekenden nog niet dat ik in staat was om een innerlijke dialoog aan te gaan met Jean-Paul Sartre.

Het Franse boek dat me het meest kon bekoren tijdens die solitaire leesmarathons, was *Bonjour tristesse* van Françoise Sagan. Nadat ik het dunne werkje in een weekend had uitgelezen, las ik op de achterflap dat het Sagans debuutroman was en dat het was uitgegeven toen ze maar een paar maanden ouder was dan ik op dat moment. Als zij dat op die leeftijd kon, zou ik op een dag ook in staat moeten zijn een roman te schrijven, dacht ik.

De allereerste roman voor mijn lijst, nog voordat ik me aan de Franse literatuur had gewaagd, was een bijzonder ongelukkige keuze: op een grauwe donderdagavond had ik het in mijn hoofd gehaald om *De diamant* van Harry Mulisch af te stempelen bij de bibliotheek op het Bijlmerplein. Een tragische vergissing, want het was een afschuwelijk boek dat me dagenlang zou kwellen. De mythische diamant de Siddhartha en zijn slaapverwekkende belevenissen door de eeuwen heen, konden me gestolen worden. Dat het me twee punten voor mijn Nederlandse lijst opleverde maakte me alleen maar nog bozer, want wat had onze leraren Nederlands bezield om ons met dit gedrocht uit 1954 op te zadelen en het een prominente plek op de leeslijst te geven? Het boek leek geen ander doel te dienen dan te laten zien hoe belezen en ontwikkeld hij was. Het misbaksel van Mulisch leek in niets op een van de eerste romans die ik voor mijn plezier had gelezen: *De verloren kinderen*, geschreven door de Amerikanen Kent Hayes en Alex Lazzarino. Het ging over vijf kinderen die door hun ouders in de steek gelaten waren en er alles aan deden om uit handen van de kinderbescherming te blijven, zodat ze niet van elkaar gescheiden zouden worden. Ik begon eraan toen ik een jaar of vijftien was en raakte bevangen door een onstilbare leeshonger. Toen ik het uit had, had ik het licht in mijn kamer uitgedaan en minutenlang stilletjes gehuild. De dagen erna miste ik de personages zo dat ik besloot het boek te herlezen. En weer raakte het me diep. Bij Mulisch was een kil edelgesteente de hoofdpersoon, terwijl het bij Hayes en Lazzarino levensechte kinderen waren die mij hun tragische levensverhaal toevertrouwden, kinderen die mijn vrienden hadden kunnen zijn.

Ik vreesde dat alle romans zo taai, abstract en zielloos waren als die van Mulisch en vroeg me af hoe ik het moest klaarspelen om in de komende maanden nog tientallen van dat soort romans te lezen. 'Als je niet van Mulisch houdt, moet je Leon de Winter lezen,' had Kaya gezegd. Ik besloot naar hem te luisteren, en was zielsgelukkig toen ik dankzij de roman *Kaplan* het plezier in het lezen hervond. Ik verslond alle boeken van De Winter die op de leeslijst stonden, leerde dat zijn werk vóór *Kaplan* mij aanzienlijk minder kon bekoren en las als laatste zijn beste boek: *De ruimte van Sokolov*, een roman die mij compleet overdonderde en tot mijn lievelingsboek zou uitgroeien. Naast De Winter bewonderde ik Willem Elsschot om zijn heldere taal. Ik besloot beiden voor mijn mondeling Nederlands te behandelen.

Voor mijn Engelse lijst beleefde ik het meeste plezier aan *The Collector* van John Fowles en *Lord of the Flies* van William Golding. Mijn equivalent van *De diamant* vond ik in *The Jungle Book* van Rudyard Kipling, waar ik me slechts met de grootst mogelijke moeite doorheen worstelde. En pas een dag voor mijn Engelse mondeling was het me gelukt om *Dracula* van Bram Stoker uit te lezen. Ik had genoten van de verfilming van het boek door Francis Ford Coppola, maar de roman van Stoker uit 1897 was iets compleet anders: het was taai en de bijna vijfhonderd volgedrukte pagina's zonder alinea's kropen zo langzaam vooruit dat ik uit pure wanhoop niet meer wist in welke houding ik verder moest lezen. Uit vertwijfeling lag ik zelfs op de grond in de hal in een desperate poging de pagina's voort te stuwen en te ontsnappen uit het duistere Transsylvanië. Maar de enige vraag die er op de mondeling over gesteld werd, was hoe Dracula aan zijn einde was gekomen. Om die vraag te kunnen beantwoorden, had ik het boek niet hoeven lezen, want dat had Coppola me al verklapt.

'*A knife through the heart*,' antwoordde ik vermoeid terwijl mijn ogen brandden van de slapeloosheid. Mijn ongeïnspireerde optreden werd beloond met een magere zeven.

Op de ochtend van het wiskunde-examen had ik onderweg naar de metro keihard *Enter Sandman* van Metallica gedraaid op mijn walkman. En met iedere stap was het alsof er rauwe energie in mijn aderen werd gepompt, en na iedere vocale uithaal van James Hetfield nam mijn vertrouwen toe. Aan het einde van het nummer was er een vuur in mij opgelaaid en wist ik zeker dat ik het zou gaan redden. Maar toen ik het examen opensloeg, vroeg ik me vertwijfeld af hoe ik het moest klaarspelen om een 2,5 te halen, want ik begreep de vragen niet eens, laat staan dat ik aan een oplossing kon denken. Ik waande me de zwaargewonde soldaat uit de videoclip van Metallica's nummer 'One', en het was alsof de grote examenzaal plots in een veldhospitaal was veranderd. Ik lag daar zonder armen en benen. Zonder oren, ogen, neus en mond. Alles was ineens donker. Er heerste totale stilte en ik kon geen geluid meer produceren of mijn handen bewegen. Hoe moest ik me hieruit redden? Net als de in zijn lichaam gevangen soldaat, wiens verwoeste gezicht met een grote witte kap was afgedekt, wilde ik mijn hoofd vertwijfeld op en neer bewegen en zo de Morsecode SOS versturen.

Ik schudde het verstikkende visioen van me af, zag dat Kaya naast mij driftig de sommen aan het uitwerken was en richtte me op. Ik besloot bij iedere opgave de cijfers en tekens op te schrijven die me te binnen schoten. De antwoorden die ik noteerde, waren slechts het vage begin van de oplossing, aarzelende aanzetten. Wat ik deed was wanhopig punten bij elkaar schrapen, maar het was nog altijd beter dan een SOS-signaal. Na ongeveer een uur was ik klaar. Verder dan een kwart, of in het beste geval een derde van het antwoord, was ik bij de opgaven niet gekomen.

Na een paar weken in spanning te hebben doorgebracht, bleek dat ik slechts enkele verkeerde pennenstreken verwijderd was van de fatale afgrond: ik had een 2,6 gescoord voor wiskunde, genoeg voor een vier op mijn eindlijst, die me dankzij de zevens voor Engels en geschiedenis niet de das om had gedaan.

Kaya sloeg zijn arm om me heen toen we het schoolplein betraden op die zonnige dag waarop ik het verlossende bericht had gekregen. 'We zijn verlost van deze school,' zei hij. 'Nu kunnen we eindelijk op reis.'

89

Het gevoel van blijdschap en vooral opluchting dat mij had vervuld na het behalen van mijn vwo-diploma, verdween na een paar dagen toen ik me afvroeg hoe ik het Kaya moest vertellen. Hoe zou hij het opvatten? Zou hij het me verwijten?

'We hebben goede schoenen nodig,' zei Kaya toen we bij station Bijlmer uit de metro stapten. 'Geen lullige gympen, maar van die stevige wandelschoenen waarmee je ook over boomstammen en rotsen kunt klauteren. Tip van Serkan.'

Ik knikte terwijl ik naar zijn All Stars met dunne zool staarde en me afvroeg wat hij allemaal van plan was. 'Wil je bergen beklimmen of zo?'

'We gaan veel wandelen, kardeş, door bossen, over heuvels en vlaktes. Onherbergzaam gebied. Zonder goede schoenen kunnen we net zo goed thuisblijven.'

Misschien was dit een goed moment en moest ik het nu zeggen, want ongewild bood mijn vriend me een opening. Maar terwijl de eerste winkels al in de verte opdoemden, bleven de woorden in mijn mond hangen.

'Heb je haar trouwens al gebeld?' vroeg Kaya.

'Wie?'

'De zus van mijn grootmoeder.'

'Wat?'

Kaya zuchtte. 'Dat meisje van je werk. Wie anders?'

Dit was geen moment om het over Sanne te hebben. Ik schudde mijn hoofd en wees naar een bankje voor de bibliotheek. 'Zullen we daar even zitten?'

Kaya keek me met grote ogen aan en wreef in zijn handen. 'Heb je haar soms...'

'Ik moet je wat vertellen.'

'Wat is er? Doen je ouders moeilijk over de reis?'

'Dat is het niet.' Ik voelde de blik van mijn vriend en keek voor me uit in de hoop dat de juiste woorden me zouden invallen en precies zouden uitdrukken wat ik voelde, en hem zouden doen begrijpen waarom ik tot deze beslissing was gekomen. Ik perste mijn lippen op elkaar en zonder Kaya aan te kijken, zei ik: 'Ik ga niet mee.'

Hij reageerde niet meteen. Vanuit mijn ooghoek zag ik dat hij met zijn hand over zijn kin wreef. 'Dat verklaart een hoop. Ik zag al een tijdje dat je iets dwarszat, maar ik dacht dat het door de examens kwam.' Hij zuchtte. 'Waarom ga je niet mee?'

De juiste woorden hadden zich nog steeds niet aangediend, maar doordat het hoge woord eruit was, kon ik mijn gedachten beter ordenen. 'Ik weet het niet... ik denk dat het voor mij niet het juiste moment is... ik voel dat ik verder moet nu ik deze hindernis heb genomen.'

'Want anders?'

'Ik ben bang dat er anders van studeren niets terechtkomt.'

'Ben jíj daar bang voor of je ouders?'

'Ik heb het ze niet verteld.'

'Waarom niet? Ben je bang voor hun reactie?'

'Ik had ze waarschijnlijk wel kunnen overtuigen, als ik...' Ik keek Kaya aan terwijl de woorden zich plots aan me opdrongen en ik het zelf eindelijk begreep. 'Het klinkt misschien gek, maar het zou als stoppen of uitstappen voelen als ik nu een lange reis zou maken. Alsof ik dan van mijn doel verwijderd zou raken. Ik heb het gevoel dat ik dit eerst moet afmaken voordat ik klaar ben voor zoiets groots.'

Ik had verwacht dat Kaya allerlei vragen op me af zou vuren die mijn schuldgevoel zouden aanwakkeren. Maar mijn vriend keek een tijdje zwijgend voor zich uit en zei ten slotte: 'Ik ken je goed genoeg om te weten dat je hier lang over nagedacht hebt, zoals je altijd lang nadenkt over dingen. En ik merk dat je het moeilijk vindt, maar je bent wel eerlijk.'

'Ben je niet boos?'

Kaya schudde zijn hoofd. 'Man, ik vind het vreselijk jammer en ik heb nu een peuk nodig om het te verwerken, maar natuurlijk ben ik niet boos.' Hij haalde een pakje Marlboro uit zijn broekzak, trok er een sigaret uit en stak hem toen stoïcijns voor zich uitkijkend op. 'Als je zo'n grote reis maakt, moet je er helemaal achter staan.' Hij inhaleerde diep. 'Dan moet je het niet voor mij doen of omdat je geen spelbreker wilt zijn. Dat zou niet juist zijn.'

'Ik had het eerder moeten zeggen. Sorry.'

'Je hoeft geen sorry te zeggen. Volgens mij heb je pas heel kort geleden de knoop doorgehakt.'

Ik knikte.

'We kunnen altijd nog samen weggaan na mijn reis,' zei Kaya alsof ik hem niet zojuist had laten stikken.

'Zeker weten,' zei ik, hoewel ik nog helemaal niet in staat was zover vooruit te kijken. Ik vertelde Kaya op dat moment niet dat ik zijn weg niet wilde volgen zoals ik dat de afgelopen jaren had gedaan, veilig in zijn schaduw, want eerst moest ik iets groots doen wat al mijn aandacht en concentratie zou opeisen. En in mijn hoofd zag ik alleen maar een groot grijs gebouw voor me dat de universiteit moest voorstellen en waar ik veel tijd zou gaan doorbrengen, hoewel ik geen idee had wat ik zou gaan studeren. Ik wist alleen dat ik mijn eigen weg moest zien te vinden.

90

Ik zat op het bankstel dat we verdiend hadden door kebap te verkopen tijdens Koninginnedag. Binnenkort zouden we er afscheid van nemen net als van de keukentafel, de bijbehorende stoelen, de buffetkast, mijn bureau en veel meer. 'We laten alle meubels hier achter,' had mijn moeder gedecideerd gezegd. Tot mijn verbazing was mijn vader er niet tegen ingegaan, en voor het eerst in zijn leven leek het of hij het met haar eens was. Daarmee was het lot van de meubels van mijn jeugd definitief bezegeld. 'Ik wil deze oude troep niet in ons nieuwe huis hebben.' En zoals mijn moeder keek toen ze die woorden uitsprak, zag ik dat ze ernaar verlangde om het juk van vele jaren van zich af te werpen.

Ik keek naar de buffetkast die sinds mijn kinderjaren het uitzicht vanaf de bank had bepaald en al die tijd een stille getuige was geweest van het leed dat ons had omringd. En al die tijd had hij de flessen sterkedrank van mijn vader geduldig in zijn buik bewaard. Maar de buffetkast was niet zijn exclusieve domein geweest, want elk gezinslid had er zijn sporen in achtergelaten. Zo zaten in de onderste lade de oude schoolrapporten van mijn zus en mij, de documenten die op afstandelijke wijze over onze gebreken hadden geoordeeld. Helemaal onderin zaten onze familiealbums, gevuld met prenten van een kleurrijke geschiedenis waarin niemand was ontzien. Pas veel later zou het me opvallen dat mijn moeder nooit lachte op die foto's, en als ze haar mondhoeken al in de richting van een glimlach had geforceerd, deden haar ogen niet mee. We zouden de buffetkast niet achterlaten omdat hij in onbruik was geraakt, maar omdat hij te veel over ons wist. Hij zou ons in ons nieuwe huis alleen maar herinneren aan de donkere jaren die we zo graag wilden vergeten.

Bij dat nieuwe hoofdstuk hoorde voor mij ook het kiezen van een studie aan de universiteit. Daar was het mijn ouders vanaf mijn eerste schreden op de kleuterschool om te doen geweest, dat hun zoon in dit land zou uitgroeien tot een academicus die zijn plek in de maatschappij claimt en de financiële zekerheid vindt die zij altijd hadden moeten missen. Ik had de keuze lang voor me uitgeschoven omdat ik er niet klaar voor was. Ik moest eerst een veel belangrijkere vraag beantwoorden: wie was ik?

Ik was de jongen die jarenlang alleen maar bezig was geweest met overleven, met schuilen achter mijn schild, met me schrikachtig door de dagen heen slepen. En nu werd er voor het eerst iets aan mij gevraagd. Een vraag die meteen zo veelomvattend was, zo groot, dat hij mij verlamde. Want wat wilde ik eigenlijk met mijn leven doen? Ik wist alleen wat ik niet wilde: de persoon blijven die ik was. En daarvoor moest ik mezelf terug zien te vinden, degene die ik voorbestemd was te worden, maar die ik ergens tijdens de overlevingstocht had achtergelaten in een donker woud vol twijfels. Ik moest de persoon vinden die nog ergens diep in mij verscholen zat, de oudere versie van de onbekommerde jongen die het op de Bijlmerhorst zo goed had gedaan. Pas dan kon ik verder.

Als iemand mij op dat moment had gevraagd wat ik wilde studeren, en als ik genoeg vertrouwen had gehad om in alle eerlijkheid te antwoorden, had ik gezegd: 'Geen idee, ik weet alleen dat ik niet meer de persoon wil zijn die ik nu ben. Ik moet me oprichten en me niet langer klein laten maken door mijn vader. Ik moet me meer laten zien. Maar hoe?'

Maar er zat niemand tegenover me die me die vraag stelde. En zoals altijd moest ik doorgaan op het pad dat voor me was uitgestippeld. Ik keek naar het omslag van de studiegids van de Universiteit van Amsterdam die op de salontafel lag. Daarin lag mijn toekomst verborgen. Ik had er nog niet in gebladerd en voelde een lichte weerzin om hem op te pakken, maar ik moest wel, want ik kon niet weer in de voetsporen van mijn zus treden nu zij geneeskunde studeerde. Niet alleen wilde ik geen arts worden, ook had ik daar niet de benodigde vakken voor gedaan.

Moest ik kiezen voor geschiedenis? Het was per slot van rekening altijd mijn lievelingsvak geweest. Ik liet die gedachte meteen weer los toen ik terugdacht aan de enige open dag die ik had bijgewoond. De docent geschiedenis van de UvA die mij, en een paar anderen, in een bedompt lokaaltje had ontvangen om uitleg te verschaffen over de studie, oogde als een geknakte man die een leven vol tegenslag achter zich had. Met veel gezucht en een versleten stem maakte hij ons duidelijk dat je na de studie geschiedenis historicus was, wat uit zijn mond als een doodvonnis klonk, want daarna kon je volgens hem nog maar twee dingen doen: onderzoeker worden en je leven in stoffige archieven slijten, of voor de klas staan.

De studie journalistiek dan? Ik zou stukken kunnen schrijven voor een krant, misschien zelfs over voetbal. Net als mijn vader zou ik dan een studie aan de Hogeschool moeten doen, maar dat strookte niet met het plan dat mijn ouders lang geleden voor mij hadden uitgestippeld. Het enige wat mijn moeder ooit van mij had gevraagd, was dat ik een universitaire titel zou bemachtigen. Daarvoor had ze haar eigen geluk opgeofferd, zichzelf weggecijferd en jarenlang de streken van mijn vader geslikt. Ik mocht haar niet teleurstellen. En bovendien voelde het als onrecht als ik niet tot academicus zou uitgroeien, want waar had ik anders zes jaar lang voor afgezien op SGR?

Mijn vader slofte met een boek onder zijn arm naar de bank. Hij nam niet plaats op de tweezitsbank waarop hij altijd las, maar ging naast mij zitten, staarde naar de studiegids van de UvA en stelde mij toen een vraag. Hij vroeg niet wat ik wilde studeren. Nee, hij vroeg: 'Waarom ga je geen rechten studeren?'

Rechten. Het was nog nooit bij me opgekomen. Advocaten waren snelle praters, goedgebekte blaaskaken die iedereen van tafel lulden, terwijl ik de eerste twee jaar op de middelbare school zowat zwijgend had doorgebracht. Ik draaide mijn hoofd naar mijn vader. 'Waarom rechten?' Ik hoorde het ongeloof in mijn eigen stem.

'Het is een degelijke studie die je veel geld zal opleveren.'

Ik had de droom om dierenarts te worden lang geleden laten varen. Daarvoor in de plaats had zich lange tijd geen nieuwe droom aangediend. Wel werd ik af en toe overvallen door een vaag visioen waarin ik in een mooi pak en met een leren aktetas in de hand onderweg was naar een belangrijke afspraak in een modern, groot kantoor. Het visioen leerde mij dat zakenman misschien wel iets voor mij was. Maar ik had geen idee in wat voor zaken ik me zou moeten begeven, het was slechts het beeld dat me aansprak, het beeld van succes en aanzien, van een man in pak die het gemaakt had. En dat beeld stond misschien niet zo ver af van wat mijn vader in een paar simpele zinnen, zo uit de losse pols, had geschetst. Een advocaat liep ook in pak en met een leren aktentas.

‘En als advocaat of jurist heb je veel status,’ zei mijn vader. Meer zei hij niet. Hij vroeg niet wat ik ervan vond. Hij sloeg zijn boek open en begon te lezen.

Ik vond dat op dat moment geen vreemd advies van een communist, noch bedacht ik dat hij het misschien vooral zei omdat het op hem zou afstralen, een zoon die rechten studeerde en advocaat zou worden. Met dat soort gedachten hield ik me op dat ogenblik helemaal niet bezig, want sinds ik mijn vwo-diploma had bemachtigd, was het of mijn vader voorzichtig toenadering zocht. De kloof leek iets verkleind. Het was begonnen rond mijn diploma-uitreiking. Mijn vader had speciaal voor die dag een net jasje en een nieuw overhemd gekocht, en vanaf het moment dat hij zich had omgekleed, had hij gestraald. Hij had gestraald zoals hij dat eigenlijk alleen deed op oudejaarsdag, de enige dag in het jaar dat hij de schitterende kern van ons gezin vormde.

De foto waarop ik in de aula van SGR poseer met mijn vwo-diploma in de hand, markeert de overgang: mijn vader heeft zijn hand op mijn schouder gelegd en kijkt trots in de lens. En hoe voorzichtig die aanraking ook was, ik heb zijn hand nog een tijdlang gevoeld. Die avond had hij mij het boek *Vaders en zonen* van Ivan Toergenjev cadeau gedaan. Ik had het gevoel dat er iets in stond wat mijn vader mij niet persoonlijk wilde of kon vertellen, en dat hij daar de woorden van een Russische schrijver voor nodig had. Maar om de een of andere reden voelde ik dat ik er nog niet klaar voor was om het boek te lezen.

Ik besefte dat ik waarschijnlijk in mijn vaders achting was gestegen doordat ik had aangetoond dat ik succesvol kon zijn en beschikte over het intellect dat nodig was om toegelaten te worden tot de universiteit. Maar hij wist niet dat ik mezelf onderweg bijna kwijt was geraakt, hij zag alleen het resultaat van de strijd die hij zes jaar geleden zo vastberaden had gevoerd met meester Gregory en daarna de rector, want zijn zoon hoorde op het vwo. Híj had het dus goed gezien.

Die avond staarde ik in mijn kamer een tijdje naar het aanmeldingsformulier van de UvA. Als ik naar mijn vader zou luisteren, zou ik verlost worden van een dilemma. Misschien had hij gelijk, dacht ik, en was rechten inderdaad geen verkeerde keuze. Maar wat ik pas vele jaren later besefte, was dat het er niet zozeer om ging dat ik werd geholpen bij het dilemma waarmee ik worstelde, als wel dat mijn vader eindelijk betrokkenheid toonde. Na het strijden voor mijn plaatsing op het vwo, had hij dat zes jaar lang niet gedaan, hoe alleen en verloren ik me ook had gevoeld. Zijn gedragingen hadden het me juist bemoeilijkt me op mijn school te richten. Hij had dingen gedaan die ons gezin hadden doen wankelen op zijn fundamenten. Later zou ik beseffen: jouw advies aan mij om rechten te studeren, betekent in feite dat je mij helemaal niet kent en niet werkelijk in mij geïnteresseerd bent. Anders had je in de eerste plaats gevraagd waar mijn belangstelling naar uitgaat. Dan had je geïnformeerd naar mijn dromen.

Maar op dat beslissende moment zat mijn vader ineens naast me, alsof hij wilde zeggen: 'Je hebt jezelf bewezen, je bent mijn aandacht nu waard.' Misschien reageerde ik daarom zo ontvankelijk. En misschien besloot ik daarom zijn advies op te volgen.

91

Drie weken nadat de verhuisvergoeding eindelijk binnen was, kregen we de sleutels van ons nieuwe appartement in Reigersbos. Mijn vader deed geheimzinnig over het bedrag dat hij ontvangen had. Nu eens beweerde hij dat het net genoeg was om een verhuisbedrijf in te huren, dan weer verklaarde hij dat we er nieuwe meubels en bedden van konden kopen. Hoeveel hij ook had ontvangen, op een maandagochtend reed hij de grootste verhuiswagen die ik ooit had gezien naar onze flat. Ik keek vanaf de galerij toe hoe drie vrienden van hem met een kordate blik uitstapten. Dit klusje zouden ze zo snel mogelijk klaren. Ze stelden zich verrassend hoffelijk aan ons voor, vroegen uitgebreid aan mijn moeder hoe het met haar ging en informeerden naar mijn studie. Ik antwoordde in gebroken Turks en struikelde een paar keer over de vele k-klanken in de vertaling van 'ik studeer rechten': *hukuk okuyorum*. Ze lachten alsof ik een grap had gemaakt. Mijn zus schudden ze verlegen de hand en een van hen keek zelfs blozend weg toen zij hen glimlachend aankeek. Ze bedankten vriendelijk voor de thee – 'die moeten we eerst verdienen' – en begonnen meteen te sjouwen. Mustafa, de kleinste van hen, stortte zich op de grote Sony-kleurentelevisie die minstens veertig kilo woog. Ik voorzag een afgang, want mijn vader en ik hadden hem eens met z'n tweeën met moeite een paar meter verplaatst, maar hij pakte hem op alsof het om een doosje kittens ging en liep ermee naar de lift. De twee anderen hadden zich ondertussen ontfermd over de wasmachine.

Mijn vader en ik hadden de glazen tafel nauwelijks van zijn plek getild, of hij begon me al gejaagd te dirigeren. 'Loop iets achteruit, loop iets achteruit... wat doe je? Zo kunnen we de bocht toch nooit maken?' Ik deed wat me bevolen werd. 'Kantel de tafel nu. Nee, nee, de andere kant op!' Ik deed opnieuw wat me bevolen werd. 'Luister je wel? Ik zeg de andere kant. Dat is dus die kant!' Hij liet de tafel met een hand los om te wijzen, alsof ik niet had begrepen wat hij bedoelde, maar daardoor begon het ding heen en weer te zwaaien. Ik moest hem stevig vasthouden om te voorkomen dat het glazen blad te pletter zou vallen. 'Oké, oké,' zei ik met trillende armspieren, waarna hij 'sneller, sneller' riep alsof de verhuiswagen beneden elk moment kon wegrijden. We liepen zwalkend naar de deur, en net voordat ik hem kon waarschuwen, botste hij met zijn elleboog tegen de deurpost. Hij kreunde, zette de tafel neer en riep: 'Lomperik. Waarom duw je zo? Zie je verdomme niet dat ik hier voorzichtig moet manoeuvreren?'

'Jij zei dat ik sneller moest.'

'Sneller, niet onvoorzichtiger. Wil je soms dat het tafelblad barst?'

'Harun,' zei een van mijn vaders vrienden ineens. Het was Mustafa, de kleine krachtpatser. Hij legde een hand op mijn vaders arm. 'Laat mij maar even.' Mijn vader liep hoofdschuddend weg en begon met wilde bewegingen de buffetkast uit elkaar te halen. Mustafa knipoogde naar me. 'Niets van aantrekken, Metin. Jouw pa is niet bepaald een werker.'

'Ik weet het,' zei ik.

We pakten de tafel op, kantelden hem zonder iets te zeggen, alsof we elkaar instinctief aanvoelden en werkten hem zonder problemen door drie opeenvolgende deuropeningen. Daarna plaatsten we hem met beleid in de klaarstaande lift en duwden er een paar verhuisdozen onder. 'Goed gedaan, we zijn een goed team,' zei Mustafa bemoedigend.

Nadat de buffetkast was ontmanteld en de salontafel en fauteuil naar beneden waren gebracht door Mustafa en mijn vader, stond ik in een lege woonkamer. De ruimte was nog groter dan ik altijd had gedacht. Ik zag dat een hoekje van het behang, dat altijd afgeschermd was geweest door de buffetkast, had losgelaten vlak bij de plinten. Ik boog door mijn knieën en pakte het loszittende stuk tussen mijn duim en wijsvinger. Eindelijk mocht ik het afzichtelijke behang met het gedroogdebloemenmotief verwijderen. Als een trieste herfst zonder einde had de grauwe bruine tint mijn kinder- en tienerjaren gekleurd. Ik begon te trekken en tot mijn verrassing liet het behang heel makkelijk los. Ik schrok toen ik met speels gemak een heel stuk had losgetrokken waardoor het kale beton eronder vrijkwam. Toen ik opkeek zag ik mijn vader verschrikt staan kijken, alsof ik zonder mededogen mijn voet door het doek had getrapt waar hij jaren met liefde aan had gewerkt. Zijn verslagen blik verwarde me.

'De flat wordt toch gesloopt,' zei ik. Maar mijn vader keek nog steeds alsof hij dit nooit meer te boven zou komen. 'Het maakt dus niet uit,' verduidelijkte ik. Toen hij nog steeds niet reageerde, voegde ik er een onzeker 'toch?' aan toe.

'Je loopt weer te klieren, jongen,' zei hij ten slotte. 'Spelen doe je maar als het werk erop zit.'

Het voelde als een schop in mijn maag. 'Waar heb je het over? De woonkamer is helemaal leeg,' zei ik om me heen wijzend. 'We zijn klaar. Alles staat beneden.'

Mijn vader reageerde niet. Hij sjokte naar buiten. Even later liep ik ook weg, zonder afscheid van ons huis te nemen, opgelucht dat onze tijd in de Bijlmer erop zat. De eens bruisende flat van mijn kinderjaren was verworden tot een kil en naargeestig spookgebouw waar nog maar zo'n vijftien appartementen bewoond werden. Meneer Rolf was de enige overgeblevene op ons deel van de tweede verdieping. Van hem nam ik ook geen afscheid.

Zes jaar lang was ik elke dag met de metro naar Reigersbos gereisd om naar school te gaan, dertig minuten heen en dertig minuten terug, en nauwelijks een halfjaar nadat ik mijn vwo-diploma had behaald, verhuisden we naar een woning in Reigersbos, op nauwelijks zes minuten loopafstand van de school waar ik eindelijk van verlost was.

Ons nieuwe appartement in Millingenhof was nog groter dan dat in Fleerde. Het telde vier slaapkamers, een grote woonkamer die overging in een lange open keuken en een immense entreehal die we al snel 'de wachtkamer' doopten. Eindelijk woonden we niet langer in een flat van tienhoog maar in een keurig appartementencomplex van slechts vier verdiepingen, zonder galerij, vervuilde trappenhuizen en stinkende liften. Niet langer hoefden we ons door een mistroostige binnenstraat te bewegen om vervolgens in een duistere garage in onze auto te stappen. Hier konden we onze paarsblauwe Opel Astra, de opvolger van de oude Ford Sierra, op een open en verlicht parkeerterrein langs het metrospoor parkeren, pal aan een seniorencomplex dat met beveiligingscamera's was uitgerust.

Het appartement waar ik mijn studentenjaren zou slijten, bevond zich op een hoek waardoor het extra groot was en we slechts aan een kant buren hadden. Door de ligging had het wat weg van een bunker: kwaadwillenden zouden slechts via de voordeur naar binnen kunnen. Ons gevoel van veiligheid verhonderdvoudigde zowat in vergelijking met ons appartement in Fleerde.

We hoopten dat we de problemen achter ons konden laten. Dat we konden veranderen en ons verder zouden ontwikkelen in deze betere buurt. En het lukte, tot onze eigen verbazing. Het begon ermee dat mijn vader zonder aankondiging stopte met roken. De aanleiding was tragisch: in korte tijd had hij twee vrienden aan longkanker verloren. Maar een nog veel belangrijkere stap zette mijn vader een paar maanden na de verhuizing: terwijl mijn zus en ik aan de universiteit studeerden, werkte hij thuis koortsachtig aan de afstudeeropdracht voor zijn studie culturele en maatschappelijke vorming aan de Hogeschool. Voor het eerst hoorde ik hem mopperen over het commentaar dat hij van zijn docenten kreeg op de stukken die hij schreef achter de Compaq-pc die hij speciaal voor zijn studie had aangeschaft. Even dreigde hij het roken weer op te pakken toen de stress hem te veel dreigde te worden, maar hij zette door, spaarde zijn longen en studeerde af, nog voordat mijn zus en ik tot academici waren uitgegroeid.

En alsof het lot ons eindelijk gunstig gezind was, vond hij kort daarna een baan als maatschappelijk werker. Zo kwam het dat ik mijn vader voor het eerst in mijn leven om acht uur in de ochtend de deur uit zag gaan in een net jasje en een aktetas in de hand, om een uur later al zijn eerste cliënt te ontvangen op een kantoor van een maatschappelijke dienstverlener in West. Na al die jaren in Nederland en talloze pogingen een bedrijf op te zetten, werkte mijn vader, de communist die zich altijd had verzet tegen het kapitalistische systeem, in loondienst. En het ging hem zo goed af, dat hij na een halfjaar zelfs een tweede baan aangeboden kreeg in Zaandam die beter betaalde bovendien. Mijn moeder, zus en ik keken hem versteld aan toen hij het ons met gepaste trots vertelde.

Sinds hij werkte behoorden zijn uitstapjes tot het verleden. Alleen op zaterdag woonde hij af een toe een vergadering bij op de vereniging, maar hij maakte het dan zelden laat en kwam vaak al voor tienen thuis omdat hij waarschijnlijk de vermoeidheid van een volle werkweek voelde en zijn lichaam niet zonder de huiselijke rust kon.

De wind van verandering inspireerde niet alleen mijn vader, maar ook mijn moeder: ze maakte promotie op haar werk als voedingsassistente in het AMC en mocht voortaan niet alleen collega's inwerken, maar werd ook verantwoordelijk voor het bestellen van de maaltijden waarvoor ze een speciale computertraining kreeg. We waren alle vier zo druk bezig, zo tevreden misschien wel, dat er geen ruimte was voor de loze discussies en ruzies uit onze flat in de Bijlmer. En als een onmiskenbaar teken van vooruitgang, begon mijn vader zelfs uit zichzelf te koken en af te wassen in het huis van verandering. Op een dag verraste hij ons met lamskoteletten uit de oven, opgediend met bulgur en een kleurrijke herdersalade. Ik sneed aarzelend een stuk van een lamskotelet, en tot mijn verbazing smaakte hij verrukkelijk en was hij heerlijk gekruid. Zelfs de bulgur was geslaagd en evenaarde bijna die van mijn moeder. 'Pa, waarom heb je nooit eerder gekookt?' zei ik vol ongeloof. 'Dit is heerlijk.' Mijn vader wierp me een tevreden blik toe. 'Wacht maar, dit is nog niks. Ik bouw het rustig op.' En op sommige dagen stofzuigde hij zelfs de woonkamer met een ijver die ik niet eerder bij hem had bespeurd.

92

'Nieuws uit de Bijlmer nu. Al dagen houdt hij in z'n eentje de sloop van het flatgebouw Fleerde tegen. Alle bewoners zijn al vertrokken, maar hij weigert zijn flat op te geven. Ze noemen de actievoerder van weleer daarom de laatste man in de flat.'

De nieuwslezeres van AT5 keek in de camera alsof ze een spannende film aankondigde. Ik zette het geluid harder.

'Verslaggever Karel Veenstra is ter plekke.'

De flat van mijn kinder- en tienerjaren vulde het beeldscherm. Fleerde werd in de volle breedte in beeld gebracht, gefilmd vanaf de brug die naar de flat Frissenstein leidde. Na twee jaar zag ik ons oude appartement weer, en als ik het beeld stil had kunnen zetten, had ik ook dat van Floyd, die ik al jaren niet meer had gezien, kunnen ontwaren. De camera gleed in het volgende shot vanaf de andere kant over de flat, als een torenvalk in glijvlucht. Lege appartementen werden vervolgens vanaf het maaiveld in beeld gebracht, en langzaam zoomde de camera in op de tweede verdieping. Ik zette een paar stappen richting de televisie. Nummer 241 kwam in beeld, het appartement waar de Turk Osman had gewoond met zijn Nederlandse vrouw Petra en hun kinderen. Appartement 242 gleed langzaam voorbij, de woning van het Surinaamse gezin met wie wij nauwelijks contact hadden. 'Dit is je avondeten,' was het enige wat de dochter van de kleine Surinaamse man ooit tegen mij had gezegd, terwijl ze naar een vertrapte kikker langs de weg wees. Nummer 243, waar Mona had gewoond met haar alcoholistische Duitse vriend, die ik nooit een woord had horen spreken, en de twee indrukwekkende Deense doggen die de vrees van de etage waren.

De camera stopte bij nummer 244, het huis van meneer Rolf. De dikke beige gordijnen hingen er nog en de ramen waren beslagen door de tropische hitte die er ongetwijfeld nog steeds heerste. De tuinkabouter stond nog op de vensterbank, somberder dan ooit, alsof hij daar binnen levend gekookt werd.

'Daar woont de laatste man van de flat,' zei verslaggever Karel die al vroeg kalend was.

'Dat is het huis van meneer Rolf!' riep mijn moeder.

'Ongelooflijk,' zei ik. 'Hij zit daar nog steeds.'

'Hij wilde ons niet te woord staan. Wel riep hij vanuit de intercom in de binnenstraat dat hij zijn strijd nimmer zou staken. Maar lang kan zijn verblijf hier niet meer duren: hij heeft van de instanties een laatste ultimatum gekregen. Als hij aan het einde van de week niet vrijwillig vertrekt, wordt er ingegrepen.'

Ik dacht terug aan mijn laatste gesprek met meneer Rolf. Hij had gezegd dat hij nooit zou opgeven, dat hij tot zijn laatste adem zou vechten, maar ik had nooit verwacht dat het hier letterlijk op uit zou draaien. Meneer Rolf was niet van de loze woorden, zoals zoveel andere mensen.

Het item werd beëindigd met een shot van Fleerde genomen vanaf de flat Florijn. Hoe kon het dat ze het huis van mijn jeugd wilden slopen en dat Florijn, dat wij altijd spookachtig hadden gevonden, mocht blijven staan?

'Waarom vertrekt hij niet?' vroeg mijn moeder.

'Meneer Rolf heeft altijd gestreden tegen de sloop van de Bijlmerflats,' zei ik alsof ik zijn officiële woordvoerder was.

'Maar wat valt er nog te strijden?'

Ik dacht even na. 'Als hij nu opgeeft, denkt hij misschien dat alles voor niets is geweest.' Mijn uitleg stemde me tevreden, maar mijn moeder keek me niet-begrijpend aan.

'Oğlum, ze hebben allang besloten dat de Bijlmer gesloopt wordt. Er zijn al meerdere flats neergehaald.'

Ze had gelijk. Ik had in *De Echo* gelezen dat ze al begonnen waren Fleerde vanaf de andere kant te ontmantelen. Onder andere de wasbakken, radiatoren en deuren waren al uit een groot aantal appartementen verwijderd.

'We moeten met hem praten,' zei mijn moeder, 'hem vertellen dat het voorbij is, dat hij genoeg heeft gestreden.'

Ik durfde me er geen voorstelling van te maken hoe meneer Rolf er nu uitzag, hoe zijn huis eraan toe was. Ik was er heimelijk van uitgegaan dat ik hem nooit meer zou zien, zoals dat met zoveel mensen uit onze flat was gegaan.

'Hij luistert toch niet naar ons.'

'We kunnen het toch proberen?' zei mijn moeder hoopvol. 'Hij heeft zoveel voor ons en de flat gedaan, en hij heeft jou zo vaak geholpen met je schoolopdrachten.'

'Het heeft geen zin,' zei ik terwijl een brandend schuldgevoel op me neerdaalde. 'We kunnen meneer Rolf niet meer helpen.'

Na het nieuwsbericht op AT5 beheerste meneer Rolf mijn gedachten. Gedurende de afgelopen jaren was hij langzaam vervaagd in de stroom herinneringen uit mijn jeugd, net zoals hij toen eigenlijk al een schim was. Ik zag hem nog steeds staan in de deuropening van het kleine flatje waar de temperatuur de tropische waarden structureel overschreed door de altijd loeiende radiatoren, en vroeg me af of er tussen de beschimmelde etensresten ondertussen misschien wel nieuwe levensvormen waren ontstaan. En een kort moment was het alsof een vleugje van de verpestende stank uit zijn huis mij had weten te bereiken door een mysterieuze bries van de herinnering die misschien wel als onheilstijding bedoeld was. Of als een signaal aan mij. Misschien wilde meneer Rolf mij zoiets duidelijk maken.

De dag erna werd ik weer in beslag genomen door de colleges op de Oudemanhuispoort. Die avond echter stond mijn moeder op tijdens het avondeten en liep naar de tv. 'We moeten weten hoe het is afgelopen met meneer Rolf,' zei ze. Na een weinig bezield voorgelezen bericht over de begrotingstekorten van de gemeente Amsterdam, leefde de nieuwslezeres op. 'En dan: nieuws over "De laatste man in de flat",' kondigde ze aan. Opnieuw kwam verslaggever Karel in beeld, en alsof zijn vriendje hem commentaar had gegeven op zijn voorkomen, had hij nu zijn dunne blonde haren naar de zijkanten gekamd, over zijn diepe inhammen.

'De laatste man in de flat heeft ook vandaag stand gehouden, ondanks het bezoek van een bemiddelaar die hem een royale vertrekpremie plus vergoeding van verhuiskosten in het vooruitzicht heeft gesteld. De gemeente heeft de nutsbedrijven om humanitaire redenen verzocht de elektriciteit, het gas en water nog niet af te sluiten. Maar als het ultimatum verstrijkt, zullen alle voorzieningen alsnog worden afgesloten.'

'Karel,' vroeg de nieuwslezeres vanuit de studio, 'hoe denk je dat dit afloopt?'

'Moeilijk te zeggen, Claire,' zei Karel met een grijns die verraadde dat hij daar zo zijn ideeën over had. 'Ik denk dat meneer uiteindelijk akkoord zal gaan met de vertrekpremie en dat dit met een sisser afloopt.' Zijn grijns werd breder. Zag ik daar kauwgom tussen zijn kiezen? 'Maar ja, dat is natuurlijk koffiedik kijken.' Ik had het meteen al gezien: Karel deed zijn kunstje, bedekte zijn oprukkende inhammen en trok een fleurig jasje aan, maar hij had geen idee wie meneer Rolf was.

'Ik maak me zorgen om meneer Rolf,' zei mijn moeder. 'Kunnen we vanavond niet even langsgaan?'

Het was een weinig uitnodigende gedachte om een bezoek te brengen aan de spookflat Fleerde. Ik vroeg me af of meneer Rolf niet bang was wanneer de nacht viel en hij overgeleverd was aan de demonen van de Bijlmer en de junks die langzaam uit de bergingen kropen als halfdoden. En wat kon meneer Rolf beginnen wanneer er midden in de nacht bij hem werd ingebroken?

Ik keek mijn moeder aan. 'Dat heeft geen zin.'

'Waarom niet?'

Het was inmiddels tot me doorgedrongen: meneer Rolf had geen keus. Hij kon zijn woning niet verlaten. Niet omdat hij een onvermurwbare activist was, maar simpelweg omdat hij nergens anders heen kon, want die vuilnisbelt was niet alleen zijn huis, maar ook zijn leven. Daar, in dat rottende moeras vol vergeelde, doorweekte paperassen, had hij alles bewaard wat ooit betekenis voor hem had gehad: zijn gepubliceerde stukken als journalist, zijn onderzoeksmateriaal, de dossiers met zijn eindeloze procedures, kranten en tijdschriften die bewaard moesten blijven. Hij kon niet leven buiten dat vochtige en beschimmelde appartement dat samen met dertienduizend andere appartementen op de slooplijst stond. Meneer Rolf was als een zoetwaterpoelslak die vergroeid was met zijn huisje en niet zonder zijn drassige en door algen en mos overwoekerde habitat kon.

'Omdat hij niet anders kan,' zei ik.

De volgende dag opende het AT5-nieuws met meneer Rolf. 'We hebben een primeur,' sprak de nieuwslezeres opgewonden.

Verslaggever Karel verscheen in beeld en leidde het filmpje in. 'We hadden vandaag een verrassend gesprek met de laatste man in de flat. Kijkt u mee.'

En daar was meneer Rolf, ernstig vermagerd en grauw, zijn ogen ingevallen. Zijn blik schoot heen en weer tussen de camera en de verslaggever als was hij een ingesloten dier. En zijn baard had mythische proporties aangenomen en was niet alleen in de lengte maar ook in de breedte uitgedijd.

'U bent de enige overgebleven bewoner van de flat Fleerde,' begon verslaggever Karel monter, alsof hij een prijs kwam uitreiken. 'U wordt zelfs "de laatste man in de flat" genoemd. Kunt u vertellen waarom u niet wilt vertrekken?' Toen de microfoon onder zijn mond werd geduwd, keek meneer Rolf er even verschrikt naar alsof het een wild beest was dat hem elk moment naar de strot kon vliegen. Daarna pakte hij hem vast, alsof hij hem wilde temmen, en trok hem naar zich toe. Maar verslaggever Karel wenste zijn attribuut niet af te staan en bewoog het ding verbeten in zijn richting. Meneer Rolf strekte zijn nek iets naar voren en terwijl ze beiden de microfoon vasthielden, schraapte hij zijn keel en keek weifelend de camera in.

'Goedenavond, mijn naam is Rolf Steenhuijsen, en ik ben niet de laatste man in de flat, ik...'

Karel onderbrak hem, alsof hij vreesde dat zijn persoonlijke moment van glorie op het punt stond te verdampen voor het oog van de natie: 'U bént toch de laatste man...'

'Als je me niet in de rede valt, kan ik mijn verhaal vertellen, jongen,' zei meneer Rolf. 'Ik ben niet de laatste man in de flat, want in de bergingen van Fleerde wonen nog veel daklozen en drugsverslaafden. En een paar appartementen zijn gekraakt door illegalen, ik hoor 's nachts geluiden en stemmen uit de appartementen om mij heen.'

Ik vroeg me af of Michel misschien een van de drugsverslaafden was die in de bergingen woonde en of zijn afgestorven armpje inmiddels was afgestoten door zijn lichaam. 'Ik ben de eerste bewoner van deze flat en een van de eerste bewoners van de Bijlmermeer. Ik woon hier al sinds 1970 en heb altijd gestreden voor deze buurt. Niet omdat ik een activist ben zoals onnozelen beweren, want ik ben journalist van beroep, maar omdat ik hart heb voor deze wijk, in tegenstelling tot een paar mannen in dure pakken die er niet in willen geloven. Ik wil niet dat mijn huis en dat van duizenden anderen verwoest wordt.'

Verslaggever Karel trok de microfoon met een rukje naar zich toe. 'De gemeente en woningcorporatie hebben het over het vernieuwen van de Bijlmer,' zei hij terwijl hij met elk woord en gebaar leek te willen uitstralen dat hij het verdiende op een plek met meer grandeur te zijn, dat hij veel liever een bekende Nederlander had geïnterviewd dan een verward ogende en riekende man. 'Ze zeggen dat ze een deel van de flats willen renoveren in plaats van slopen.'

‘Dat zijn allemaal mooie woorden die door ambtenaren en overbetaalde projectontwikkelaars zijn bedacht om te verhullen dat ze deze wijk willen wegvagen. En waarom? Omdat er volgens hen te veel arme en zwarte mensen wonen. Dat is de enige reden!’ Meneer Rolf begon sneller en luider te praten. ‘Daarom en daarom alleen willen ze de Bijlmermeer slopen! Ze willen die arme mensen deporteren en verbannen naar weet ik veel waar om hier dure rijtjeshuizen en villa’s te bouwen voor de rijke blanke Amsterdammers.’

Klodders speeksel vlogen uit zijn mond. Verslaggever Karel kreeg de volle laag, en met zichtbare walging op zijn gladgeschoren gezichtje zei hij: ‘Het ultimatum verstrijkt morgen. Wat gaat u doen, meneer Steenhuijsen?’

‘Ik erken dat ultimatum helemaal niet, jongen. Ik buig niet voor de macht. Dit is mijn huis en niemand kan mij hieruit zetten!’ Hij keek nu recht de camera in. ‘Ik ken mijn rechten. De Grondwet en het Europees Verdrag voor de Rechten van de Mens beschermen mij.’ En met een woeste blik voegde hij eraan toe: ‘Dit is mijn boodschap: stop met het slopen van duizenden goede woningen en het verder stigmatiseren van een bloeiende wijk, en laat mij met rust.’ Hij tastte in de zak van zijn beige kamerjas – waar nu niet alleen vele donkere vlekken op zaten maar ook bruingroen mos op leek te groeien – en haalde er een brief uit die hij in reepjes begon te scheuren, alsof hij het vredesvoorstel van zijn vijand demonstratief versnipperde. ‘En dit ultimatum kunnen ze in hun reet steken.’

Verslaggever Karel keek verschrikt, alsof hij er nu toe veroordeeld was om meneer Rolf nog wekenlang te interviewen. ‘Maar meneer Steenhuijsen, het ultimatum verstrijkt morgen toch echt.’

‘Ik ga nergens heen, knul! Ik barricadeer deze deur als het moet en desnoods keten ik mezelf vast. Niemand krijgt mij hier weg. Niemand!’ Meneer Rolf trok de microfoon naar zich toe en begon te schreeuwen: ‘Ik roep iedereen die met het lot van de Bijlmermeer begaan is op om morgen hier te komen protesteren. Laten we schouder aan schouder staan en niet toestaan dat ze de Bijlmermeer verwoesten!’

Op de dag dat het ultimatum verstreek kon ik alleen maar aan meneer Rolf denken. Was dit wel de man die mij in mijn kinderjaren rekenles had gegeven en mij jaren later de tragische geschiedenis van de Bijlmer uit de doeken had gedaan? Ik wist het niet. Het enige wat ik wist na het zien van de beelden, was dat er iets met hem gebeurd was sinds hij de laatste man in de flat was geworden. Er was iets tragisch in hem gevaren.

Die avond zaten mijn moeder, zus en ik voor de televisie toen Claire, de nieuwslezeres, opende met het bericht dat ik zo vreesde: 'Het verzet van de laatste man in de flat is vanmiddag, iets na twaalven, ten einde gekomen. Vlak na het verstrijken van het opgelegde ultimatum, is de voordeur van zijn appartement opengebroken door de politie.'

Wat was er met meneer Rolf gebeurd? Had hij zich verzet? Verslaggever Karel Veenstra stond op onze oude galerij, op zo'n twintig meter van meneer Rolfs appartement. In beeld verschenen zo'n zes agenten die langzaam naar zijn voordeur oprukten, gebogen en met korte stapjes. Een van hen, degene met het breedste postuur, droeg een metalen stormram. De politiemannen dromden samen bij de drempel. Een agent klopte hard op de deur. 'Politie, opendoen! Politie!' Het bleef stil. De man maakte plaats voor zijn potige collega die de stormram in positie bracht en op de voordeur begon in te beuken. Bij de vijfde mokerslag vloog de deur krakend uit zijn sponningen en stormden de agenten naar binnen. Ik kon niet zien of ze hun pistool hadden getrokken. Even later klonk er wanhopig geschreeuw. Een agent kwam de woning uit, terwijl de cameraman inzoomde. Hij liep naar de balustrade en gebaarde naar beneden. Het beeld verplaatste zich naar de straat en nu was te zien dat ook de brandweer ter plaatse was. 'Slijptol!' riep de agent. 'Die gast zit vastgeketend.'

Er was geknipt in de reportage, en in het volgende shot betraden twee brandweermannen de woning. Opnieuw klonk er geschreeuw en niet veel later het doordringende geluid van de slijpschijf die zich vastberaden een weg baande door het staal van de ketting waarmee de laatste man in de flat zich had vastgeketend. Af en toe steeg het geschreeuw boven het geluid van de ronkende slijptol uit. Het was een schreeuw van ontzetting, van de totale nederlaag en het definitieve einde van een tijdperk.

Meneer Rolf werd, ingeklemd tussen twee agenten, de woning uit begeleid. In plaats van zijn vervuilde beige kamerjas droeg hij op de dag des oordeels een groene overal, en als om te benadrukken dat hij veranderd was in een man die tot het uiterste was gedreven, had hij zijn lange grijze haren in een krijgshaftige staart gebonden en schutkleuren op zijn gezicht gesmeerd die tot in zijn witte baard liepen. Zo werd hij uit zijn vertrouwde moeras gewerkt, als een hardnekkige guerrillastrijder die tijdens een slopend junglegevecht in handen van de elitetroepen van de staat was gevallen, een bejaarde Rambo die eindelijk ontwapend was en nu de consequenties van zijn vergaande rebellie moest dragen. De cameraman liep met onrustige passen achteruit terwijl de oude guerrilla die uit de woning van meneer Rolf was gesleurd, steeds dichter in beeld kwam.

93

Ik stond voor Hoogoord, de eerste Bijlmerflat, de flat waar het vrome gezin Copray in 1968 in was getrokken en waar drie jaar later de seksfilm *Blue Movie* was opgenomen. En nu, bijna achtentwintig jaar later, was het de flat waar Sanne woonde.

Ik had haar niet meer gesproken sinds ik bij Vomar was vertrokken. Bij het afscheid had ze me haar telefoonnummer gegeven en naar me geknipoogd net als bij onze kennismaking in de kantine. Wekenlang had ik moed verzameld om haar te bellen.

'Dat duurde lang,' was het eerste wat Sanne had gezegd toen ze opnam. 'Ik dacht dat je me vergeten was.'

Ik had extra veel JOOP! Homme opgedaan, mijn donkerblauwe Dieseloverhemd met korte mouwen aangetrokken en een fles witte wijn meegenomen. In de lift rook ik mezelf. De indringende zoete vloeistof uit het roze flesje bedwelmde me bijna en ik hoopte dat het Sanne niet zou afstoten, dat ik haar niet aan een suikerspin zou doen denken. Ik stapte uit de lift, haalde mijn hand door mijn haar en stapte de galerij op. En terwijl ik het wilde gedreun van mijn hart tegen mijn borstkas negeerde, belde ik aan. Sanne deed open.

'Metin!' riep ze uitgelaten, en ze strekte haar armen naar me uit. We omhelsden elkaar op de drempel van haar voordeur. Het begon beter dan ik had durven dromen. 'O, wat ruik je lekker,' zei ze.

'Jij ook.' Ik keek haar aan nadat we elkaar hadden losgelaten. 'Hé, je hebt je haar geverfd.' Nu haar goudblonde haar was verdwenen, leek Sanne niet meer op Nicole. De zwarte kleur paste bij haar frivole karakter en haar lichtgroene ogen vielen meer op. Ze leek nu meer zichzelf. 'Het is prachtig,' zei ik. Ze droeg een zwarte blouse en een korte spijkerrok die haar gebronsde benen mooi liet uitkomen.

'Wat leuk, je haar is een stuk langer,' zei ze. Ik had mijn haar voor het eerst laten groeien, het was nu bijna net zo lang als dat van Kaya toen ik hem voor het eerst zag. Ze woelde met haar hand door mijn mat en trok er even aan alsof ze de vitaliteit wilde keuren. 'Je hebt echt dik haar.'

We gingen naar binnen. In de hal overhandigde ik haar de fles wijn. Sanne bedankte me en zei ineens gehaast: 'Het eten is bijna klaar, maar je mag nog niet zien wat het is.' Ze legde haar hand op mijn arm en dirigeerde me weg van de woonkamer. 'Je moet even in mijn kamer wachten, goed? Na het eten krijg je wel een rondleiding. Mijn huisgenoten zijn toch niet thuis dit weekend.'

Haar kamer was groter dan ik had verwacht. Voor het raam stond een rode tweezitsbank, een cd-rek reikte in de hoek tot aan het plafond en aan de muur hing een levensgrote poster van Nirvana waarop Kurt Cobain een enorme zonnebril met wit montuur droeg. Achter hem stonden twee bandleden, hun hoofd boven zijn schouder uitgestoken. Op een ingelijste foto op haar nachtkastje keek de zanger zwaarmoedig voor zich uit met een peuk tussen zijn lippen, alsof hij om vergiffenis vroeg voor de duistere periode waarin hij zijn fans zou storten. 'Houd je ook van Nirvana?' vroeg Sanne.

'Ja hoor,' loog ik. Ze hoefde niet te weten dat ik er niets mee had. 'Weet je wat Cobains lievelingsboek is?' vroeg ik om indruk op haar te maken. '*Het parfum*, van Patrick Süskind. Of beter gezegd: *Das Parfum*.'

'Hoe weet je dat?' Ik meende een vleugje afkeuring in Sannes blik te bespeuren, alsof ik haar gevallen idool bespotte. Meteen had ik spijt van mijn gepoch.

'Hij vertelde het in een interview,' zei ik snel. '"Scentless Apprentice" is erop geïnspireerd.' Ik kende het nummer verder niet, alleen de titel was me bijgebleven.

'O, dat boek moet ik dan lezen!' Sanne wees naar haar bureau waarop een zilveren kandelaar stond waarin drie lange kaarsen brandden. 'Ga maar zitten, dan ga ik het eten opdienen.'

Ze had al gedekt: een wit kleed, een karaf waarin nog geen water zat, wijnglazen en bestek. Ik nam plaats op de klapstoel zodat zij op de bureaustoel kon zitten. Mijn handen waren klam. Ik wreef ze een paar keer over mijn bovenbenen, nam een diepe teug lucht en haalde mijn hand door mijn haar.

Sanne kwam terug met twee overvolle borden. 'Ik heb nasi goreng met kipsaté en kroepoek gemaakt. Ik hoop dat je het lekker vindt.' Ze plaatste de borden op tafel, liep weer naar de keuken en kwam terug met de fles witte wijn die ik haar had gegeven. 'Eigenlijk moet je er bier bij drinken, maar dat is niet zo romantisch, hè?'

Ik knikte. 'Wijn is veel romantischer.' Ik dronk pas sinds een jaar en alleen als ik met studiegenoten in het Crea café zat en iedereen erop aandrong dat ik meedronk. Ik hield het meestal bij een glas witbier en stapte dan over op cola.

Sanne schonk de glazen vol. Ik was opgelucht dat ze de fles in de keuken had geopend, want ik had nog nooit een fles wijn ontkurkt en dit leek me geen goed moment om het te oefenen. Ze nam plaats en hief haar glas. We proostten.

'Lekker wijntje heb je meegenomen.'

'Dank je. Het is Zuid-Afrikaans,' zei ik, alsof ik er verstand van had. Ik nam een hap van de nasi en het was alsof ik in een hoopje zout hapte. Mijn slokdarm protesteerde. Ik spoelde het gauw weg met een flinke slok wijn.

'Ik kook bijna nooit,' zei Sanne beschaamd. 'Meestal eet ik bij mijn ouders of ik schuif aan als mijn huisgenoten hebben gekookt. Ik hoop dat de satésaus is gelukt.'

Aarzelend pakte ik het satéstokje op dat bedolven was onder een dikke laag satésaus, duwde er met mijn vork een stukje kip af en bracht het naar mijn mond. Tot mijn verrassing was de kip mals en de satésaus deed me denken aan de pindasaus die bij Kam Yin bij de baka bana werd geserveerd. 'Heerlijk,' zei ik opgelucht. 'Echt heerlijk.' Na iedere hap nasi nam ik een slok wijn. Sanne schonk steeds bij. 'Jij gaat hard.'

Ze at snel en slordig. Er belandden korrels rijst naast haar bord en een stukje kip plofte op het vloerkleed, maar ze sloeg er geen acht op, ze was net zo ongedwongen als tijdens de lunchpauzes bij Vomar. Terwijl er kroepoek in haar mond kraakte, vertelde ze over haar studie, haar huisgenoten met wie ze vaak uitging en de verre reis die ze met een vriendin wilde maken. Ze pakte de fles en zag dat die leeg was. 'Wacht, ik heb nog wel een fles in de keuken liggen, niet uit Zuid-Afrika, maar uit mijn kerstpakket.' Ze kwam terug met een fles rode wijn onder haar arm en twee bordjes tiramisu.

'Ik ben dol op tiramisu,' zei ik terwijl ik er meteen een flinke hap van nam om de zoute smaak uit mijn mond te verdrijven. 'Mijn favoriete toetje na baklava.'

Sanne legde haar bord op tafel waarna de lepel op de grond viel. Ze begon te lachen. 'Ik ben echt zo onhandig.' Ze schonk wijn bij in onze glazen en terwijl we elkaar aankeken, dronken we gulzig.

Ze legde haar hand ineens op de mijne. 'Ik ben echt blij dat je me gebeld hebt.' Haar wangen gloeiden.

'Ik ook,' zei ik. 'Ik heb je gemist.'

'Laten we op de bank zitten,' zei ze. 'Ik zet even de borden weg.'

Ik stond op en het was alsof ik meteen terug werd geduwd op mijn plek. Mijn hoofd voelde zwaar en ik moest me aan het bureau vasthouden om overeind te komen. De kamer leek te draaien tijdens de vier passen naar de tweezitsbank.

Toen ik opkeek, stond Sanne in de deuropening. Onderweg naar de keuken was ze haar bloesje kwijtgeraakt, ze stond voor me in een zwart topje met spaghettibandjes boven haar spijkerrok. 'Ik heb het zo warm,' zei ze.

'Kom naast me zitten,' zei ik terwijl ik met mijn vlakke hand op de plek naast me klopte.

Sanne kwam met trage stappen naar me toe. Ze liet zich op de bank zakken en keek me aan met haar felle groene ogen. Ik legde mijn hand op haar been. Onze hoofden bewogen zich langzaam naar elkaar toe en mijn vrije hand ging naar haar hals. Ik voelde haar warme adem toen we elkaar aankeken en onze lippen elkaar vonden. Haar zoete mond en zachte tong brachten me in vervoering. Terwijl onze tongen zich met elkaar verstrengelden, gleed mijn hand over haar been, duwde haar rok omhoog en streelde haar dijen. 'Wacht,' zei ze en ze trok haar topje uit, en ik zag haar zwarte beha. 'Jij ook.'

Met haastige bewegingen knoopte ik mijn overhemd open. Toen ik opkeek, liet Sanne haar beha traag van haar borsten glijden. Mijn adem stokte. Langzaam kroop mijn hand via haar flank omhoog, naar haar borsten, haar lichte tepelhoven en roze parels. In een vloeiende beweging kwam ze op me zitten, ze nam mijn hoofd tussen haar handen en begon me gepassioneerd te zoenen. Ik pakte haar bij haar billen en trok haar naar me toe. Mijn handen kropen onder haar rok, gleden onder haar string, en ik voelde de naakte huid van haar billen en rilde van opwinding. Haar hand ging omlaag, over mijn buik, richting mijn broeksknoop die ze met een handige beweging losmaakte.

'Trek hem uit,' zei ze.

We stonden op. Ik trok mijn broek en sokken uit, draaide me om en zag

Sanne in haar string voor me staan. Mijn handen streelden over haar heupen terwijl ik haar borsten zoende.

'Heb je iets bij je?' vroeg ze.

Ik pakte mijn broek van de grond, tastte in de achterzak en haalde er een Durex uit. Haar handen gingen onder de band van mijn boxershort en ze trok hem vastberaden omlaag. 'Je bent besneden,' riep ze met grote ogen. 'Ik heb nog nooit een besneden lul gezien.'

Ik scheurde de verpakking open, haalde het condoom met glijmiddel eruit, plaatste hem op mijn eikel en probeerde hem af te rollen. Maar hoe opgewonden ik ook was, het ging niet. De wijn was sterker dan mijn drift. Ik probeerde het nog een keer, maar het lukte niet.

'Ga maar zitten,' zei Sanne. 'Ik maak hem wel hard.' Ik nam plaats op de bank en ze begon hem te kneden, zachtjes eerst, daarna steeds harder. 'Doe ik het wel goed?' vroeg ze.

'Ja, ga door,' hijgde ik, terwijl ik mijn ogen sloot en voelde hoe hij harder werd. Sanne pakte het condoom van de bank en probeerde hem af te rollen, maar het lukte haar ook niet.

'Je hebt iets te veel wijn gehad, vrees ik.' Ze plaatste haar handen op mijn bovenbenen, kwam overeind en zoende me. 'We kunnen ook zonder. Ik vertrouw je wel.'

Ik hunkerde bij het horen van die woorden in combinatie met haar verlangende blik. 'Laten we anders even wachten,' zei ik met alle zelfbeheersing die ik in me had. 'De wijn is bijna uitgewerkt.'

Sanne stond op. 'Even wat sfeer creëren.' Ik zag hoe haar billen op en neer deinden in haar string terwijl ze naar de stereospeler naast haar bed liep en op play drukte. 'Ik ben zo terug.'

Verdomme, dit is het moment, dacht ik terwijl rauwe gitaarklanken uit de geluidsboxen schalden. Nu moet het gebeuren. Ik duwde mijn hand tussen mijn benen en dacht aan de borsten van Sanne, maar de wijn had me loom gemaakt. Mijn mond was droog en de bedompte kamer rook naar nasi en satésaus en het klonk alsof ik backstage was bij een broeierig Nirvana-concert.

Geklop op de deur. Ik opende mijn ogen. Sanne stond in de deuropening, gehuld in een witte badjas. Langzaam liet ze de badjas van haar lichaam glijden. Ze was helemaal naakt. Ik staarde ademloos naar haar volmaakte lichaam, haar borsten, stevige heupen en het streepje tussen haar benen.

Mijn geslacht richtte zich op.

'Ik wist wel dat het zou werken,' zei Sanne terwijl ze op bed ging liggen. Kurt Cobain schreeuwde '*with the lights out, it's less dangerous*'.

Ik rolde vlug het condoom af.

'Kom bij me,' zei ze.

Daar lag Sanne, klaar om een man van mij te maken. Haar benen gingen langzaam uit elkaar.

Ik liet me voorover zakken en terwijl ik op mijn handen steunde, zocht mijn lichaam dat van haar, aarzelend, onderzoekend en daarna meer vastberaden. Ik voelde haar onder mij, haar heupen, haar klamme dijen. En terwijl ik mijn ogen sloot, drong ik langzaam naar binnen.

94

Ik stapte uit de metro bij station Reigersbos en terwijl ik op mijn walkman op maximaal volume naar 'The Memory Remains' van Metallica luisterde, dacht ik aan Sanne, haar lichaam en de vurige zoen die ze me bij het afscheid had gegeven. Ik daalde de trappen af alsof een hete luchtstroom me oppakte en verplaatste. En in een zalige glijvlucht schoot ik door de wijk, vreugdekreten slakend.

Toen ik de voordeur opende, hoorde ik de stem van mijn vader door het huis bulderen: 'Die schoft moet zich verdomme niet met mijn zaken bemoeien!'

'Maar hij is je leidinggevende.' De sussende stem van mijn moeder. 'Dat is zijn werk.'

Ik liep naar de woonkamer om het gesprek beter te kunnen volgen.

'Onzin, hij moet me niet vertellen hoe ik mijn werk moet doen, niemand moet me vertellen hoe ik mijn werk moet doen. Ik ben de beste maatschappelijk werker die er rondloopt.'

'Harun,' zei mijn moeder. 'Mijn leidinggevende doet de hele dag niet anders.'

'Ik ben hoogopgeleid, Asena, ik hoef dat niet te tolereren. Die vent is bovendien acht jaar jonger dan ik en heeft amper werkervaring. Ze hadden hem nooit tot manager mogen benoemen. Ik had die baan moeten hebben.'

'Maar jij bent net begonnen.'

'Maakt niet uit, ik ben een leider, die snotneus niet.'

'Harun, houd het contact met hem alsjeblieft goed.'

'Als hij zich nog een keer ongevraagd met mij bemoeit, ga ik hem duidelijk maken dat ik er niet van gediend ben.'

Mijn moeder schudde haar hoofd. 'Doe dat niet, Harun. Zorg er eerst voor dat je een vast contract krijgt.'

Maar mijn vader ging wel het gevecht aan, want mijn vader had waarschijnlijk al vanaf de eerste keer dat hij kritiek had ontvangen van zijn jonge leidinggevende het gevoel gehad dat hij werd uitgedaagd. En hij was nog nooit van een duel weggelopen, zeker niet als het om iemand ging in wie hij een oude tegenstander ontwaarde, een Turk met rechtse politieke overtuigingen die hij als communist in een van de oude arena's uit de jaren zeventig met een stuk minder geduld tegemoet had getreden.

Al snel werd het van kwaad tot erger en 's ochtends leek het niet langer of mijn vader naar kantoor ging, maar afreisde naar het front. Het kwam voor mij dan ook niet als een verrassing toen zijn contract een paar maanden later niet werd verlengd. Mijn moeder deed geen moeite haar teleurstelling te verbergen. 'Ik heb je toch gezegd dat je je rustig moest houden, dat je eerst een vast contract moest verdienen.'

'Al hadden ze me een contract voor het leven geboden,' riep mijn vader strijdvaardig, 'en al hadden ze me tweeduizend gulden meer betaald, dan was ik er nog niet gebleven. Ik wil geen dag langer onder die schoft Rahim werken.'

'Wat nu?' zei mijn moeder alsof alles verloren was.

'Niets aan de hand, ik kan meer uren werken in Zaandam.'

Zijn leidinggevende in Zaandam was geen Turk, maar een Nederlander die bovendien tien jaar ouder was dan mijn vader en zich socialist noemde, wat voor hem pleitte. In het begin was Joost volgens de verhalen in alles beter dan Rahim, en onder andere omstandigheden had hij volgens mijn vader zelfs uit kunnen groeien tot een communist die iets voor de beweging had kunnen betekenen. Maar toen mijn vader meer uren begon te werken in Zaandam, kantelde het beeld en begonnen de klachten over Joost. 'Ik heb hem verteld dat hij zich niet met mijn werk moet bemoeien en dat ik om die reden ben gestopt bij mijn baan in Amsterdam-West. Maar Joost is een koppige man.'

Mijn moeder keek hem vol ongeloof aan. 'Harun, je maakt weer dezelfde fout. Hij is je leidinggevende, accepteer zijn commentaar, luister naar hem. Hij wil je alleen maar helpen.'

'Joost is geen slechte vent,' zei mijn vader, en als hij nog gerookt had, had hij op dat moment een sigaret opgestoken. 'Maar hij kent de Turkse cultuur niet, hij weet verdomme niet hoe je die mensen moet aanpakken. Dat heb ik hem ook verteld.'

Drie maanden later werd zijn contract in Zaandam evenmin verlengd, maar deze keer kon mijn vader zich niet neerleggen bij zijn aftocht. Hij riep dat hij voor de gek gehouden was, dat er spelletjes waren gespeeld en dat zijn opvolger een vriend van Joost was die dringend een baan nodig had. 'Hij heeft me voorgelogen, die schoft.' En alsof de hele wereld weer tegen hem was net als in de jaren in de Bijlmer, riep hij: 'Ze zijn allemaal onbetrouwbaar, die vuile kapitalisten! Ze willen je allemaal uitbuiten.'

'Maar Joost is toch een socialist?' zei ik. 'Je kon met hem toch zo goed over politiek praten?'

Mijn vader keek me aan alsof hij het wilde laten donderen. Maar hij realiseerde zich waarschijnlijk tijdig dat we niet meer in de Bijlmer woonden, dat ik nu rechten studeerde zoals hij dat zo graag wilde en dat ik een terechte opmerking plaatste. 'Socialist? Die man is een ordinaire salonsocialist! Hij heeft nog nooit het werk van Marx gelezen en ik betwijfel of hij ook echt op de SP heeft gestemd.'

Wekenlang riep mijn vader dat hem groot onrecht was aangedaan en dat hij voor niets zo lang had gestreden om een hbo-studie af te ronden die hem uiteindelijk alleen maar ergernis had opgeleverd en hem 'met meer onrecht had geconfronteerd dan een normaal mens kan verdragen.'

Niet veel later besloot mijn vader deel te nemen aan de verkiezing voor het voorzitterschap van de vereniging waar hij zoveel van zijn dagen had gesleten toen we nog in de Bijlmer woonden. 'Het wordt tijd dat ze een echte voorzitter krijgen, iemand met mensenkennis en verstand van leidinggeven,' had hij verklaard. 'Ze mogen blij zijn dat ik me verkiesbaar stel.'

Het liep uit op een deceptie: slechts twee personen brachten een stem uit op mijn vader. Zelfs zijn meest trouwe kameraden hadden geweigerd hun steun voor hem uit te spreken. Zijn nederlaag leidde ertoe dat hij de vereniging een tijdje meed.

In de maanden voor de verkiezing had ik hem tegenover mijn moeder al horen klagen dat de bezoekers van de vereniging – mannen met wie hij zo vaak om geld had gespeeld – weigerden om nog langer met hem te kaarten. 'Ze noemen me een slechte verliezer en temperamentvol, maar het zijn gewoon watjes die niets gewend zijn. Ze zijn zwakkelingen geworden in de weelde van Europa.' Zelfs aan het schaakbord, waar hij eens de bijnaam De

Veroveraar had en zijn naam met respect werd uitgesproken, werd hij gemeden vanwege zijn nukken en genadeloze donderpreken die niet zelden ten koste gingen van dezelfde zwijgzame kameraden.

Alsof hij geen andere mogelijkheid meer zag, liet mijn vader zich voor honderd procent afkeuren om voor een WAO-uitkering in aanmerking te komen. We wisten niet precies wat hij de GAK-arts had wijsgemaakt, maar we troffen plotseling doosjes Prozac aan in huis. Toen ik hem op een dag vroeg of hij de pillen ook slikte, grijnsde hij. 'Natuurlijk niet.'

Mijn vader was nog maar zevenenveertig jaar en had besloten nooit meer te werken. En waar hij in zijn jaren in de Bijlmer nog had gepraat over het beginnen van een restaurant of het openen van een nieuwe boetiek in Amsterdam, had hij nu helemaal geen plannen of dromen meer. Hij noemde de WAO-uitkering een verworvenheid, een overwinning op het kapitalistische systeem dat hem had proberen uit te buiten. Maar hij had teruggeslagen en het systeem verslagen, verkondigde hij. En met die zelfvoldane en triomfantelijke houding bracht hij de eerste maanden na zijn aftocht opmerkelijk goedgehumeurd door. Maar als we toen beter hadden opgelet, hadden we de terugval waarschijnlijk al gezien. Want hij verraste ons niet meer door te koken en stofzuigde de woonkamer niet langer. En waar hij vroeger altijd naar de vereniging ging, bleef hij nu vaak de hele dag thuis, liggend op de bank waar hij communistische werken herlas die hem niet vooruit zouden helpen.

De wind van verandering was nauwelijks gaan liggen of de oude gevechten tussen mijn ouders werden hervat met versleten wapens en betekenisloze woorden die elke uitwerking misten. In het begin probeerde ik de ruzieachtige geluiden uit de woonkamer te negeren omdat ik wilde geloven dat we dat achter ons hadden gelaten, en omdat ik mijn nieuwe omgeving vrij wilde houden van het oude vuil.

Maar op een dag drong het ten volle tot me door dat we mijn onverbeterlijke vader niet achter hadden gelaten in de Bijlmer, maar dat hij als een relikwie uit de verstikkende en hopeloze jaren tachtig met ons was meegegaan en de bereidwilligheid om te veranderen na een hoopvolle start had opgegeven.

Zo herleefde onze strijd met hem. En net als vroeger was die nog steeds ongecoördineerd omdat we hem alle drie het liefst meden en nog steeds leden aan de chronische ziekte waar we mee waren opgegroeid: slikken en weer doorgaan en doen alsof er niets aan de hand is. We hadden nooit geleerd om met de vuist op tafel te slaan en te roepen dat het genoeg was. We hadden nooit geleerd om te gaan zitten, de problemen te bespreken en net zo lang te discussiëren tot een begin van een oplossing in zicht was.

Maar na een tijdje viel het me op dat mijn moeders vastberadenheid, die zich de laatste jaren in de Bijlmer al had gemanifesteerd, was aangevuld met een verbetenheid die haar tot een geduchtere opponent maakte voor mijn vader. Ze liet haar angst voor hem los en liet zich minder snel intimideren waardoor hun discussies ineens veranderden in uitputtende redetwisten. En steeds vaker riep ze hem tot de orde, bijvoorbeeld wanneer ze na haar werk het huis rommelig aantrof.

Later begreep ik dat haar veranderde houding voor een groot deel te maken had met de groei die ze had doorgemaakt door haar werk in het AMC. Ze had in een paar jaar tijd meerdere malen promotie gemaakt en was nu zelfs eerste aanspreekpunt op de afdeling oncologie als het op de maaltijden aankwam. Ze maakte zich nieuwe bestelsoftware in korte tijd eigen en viel regelmatig in voor zieke collega's, wat haar veel lof opleverde van haar leidinggevenden. Op avonden dat we samen aten zonder mijn vader, vertelde ze trots dat ze complimenten kreeg van de artsen en verpleegsters voor haar zorgzaamheid en hartelijkheid. En regelmatig kreeg ze bloemen van patiënten die haar, na hun ontslag uit het ziekenhuis, bedankten voor haar goede zorg.

'Ik heb nooit geweten hoe fijn dat is,' zei ze en ik hoorde de ontroering in haar stem. 'Baba heeft me nooit ergens complimenten voor gegeven, hij heeft altijd geroepen dat ik een vogelbrein had wanneer ik het niet eens was met hem. Ik begon aan mezelf te twijfelen, maar nu zie ik dat ik er mag zijn, dat ik kwaliteiten heb en dat mensen me waarderen.'

Hoewel mijn zus net als in Fleerde veel op haar kamer zat, was ze nu veel zichtbaarder. Haar kamer grensde direct aan de woonkamer en zodra ze ook maar iets van een stemverheffing hoorde in de zitkamer, spitste ze haar oren en was ze alert op escalaties. Soms doorbrak ze nonchalant zijn tirade door de woonkamer te betreden en naar de keuken te lopen of aan de eettafel te gaan zitten met een studieboek, tot mijn vader zuchtend opstond en zijn befaamde woorden sprak: 'Ik ga er vandoor.'

Het appartement was zo groot dat ik al snel een tweede kamer had ingenomen waarin ik mijn bureau en televisie plaatste. En ik had niet alleen voor het eerst een bed maar ook genoot ik nu voor de eerste keer de luxe van zonwering. Niet langer werd ik gewekt door het invallende ochtendlicht en ik had uren langer kunnen slapen, ware het niet dat mijn vader al snel de onverdraaglijke gewoonte ontwikkelde om in de kamer ernaast – mijn studeerkamer – in alle vroegte zijn haar te föhnen voor de spiegel boven de wasbak. De herrie was oorverdovend. Ik begon met mijn vuisten op de muur te bonken en riep: 'Moet dat zo lang? Ik slaap hiernaast.'

Mijn vader negeerde het gebonk of hoorde het niet, maar op een ochtend stormde hij mijn kamer binnen in zijn badjas met de vervloekte föhn in zijn hand, en riep hij met opeengeklemde tanden: 'Moet ik verdomme rustiger aandoen omdat jij hier nog ligt te slapen?'

'Ja, natuurlijk,' zei ik vanonder het dekbed. 'Dat is niet meer dan normaal.'

'Moet ik soms muisstil zijn in mijn eigen huis zodat jij prinsheerlijk kunt slapen tot je een keer besluit op te staan?'

'Nee, maar je kunt wel rekening met me houden, je woont hier niet alleen. Dit is ook mijn huis.' Ik kwam overeind in bed. Nu zou hij het te horen krijgen ook. 'Waarom moet je verdomme al om zeven uur in de ochtend je haar föhnen terwijl iedereen nog ligt te slapen?'

'Let op je woorden,' zei hij en zijn ogen werden groter. 'Vergeet niet tegen wie je het hebt.'

'En hou jij een keer rekening met mij,' zei ik. 'Laat me een keer doorslapen, man!'

We woonden ver weg van de junks en de vervuilde trappenhuizen, maar we hadden nog steeds onze handen vol aan hem. Hij stond nu echter tegenover twee universitaire studenten die hun muilkorven hadden achtergelaten in de grauwe flat die op het punt stond gesloopt te worden, en hem keer op keer confronteerden met welluidende argumenten die hem klemzetten en wezen op zijn inconsequente redeneringen. We waren nu in staat om te zien dat hij simplistische retoriek hanteerde, drogredeneringen die hij met verbaal vuurwerk kracht probeerde bij te zetten om zo bij voorbaat elke tegenspraak te onderdrukken. We wezen hem er keer op keer op dat hij geen dialoog met ons voerde, maar in eindeloze monologen tot ons sprak, versleten redes die doorspekt waren met dogma's uit het begin van de jaren tachtig. Dogma's waar hij nimmer aan had wensen te twijfelen, maar die nu zijn geloofwaardigheid volledig hadden aangetast.

Mijn vader raakte verstrikt in zijn eigen argumentatie en ontkende met droge ogen dat hij bepaalde uitspraken had gedaan. En wanneer hij er helemaal niet meer uitkwam en zich geconfronteerd zag met een overmacht aan sluitende argumenten, zei hij vermoeid: 'Jullie begrijpen het niet. Jullie studeren zogenaamd aan de universiteit, maar jullie hebben je helemaal niet ontwikkeld, want jullie begrijpen het nog steeds niet.' Hij bekeek ons minachtend, alsof we voor altijd verloren waren. 'Jullie zijn volledig ten prooi gevallen aan de westerse propaganda.'

95

Het telefoontje van Kaya had me goed gedaan. Hij vertelde dat hij een paar dagen in Nederland was en me graag wilde zien. We spraken af bij de faculteit op de Oudemanhuispoort.

Kaya viel me in de afgeladen aula in de armen en zoende me op mijn wangen, alsof ik een hervonden liefde was. 'Ik heb je gemist, kardeş.'

De vele verbaasde blikken die op ons gericht waren, bezorgden me geen moment een ongemakkelijk gevoel. Mijn broeder was eindelijk teruggekeerd en iedereen mocht dat weten. Kaya's haar was langer dan ooit en vastgebonden in een staart, een kapsel dat ik altijd had verfoeid. Maar Kaya stond het goed, zoals alles hem altijd goed stond. Zijn wangen waren bedekt met een stoppelbaardje wat hem rijper deed ogen dan hij op dat moment misschien was. En hij droeg zijn befaamde keffiyeh-sjaal, een lichtblauw exemplaar dat ik niet eerder bij hem had gezien en hem waarschijnlijk was geschonken door een van zijn Arabische liefjes.

'Kom, laten we naar buiten gaan,' zei ik. We wandelden net zo lang over de grachten tot de honger ons naar Puccini op de Staalstraat dreef. In een paar uur tijd haalden we ruim anderhalf jaar in: ik vertelde hem over mijn nacht met Sanne, mijn nieuwe vrienden van de universiteit en de betere sfeer thuis sinds onze verhuizing, hoewel dat slechts een deel van het verhaal was. Kaya verhaalde over zijn reizen door het Midden-Oosten, zijn vele korte liefdes en het heimwee dat hem onverwacht had overvallen. En verward. Even keek hij zorgelijk, alsof er meer aan de hand was dan hij op dat moment wilde vertellen. Ik besteedde er verder geen aandacht aan, misschien omdat hij me meteen daarna met zijn ondeugende blik naar de ronde billen van de serveerster leidde, en daarna zijn wenkbrauwen speels ophaalde. 'Ik ben in Beiroet en Istanbul verwend door vrouwelijk schoon, maar de mooiste vrouwen lopen toch echt rond in Amsterdam.'

Mijn moeder had er met klem op aangedrongen dat ik Kaya zou uitnodigen voor een diner bij ons thuis. 'In het buitenland heeft hij al die tijd vast niet goed kunnen eten.' Aan de opwinding in haar stem had ik al gehoord dat ze zich flink zou gaan uitsloven.

'Hoe kan ik nee zeggen tegen je moeders befaamde kookkunsten?' zei Kaya met oplichtende ogen, waarna hij ongedwongen van zijn latte macchiato slurpte terwijl hij de omgeving in zich opnam met de open en nieuwsgierige blik die ik zo had gemist. En zoals altijd werden zijn blikken ook die middag beantwoord door een paar vrouwen die beroerd werden door zijn jongensachtige brutaliteit en zachte groene ogen die gulzig de omgeving aftastten.

'Zullen we een film huren voor na het eten?' vroeg Kaya. 'Ik heb dat gemist.'

'Laten we er een Robert De Niro-avond van maken,' zei ik.

Kaya gooide zijn armen theatraal in de lucht. 'Wat een briljant plan, kardeş! Echt old school, man.'

Alsof we ons een hele week zouden terugtrekken in een huisje op de Veluwe, sloegen we drie zakken chips, twee pakken zoete drop van Venco, winegums en Chokotoff in bij de Boni in Reigersbos. Daarna struinden we de naastgelegen Videoland af op zoek naar De Niro's meesterwerken: *Casino* en *Heat*.

Vlak nadat mijn moeder Kaya hartelijk had omhelsd, overhandigde hij haar een klein doosje met daarin handgemaakte bonbons die hij die middag met opvallende zorg had uitgekozen bij Puccini. Mijn moeder omhelsde hem nogmaals, haakte haar arm in die van hem en begeleidde hem zo naar de keuken waar ons meerdere gangen wachtten. Ze had gekookt alsof er familie of dierbare vrienden op bezoek waren, wat praktisch nooit het geval was. 'Jij bent onze enige familie in Nederland,' zei ze. 'Jij hebt een speciale plek bij ons.'

Mijn zus vergezelde ons en met z'n vieren smulden we van mijn moeders linzensoep, hete aardappelsalade, rijst met krenten en lamsbout uit de oven die we normaal gesproken alleen op oudejaarsdag voorgeschoteld kregen. We aten net zo lang door tot mijn moeder niet langer aandrong en genade toonde. Daarna begaven we ons kreunend naar de woonkamer en nestelden ons met volle buiken op de bank.

'Ik kan niets meer eten,' riepen we tegelijk met een gepijnigd gezicht. Maar meteen daarna trokken we een pak cheese onion chips open. Vlak voordat we aan *Casino* begonnen, lieten mijn moeder en zus ons alleen. Nadat de zaken goed waren beginnen te lopen voor de gesoigneerde en alleen in maatpakken gehulde De Niro, riep Kaya dat we ook samen een casino moesten beginnen in Las Vegas. 'Dan word ik gastheer, net als De Niro, en jij het hoofd Juridische Zaken, en houden we jaarlijks het grootste pokertoernooi op aarde.'

In de korte pauze voordat we aan *Heat* begonnen, voerde Kaya de beste imitatie van Joe Pesci op die ik ooit had gezien. Zonder aankondiging stond hij ineens op en deed hij, met licht gebogen knieën, de kleine acteur na in zijn glansrol in *Goodfellas*. En vanaf de eerste woorden, uitgesproken met het typische afgeknepen stemmetje, was hij Joe Pesci. '*What do you mean I'm funny? You mean the way I talk? Funny how? Let me understand this, cause ya know maybe it's me, I'm a little fucked up maybe. But I'm funny how? Like I'm a clown, I amuse you? I'm here to fuckin' amuse you?*'

Ik verslikte me bijna in een Chokotoff en sloeg met mijn hand op een kussen terwijl de tranen over mijn wangen stroomden. Ik wilde daarna De Niro in *Taxi Driver* imiteren in een poging ook grappig uit de hoek te komen, maar ik kreeg geen lucht meer door de aanhoudende lachbui waarin ik verstrikt was geraakt. Ik voelde me zo goed dat toen mijn vader even later thuiskwam, de sfeer in huis voor mij nauwelijks veranderde. Het kwam natuurlijk door Kaya die met zijn stralende aanwezigheid niet alleen de avond, maar de hele dag naar zijn hand had gezet. Hij was zo op dreef dat hij mijn vader op slag liet ontdooien door hem bij de begroeting als een oude maffiamaat te omhelzen, en daarna op geheel eigen wijze te eren. '*Ah, buonasera, signore. Come stai?*' zei Kaya met een verbluffend Italiaans accent, waarna mijn vader hem grinnikend de hand schudde, in verlegenheid gebracht door zijn directe en fysieke benadering. '*Come stai, signore De Niro? Per favore, siediti*, neemt u alstublieft naast ons plaats. We wilden net aan uw meesterwerk *Heat* beginnen.'

'*Heat?*' vroeg mijn vader. 'Wat is dat?'

'*Sono sorpresa!* Bent u nu al vergeten hoe u al die banken heeft beroofd samen met uw maat Val Kilmer?'

Mijn vader grinnikte opnieuw. Alleen Kaya kon zo'n grap ten koste van mijn vader maken. Het was door de manier waarop hij het zei dat mijn vader zich gewillig in de vrolijkheid van die avond liet trekken. Alle druk van de maanden daarvoor viel op dat moment van me af. Met z'n drieën begonnen we aan de film. Toen nauwelijks een uur later mijn vaders ogen dicht begonnen te vallen, stond hij op, rekte zich luid gapend uit en wenste ons een fijne avond. En tot mijn verrassing deed mijn vader bij zijn aftocht een duit in de zak. 'Hé, geen stomme dingen doen, hè!' zei hij met een zware stem, zijn hand als een pistool omhoog houdend.

Kaya keek hem met een onschuldige blik aan. 'Wij?'

'Denk eraan,' zei mijn vader met opgetrokken wenkbrauwen. 'Ik wil de helft van de buit.' Hij bracht zijn wijsvinger naar zijn oog, alsof hij Sam Rothstein uit *Casino* was. 'Ik hou jullie in de gaten.'

Kaya klapte in zijn handen van plezier en mijn lachbui was terug. Toen we eenmaal alleen waren, zei Kaya ineens op ernstige toon dat hij zich had bedacht. 'Weet je, laat dat casino maar zitten, kardeş. We gaan gewoon banken beroven, dat gaat veel sneller.' Maar toen de gewiekste Al Pacino onze held De Niro had omgelegd, krabbelde Kaya terug. 'Hmm... misschien kunnen we toch maar beter eerst een paar casino's bekijken.'

Het beeld ging op zwart. Ik zette de tv uit. 'Zal ik je bed opmaken?' vroeg ik.

'Laten we eerst een avondwandeling maken.'

'Maar het is al bijna twee uur 's nachts.'

'Precies, de nacht behoort aan ons, kardeş,' antwoordde Kaya met de bravoure die ik zo goed van hem kende. 'Kom, even een luchtje scheppen.'

Even later wandelden we richting de uitgestrekte weilanden tussen Reigersbos en Abcoude. De stilte werd alleen onderbroken door onze voetstappen.

'Je had mee moeten gaan op reis. We hadden zoveel lol kunnen hebben samen.'

En ineens speet het me dat ik Kaya niet had vergezeld, dat ik voor de veilige weg had gekozen en de route had gevolgd die lang geleden al voor me was uitgestippeld. 'We kunnen nog steeds een lange reis maken,' zei ik, de spijt wegduwend. 'Na mijn studie heb ik alle tijd.'

'Hé, belofte maakt schuld! Als je me nog een keer in de steek laat, weet ik je te vinden. Dan neem ik je te grazen, jongen.'

Ik pakte Kaya's uitgestoken hand vast en drukte daarna mijn linkerhand erop. Kaya volgde mijn voorbeeld.

We namen plaats op een bankje en juist op het moment dat we begonnen te rillen van de kou, trok Kaya een voorgerolde joint uit de binnenzak van zijn jas, sloeg zijn ene been over het andere en staarde naar de hemel. 'Jammer dat het bewolkt is, we zien geen moer zo.'

Ik sloeg Kaya op zijn bovenbeen. 'Het zit ook nooit mee, hè.'

'Leven is lijden,' zei Kaya. We barstten in lachen uit.

Om beurten namen we een trek van de joint, waarna we net zo lang naar de bewolkte hemel staarden, tot we sterren zagen. En kometen. En kleurrijke warme planeten die zo dichtbij kwamen dat we ze konden aanraken en de kosmische energie van het universum voelden.

96

'Jij zou de helft betalen, Harun. Dat was de afspraak!'

Vanuit de hal kon ik precies volgen wat er werd gezegd.

'Onzin, jij wilde per se alle oude spullen vervangen. Het was jouw idee,' bromde mijn vader. 'Wat was er mis met de koelkast?'

'Die was veel te oud en het vriesvak was kapot.'

'We zijn toch geen Amerikanen dat we zo'n grote koelkast nodig hebben?'

'Als het aan jou ligt, investeer jij geen cent in dit huis.'

Terwijl ik naar de woonkamer liep, viel er een stilte. Ik hoopte dat het voorbij was, maar mijn moeder sprak verder met een waardige kalmte.

'Jarenlang was ik van jou afhankelijk, Harun. Jarenlang moest ik je iedere week smeken om geld voor de boodschappen. Maar die vrouw bestaat niet meer. Jouw stemverheffingen maken mij niet meer bang. En jouw woeste ogen en lompe handen jagen mij geen schrik meer aan. Weet je waarom, Harun? Omdat ik mezelf ontwikkeld heb. Zonder jouw steun ben ik gegroeid. Ik krijg nu wel waardering, ik word geprezen door de artsen en mijn leidinggevende. En ik ben niet langer afhankelijk van het geld dat jij krijgt door je handje op te houden bij de staat omdat je niet wilt werken, de staat die jij zo schaamteloos en ondankbaar vervloekt.'

'Hou je mond!' riep mijn vader ineens. 'Hou verdomme je mond, vrouw. Wat krijgen we nou, zeg? Je hebt een onnozel baantje in het ziekenhuis en krijgt verdomme ineens praatjes.'

'Nee Harun, ik heb al die jaren...'

'Zwijg, vrouw!' riep mijn vader. 'Hou je kop, ik wil niets meer van jou horen!'

Ik duwde de deur open. 'Laat haar uitpraten,' zei ik staand in de deuropening. 'Luister naar wat ze te zeggen heeft.'

'Waar kom jij ineens vandaan, jongen?' Mijn vader maakte een wegwerpgebaar. 'Bemoei je niet met onze zaken.'

'De tijd waarin we zwegen toen jij begon te schreeuwen is voorbij,' riep ik.

'Ik zie het nu zo duidelijk,' zei mijn moeder. 'Dit is hoe je altijd reageert als je wordt aangesproken op je verantwoordelijkheden, als je weet dat je ongelijk hebt en je je in de hoek gedreven voelt. Dit is wie jij bent, Harun, een profiteur die alleen voor zichzelf leeft en met niemand rekening houdt.'

'Pas verdomme op je woorden!' zei mijn vader met opgeheven wijsvinger.

'O, ik pas ook op mijn woorden, ik let heel goed op wat ik zeg, want ik wil dat je goed begrijpt dat ik je niet langer vrees, dat die oude Asena niet meer bestaat, en dat als je nog bij ons wilt blijven, je voortaan respectvol met ons moet omgaan en moet ophouden met ons te intimideren. Want voor die oude Harun is geen plek meer in dit huis.'

'Je kraamt onzin uit,' sprak mijn vader op ijzige toon. 'Denk je echt dat je wat voorstelt omdat je een keer een compliment hebt gekregen van een verpleegster en eten naar zieke mensen brengt voor een miezerig salarisje?'

'Nu moet jíj op je woorden passen,' zei mijn moeder. 'Want dat laat ik me niet zeggen. Ik ben trots op mijn werk. Ik heb me in dit land vanuit het niets opgewerkt, Harun, zonder opleiding en zonder jouw steun. En ik heb ervoor gezorgd dat mijn kinderen naar de universiteit konden gaan door ze altijd te steunen. Maar waar was jij al die tijd? Waarom heb jij me niet gesteund? Waarom heb je ons nooit gesteund?'

'Ondankbaar mens!' riep mijn vader. 'Zonder mij zat jij nu nog in die bouwval van je ouders in die krottenwijk. Wie heeft jou gered? Wie heeft jou een toekomst gegeven?'

Mijn moeder schudde haar hoofd. 'Na al die jaren denk je nog steeds dat het 1979 is, terwijl de wereld om je heen is veranderd. Dat jij ons naar Europa hebt laten overkomen, betekent niet dat ik je mijn leven lang dankbaar moet zijn, noch geeft het jou het recht mij zo te behandelen.'

'Zonder mij zou je veertien uur per dag in een tabakfabriek werken en uitgehuwelijkt worden aan een ongeletterde boer. Je zou in pure armoede leven.'

'O, maar ik heb ook in pure armoede geleefd,' zei mijn moeder. 'Met jou! Jij hebt me pas échte armoede leren kennen.'

97

Ik had nooit eerder post uit Turkije ontvangen en na het lezen van de brief die in Ankara op de post was gedaan, wilde ik dat dat zo gebleven was. Hoewel ik moeite had de stroperige ambtelijke taal te ontraadselen, begreep ik dat ik mijn onschuldige status van student had verspeeld. Ik was nu een deserteur.

In de brief, gedrukt op dun vloeiachtig papier dat afbreuk deed aan het gewicht van de boodschap, werd mij door de Turkse autoriteiten meegedeeld dat ik gezocht werd door het leger omdat ik me had onttrokken aan de dienstplicht. Ik werd verzocht me zo snel mogelijk te melden bij de officiële instanties.

'Mijn zoon wordt geen soldaat in het Turkse leger!' riep mijn vader die avond toen hij de brief woedend op tafel smeet. 'Ik ben de laatste Mutlu die in het Turkse leger heeft gediend.'

'Misschien kan ik het afkopen,' zei ik.

Mijn vader keek me aan alsof hij me een oorvijg wilde verkopen. 'Je gaat geen cent aan het Turkse leger betalen! We gaan samen naar het Turkse consulaat om je dienstplicht net zo lang uit te stellen tot je niet meer hoeft.'

Precies een week later ontbeten mijn vader en ik voor het eerst sinds vele jaren weer samen. Die ochtend had ik me niet gestoord aan het geraas van zijn föhn. Want eindelijk was mijn vader mijn bondgenoot, en een geduchte ook nog. Hij sprak niet alleen de taal van de rauwe buitenwijken van Izmir, maar ook die van de ambtenaren van het ondoordringbare Turkse staatsapparaat. Als er wat te regelen viel, was mijn vader de man die het kon afdwingen.

Onderweg naar het consulaat vroeg mijn vader hoe het met mijn studie ging. Het was de eerste keer dat hij ernaar informeerde.

Twee weken eerder was ik mijn vader na een hoorcollege tegengekomen in de tram nadat ik was ingestapt bij de halte op het Rokin. Hij was in gezelschap van een Turkse vrouw die ik niet kende. Nadat ik van de schrik was bekomen, had ik ze als een privédetective geobserveerd. In de rustige tram stonden ze zij aan zij zonder daarbij de afstand te bewaren die collega's en vrienden normaal gesproken in acht nemen. De vrouw, in een lange strakke jas en met golvend lang haar, keek mijn vader verwachtingsvol aan. Hij glimlachte naar haar terwijl hij iets vertelde met de innemende blik die mijn moeder al jaren niet meer te zien had gekregen. Ineens draaide mijn vader zich om en zag me staan. Zichtbaar ongemakkelijk vroeg hij: 'Metin, wat doe jij hier?'

Maar die vraag had ik hem beter kunnen stellen, want dit deel van de stad was mijn territorium. Hier was ik begonnen aan mijn nieuwe leven. En nu was mijn vader hier zonder enige eerbied geïnfiltreerd en was hij teruggevallen in zijn oude, laakbare gewoonten. Hij had mijn nieuwe wereld bezoedeld.

'Ik heb net college gehad,' zei ik. 'Wat doe jij hier?'

Mijn vader die nooit om een antwoord verlegen zat, nam nu de tijd om de juiste woorden te vinden voor wat zich voor mijn ogen afspeelde. 'Ik ben met... een oud-collega onderweg naar een bijeenkomst.' Hij stelde haar niet aan me voor.

Het was een verzorgde vrouw die niet ouder kon zijn dan veertig. Ze glimlachte naar me en zei: 'Merhaba.' En even, heel even maar, kon ik me voorstellen dat mijn vader in de verleiding was gebracht. Ik moest de reflex onderdrukken haar groet te beantwoorden. Terwijl de tram langzaam vaart minderde bij de Dam, keek mijn vader de vrouw aan en zei gehaast dat ze eruit moesten.

De vrouw keek verrast. 'O... hier al?'

Hij wierp me een vluchtige blik toe. 'Tot vanavond, Metin.'

'Fijne dag,' zei de vrouw nu in accentloos Nederlands.

Ik zei niets terug.

Mijn vader en ik hadden het er niet meer over gehad en ik had er mijn mond over gehouden tegenover mijn moeder. Gisteravond had ik de knoop doorgehakt: ik zou het onderwerp vandaag in de auto aanroeren. Maar nu hij naast me zat en in alle vroegte in de auto was gestapt om het voor me op te gaan nemen in Rotterdam, vond ik het moeilijk om door te zetten.

‘Het gaat prima,’ zei ik. Rechten interesseerde me totaal niet, maar ik had veel nieuwe vrienden gemaakt tijdens de studie. Door hen ging ik altijd met plezier naar de faculteit. Mijn vader vroeg niet door, zoals hij nooit doorvroeg. Hij kon nu met een zelfvoldane grijns tegenover zijn vrienden blijven verkondigen dat zijn zoon rechten studeerde.

Hoewel we ruim op tijd waren, stond er een lange rij voor het consulaat. Mijn vader vloekte binnensmonds. ‘De ellende begint nu al.’ Binnen was het alsof we in de gekte van de bazaar van Istanbul waren beland, zonder de bijbehorende zoete verlokkingen. Huilende kinderen, furieus discussiërende mannen en brullende baliemedewerkers creëerden in de warme ruimte een kakofonie waar ik niet op voorbereid was. Jonge Turkse mannen, met een overvloed aan testosteron in hun opstandige lijven, liepen driftig heen en weer alsof ze zo de zaken konden bespoedigen. Maar hier bij het Turks consulaat in Rotterdam viel er niets te bespoedigen, want hoewel we in Nederland waren, heerste hier onmiskenbaar de Turkse ambtelijke werkmentaliteit en regeerde de verzengende bureaucratie.

Na drie uur wachten waren we aan de beurt en overhandigde ik de baliemedewerker de vermaledijde brief, mijn Turkse paspoort, een uittreksel van het bevolkingsregister en vier pasfoto’s, om erachter te komen dat mijn aanvraag niet compleet was. Ik had ook het koninklijk besluit waarbij mij het Nederlanderschap was verleend, moeten meenemen.

In de auto terug naar huis spraken we de eerste tien minuten niet. Mijn vader reed met een stoïcijnse blik door de straten van Rotterdam, terwijl ik me naast hem zat te verbijten.

‘Misschien moet ik mijn Turkse nationaliteit opzeggen.’ Ik had verwacht dat mijn vader positief zou reageren, me zelfs zou aanmoedigen om de daarvoor vereiste stappen te zetten zodat de Turkse staat, die hij zo vaak tot vermoeiens toe had bekritiseerd, niets meer over mij te zeggen zou hebben. Maar zoals zo vaak verraste hij me ook nu weer.

‘Dat lijkt me niet verstandig. Het is altijd goed om een vangnet te hebben.’ Mijn vader wierp me een vluchtige blik toe. ‘Je weet niet hoe het hier over vijf of tien jaar zal zijn, daarom is het goed om een plek te hebben waar je in noodgevallen heen kunt.’ Hij zuchtte en raakte toen op stoom: ‘Nu is Nederland nog een tolerant land, tenminste, dat zeggen ze. Maar wat gebeurt er als hier de werkloosheid straks stijgt en de economie vastloopt? Kijk naar Frankrijk, waar die bejaarde fascist Le Pen steeds meer aanhang krijgt, of kijk naar Oostenrijk waar Haider het land steeds rechtser maakt.' Toen ik niet reageerde, riep mijn vader: 'Weet je wel waar ik het over heb, jongen?'

'Ik volg het nieuws ook.' Ik had weleens wat over Haider voorbij zien komen in de kranten, maar hij interesseerde me niet. Ik had geen zin me in een politieke discussie te laten trekken. Ik wilde mijn vader confronteren met zijn avontuurtjes in de stad.

'Dat kan in Nederland ook gebeuren,' zei mijn vader.

Ik schudde mijn hoofd. 'Het is hier geen Frankrijk of Oostenrijk.'

'Dat kan snel veranderen. Er is maar één man voor nodig, een man met foute ideeën én charisma.'

'Dat zal niet gebeuren, Nederland is daar veel te tolerant en verdraagzaam voor. Kijk maar hoe Janmaat van de Centrum Democraten aangepakt wordt in het parlement.'

'Je begrijpt het niet.' Het waren de woorden die me altijd woest hadden gemaakt, de woorden die hij altijd inzette als zijn gesprekspartner hem geen gelijk wenste te geven. 'Je begrijpt het echt niet, hè.'

'Ik begrijp het heel goed!' riep ik. 'Jij kent Nederland gewoon niet goed. Jij kent de Nederlandse cultuur en volksaard niet omdat je alleen met Turken omgaat. Maar ik kan je vertellen: hier maken wij korte metten met racisten en rechtsextremisten.'

'Wij? Wij? Jongen, je praat net alsof je vader hier de minister-president is en je familie dit land heeft gesticht. Maar je vader zit hier naast je in zijn oude Opel, je vader weet hoe het is om als immigrant met versleten kleren aan te komen in Europa, hij weet hoe het is om overal op dichte deuren te stuiten en vervolgens het land te worden uitgezet. En je vader heeft nu een uitkering omdat deze welvarende staat geen baan voor hem heeft ondanks zijn hoge opleiding. Kom mij dus niet vertellen dat ik de Nederlanders niet ken!' Mijn vader keek strak voor zich uit naar de rechte weg. 'Vergeet niet dat jij ook niet van hier bent. Vergeet niet dat je net als ik in een islamitisch land bent geboren. Je uiterlijk is buitenlands en je naam is buitenlands.'

'Wie was die vrouw?'

Mijn vader plaatste zijn andere hand ook op het stuur, en zonder me aan te kijken, vroeg hij: 'Welke vrouw?'

'Laatst in de tram.'

Hij schudde zijn hoofd. 'Dat heb ik toen al gezegd.'

'Waarom heb je haar niet aan me voorgesteld?'

'Waarom zou ik?'

'Dat was wel zo beleefd geweest.'

Mijn vader zuchtte. 'Waar ben je op uit, jongen? Waar zit je naar te vissen?'

'Ik geloof niet dat ze zomaar een oud-collega is,' zei ik kalm, maar van binnen donderde het. 'Daarvoor keek je veel te geschrokken toen je mij zag.'

'Het zijn niet jouw zaken. Ik ga me niet tegenover mijn zoon verantwoorden. Met wie ik omga, zijn mijn zaken. Heb je me begrepen?'

Het klokje op het dashboard stond nog op wintertijd. Ik staarde ernaar. 'Het zou voor anne en jou beter zijn als jullie ieder je eigen weg gingen.'

'Zo praat je niet tegen je vader.'

'Ik zou me het liefst helemaal niet met jullie bemoeien, maar je laat me geen keus. Na al die jaren, na alles wat er is gebeurd, kun je anne dit niet aandoen.'

'Praat geen onzin, ik doe je moeder helemaal niets aan.'

'Waarom zijn jullie eigenlijk nog bij elkaar? Geef alsjeblieft eerlijk antwoord.'

Zijn antwoord kwam snel en vastberaden. Het was iets wat hij natuurlijk allang wist, een vonnis dat lang geleden was uitgesproken en hun leven, en daarmee ook dat van ons, getekend had. 'Wij zijn tot elkaar veroordeeld.' Hij keek voor zich uit, af en toe wierp hij een korte blik in de achteruitkijkspiegel. En alsof hij vond dat het tijd werd dat zijn zoon hem eindelijk begreep: 'Niemand zal dit volgens mij begrijpen, behalve je moeder en ik. We zijn veel te jong getrouwd. Dat waren nu eenmaal de omstandigheden van die tijd. We hadden niets van het land gezien, we hadden zelfs nog weinig van de stad gezien. Ik heb mijn ouders gedwongen je moeders vader om de hand van zijn dochter te vragen. Dat was de fout van mijn leven. Maar het was geen vrije wil, het waren de verdomde omstandigheden. Daarna zijn we samen opgegroeid, terwijl we twee keer naar een ander land zijn verhuisd, zonder geld, zonder opleiding en zonder de taal te spreken.' Mijn vader keek me aan, alsof hij om begrip vroeg. 'Eigenlijk kan dat helemaal niet, het was onverantwoord. Migreren is een trauma. Maar wat moesten we anders? We hadden twee kleine kinderen, geen geld, geen dak boven ons hoofd. En in die misère heeft zich onze relatie gevormd. Wat je moeder en ik hebben, is onder zo'n waanzinnige druk ontstaan, dat het vervormd is. Mank en kreupel. Wat je moeder en ik hebben, daar is eigenlijk helemaal geen naam voor. Je kunt het geen huwelijk noemen. We stoten elkaar af, en trekken elkaar weer aan. Nog steeds. Zij begrijpt mij niet of kan mij niet begrijpen, en ik heb haar al helemaal nooit begrepen. Ik ben geen makkelijk mens, dat weet ik, geen andere vrouw zou het met mij uithouden. En onder normale omstandigheden waren je moeder en ik nooit met elkaar getrouwd, en hadden we al helemaal geen gezin gesticht. Maar wij hebben nooit normale omstandigheden gekend. We hebben altijd een leven vol trauma's geleefd. We zijn beiden als kind van het platteland naar de stad getrokken met onze ongeletterde en getraumatiseerde ouders, simpele boeren die alles kwijtgeraakt waren in het dorp en naar de stad trokken zonder zelfs maar de Turkse taal machtig te zijn. Dat was pure waanzin, daar kon helemaal niets goeds uit komen. Het leven is voor ons altijd een oneerlijk gevecht geweest, incasseren, slikken en het spuug en vuil van ons gezicht afschrapen en weer verder gaan.' Mijn vader zuchtte diep alsof hij zich afvroeg waarom hij aan dit verhaal was begonnen. 'Het is nu te laat om uit elkaar te gaan. Ik heb geprobeerd je moeder te ontvluchten, meerdere keren. We hebben het allebei geprobeerd, maar we kwamen steeds weer bij elkaar. Soms is je moeder net als mijn kind en probeer ik haar wat te leren met alle geduld dat ik in me heb. Het is me niet gelukt, maar ik heb het geprobeerd, dat moet ze me nageven. En soms is je moeder als mijn koppige zus en maken we vreselijke ruzie zoals jij dat ook zo vaak met jouw zus hebt gedaan. Ik ben een emotioneel man en verlies mijn zelfbeheersing omdat ze me blijft provoceren zodat zij het slachtoffer kan uithangen en de emotionele kaart kan spelen tegenover jullie. Vergis je niet, jongen, je moeder is geen engel, ze is geen lammetje. Zij heeft ook haar wapens. En op andere momenten is ze weer mijn vrouw die voor me kookt en mij verzorgt. Niemand begrijpt dat, soms begrijpen we het zelf niet eens. Maar we zijn tot elkaar veroordeeld. Ik heb al veel te veel in je moeder geïnvesteerd, ik heb al te veel van mijn jaren aan haar versp... in haar gestoken om haar nu nog te verlaten. Maar ik weet een ding zeker, als zij zich niet zo aan mij had vastgeklampt al die jaren, en mij had afgeremd, dan had ik zoveel kunnen bereiken, dan had ik een professor kunnen worden of minister. Wat ook nog een rol speelt...' Mijn vader zweeg even alsof hij zich had versproken en nu een terugweg zocht. 'Wat ook een rol speelt is dat het voor ons financieel niet haalbaar is om uit elkaar te gaan.'

'Maar dat is toch geen reden?'

Mijn vader keek me aan alsof we niet op de snelweg reden maar stilstonden op een stille parkeerplek. 'Je moeder en ik komen uit een andere cultuur, uit een cultuur die jij niet kent en die we jou niet hebben opgedrongen. Dus doe niet of je ons begrijpt of kunt begrijpen. Ik heb je nu wat ruimte gegeven omdat je een product bent van dit land en ons daarom niet begrijpt. Je weet nu hoe het zit. Dus vraag me nooit meer om mijn vrouw te verlaten.'

98

Ik had Kaya bijna een jaar niet gezien. Op mijn voorstel elkaar weer bij mijn faculteit te treffen, had hij afwijzend gereageerd en gezegd dat hij zich liever niet tussen de studenten wilde begeven. Ik zat al ruim twintig minuten op hem te wachten op het terras van café De Jaren en wilde net opstaan, bezorgd dat hem misschien iets overkomen was, toen een magere man zonder keffiyeh-sjaal het terras betrad. Hij had kortgeknipt haar en gladgeschoren wangen.

De man keek schichtig om zich heen. Hij droeg geen All Stars maar leren instappers en een loszittende zwarte pantalon met daarboven een overhemd in een sombere grijze kleur. Was dit Kaya? De man liep richting mijn tafel. Pas toen hij naast mijn tafel stond, keek hij me aan. 'Metin, je zit er nog.' Het was de stem van Kaya. Ik stond op, licht ongemakkelijk. Hij stapte naar voren en omhelsde me. 'Goed je te zien,' zei hij.

Ik bestudeerde zijn gezicht. Zijn wangen waren ingevallen en zijn ogen zaten dieper in hun kassen. 'Kaya,' zei ik. 'Ik herkende je bijna niet. Je ziet er zo mager uit.'

'Begin jij ook al?' riep hij terwijl hij snel ging zitten. Uit zijn broekzak haalde hij een pakje Marlboro, een aansteker en een mobiele telefoon, en legde ze op tafel. 'Mijn moeder blijft er maar over zeuren, kookt steeds van die zware maaltijden en roept de hele dag dat ik meer moet eten. Gestoord word ik ervan!'

Ik bleef staan en volgde zijn bewegingen.

'Maar goed, je hebt een mooie plek uitgekozen,' zei hij terwijl hij achterover leunde en naar de Amstel staarde alsof hij voor het eerst in deze stad was.

Ik ging zitten en terwijl ik probeerde te wennen aan zijn verschijning, boog ik me naar voren. 'Kaya... hoe gaat het met je?'

Pas na een paar seconden wendde hij zijn blik naar me toe, alsof hij nog niet klaar was voor deze ontmoeting. 'Prima... prima.'

Ik zag nu duidelijk dat zijn haar slecht was geknipt, alsof hij het zelf had gedaan en in een bevlieging zijn lange manen had gekortwiekt.

Hij boog nu ook naar voren en leunde met zijn ellebogen op het tafeltje tussen ons in. 'Het gaat z'n gangetje,' zei hij terwijl hij zuchtte en zijn handen traag over zijn gezicht liet glijden, alsof hij de vermoeidheid eruit probeerde te persen.

'Hoelang ben je al terug?'

'Ik ben niet terug,' zei Kaya meteen alsof ik hem valselijk had beschuldigd. 'Ik ga morgen weer weg.'

'Morgen al?' Ik had samen plannen willen maken om de komende dagen ergens heen te gaan, en misschien ook onze lange reis willen bespreken die langzaam dichterbij kwam. 'Maar... hoelang ben je al in Amsterdam?'

Kaya wierp weer een blik naar de Amstel. 'Een tijdje al,' zei hij zonder me aan te kijken.

'Waarom heb je me niet eerder gebeld?'

Hij staarde naar het tafeltje. 'Ik heb het druk gehad, moest van alles regelen, met familieshit dealen.'

'Familieshit?'

Een jonge ober kwam aan onze tafel staan. Ik bestelde een zwarte koffie, Kaya een witte wijn. Daarna stak hij haastig een sigaret op. En alsof hij me voor wilde zijn en geen zin had in nog meer vragen, zei hij: 'Maar vertel, hoe is het met jou en met je studie? Ben je al bijna advocaat?'

'Ik wil geen advocaat worden,' zei ik. Ik wilde eraan toevoegen dat hij dat toch wist, dat we het er uitvoerig over hadden gehad. Maar er waren belangrijkere dingen om over te praten. 'Ik heb een leuk nieuwtje.'

'O.'

'Ik ga in San Francisco studeren.'

'Ja?'

'Internationaal Strafrecht via een uitwisselingsprogramma met de San Francisco State University. En ik mag ook de keuzevakken Creative Writing en Journalism doen.'

Kaya nam een diepe trek van zijn sigaret en blies toen de rook langzaam uit door zijn neusgaten terwijl hij me van onder zijn wenkbrauwen aanstaarde. 'Leuk, Metin.'

'Ik heb vorige week officieel te horen gekregen dat het rond is.'

'Mooi, man.' Kaya vroeg niet wanneer ik zou vertrekken, hoelang ik zou wegblijven of hoelang het al mijn droom was geweest om naar San Francisco te gaan. Kaya leek met zijn gedachten ergens anders. In Berlijn, Istanbul of het Midden-Oosten. Niet bij mij. Hij nam een flinke slok van zijn wijn en keek me aan. 'Ze zeggen dat ik alleen aan mezelf denk.'

'Wie?'

'Mijn broers! Wie anders?' Kaya drukte zijn handen tegen elkaar, alsof hij aan een hopeloos gebed begon. 'Ze zeggen dat ik altijd alleen aan mezelf heb gedacht, dat ik de wereld heb afgereisd zonder om te kijken. Zonder me om mijn moeder te bekommeren. Het gaat slecht met haar.' Hij zuchtte getergd. 'Sinds ik hier ben heb ik alleen maar ruzie gemaakt met mijn broers. Aziz wil niets meer met me te maken hebben en Serkan vloog me vanochtend bijna aan.'

'Jeetje... Kaya. Wat heeft je moeder?'

Hij staarde naar het pakje sigaretten op tafel. 'Ze hebben weer iets gevonden bij haar baarmoeder. Ze staat nu onder verscherpte controle.'

Ik wist niet wat ik moest zeggen.

'Er speelt meer,' zei hij. 'Er is iemand in mijn leven. Een... exceptioneel iemand. Metin, ik heb nog nooit zo'n vrouw ontmoet. Na een week ben ik al bij haar ingetrokken. Kun je het je voorstellen? Ze woont in een prachtig industrieel pand in het centrum van Berlijn.'

Ik vroeg me alleen maar af wat hier in vredesnaam aan de hand was. Ondanks oneindig veel korte en een paar langere liefdes, had Kaya altijd geweigerd om samen te wonen. Het was altijd een van zijn heilige principes geweest. 'Hoelang zijn jullie bij elkaar?'

'Bijna anderhalf jaar. Sonja heet ze. Ze is zestien jaar ouder dan ik. Voor het eerst een echte vrouw in plaats van het zoveelste aanhankelijke meisje.'

'Wat doet ze?' vroeg ik.

'Ze is toneelspeelster, heeft aan de lopende band nieuwe rollen. Sinds kort speelt ze in een televisieserie.' Hij zweeg en staarde naar zijn handen. Ineens keek hij me onthutst aan. 'Zij noemde me laatst ook zelfzuchtig. "Je kan niet steeds maar onderweg zijn naar Beiroet en Istanbul, en dan weer even hier. Het leven bestaat niet alleen uit feesten," schreeuwde ze, terwijl ze zelf midden in de nacht was thuisgekomen. We kregen ruzie en ze ging door het lint, begon met borden en glazen te smijten. Ik dacht dat ze gek was geworden. Daarom ben ik hier. Om na te denken. Zij draait nu toch lange dagen voor die achterlijke televisieserie. Daarom is ze akkoord gegaan.' Kaya tikte op zijn mobieltje. 'Onder de voorwaarde dat ik een paar keer per dag iets van me laat horen via deze verdomde *Handy*. Zodat ze weet waar ik uithang, want als ik eenmaal de deur uitga, verander ik volgens haar in een demente zwerfhond die de weg naar huis vergeet. Ik durf het je bijna niet te vertellen, maar ik moet binnen tien minuten reageren als ze me een sms stuurt, anders is er dikke stront aan de knikker en lig ik volgens haar met een ander te krikken. En nu eist ze dat ik morgen thuiskom, anders mag ik wegblijven.' Kaya pakte zijn mobieltje ineens op, bekeek het beeldscherm haastig en slaakte een zucht van verlichting. Hij schudde zijn hoofd, alsof hij het zelf ook niet kon geloven dat hij in deze positie was beland. Hij nam een slok van zijn wijn en veegde toen met de rug van zijn hand over zijn mond. 'Ze heeft me ook deze kleren en schoenen gegeven omdat ik volgens haar te veel op een anarchist leek met al die Che Guevara-shirtjes en keffiyeh-sjaaltjes van mij.' Hij veegde weer met de rug van zijn hand over zijn mond, maar dit keer leek het uit walging te zijn. 'Metin, ze wil een gezin, ze zegt dat ze niet langer kan wachten omdat ze bijna veertig is. Ze zegt dat het me volwassen zal maken en minder zelfzuchtig. Kun je het je voorstellen?'

Het begon me te duizelen. Ik had niet verwacht dat ik het ooit zou meemaken, maar zelfs de ongrijpbare Kaya kon dus onder het leven gebukt gaan. 'Wat wil je zelf?' vroeg ik.

'Ik weet het niet, Metin. Ik wil daar zijn waar de wind me brengt.'

'Maar wat is je doel?' vroeg ik, alsof ik namens Sonja sprak.

'Doel? Waarom moet ik een doel hebben? Waarom moet ik altijd iets van iedereen?'

'Mij helpt het. Voor het eerst in mijn leven weet ik eindelijk wat ik zelf wil. Voor het eerst in mijn leven heb ik zelf ergens voor gekozen. Niet voor mijn ouders, maar voor mezelf. Ik ga naar San Francisco omdat ik dat zelf wil, omdat ik het makkelijke pad wil verlaten. Ik ga me daar serieus verdiepen in het schrijven, en ik wil zien of ik me kan redden in een nieuwe stad, in een ver land waar ik niemand ken.'

Ik hoopte dat Kaya zou doorvragen. Maar hij trok het gesprek weer naar zich toe, alsof hij anders ter plekke zou stikken door Sonja's klauw om zijn keel. 'Ik wil vrij zijn. Hier een klus doen, daar een theaterset opbouwen, naar mijn vrienden in Beiroet gaan, daarna door naar Istanbul, chauffeur spelen voor vrienden in een waanzinnig rockbandje, en met die gasten tot de ochtend waterpijp roken op het dakterras terwijl we uitkijken over de Bosporus. En 's ochtends gewekt worden door de krijsende meeuwen, verse simit eten op straat en theedrinken op de pont naar de overkant waar een liefje woont. En na een week terug naar Berlijn, naar de orde en rust en het prachtige huis van Sonja.'

En ineens deed Kaya me aan mijn vader denken. Misschien leefde hij wel het leven dat mijn vader altijd had willen leven, altijd onderweg zijn, altijd op zoek naar iets beters, zonder verantwoordelijkheden. Daar zijn waar de wind hem brengt. Misschien konden ze het daarom zo goed met elkaar vinden.

'Kaya, als je vrij wilt zijn, dan moet je niets doen waar je later spijt van zult krijgen.'

'Hoe bedoel je?'

'Neem geen kinderen omdat je je gedwongen voelt, want dat zal je uiteindelijk ongelukkig maken. En je gezin ook.'

Kaya staarde me een tijdje zwijgend aan en zuchtte toen opgelucht. 'Ik ben zo blij dat je dit zegt. Echt, je hebt geen idee hoe blij ik ben om dit te horen. Jij bent de eerste in lange tijd die echt naar mij luistert, die echt oprecht aan mij denkt. Dank je, kardeş.'

Ik was vooral blij om het gezicht van mijn vriend te zien opklaren. En zo zaten we daar een tijdje. We keken naar de Amstel, naar de roeiboten die langzaam voorbij trokken en de meerkoeten die ronddobberden, toen Kaya zijn hand op mijn arm legde.

'Metin, je bent echt vastberaden en doelgericht bezig met je studie en het schrijven.' Hij begon te glimlachen en ik herkende weer iets van de oude Kaya. 'En je bent ook al zo wijs. Man, je overdrijft echt, hoor. Het is te veel. Je moet in San Francisco wel de beest uithangen, hè. Even wat stoom afblazen daar. Tjonge, jonge.' Hij lachte ineens hardop. Eindelijk liet mijn vriend zich weer gaan, alsof hij ergens van verlost was. En net zoals vroeger kon ik nu ook geen weerstand bieden en lachte ik mee.

'Maak je geen zorgen, ik zal in San Francisco net doen of je bij me bent als ik de barretjes verken samen met de uitwisselingsstudenten. En ik zal op je drinken tot de stad ontwaakt!'

‘Zo mag ik het horen, kardeş.’ Kaya keek me even aan. ‘Ik wil dat je weet dat ik echt trots op je ben.’

We keken elkaar een tijdje aan alsof we ons weer in betere tijden bevonden, toen alles nog voor ons lag, en Kaya niet was begonnen aan zijn reizen. En even koesterde ik weer de hoop dat hij zou blijven, en dat alles weer bij het oude zou zijn. Maar hij stond ineens op. ‘Sorry, ik moet gaan. Ik heb beloofd mijn moeder naar een oude vriendin te brengen. Het is volgens mijn broers het minste wat ik kan doen voordat ik weer verdwijn.’

‘Het was kort.’

‘Kort, maar goed,’ zei Kaya. ‘Ik had het echt nodig. Man, je hebt geen idee hoe je me geholpen hebt.’

Ik pakte hem stevig bij zijn schouders. ‘Als er iets is, als ik iets voor je kan doen, laat het me dan weten. Je kunt altijd bij me langskomen en net zo lang blijven als nodig is.’

‘Ik weet het.’ We omhelsden elkaar en Kaya drukte zich stevig tegen me aan. Toen hij me losliet, keek hij me vragend aan. ‘Metin, vind je mij ook zelfzuchtig?’

Kaya was Kaya. Hij was me dierbaar. En hij zou altijd mijn broeder zijn, wat er ook zou gebeuren.

‘Nee,’ zei ik. ‘Je moet nu alleen een paar belangrijke keuzes maken.’

99

Toen ik thuiskwam zag ik het meteen: de korstige wond boven mijn moeders rechteroog. Het bloed was nog maar net geronnen en de schrik vonkte nog na in haar ogen. Hoewel ik bang was dat kort daarvoor de uitbarsting had plaatsgevonden die ik al die jaren zo had gevreesd, probeerde ik mezelf wijs te maken dat er iets triviaals was gebeurd, dat mijn moeder haar hoofd tegen een openstaand keukenkastje had gestoten. Maar in ons gezin gebeurde nooit iets triviaals.

Mijn moeder perste haar lippen op elkaar in een poging haar tranen te bedwingen.

'Die klootzak!' riep ik. 'Die vuile klootzak. Waar is hij?'

'Ze hebben hem meegenomen.'

'Wie heeft hem meegenomen?'

'De politie.' Mijn moeder keek me aan alsof ze om vergiffenis vroeg. 'Ik heb ze gebeld.'

Ik keek om me heen alsof ik nog sporen kon aantreffen van wat zich hier had afgespeeld. 'Wat is er gebeurd?'

'Ga zitten,' zei ze.

Terwijl ik plaatsnam aan de eettafel, bleef mijn moeder staan en duwde haar hand voorzichtig tegen haar achterhoofd. 'Ik had hem nog zo gewaarschuwd!' zei ze ineens fel. "O wee, Harun, als je me een blauw oog slaat of verwondingen op mijn gezicht bezorgt waardoor ik niet naar mijn werk kan. Dan bel ik de politie!"'

Een gevoel van razernij schoot door mijn maag. 'Waarom heeft hij je geslagen?'

Mijn moeder zeeg traag neer op de stoel, vlocht haar handen in elkaar en liet haar hoofd erop rusten, alsof ze bad.

Zoals altijd was de aanleiding onbeduidend geweest. Het was vrijdag en mijn moeder had er, met haar onregelmatige en spartaanse dienstrooster, zes lange dagen op zitten in het ziekenhuis. Ze had alleen die ene dag om bij te komen voordat ze weer het hele weekend zou worden ingezet in de eindeloze gangen van het AMC. Toen ze die ochtend de vermoeidheid uit haar lichaam probeerde te laten vloeien door haar ogen zo lang mogelijk gesloten te houden in bed, hoorde ze het schelle geluid van de tv uit de woonkamer komen. Zoals elke morgen had hij zich met zijn uitgebreide ontbijt aan de salontafel geïnstalleerd en keek naar wat de Turkse zender TRT-INT hem ook maar voorschotelde. Mijn moeder wachtte tot hij klaar was met ontbijten, sleepte zich toen richting de badkamer voor een douche waarvan ze hoopte dat die haar zou verlossen van de zeurende pijn in haar botten, en slofte daarna in badjas naar de woonkamer.

Ondertussen had hij zich voor de tweede keer die ochtend voor de spiegel geïnstalleerd om zijn kapsel van de laatste imperfecties te ontdoen. En met het engelengeduld dat hij verder alleen voor het lezen bewaarde, en de toewijding die hij nergens anders voor kon opbrengen, borstelde hij telkens weer dezelfde plek op zijn dichtbegroeide schedel. Nadat hij de deur uit was gegaan om aan onvermoede avonturen te beginnen, dacht mijn moeder eindelijk rustig te kunnen ontbijten. Ze nam plaats aan de keukentafel en merkte toen pas de stilte op die over het huis was neergedaald. En pas toen besefte ze weer dat het nog zo'n halfuur zou duren voor zijn onrustige en allesoverheersende energie langzaam uit alle vertrekken van de woning was gevloeid. Ze nam lusteloos een hap brood met oude kaas en nam met tegenzin de schade op: de vuilnisbak puilde uit, de resten van zijn ontbijt stonden nog op het aanrecht, stukjes tomaat en komkommer lagen op de natte vloer en broodkruimels op en onder de salontafel. Ze had de verse urinedruppels op de rand van de toiletpot, en de vloer eromheen, eerder al gezien.

Ze besloot haar plannen voor die dag te wijzigen. Ze belde haar vriendin, met wie ze had afgesproken die middag koffie te drinken, om te zeggen dat ze het niet ging redden. Ze nam zich toen voor om het hele huis maar op te ruimen, want ook de badkamer was dringend toe aan een beurt. Nadat ze boodschappen had gehaald bij de C1000 en de drie volle tassen naar huis had gesleept, stortte ze zich bij thuiskomst op het huishouden. Toen ze het tweepersoonsbed verschoonde, voelde ze de pijn in haar voetzolen en knieën, en drong het tot haar door dat ze de vijftig was gepasseerd en de zes dagen die ze achter elkaar had gewerkt haar hadden uitgeput. Ze wist dat het zo niet langer kon doorgaan.

Toen ze eindelijk op de klok keek, zag ze dat het al bijna halfvijf was en dat ze sinds het ontbijt niets gegeten of gedronken had. Ze wierp zich uitgeput op de bank en hoewel ze zich had voorgenomen die avond te koken, kon ze bijna geen vin meer verroeren. Ze ging ervan uit dat hij op de vereniging zou eten, als elke vrijdag, en ze vermoedde dat wij met vrienden hadden afgesproken, dus besloot ze het bij wat brood en fruit te laten op de enige avond in de week die zij voor zichzelf had.

Uitgerekend die dag kwam hij met heel andere verwachtingen thuis. Het eten dat op de vereniging was bereid, had zijn goedkeuring niet kunnen wegdragen en het uitgebluste gezelschap vol linkse idealisten was niet wat het was geweest. De lust was hem vergaan om elders vermaak op te zoeken. En terwijl het gegrom in zijn maag toenam, wroette hij even later met kracht en zonder precisie zijn sleutel in het slot van de voordeur, en kondigde zo op klassieke wijze zijn thuiskomst aan. Na al die jaren had dat geluid nog steeds dezelfde uitwerking: ze ging meteen rechtop zitten als een verschrikt stokstaartje. Waarschijnlijk besefte ze op dat moment niet dat het vervloekte geluid een huiselijke catastrofe aankondigde die het geloof in een heilzaam samenzijn met hem voor altijd teniet zou doen.

Toen hij de woonkamer betrad, groette hij haar plichtmatig en liep meteen door naar de keuken om de kwellende honger, die hem al sinds zijn vertrek van de vereniging had vergezeld, het zwijgen op te leggen. In de korte stilte die volgde kon zij niet vermoeden dat de weeffout in zijn brein de radertjes rond zijn hersenstam liet smeulen en schuren.

'Waar is het eten?' bromde hij toen hij was teruggelopen naar de woonkamer.

Pas toen vermoedde mijn moeder welke versie van hem was thuisgekomen, en begonnen de getrainde sensoren in haar vermoeide lichaam zachtjes te knipperen. En hoewel ze nog geen woord had gesproken, voelde ze de opwinding al in haar keel. 'Ik heb vandaag niet gekookt,' zei ze voorzichtig.

Hij keek haar aan alsof ze schipbreukelingen waren op een afgelegen eiland en zij hem zojuist had verteld dat ze het laatste restje eten aan de wilde dieren had gevoerd. Ze besefte dat er nog maar weinig voor nodig was om dit moment om te laten slaan naar iets bijzonder onaangenaams. Alle ingrediënten waren ervoor aanwezig: de kinderen waren niet thuis, hij had honger en zij had het gewaagd om niet te koken, zonder aankondiging, zonder overleg en zonder zijn goedkeuring. Bovendien was ze doodmoe wat haar voorzichtigheid nadelig beïnvloedde.

'Wat heb je de hele dag thuis gedaan?' riep hij.

Mijn moeder voelde de opwinding vanuit haar ingewanden omhoog komen. 'Ik heb boodschappen gehaald voor de komende dagen en daarna het het hele huis schoongemaakt. Ik heb gedweild, de badkamer en wc schoongemaakt, de keuken opgeruimd, de bedden verschoond, een was gedraaid en aan de waslijn gehangen.' Het drong tot haar door dat haar antwoord was uitgedraaid op een opsomming waarin ergernis doorklonk. 'Ik heb zojuist een broodje kaas gegeten omdat ik trilde van vermoeidheid. Maar de koelkast is helemaal vol,' zei ze om hem milder te stemmen. 'Ik heb van alles in huis gehaald.'

Misschien had hij gehoopt dat ze alsnog zou zeggen: waar heb je zin in? Ik maak het wel. Want hij bleef staan alsof een belangrijke belofte aan hem was gebroken. 'Je had op z'n minst soep kunnen maken.' Hij draaide zich om en liep naar de keuken. 'Ongelooflijk. Je bent verdomme de hele dag thuis geweest.'

Mijn moeder beet op haar onderlip terwijl ze hoorde hoe hij de deur van de koelkast tegen de muur klapte, hoe de potten jam en augurken rinkelden en de groentela, waar een lange barst in zat die met de week groeide, ruw werd opengetrokken. Borden en bestek werden even later op het aanrecht gesmeten, de kraan werd opengedraaid en de onnodig harde waterstraal zorgde voor spetters op de pas gedweilde vloer. De knal waarmee de grote houten snijplank vervolgens op het aanrecht belandde, deed haar opveren. Hij was de opgeruimde keuken in een ravage aan het veranderen, wist ze en ze stond op van de bank. Ze zag hoe hij met demonstratieve woede de komkommer sneed, terwijl het water onverminderd hard in de wasbak gutste. Ze zag stukken vertrapte tomaat en uienringen op de natte grond liggen. En terwijl hij grommend de stukken komkommer op een bord smeet, waarbij er een paar op de grond belandden, draaide mijn moeder de kraan dicht. Ze schraapte haar keel, terwijl hij olijfolie en citroensap over de groenten op het bord goot. 'Kun je alsjeblieft, ik zeg alsjeblieft, een beetje rekening met mij houden en ervoor zorgen dat de keuken een beetje netjes blijft?'

Zonder iets te zeggen pakte hij het bord met groenten op en smeet het in haar richting. Ze deinsde achteruit terwijl de stukken komkommer en tomaat in haar gezicht sloegen en het citroensap in haar ogen prikte. 'Wat bezielt je?' riep ze verbijsterd, en terwijl een vlammende pijn door haar ogen schoot en ze even vreesde dat haar gezichtsvermogen zou zijn aangetast, greep ze op de tast een theedoek en veegde haar gezicht schoon. Ze rende naar de badkamer omdat haar ogen bleven branden, en besprenkelde haar gezicht net zo lang met water tot niet alleen haar wangen en voorhoofd, maar ook haar handen verkleumden door het koude water. Ze droogde haar gezicht en liep terug naar de woonkamer, terwijl de vernedering door haar bevende lichaam joeg. Ze duwde de deur van de woonkamer open en zag zijn forse gestalte naast de fauteuil staan.

'Wat was dat?' riep mijn moeder met overslaande stem. 'Heb ik dit verdiend? Heb ik soms als een hoer over de straten getippeld dat je me dit aandoet?'

Hij keek haar woedend aan. De vrouw die niet voor hem had gekookt, snikte voor zijn ogen.

'Hoe kun je jezelf communist noemen als je zoiets doet bij een vrouw die de hele dag in huis heeft gewerkt?' Ze sloeg met haar hand tegen de deur. 'Hoe kun jij jezelf nog communist noemen?'

'Kop dicht!' brulde hij en hij tilde de zware aarden pot die tegen de muur stond hoog boven zijn hoofd. 'Ik sla hem stuk op je achterlijke hoofd.' Zijn borstkas ging wild op en neer. 'Om van jou verlost te worden, om jou nooit meer te hoeven zien!'

Mijn moeder hief instinctief haar handen omhoog en riep: 'Doe het niet.'

'Achterlijk wijf, je bent net een insect. Je ziet eruit als een insect! En ik kom niet van je af, ik kom verdomme maar niet van je af!'

'Doe het niet,' smeekte ze. 'Harun, leg dat ding neer. We hebben een gezin, we hebben kinderen. Alsjeblieft, kom tot jezelf.'

Hij keek haar aan met de wijd opengesperde ogen die haar altijd zoveel schrik hadden aangejaagd, maar als door een wonder besloot hij het beest omlaag te duwen en de zware pot te laten zakken. En juist op dat moment rende mijn moeder richting hun slaapkamer waarvan de deur op slot kon. Hij rende achter haar aan, alsof het beest op het laatste moment hardnekkig verzet had geboden, en eigenhandig de keten van zich af had geworpen. Nog voordat ze de slaapkamer had bereikt, greep hij haar van achteren. Hij trok haar naar zich toe en begon op haar hoofd en gezicht in te slaan met zijn grote lompe handen die in zijn hele leven zo weinig hadden gecreëerd.

Mijn moeder dacht dat ze er geweest was, dat dít de gevreesde aanval was waar ze al die jaren bang voor was geweest. Ze krijste wanhopig en probeerde een schild te vormen met haar armen. Maar ze was weerloos. Hij raakte haar overal waar hij haar raken kon, op haar achterhoofd, oogkassen, neus en mond. En terwijl ze schreeuwde en zich probeerde te ontworstelen aan zijn greep, stroomde er iets warms over haar voorhoofd, in haar ogen en vervolgens over haar wangen en in haar hals. 'Hou op, ik zit onder het bloed!' gilde ze radeloos. 'Stop, ik bloed, je hebt mijn gezicht kapotgemaakt. Stop!'

Hij bleef slaan, briesend en vastberaden, tot hij het bloed op zijn eigen handen zag. Hij bekeek zijn knokkels en vingers alsof hij bang was dat hij zichzelf had bezeerd, en pas toen zag hij haar bebloede gezicht. Hij liet haar los, alsof hij afdoende had gewroken wat er te wreken viel, en zonder naar haar om te kijken, liep hij naar de badkamer waar hij zijn bebloede handen geduldig begon te wassen. Mijn moeder rende naar de woonkamer, greep de draadloze huistelefoon, holde toen naar de slaapkamer en deed de deur op slot. En terwijl ze met haar rug tegen de deur leunde, toetste ze 112 in en stond ze de stem aan de andere kant van de lijn fluisterend en bevend te woord.

De politie arriveerde nog geen kwartier later. Toen er aangebeld werd, sprintte ze naar de intercom en drukte meteen op het knopje waarmee de deur naar het trappenhuis openging. Ze rende naar de hal voordat hij uit de woonkamer zou komen, trok de voordeur open en wachtte, terwijl haar gezicht nog steeds onder het bloed zat, op de politie.

Twee vrouwelijke politieagenten kwamen naar boven. Twee vrouwen die voor gerechtigheid kwamen zorgen, alsof het lot het zo had bepaald.

'Is uw man gewapend?' vroeg de ene agente.

'Nee.'

'Waar is hij?'

'In de woonkamer.'

De agente bekeek mijn moeder en zag dat ze beefde. De agente legde een hand op haar arm. 'We gaan hem meenemen,' zei ze alsof ze haar wilde voorbereiden op wat er komen ging. 'We gaan hem geboeid afvoeren.'

'Niet doen,' zei mijn moeder met grote ogen. 'Geen handboeien, dat vergeeft hij me nooit.'

'Het moet, mevrouw,' zei de andere agente. 'Hij moet voelen dat dit gevolgen heeft.'

Mijn moeder deed een stap opzij en de agenten liepen naar binnen, en juist op dat moment betrad hij de hal. Hij keek verbouwereerd toen hij de twee politieagenten zag staan.

'Ik heb je gewaarschuwd,' riep mijn moeder huilend. 'Ik heb je heel vaak gewaarschuwd.' En alsof ze er zeker van wilde zijn dat hij zich later goed zou herinneren hoe het zover was gekomen, zei ze: 'Jij hebt me hiertoe gedwongen.'

Toen een agente de handboeien tevoorschijn haalde, zorgde dat voor een schrikreactie bij de man die in zijn tienerjaren door heel wat Turkse politieagenten was afgetuigd. 'Nee, alsjeblieft geen handboeien. Ik ga wel mee.' Hij keek mijn moeder smekend aan. 'Asena, zeg dat ze geen handboeien moeten gebruiken, zeg dat ik meewerk.'

'Nee,' zei de agente gedecideerd. 'U gaat geboeid mee.'

Toen mijn moeder de volgende dag wakker werd en zich naar de kant van haar man draaide, drong het tot haar door dat hij nog in de cel zat, dat het geen droom was geweest en dat hij daadwerkelijk werd gestraft voor wat hij haar had aangedaan. En dat besef, vertrouwde ze me toe, gaf haar de moed om op te staan en haar gezicht in de spiegel te bekijken. Tijdens de wandeling naar de badkamer drong de gedachte zich aan haar op dat hij alsnog had gewonnen als ze vandaag thuis zou blijven, dat hij dan met zijn lompe handen had bewerkstelligd waar ze hem altijd zo voor had gewaarschuwd. Dat genoegen gunde ze hem niet.

Tot haar opluchting zag ze dat haar oog minder was gezwollen dan ze had gevreesd, en dat de pleister op haar voorhoofd de wond zo goed verhulde, dat ze zich kon voorstellen dat collega's haar zouden geloven als ze zei dat ze haar hoofd tegen de deur van een keukenkastje had gestoten.

Die middag liep hij op zijn huisslippers naar het AMC in de loszittende zwarte joggingbroek en het vale T-shirt met gaten in de oksels waarin hij de vorige dag uit zijn huis was afgevoerd. Hij wist dat mijn moeder op de afdeling kinderoncologie werkte. Daar trof hij haar aan, terwijl ze net wilde beginnen aan haar ronde voor de middagmaaltijden.

Ze keken elkaar zwijgend aan, en wisten dat ze nog geen woorden hadden voor wat zich de vorige dag had afgespeeld. Mijn moeder was verbaasd dat hij haar aankeek als een kat die melk had gemorst, en daar de gevolgen van vreest. Hij stond daar met een warrig kapsel, ongewassen en in de kleren waarin hij in de cel had geslapen. En in zijn eens onmeetbare trots waren zulke diepe deuken geslagen dat het zelfs zichtbaar was voor eenieder die niets van zijn bizarre geschiedenis afwist.

Hij fluisterde: 'Kun je me de huissleutels geven?'

Zonder iets te zeggen liep mijn moeder naar de kleedkamer waar haar kluisje stond. Voordat ze terugliep, bekeek ze hem vanuit de deuropening, terwijl hij daar stond, de armen over elkaar geslagen en naar de grond starend alsof hij hoopte dat niemand hem had opgemerkt. Zo bleef mijn moeder daar staan, net zolang wachtend tot de twee jonge verpleegsters, die in de verte kwamen aanlopen, hem hadden gepasseerd.

Toen ze hem de sleutels overhandigde, knikte hij nauwelijks zichtbaar, draaide zich om en sjokte traag weg. En waar hij voorheen altijd met de borst omhoog en schouders naar achteren had gelopen, trots en fier zonder enige reden, en onbereikbaar voor mensen waar hij niets aan had, keek hij nu naar zijn versleten slippers terwijl hij naar de uitgang slofte.

100

Mijn vader zat op de tweezitsbank en zag er weer onberispelijk uit en glimlachte vriendelijk alsof hij voor een rechtbankjury wilde aantonen dat er niets dan goedheid in hem school. Rechts van hem, op de driezitsbank, zaten mijn moeder en zus. Ik had me geïnstalleerd op de fauteuil tegenover hem, en de hele tijd keek ik mijn vader recht in zijn ogen. Ik moest me bedwingen om me niet via de salontafel op hem te werpen om de grijns van zijn smoel te rammen.

'Er was echt niet zoveel aan de hand, hoor,' zei mijn vader op speelse toon terwijl hij mijn zus en mij beurtelings aankeek met een glimlach die steeds verder groeide. Eenieder die hem op dat ogenblik daar met zijn innemende kwajongensgezicht had zien zitten zonder zijn beschamende voorgeschiedenis te kennen, had bij voorbaat in zijn onschuld geloofd. 'Jullie moeder zag wat bloed en schrok daar gewoon van. Maar het was maar een schrammetje op haar voorhoofd, veroorzaakt door de iets te lange nagel van mijn wijsvinger.' Hij hield de wijsvinger van zijn rechterhand onschuldig in de lucht, alsof hij daarmee onmogelijk iemand kon verwonden, alsof hij daarmee zijn leven lang alleen maar liefdesgedichten voor mijn moeder had geschreven. 'En als er eenmaal een wondje op het voorhoofd ontstaat, ja, dan bloedt dat nogal, dan lijkt het erger dan het is. Maar eigenlijk was er niet zoveel aan de hand.' Hij zweeg even en glimlachte tevreden over zijn eigen inventiviteit. 'Jullie moeder raakte gewoon een beetje in paniek door dat bloed.' Hij zei het alsof hij het ergens betreurde dat ze haar kalmte niet had weten te bewaren in de situatie die misschien eventjes wat verhit was geweest, maar niets was wat ze niet vaker hadden meegemaakt. Ze hadden er toch samen uit kunnen komen? Waar was al die ophef nou helemaal voor nodig?

'Doe verdomme niet alsof we achterlijk zijn!' riep ik en het liefst had ik de Hema-kaars in zijn gezicht gesmeten.

'Ja, baba,' zei mijn zus. 'De politie heeft je niet voor niets meegenomen.'

'De politie had zich hier nooit mee mogen bemoeien!' Mijn vader keek alsof hij nog steeds niet kon geloven dat mijn moeder hem erbij had gelapt, dat hij door haar overtrokken reactie een nacht in de cel had moeten doorbrengen. 'Je gaat toch niet de politie afsturen op een man zoals ik die het zo vaak aan de stok heeft gehad met de Turkse politie? Je gaat toch niet de politie afsturen op een communist?'

'Als ik had geweten dat ze zouden ingrijpen, had ik de politie veel eerder gebeld,' zei mijn moeder kalm.

Tot mijn verbazing viel hij niet naar haar uit. 'Ik ben een vredelievend mens,' zei hij plechtig. 'Ik zou een levend wezen nooit zomaar pijn doen. Jullie worden emotioneel omdat het over jullie moeder gaat, omdat zij volgens jullie beschermd moet worden tegen mij, de boze vader.' Hij zuchtte terwijl hij zijn hoofd schudde over zoveel onrecht. 'Maar misschien moet ik wel tegen haar beschermd worden, want jullie weten helemaal niet hoe zij is als we met z'n tweeën zijn. Ze weet dat ik gevoelig ben, jullie moeder weet dondersgoed dat ik een emotioneel man ben. Daarom ben ik ook zo vaak van huis, ik probeer te voorkomen dat ze me boos maakt, dat ze van mijn zwakte profiteert. Dat het escaleert.'

'Baba, alsjeblieft,' zei mijn zus.

'Maar ik ben hier het slachtoffer!' Hij keek onrustig om zich heen, alsof hij omstanders zocht die het met hem eens waren. 'Ja, ík ben hier het grootste slachtoffer. En als jullie dat niet zien, dan zijn jullie nog vernederlandster dan ik vreesde.' Hij zuchtte. 'Ach, jullie zijn kinderen van Europa, wat weten jullie nou van het huwelijk tussen twee Zaza's die in een dorp in Oost-Turkije zijn geboren? Wat weten jullie van onze cultuur? Wat begrijpen jullie van het leven van een communistische Zaza?'

'Baba, je doet net of wij het probleem zijn, en dat anne iets verkeerd heeft gedaan,' zei mijn zus opmerkelijk rustig. 'Maar we zitten hier omdat jij anne doodsbang hebt gemaakt.'

'Overdrijf niet zo, kind, je lijkt je moeder wel.'

'Is dat alles wat je te zeggen hebt?' vroeg ik terwijl ik een diepe woede voelde opwellen. 'Is dat alles wat je te zeggen hebt na alles wat er gebeurd is?'

'Ach, jongen, jij begrijpt er al helemaal niets van. Jij bent helemaal een Hollander geworden. Moet ik soms met jou de problemen tussen mijn vrouw en mij bespreken?'

'Jij moet gewoon van mijn moeder afblijven!' riep ik terwijl ik mijn wijsvinger naar hem ophief, iets wat ik nooit eerder had gedurfd. 'Ik waarschuw je, blijf godverdomme van mijn moeder af, anders zal het je bezuren.'

'Pas op je woorden, jongen. Vergeet niet tegen wie je het hebt.' Hij sperde zijn ogen wijd open ten teken dat zijn geduld aan het opraken was.

'Nee, jij moet verdomme op je woorden passen! Het is genoeg geweest, hoor je me? Ik hou me nu in, maar als je mijn moeder nog één keer aanraakt, sla ik je neer.'

'Volgens mij solliciteer je naar een pak slaag van je vader.'

'Harun!' Mijn moeder stond op. 'Ik zweer je, als je ook maar één hand naar hem uitsteekt, krijg je met mij te maken. Dan zal het je berouwen.'

'Ja, waag het niet, baba,' viel mijn zus haar bij.

De omsingeling was compleet.

'Het is voorbij,' zei mijn moeder. 'We houden ermee op voordat we elkaar voor altijd gaan haten.' Ze zweeg even. 'Je kunt hier niet meer blijven.'

We wachtten op zijn reactie, maar hij staarde alleen maar voor zich uit. Toen grijnsde hij. Het was de grijns die hem altijd onaantastbaar had gemaakt. Maar nu had het iets triests, alsof hij de puinhopen van zijn leven aanschouwde en nog steeds dacht dat het allemaal niet aan hem lag, dat hij niet verantwoordelijk was voor de ravage die hij zelf had aangericht. Het was de grijns van de nederlaag.

'Ik ga naar Turkije,' zei hij. 'Ik kan jullie moeder niet meer zien of verdragen. Ik lijk wel gek dat ik al die jaren zoveel onzin van haar heb gepikt.' Hij keek voor zich uit. 'Als ik hier straks de deur achter me dichttrek, zullen jullie nooit meer iets van mij horen. Dan zullen jullie mij nooit meer zien.'

'Ik hoop het,' zei ik.

Mijn vader wierp me een blik toe alsof ik hem op zijn ziel had getrapt, en er daarna op had gespuugd. Ik zette me schrap, maar hij liep met trage stappen de woonkamer uit.

101

'Met mij.'

Aan de andere kant van de lijn klonk de stem van mijn vader. Ik had hem al vier maanden niet gezien of gesproken. Hoewel hij ver weg was, klonk zijn stem zo helder en duidelijk dat ik even vreesde dat hij vanuit een telefooncel in onze straat belde.

'Is je moeder er?'

Het was alsof hij me van achter de bank had besprongen en me nu vasthad bij mijn kraag.

'Nee,' zei ik. Als ik had geweten dat hij het was, had ik niet opgenomen en de telefoonkabel uit de contactdoos gerukt om de afstand tussen ons weer te herstellen, en zijn stem uit ons huis te houden.

'Waar is ze?'

Ik wilde hem duidelijk maken dat hem na zijn verbanning bescheidenheid paste, en dat hij niet langer het recht had om zomaar te vragen waar mijn moeder was. Ik wilde zeggen dat hij moest accepteren dat er sprake was van een nieuwe realiteit, en dat mijn moeder zich niet bij hem hoefde te verantwoorden. Maar ik zei alleen maar: 'Ze is op haar werk.'

'O.' Het was stil aan de andere kant van de lijn.

'Ben je in Izmir?' vroeg ik om er zeker van te zijn dat hij niet terug was in Nederland.

'Waar anders?'

Weer was er stilte, en hoewel ik het gesprek op dat moment het liefst had beëindigd, zei een dwingende innerlijke stem dat ik de mogelijkheid moest aangrijpen om te achterhalen wat hij aan het doen was. En belangrijker: wat hij van plan was.

'Hoe gaat het?' vroeg ik aarzelend.

Waarschijnlijk had hij die vraag niet verwacht na mijn stugge eerste woorden, want hij had een paar seconden nodig voordat hij zei: 'Goed.'

'Wat doe je daar?' vroeg ik, om hem niet de kans te geven het gesprek af te ronden.

'Wat ik hier doe?'

'Ja.'

Ik wist dat het nu twee kanten op kon gaan: mijn vader kon het gesprek afkappen omdat hij geen zin had om uitgehoord te worden door zijn zoon die waarschijnlijk alles zou doorvertellen aan de vrouw die hem bij de politie had aangegeven. Maar de kans bestond ook dat hij het zou opvatten als een uitnodiging om te vertellen en het door hem zo beminde podium te beklimmen, zeker als hij in Izmir nog niet met familie of kennissen had gesproken, en daardoor zijn befaamde monologen nog niet had kunnen afsteken. Bovendien wist mijn vader dat ik een goed luisterend oor had.

'Ach, gewoon. Ik wandel wat rond, de dagen rollen over elkaar heen.'

Ik hoorde ontspanning in zijn stem sluipen. Ik meende zelfs iets op te pikken van de toon van de verteller die hij altijd was geweest, want zoals hij die woorden uitsprak, met een licht aangezet accent dat hij bewaarde voor de gesprekken met zijn intimi, had het ook de opening kunnen zijn van een verhaal dat hij op het punt stond te vertellen aan zijn vrienden.

'Waar wandel je zoal rond?' vroeg ik om hem verder te laten vertellen.

'Overal in Izmir, er is geen mooiere stad om doorheen te wandelen, zelfs in de zomer wanneer het hier eigenlijk te warm is.'

'Ja,' zei ik terwijl mijn vaders stem me onverwacht terugvoerde naar al die wandelingen door een gloeiendheet Izmir tijdens onze lange zomervakanties. En plotseling verlangde ik ernaar om weer door mijn geboortestad te lopen. 'Vooral over de Kordon-boulevard,' zei ik.

'Izmir is een serene stad, niet zo chaotisch en rumoerig als Istanbul,' zei mijn vader. 'De mensen hebben hier geen haast en minder stress, alsof de Egeïsche Zee hen kalmeert.' Er klonk warmte door in mijn vaders stem, en zo was hij op zijn best: als hij een lofzang afstak. Ik zag voor me hoe mijn vader over de Kordon-boulevard wandelde in het kalme tempo van de lokale bevolking dat hij zich waarschijnlijk eigen had gemaakt.

'Heb je een woning gevonden?'

'Ik heb in Konak een appartement gehuurd.' Hoe meer hij praatte, hoe meer er iets van hem leek af te vallen. 'Vanaf mijn balkon kijk ik uit op de baai. Van dit uitzicht heb ik altijd gedroomd.'

Hij had me dat nooit verteld, zoals hij me zoveel niet had verteld. Ik wist zo weinig van mijn vaders dromen, zijn verlangens.

'Ja?' Ik voelde dat er ook iets van mij afviel.

'Sinds ik Izmir achter me heb gelaten om naar Europa te gaan, verlang ik al naar dit uitzicht. En nu zie ik de pont de hele dag heen en weer varen tussen Konak en Karşıyaka en word ik 's ochtends gewekt door het gekrijs van de zeemeeuwen. Er is geen beter uitzicht om bij te lezen.'

'Dat is mooi,' zei ik.

'Je zult het wel zien als je me komt opzoeken met je zus.'

Hij verraste me. Ik had niet verwacht dat mijn vader me, zo vlak na onze botsing, welkom zou heten in zijn nieuwe huis.

'Dan drinken we 's avonds met z'n tweeën raki op mijn balkon,' vervolgde hij.

Mijn vader had dat nog nooit tegen mij gezegd, hij had nooit voorgesteld samen iets te doen, laat staan om met z'n tweeën een paar glazen raki achterover te slaan zoals hij dat met zijn vrienden deed. En ineens miste ik mijn vader. Ineens drong het tot me door dat hij maanden geleden was vertrokken uit Nederland. Voorgoed. En nu was hij ver van ons vandaan, in Izmir, de stad waar hij ooit met zijn ouders, broer en zusje heen was getrokken vanuit het oosten van Turkije, maar waar hij nu alleen was.

'Gaat het goed me je, baba?' Voor het eerst sinds mijn veertiende noemde ik hem baba.

'*Evet*, oğlum, ja, mijn zoon,' zei mijn vader. 'Maak je over mij maar geen zorgen. Alles gaat goed hier.'

Het bleef even stil op de lijn, alsof we allebei even niet wisten wat we moesten zeggen omdat we nooit op deze toon met elkaar hadden gesproken. Ik wilde hem net vertellen dat ik was begonnen in *Vaders en zonen* van Toergenjev, toen hij vroeg: 'Hoe gaat het met je moeder?'

'Goed,' zei ik kortaf.

'Pas je goed op haar?'

'Dat hoef je niet te vragen.'

Het bleef stil. Mijn vader voelde ook dat het gesprek opnieuw een wending had genomen en hij wist dat we die ongebruikelijk warme toon niet meer terug zouden vinden. 'Zeg maar tegen je moeder dat ik haar vanavond bel.'

En hoezeer ik me er ook tegen verzette, ik voelde hoe de spieren in mijn hals zich aanspanden, en hoe mijn schild weer langzaam omhoog ging. Waarom dwong hij me hiertoe?

'Je kent de afspraak,' zei ik.

'Je klinkt opeens als een agent, jongen. Een Nederlandse agent.'

'We hebben het hierover gehad,' zei ik. 'Je zou anne niet meer bellen.'

'Dat was niet mijn idee.'

Ik zou me niet in een discussie laten trekken. 'Ik moet weer verder,' zei ik.

'Nog iets.' Een korte stilte. 'Succes in San Francisco, pas goed op jezelf daar. En zeg maar tegen die Amerikanen dat je de zoon van een communist bent.'

'Zal ik doen.'

'Goed, ik ga ervandoor.' Hij hing op.

De lijn Izmir-Amsterdam was verbroken.

102

Het kleine, tochtige station waar ik zes jaar lang op de metro naar school stapte, is opgeslokt door een ruimteschip dat station Amsterdam Bijlmer ArenA is gedoopt. Ik kijk omhoog naar de indrukwekkende kap van minstens twintig meter hoog, gevormd door een zeldzame symbiose van staal, hout en glas. En even waan ik me op een internationale luchthaven. Het station is niet ontworpen door de sobere architecten uit de jaren zestig, zoals de honingraatflat van mijn jeugd, maar door twee chique, prijzenwinnende bureaus. Honderdvijftigmiljoen euro is uitgetrokken voor de realisatie van het blinkende ruimteschip. Ik vraag me af hoeveel flatgebouwen er voor dat bedrag zijn gebouwd in de zandvlakte die de Bijlmer eens was.

Ik check uit met mijn ov-chipkaart en daal af met de eindeloze roltrap. De ArenA-boulevard lonkt. Het krioelt van de mensen. Komen ze voor een wedstrijd van Ajax of voor een popconcert in een van de twee grote concerthallen? Ik laat de boulevard links liggen en sla rechtsaf richting de Amsterdamse Poort. In de grote kantoorgebouwen die als een verdedigingswal om het winkelcentrum heen zijn gebouwd, bevinden zich nu hotels, restaurants en cafés.

Op het Bijlmerplein krijg ik een paar onverwachte teleurstellingen te verwerken: de grote openbare bibliotheek, het veilige huis van mijn tienerjaren, is verdwenen. Even verderop zie ik dat de grote Hema, waar ik mijn eerste rookworst at, er niet meer is. En in de Shopperhal zijn veel winkeltjes uit de jaren tachtig en negentig verdwenen. En dan ineens sta ik voor de Vomar, ben ik terug in het jaar 1995 en zit ik weer achter de kassa, met achter me Yurendell en Sonny. Het kassakantoor van mevrouw Pauw, het fort van waaruit ze op de kassa's uitkeek, is er niet meer. Mevrouw Pauw moet al jaren geleden met pensioen zijn gegaan. Hoe oud zou ze nu zijn? Zou ze nog leven?

Ik loop verder en realiseer me dat Fazantenhof, het kleine winkelcentrum onder de dreef waar we in de eerste jaren altijd onze boodschappen deden, en ik iedere zaterdag tien Surinaamse puntjes voor een rijksdaalder haalde bij de bakkerij, jaren geleden met de grond gelijk moet zijn gemaakt. Er is, net als van de garage waar onze communistische Lada geparkeerd stond, geen enkel spoor meer van te bekennen. Het is niet te zeggen waar ooit supermarkt Huisman stond, of de sigarenboer waar ik kennismaakte met de magische strips van de Marvel-superhelden die mij de liefde voor het lezen bijbrachten. Ook het tennisveld waarop ik vele marathonpartijen met Saleem heb afgewerkt, is er niet meer, net zo min als het grasveld ervoor waarop Michel als een stervend reptiel de liefde bedreef met zijn morbide liefje.

Maar wanneer ik verder kijk en een compleet nieuwe woonwijk zie met dicht op elkaar gebouwde rijtjeshuizen, slaat mijn hart een slag over: daar, gevangen tussen de rijtjeshuizen van een uit de grond gestampte nieuwbouwwijk, staat Fleerde. De flat van mijn jeugd is gespaard van de sloopkogel. Heeft het verzet van meneer Rolf dan toch geholpen?

Terwijl ik vol ongeloof en dankbaar tegelijk het beeld van Fleerde in me opneem, zie ik dat het gebouw is veranderd. De balustrades van de balkons zijn niet langer van kil beton maar van glimmend kunststof in drie kleuren: citroengeel, limoengroen en vanille-wit, alsof het een reusachtige mediterrane ijsfabriek is. De bergingen en de binnenstraat hebben plaatsgemaakt voor appartementen met hoge ramen die vrij uitzicht bieden op de nieuwe wijk vol laagbouw. Het gerenoveerde Fleerde straalt een opgelegde frisheid uit die het besmeurde verleden definitief moet doen vergeten.

Ik loop verder en met elke stap neemt mijn verwarring toe. Fleerde is het enige herkenningspunt, voor de rest is het alsof ik door een Vinex-wijk in pakweg Assendelft of Amersfoort wandel. Ik herken niets. Het water dat ik even later in de verte zie en waar vroeger het speeleiland was, wekt even een moment van vertrouwdheid op, maar wordt meteen genadeloos aan gruzelementen geslagen als ik het eindelijk zie: ze hebben de rest van Fleerde verwoest. Het deel van de flat waar ik ben opgegroeid, bestaat niet meer. Machines met verwoestende krachten zijn losgelaten op de weerloze flat die ons begin jaren tachtig zo warm en gastvrij had opgenomen. De romp van Fleerde is als een afgestorven lichaamsdeel geamputeerd. Alleen het levensvatbaar geachte deel, dicht bij het vernieuwde winkelcentrum, hebben ze gespaard. Hoe hebben ze dit kunnen doen?

De oude karakteristieke bruggen tussen de twee losse gebouwen van Fleerde zijn eveneens verdwenen. Ze hebben plaatsgemaakt voor eenvoudige bruggen met kille stalen spijlen. In het water eronder viste ik in mijn kinderjaren vaak kikkervisjes uit het water met een schepnet. Het is nu versmald, bijna slootachtig, en er lijkt niet langer sprake te zijn van een stroming die voorkomt dat algen de vissen verstikken. Ik wandel over de brug en sta dan stil. Hier stond ooit het grootste deel van Fleerde, het hoofdgebouw met honderden appartementen verdeeld over tien verdiepingen. Maar ik kijk nu uit op rijtjeshuizen die pas geleden lijken te zijn opgeleverd. Waar ben ik? Ik sla rechtsaf naar het begin van de huizenrij en bekijk het straatnaambord. Chico Mendesstraat staat erop. Wie is Chico Mendes? Het klinkt als de naam van een Colombiaanse guerrillastrijder. In mijn jeugd hadden we het nooit over straatnamen, maar flatnamen. Als we met vrienden afspraken, deden we dat in de binnenstraat van een flat of op het grasveld ervoor. Ik herinner me niet dat er straatnamen waren.

Ik loop terug in de richting van de brug die mij de Vinex-wijk in begeleidde en wandel dan verder over de Chico Mendesstraat richting de plek waarvoor ik ben gekomen. De huizen kijken uit op groen en water. Ze zijn degelijk en beschikken over goed onderhouden voortuinen met planten in grote bloembakken. De straat volgt de bocht van het water. Het valt me op dat de lantaarnpalen lijken op die van vroeger, maar de mast is nu zwart en niet grijs, en de armatuur heeft geen puntdakje meer. Het is alsof ze de historie wilden eren, maar niet te veel, want de mensen wonen nu in een betere wijk.

Helemaal niets doet aan vroeger denken, het lijkt me onmogelijk om vast te stellen waar ons appartement zich ooit bevond. Wanneer ik eindelijk de bocht heb gerond, zie ik in de verte ineens een andere dinosaurus uit het verleden opdoemen om mij de weg te wijzen: Develstein, de flat die uitkeek op de zijgevel van Fleerde. Hij is ook toegetakeld: zijn linkerdeel is verdwenen, het deel waar een pad onderdoor liep waar ik als kind altijd overheen wandelde op weg naar school. En dan maakt mijn hart opnieuw een sprongetje als ik de brug zie die ik moest oversteken om dat pad te bereiken: hij is nog in de originele staat. Zelfs de verbogen spijl aan het begin vertoont nog dezelfde kromming als in mijn kinderjaren. De brug is een schaars souvenir uit andere tijden, een oerfundament van de Bijlmer van mijn jeugd, een stille getuige van de liefdeloze ontmanteling van de betonnen kolossen. Ik leg mijn hand op de gekromde spijl en streel het staal. Daarna draai ik me om en kijk in de richting waar ik vandaan ben gekomen. Op een paar meter van waar ik nu sta, stond het gedeelte van Fleerde waarin ons appartement zich bevond.

Ik sluit mijn ogen en probeer me mijn oude flat in te beelden. Het kost moeite de Vinex-wijk uit te vlakken. Het heden biedt weerstand aan de besmeurde geschiedenis van deze wijk. Haperend vervaagt het moderne beeld. Met staal gewapende betonblokken laten zich door een onzichtbare hand op elkaar stapelen, etage voor etage. Houten kozijnen, klapdeuren, brede ruiten en betonnen balustrades vinden hun plek, en als alles trillend en suizend op zijn plek schuift, stuift een pastelgele verfwolk op en verzwelgt het bouwwerk zodat het de kleur krijgt die het in mijn kinderjaren bezat.

Ik laat de gekromde spijl los: daar staat Fleerde, gloeiend in de augustuszon.

Ik loop naar mijn oude flat, aarzelend eerst maar daarna steeds sneller, voordat hij weer van me wordt afgepakt. En terwijl ik over de hellingbaan loop die naar de binnenstraat van onze flat leidt, zie ik dat alles is zoals we het lang geleden hebben achtergelaten, toen we vertrokken zonder afscheid te nemen. Ik kijk omhoog naar het laatste appartement op de tweede verdieping: nummer 244, het territorium van meneer Rolf. Dikke beige gordijnen hangen voor de ramen, ondoordringbaar en stug. Ik blijf stilstaan. Waar is meneer Rolf nu? Heeft hij gezien wat er van onze wijk is geworden?

Ik loop verder en passeer de woningen van de andere buren. Het beeld begint langzaam te vervagen. 'Nog even,' prevel ik, 'alsjeblieft, nog even.'

En daar is ons appartement. Ik zie de groene waslijn, mijn gordijnloze kamer en een glimp van de posters aan mijn muur. Een handvat van mijn gele crossfiets steekt uit een opening van de balustrade.

De balkondeur gaat open en mijn moeder komt naar buiten. Ze is nog zo jong. Terwijl ze de was begint op te hangen, stap ik het balkon op. Ik moet een jaar of tien zijn. Ik plaats mijn handen op de balustrade en laat mijn kin erop rusten terwijl ik verveeld voor me uitstaar. Vanaf de hellingbaan kijk ik omhoog, naar mezelf en probeer mijn gedachten te lezen. Waar denk ik aan? Waar kijk ik naar? Ik steek een hand op, maar de jonge Metin ziet me niet. Ik zwaai, aarzelend alsof ik twijfel of ik er wel verstandig aan doe, bang om iets onbekends in werking te zetten. En dan kijkt hij me aan, verlegen en onderzoekend, alsof hem onverwacht een blik in de toekomst is gegund. Hij glimlacht naar me met die vrolijke blik vol kinderlijke onschuld die hij niet veel later zal kwijtraken. Maar op dat moment ligt dat nog voor hem. Op dat moment is hij nog de kleine jongen in de flat.